KB068309

영웅시대

1

英雄時代

영웅시대

1

李文烈 이문열

RHK
알에이치코리아

작가의 말

- 초판 수록

사람은 일생을 통해 꼭 하고 싶은 얘기가, 그러기에 평소에는 오히려 더 가슴 깊이 묻어두게 되는 하나의 얘기가 있게 마련이다. 어쩌면 누가 어떤 직업을 택하는 것도 바로 '그 얘기'를 나름대로 펼쳐 보이기 위해서가 아닌지 모르겠다.

하지만 대개의 경우 그가 선택하는 직업이 무엇이건 '그 얘기'는 거의 원형을 잃고 행위동기로서만 나타나거나 물화(物化)되어 펼쳐질 뿐이다. 이를테면, 부(富)에 제일의 가치를 두는 직업에 종사하는 사람들로부터는 '그 얘기'가 부 또는 빈곤과 연관된 것임을 짐작하기가 어렵지 않고, 권력의 추구에 몰두해 있는 사람들에게서는 그것이 억압이거나 가치박탈의 체험과 연관되어 있음을 또한 쉽게 짐작할 수 있다.

그런 면에서 작가는 '그 얘기'를 행위동기로 삼거나 물화시키는 법이 없이 직접 말로 펼쳐보이기로 작정한 사람이다. 다시 말하면, 작가는 물론 그 일생에서 여러 가지 얘기를 꾸며대겠지만, 처음 시작은 바로 '그 얘기'를 쓰기 위해서였다.

내게 있어서 '그 얘기'는 바로 「영웅시대」, 아니 6·25를 전후한 우리의 불행한 가족사였다. 지금으로부터 십칠팔 년쯤 전에 어렴풋하게나마 내가 작가로 끝장을 보게 될지도 모른다는 예감이 문득 나를 사로잡았을 때, 가장 먼저 떠올린 소설거리가 그것이었기 때문이다.

따라서 '그 얘기'에 「영웅시대」란 제목을 붙인 지도 벌써 10년이 넘었고, 극히 적은 부분이기는 하지만 내용 가운데도 어떤 것은 10년이 넘는 초고(初稿)를 그대로 쓴 것도 있다. 구상 또한 10년이 넘었다고 누가 우긴대도 나는 별로 부정할 자신이 없다.

하지만 나는 그 긴 세월을 들먹여 이 소설의 완숙도나 탁월성을 은근히 주장하려는 따위 한심한 짓거리를 할 마음은 추호도 없다. 세월이란 오히려 첫 발상의 신선함을 망쳐버리는 수가 있으며, 주관적인 절실함도 종종 객관적인 감동을 떨어뜨린다. 내가 그 긴 세월을 들먹인 진정한 의도는 반대로 거기 의지해 실패의 예감밖에 드는 게 없는 이 첫 번째 시도를 변명하려는 것이다. 쓸데없이 기다린 동안 쓰라림의 기억은 무디어지고, 작가적인 성숙과는 무관하게 약삭빠름과 눈치만 늘어, 이도저도 아닌 어정쩡한 작품이 돼 버린 것 같은 느낌 — 이것이 조금도 과장 없는 지금의 내 심경이다.

소년시절의 내게 있어서 공산주의란 말은 종종 피 묻은 칼이나 화약냄새 나는 총 같은 것과 비슷한 것으로만 이해되었다. 그러나 차츰 철이 들면서 그것이 형체도 색깔도 냄새도 없는, 다만 말이란 무책임한 그릇에 담겨진 생각의 다발이라는 걸 알게 되자 이번에는 그게 이상해졌다. 어찌하여 그런 생각의 다발이 피 묻은 칼이나 화약냄새 나는 총이 되었는가? 그러다가 더욱 철이 든 뒤에는 우리가 거의 이십 년 동안이나 '사회생활'과 '공민(公民)'과 '일반사회'와 또 '현대사'에서 무슨 거룩한 종교처럼 믿어왔던 자유민주주의도 적에 대해서는 똑같은 역할을 해왔음을 알게 되면서 나의 이상함은 더 많은 가지를 쳤다. 이 아시아적 전제국가의 폐허 위에서 대규모로 일어났던 '지식인의 탈주'에 대해, 그들의 미혹과 방황, 독단과 편견에 대해, 설익은 사상의 독기와 일쑤 목적의 전도를 일으키는 이념 일반에 대해.

그리하여 — 그 모든 것에 대한 궁금증은 역시 그것들과 무관하지 않은 내 삶의 쓰라림과 연결되어 하나의 얘기를 이루게 되었고, 마침내는 내가 작가가 될지도 모른다는 예감이 왔을 때 가장 먼저 써야 할 '그 얘기'가 되고 말았다.

하지만 이미 고백했듯이, 지금 나를 짓씹고 있는 것은 고뇌와도 같은 실패의 예감이다. 내가 하고 싶던 얘기 가운데 어떤 것은 뒤로 미뤄져야 했고 어떤 것은 애매한 말 속에 감춰져야 했으며, 무참하게 축소당하거나 터무니없이 과장되기도 했다. 거기다가 서른일곱의 나이는 한 격동의 시대를 전체적으로 이해하기에는 너무 젊고, 천박한 사려와 역사에 대한 피상적인 이해는 더욱 나를 자신 없게 했다.

따라서 연재가 끝난 뒤에도 나는 이 글을 책으로 묶어내는 걸 망설였다. 최소한 1년은 더 매만져 내 기대에 조금이라도 접근시키고 싶었다. 하지만 물길은 이미 너무 멀리 제멋대로 흘러가 버린 뒤였다. 내게 남겨진 선택은 포기거나 승인뿐이었고, 나는 결국 이 책을 못났으면 못난 대로 내 정신의 자식으로 인지하기로 작정했다. 아직은 많이 살아 있는 이해당사자들이나, 같은 해에 태어나 더불어 자라 오는 동안 은연중에 충성을 서약해 버린 자유민주주의 체제에 대한 예의로 처음 뜻한 바를 자유롭게 쓰지 못했다면, 그것은 한 작가로서의 내 부끄러움인 동시에 이 책의 부족함에 대한 변명이 될 수도 있으므로. 또 조급을 떤 나이나 사려와 이해의 천박이 이 책을 미숙하고 기품 없이 만든 것도 나의 쓰라림인 동시에 아직은 내게 심화와 확대의 희망이 남겨져 있다는 뜻이기도 하므로.

그리하여 — 장사는 밑져도 아주 거덜나지는 않은 상인처럼, 아직은 '그 얘기'의 많은 부분이 내 가슴에 살아 있음에 오히려 약간은 뻔뻔스런 위안을 느끼면서 다시 한번 길 위에 선 자로서의 노래로 후기를 맺는다.

그래도 가장 좋은 것은 앞날에 남았으리.
우리의 출발은 오직 그것을 위해 있었으리.

1984년 9월
이문열

차 례

제 1 부

1

부드러운 엔진소리와 함께 자동차는 야트막한 언덕길로 접어들었다. 개전(開戰) 직후 한강 북안(北岸)에서 대량으로 노획한 차량들은 지난 몇 달 동안 미군 항공에 거의 소모되어 버린 데다, 두껍게 앉은 흙먼지만 닦아내면 금세 드러나는 산뜻한 국방색 차체(車體)로 보아, 의용군[中共軍]이 개입된 뒤에 새로 노획한 연합군의 지프차 같았다.

동영(李東英)은 위장을 위해 이리저리 걸쳐둔 마른 떡갈나무 가지와 칡넝쿨 사이로 주위를 둘러보았다. 다복솔이 듬성듬성 서 있는 길 왼편의 야산에는 이렇다 할 전투의 흔적이 남아 있지 않았다. 별로 크지 않은 들이 작은 개울을 따라 펼쳐진 길 오른편도 그런 점에서는 마찬가지였다. 그 지역은 이렇다 할 전략적 요충이 못 되거나 남(南)도 북(北)도 너무 황급히 지나쳐 버려 교전이 없었던 듯했다.

전형적인 초겨울의 연한 쪽빛 하늘과 전쟁의 혼란 가운데서도 깨끗하게 베어진 길 오른편의 벼논 탓인지 동영은 이상하게도 싸움터를 달리고 있다는 기분은 전혀 느낄 수 없었다. 마치 대동아전쟁(태평양전쟁)이 끝나기 바로 전 잠시 몸담았던 동척(東拓, 동양척식회사)시절의 어느 날 같았다. 김해 들에서 꽤 큰 농장을 맡고 있던 그는 가끔씩 경작 실태를 살핀다든가 증산독려 따위의 명목으로 일본인 직원과 함께 텅 빈 들판을 달리곤 했었다.

그러나 동영의 그런 착각은 운전석 곁의 조그만 백미러 때문에 산산이 흩어졌다. 그 먼지 앉은 거울에 새로 지급받은 군관복의 빳빳한 칼라와 견장의 중별(佐官級 계급장)이 언뜻 비쳤던 것이다. 그 위로 피로한 듯 침울한 듯 솟아 있는 얼굴도 그 몇 달 사이에 십 년은 늙어버린 듯한 자신의 얼굴이었다. 그는 한동안 그 얼굴을 물끄러미 들여다보다가 눈길을 돌려 새삼 자신의 차림을 돌아보았다. 군관용의 혁대와 가죽장화, 바짓 가랑이의 버얼건 줄 — 그러자 문득 군사위원회에서 나왔다던 그 사십대의 사내가 떠올랐다.

"제3병단(태백산 지구의 유격대)과 합류할 때까지의 전선은 정규군의 신분으로 돌파하도록 결정됐소. 잘못되어 미제(美帝)의 포로가 되더라도 제네바협정에 준한 대우를 받을 수 있을 거요. 제3병단과 합류한 뒤의 공작업무는 이미 충분하게 교육받은 걸로 알고 있소."

그게 동영이 군관복을 입게 된 직접적인 설명이었다. 그는 이제 알지도 못하는 어떤 보련(步聯)의 정치부(副)대대장으로 형식적인 배속을 받고 그리로 찾아가는 길이었다. 아마도 낙동강전투쯤에서 완전히 괴멸되었거나, 어쩌면 아예 있지도 않던 것을 며칠 사이에 급히 꾸민 어떤 연대의.

〈전세가 불리하니 후퇴한다.
1 당을 비합법적인 지하당으로 개편할 것.
1 유엔군의 상륙 때 지주가 될 요소는 제거할 것.
1 이용될 수 있는 군사시설은 파괴할 것.
1 산간부락을 접수하고 식량을 비축할 것.
1 입산(入山) 경험자 및 활동 가능한 자는 입산시킬 것.
1 기타 간부는 남(南)강원도까지 일시 후퇴할 것.〉

동영이 대학을 맡고 있던 수원에 그런 당중앙의 지시가 내려온 것은 지난 9월 중순이었다. 가열되는 UN군의 공습과 지역 주둔군의 동요로 어렴풋이 짐작은 하고 있었지만, 대부분의 당일꾼들에게는 너무나 갑작스럽고 뜻밖인 지시였다. 밀고 내려갈 때의 엄청난 기세나 그 전날까지도 마지막 승리를 장담하던 공작요원들로 보아 적어도 한두 달은 더 버틸 수 있을 것으로 믿었던 탓이었다.

그 지시가 있자 동영이 맡고 있던 대학은 물론 시(市) 지도부 전체는 그대로 혼란에 빠져들었다. 수원은 서울에 가깝고 주위에 의지할 만한 산악이 없어 지하당으로의 개편이나 입산은 생각조차 해볼 수 없었다. 북에서 파견된 요원이건, 지역출신으로 과거 남로당이나 그 방계조직에서 일했던 열성적인 당일꾼들이건, 그들이 택할 것은 다만 하나 — 북쪽으로 달아나는 길뿐이었다.

가족과의 경황없는 작별 뒤에 동영도 이십여 명의 소위 인공(人共)치하 일꾼들과 함께 지역사령부가 특별히 선심쓰듯 징발해 준 트럭에 올랐다. 대학위원회의 몇몇과 교수 서넛 외에 대부분이 학생신분이면서도 민청(民靑)이나 자위대의 간부로 이루어진 그들은 곧이곧대로 남강원도를 목표삼아 밤낮없이 차를 몰았다. 네 명씩 조를 짜서 번갈아 UN군의 공습을 경계해야 했지만 처음 하루 자동차가 있을 때는 그래도 좋았다. 그 속도감이 그들에게 까닭 모를 안도를 느끼게 했던 것이다. 그러나 이튿날 만난 일단의 후퇴병들에게 부상자들을 호송한다는 구실로 다시 자동차를 징발당하자 그들은 분노나 원망보다는 그저 암담한 기분이었다. 거기다가 그들은 애초부터 남강원도로 방향을 잡았기 때문에 실제로 북상한 거리는 얼마 되지 않았다.

경원(京原)가도에 버려진 그들이 뜬소문을 토대로 수집한 정보도 한결같이 절망적이었다. 서울에는 이미 UN군이 들어왔고, 남쪽에서 반격해 올라오는 미군과 국방군들도 벌써 대전을 지났다는 것이었다. 거기다가 원산이나 강릉 쪽에 또 한차례의 상륙작전이 있을 거란 얘기이고 보면 남강원도로의 집결은 이미 무의미한 일이었다.

거기서 일행의 의견은 두 패로 갈라졌다. 한패는 도중에 만난 한 무리의 낙오병을 따라 가까운 오대산으로의 입산을 주장했고, 다른 패는 중부의 산악을 타고 북상하여 일단 당중앙 쪽으로 합류하자는 의견이었다. 한동안의 논란 끝에 일행은 두 패로 갈라졌다. 입산을 결정한 쪽은 대개 지난날에도 그런 경험이 있거나 올라가 봤자 당중앙에 별 연줄도 없는 민청 계통의 젊은 축이었다.

무기도 없고 조직적인 연계도 없는 입산을 무모하게 여긴 동영은 북상하는 패거리에 끼어들었다. 고달프기는 마찬가지일 테지만 왠지 직접 총을 들고 싸우는 것은 자신의 역할이 아니라는 기분과 어쨌든 북으로만 가면 남로당계열의 많은 선배·동지들이 반갑게 맞아주리라는 낙관적인 기대에서 이루어진 결정이었다. 다행히도 일행 중에는 전쟁 전 자주 삼팔선을 오르내린 자가 있었을 뿐만 아니라, 삼팔선을 돌파한 뒤에는 꽤 정연하게 퇴각하는 일단의 보병들을 만나 크게 도움이 되었다.

그리하여 이미 해주까지 진격한 UN군을 피해 동영의 일행이 가까스로 평양에 도착한 것은 두 달 전이었다. 평양에는 동영과 비슷한 처지의 사람들이 이남 각지에서 여러 경로를 통해 모여들고 있었다. 그러나 패전의 혼란 탓인지 당 지도부는 한동안 그런 그들에게 아무런 배려도 없었다. 오히려 동영이 일찍부터 월북하여 그런대로 요직을 차지한 몇몇 지난날의 선배·동지들에게서 들은 것은 당증(黨證) 제시 요구 같은 불안하고 울적한 풍문뿐이었다. 적 점령하에서 당증을 보존한다는 것은 거의 생명을 건 모험인데도 이제 그 당증을 은닉 또는 파기한 것이 패배주의의 표지로 비판받게 되리라는 말도 있었다.

그럴 때 제안된 정치군관학교의 입교(入校)는 동영에게는 하나의 구원처럼 느껴졌다. 연합군의 인천상륙으로 큰 타격을 받은 군은 심각한 인력부족으로 고심하고 있었다. 패주해 온 부대의 재편성과 대규모의 강제징집으로 하급 전사(戰士)의 보충은 어느 정도 이루어지고 있었지만 한번 소모된 지휘관 인력은 특히 짧은 기간

동안에는 보충이 어려웠다. 거기서 당은 월북해 온 지식층에서 비교적 젊은 층에 눈길을 돌리게 된 것 같았다. 동영은 그 상한(上限)에라도 들어가게 된 자신의 서른다섯 나이를 다행으로 여기며 기꺼이 지원서에 서명했다.

그러나 입교 뒤의 모든 것은 예상과는 전혀 달랐다. 거의 이남출신으로만 구성된 그들 임시반 백여 명은 만경대에 있는 제2군관학교가 아니라 회령(會寧)으로 보내어졌다. 남도부(南道富)의 766부대에 전원 편입되어 남파됨으로써 자동해체된 회령정치학교를 재건한 셈이었다. 해방 전 일본군의 국경수비대가 썼다는 그 음습한 건물에서 그들이 받은 대부분의 교육도 고급 정치군관을 기르는 것이라기보다는 하급의 유격전사(遊擊戰士)를 양산하는 것에 가까웠다. 그리고 거의 견디기 힘들 정도의 육체적인 적응훈련과 함께 두 달이 차자 대부분의 후보생들은 뜻밖의 임무를 부여받았다. 남파되었다가 미처 월북하지 못한 열성적인 당일꾼들이나 낙오병들을 중심으로 이루어진 각 유격 전구(戰區)의 정치위원으로 북에서 증강하는 유격대와 함께 남하하라는 명령이었다.

동영은 자신의 출신지에 가까운 태백산 지구의, 김달삼과 함께 소멸된 제3병단을 지정받았지만 다른 대부분의 후보생들과 마찬가지로 그런 유격 전구가 있는지 없는지조차도 짐작하지 못하고 있었다. 그러나 어쨌든 그것은 이미 거부할 수 없는 명령이었고, 동영은 이제 그걸 이행하기 위해 자기와 함께 남하할 유격대를 찾아가는 길이었다.

갑자기 차체가 심하게 동요하는 바람에 동영은 무슨 몽롱한 꿈 같은 지난 두어 달의 회상에서 깨어났다. 자동차를 길섶 찔레넝쿨에 함부로 처박은 운전병이 토끼처럼 차에서 뛰어내리며 다급하게 소리쳤다.

"항공이요, 항공."

동영도 얼떨결에 뛰어내려 이미 부근의 조그만 바위 그늘에 몸을 숨긴 운전병 곁에 엎드렸다. 멀리 남쪽 산등성이에서 제비만한 전투기 대열(편대)이 불쑥 솟아올랐다. 은은한 기관포소리와 함께 그중 한 대가 뒤늦게 거의 수직으로 상승하는 것으로 보아 부근에 한차례 소사를 퍼부은 듯했다. 그러나 원래의 목표는 그보다 훨씬 북쪽에 있는 듯 대열기(편대기)는 그들 머리 위를 급하게 지나쳐 가버렸다.

"가이(개)새끼덜."

비행기가 완전히 북쪽으로 사라지자 운전병이 투덜거리며 일어섰다.

"이제 전선이 가까운 모양이군."

"저노무 쌕새기는 전선이고 뭐고 업시요. 우리가 낙동강 가에서 싸우고 있을 때도 갸들은 피양을 폭격하고 있었으니까. 성한 집이라고는 열 채도 못 남게 시리."

그리고 다시 그는 동영이 잘 알아들을 수 없는 서북사투리로 욕지거리를 퍼부으며 찔레넝쿨에 처박힌 차를 꺼냈다. 무엇 때문에 그토록 기분이 상했는지 그 뒤로는 운전까지 거칠고 변덕스럽기 짝이 없었다.

차가 다시 속력을 낼 때쯤 무심코 살핀 길섶에서 동영은 출발 후 처음으로 전투의 흔적을 보았다. 몇 구의 미군 시체가 가지런히 놓여 있었는데, 찬 북녘의 날씨 탓인지 전혀 부패의 기색이 없어 마치 잠든 것처럼 보였다. 아마도 후송을 위해 길섶에 모아두었다가 다급하게 후퇴하는 바람에 버리고 간 것 같았다.

"가이새끼덜."

운전병도 그걸 보았다는 듯 다시 거칠게 욕을 하며 침을 뱉었다. 그러나 누군가 군화를 벗겨 가서 맨발로 이국땅에 숨져 누워 있는 그들이 동영에게는 까닭 없이 애처롭게 보였다. 방금 두 달 동안이나 엄혹한 증오의 단련을 받고 나온 그로서는 실로 알 수 없는 감정이었다. 제국주의 침략자, 인민의 적, 태평양을 아메리카의 호수로 만들기 위해서는 마땅히 치러야 할 대가 — 그 정도의 상투적인 말만 들어도 그들에 대한 증오는 쉽게 불타오르지 않았던가. 그러다가 동영은 문득 그 같은 자신의 변화가 무슨 불길한 조짐처럼 느껴지며 섬뜩한 기분이 되었다.

"양키들에게 몹시 당한 적이 있는 모양이군."

동영은 그런 기분을 떨쳐버리기라도 하듯 앞만 쳐다보고 있는 운전병에게 혼잣말처럼 말을 걸었다.

"4사단에서 하마터면 불고기가 될 뻔했시요."

"4사단이라 — 낙동강 어디쯤이요?"

"고령(高靈) 부근이었시요. 우리 중대에서 살아남은 게 열 손가락이나 찰까. 그게 다 양키들의 폭격 때문이었시요."

그러면서 찡그리는 그의 이마 어름에는 끔찍한 화상이 번질거리고 있었다.

하지만 그렇게 시작된 그들의 대화는 채 십 분도 못 돼 중단되고 말았다. 난폭한 운전에 흔들리며 산구비 하나를 돌아섰을 때 길 한 편에 처박혀 있는 모터찌클을 한 대 발견한 때문이었다. 소련군에서 나온 것인지 일본 관동군에서 노획한 것을 지원 받은 것인지 조금 전에 그들의 머리 위를 지나간 연합군 대열기의 짓인 듯 강철판에는 엄지손가락만한 구멍이 여기저기 나 있고, 젊은 전사 하나가 운전석에 앉은 채 숨져 있었다. 등줄기의 검붉은 상처에서는 아직도 굳지 않은 피가 시뻘겋게 흘러내리는 중이었다.

이미 수많은 죽음을 보아온 터였지만 동영은 그 처참한 모습에 자신도 모르게 고개를 돌렸다. 그러나 운전병은 그 모터찌클을 피해 가느라고 차의 속도를 줄였을 뿐 별다른 표정을 짓지 않았다. 그에게는 증오를 보이지 않는다는 것만이 죽은 전우에게 표할 수 있는 최대의 경의인 것 같았다.

그런데 차가 미처 원래의 속도를 회복하기도 전에 길가 풀숲에서 불쑥 나타나 손을 드는 사람이 있었다. 드물게 구색 갖춘 양장을 한 젊은 여자로, 분명 제복은 아닌데도 어딘가 일반부녀자 같지 않은 데가 있었다.

"무슨 일이오? 여성동무."

가로막듯 하는 그녀의 기세 때문에 차를 세운 운전병이 퉁명스레 물었다.

"이 차량 좀 써야겠어요."

여인은 동영을 거의 무시한 채 차갑고 가라앉은 목소리로 그렇

21

게 말했다. 자기는 당연히 그걸 요구할 권리가 있음을 은연중에 내비치는 듯한 태도였다.

"이 여성동무가 — 이 차는 지금 작전중이오, 작전."

운전병이 다시 퉁명스레 말했다. 그러나 여인은 여전히 차고 가라앉은 목소리로 쏘아붙이듯 말했다.

"알고 있어요. 산 너머 월송리로 간다는 것쯤. 거기 인민학교로 가지 않아요?"

그 말에 약간 움츠러든 기색이던 운전병은 이내 크게 화난다는 식으로 한층 거칠게 되물었다.

"알고 있으문 어이 그러오?"

"나도 방향이 같아요. 그 남쪽 십 킬로 지점에 있는 여단사령부로 가는 길이니까. 거기까지 태워주면 동무 부대에는 내가 연락하겠어요."

그런 그녀의 어조에는 어딘가 사람을 위압하는 데가 있었다. 그제서야 운전병도 어느 정도 압도된 표정으로 동영을 돌아보았다. 결정을 기다린다는 눈길이었다.

"태워 드리시오."

원인 모를 호기심과 경계로 말없이 그녀를 살피던 동영이 선선히 말했다.

"감사합니다, 중좌동무. 타고 오던 모터찌클이 항공에 당하는 바람에……."

여인은 보일락말락하는 미소로 동영을 쳐다보며, 손을 들어 그들이 방금 지나쳐 온 모터찌클이 있는 곳을 가리켰다. 얼마 전 전투기의 기총소사로 목숨을 잃을 뻔했던 여자로는 생각할 수 없는 침착함이었다. 동영은 문득 그녀의 소속이 궁금했다. 여단사령부로 간다니 군(軍)일까도 싶었지만 왠지 당(黨), 그것도 고급당원 같은 느낌이었다. 자리에 앉자마자 꼿꼿한 자세로 전방만을 응시하는 그녀 주위를 떠도는 쌀쌀한 위엄도 동영의 그런 느낌을 뒷받침하는 것 같았다. 처음 몇 마디 말이라도 나눌까 하던 동영은 이내 생각을 바꾸었다. 쉽게 접근을 허락하지 않으려 하는 듯한 그녀의 쌀쌀한 위엄도 그랬지만, 그 자신 또한 부담을 안고서까지 낯선 여인에게 말을 걸 만큼 마음의 여유가 없었던 탓이었다.

여인은 도중 내내 말이 없었다. 그러다가 동영의 목적지인 인민학교가 저만치 보이는 곳에 이르렀을 때에야 지나가듯 불쑥 물었다.

"사리원에 가본 적이 있으세요?"

조금 전의 쌀쌀함 대신 약간 감정이 서린 목소리였다. 그러나 동영은 얼른 생각이 나지 않았다.

"사리원…… 글쎄요."

"아마 대학생 때일 거예요. 여름방학 무렵."

그 말을 듣자 어렴풋이 그 소읍의 시가지가 떠올랐다. 그러나 왜 거길 갔는지, 그리고 거기서 무얼 했는지는 여전히 기억나지 않았다.

"거기에 간 일이 있는 것 같기는 합니다만……. 그런데 어떻게?"

"그저 거기서 뵌 적이 있는 것 같아서. 한 십오륙 년 전에."

이상하게도 그런 그녀의 눈가에 일순 쓸쓸한 웃음기가 떠올랐다. 목소리도 한층 감정어린 것처럼 느껴졌다. 동영도 묘한 기분이

들며 자신도 모르게 그녀의 얼굴을 찬찬히 살폈다. 어딘가 낯익은 것 같은 기분이 들기도 했지만 언제 어디서 보았는지는 좀체 떠오르지 않았다. 특히 사리원과 연관되어서는 전혀.

그러다가 한참 뒤에야 동영은 그게 한때 자신에게 강렬한 인상을 남겼던 로자 룩셈부르크의 사진 때문이란 걸 깨닫고 쓴웃음을 지었다. 학생시절에 구입한 소화(昭和) 12년판 사회주의 사상전집에는 로자 룩셈부르크의 『자본재축적론(資本再蓄積論)』이 있었는데, 그 두꺼운 표지 다음에는 젊은 날의 그녀 모습이 흑백으로 담겨 있었다. 그녀의 냉철한 이론과 세찬 정열과 비극적인 종말을 한꺼번에 구체화해 놓은 듯한 감동으로 젊은 그를 사로잡곤 하던 사진으로, 지금 뒷자리에 타고 있는 여자의 모습이 어딘가 그런 그녀를 닮아 있었다.

그러나 동영이 그 얘기와 함께 그녀는 어떻게 자기를 기억하게 됐는가를 묻기 위해 뒤를 돌아보았을 때, 그녀는 다시 원래의 자세로 돌아가 앞만을 꼿꼿이 응시하고 있었다. 차는 어느새 조그만 시골 인민학교의 교정으로 들어서는 중이었다.

2

전선을 돌파할 때까지의 가칭 제××보련(步聯)은 그곳 인민학교 교정을 중심으로 부근 인가를 빌려 주둔하고 있었다. 연대라고는 하지만 대원은 팔로군(八路軍) 출신이나 해당 유격 전구(戰區)에 연고가 있는 백여 명이 전부였다. 30년대의 이른바 동북항일연군(東北抗日聯軍)이 일개 사(師=사단)를 처음 이삼백 명으로 출발했던 것과 비슷한 편제거나 아니면 남에서 자연발생한 부대와 합류한 뒤의 규모를 예상해서 연대라고 부르는 것 같았다.

공습에 대비해 위장을 철저히 한 탓인지 화기나 병력은 거의 눈에 띄지 않았다. 다만 빈 것처럼 보이는 민가의 담벼락 아래서나 교정의 고목등걸 뒤 같은 데서 경계병이 불쑥불쑥 나타나 수하(誰何)를 외쳐대는 것이 병력 주둔지임을 알리고 있을 뿐이었다.

교문께에서 만난 특무장의 안내로 연대장이 쓰고 있는 교실로 들어갔을 때 연대장인 듯싶은 군관은 모자도 쓰지 않은 채 창가에 서서 밖을 내다보고 있었다. 그는 이제 막 방향을 돌려 교정을 빠져나간 지프차의 뒷모습을 유심히 쫓고 있었는데 아무렇게나 기른 장발이 퍽 인상적이었다.

동영을 안내해 온 특무장은 그가 인기척을 느끼며 천천히 돌아설 때에야 크고 딱딱한 목소리로 동영의 도착을 알렸다. 그러나 그는 보고 따위에는 귀도 기울이지 않은 채 동영을 힐끗 보더니 성큼 다가와 손을 내밀었다.

"역시 자네였군. 좋아, 좋아. 신상기록을 보고 혹시 했지."

약간 쉰 듯한 대로 정감어린 목소리였다. 동영은 완전히 어리둥절한 얼굴로 손을 내밀며 상좌(上佐)의 계급장을 단 음침한 표정의 사내를 바라보았다. 오랜 세월 거친 싸움터를 헤맸음을 보여주는 얼굴의 여러 상흔과 검게 탄 피부에도 불구하고 분명히 낯익은 데가 있었다.

"시철(時哲)이…… 자네, 살아 있었군."

이윽고 그를 알아본 동영이 지난 두 달간의 훈련으로 어느 정도 몸에 밴 계급과 직책의 구별을 완전히 잊은 채 놀라 외쳤다. 상대는 처음의 음침한 표정을 완전히 털어버리고 활짝 웃으며 마주 쥔 손에 힘을 주었다.

"이렇게. 하지만 이제는 김시철이 아니라 공화국 상좌 김철(金鐵)이야."

도무지 믿어지지 않는 일이었다. 동영은 다시 확인하는 기분으로 말했다.

"해방 전에 자네 자당을 뵈온 적이 있네. 그때 ─ 분명 자네의 전
사통지서를 보았는데⋯⋯."

그때 동영은 아직 하는 일 없이 지내던 때였는데, 학병에 끌려갔
던 김철의 전사 소식을 듣고 그의 고향집으로 달려간 적이 있었다.
집안 대소가의 사람들은 물론 주재소의 주임까지도 엄숙한 표정으
로 문상을 와 있던 것이 눈에 선했다.

"저쪽(八路軍)으로 투항하면서 술수를 좀 부렸네. 탈출한 학병의
가족이 왜놈들에게 당하는 고초를 잘 보아온 터이니까. 시체와 옷
을 바꾸어 입었는데 놈들이 잘 속아주더군."

"그랬었군. 만주에선 언제 돌아왔나?"

"방사장(方師長)을 따라왔네. 작년 4월에."

"방사장이라면 방호산(方虎山, 팔로군 166사단장. 뒤에 북괴군 제6사
단장으로 남침) 장군 말인가?"

"그렇다네. 동북에 있을 때도 그 부대였지."

"용케 살아 있었군⋯⋯."

"군복 입은 자넬 볼려고 그랬던 모양일세. 그런데 정말 웬일인
가? 자네 정도면 지금쯤 당중앙에 한자리 얻어 한껏 제끼고 있을
줄 알았는데."

그렇게 말하는 김철은 정말로 궁금하다는 표정이었다. 동영은
가렸던 치부가 갑자기 드러났을 때와 같은 당혹을 느끼며 어색한
농담으로 그런 김철의 말을 얼버무렸다.

"왜, 군복은 자네 같은 사람만 입어야 되나? 나도 한번 왕별(將官
級 계급장의 별) 달아보려네."

27

"그래 — 어쨌든 반가워. 오래 사니 다시 만나게 되는군."

동영의 어조에 서린 어떤 쓸쓸함을 감지했는지 김철이 짐짓 쾌활하게 웃으며 화제를 바꾸었다.

"사담은 나중에 하고, 우선 착임(着任)인사부터 하지."

그러더니 이내 근엄한 지휘관의 표정으로 돌아가 연락병을 불렀다. 우선 대내(隊內)의 주요 군관들이라도 불러들이려는 것 같았다.

1938년 10월의 어느 밤 나까노(中野)에 있는 동영의 하숙집 8조 다다미방에는 길다란 탁자를 가운데로 하고 예닐곱의 청년들이 마주앉아 있었다. 도회의 자유노동자나 고급 건달 같은 청년도 두엇 있었지만 대개는 동영과 같은 조선인 유학생이었다.

탁자 위에는 몇몇 아나키스트의 저서들과 오래된 팸플릿이 놓여 있었다. 그들 중에는 공책이나 메모지 같은 것을 펴놓은 이도 있었지만 어느 누구도 책을 읽거나 평소의 열띤 토론을 시작하려 드는 이는 없었다. 그들을 사로잡고 있는 분위기는 한마디로 침울한 기다림, 그것이었다.

기다리던 박영창(朴永昌) 선생은 약속시간보다 십 분쯤 늦어서야 방안으로 들어섰다. 일찍이 중등학교 교원으로 있다가 동경으로 건너온 뒤에는 흑색노동자연맹(1937년에 해산된 아나係 조선인 단체)에 깊이 관여했던 사람이었다. 연맹이 해산된 뒤에도 여전히 흑색활동에 전념하여 그 무렵은 벌써 일 년째 동영이 속한 자주실천연구회를 이끌어오고 있었다. 나이는 서른넷, 언제나 허름한 노동자 차림이었지만 안경알 뒤로 번득이는 눈매와 희고 넓은 이마에는 만만찮은 열정과 아울러 폭넓은 지적 수련의 자취가 엿보였다.

목례와 수인사로 수런거리던 방안이 조용해진 뒤에도 그는 한동안 눈을 감은 채 침묵을 지켰다. 그런 그의 얼굴에는 어딘가 과장된 데가 있기는 하지만 쉽게는 알아볼 수 없는, 고뇌와 울분의 표정이 짙게 서려 있었다.

"제군, 나는 오늘 먼저 제군들에게 매우 쓸쓸한 소식 하나를 전하겠다. 이제 아나키스트의 실천적인 조직은 이 땅 어디에도 남지 않게 되었다. 일인들의 동인(東印. 1938년에 해산된 일본인들의 아나係 인쇄공 조합)도 오늘부로 해산되고 말았다."

이윽고 입을 연 박영창의 침통한 목소리였다. 다시 한동안의 무거운 침묵이 흘렀다. 평소 그들과는 직접적인 교류가 없었던 일본인 인쇄공들의 조합에 불과했지만 그것이 동계(同系)의 마지막 단체였다는 데서 오는 숙연함 때문이었다. 그런 그들을 조용히 훑어본 영창은 탁자 위에 놓인 책자들을 하나씩 어루다가 한층 침통한 어조로 계속했다.

"뿌리 없는 나무가 살아갈 수 없듯 모든 실질적인 투쟁단체들이 소멸한 지금 이 미온적이면서도 위험스럽기만 한 사상연구회를 더 이상 끌고 간다는 것은 명백히 무모한 일로 여겨진다. 오늘 내가 모임의 날도 아닌데 제군들을 소집한 것은 앞으로의 거취를 상의하기 위해서였다. 현명한 제군들 가운데는 이날을 예견하고 그 방안을 강구해 둔 이도 있을 줄 안다. 이제 모두 기탄 없이 토로해 주기 바란다."

그러나 아무도 선뜻 대답하는 사람이 없었다. 영창을 제외하면 모두 스물두 셋, 냉철하게 앞뒤를 살피기보다는 분별 없는 열정에 휩쓸리기 쉬운 나이였다. 방금도 갑작스러운 사태로 격정에 사로잡혀 잠시 할 말들을 잊고 있을 뿐이었다. 영창은 이미 예견하고 있었다는 듯 잠시 그들에게 여유를 주고 난 뒤에 자기의 의견을 내놓았다. 역시 미리 준비한 것 같은 내용이었다.

"내 개인의 의견으로는 두 가지 길밖에 없다. 그 하나는 이 연구회를 해체하고 자주인(自主人)에 대한 우리들의 신념과 의지를 사적인 이상으로 간직하는 길이다. 그 어떤 폭력이나 압제도 우리들의 내심까지 지배할 수는 없다. 우리가 힘을 합쳐 우리의 이상을 현실에서 추구하려 하지 않는 한, 우리의 이상은 결코 방해받지 않을 것이다. 하지만 결국 그것은 일생을 우리의 가슴속에서만 헛되이 타오르다 꺼져갈 불꽃이다…….

다른 하나는 저 북성회(北星會, 초기의 공산주의 단체)와 풍뢰회(風雷會, 초기의 아나키스트 단체)의 결별 이래 극렬하게 반목투쟁해 온 중앙집권적 볼셰비키와의 재결합이다. 돌이켜보면 그들과의 협력 관계는 역사상 많은 실례를 남기고 있다. 헤이그대회(1872년의 이 대회에서 마르크스는 바쿠닌을 제명했다) 때까지의 인터내셔날, 파리코뮌, 러시아의 2월혁명 — 좀 동떨어진 예가 될는지도 모르지만 크로포트킨이 죽었을 때도 볼셰비키 정부는 국장(國葬)을 제의했다……."

거기서 동영은 이미 몇 달 전부터 의심해 오던 박영창의 변신을 확인할 수 있었다. 본질적으로 리버럴리즘에 뿌리하고 있는 아나키스트로서는 드문 예로 그는 어떤 이유에서인지 볼셰비키로 전향하고 있었다. 그리고 회원들 중 가장 깊이 자신의 영향 아래 있는 동영에게도 언제부터인가 마르크스와 레닌의 저작들을 다시 한번 신중히 검토해 보도록 은근히 충고해 왔다.

"원래 저들과 우리는 똑같은 이상의 깃발 아래 출발했다. 지금에 와서는 도저히 화합될 수 없는 것처럼 보이는 반목과 대립이라는 것도 기실은 그 이상의 실현을 위한 방안을 두고 생겨난 사소한 의견 차이에서 비롯됐다. 그것을 앞서간 사람들이 오늘날처럼 심각하게 만들었고, 특히 후진제국에 전파하는 과정에서도 삼갈 줄 몰랐다. 나는 때로 지금의 이 심각한 반목과 대립의 이면에는 우리들 공통의 적 자본주의 내지 제국주의의 획책이 숨어 있지 않은가 의심된다.

어쨌든 이 시점에서는 일본 제국주의라는 강력한 외부의 적을 맞기 위해 양쪽의 힘을 모으는 것이 우선 필요한 일로 여겨진다. 내부의 싸움은 외부의 적을 물리친 뒤에라도 늦지 않다.

다행히 국내에서는 조선공산당의 재건준비가 진행되고 있다고 한다. 지도자가 무모한 직접 행동으로 검거 투옥되거나 처형되면, 그가 이끌던 조직까지도 흔적 없이 소멸돼 버리는 우리측과는 달리 그들은 여러 차례의 검거선풍에도 불구하고 아직도 국내에 견고한 조직기반을 가지고 있다. 나는 일단 그들과 제휴하여 힘을 모으는 것이 우리의 이념에 더 충실할 수 있는 길이라고 여겨, 그들의 제안을 제군들과 검토해 보기로 약속했다."

동영이 속한 연구회 외에도 한두 개의 좌경단체를 더 이끌고 있던 영창은 그들에 대한 자신의 영향력을 믿는 것 같았다. 거의 설득에 가까운 그의 달변에도 불구하고 방안에는 약간의 동요가 일었다. 열렬한 '프루동' 숭배자인 젊은 토공인부(土工人夫)가 그 자리의 동요를 대표하여 물었다.

"그 제휴의 형식은 어떤 것입니까?"

"물론 가장 좋은 것은 대등한 조직으로서의 연합이다. 하지만 우리에게는 이렇다 할 구심점도 정비된 조직망도 없다. 내 개인적으로는 흡수되는 형태라도 감수할 작정이다."

그러자 갑자기 탁자를 치는 소리와 함께 격한 목소리가 영창의 말을 받았다. 고학으로 영어학교에 나가고 있던 강현석이란 학생이었다.

"그것은 패배주의에 지나지 않습니다. 위장된 전향입니다. 왜 자주인의 긍지를 스스로 포기하십니까? 우리 회를 지하 깊숙이 잠복시켜 새로운 조직의 모체로 삼는 제삼의 방법도 있습니다. 실천적이고 투쟁적인 흑색전사단(黑色戰士團)으로 길러갈 수도 있습니다."

"그게 불가능하다는 것은 동지 제군도 잘 알고 있을 거다. 경시청(警視廳)이 우리의 존재를 전혀 모르고 있다고 생각하면 그야말로 오산이다. 우리 회의 해체는 이미 전제되어 있다."

"그렇더라도 개별적인 직접 행동으로 나갈 수는 있습니다. 중앙집권적 볼셰비키로의 전향은 굴욕일 뿐 아니라 아무런 필연성도 없습니다. 차라리 누군가가 해야 할 일의 본보기로 깨끗이 죽는 것이 낫습니다. 우리에게는 언제나 먼저 출발하는 자의 영광이 기다리고 있습니다."

"루이 샤베(프랑스의 테러리스트)식의 감상이다. 무용한 피는 기왕에도 많이 흘려왔다. 지금 우리가 맞고 있는 적은 한 자루의 단도나 한 개의 다이너마이트로 제거할 수 있는 것이 아니다. 하지만 ─ 제군들에게 그런 의견이 있는 한 묵살하지는 않겠다."

그렇게 시작된 그날의 토론은 밤이 깊도록 계속되었다. 영창은 특유의 정연한 논리와 달변으로 설득을 거듭했으나, 시간이 갈수록 그들에 대한 그의 영향력은 한계가 드러나기 시작했다. 그들은 비록 젊고, 꽤 오랜 시간 영창에게서 정신적인 감화를 받아온 것은 사실이었지만, 그의 말 몇 마디로 일생을 인도할 이념의 별을 바꿀 만큼은 아니었다. 제휴라는 말의 신축성에도 불구하고 각자의 거취는 스스로의 선택에 맡긴다는 결론에 이르자 영창을 따라나선 것은 열한 명의 회원 가운데 단 셋뿐이었는데, 그것도 동영을 제외한 나머지 둘은 자기들의 역할이 겨우 박영창의 공산당 입당에 비중을 더해 주는 것에 불과하다는 것을 알자마자 떠나버리고 말았다.

그 나머지는 대개 회가 해체된 뒤에도 굳건한 아나키스트의 길을 갔다. 김시철, 즉 지금 눈앞의 김철도 그중의 하나였다. 당시 아직 예과에 다니던 그는 학부로 진학하고 나서도 여전히 그 계통의 운동에 관여하다가 예비검속에 걸려 학병에 지원하는 것으로 결말을 보았다. 정확한 날짜는 떠오르지 않지만, 40년대 초의 일이었다.

3

"양키들에게서 쓸 만한 것은 항공기와 술뿐이지."

갑작스런 김철의 목소리에 동영은 퍼뜩 눈을 떴다. 정규부대가 아니니만큼 모든 것은 약식으로 이루어졌지만, 대내의 군관 및 고급 전사들과의 상견례가 꽤나 피곤했던 모양이었다. 아니면 항공기와 국방군 낙오병을 경계하며 세 시간이나 달려온 거친 도로 때문이었을까. 이른 저녁식사를 마치고 김철이 경계배치를 돌아보러 나간 뒤 홀로 남아 있던 그는 언제부터인가 가벼운 졸음에 빠져 있었다. 밖은 벌써 해가 진 듯 깨진 창문으로 노을이 짙게 비낀 하늘이 보였다.

"사단사령부에서 내려온 거야. 한잔하세."

김철이 다시 손에 든 술병을 쳐들어 보이며 웃었다. 눈에 익은 위스키였다. 미군들이 버리고 간 것을 예하 부대에 나누어 보낸 듯했다.

"좋지."

동영이 반사적으로 대답하며 의자에서 몸을 일으켰다. 그때 김철을 뒤따라온 전사 하나가 램프에 불을 붙인 뒤 창문마다 두꺼운 천을 쳤다. 공습에 대비한 등화관제였다. 뒤이어 무쇠난로에 장작을 지피는 그에게 김철이 무뚝뚝하게 말했다.

"오늘밤은 이 중좌동무와 조용히 마시고 싶소. 돼지고기나 좀 가져다 놓고 돌아가 쉬시오. 쉴 수 있을 때 푹 쉬어두는 거요."

그러자 불 지피기를 마치고 방을 나간 그 전사는 잠시 후 커다란 남비 하나를 날라 와 이제 막 달아오르기 시작하는 난로 위에 얹었다. 김철이 뚜껑을 여는 걸 보니 양념이 된 돼지찌개였다. 저녁도 그걸로 포식한 터라 동영은 갑자기 속이 느끼한 기분이었다. 그러나 김철은 만족한 듯 교직원용의 의자를 난롯가로 당겨 앉으며 말했다.

"이리로 당겨 앉게. 벌써 이곳의 밤은 자네가 여지껏 살아온 남쪽의 한겨울 이상이지."

그리고 막 밖으로 나가는 당번 전사의 뒷모습에 힐끗 눈길을 보낸 뒤 오랫동안 참았다는 어투로 이야기를 꺼냈다.

"그런데, 참, 자네에게 하나 물어볼 게 있네."

"뭘?"

"올 때 함께 차를 타고 온 여자, 그 여자 잘 아는 사인가?"

"아니, 오는 길에 우연히 만나 태워줬지."

"그래? 걸어다닐 여자가 아닐 텐데?"

"타고 가던 모터찌클이 항공기에 당했어. 왜 그러나?"

"그럼 그 여자를 전혀 모른다는 뜻이군. 하기야 노획한 모터찌클을 개인적 빼내 타고 다닐 정도라는 것까지는 나도 거의 모르는 것과 같지만."

"어떤 여잔데? 아는 대로만이라도 말해 보게."

"내가 처음 입북했을 때는 소련 군사고문단과 함께 다니고 있더군."

"그리고?"

"그 뒤로도 몇 군데 뜻밖의 장소에서 봤지. 심지어는 한창때의 수안보(水安堡) 전선사령부에서까지."

"소련통인 모양이군. 어디 소속인데?"

"글쎄, 그걸 모르겠어. 언젠가 역시 소련통인 사단참모장에게서 들은 말이 있긴 하지만 통 종잡을 수 없는 여자야."

"사단 참모장이? 그가 무슨 말을 했기에?"

"여우 같고, 들개 같고, 뱀 같은 여자라던가. 3차 총공세 때 그 여자가 직접 사단사령부에 나타난 날이었는데 — 바로 그날 밤 그 참모장은 죽었지."

"건 또 왜?"

"전진속도가 느리다고 호된 비판을 당했다는 거야. 참모장으로서는 지나치게 전선에 접근했다가 폭격에 당했는데 어떤 친구들은 자살로 여기더구먼. 일부러 죽을 곳을 찾았다는 거네."

"불길한 여자군."

"유쾌한 여자는 못 돼. 죽음의 냄새에는 나도 어지간히 단련된 편이지만, 그 여자가 풍기는 냄새는 유난히 역해. 그런데…… 이번에는 어디로 간다던가?"

"산 너머 무슨 여단사령부라더군."

"있지. 급조된 건데, 이번에는 누구 차렌가…….'"

그렇게 혼잣말처럼 중얼거리는 김철의 얼굴에 언뜻 원인 모를 우울이 비쳤다. 팔로군 출신의 고급 군관에게서 느껴지는 선입견에는 어울리지 않는 인간적인 표정이었다. 살인 전문가로서의 음침함과 단련된 맹수의 표한(標悍)스러움이 숨어 있는 무표정 — 막연히 그런 것을 그들의 공통된 특징이라고 생각해 온 동영에게는 김철의 그런 표정이 문득 기이하게 느껴졌다. 그러나 김철은 이내 그 우울을 떨쳐버리듯 김이 솟기 시작하는 냄비뚜껑을 열어 젖히며 짐짓 쾌활하게 말했다.

"좋은 술에 멋진 안주다. 하기야 이런 호강도 기껏 앞으로 며칠 뿐일 테지만."

그리고 술병 마개를 비틀더니 양주잔으로는 좀 어색한 작은 사기종지가 찰찰 넘치도록 술을 따랐다.

"드세. 오늘밤은 혁명이고 이념이고 모두 잊어버리세. 계급도 직책도. 십 년 만에 만난 옛친구로 마음껏 마시는 걸세."

김철은 독한 위스키 한 종지를 단숨에 들이켰다. 그만큼 익숙하지 못한 동영도 첫 잔만은 참고 단숨에 비웠다. 오랜만에 마시는 탓인지 금세 속이 찌르르해 왔다. 그러나 김철은 잔이 비기 무섭게 또 한 잔을 채우더니 거푸 비웠다. 그 뜻밖의 만남이 거칠게 살아온 그의 지난 십 년을 잊게 해준 것 같았다. 동영에게도 그 해후는 감회

깊은 것이 아닐 수 없었다. 한 번도 같은 학교를 다녀 본 일은 없었지만, 고향이 같은 군이고 처지가 엇비슷한 그들은 이미 고보(高普) 시절부터 가까운 사이였다. 그때만 해도 경성(京城)으로 유학 가는 것이 흔치 않은 때라 같은 군이면 대개 서로 알고 지내게 마련이었지만 특히 그들을 가깝게 만든 것은 둘 다 일찍부터 열심이었던 학생운동이었다. 그리고 그 강도는 동경유학시절 앞서 말한 그 모임에 함께 나가게 되면서부터 더욱 커지게 되었다.

"자네 입산 경험이 있나?"

김철이 새로 잔을 채우며 물었다.

"전혀."

"그럼 빨치산 생활이란 게 어떤 건지도 전혀 모르겠군."

"주워들은 것뿐이네. 자네에게도 좀 들어둬야지."

"말로 들어서 알 수 있는 건 아니지."

만주에서의 항일빨치산 시절이라도 떠올린 것인지 김철의 이마에 깊은 주름이 패였다. 뺨에서 귀밑까지 이어진 칼자국인 성싶은 상처도 더욱 흉하게 번쩍였다.

"몹시 힘드는가?"

"생명이 인내할 수 있는 극한이지. 해방으로 모든 게 끝났다고 생각했는데……."

"그렇다면 왜 자원했나? 자네들은 모두 자원할 걸로 들었는데."

"그 얘기는 천천히 하지."

김철이 잠깐 문 밖의 동정에 귀를 기울이더니 서둘러 말허리를 자르며 잔을 들었다. 그리고 대화의 초점을 동영에게로 바꾸었다.

"그보다는 자네에게 묻고 싶은 게 많아. 입당은 언제였나?"

"이제 한 3년 되나?"

"뜻밖인데. 왜 그리 늦었나? 자넨 이미 동경에 있을 때부터 박영창 선생과 노선을 함께하지 않았나?"

"해방 전에는 모플(협력단체)에만 주력했지. 바로 박 선생님의 권고였네."

"해방 뒤에는?"

"전농(全國農民組合總聯盟)에 관계했어."

"입당이 왜 그리 늦어졌나?"

"대동아전쟁이 심해지자 일제의 감시 때문에 꼼짝할 수가 없었지. 캄풀라지를 위해 잠시 동척에서 농장장 노릇을 했네. 동지들의 권고와 박 선생의 승인 아래서였는데, 해방이 되자 그게 중대한 친일 경력이 되더군. 입당한 옛동지들이 증명해 주어도 당의 허가가 나지 않았어. 인민의 이목 때문이라나. 결국 서대문형무소에서 사상범으로 일 년을 살고 난 뒤에야 당성(黨性)을 인정받은 셈이지."

"전쟁 초에는 어디 있었나?"

"서울에."

"일한 곳은?"

"이승엽(李承燁) 선생이 임시지도부를 맡아 내려오셨을 때 그 밑에서 일을 보았네."

"후퇴도 서울에서였나?"

"아니, 수원에서였어."

"수원?"

"거기 있는 대학을 하나 얻어걸렸지. 그래도 거기 교직원들에게 는 학장님이었다네."

"그 나이에 학장이라 — 대단했었군."

"대단했지. 처음 가니까 학생은 하나도 없고 교수도 내가 가서 급 하게 끌어모은 일곱이 전부였으니까. 내가 배치된 날이 7월 하순이 라 그랬겠지만 아직 개전 한 달도 안 되는 일이었지."

동영의 때아니게 자조 섞인 목소리에 김철이 당황한 듯 입을 다 물었다.

전해 9월의 정당프락치사건에 걸렸다가 여섯 달 만에 집행유에 로 용케 몸을 빼낸 동영이 잠복처인 하계동(下溪洞)을 나와 이승엽 을 찾아간 것은 서울이 점령된 지 며칠 안 되는 7월 초순이었다. 땅 속에 파묻어두었던 당증 덕분에 면회는 어렵지 않게 이루어졌다. 다행히도 이승엽은 동영을 잘 기억하고 있었을 뿐만 아니라 얼싸안 을 듯 반갑게 맞아주었다.

"수고했소, 수고했소. 짧은 몇 해지만 정말 지독한 좌절의 세월이 었을거요. 우리는 평양에서 편안히 지낸 것처럼 보일는지 몰라도, 사실 남에서 외롭게 싸우고 있는 동지들을 잠시나마 잊은 적이 없 소. 그리고 이제 이렇게 왔소. 새날과 함께 온 거요. 우리 모두 힘을 모아 무너진 당(南勞黨)을 재건합시다.

박헌영 동지도 멀지 않아 서울로 오실 거요. 그분은 아직도 이동 지 집에 은신해 계시던 그 닷새를 잊지 않고 있으시오. 다시 만나면 정말로 반가워하실 거요."

동영에게는 그 같은 환대가 전에 없이 감격스러웠다. 그러나 그들로 보면 실로 동영과 같은 일꾼이 귀중하지 않을 수 없었다. 경찰에 의한 그해 3월의 당지도부 검거는 사실상 남로당의 재건을 불가능하게 만들었을 만큼 큰 타격이었다. 검거되어 처형된 사람은 물론 요행 검거를 면한 경우도 거의가 전향했거나 보도연맹(保導聯盟) 가입의 경력을 갖고 있어 다시 쓸 수 없게 된 탓이었다. 따라서 남로당의 재건으로 은연중에 자파세력의 확대를 꿈꾸고 있는 박헌영과 이승엽 일파에게는 동영처럼 별 오점 없는 당일꾼이 꼭 필요했다. 동영이 그 이튿날부터 일약 서울시 임시지도부 간부로 일하게 된 데에는 그런 막후의 사정이 있었다. 전쟁 전에만 해도 한낱 외곽단체의 상임위원에 불과했고, 더구나 그 직전 몇 달은 당과의 연계조차 끊어진 지하생활자에 불과했던 그로서는 놀라운 신분상승이 아닐 수 없었다.

돌이켜보면 검거를 면하기 위해 농부로 변신한 그가 하계동에서 보냈던 그 몇 개월은 거의 비참에 가까운 것이었다. 다급한 피신이라 혜화동의 큰 저택과 살림살이를 고스란히 포기한 채, 미리 준비해 두었던 그곳의 초가와 몇백 평의 밭에만 의지해 살게 된 그는 단순히 신분을 위장하기 위해서보다는 실제적인 가족의 생계를 위해서 일해야 했다. 아무런 준비없이 따라나선 가족들이 겪게 된 경제적인 궁핍은 말이 아니어서 그 자신이 밭에 나가 사는 것은 물론, 입고 있던 아내의 봄옷을 벗어 몇 되의 곡식과 바꾼 적도 있었다. 특히 전쟁이 터진 6월 한 달은 온 가족이 그가 손수 가꾼, 아직 덜 여문 감자로 하루 세 끼를 때우다시피 했다.

거기다가 육체적인 결핍과 익숙하지 못한 노동으로 고통스런 낮이 지나가면 또 길고 불안한 밤이 기다리고 있었다. 낮 동안 잊고 있던 체포의 두려움이 어둠의 요기(妖氣)와 함께 무섭게 그를 짓누르는 것이었다. 우연히 번득이는 회중전등빛이나 집 앞을 지나는 낯선 구두발자국 소리에 자리를 박차고 일어나 뒷담을 뛰어넘은 적도 한두 번이 아니었다.

그런데 이제 임시지도부에서 일하게 되면서 모든 것이 돌변하게 되었다. 적산(敵産)처럼 취급되어 경찰간부의 가족이 차지하고 살다가 역시 고스란히 비워두고 황급히 피난해 버린 혜화동의 옛집으로 동영의 가족은 개선장군처럼 돌아갔다. 배급은 무엇이든 충분하였고 여러 가지 생활의 편의도 우선적으로 제공되었다. 임시지도부로 나갈 때에는 미군이 버리고 간 고급 승용차에 호위병이 따를 때도 있었으며 돌아오면 또 누군가 구금된 우익인사의 가족들이 늙은 어머니에게 눈물로 구명(救命)을 호소하며 기다리고 있었다. 비록 그 자체가 목적은 아니었으나, 솔직히 말해 그때 한 실체로서 맛본 권력의 미각은, 이념의 아름다움이 주는 도취감이나 자신의 숭고한 희생은 뒤에 오는 역사가 반드시 보상해 주리라는 순교자적 신념이 가져오는 희열과는 비교할 수 없는, 어떤 보람 또는 성취감이었다.

하지만 이따금씩은 동영 스스로도 두려움이 일 만큼 빛나던 그 날들은 너무도 짧게 끝나버렸다. 어느 정도 조직이 정비돼 간다는 생각이 들기 바쁘게 북로당계의 간부들이 대량으로 남파되어 군사위원회를 배경으로 하루 아침에 시(市)임시지도부를 장악해 버렸다. 지하투쟁이나 기성의 조직기반도 없고, 남한 실정에도 어두운 그들이 실권을 잡게 된 표면적인 이유는 그들에게 합법적인 당사업 경험이 있다는 것이었지만, 그 이면에는 어딘가 서울시 임시인민위원회를 중심으로 자파세력의 신장을 꾀하는 남로당계에 대한 견제 의도가 엿보였다. 동영이 인민위원회에서 밀려나게 된 것도 아마 그 한 예였을 것이다.

"우리가 눈보라치는 만주벌판에서 왜놈들과 맨주먹으로 피어린 항쟁을 하는 동안에도 당신들은 동경의 따뜻한 하숙방에서 책권이나 뒤적이고 있었소. 물론 그렇다고 해서 당신들의 투쟁경력을 전적으로 부인하려는 것은 아니오. 일제 때부터 미제의 앞잡이가 날뛰던 지난 5년에 이르기까지 당신들이 벌여온 지하활동의 고초는 우리도 잘 알고 있소. 9월 공세 이후의 좌절도 당신들은 꿋꿋이 견뎌냈소. 하지만 당의 제일선은 순혈(純血)의 투쟁적인 프롤레타리아가 담당해야 할 것이오. 학교로 가시오. 거기야말로 당신들 회개한 부르주아가 마땅히 일할 장소요."

그것이 동영을 대학으로 보내면서 그들이 한 말이었다. 회개한 부르주아 — 그 말을 듣는 순간 동영은 강한 전류에라도 닿은 듯한 충격을 받았다. 당연히 누리게 되어 있는 삶에의 온갖 혜택을 스스로 포기했다는 점에서 처음 그 길을 출발할 때만 해도 은근한 자랑이며 긍지이기까지 했던 출신성분이 갑자기 하나의 부끄러움이요, 치유될 수 없는 상처로 변한 느낌 때문이었다.

묵묵히 짐을 꾸리는 그에게 온순하기만 하던 아내가 처음으로 강한 반발을 보였다. 해방이 된 후에도 6백 석 추수는 실히 되던 전답을 팔아 활동자금으로 한 푼 없이 날릴 때도, 검거된 그를 위해 경찰에 투신한 일본 유학시절의 동창에게 찾아갔다가 문 앞에서 쫓겨난 뒤 면회를 온 날도, 그리고 지난 몇 달간의 그 참담한 은신 때에도 불평하는 기색 한번 비치지 않던 그녀였다.

"내가 원하는 세상만 온다면 어디서 무엇을 하든 그게 무슨 상관이오? 더구나 대학의 학장 자리도 이 나이에는 과분한 것이오."

그는 그렇게 얼버무렸지만 가슴 한가운데를 불어가는 한줄기 찬바람을 느끼지 않을 수 없었다. 거기다가 처음 부임지인 그 농과대학에 도착했을 때의 황량함이란. 이쪽저쪽으로 뽑혀 가거나 어디론가 숨어버려서 학생들은 거의 없고, 전부터 사상적으로 동조해 온 젊은 교수들만 몇 명 남아 폭격에 반 이상 무너져내린 학교를 지키고 있었다. 그리고 그 한구석에는 전직 수위(守衛)며 시험장 인부, 잡무수(雜務手) 같은 사람들이 대학위원회란 간판을 달고 까닭 모를 적의로 동영을 맞았다.

유적(流謫)과도 흡사한 느낌을 억누르며 텅 빈 기숙사 한구석에 짐을 푼 동영은 다음 날로 학교를 되살리는 일에 착수했다. 마음속의 공허가 때로는 맹목적인 열정의 형태로 나타날 수도 있다는 것은 그 자신이 생각해도 이해 못할 일이었다. 어쨌든 — 이리저리 뛰어다닌 끝에 간신히 교수진을 구성하고 학생도 몇 명 끌어모아, 그럭저럭 새학기가 되었을 때는 형식적이나마 개강을 할 수 있었다. 앞뒤 돌아볼 틈도 없이 북으로 퇴각하던 트럭 한구석에 앉던 날로부터 불과 보름 전의 일이었다.

"어머님께서는 어디 계시나? 부인과 애들은?"

말없이 잔을 비우며 생각에 잠긴 동영을 한동안 바라보던 김철이 다시 불쑥 물었다. 대학시절의 어느 여름방학 때 상건이란 친구와 함께 동영의 시골집을 찾은 적이 있어 김철은 동영의 어머니와 갓 시집 온 아내 정인(貞仁)을 본 적이 있었다. 술자리가 지극히 사적으로 되면서 자연스레 생기게 된 김철의 궁금증이겠지만, 그 같은 물음은 어떤 불의의 타격처럼 동영이 애써 잊고 있던 아픔을 일깨웠다. 황망한 월북길과 뒤이은 두 달의 엄혹한 훈련에 힘입어 이를 악물고 외면해 온 쓰라린 기억들이 한꺼번에 떠오른 것이었다.
　비록 점령지역의, 임시적인 것이기는 하지만, 그래도 한 대학의 학장이고 한때는 수도 서울의 인민위원회에서 간부로 일했던 자신의 초라한 후퇴길. 적지에 팽개치듯 버리고 온 늙은 어머니와 아내, 그리고 어린 삼남매. 특히 집결지로 가기 전 그들과 마지막 이별을 나누었던 농업시험장의 콩밭 모퉁이를 떠올리자 동영은 자신도 모르게 콧등이 시큰해 왔다. 눈물을 감추는 아내 곁에서 오직 아들의 앞날만을 걱정하며 머뭇거리는 자기에게 어서 떠나라고 손짓하던 늙은 어머니. 아무것도 모르는 아이들은 이미 누른빛을 띠기 시작하는 콩밭 이랑 사이를 뛰어다니며 장난을 치고 — 얼마 후 그가 탄 트럭이 다시 그곳을 지나갈 때도 그들은 여전히 그곳에 머물러 있었다……. 오, 모두 살아만 있어 다오. 이제 곧 돌아간다, 살아만 있어 다오.
　동영의 침울한 침묵에 이내 자신의 실수를 알아차린 김철이 얼버무리듯 어색하게 덧붙였다.
　"이 난리통에 누구의 가족인들 무사할까만……."

"모두 남쪽에 두고 왔네. 마지막으로 일하던 그 수원에."

동영이 간신히 감정을 억누르며 대답했다. 그리고 괴로운 상념을 떨쳐버리기나 하듯 김철에게로 말머리를 돌렸다.

"이젠 내가 물을 차롈세. 정말 놀랐네. 자네가 볼셰비키의 영웅적인 전사가 되어 있다니. 끝까지 굳건한 아나키스트로 남아 있을 줄 알았지. 그래 전향은 언제였나?"

"43년일 거야. 관동군에서 탈출해 투항한 데가 소위 동북항일 연군이었지. 조선인이라니까 방호산(方虎山) 사장(師長)의 166사(師)로 보내주더군. 거기서 그들과 함께 지내면서 나는 비로소 중앙집권적 조직의 위력을 실감하게 됐다네. 잘 통제된 조직은 이 세상의 힘 가운데 가장 강력한 힘이었어. 그걸 무시하거나 자주인 같은 추상적인 개체의 집합으로 대체하려 드는 것은, 그 이상이 아무리 아름답고 완벽한 것일지라도 이 땅 위에서는 결코 이룩될 수 없으리라는 생각이 들었지. 극단으로 말해 아나키즘은 무리한 낙관주의와 근거 없는 성선설(性善說) 위에 세워진 몽상가들의 주관적인 허구에 지나지 않는다는 느낌이었네. 트카쵸프나 레닌이 일찍 꿰뚫어 본 것도 바로 그런 점일 거야."

"듣고 나니 더욱 뜻밖이군. 나는 진작 이 길로 돌아섰지만, 아나키즘이 가진 이념으로서의 아름다움이나 순수함은 쉽게 잊혀지지 않았네. 그런데 끝까지 버티고 있던 자네가 그렇게 철저하게 노선을 바꾸다니⋯⋯. 자네와 함께 남아 있던 다른 친구들이 궁금하군."

"아다시피, 학병으로 끌려온 뒤로는 나 역시 아무도 다시 만나지 못했어."

"그래도 현석이야 어떻게든 거기 남았겠지."

"그라면 알고 있지. 아닐세."

"아무도 다시는 만나지 못했다면서?"

"깜빡 잊었네. 그만은 석 달 전에 한 번 만났었지. 낙동강 전선에 서였는데, 그는 지리산에서 내려와 우리 작전에 참가하고 있었어."

"그가? 지리산이라구?"

"제2병단(지리산지구)의 무슨 지대장(支隊長)이라던가."

그 말을 듣자 문득 동영의 눈앞에 현석의 추악하다고밖에는 표현할 길이 없는 얼굴과 작달막하고 어딘가 병신스런 몸집이 떠올랐다. 자주실천연구회의 마지막 날 밤 탁자를 치며 '먼저 출발하는 자의 영광'을 말하던 영어학교의 학생이 바로 그였다.

동영이 현석을 처음 만난 것은 동맹휴학으로 제일고보에서 퇴학당한 그가 돈으로 우겨 간신히 편입해 간 제이고보(第二高普)에서였다. 우연히 같은 학급에서 만나게 된 현석은 그때만 해도 그저 한과 설움으로만 뭉쳐진 것 같은 가난한 고학생에 지나지 않았다. 따라서 그런 현석과 부유한 지주의 외아들인 그는 동급생 가운데서도 오히려 서먹한 사이였는데, 그나마 현석의 갑작스런 중퇴로 그들의 인연은 채 일 년도 가지 못했다.

그런데 삼 년 후에 앞서 말한 박영창 선생의 그 사상연구회에서 다시 만나게 됨으로써 일견 영영 끊어진 듯하던 그들의 인연은 새로 이어지게 되었다. 말이 좋아 동경유학이지 이번에도 현석은 여전히 어려운 고학생에 지나지 않았다. 그러나 전처럼 한과 설움으로 뭉쳐진 왜소한 국외자가 아닌, 철저한 증오로 무장된 반항아로서 그 모임에서는 가장 과격한 행동파의 하나가 되어 있었다.

현석은 표면상으로는 바쿠닌의 제자를 자처했지만 실상 그의 사상은 역사상의 모든 급진주의 내지 과격파의 행동강령을 러시아적 허무주의의 바탕 위에 끌어모아 둔 것과 비슷했다. 그는 이따금씩 동영과 같은 비교적 온건한 회원들에게 말하곤 했다.

"파괴는 혁명의 꽃이다. 파괴는 가장 완벽한 창조의 조건, 아니 바로 그 시작이다. 그런데 너희들은 우유부단하고 심약한 주제에 욕심만은 지나치게 부리고 있다. 파괴해야 할 것들에 지나치게 연연해하고, 그것을 옹호하는 낡은 제도나 장치에 대해서도 본능적인 외포감(畏怖感)을 버리지 못하면서도, 두 눈은 이대로는 도저히 이룰 수 없는 먼 앞날의 이상에 머물러 있다. 다시 말해 자기 세대에 맡겨진 파괴를 망설이거나 두려워하면서도 다음 세대가 맡게 될 창조를 논의하고 있는 것이다. 포복절도할 주객전도거나 ― 분담(分擔)을 핑계로 하는 간교 또는 비겁이다. 자기를 내던져 파괴를 이룩한 동지들의 시체 위에서 감미로운 창조의 과실을 분배받겠다는 영악한 계산이 아니면 자기희생에 반드시 따르게 마련인 고통에 대한 두려움에서 온.

하지만 아무래도 좋다. 나는 기꺼이 파괴의 역할을 떠맡는다. 피 흘리며 쓰러진 사냥감의 고기를 다투는 이리떼처럼 너희들이나 오래 살아남아 쓰러진 자본주의를 두고 육욕의 몫을 다투어라. 언제든 때가 오면 나는 맑고 깨끗한 이념, 자유와 평등에 대한 더럽혀지지 않은 열정을 품은 채 이 대지를 떠나겠다. 이 아시아적 전제국가의 잔재와 일본 제국주의의 해독을 깨끗이 쓸어버릴 수만 있다면 언제든 기쁘게 이 한 몸을 던지겠다. 무엇이든 자주인적 성취를 방해하는 것은 가차없이 절멸시킨다."

그 무렵의 일반적인 경향대로 현석도 상당한 독서가였으나 동영은 그가 체계적인 이론서적들을 읽는 것은 거의 본 적이 없다. 그가 세들어 살던 좁고 어두운 다락방에서 볼 수 있는 것은 기껏 블랑키의 소저(小著)나 바쿠닌의 서한집에 여러 혁명의 격렬한 팸플릿 따위였고, 때로는 이미 한물간 고다(古田大次郎, 참살당한 大杉榮의 복수를 하려다가 검거되어 사형당한 20년대의 日本 아나키스트)의『죽음의 참회』같은 수기류(手記類)도 눈에 띄었다. 나중에 바쿠닌에 정착한 것도 그런 그의 비체계적이고 무논리한 성향과 어떤 연관이 있었을 것이다. 그 무렵의 그가 특히 주문처럼 외우곤 하던 것은 이미 대부분의 사람들이 바쿠닌의 말이라기보다는 네차예프의 조작으로 의심하던『혁명가의 교리문답』에서 뽑아낸 구절들이었다.

"혁명가란 서원(誓願)을 세운 자다. 그는 유일무이의 관심에, 유일의 사고에, 그리고 유일의 정열에, 즉 혁명에 완전히 몰두하지 않으면 안 된다. (……) 그는 유일의 목적, 유일의 과학, 즉 파괴를 가지고 있다. (……) 그와 사회와의 사이에는 간단없는, 죽음에 이르는 전쟁이 있다. (……) 그는 사형을 선고받아야 할 사람들의 리스트를 만들고, 상대적인 죄악의 순서에 따라 판결을 재빨리 집행하지 않으면 안 된다. (……) 그는 냉철해야 한다. 죽음을 각오하고, 고문을 이겨낼 힘을 기르고, 개인감정은 일체 죽여버릴 각오가 있어야 한다. 염치라는 것이 자기목적에 방해될 경우에는 염치까지도 없애 버려야 한다(……)."

그런 현석의 파괴적인 경향과 허무주의는 세상의 모든 것에 대한 증오에 기초하고 있었다. 그리고 그 증오는 이념에서 출발된 추상적인 것이 아니라 자신의 삶에 깊이 뿌리박고 있는 구체적이고도 생생한 것이었다. 그 한 단적인 예가 나중 어느 정도 가까운 사이가 된 뒤에야 그로부터 듣게 된 자신의 출생에 얽힌 내력이었다.

현석은 항상 자신의 출생을 '부르주아적인 죄악의 산물'로 불렀다. 그의 아버지는 낡고 불합리한 시대의 한 전형인 부패한 대지주로서 거기서 얻게 된 온갖 혜택과 여유를 오로지 성적인 쾌락을 추구하는 데만 소비한 사람이었다. 현석의 어머니는 해방된 종의 딸로 법적으로 자유를 얻은 뒤에도 경제적으로는 여전히 하녀란 이름으로 예속돼 있다가 주인의 호색에 희생이 된 가엾은 여자였다. 사실인지 아닌지는 알 수 없지만, 그의 일그러진 것 같은 얼굴과 작달막하고 뒤틀린 듯한 몸은 남편의 불륜을 눈치챈 마나님이 잉태한 하녀(현석의 어머니)에게 억지로 먹인 낙태약 때문이라는 말도 있었다.

현석의 친아버지는 그래도 일단 그가 태어나자, 일찍부터 그를 자식으로 인지하고 집으로 데려다 길렀다. 덕분에 그는 칠십 칸이 넘는 친아버지의 큰 저택에서 보통학교를 마칠 수는 있었지만 그동안 어린 그가 겪었던 학대와 수모는 듣기에도 눈물겨운 것이었다. 위로 열 명에 가까운 여러 갈래의 배다른 형제들이나, 본처에게는 물론 집안의 남녀 일꾼들에게까지도 그는 밉살맞은 천덕꾸러기에 지나지 않았다.

견디다 못한 현석이 그 지옥 같은 저택을 빠져나온 것은 보통학교를 졸업한 그 이듬해였다. 서울에 살고 있다는 생모를 찾아나선 것이었으나, 이미 다른 데로 출가해 아이를 셋씩이나 둔 그녀에게도 그가 그리 달가운 자식일 리는 없었다. 따뜻한 밥 한 끼 얻어먹지 못하고 돈 몇 푼을 얻어 다시 거리로 밀려난 그는 그때부터 세상과의 서럽고 고달픈 싸움을 시작했다. 그 뒤 친아버지로부터 이따금씩 도움을 받았다고는 하지만 어린 몸으로 학비와 생계를 함께 벌어야 하는 그가 겪은 세월이 어떤 것이었을까는 듣지 않아도 짐작할 만한 일이었다. 동영과 함께 다니던 고보를 중도에 그만둔 것도 결코 그 같은 환경과 무관하지 않으리라.

그러다가 동경행을 전후하여, 한과 설움의 형태로만 존재하던 현석의 증오는 드디어 그 직접적인 불꽃을 보이기 시작했다. 그로부터 직접 들은 것은 아니지만, 그가 동경으로 올 여비나마 마련할 수 있었던 것도 시퍼런 칼을 방바닥에 꽂아놓고 시작한 친아버지와의 담판 덕분이라는 말이 있었다.

그 모든 것을 알게 된 뒤로 동영은 가끔씩, 사상이란 현석에게 있어서는 자신의 격렬한 증오를 미화하고 정당하게 만들어줄 도구의 하나에 지나지 않을는지도 모른다는 의심에 빠져들곤 했다. 하지만 어쨌든 현석은 가장 늦게까지 자기가 한번 선택한 그 이념에 충실하여 숨소리조차 크게 내기 힘들던 대전중에도 그는 자기가 선고한 사형을 집행하기 위해 니트로글리세린을 제조하고 있었다. 그러다가 작업실로 쓰던 다락방에 불이 나 그가 꽤 심한 화상을 입은 채 검거되었다는 소식을 들은 것은 동영이 대학을 졸업하고 귀국한 그 이듬해인 1942년의 일이었다.

"그가 다 전향을 했다니, 정말 믿기지 않는군. 알 수 없어……"

현석에 대한 기억을 더듬던 동영은 혼잣말처럼 중얼거렸다. 그 말에 김철도 무언가를 잠시 생각하는 표정이더니 조심스레 입을 열었다.

"실은…… 사상적으로 완전히 전향을 한 것인지는 확인하지 못했네. 그는 확실히 지리산 지구의 제2병단에 속해 있었지만, 몇 가지 어딘가 석연치 않은 점이 있었어. 우선 그는 부근의 빨치산 대장 중에서 가장 과격하고 혹독하다는 평판이었지. 주민들이나 토벌대는 물론 동료들까지도 그의 무자비한 수단에 혀를 내두를 만큼. 정규군과는 달리 정치와 전투를 함께 수행하는 빨치산으로는 도무지 생각할 수 없는 태도였어. 어쩌면 그는 맑스·레닌이 제공한 무기로 자신의 흑색(黑色, 아나키즘적) 파괴를 일삼고 있는 것이나 아닌지 모르겠네."

"또 다른 점은?"

"우리가 후퇴할 때 보여준 그의 행동이야. 그는 북으로 퇴각하기에 훨씬 좋은 위치에 있었지만, 굳이 진격하는 UN군을 돌파해 가면서까지 다시 지리산으로 돌아갔네. 내가 그대로 함께 북상하자고 했는 데도 들은 척을 않더군."

"이유는 뭐든가?"

"거기가 자신이 있어야 할 곳이라는 걸세. 자신의 역(役)에 지치고 싫증난 배우처럼 말했지만, 이제 와서 가만히 생각해 보니 자기의 운명을 깨닫고 그것에 순응한 것 같은 생각도 들어."

"그의 운명이라고?"

"죽음 말이네. 어떤 혁명에서건 그와 같은 역할을 맡은 사람은 오래 살도록 운명지어져 있지 않아. 혁명이 요람기에 있을 때부터 그의 죽음은 양쪽 모두가 요구하게 되지. 바꾸어 말하면, 혁명세력으로부터는 자기들의 존재를 과시해 줄 희생양 또는 기폭제로, 그리고 반(反)혁명세력으로부터는 그의 등뒤에 숨어 있는 교활한 이론가나 음모집단에 대한 위하(威嚇)의 수단으로, 혁명이 진행중일 때도 마찬가지야. 한쪽에서는 실질적인 투쟁의 전위(前衛)로, 다른 쪽에서는 가장 먼저 제거해야 할 부담스럽고 위험한 적의 전력(戰力)으로 여겨 그의 죽음을 원하게 되지. 혁명이 끝났을 때에도 그의 운명은 달라지지 않아. 실패했을 때는 가장 극렬한 반란분자로 지목돼 상대편에게 처형되고, 성공했을 때에는 혁명과정에서의 여러 가지 오류와 혼란을 그의 개인적인 과오로 떠맡고 동지들의 손에 제거되게 되어 있으니까."

그런 김철의 얼굴에는 까닭 모를 침울이 짙게 서렸다.

"설마하니……."

"도대체가 — 그는 너무 많이 죽인 것 같았어. 배다른 형제들까지도 반동으로 처형했다는 소문을 듣고 이형상(李鉉相) 사령(司令)도 고개를 설레설레 젓더라는 거야. 한번은 밀고자가 있다는 이유로 한 마을을 깡그리 태워 병단(兵團) 사령부의 문책을 받은 일이 있을 정도였네."

"무서운 증오로군."

"확실히 그는 너무 심했어. 하지만 지금 우리도 그 증오 속으로 찾아가고 있다는 걸 잊지 말게."

거기서 김철의 얼굴은 한층 침울해졌다. 여전히 현석의 신산스런 지난 삶에 마음이 쏠려 있던 동영은 그 말에 가벼운 반발을 느꼈다.

"이념적인 증오와 사적인 원한은 구별돼야 하지 않을까? 내가 말한 현석의 증오란, 그가 살아가는 동안에 겪은 여러 가치박탈의 체험이 응어리진 것일세. 그게 과격하고 파괴적인 사상과 야합한 경우와 우리가 이념의 적을 위해 준비해야 할 정당한 증오와는 구별돼야 한다고 생각하네."

"이념의 적에 대한 정당한 증오라고?"

김철이 동영을 보며 비꼬는 듯한 쓴웃음을 지었다.

"그런 건 없네. 증오란 언제나 사적이야. 기껏해야 그럴듯한 이념의 탈을 쓸 뿐이지. 한 가지 예로, 내가 진주했던 남쪽의 어떤 마을에서는 백정출신의 면 인민위원 하나가 거의 주민 전부를 처형되어 마땅한 악질 반동이나 스파이로 몰더군. 그러나 그의 주장은 언제나 무산계급을 위해서라는 것이었네. 가만히 살펴보면 얼마나 교묘하게 자기합리화를 시키고 있는가의 차이일 뿐, 이념적인 증오란 종종 탈을 쓴 사적 원한에 지나지 않아."

그의 전력이 의심스럽게 여겨질 만큼 뜻밖인 김철의 말이었다. 귀중한 젊은 날의 태반을 낯설고 먼 이국땅에서 항일유격대원으로 보냈으며, 지난 다섯 달의 전쟁기간에는 남북의 중요한 격전장을 거의 제일선에서 겪었고, 이제는 한 유격 전구(戰區)를 맡아 적지로 잠입할 빨치산 지휘자의 말로는 도무지 어울리지 않았기 때문이었다. 무언가가 있다 — 그제서야 동영은 그 밤의 술자리까지도 이상하게 여겨졌다. 비록 십 년 만에 만난 옛친구라고는 하지만,

이미 몸에 밴 계급과 직책을 깨끗이 잊고 자기와 함께 술과 추억에 젖어들 수 있는 김철의 감정상태에 문득 의혹이 느껴진 것이었다. 그러나 김철은 그런 동영의 내심에는 아랑곳없이 다시 한잔을 비운 뒤 화제를 바꾸었다.

"박영창 선생과는 연락이 닿고 있나?"

"아, 그거 —."

동영이 퍼뜩 자신의 생각에서 깨어나며 대답했다.

"재작년에 당 지도부와 함께 월북하신 뒤에는 간간 소식만 듣다가 전쟁이 터진 뒤에야 서울서 잠깐 뵈온 적이 있지. 문화선전성에서 일하고 계시는 모양이던데, 그때 총총히 뵈온 게 마지막이었어."

"문화선전성? 그 정도의 투쟁경력에다 선동과 조직의 기술이면 달리 쓰일 데도 있을 텐데……."

"여남은 명의 젊은 공작요원을 이끌고 군을 따라 남으로 가셨네. 어쩌면 자네도 뵐 수 있었을 텐데……."

그러나 김철은 대답 대신 잠깐 생각에 잠겼다가 이번에는 다른 이름을 꺼냈다.

"윤상건(尹庠建)이던가, 그때 자네와 함께 박 선생을 따라간 친구는 어찌 됐나?"

"기회주의자로 은신했네. 그때 나와 함께 잠시 박 선생 밑에서 일하다가, 해방 전에 이미 손을 씻고 고향에 돌아가 파묻혀 버렸지. 해방된 이듬해 그 지역의 전농(全農)조직을 맡기려고 찾아간 적이 있는데 깨끗이 거절당했어. 물려받은 큰 과수원에 전념하고 있더군."

"거절한 이유는?"

"그게 석연치 않아. 그의 말로는, 이 미친 세월이 지나갈 때까지 조용히 농사나 짓겠다는 거였네. 자기의 유일한 소망은 아내와 자식들을 거느리고 무사히 닥쳐올 환란의 폭풍을 피하는 것이라더군. 사실 그걸 기회주의라고 말할 수 있을는지 모르지만, 그 거절이 너무도 침착하고 명료해서 기분이 상할 정도였네. 한밤중에 술상을 둘러엎고 나오는 데도 가만히 앉은 채 잘 가라는 인사뿐이더군. 그와는 그게 마지막이었네."

"박 뭐던가, 그때 우리 회에서 자네와 유달리 가깝던 친구가 하나 더 있었지, 그는 어떻게 됐나?"

김철이 불쑥 물어놓고 문득 겸연쩍은 기분이 들었던지 변명하듯 덧붙였다.

"내게 있어서 정상적인 젊음은 역시 자네들과 함께이던 때였어. 그 뒤의 8년은 — 믿지 않겠지만 한바탕의 어지럽고 사나운 꿈만 같네. 특히 이렇게 자네와 마주앉게 되고 보니 더욱."

무언가가 있다 — 동영은 그의 어조에서 한 번 더 그런 느낌을 받으면서도, 먼저 물음에 충실하게 대답했다. 한 인간의 비극적인 최후가 갖는 감동의 무게 때문이었다.

"박영규(朴英規)를 말하는군. 그는 우리 가운데 가장 늦게까지 흑색운동에 관여한 셈이 되네. 조선무정부주의자총연맹(朝鮮無政府主義者總聯盟 : 46년 경남 安義에서 결성)을 거쳐 독립노동당(獨立勞動黨 : 최초의 국내 아나키스트 정당)까지 갔으니까. 아, 참, 그때 언뜻 강현석을 본 적이 있다고 그랬는데…….

어쨌든 그러다가 48년에야 불쑥 우리 쪽으로 넘어왔네. '낡고 부패한 세계가 바닷속으로 침몰하고 그것과 무관한 세계가 돌연 솟아오르도록 할 마술은 없다'(陳獨秀의 아나키즘 批判의 한 구절)는 걸 새삼 깨달았다는 고백이었네. 아마 자기 당에 느낀 환멸 때문이었던 것 같았네. 그러고 보니 자네하고도 비슷한 동기가 되겠군. 생각해 보게. 그 무렵의 북새통 속에 합법적인 아나키스트 정당이란 게 어떤 것이었겠나?

하지만 — 불행히도 그는 당한 것 같네……."

"당하다니? 죽었단 말인가?"

"거의 틀림없을 거네. 그는 나와 같은 계열에서 일하다가 함께 검거됐었지. 그런데 늦게 출발한 자의 조바심이 그를 외견상 그 사건의 주모자로 만들었네. 함께 검거된 어떤 요인을 단순한 방조자로 빼돌리기 위해 꾸민 재판정에서의 연극에 그가 주모자의 역할을 자진하여 떠맡고 나선 거야. 그보다는 그 사건에서 비중이 컸던 나도 돈과 연줄로 겨우 일 년만에 풀려났는데 그가 십 년을 언도받게 된 것은 그 까닭이었네.

그런데 서대문형무소에서 복역을 하는 중에 이번 전쟁이 터져버렸어, 알 만하지 않은가? 실제로 임시지도부에서 일할 때 나는 서대문뿐만 아니라 다른 여러 해방지구의 형무소에서 풀려난 소위 그 애국지사(사상범)들 명단을 살폈지만 끝내 그의 이름은 보이지 않았네. 살아서 누구를 찾아왔더라는 말도 듣지 못했고……."

"그렇다고 반드시 죽은 걸로 단정할 수는 없지 않나? 대구나 부산의 형무소로 옮겼을지도……."

"기대할 수 없는 일이네. 김삼룡(金三龍), 이주하(李舟河)를 생각해 보게. 또 우리는 어쨌나? 다급한 후퇴길에도 사상범, 아니 반동들을 모시고 다녔나?"

"안됐군."

김철은 그 말을 끝으로 한동안 입을 다물었다. 이미 밤이 깊어진 것 같았다. 이따금씩 멀리서 은은하게 들리는 대포소리나 위압적인 항공편대의 야간 공습 포성뿐 사방은 고요했다. 마신 양에 비해 크게 취해 오는 것 같지는 않았으나, 지난 두 달의 고된 육체적 단련과 정신적인 통제 아래 움츠러들 대로 움츠러들어 있던 동영의 감정은 차츰 발산적으로 되살아나기 시작했다.

"자네 무슨 일이 있지?"

마침내 참지 못한 동영이 언제부터인가 궁금하던 일을 불쑥 물었다.

"......?"

김철이 말없이 동영을 건너보았다. 어딘가 억제되어 있긴 하지만 당황과 우려의 그늘이 느껴지는 눈길이었다. 동영은 그걸 놓치지 않겠다는 듯 잘라 말했다.

"그동안 나는 자네 같은 사람들을 더러 보았어. 특히 지난 두 달간 우리를 훈련시킨 사람들 가운데는 자네와 비슷한 경력을 가진 사람이 여럿 있었지. 그런데 자네는 이상해. 그들과 달라."

"무슨 소리야?"

김철이 어이없다는 듯 피식 웃었다. 그러나 그 웃음 역시 어딘가 억지스런 데가 느껴졌다.

"오늘밤의 이 지극히 사적인 술자리와 감상적인 태도로부터 까닭 모를 허탈이 배인 말투에 이르기까지 ─ 팔로군 출신의 산전수전 다 겪은 혁명전사로는 도무지 어울리지 않아. 앞으로 적지에서 어려운 대남 유격전을 지휘해야 할 사람으로는 더욱."

"물론 우리가 남보다 많은 극한 상황을 겪은 건 사실이지만, 그렇다고 십 년 만에 만난 옛친구와 허심하게 술 한잔해서 안 된다는 법도 없지 않은가?"

"그렇다면 묻겠네. 아직도 자네의 가슴에는 찬연한 이념의 불꽃이 타오르고 있는가? 아직도 혁명과 유혈에 대한 희망이 살아 있단 말인가?"

어쩌면 이 물음은 나 자신에게 던지고 싶은 것인지도 모른다 ─ 동영은 그런 느낌까지 들며 단숨에 말했다.

"묻는 자네는?"

김철이 애써 웃음기를 잃지 않은 채 되물었다. 오히려 동영을 살피는 듯한 데까지 있었다. 술 탓인지, 동영은 더욱 걷잡을 수 없는 기분이 되어 서슴없이 대답했다.

"모르겠네. 아는 것은 다만 마비와도 같은 둔감, 까닭 모를 공포와 혼란, 그리고 끝 모를 무력감……."

자신에게까지 막연하던 것이 갑작스레 명료해지는 데 놀라며 동영이 하나하나 자신의 마음속을 그려갈 때였다. 김철의 얼굴이 문득 굳어지며 동영의 말을 가로막았다.

"그만 해."

나지막하나 명령조로 그렇게 말한 뒤 자리에서 벌떡 일어난 김철이 문쪽으로 뚜벅뚜벅 소리내어 걸으며 약간 목소리를 높였다.

"곤란한 정치위원동무로군. 오늘밤 본 연장(聯長)의 언동에 과오가 있으면 기꺼이 비판을 받겠소. 하지만 스스로 회의분자임을 고백하거나 패배주의에 동조를 구하고 싶어서이라면 흥미가 없소. 술자리는 이쯤에서 끝내도록."

그제서야 동영도 창문 밖에서 가벼운 인기척을 느낌과 아울러 김철의 갑작스런 변화가 그것과 어떤 관련이 있을지 모른다는 생각을 했다. 하지만 그의 굳은 표정에는 무언가 아픈 곳을 건들린 자의 노여움도 분명 깃들어 있었다.

무엇이 그토록 그의 심기를 상하게 했는지, 또 그렇다면 어디서부터 어색해진 그 자리의 분위기를 풀어가야 할지 몰라 동영이 잠시 할 말을 잊고 있는 사이에 김철은 그대로 문을 열고 밖으로 나가 버렸다. 열린 문으로 바람이 들이친 것인지 길게 기른 그의 머리칼이 문득 쓸쓸함을 느끼게 할 만큼 스산하게 날렸다.

4

…… 강당 안은 열기로 가득 차 있었다. 연사들은 저마다 피 끓는 목소리로 모스크바 삼상회의(三相會議)를 규탄하고 신탁통치(信託統治) 결사반대를 외쳐댔다. 연설이 끝날 때마다 강당이 떠나갈 듯한 박수소리와 함께 여기저기서 지지와 성원의 고함소리가 터져 나왔다. 격한 감정을 못 이겨 단상으로 뛰어오른 어떤 청년은 손가락을 깨물어 '신탁통치 결사반대'와 '대한독립만세'를 피로 써보이기도 했다.

정인은 벌써부터 가슴을 두근거리며 때를 기다리고 있었다. 집을 나설 때부터 잔뜩 흐리던 하늘이 기어이 비를 뿌리는 듯 먼지 앉은 유리창에 몇 줄기 사선이 비쳤다. 날도 저물어가는지 강당 안은 미리 가설해 둔 몇 개의 백열전구에 온전히 의지하고 있는 것 같았다. 누군가가 지나가면서 건드리는 바람에 정인은 본능적으로 두 손을 아랫배로 가져갔다. 그렇지 않아도 임신 6개월로 눈에 띄게 부른 배에 덧붙여 싸매 둔 삐라뭉치가 몹시 거북살스러웠다. 후덥지근한 날씨로 거의 악취에 가까운 실내의 땀냄새도 이상하게 메스꺼움을 일으켰다. 거기다가 때가 가까울수록 늘어나는 불안에 정인은 이미 몇 번이나 확인한 시계를 다시 보았다.

3분 전. 그녀는 조용히 주위를 둘러보았다. 주위가 조금씩 술렁이기 시작했다. 그녀를 중심으로 원진(圓陳)을 치듯 한 무리의 청년들이 천천히 움직이고 있었다. 그들 가운데에는 신분을 위장함과 아울러 조직의 연락처로 쓰기 위해 남편 동영이 경영하는 서점의 점원이나 이따금씩 나타나 학비를 타 가는 학생들 같은 낯익은 얼굴도 더러 눈에 띄었다. 그들로 약간 마음이 가라앉은 그녀는 가만히 손을 치마 속으로 집어넣어 아랫배에 묶어둔 삐라뭉치를 풀었다. 언제든 필요하면 재빨리 꺼낼 수 있기 위한 준비였다. 불은 정확히 예정된 시간에 꺼졌다. 누군가가 전선을 절단하거나 배전판 스위치를 내려버린 듯했다. 그 정전과 함께 갑자기 찾아든 어둠을 신호로 강당 안은 지금까지와는 전혀 다른 종류의 소란에 빠져들었다.

"개수작 집어쳐라."

"미제국주의자의 앞잡이들을 끌어내라."

"우리는 모스크바 삼상회의를 지지한다."

"찬탁(贊託)만이 살 길이다."

여기저기서 터져나온 그 같은 고함소리에 한편으로는 놀라고 한편으로는 성난 목소리가 맞받았다.

"빨갱이다. 적색 테러다."

"빨갱이들을 잡아라. 불을 켜라."

이어 말뿐이 아니라 실제로 맞붙는 듯 여기저기서 사람들이 엉키고 치고받는 소리, 욕설과 신음이 뒤따랐다.

갑작스런 정전 때문에 실제보다 몇 배로 짙게 느껴지는 어둠 속에서 정인은 정신없이 삐라를 뿌렸다. 남편 동영으로부터 되풀이 들은 대로 사방에 골고루 뿌리기는 어려웠지만 그녀는 있는 힘을 다했다. 그런 그녀를 보호하듯 주위에 미리 배치돼 있던 청년들이 스크럼을 짜고 원무를 돌기 시작했다.

"민청(民靑), 민청, 민청……."

"백색 테러에 쓰러진 동지여,

그 원수는 내가 갚으리……."

설령 그 시각에 다시 불이 켜진다 해도 정인을 알아보기에는 힘들 만큼 높고 빽빽한 사람의 울타리였다. 또 한 패의 청년들은 단상을 덮친 것 같았다. 연사석에서 비명이 들리고 마이크며 의자, 물주전자 등이 날아가 부서지는 소리가 요란했다.

하지만 그 같은 그들의 공세는 그리 오래가지는 못했다. 아직 날이 완전히 어둡지는 않은 탓인지 곧 강당 안은 물체를 간신히 구별할 수 있는 밝음을 회복한 데다 군데군데서 플래시의 흰 빛줄기가 뿜어지자 미리 준비된 듯한 주최측의 반격이 시작되었다.

이 구석 저 구석에서 피투성이의 패싸움이 벌어졌다. 총소리가 나지 않는 것으로 보아 총이 빠진 것을 알 뿐, 그 밖에는 모든 흉기가 다 동원된 듯한 싸움이었다. 몽둥이와 쇠파이프가 날고, 자전거의 체인과 굵은 쇠사슬이 비정한 소리를 내며 공기를 갈랐다. 몸 깊은 곳에서 우러난 것 같은 무거운 신음, 자지러질 듯한 비명, 발악적인 절규, 번지는 피냄새…….

대부분 영문을 모르고 모여 있던 청중들의 공포와 당황이 강당 안의 혼란을 훨씬 걷잡을 수 없는 것으로 만들었다. 한결같이 문을 찾아 밀려드는 바람에 저절로 모든 출구가 막힌 꼴이 되어 쫓는 쪽도 쫓기는 쪽도 힘을 다해 싸우는 수밖에 없었다.

맡은 일을 다한 정인은 청년들이 몰래 틔워 준 길로 그들의 스크럼을 빠져나오기 무섭게 미친 듯이 입구로만 몰리는 청중들 사이로 스며들었다. 그리고 한동안 그들의 흐름에 몸을 맡긴 채 가만히 눈을 감았다. 얼마간 입구 쪽으로 흘러가던 흐름은 곧 멎었다. 이미 말한 대로 서로 빠져 나가려고 하는 바람에 입구가 막혀버린 탓이었다. 그제서야 그녀는 살며시 눈을 떠보았다. 그 사이 어느 정도 분간할 수 있게 된 주위의 풍경은 완연히 변해 있었다. 스크럼을 짜고 있던 청년들도 단상을 점거했던 청년들도 더는 견딜 수 없었던지 기를 쓰고 청중들 속에 끼어들어 버려 남은 것은 피투성이로 바닥에 쓰러진 청년들의 처참한 모습과 집회를 방해당한 우익 쪽의 성난 고함소리뿐이었다.

"입구를 막아라, 입구를."

"빨갱이는 한 놈도 놓치지 마라."

"모조리 때려잡아라. 모조리."

그들은 저마다 번득이는 눈길로 외쳐대면서 이미 아무런 저항 없이 쓰러져 있는 청년들을 계속하여 짓이겼다. 정인은 그 참혹한 광경에 다시 눈을 감았다. 금세 뒤집힐 듯이 속이 울렁거렸다. 그때 그런 정인의 귀에 입구 쪽에서 터져나오는 새로운 비명소리가 들렸다. 늙은이와 여자들의 목소리가 섞인 것으로 보아 바깥에서 무조건 입구를 틀어막은 모양인데, 그것도 그저 문만 닫은 게 아니라 몽둥이로 후려대, 뒷사람 때문에 어쩔 수 없이 밀려나가게 된 앞사람들이 맞고 지르는 비명 같았다.

"하나씩 하나씩 차례로 나와."

"말 안 들으면 문 닫아 걸고 확 싸지를 거야."

그것이 입구 쪽의 비명소리를 뚫고 날아오는 또 다른 고함소리였다. 안팎의 기세로 보아 이번에는 아예 뿌리를 뽑으려고 단단히 벼르고 있음에 틀림없었다. 그러자 젊고 날랜 축은 양편의 창틀을 부수고 몸을 빼냈다. 유리창 부서지는 요란한 소리와 함께 몇몇의 몸이 밖으로 빠져나갔지만 그들도 무사할 것 같지는 않았다. 날카로운 호각소리와 함께 우르르 몰리는 발자국소리로 미루어, 족청(族靑=민족청년단)이나 서청(西靑=서북청년단)의 지원을 받은 경찰이 진작부터 그 강당을 둘러싸고 있었음을 알 수 있었기 때문이었다.

이제는 정면으로 그들 앞을 지나가는 수밖에 없다고 판단한 정인은 창틀과 창틀 사이 비교적 청중이 몰리지 않는 곳을 골라 가만히 웅크리고 앉았다. 그리고 성난 우익청년들에게 개 끌리듯 끌려 한 곳에 몰려 있는 피투성이의 자기편 청년들을 바라보며 새삼스런 의문에 빠졌다. 몇 마디의 구호와 어쩌면 단 한 장도 순수한 청중의 손에는 들어가지 않았을 삐라 한 뭉치에 과연 저만한 대가를 치를 만한 무엇이 있다는 것일까. 그때 갑자기 모체의 놀람과 불안에 충격을 받은 태아가 세차게 뛰놀기 시작했다. 그러자 이번에는 약간 처량한 느낌이 들었다. 남들에게는 소중히 다루어져야 할 몸의 상태가 자기에게는 위험 앞으로 나가야 할 구실이 되다니 그녀는 가만히 자신의 배를 쓸며 그 속의 아기에게 중얼거렸다.

"가엾은 것, 놀라지 마라. 모두 네 아버지를 기쁘게 해 드리기 위한 거란다. 인민도 계급도 착취도 이 어미는 몰라. 혁명도 투쟁도 내게는 두려운 말일 뿐이지만 그래도 아버지가 원해서 나왔단다. 다른 어머니가 다시는 이런 일을 하는 일이 없는 세상을 만들기 위해 오늘 이 어미가 여길 나와야 하는 거란다……."

― 반시간쯤 뒤에 정인은 청중이 썰물처럼 모두 빠져나간 강당을 비척거리며 걸어나왔다. 치맛단은 밟혀 터지고 저고리 고름도 뜯겨 나간 채였다. 입구 바깥에는 아직도 얼마간의 소란이 남아 있었다. 용의자로 지목된 사람들과 경찰 간의 다툼이었다. 그러나 짐짓 내밀어 채독 같은 배에 신발까지 잃어버린 채 벌어지려는 저고리 앞섶을 여미며 비척거리는 그녀에게는 아무도 의심스러운 눈길을 보내는 사람이 없었다. 다만 완전히 입구를 벗어나 시멘트 계단을 내려오는 그녀를 바라보던 나이 지긋한 순경 하나가 한심하다는 표정으로 한마디 던졌을 뿐이었다.

"아주머니두…… 그런 몸으로 뭣 땜에 이런 험한 곳을 드나드슈?"

"앞집 순이네가 좋은 구경거리 있다꼬 하도 캐싸서 ― 꼭 죽는 줄 알았심더."

정인은 부른 배를 더욱 내밀며, 강한 사투리까지 곁들여 아무것도 모른다는 아낙 행세를 했다. 그리고 갑자기 배라도 결리는 듯 가벼운 신음과 함께 허리를 싸안으며 운동장에 주저앉았다.

"쯧쯧, 빨리 집으로 돌아가 보슈. 뱃속에 아기가 놀라지 않았는지, 원……."

놀라 그녀를 부축한 그 순경은 그렇게 중얼거리며 교문까지 바래다주었다. 나오는 동안 곁눈질로 보니 운동장에는 강당 안에서 끌려나온 피투성이 청년들과 입구에서 용의자로 지목된 한떼의 남자들이 두 대의 경찰트럭에 마구잡이로 실려 부슬비를 맞고 있었다. 그녀가 교문을 나서는 동안에도 용케 빠져나가다 다시 붙들린 듯한 청년 몇이 버둥거리며 끌려 들어오는 모습이 보였다. 그중에 낯익은 얼굴이 하나 끼어 있어 일순 섬뜩했지만 그녀는 끝내 무사히 그곳을 빠져나올 수 있었다.

그날 밤 잠자리에서 남편은 그녀의 배를 사랑스럽다는 듯 쓸어주며 말했다.

"당신은 훌륭한 혁명가의 아내요. 뱃속에서부터 투쟁을 시작했으니 이놈도 분명 열렬한 혁명투사가 될 거요……."

…… 아침부터 무언가 좋지 않은 일이 벌어질 것 같은 예감이 드는 날이었다. 잘은 기억나지 않아도 간밤의 꿈자리마저 몹시 뒤숭숭했던 것 같은 느낌었다.

"무슨 소리요? 당신답지 않게."

동영은 처음 그런 정인의 불안을 가벼운 웃음으로 받아들였다. 그러나 곧 애처롭게 여기는 눈초리로 그녀의 안색을 살피더니 선선히 계획을 바꾸었다.

"그렇다면 오늘 오후의 그 연락 건은 다른 데 부탁하지. 사실 당신까지 이 일에 끌어들여서는 안 되는 건데……."

아직 해산한 지 한 달도 못 된 그녀의 몸을 생각한 것이리라. 하지만 그녀가 불길한 예감을 억지로 떨쳐버리고 오후 늦게 집을 나서게 된 것은 바로 남편의 그 애처롭게 여기는 눈빛과 나중에 덧붙인 말 때문이었다. 자신의 일에 그녀를 끌어들이고 싶지 않다는 말처럼 그녀를 쓸쓸하게 만드는 것도 없었다. 농부의 아내는 함께 들로 나가고, 호떡장수의 아낙은 곁에서 밀가루 반죽이라도 거든다. 그러나 그녀는 결혼한 지 십 년이 넘도록 남편이 하고 있는 이해할 수 없는 일을 안타깝게 바라보고만 있어야 했다. 가벼운 심부름에 지나지 않는 일이라도 남편이 자신의 일에 그녀를 끌어들인 것은 잘 해야 일 년 안팎의 일이었다…….

정인은 수수한 장보기 차림에 낡은 바구니를 들고 연락지점으로 향했다. 얇은 미농지에 쓰인 지령문은 일부러 찢었다 붙인 지폐의 이음매에 숨겨져 있었다. 접수할 사람은 근처의 시장에서 생선가게를 하고 있는 장(張)이란 안면 있는 세포였다.

질러서 가면 걸어서도 십 분을 넘지 않는 길이었지만 혹시 있을지 모르는 미행자를 떨쳐버리기 위해 그녀는 일부러 복잡한 전차를 타고 둘러서 갔다. 그런데 시장 입구에서 그녀는 다시 한번 까닭 없이 머리끝이 쭈뼛해지는 기분이 들었다. 그 바람에 그녀는 장의 생선가게 부근에 가서도 바로 들어가지 않고 길 건너편 채소전에서 한동안 동정을 살펴보았다. 특별히 수상한 일은 눈에 띄지 않았다. 점포에 나와 있던 장과도 몇 번이나 멀리서나마 눈길을 맞추었지만 특별히 위험을 표시하는 신호는 없었다.

겨우 마음을 놓은 정인은 드디어 장의 가게로 들어섰다. 장이 단골을 맞는 생선장수에 어울리는 목소리와 웃음으로 그녀를 맞았다. 이것저것 고르는 체하던 그녀는 동태 몇 마리를 장바구니에 담은 뒤 지령문이 숨겨진 지폐를 내밀었다. 장의 손에 지폐가 건네질 때까지도 아무런 일이 없었다. 그러나 약간 방심한 그녀가 장바구니를 들고 돌아서는 순간 불쑥 앞을 가로막는 사람이 있었다.

"아주머니, 잠깐 봅시다."

그러면서 집게처럼 손목을 죄어오는 것은 조금 전까지도 장의 생선가게 곁에 좌판을 깔고 말린 멸치와 미역을 팔던 중년 사내였다. 놀란 정인은 무의식중에 장을 힐끗 돌아보았다. 그 앞에도 어느새 나타났는지 한 낯선 건장한 남자가, 아직 지령문이 숨겨진 지폐를 처리하지 못한 채 엉거주춤해 있는 장에게 손바닥을 내민 채 위협적으로 말하고 있었다.

"그거 이리 내."

그러자 순간적으로 정신을 수습한 장은 토끼처럼 날쌔게 몸을 빼어 달아났다. 그의 발에 걸린 고기상자가 요란스런 소리와 함께 무너지며 뒤따르려는 남자의 길을 막았다. 얼른 보아 장의 도주는 성공할 것처럼도 보였다. 그러나 멀리는 못 갔다. 몇 발자국 뛰기도 전에 다시 저울대를 든 상인으로 변장한 삼십대 후반의 남자 하나와 신사복 차림의 중년이 나란히 길을 가로막았다. 모두 미리 부근에 대기하고 있었던 모양이었다.

"순순히 따라와. 너희들은 이미 포위돼 있어."

신사복이 가슴께에 손을 찌른 채 이죽거렸다. 권총이 거기 있음을 넌지시 알리는 것 같은 태도였다.

정인은 문득 다리에 맥이 풀리고 쓰러질 듯 현기증을 느꼈다. 아아, 끝장이로구나……. 그런데 그 순간이었다. 체념의 표정으로 멈춰 섰던 장이 발작적으로 무언가를 입에 털어넣었다. 바로 지폐에 붙어 있던 얇은 지령문이었다. 그를 가로막고 있던 형사들이 곧바로 덮쳐 찢듯이 입을 벌렸지만 그의 입 안에는 이미 아무것도 남아 있지 않았다.

"아줌씨, 아무 말도 않기요—."

그 총중에도 장은 거친 손찌검에 피투성이가 된 입을 벌려 비명처럼 그렇게 외쳤다. 하지만 정인의 귀에는 이미 어떤 소리도 들려오지 않았다. 산후의 몸조리가 충분하지 못했는 데다 지나친 긴장의 연속 끝에 받은 충격이어서 끝내 감당할 수 없었다. 그녀는 비명 한번 지르지 않고 스스로 무너져내리듯 길바닥에 쓰러졌다.

정인이 다시 정신을 차린 것은 어느 음침하고 낯선 건물에 도착한 뒤였다. 오래된 시멘트벽 사이로 난 좁고 어두운 복도에 들어선 순간 그녀는 비릿한 피냄새가 풍겨오는 듯한 느낌이었다. 벽 가운데 군데군데 난, 창이라기보다는 환기통에 가까운 문틈을 통해 엇갈려 들려오는 비명소리와 고함소리 때문이었다.

"모릅니다. 정말 모, 모릅니다……."

"거짓말 마. 바른 대로 불어."

"정말입니다. 그리고…… 아, 앞으로는 대, 대한민국에 충성하겠습니다."

방금 숨넘어가는 듯한 비명에 비정하리만치 높고 깐깐한 심문의 목소리였다. 그런데 이상한 것은 그 소리를 들으면서부터 오히려 두려움과 혼란이 가라앉고 의식이 맑아지기 시작하는 점이었다. 냉철한 체념인지도 모를 일이었다.

"전농(全農) 대표위원 이동영 씨 부인이시다. 잘 모셔라."

정인을 끌고 온 사내가 그 곁의 한 어두운 방안으로 그녀를 밀어 넣으며 큰소리로 외쳤다. 다분히 위협과 조소가 섞인 말이었지만, 이번에도 그 말은 그 같은 남편의 품위를 손상시키는 보잘것없는 여자가 되지 말라는 충고로만 들렸다.

거의 사면이 벽으로 막힌 것과 다름이 없는 서너 평 남짓한 실내에는 나무탁자 하나와 의자 셋, 그리고 그 의자 가운데 두 개에 각기 웃통을 걷어붙인 채 앉아 있는 거칠게 생긴 두 명의 중년남자가 전부였다. 습기찬 바닥에는 여기저기 원인을 알 수 없는 검은 얼룩이 이상하게 위협적으로 번들거리고 있었다.

취조는 잠시 후 말쑥한 차림에 조서 철(綴)을 든 형사가 들어오면서부터 시작되었다. 그러나 그들이 알고 싶어 하는 것은 그날 오후의 연락에 관한 것이 아니었다. 이미 그 전해부터 근거를 잃고 이리저리 떠돌아다니던 남로당 지도부의 행방을 그들은 쫓고 있었다. 언젠가 박영창 선생과 함께 며칠 묵어 간 그 사람들일 거라는 짐작은 갔지만 그 이상은 정인도 말할래야 말할 것이 없었다. 남편과 남편이 존경하는 박영창 선생까지 깍듯이 모시는 사람들이라 정성을 다해 침식을 보살폈을 뿐, 얼굴조차 똑바로 마주본 적이 없었던 탓이었다. 남편도 그들이 누구며, 어디서 왔고, 어디로 갈 것인가에 대해서는 단 한 마디도 말한 적이 없었다.

소문이 과장된 것인지 정인이 여자이기 때문인지, 취조는 다른 경험자들에게서 들은 것처럼 혹독하지는 않았다. 하지만 각오보다는 덜하다는 것뿐, 사상범 취조는 역시 사상범 취조여서 출산으로 허약해진 그녀가 끝까지 감당할 수 있는 것은 못 되었다.

그날 정인은 몇 번인가 정신을 잃었다. 그런데 한 가지 이상한 것은 그곳에서 겪은 여러 고통 가운데서 유독 전기고문이 괴롭게 기억되는 일이었다. 다섯 손가락에 끼운 양철깍지를 통해 들어오는 전류의 소름끼치는 자극보다는 평소 동영이 자식처럼 아끼고 손발처럼 부리던 한 열성적인 민청원(民青員)의 처참한 몰락을 본 탓이었을 것이다.

필요한 것을 그녀에게서 직접 얻어내기는 어렵다고 판단한 취조관이 대질심문을 위해 그 젊은 민청원을 취조실로 불러들일 때부터 정인은 이 일의 발단이 그의 터무니없는 자백에 있으리라는 점을 직감했다. 취조관들이 시키는 대로 수동식 발전기의 손잡이를 받아 드는 그의 모습은 영락없이 흠씬 두들겨맞아 겁먹은 개였다. 이미 초점을 잃은 눈에 떨리는 손길로 발전기의 손잡이를 돌리며 취조관을 대신해 묻는 그의 목소리는 거의 낑낑거림으로 들리는 흐느낌이었다.

"사모님, 기억나지 않습니까? 박헌영이라고, 거 왜 몇 달 전에 사나흘 묵어 간 안경 낀 사람 말입니다. 박영창 선생이라는 사람이 데려오지 않았습니까? 뒤뜰 창고에 임시로 거적을 깔고 다른 둘과 함께 기거했지요? 저희들도 그를 보호하기 위해 골목 어귀에서 번갈아 망을 보았습니다. 특히 저는 사모님을 대신해 밤중에 창고로 밥

상을 나른 일도 있지 않습니까? 네? 사모님……."

육체적인 고통으로 무너져버린 정신이지만, 그래도 지난날에 입은 은덕의 기억은 남아 있는 모양인지 그는 종내 정인을 바로 보지 못했다. 그는 거의 동영의 집에 와서 살다시피 했을 뿐만 아니라 동영은 가끔씩 번두리 판잣집에 살고 있는 그의 노모와 어린 동생들에게 쌀가마나 돈푼을 보내주기도 했다. 그런데 며칠 전 다시 집에 다녀온다고 나간 뒤 소식이 없더니 그런 꼴로 나타난 것이었다.

무슨 큰일에 끼인 적이 없으니 처음부터 추적을 당했을 리는 없고, 아마도 불심검문에라도 걸린 것이리라. 거기서 어떤 꼬투리가 잡혀 엄한 심문을 받게 되고, 못 견딘 그는 이것저것 말하기 시작했으리라. 그러자 재미를 느낀 경찰은 더욱 엄한 취조를 하게 되고 고통에 정신을 잃은 그는 점점 더 터무니없는 자백을 하게 되어 — 마침내는 감당할 수 없는 일까지 털어놓게 되었으리라. 추측뿐 결코 얼굴 한 번 제대로 보았을 리가 없는 박헌영의 일을 금세라도 그 은신처나 댈 수 있는 것처럼 말했으리라…….

정인에게는 그 같은 일의 경과가 눈에 보이는 듯하였다. 그리고 그 과정에서 그의 젊은 육체와 정신이 겪었을 참담한 수난을 떠올리자, 손가락을 통해 들어오는 몸서리쳐지는 전기자극에도 불구하고, 발전기의 손잡이를 돌리고 있는 그가 밉거나 경멸스럽기보다는 오히려 측은하였다.

"학생, 뭘 잘못 안 거 아녜요? 우리집에 언제나 손님이 들끓는 건 학생도 잘 알잖아요? 또 내가 언제 그런 사랑손님들과 섞여 말이라도 나누는 걸 본 적이 있으세요? 설령 그들 가운데 그분이 있었다

한들, 그가 누구며 어디서 와서 어디로 갔는지 내가 어떻게 알겠어요. 더구나 제 남편이 그런 중요한 일까지 내게 말하는 사람은 아니라는 것쯤 학생도 잘 알지 않으세요?"

조금도 자세를 흐트리지 않고 차분히 되묻는 그녀의 말에 그는 망연한 듯 취조관을 돌아보았다. 곧 취조관의 거친 발길이 그의 등덜미에 쏟아졌다.

"이새끼, 또 흰수작 부렸구나."

그러자 그는 날아오는 발길을 피할 엄두도 내지 않고, 그대로 시멘트 바닥에 무릎을 꿇으며 두 손을 비벼댔다.

"자, 잘못했습니다. 하, 한 번만, 한 번만 용서해 주십시오. 나, 나에게도 대한민국을 위해 일할 기회를 주십시오. 그 악질 빨갱이놈들을 모, 모조리 때려잡겠습니다. 정말입니다. 저, 정말입니다. 믿어 주십시오……."

그는 거의 제정신이 아니었다. 취조관도 한심한 듯 발길질을 멈추었다.

"필요 없어, 너 같은 놈은. 끌어내."

취조관은 곁에 있는 두 사람에게 그렇게 지시하고는 그녀 쪽으로 고개를 돌렸다.

"비록 빨갱이라도 일본 유학까지 하고 돌아온 거물의 부인이라 점잖게 대접하려고 했더니, 이 아주머니 고집 보니 안 되겠어. 정말 못 볼 꼴을 봐야겠군."

그리고 이제 막 그 젊은 민청원을 끌고 나가는 사내에게 명령했다.

"이동영을 데려오시오."

그 말에 정인은 다시 쓰러질 듯한 충격을 받았다. 그 젊은 민청원의 앞뒤없는 자백이 마음에 걸리긴 해도 남편만은 어떻게 무사한 줄 믿어온 터였다. 그녀가 비교적 꿋꿋이 견뎌온 것도 그런 믿음에서 오는 조속한 석방의 기대였다. 끌려온 남편은 남의 이목 탓인지 겉으로 드러난 상처는 보이지 않았으나 창백한 얼굴에 다리를 심하게 절고 있었다.

"여보, 무엇이든 묻는 대로 아는 대로 대답하시오. 이미 붙들릴 사람은 모두 붙들렸소. 쓸데없는 고생을 사서 할 필요는 없소."

목소리는 전과 다름없이 침착해도 몸은 사람의 부축만 없으면 금세라도 쓰러질 것처럼 보였다. 아아, 당신……

"어멈아, 어멈아, 정신차려라."

누가 세차게 흔드는 바람에 정인은 생생하게 재현된 지난날의 악몽에서 깨어났다.

"가위에 눌린 게로구나."

근심서린 시어머니의 얼굴이 흐릿하게 시야에 떠올랐다. 그리고 뒤이어 천장 가까이 한 줄로 난 좁은 채광창으로 흘러 들어오는 새벽빛과 골진 양철판으로 이루어진 사면의 벽과 몸을 펼 수 없을 만큼 빼곡이 들어찬 사람들이 차례차례로 분간되었다. 아직 잠에서 깨어나지 못한 사람들이 웅얼거리는 잠꼬대, 땀냄새와 지린내, 잘못해 쏟은 음식이나 곪은 상처에서 나는 악취들 — 오히려 꿈속에서보다 더 끔찍한 악몽이 거기 있었다.

국군과 UN군은 남편 동영을 태운 트럭이 황망히 북으로 사라진 그 이튿날 수원으로 들어갔다. 자기들을 알아볼 주민들의 눈길을 두려워한 정인은 남편과의 생이별을 슬퍼할 틈도 없이 시어머니와 아이들을 데리고 이리저리 밀리는 피난민들 틈에 끼어들었다. 잔적(殘敵)을 소탕해 올라오는 국군선발대는 동영의 가족들에게는 바로 공포 그 자체였다. 저항하는 극렬 부역자나 남겨둔 편의대(便衣隊)에 대한 즉결처분이 악성 유언비어로 번져, 당원의 가족은 물론 사소한 부역자의 가족들이라도 국군선발대의 눈에 띄기만 하면 모조리 총살당한다는 소문이 전 시가지에 떠돌고 있었기 때문이었다.

하지만 그 같은 뜬소문의 위협에도 불구하고 정인과 시어머니는 처음 한동안 북으로 길을 잡았다. 국군과 UN군을 바짝 뒤따르게 되는 위험은 있으나 조금이라도 남편 또는 자식과 가까워지고 싶은 안타까운 심경에서였다. 거기다가 아직 그네들의 가슴에는 곧 되돌아오리라던 동영의 말에 대한 믿음이 살아 있었다. 아이들까지도 그 길이 마치 잠시 집을 비운 아버지를 맞으러 가는 길인 것처럼이나 열심히 걸었다.

그러나 아무리 옛집으로 돌아가는 피난민 행세를 해도 북쪽으로 올라가는 데는 역시 한계가 있었다. 특히 서울보다 위로 올라가는 것은 이미 단순히 삼엄한 검문검색을 받게 되는 이상 생명의 위험까지도 각오해야 되는 일이었다. 꼬박 이틀간이나 걸어 서울에 도착한 정인 일행도 그걸 알고서는 더 이상 북상하기를 단념하지 않을 수 없었다.

서울에 머물며 동영을 기다려보는 것으로 결정을 보았지만 당장 막연한 것은 어린 삼남매를 거느린 그들 고부(姑婦)의 생계였다. 동영이 한때의 은신처로 마련했던 하계동의 옛집은 폭격으로 흔적도 없이 사라졌고, 수원으로 떠나면서 친지에게 맡겼던 혜화동의 본집은 체포될 염려 때문에 찾을 수가 없었다. 지녔던 몇 가지 패물과 값나갈 옷가지랬자 그들 다섯식구의 열흘 치 양식과 바꾸기도 힘들 정도였다.

그래도 서울로 옮긴 직후의 한동안은 피난에서 일찍 돌아왔거나 아예 서울을 떠나지 않았던 친지들의 도움을 받을 수 있었다. 그들 가운데에는 비교적 전쟁의 타격을 덜 받는 직종에 종사하는 이가 더러 있어 쌀말이며 옷가지를 나누어 준 덕분이었다. 하지만 그들의 도움도 오래가지는 않았다. 겉으로는 그들에게도 더 나누어 줄 것이 없다는 핑계를 대었으나 그 속내는 다른 데 있었다. 월북한 좌익 골수분자의 가족을 돌봐주다가 당할 후환을 꺼렸던 것인데, 그것은 특히 서울시 인민위원회 시절의 동영을 아는 사람일수록 심했다.

옛날 아직 천석살림을 지키고 있을 때 자식처럼 뒤를 돌봐주었다는 어머니의 친정 조카들이나 형제처럼 오가던 동영의 옛친구들에게서까지 드러내 놓고 자기들을 꺼리는 기색을 보게 되자, 정인은 어떻게든 스스로의 힘으로 가족들을 부양할 궁리를 해보았다. 많이 배우고 사회경험이 충분한 여자들도 속수무책인 난리통에 정인 같은 여자에게 신통한 계책이 있을 리 없었다. 이른바 반가(班家)의 규수로 자라나 열여덟에 동영에게 시집 온 뒤로 세상물정 모르고 보낸 십여 년이었다.

그런데 전쟁은 아이들을 빨리 자라게 만드는 것일까, 몇 달 전까지만 해도 철부지에 지나지 않던 열네 살의 훈이가 뜻밖의 일을 해냈다. 어머니와 할머니의 걱정을 엿들은 녀석이 혜화동집에 몰래 숨어들어 양단치마 저고리 한 벌과 공단두루마기를 꺼내온 것이었다. 폭격이 무서워 뒤꼍 방공호 속에 갈무리해 둔 걸 용하게 찾아온 것인데 집에 사는 사람은커녕 지키는 사람조차 없더라는 게 보고 온 녀석의 말이었다. 정인은 호되게 나무랐으나 어찌 된 셈인지 녀석은 그 뒤로도 두 번이나 더 그 집을 뒤져 값나갈 집기들을 아무런 탈 없이 집어내 왔다.

그러다가 정인과 시어머니가 혜화동의 집으로 돌아갈 엄두라도 내게 된 것은 세 번째로 숨어든 훈이가 헛간 바닥에 묻어둔 은수저 몇 벌과 놋그릇을 파내 온 뒤였다. 먼저 시어머니가 형편을 살피러 갔다.

"붙들리면 내 한 몸 입다물고 죽지."

대신 나서려는 정인을 엄하게 꾸짖어 주저앉혀 놓고 그녀는 자못 비장한 각오로 떠났으나 역시 아무 탈 없이 당장 필요한 이불보퉁이를 이고 왔다. 뿐만 아니라 동네를 빠져나오는 길에 치안대장을 겸하고 있는 그곳 통장과 만났는데 그는 동영이 무얼 하는 사람인지 여전히 잘 모르는 것 같았으며, 돌아와도 아무 일 없으리라는 장담까지 하더라는 것이었다.

그 크고 넓은 집에 아무도 살지 않고 있다는 데에 어떤 좋지 않은 예감을 느끼고 있던 정인도 거기서 그만 방심하고 말았다. 그리하여 어린 삼남매를 거느린 그네들 고부가 밤길을 재촉하여 옛집어구에 들어섰을 때 한떼의 사람들이 합창하듯 외치며 그들을 둘러쌌다.

"왔구나. 드디어 몽땅 제 발로 걸어 들어왔구나."

바로 시어머니를 안심시킨 그 치안대장이 이끈 동네 청년들과 몇 명의 경찰이었다. 그러나 신이 나 떠들며 플래시를 비춰대던 그들은 갑자기 분하다는 어조로 주고받았다.

"놈은 없군."

"낌새를 알고 다른 데로 뛴 거야."

말은 그렇게 해도 동영까지 자기들의 함정에 걸려들리라고는 기대하지 않은 듯했다. 실망도 잠깐, 그들은 곧 정인과 시어머니를 동네의 치안대본부로 끌고 갔다. 그리고 그 뒤 며칠 이리저리 끌려다니던 그네들 고부는 다른 지역에서 붙들린 비슷한 처지의 사람들과 함께 지금 갇힌 이 창고로 실려 와 자리잡게 되었다. 두 달 전의 일이었다.

"이놈들이 우리를 죽이려 하는구나."

몇 차례 형식적인 취조 끝에 그곳으로 실려오면서 시어머니가 질린 얼굴로 몇 번인가 말했다. 차가 시가지를 벗어나고 있었기 때문이었다.

"보도연맹 때도 이랬다더구나. 남의 눈에 띄지 않는 산골짜기 같은 데서……."

그러나 차가 선 곳은 서울 북쪽 근교의 어떤 정부창고 앞이었다. 지붕부터 사면 벽까지 모두 골진 양철로 지어진 그 창고 안의 스무 평 남짓한 흙바닥에는 그네들보다 앞서 온 백 명 가까운 사람들이 빽빽이 들어차 있었다. 거의가 정인처럼 월북한 당일꾼의 가족들과 민청이나 여맹 관계의 부역자들이었는데 이북출신이 하나도 없다는 점으로 보아 어떤 분류에 따른 듯했다.

"당장 죽이지는 않을 모양이다."

주로 부녀자들이 몰려 있는 안쪽 채광장 쪽을 헤집고 앉으며 시어머니가 약간 안심되는 표정으로 그렇게 말했다. 정인도 일단 마음을 놓았지만 실은 그게 바로 두 달이나 계속된 긴 악몽의 시작이었다.

그곳의 아침은 수용된 사람들의 의식이 깨어난다는 것만으로도 충분히 가혹했다. 모든 고통이나 공포를 잊게 해주는 축복 같은 잠과 그 속에서 때로 황홀하게 피어오르던 꿈은 네 개의 채광창으로 스며드는 새벽빛과 함께 산산이 부서지게 마련이었다. 그리하여 북으로 달아난 남편이나 부모형제가 화려한 승리의 깃발 아래 돌아와 자기들을 구해주는 꿈, 또는 밀려난 '동무'들이 지난날의 기세를 회복하여 자기들의 고통을 보상해주는 꿈에서 깨어나면, 그들은 누가 흔들지 않아도 저절로 눈을 떴다.

새날을 맞는 그들의 태도는 대개 세 가지로 나뉠 수 있었다. 가장 흔한 것은 탄식과 한숨으로, 그것은 죽음을 그 바탕으로 깔고 있는 갖가지 형태의 고통에 대한 공포에서 비롯된 것이었다. 대개는 부역자의 가족이란 이유만으로 잡혀 왔거나 멋모르고 동조했다가 부역의 혐의를 받게 된 사람들이었는데, 시간이 흐를수록 그들의 탄식과 한숨은 체념어린 침묵으로 변해 갔다. 그다음은 통한과 회오의 눈물이었다. 명료한 의식으로 부여받은 이른바 '과업'을 떠맡았지만 오래잖아 환상에서 깨어난 이들이 그 임자였다. 새로운 세상에 대한 기대를 잃은 뒤에도 이미 떠맡은 것까지 팽개칠 용기가 없어 질질 끌려다니다가 끝내 부역자의 이름을 얻게 된 축인데, 그들의 통한과 회오는 대개 적화 초기의 경박이나 말기의 우유부단을 향한 것이었다. 세 번째가 어둠이 과장한 공포와 불안으로 움츠러든 혁명적 열정과 적에 대한 증오를 새날의 밝음에 의지해 되살리려는 자들이었다. 북쪽으로 봐서는 진정한 일꾼들이라고 여길 만한 축으로, 드물기는 해도 가장 의젓하게 행동하려고 애를 썼다.

하루 한 번뿐인 식사배급은 바로 그런 그들의 끼리끼리 주고받는 수군거림이 제법 웅성거림으로 변할 무렵에 있었다. 경찰의 위촉을 받아 경비와 내부관리를 맡고 있는 지역 출신의 치안대원들이 동이동이 날라 오는 것은 시래기를 넣고 끓인 멀건 좁쌀죽이었다. 시래기도 좁쌀도 씻지 않고 끓인 탓인지 한 양재기를 비우고 나면 그릇 바닥에 눈에 띌 정도로 흙모래가 가라앉아 있었지만 아무도 그걸 탓해 남기거나 하는 사람은 없었다. 사식(私食)이 허락돼 있다고는 해도, 바깥 또한 먹을 것이 넉넉하지 못한 때이고 보면, 그 좁쌀죽이야말로 그들이 의지할 수 있는 유일하고도 확실한 식물(食物)이기 때문이었다.

밤 사이에 생긴 한두 구의 시체가 발견되는 것도 대개 그 무렵이었다. 처음에는 격렬한 고통의 신음도 있고 몸부림도 있어 임종 전에 창고에서 실려나가기도 했지만 한 달이 지나면서부터는 밤새 소리 없이 숨져 있는 경우가 많았다. 잡혀 오기 전부터의 지병이나, 국군에 의한 서울수복 직후의 혼란 속에서 자신의 죄과 이상으로 무

거운 혐의를 받아 겪은 엄한 취조의 후유증에다 장기적인 영양실
조와 그곳에 갇힌 뒤의 정신적인 소모가 대부분의 사인(死因)이었
다. 따라서 죽은 이들은 대개 전날 밤 그대로의 쭈구리고 앉은 자
세거나 벽에 기댄 채여서 곁의 사람도 잘 모르다가 죽그릇을 나누
던 치안대원이 어깨를 칠 때에야 비로소 모로 쓰러지곤 했다. 그러
나 시체가 들려 나가도 누구 하나 먹는 것을 그만두는 법은 없고,
울음소리는 그보다 훨씬 뒤 가족들이 나타났을 때에나 들려왔다.

그렇게 식사가 끝나고, 그 한 그릇의 죽이 가져온 열기와 포만
감이 가라앉으면 이번에는 아침과 함께 깨어난 괴로운 의식이 그
들의 시달린 영혼을 다시 짓씹기 시작했다. 사실 그들을 가장 괴
롭히는 죽음의 공포는 몇몇을 제외하면 거의 터무니없는 것이었
다. 그러나 북으로 퇴각하던 자기편의 무자비한 처형이 너무도 기
억에 생생한 터라, 남의 보복이 그보다 덜할 것이라고는 누구도 생
각하지 않았다.

그런 예상에서 온 어둡고 무거운 침묵 속에서 한 시간쯤이 지나
가면 다음으로 찾아드는 것이 심문이었다. 열 시쯤이 되면 소속을
알 수 없는 두세 명의 취조관이 창고 곁에 임시로 빌린 건물에다 취
조실을 벌이고 한 사람씩 불러내 심문을 시작했다. 새로이 들어온
정보를 토대로 전에 없던 것을 묻는 수도 있었지만, 심문의 내용은
대개 몇 번이고 반복된 것들이었다.

그때 취조관들의 호출을 알리는 치안대원들의 호명은 갇힌 이들
에게는 그대로 지옥사자의 부름과 같았다. 창백한 얼굴로 부들부
들 떨며 불려나간 사람들의 태반은 얼마 뒤에 쥐어짠 빨래 같은 모

습으로 피땀에 젖어 돌아왔고, 때로는 초죽음이 되어 떠메인 채 들어오는 수도 있었기 때문이었다.

부역자들의 경우는 숨겨진 죄상을 찾아내거나 북에 대한 정보를 알아낸다는 의미나 있지만, 정말로 기가 막힌 것은 정인이나 시어머니 같은 월북자의 가족들이었다. 심문이라는 게 이미 오래전에 북으로 사라진 사람의 숨은 곳을 대라는 것인데, 더욱 이해 못할 일은 취조관들도 이미 자기들이 찾고 있는 사람은 월북하고 없다는 걸 알고 있는 것 같은 눈치였다. 따라서 자연 심문은 그들의 기분에 따라 엄해지기도 하고 부드러워지기도 할 수밖에 없었다. 그런데도 그 같은 심문은 직접 부역에 가담한 사람들에게는 물론, 정인 같은 그런 가족들에게도 일주일에 한 번은 어김없이 반복되었다.

그런데 입구 쪽의 남자들에게는 그 심문 이외에도 이따금씩 찾아드는 또 다른 고통이 있었다. 부근을 지나던 대공 특수기관의 하급요원들이나 이런저런 이름을 가진 비정규 전투원들의 방문이 그것인데, 그중에서도 부모형제나 처자를 공산당에게 학살당한 이들의 경우가 가장 두려웠다. 말리는 경찰이나 치안대원을 밀어젖히고 충혈된 눈으로 창고에 들어선 그들은 우선 입구의 남자들에게 들고 있던 총대부터 휘둘러대었다. 그 기세는 마치 양떼 사이에 뛰어든 호랑이와 같았다. 그러면 한동안의 소란스런 비명과 신음에 이어 창고 안에는 희미한 피비린내가 일게 마련이었다.

남자들 가운데에는 더러 당장 떨어지는 매를 피하려고 안쪽의 여자들 속으로 뛰어드는 경우가 있었다. 그러나 그러다가 만약 그들의 눈에 특별히 찍히기라도 하는 날이면 그야말로 초죽음이 되는 수가 있어, 대부분은 한 대 맞고 제자리에 폭삭 고꾸라지는 쪽을 택했다.

"이 갈아먹어도 시원치 않은 것들. 때려죽여도 죄는 따로 남을 빨갱이 새끼들."

그것이 보통 한차례의 광란과 같은 매질 뒤에, 그래도 한이 풀리지 않는다는 듯이 이를 북북 갈며 그들이 내뱉는 말이었다. 그리고 다시 여자들 쪽을 살기에 찬 눈으로 노려보며 악을 썼다.

"기다려, 이 개년들. 빨갱이들은 모조리 씨를 말릴 테다. 네년들에겐 총알도 아까워. 내 마누라 내 새끼들처럼 대창에 한 줄로 꿰어 산 채로 묻을 테다……."

이어 또 한차례의 마구잡이 매질 뒤에 더러는 그 자리에 퍼질러 앉아 미친 듯 몸을 비틀며 흐느꼈다.

"아, 여보…… 호(浩)야, 순아……."

"어머니, 불쌍하신 우리 어머니…… 형님임……."

그 처절한 울부짖음을 들으면 이상하게도 갇힌 이들까지 눈시울이 뜨거워져 왔다. 그리고 인민재판에서 박수 한번 친 일이 없는 이들까지도 까닭 모를 죄의식으로 숙연해졌다. 한쪽으로 떠밀리어 못마땅한 눈길로 그들이 하는 양을 바라보던 치안대원들이 흘금흘금 다가와 좋은 말로 그들을 달래 데려나가는 것도 그 무렵이었다. 물론 그런 이들의 반갑잖은 방문이 매일 있는 것은 아니었다. 하지만 그렇다고 해서 닷새를 넘기는 법도 없었다.

그 밖에도 일과와 다름없는 일 가운데 하나는, 아버지를 인민재판에서 잃었다는 그 동네 출신의 한 젊은 치안대원이 알려주는 국군과 UN군의 진격 상황이었다. 개성이 떨어지고 평양이 떨어지고, 신의주 ─ 이렇게 매일매일 그날의 전황을 알려준 뒤에는 반드시 갇힌 그들의 처형도 멀지 않았다는 암시를 덧붙였다. 그의 설명에 따르면 지금은 손이 돌아가지 않아서 가둬 놓고 있을 뿐, 이북을 완전히 점령하고 나면 그다음은 그들 차례라는 것이었다. 그리고 행여 하는 기분으로 귀를 기울이다가 적이 실망하는 그들의 눈길이나 공포에 질린 표정을 즐김으로써, 아버지를 살해당한 데 대한 우회적인 분풀이로 삼았다.

하지만 정말로 큰 괴로움은 오후에 남아 있었다. 그날의 심문이 끝나고 창고문에 빗장이 질리는 오후 서너 시까지는 그래도 쉽게 넘길 수 있는 편이었다. 몸이야 학대를 당한건 말건, 열린 문으로 바깥이 보이고 사람이 드나들고 새로운 소식이 들려왔던 것이다. 이를 잡을 수 있을 만큼 빛도 충분하고 실내의 악취를 거의 느끼지 못할 만큼 공기도 신선했다. 그러나 한번 그 문이 닫혀버리면, 무거운 신음과 숨죽인 흐느낌도 한때, 창고안은 이내 온전한 침묵과 정지 속에 외계와는 절연된 감옥으로 바뀌어버렸다. 통풍구를 겸한 네 개의 채광창으로는 빛도 공기도 충분하지 않아, 밝은 대낮인데도 서로의 얼굴을 알아보기조차 힘들고, 끊임없는 초겨울의 바람도 후덥지근한 공기에 섞인 악취를 없애지는 못했다. 거기다가 그 이후로는 배변을 위한 출입조차 허락되지 않아 모두들 앉은 자리에서 적당히 처리하는 바람에 악취는 날이 갈수록 심해졌다.

그때쯤이면 절정에 이르는 배고픔도 그들을 괴롭히는 데는 한몫을 단단히 했다. 아침나절 좁쌀시래기죽 한 양재기로 끊긴 곡기는 정오가 되기도 전에 그들에게 공복감을 가져왔고, 마침내는 단순한 육체적 결핍에서 정신적인 고뇌로까지 자라났다. 그리고 땅바닥으로부터 치솟는 한기 — 초겨울에 들면서 가마니 몇 장을 들여보내주기는 했지만 큰 도움은 되지 못했다. 다리 한번 편히 뻗어 보기도 힘들 만큼 빽빽이 들어찬 사람 때문에 저려오는 무릎과 아파오는 허리…….

평양이 떨어질 때까지만 해도 개중에는 아직 희망과 투지를 잃지 않은 골수분자들이 더러 남아 있었다.

"동무들, 용기를 잃지 마시오. 위대한 맑스·레닌주의의 승리를 의심하지 마시오. 영용(英勇)한 인민해방군은 반드시 돌아올 것이오. 그날이 올 때까지 용기와 신념을 잃지 말고 투쟁합시다."

그렇게 떠드는 중년이 있는가 하면,

"혁명의 길은 언제나 형극의 길이었습니다. 그러나 우리가 흘린 핏자욱마다 조국은 꽃송이 되어 피어날 것입니다. 경애하는 여성동무들, 인민의 적들에게 굴복하여 더럽게 사느니보단 여맹의 깃발 아래 깨끗이 죽읍시다. 숭고한 혁명의 딸로 산화합시다."

라고 외치는 젊은 여자가 있었다. 그러나 그 같은 남녀는 며칠 안 돼그 창고에서 모습을 감추었다. 애초부터 분류가 잘못되었거나 감쪽같이 전력을 감추고 그곳에 수용되었다가 그런 언동 때문에 정체가 드러나 원래 가야 할 곳으로 보내진 것이었다. 추측이긴 하지만, 그 창고에 수용된 부류는 주로 당장에 처형할 만큼 큰 죄를 짓지는 않은 부역자와 정규 재판에 걸어서는 잡아두기 힘든 월북자의 가족들인 것 같았다. 그리고 그 수용의 성격도, 현실적인 위험은 없지만 그렇다고 그대로 풀어놓을 수도 없는 그들에 대한 예비검속과 비슷했다. 국군과 UN군이 연일 파죽의 기세로 북진하고 있기는 해도 언제 어떤 변화가 올지 알 수 없었기 때문이었다. 따라서 그들이 겪는 대부분의 고초는 그런 상부의 방침과는 무관한 하급관계자들의 공산당에 대한 사적인 원한에서 비롯된 것이었다.

앞서의 골수분자들처럼 격렬한 선동이나 구호를 외치지는 않아도, 그들이 사라진 뒤 한동안은 여전히 희망에 찬 관측과 낙관적인 견해로 갇힌 이들을 위로하려는 사람들이 있었다. 중공군이 곧 참전하리라든가 소련도 미국에 대항해 곧 반도에 출병하리라는 것이 그들이 수군거리는 내용이었는데, 그것도 한때였다. 날이 갈수록 목소리에 자신을 잃어가던 그들은 국군선발대가 압록강에 도착했다는 소식이 들리면서부터 깊은 침묵에 떨어졌다. 사실 그들이 기다리던 중공군의 개입은 그로부터 며칠 안 돼 있게 되는 것이지만, 들어앉은 그들로서는 알 길이 없었던 것이다.

그 사람들마저 입을 다물자, 오후의 나머지 시간은 비관적인 예측과 절망에 짓눌린 어둡고 무거운 침묵이 창고 안을 지배했다. 간혹 들리는 말소리가 있어도 그것은 고작 아첨이나 밀고로 어느 정도 생명의 보장을 받은 사람 또는 든든한 연줄이나 재력이 있어 석방만을 기다리는 몇몇의 먹는 타령일 뿐이었다. 그리고 황혼, 독기와도 같은 어둠의 가학, 긴 불면과 괴로운 망상, 짧은 수면과 허망한 꿈……

그런데 참으로 감탄스러운 것은 생명이었다. 그 혹독한 육신의 고통 속에서도, 그리고 견디기 어려운 공포와 절망의 소용돌이에

87

휘말려서도, 아무도 스스로 그 생명을 포기하려 드는 사람은 없었다. 단 한 번의 예외로 대학생 출신의 젊은 민청원 하나가 자살했지만, 이유는 그 괴로운 수용 상태와는 거의 무관했다. 북에서 내려온 여자 문화공작대원과 뜨거운 사랑에 빠졌던 그 젊은이는 그녀의 폭사로 처음 그곳으로 올 때부터 거의 실성한 사람처럼 보였는데, 끝내 자신의 손목을 물어뜯고 그녀 곁으로 가버린 것이었다. 오히려 창고 안의 나머지 사람들에게는 그들을 둘러싼 고통과 절망이야말로 생명의 애착을 전보다 몇 배나 가열시키는 강한 자극일 뿐이었다. 진실로 인간의 생명이 참아낼 수 없는 고통은 어디에도 없다는 것처럼. 그리고 — 그런 면에서는 정인과 그녀의 시어머니도 마찬가지였다.

"훈이 아범의 꿈을 꾸었구나."

몽롱한 눈으로 창고 안을 둘러본 뒤 멍하니 앉아 있는 정인에게 시어머니가 나지막하고 연민어린 음성으로 물었다.

"네."

"몹시 흉하더냐?"

"좀…… 그때 함께 잡혀 들어가던 때……."

그러다가 문득 정인은 물었다.

"그런데 어머님은 왜 벌써 깨셨어요? 어디 편찮으신 데가 있으세요?"

"아니다."

시어머니는 그렇게 대답했다가 잠시 뒤에 쓸쓸하게 덧붙였다.

"나도 아범의 꿈을 꾸었다. 학비와 하숙비를 보내지 않는다고 ─ 밤중에 찾아왔더구나. 돌내골(石川里) 집에…… 학생모를 쓰고……."

그런 시어머니의 어깨 위로 채광창을 통해 들어온 한줄기 새벽빛이 흘렀다. 흰 무명저고리에 검게 굳은 피가 점점이 얼룩져 있고, 왼쪽 팔은 눈에 띄게 축 처져 있었다. 두 번째의 심문 때 총대에 잘못 맞아 탈골된 팔꿈치를 병원 조수 출신의 수용자 하나가 맞추어 넣었는 데도 나이 탓인지 벌써 한 달이 지나도록 제대로 움직이지 못했다. 생사조차 모르는 외아들을 죽일 놈으로만 몰아대는 취조관에게 분을 이기지 못해 달려들었다가 자초한 봉변이었다.

보고 있는 동안 정인의 가슴에는 그런 시어머니에 대한 까닭 모를 송구함과 함께 불현듯한 슬픔이 북받쳐 올랐다. 한때는 삼사백석지기의 들을 셋이나 가지고 거기 딸린 백여 명의 소작들과 마름[舍音]들 위에 군림하던 대지주요, 오현(五賢) 중의 한 분을 조상으로 모시는 영남 세가(世家)의 사파종부(私派宗婦)로 어디를 가도 당당하기만 하던 어른. 그 어른을 한낱 무력한 여수(女囚)로 전락시킨 것은 다름아닌 남편 동영과 자기자신이라는 데서 오는 송구함과 동영이 수없이 되풀이한 그 어떤 아름답고 거룩한 이상도 이제는 결코 그런 시어머니의 전락을 보상할 수 없을 것 같은 느낌에서 온 슬픔이었다. 그러자 갑작스레 뜨거워 오는 정인의 눈시울에 십오 년 전 처음 시어머니를 대하던 날이 선연히 떠올랐다.

그해 봄날 열일곱의 정인은 따뜻한 뒤채 툇마루에 앉아 색실로 수를 놓고 있었다. 대여섯이나 되는 또래의 손녀들을 위해 큰 사랑에서 모셔 놓은 독선생(獨先生)에게서 전해에 「소학(小學)」과 「여사서(女四書)」를 뗀 뒤로는 거의 일과처럼 된 수놓기였다. 세상이 개화되었다고는 해도 아직 삼대가 한 집에 살 만큼 완고하던 친정이라 신식교육은 오직 남자들에게만 허락된 탓이었다.

갑자기 안채로 통하는 쪽문을 열고 동경에서 대학을 다니던 사촌오빠가 들어오며 문 저쪽을 향해 농담처럼 말했다.

"방물장사 아지매, 불란사(絲) 동경사(東京絲) 실이 필요한 규수는 이쪽에 있심더."

동영과는 고보 동창으로 일찍부터 같은 길을 걷다가 나중 10·1 폭동 때 죽은 집안 오빠였다. 처음 농담이라도 하는 줄 알았으나, 정말 그의 뒤를 따라 초로의 방물장수 하나가 함지를 든 채 들어왔다. 참으로 알 수 없는 일이었다. 미리 들은 말도 없고, 차림도 흔히 보는 방물장수처럼 꾸미고 있었지만 정인은 그 노파가 자신을 선 보러 온 것임을 직감으로 느꼈다. 그것도 여느 매파가 아니라, 신랑감의 가까운 친척인 것 같았다. 남자처럼 큰 키와 누르끼한 피부며, 입고 있는 거친 광목 치마저고리에도 불구하고, 은연중에 배어 있는 어떤 위엄이 그런 추측을 낳게 한 것이었다. 그러나 그 노파가 바로 시어머니가 될 사람이라고는 정인도 상상하지 못하였다…….

동영 쪽에서 정식으로 혼담이 들어온 것은 그로부터 열흘 뒤였다. 욕심 많은 시어머니는 어떤 식으로든 미리 규수를 보고서야 혼담을 넣었는데, 정인은 다섯 번째로 본 규수였다.

"신랑은 더 볼 것도 없다."

혼담이 있은 뒤 서울에서 동영을 본 친정아버지는 한눈에 반해 그렇게 말했으나 안에서는 시어머니 될 사람 때문에 적지않이 망설였다. 여러 연줄을 통해 알아본 결과 걱정거리가 한둘이 아니다. 그 첫째가 외아들의 홀어미란 점이었다. 동영은 그녀가 낳은 사남매 중에 유일하게 살아남은 아들이었고, 또 서른셋에 청상이 된 뒤로는 순전히 혼자 힘으로 키운 자식이었다. 그다음은 유명한 말[馬]이었다. 그녀는 말을 타고 하루 백 리 길을 오가며 농감(農監)을 본다는 것이었는데, 그 또한 당시로서는 예삿일이 아니었다. 그러나 무엇보다도 정인의 친정에서 우려한 것은 시어머니 될 그녀의 거센 성정이었다. 그 한 예가 동맹휴학으로 처음 유치장에 갇힌 동영을 빼내 온 일이었다. 그 소식을 듣자마자 한달음에 서울로 달려간 그녀는 똑바로 동영이 갇힌 경찰서로 가서 서장을 찾았다. 그리고 한나절을 버텨 서장을 만난 뒤에 무사히 동영을 빼내 왔는데 그때 그녀의 기세가 얼마나 사나웠던지 동영을 데리고 나가는 그녀를 보고 서장이 이렇게 중얼거리더라는 것이었다.

"그 자식을 낳을 어미다."

울던 아이도 순사만 보면 그친다던 시절이고 보면 남자라도 여간한 뱃심과 담력이 없이는 해낼 수 없는 일이었다.

하지만 워낙 놓치기는 아까운 신랑감이었다. 사상문제가 약간 있기는 해도, 동경유학생에다 인물 좋고 집안 좋고 물려받은 재산까지 갖춘 동영이었다. 거기다가 사랑에서 이미 반승낙을 해버린 터라 이듬해에 혼인은 결국 이루어졌다. 그러나 딸의 시어머니 될 이가 종내 마음이 놓이지 않는지 신행가마에 오르는 정인의 손목을 잡은 친정어머니의 얼굴은 온통 눈물에 젖어 있었다.

"꼭 너를 범굴에 디밀어 넣는 것 같구나. 하기야 제 새끼 잡아먹는 범이 어디 있겠냐만……."

그런데 막상 가까이서 겪고 보니 모든 것은 한갓 기우에 지나지 않았다. 시어머니에 관한 소문은 대개 사실이긴 해도 나쁜 쪽으로 과장되어 있었고, 더욱이 그녀의 중요한 덕성들은 누구의 간혼(間婚)이라도 들지 않았던가 싶을 정도로 쏙 빼놓은 채였다.

"너는 내 딸이다."

신행 첫날 폐백을 받으면서 그렇게 말한 시어머니는 그 뒤 정말로 그대로 대했다. 문중사람들에게는 좋게 불려야 '여걸'이고 나쁘게는 '암펌'으로 통하는 시어머니였지만, 정인은 한 번도 그녀의 성난 눈초리를 받아본 기억이 없었다. 그녀가 강하게 대하는 것은 언제나 자신보다 강한 자들에게였고 불 같은 성정을 보이는 것도 다만 잘못되거나 이치에 어긋난 것뿐이었다. 정인에게는 암펌이라도 자애로운 어미범으로, 그을 음내 쐰다고 부엌에는 아예 얼씬도 못하게 했고, 방학이 끝나 동영이 일본으로 돌아가 버리면, 그때부터는 그야말로 귀여운 막내딸 끼고 자듯 한이불 속에 데리고 잤다.

먼 데까지 사람을 보내 사들인 귀한 옷감과 값진 화장품으로 며느리를 단장시키기 좋아했고, 맛난 것이면 무엇이든 가져와 며느리의 먹는 모습을 기뻐했다. 정인은 아직도 겨울밤 늦게 아이들 모이 주듯 시어머니가 벽장에서 꺼내주던 콩강정이나 깨엿 맛을 잊지 못하고 있었다. 질화로에 익혀 손수 허물을 벗겨주던 군밤. 여름철 농감(農監)에서 돌아올 때는 어김없이 말안장에서 찬 샘물에 식힌 복숭아나 참외를 꺼냈다.

동영과 학력 차이를 염려해서 정인의 만학(晩學)을 주선한 것도 시어머니였다. 결혼한 이듬해인 열아홉 때의 정월 말 정인과 겨울방학이 끝나 일본으로 돌아가려는 동영을 나란히 불러 앉힌 시어머니는 엄숙히 동영에게 말했다.

"이 애를 신식학교에 보내야겠다. 이번 돌아가는 길에 경성에 들러 적당한 여학교를 알아보아라."

그 말에 정인도 놀라고 동영도 놀랐다.

"그럼 어머님 혼자서 어떻게……."

동영이 먼저 그렇게 반문했다. 좋은 일이지만 차마 그럴 수는 없다는 표정이었다. 그러나 시어머니는 단호했다.

"나는 기왕에도 혼자 지내 왔다. 아직 오십도 안 된 터에 까짓 몇 년이야 못 지내겠느냐? 하루 이틀 생각해서 결정한 것이 아니니 두말 않도록 해라."

"전 안 가겠어요. 어머님 모시고 여기 있겠어요."

이번에는 그 사이 시어머니와 정이 들 대로 든 정인이 진심으로 그렇게 말했다. 남편이 있는 동경도 아니고 낯선 경성이라니, 더구나 그때만 해도 아직 어린 정인은 그 학력이란 게 뒷날 겪게 될 바처럼 동영에 대한 일생에 걸친 상처와도 같은 열등감의 원인이 될 줄은 모르고 있었다.

"네 마음은 안다. 이 아이가 있는 동경이라면 한결 마음이 내키겠지. 그러나 일본말 한마디 못하는 네가 동경에 간들 무슨 소용이 있겠느냐? 불편한 대로 경성에서 한두 해 신학문에 대한 기초지식과 일본말을 익힌 뒤에 동경으로 가도록 해라."

"그런 뜻이 아니라……."

그때 비로소 정인은 시어머니의 눈길에 은은히 어리는 노기를 처음으로 보았다.

"못난 것. 내 아들이야 그럴 리 없지만, 너는 유학생들이 부모가 정해 준 구식여성을 버리고 신여성과 결혼한 얘기를 듣지도 못했느냐? 또 설령 가문의 체면이나 인간이 불쌍해서 함께는 살아도 일생을 무식꾼으로 천대받고 싶으냐?"

그러더니 이내 노기를 풀면서 달랬다.

"더구나 이 일은 내 자식이요, 네 남편인 저 아이를 위한 일이다. 나는 오직 가문만을 위해 하나뿐인 아들에게 아무짝에도 소용없는 무식꾼을 아내로 맞게 한 못난 어미가 되고 싶지 않다."

큰아이가 들어서는 바람에 일 년 남짓으로 끝나고 말았지만 정인의 유일한 학력인 성신(聖信)여학교 3학년 중퇴는 그렇게 해서 얻어진 것이었다.

정인에게 쏟아지던 시어머니의 극진한 사랑은 그 뒤 아이들이 태어나면서 그들에게 옮겨졌다. 대대로 자손이 귀한 집안에다 동영까지 외아들이고 보면 당연한 일일지는 몰라도, 정인은 가끔씩 손자들에게 몰두해 있는 시어머니를 보고 있으면, 자기에서 쏟아왔던 그녀의 사랑은 어쩌면 그 보이지 않는 미래의 손자들을 향한 것이었는지도 모른다는 의심이 들곤했다. 이를테면 소작인이 캐온 그 귀한 산삼을 선뜻 며느리인 자기에게 달여 먹인 것도 실은 그때 이미 여덟 달이나 된 뱃속의 훈이를 위한 일이었을 것처럼. 그만큼 시어머니는 손자들을 끔찍이 위했던 것이다.

대신 그때부터 정인에게 돌아온 것은 다 자란 자식에 대한 것 같은, 방심과도 흡사한 덤덤한 사랑이었다. 어떤 의미에서 정인의 성인례(成人禮)는 아이들을 낳고서야 치른 셈이었다. 그리하여 예전의 철부지 딸을 얼싸안듯 하던 사랑은, 곳간의 열쇠며 지켜야 할 가문의 법도나 주부의 품위 같은 데 대한 점잖은 가르침으로 바뀌었지만, 그들 고부의 정신적인 결속에는 조금도 영향을 미치지 못했다. 시어머니는 여전히 친정에 가면 사흘도 안 돼 보고 싶어 눈물이 날 지경인 어른이었다.

방금 정인이 그 창고 안에서 겪는 괴로움 가운데서도 가장 큰 것은 바로 그 시어머니와 나란히 심문에 불려 나갈 때였다. 자기가 겪는 고통보다 몇 배나 견딜 수 없는 것이 칸막이 너머에서 들려오는 시어머니의 비명이나 신음이었다. 자신은 네 번째 아이로 만삭이어서 마구잡이 취조를 면하는 대신, 시어머니는 그 거센 성정 때문에 보통 그 나이의 노인은 겪지 않아도 될 혹심한 심문을 받게 되는 탓이었다. 가엾으신 어른…….

"참 딱한 사람들이여."

갑자기 오른편 창고 벽에 기대 있던 중년의 여인이 정인과 시어머니를 번갈아 보며 수군대듯 말했다.

"원, 그 몸을 가지고 뭐 때매 이런 데서 고생을 하누?"

그러자 무언가 깊은 생각에 잠겨 있던 시어머니가 얕은 신음과 함께 몸을 그리로 돌리며 물었다.

"무슨 말이오?"

"왜 해산이 가까운데 따로 내보내 달라고 하지 않으세유?"

그 중년 여인이 한심하다는 투로 하는 말을 시어머니가 다시 힘없이 받았다.

"저놈들이 어디 잉부(孕婦)를 알아보겠소? 어림없는 일이지."

"그렇지 않대유. 나두 들은 말인디, 이 박사가 무슨 특명인가를 내려 부녀자, 특히 임산부는 따로 잘 봐주기루 되어 있대유."

"그래도 이제 겨우 여덟 달쨈데……."

이번에는 정인이 자신 없이 받았다.

"까짓 한두 달이야 제깐 놈들이 알게 뭐유? 그렇다고 이 난리통에 산파나 산부인과 의사를 불러댈 이도 없구 — 밑져 봐야 본전 아니겠어유? 내 말 믿고 지금 당장 궁글며 아기 트는 시늉 해 보세유. 젊은네는 물론 해산 구류할 사람이 없다면 할머니도 딸려 내보내 줄 거유."

그 말에 마음이 움직인 시어머니가 다시 정인을 돌아보며 상의조로 말했다.

"어멈아, 그렇게라도 이곳을 빠져나갈 수 있다면 한번 해보자. 어떻게든 이곳만 빠져나가면 무슨 살 길이 생길 것도 같구나."

"아이들은 어쩌구요? 우리가 갑자기 다른 곳으로 옮겨지면 그 애들과는 어떻게 만나겠어요? 저들이 설령 이곳에서 내보내 준다 해도 아주 놓아 주지는 않을 거 아녜요?"

일이 잘못 풀리면 그 창고 안이 그대로 무덤이 될 수도 있다고 믿는 정인이었지만, 그렇게 반문하지 않을 수 없었다.

생각하면 생각할수록 대견한 아이들이었다. 그날 할머니와 어머니가 낯선 사람들에게 끌려가도 훈이와 영희는 소리 한번 크게 내

어 울지 않았다. 둘 다 무슨 작은 그림자처럼 며칠간이나 따라다니
다가 그네들 고부가 그 창고에 자리를 잡고서야, 세살박이 막내 철
이를 받아 안고 어디론가 사라졌다. 막내를 안고 간 것은 만약의 경
우에 대비한 시어머니의 배려였다.

"하나라도 더 살아남아 씨라도 많이 퍼뜨려야지."

그렇게 말하며 젖도 겨우 뗀 어린것을 내보낼 때는 가슴이 미어
지는 듯했으나 정인은 묵묵히 그런 시어머니에 동의했다.

그 뒤 아이들은 어디서 어떻게 지내는지는 몰라도 대엿새에 한
번꼴은 면회를 왔다. 감시인들도 처음에는 무슨 연락이나 온 게 아
닌가 딱딱거렸으나, 아이들의 정경이 너무도 딱한지 차츰 부드럽게
대해 그 무렵은 오기만 하면 정인이나 시어머니 둘 중 하나는 어김
없이 불러내 주었다.

어떻게 지내느냐고 물으면 훈이 녀석은 언제나 천연덕스런 얼굴
로 서울에 사는 친척들의 이름을 주워댔다. 그러나 훈이의 눈짓에
도 불구하고 이따금씩 훌쩍이는 영희나 수척한 철이의 모습으로 보
아, 또 아이들이 가져오는 음식이란 게 대개는 미군의 레이션 부스
러기로부터 곱삶은 보리까지가 잡탕이 된 것으로 보아 그런 훈이의
말이 거짓임은 쉽게 짐작이 갔다.

그 아이들이 마지막으로 다녀간 것은 사흘 전이었다. 정인과 시
어머니가 이미 붙들린 뒤라 아이들이 혜화동의 옛집을 드나드는 것
은 막지 않는 모양인지, 그날은 거기서 찾아낸 동영의 헌 양복으로
인절미 몇 개를 바꾸어 디밀어 주고 갔다. 세 살난 막내를 업은 채
두 살 아래인 영희의 손을 잡고 멀어져 가던 훈이의 뒷모습이 떠오

르자 정인의 눈에는 저절로 눈물이 괴었다. 그런 정인의 심경을 읽기라도 한 듯 시어머니가 성한 손을 내밀어 며느리의 어깨를 어루만지며 부드럽게 말했다.

"물론 내일이라도 아이들이 찾아온다면 말이다 ― 어디 적당한 곳으로 가도록 이른 뒤에……."

그러다가 정인의 눈에서 번쩍이는 눈물을 발견하고 자기도 목이 메어 앞뒤 없이 위로를 시작했다.

"아이들 일은, 어멈아, 아이들 일은 너무 상심 마라. 그것들이 아무리 박정해도 의지가지 없는 것들을 거리로 내쫓아 굶겨 죽이기야 하겠느냐? 또 훈이가 똑똑하니……."

그것들이란 어려울 때 거두어준 이런저런 친인척들을 가리키는 말이었다. 그러나 시어머니의 그 같은 위로는 오히려 참고 참은 정인의 눈물을 걷잡을 수 없게 만들었다. 가엾은 것들아, 지금은 어느 찬 하늘 아래를 헤매고 있느냐. 누구의 죄값을 어린 너희가 받고 있는 것이냐……. 소리 죽여 흐느끼는 정인을 물끄러미 바라보던 시어머니도 기어이 옷소매로 눈물을 훔쳤다.

5

　몇 발의 요란한 총소리에 동영은 아직 간밤의 술에서 덜 깬 흐릿한 머리로 눈을 떴다. 처음에는 꿈결인가도 싶었으나 밖이 수런거리는 것으로 보아 그렇지는 않은 듯했다. 풀어지려는 시선을 애써 모아 주위를 살피니 먼저 훤히 밝은 창틀이 눈에 들어왔다. 간밤 술자리가 끝난 뒤에 어떤 하전사(下戰士)가 안내해 준 숙소로, 반듯한 벽이며 유리창틀로 미루어 그 인민학교에 딸린 사택이거나 숙직실인 듯했다.

　울렁이는 속을 간신히 억누르며 옷을 꿰고 총소리가 난 쪽으로 나서는데 저만치 운동장을 가로질러 가는 김철의 모습이 보였다. 긴장으로 굳은 얼굴에 손에는 권총을 빼들고 있었다. 자욱한 안개 속에서도 검게 빛나는 떼떼(TT)권총의 총열이 동영의 흐릿한 의식을 섬뜩하게 일깨웠다. 그도 서둘러 혁대에 매달린 가죽케이스를 열고 권총을 빼어들었다.

동영이 그를 불러세울까 말까를 망설이는 동안 김철은 뛰듯이 빠른 걸음으로 운동장을 지나 안개에 반 넘어 가린 교문 쪽으로 사라져버렸다. 비로소 그의 전력을 실감나게 하는 민첩함이었다. 그것이 다시 동영을 자극하여 그도 뛰듯이 걸음을 빨리했다.

교문께에 이르렀으나 방금 나간 김철은 이미 어디로 갔는지 보이지 않았다. 그 대신 거기서 입초를 서고 있던 경계병 하나가 약간 냉소 띤 표정으로 동영을 맞았다.

"무슨 일이오?"

"국방군 낙오병인 모양입메다."

대단찮다는 표정으로 그렇게 대답하면서 그 전사가 가리킨 곳은 동네 입구의 한 그루 고목 아래였다. 몇 명의 대원이 무언가를 빙 둘러서서 웅성거리는 것이 안개 속에서 희끗희끗 눈에 띄었다. 김철의 모습도 거기에 있었다.

달려간 동영은 둘러싼 이들을 비집고 안을 들여다보았다. 모자도 없고 무기도 지니지 않은 국군 사병 하나가 너덜너덜한 군복에 싸인 채 엎드려 있었다. 꼼짝도 않는 것으로 보아 이미 숨졌거나 최소한 기절이라도 한 것 같았다. 상처는 오른편 대퇴골 부근으로 군의군관이 상처를 살피려는 것인지 부근의 바지를 찢어내고 있었다.

"어떻게 된 건가?"

동영은 그 군의군관 곁에서 포로의 상처를 유심히 살피고 있는 김철에게 나직이 물어보았다.

"저 언덕 쪽에서 마을로 침투하다가 아군 복초(伏哨)에게 저격당한 모양이오."

김철은 대답하면서도 눈길은 여전히 포로의 상처에서 떼지 않았다. 공식적이고 딱딱한 말투에 동영은 다시 간밤의 일을 떠올렸다. 대원들 앞이어서 그러리라고 생각하기에는 그 정도가 지나친 것 같은 느낌 탓이었다. 그때 군의군관이 포로의 몸을 뒤집게 했다. 앞면에는 언덕을 굴러떨어지며 긁힌 것 외에는 이렇다 할 상처가 보이지 않았다.

"이상한데 — 이 정도의 거리면 분명 관통상을 입었을 텐데……."

군의군관은 가까운 언덕과 복초가 서 있던 고목 사이의 거리를 눈으로 가늠한 뒤 고개를 기웃거리며 다시 포로의 하복부 부분을 헤집었다. 동영도 그 국방군 병사를 살펴보았다. 상처보다는 먼저 그의 창백한 얼굴이 눈에 들어왔다. 갓 스물이나 되었을까, 낙오로 시달린 흔적은 있지만 여자처럼 단정한 얼굴이었다. 엉덩이 부분의 그 끔찍한 상처에도 불구하고 두 눈을 감고 가늘게 숨을 쉬는 그 표정은 몹시 지쳐 곯아떨어진 사람과 비슷했다.

"어떻게…… 군의소로 옮길까요, 연대장동지?"

한동안 여기저기를 기웃거리던 군의군관이 어정쩡한 얼굴로 김철에게 물었다. 자기로서는 어찌해 볼 도리가 없을 것 같다는 표정이었다. 천박하게 찌든 얼굴로 보아 전문적인 수련을 거친 의사출신이 아니라 약간의 의료경험에다 몇 달의 군의교육을 더하여 양산해 낸 군의군관 같았다.

"기다리시오."

김철이 무언가를 생각하는 눈치로 대답하더니 다시 한번 그 낙오병이 굴러떨어졌다는 언덕과 저격자의 위치를 살폈다. 그러다가 드디어 심증이 섰다는 표정으로 천천히 허리를 굽혀 들고 있던 권총을 포로의 관자놀이에 갖다 댔다. 그 동작이 하도 천연덕스러워 동영처럼 그가 무얼 하려는가 짐작이 가지 않는 탓인지, 아니면 짐작하고는 있으면서도 짐짓 가만히 있는지 아무도 그런 김철의 동작을 제지하거나 까닭을 묻는 사람은 없었다. 그런데 그 순간이었다. 동영은 찬 총구의 감촉 때문인지 잠깐 눈을 뜬 그 포로와 눈길이 마주쳤다. 무언가를 간절하게 애원하는 듯한 눈길이었다. 입술도 무언가를 애원하려는 듯 가볍게 파들거렸다.

"뭘 하려는가?"

그제서야 김철의 의도를 짐작한 동영이 놀라 외쳤다. 그러나 미처 말려볼 틈도 없이 김철은 방아쇠를 당겨버렸다. 요란한 총소리와 함께 포로의 머리가 모로 핵 돌아가며, 이어 엷은 물결과도 같은 경련이 한동안 포로의 몸 위를 흐르다가 이내 잠잠해졌다.

"무슨 짓이야? 이 사람은 정당한 포로가 아닌가?"

동영이 놀라움과 분노에 가득 찬 눈으로 김철을 쏘아보며 외쳤다.

"이 부대의 지휘관은 나요. 적절한 판단을 한 것이오."

김철은 얼음같이 차가운 목소리로 내리누르듯 말했다.

"그러나 포로의 대우문제라면 정치군관인 나와도 상관이 있지. 첫째 이 포로는 편의대(便衣隊)도 아니고 무기도 소지하지 않았어. 그리고 포획된 뒤에는 저항이나 도주의 의사를 보인 적도 없고…… 국제법규의 위반일 뿐만 아니라 — 인민의 지탄을 받아 마땅한 명백한 학살행위야."

"우리는 정규군이 아니오. 위장하고 있을 뿐, 국제법규 따위는 관계없단 말이오. 거기다가 이 포로는 틀렸소. 아무리 적일지라도 무용한 고통을 계속 받게 버려두는 것이야말로 인민의 지탄을 받아 마땅한 잔혹행위요."

"자네가 그걸 어떻게 알아? 그런 의학적인 판단은 군의군관에게 달린 게 아닌가?"

김철이 어디까지나 공적인 관계로 그를 대하고 있다는 것이나, 대원들이 자기들을 둘러싸고 있다는 것도 잊고 동영은 흥분하여 대들었다. 김철의 눈에는 언뜻 난감해하는 기색이 비치더니 이내 차가운 분노의 기색이 떠올랐다.

"정치위원동무, 앞으로 적지에서 우리와 과업을 수행하려면 먼저 우리의 오랜 투쟁경력과 체험적인 지식을 존중해야 할 거요. 본 연장(聯長)이나 대부분의 대원들은 이보다 몇 배나 험한 전장을 달려온 사람들이오. 병은 모르지만 화력기재(火力器才)에 당한 부상이라면 군의군관동무 이상으로 알아볼 수 있소."

그렇게 동영의 기를 꺾은 김철은 이어 이미 숨이 끊어진 포로와 그가 저격당한 언덕을 번갈아 가리키며 설명조로 계속했다.

"이 국방군동무가 저격당한 위치를 보시오. 그는 높은 곳에서 낮은 곳으로부터 저격당했소. 그런데 앞면이 아니라 대퇴부 쪽이오. 그걸로 보면, 처음 총소리에 놀라 돌아서서 달아나다가 총탄을 맞았을 것이오. 따라서 그 총탄은 대퇴부를 뚫고 척추에 박혔을 것이오. 그것도 아래서 위로 후벼뚫듯이……. 그것이 가까운 거리면서도 총탄이 나온 구멍이 없는 이유요. 이 군의군관동무가 아니라 사단군의소라도 별수없을 뿐만 아니라 — 설령 살린다 해도 죽느니만 못할 것이오. 본 연장의 결정이야말로 오히려 인도적인 셈이오."

무슨 암시이기라도 하듯 김철은 다시 한번 자기의 계급을 힘주어 말했다. 그러나 동영은 아무래도 쉽게 승복할 수 없었다. 그런 동영을 억제해 준 것이 지난 두 달간의 엄혹한 훈련이었다. 김철이 그의 상급자란 것과 대원들이 호기심어린 눈길로 자기들을 바라보고 있다는 사실이 문득 상기된 탓이었다.

동영이 입을 다물자 잠시 어색한 침묵이 흘렀다. 그때 박격포 화력부관(火力副官)의 직책을 가진 군관 하나가 그 어색한 침묵을 깨뜨리듯 말했다.

"아침식사가 준비돼 있을 겁니다. 식사 뒤에는 저와 병원(兵員) 및 화력을 파악해 보시는 게 어떻겠습니까?"

이남출신으로 처음부터 동영에게 왠지 가까워지려고 애쓰는 것 같은 청년이었다.

"먼저 가시오."

김철이 약간 누그러지기는 했지만 여전히 단호한 목소리로 재촉하듯 말했다. 동영은 거의 망연한 기분이 되어 그 젊은 군관이 끄는 대로 취사를 맡고 있는 민가로 걸음을 떼어놓았다.

아침식사 역시 이상하리만치 푸짐했다. 잡곡이 거의 섞이지 않은 쌀밥에 쇠고깃국이 가마가마 끓고 있었다. 자기들끼리의 말을 들으니 송아지를 잡은 모양이었다. 상급부대로부터 보급이 그리 신통치 못함을 잘 알고 있는 동영으로서는 그 같은 호화판이 궁금하지 않을 수 없었다.

"징발한 것이야요."

음식을 나르던 하전사가 그런 동영의 의문에 자랑스레 대답했다. 빨치산은 어차피 인민의 부양을 받아야 한다 — 그런 원리를 적용시킨 마구잡이 징발 같았다.

숙취와 조금 전의 충격으로 입맛을 잃은 동영은 국물만 몇 모금 마시고 자기의 숙소로 정해진 방에 돌아가 누웠다. 박격포 화력부관의 말이 아니라도 대원들의 성분이나 경력을 알아두는 것은 필요했지만, 당장에는 무슨 일을 하고 싶은 기분이 내키지 않은 탓이었다.

동영은 잠자려는 것도 아니고 그렇다고 무얼 생각하고 싶어하는 것도 아닌 애매한 자세로 방 한구석에 가지런히 개어져 있는 이불에 몸을 기댔다. 그러나 이내 그의 눈앞에 조금 전에 숨진 그 국군병사의 앳된 얼굴이 떠올랐다. 사실 전쟁 이후 그는 수많은 주검을 보아왔지만 눈앞에서 하나의 생명이 그렇게도 순간적으로 꺼져가는 것을 보기는 처음이었다.

그러자 다시 그의 머리 가득 생생하게 떠오르는 그 광경은 공포나 전율이기보다는 차라리 허망이었다. 단순히 사라진 한 인간의 목숨을 향한 연민 이상, 생명의 실상에 대한 한줄기 섬뜩한 자각이었다. 생명이란 살아 있음으로써 하나의 우주 — 완성이며 전부였다. 그러나 그 불빛이 꺼져버리는 순간 그것은 그대로 전무(全無)이며 끝 모를 허망이었다. 생명이 존중되어야 하는 이유는 그것이 영혼으로 불멸한다는 종교적 환상 때문이 아니라, 너무도 쉽게 꺼져 허무로 환원해 버린다는 유물적 진리에 있었다. 생명이란 그 어떤 이념의 분식(粉飾) 아래서도 수로 환산될 수 없는 개념이며, 그리하여 설령 고귀한 수천 수만의 보다 나은 향유를 위해서일지라도 그 가장 비천한 하나를 희생으로 요구할 권리는 없다…….

그러다가 동영은 문득 감상에 빠져들고 있는 자신을 발견하고 쓰게 자조했다. 이따금씩 비판받아온 대로 그 같은 감상주의가 부르주아의 잔재이기 때문이 아니라, 자신에게는 어울리지 않는다는 것을 깨달았기 때문이다. 이미 십여 년의 세월을 그는 증오의 철학에 의지해 왔고, 임시위원회 시절에는 하루에도 몇 번씩 끔찍한 인민재판에 관한 보고를 무감동하게 접수했었다. 수원에 있을 때도 밤낮없이 과장되어 발표되는 피아간의 사상자 수효를 흘려들으며 지냈고, 그 뒤 월북하던 그 열흘은 거의 시체더미 사이를 헤치고 다닌 것과 다름없었다. 거기다가 지금은 두 달에 걸친 살상훈련 끝에 적지로 남하하는 서른다섯의 유격대 정치위원 — 비록 생생한 현실감에 자극된 것이라고는 해도, 죽음에 대한 그 아침의 돌연한 감상은 동영 자신에게도 당혹스런 것이었다.

"말을 타보지 않가시요? 부대대장동무."

갑자기 방문이 열리며 대원 가운데서는 가장 어린 축에 속하는 연락병이 말했다. 동영은 까닭 없이 당황하며 벌떡 몸을 일으켰다.

"말?"

"기래요. 지금 연대장동무께서 운동장에 기다리고 있시요."

말이라면 동영에게는 어릴 적부터 익숙한 동물이었다. 집안어른이나 가까이서 돌봐줄 남자 친척 하나 없이 일찍부터 홀로가 된 그의 어머니는 인근 백 리 가까이에 뻗쳐 있는 들을 말에 의지해 돌보았다. 젊은 과수댁을 얕봐 나농(懶農)하는 소작들이나 곡수(穀數)를 속이려 드는 마름[舍音]들의 기를 죽이기 위해 나귀로 시작한 농감(農監)이 발전한 것인데, 그가 유학을 떠날 무렵에는 토종이지만 제법 안장을 갖춘 승용마로 변해 있었다. 나중 대학에 간 그가 유일한 운동으로 승마를 배운 것도 아마 그런 어머니의 영향 탓이리라. 대학교 2학년 때인가의 여름방학에 그가 사 온 제법 혈통 있는 말은 일제 말기에 군마로 징발당할 때까지 그들 모자가 가장 아낀 가축이었다.

그러나 지금 동영의 무거운 몸을 일으키게 한 것은 아직도 자신 있는 승마나 말에 대한 그런 추억이 아니라 기다리고 있다는 김철이었다. 그 아침에 그가 보여준 어딘가 과장된 것 같은 비장함과 냉정함에는 은연중에 교육적인 의도가 포함된 것 같은 느낌 때문이었다.

김철은 철봉대 곁에서 말 두 필과 함께 기다리고 있었다. 그새 평온을 회복한 듯 보였지만 어딘가 우울하고 축 처진 기색이었다. 무슨 지시가 있었던지 동영을 안내한 소년 전사도 그곳까지는 따라오지 않았다. 정말로 말이 있었다는 감탄으로 동영은 먼저 말부터 살펴보았다. 철봉대에 묶여 있는 말은 그런대로 기본적인 마구를 갖추고 있었지만 김철이 고삐를 쥔 채 살피고 있는 말은 재갈이나 제대로 물려 있을까 싶을 정도로 야마(野馬)에 가까웠다. 그러나 척추의 만곡(彎曲)으로 보아 잡종이긴 해도 승용마임에는 틀

107

림없었다.

"아직도 말이 남아 있었나?"

동영이 애써 어색함을 감추며 물었다. 김철은 여전히 말에다 시선을 준 채 담담하게 대답했다.

"남아 있던 게 아닐세. 폭격에 기수(騎手)를 잃고 산으로 내빼 야생화 돼 가는 걸 마을 주민들이 잡은 모양이야. 농용(農用)으로나 쓰려는 걸 내가 징발했지."

"탈 수 있을까?"

"이 며칠 길을 잡는다고 잡았네만……."

"그래도……."

"자네가 안장 있는 쪽을 타게. 이놈은 내가 타지."

김철은 안장도 없는 말에 모포 같은 걸 깔면서 말했다. 동영의 승마 지식으로는 도저히 탈 수 있을 것 같지 않은 말이었다. 고삐를 풀어 쥐고도 머뭇거리는 동영의 심중을 읽은 듯 김철이 잽싸게 안장도 없는 말 등에 뛰어올랐다. 일순 놀란 말이 운동장을 불안정하게 달리기 시작했다. 그러나 양손으로 재갈과 갈기를 한꺼번에 틀어잡은 채 말 등에 찰싹 달라붙은 김철은 조금도 동요하는 빛이 없었다.

생각 밖으로 말과 기수의 불화는 그리 오래가지 않았다. 좁은 운동장을 채 한바퀴도 돌기 전에 김철은 완보(緩步)로 안정이 된 말의 재갈을 풀어주며 우뚝 몸을 일으켰다.

"뭘 보고만 있나? 어서 오르게."

그는 오히려 감탄한 눈으로 바라보고만 있는 동영에게 미소를 보내는 여유까지 보였다.

"너무 감탄할 건 없어. 만주에 있을 때 말 하나는 귀신같이 다루는 동지들이 많이 있었지. 홍창회(紅槍會)라든가 대도회(大刀會) 따위 출신이라 떠벌리는 친구들인데 그들에게서 배운 솜씨야."

그리고는 말머리를 돌려 교문 쪽으로 향했다. 그걸 보고 동영도 말 위에 올랐다. 해방이 된 뒤로는 거의 타볼 기회가 없었는 데도 생각보다는 거북하지 않았다. 동영은 약간 흥분한 기색이 있는 말을 어렵지 않게 진정시킨 뒤 앞서가는 김철을 따라잡았다.

"정말로 괜찮은가?"

말머리가 나란히 되자 동영이 김철을 건너다보며 물었다.

"자네보다는 빨리 달릴 수 있네."

김철은 그렇게 대답하면서 군화 뒤꿈치로 박차를 대신했다. 펄쩍 놀란 듯 속도를 내기 시작한 그의 말은 금세 구보(驅步)로 바뀌어 보얀 먼지를 일으키며 좁은 국도를 달렸다. 동영도 불현듯한 호승심으로 박차를 가했다.

둘은 한동안 앞서거니 뒤서거니 좁은 국도를 달렸다. 초겨울 아침이라 약간 쌀쌀했지만 달리다 보니 기분이 한결 밝아졌다. 그러나 채 십 리도 못 가 동영의 안장이 배기기 시작했다. 저만치 앞서가던 김철이 그런 동영의 불편한 기색을 알아차리고 속도를 줄였다.

"많이 불편한가?"

"안장이 좀 배겨. 등자도 너무 짧고. 게다가 근년에는 거의 타보지 못했네."

"그럼 돌아가지."

김철이 선선히 말머리를 돌렸다. 동영의 말머리가 자신과 나란히 되자 김철은 완보로 말을 몰며 이야기를 꺼냈다.

"한결 후련하군. 어떤가?"

"나도 좋아."

"그런데 아침의 일, 아직도 못마땅하게 생각되나?"

"아니 못마땅하기보다도……."

"그런 경우에는 동지라도 쏘아주는 게 나아. 세상에는 가끔씩 사는 게 죽는 것보다 못한 경우가 있거든. 자꾸 만주, 만주 해서 안 됐네만, 그때는 그보다 덜한 부상을 입은 동지를 쏘아주고 떠난 적도 많았지. 왜놈들에게 체포되는 데 따르는 고통을 덜어주기 위해 서였다네."

"……."

"믿어주게. 잔혹이 아닐세. 지난번 총퇴각 때 무정(武亭)이 상이 전사들을 무자비하게 처리한 것과는 달라."

"사실…… 그저, 생명이 너무 허망히 꺼져버릴 수 있다는 데 약간 충격을 받았어. 그리고 — 청산하지 못한 감상주의인지는 모르지만, 그 때문에 오히려 생명은 존중되어야 하는 게 아닌가 잠깐 생각해 봤네. 유물의 세계일수록 죽음은 무와 일치하니까……."

김철이 잠시 기이한 눈빛으로 그런 동영을 바라보다가 혼잣말처럼 중얼거렸다.

"바보는 십 년이 지나도 변하지 않는다."

"나 말인가?"

"우리 모두."

그러더니 나무라는 것도 비웃는 것도 아닌 담담한 어조로 물었다.

"얼마 뒤에는 그 죽음에 자네도 책임이 있다는 생각이 들겠지?"

"쑥스럽지만, 실은 불안하네."

"자네는 길을 잘못 들었어. 한 이상주의자나 원고지 속의 몽상가로 그쳐야 하는 건데…… 게다가 이제는 유격대의 정치위원이라니……."

'원고지 속의 몽상가'란 학창시절에 한때 문학에 열을 올리던 동영을 비양거려 김철이 붙인 별명이었다. 소설이나 시가 이념을 실현하는 데 가장 유력한 도구가 될 수도 있지 않을까를 진지하게 검토해 보던 시절의 일이었다. 동영은 오래 잊었던 옛꿈을 떠올리듯 그때를 생각하며 쓸쓸하게 웃었다. 그러나 김철은 더욱 우울한 얼굴로 탄식처럼 말했다.

"이 김철과 자네 — 제3병단도 알 만하군."

"무슨 뜻인가?"

"어젯밤 자네는 내게 아직도 혁명과 유혈에 대한 열정이 남아 있는가라고 물었지? 아직도 내 가슴속에서 불타는 이념이 남아 있는가도. 짐작하기로는 나의 강한 긍정을 통해 조금씩 허물어져가는 자네 자신을 붙잡으려는 의도 같았는데."

"……."

"그러나 미안하네. 먼저 허물어진 것은 내 쪽이야. 다만 듣고 있는 귀가 있어 말하지 못했을 뿐이네."

"자네가?"

뜻밖의 고백에 이번에는 동영이 놀란 눈으로 김철을 바라보았다. 간밤 김철에게 느낀 의혹은 그 아침 그가 보여준 행동으로 거의 씻긴 뒤였다.

"지난 다섯 달 동안 나는 이 땅에서 벌어진 살육의 현장 가운데서도 가장 처참하고 격렬한 곳에 있었네. 나는 진격속도를 높이기 위해 단 하나의 포로도 잡지 않고 적의 대대를 섬멸한 적도 있고, 또 거의 눈 깜짝할 사이에 내 대대가 화염 속에서 사라져버리는 것도 보았지. 퇴각을 엄호시키기 위해 나이 어린 소년병을 기관총 좌지(座地)에다 철사줄로 묶어놓고 떠난 적도 있고, 변변찮은 정보를 얻어내기 위해 생포한 적 장교를 세워놓고 난자한 적도 있어.

하지만 나는 단 한 번도 내 행위의 정당성을 의심해 본 적이 없네. 그 근거가 무엇인지 아나? 자네에게는 놀랍게 들리겠지만, 그것은 바로 민족이라는 감격스런 이름의 집단과 과정의 오류를 변명해줄 역사였네. 나는 불의 세례를 받고 다시 태어난 철(鐵)의 사나이, 어김없이 철두철미한 민족해방의 전사이며 통일의 기수라고 믿었지. 이탈리아 통일전쟁을 얘기하면서 거기서 죽은 병사들이나 시달린 인민을 얘기한다는 것은 무의미하다고 스스로를 격려했으며 언제나 결과만을 바라보는 역사의 편향성을 내세워 부하들의 잔혹행위까지 부추겨온 것이네."

"정말로 놀랍군. 자네에게야말로 위대한 맑스·레닌의 교의가 한낱 가면이며 수단에 지나지 않았다니…… 그럼 어제 말한 것은 뭔가?"

뜻밖의 고백에 대한 놀라움이나 경계보다는 소년 같은 진지한 어조에서 받은 신선한 감동에 동영은 가벼운 미소까지 띠며 그렇게 물었다. 듣기에 따라서는 비양거림으로 여겨질 수도 있는 물음이었으나 김철은 별로 개의치 않았다. 잠깐 간밤에 한 말을 떠올려보는 듯하더니 여전히 진지하게 대답했다.

"물론 그것도 거짓은 아닐세. 나는 명료한 의식으로 아나키스트에서 중앙집권적인 볼셰비키로 전향했네. 간밤에 말한 그 이유로."

"그렇다면 그거야말로 엄청난 주객전도가 아닌가? 내가 알기로 민족주의란 1919년 독일과 헝가리에서의 패배로 소침해진 볼셰비키가 뒤늦은 자각을 시작한 아시아 제국에게로 눈길을 돌릴 때, 교의의 일부로 위장되어 편입된 그들의 새롭고 위력적인 무기일 뿐이네. 맑스는 헤겔의 민족주의를 왜소한 종족주의라고 비웃기까지 했어."

"같은 깃발 아래 있어도 생각이 이렇게 다를 수가 있군. 세상에는 주의니 이즘이니 하는 이름이 붙어 있어도 엄밀한 의미에서의 이념이 될 수 없는 것이 둘 있네. 종종 상반되기도 하는 그 둘 중 하나는 민족주의이고 다른 하나는 휴머니즘이지. 그것들은 결코 별개의 이념이 될 수 없어. 어떤 이념도 그 둘 중의 하나 또는 그 둘 모두에 의지하지 않으면 성립될 수는 없는 최소한의 바탕이나 인간정신의 본질적 구조 같은 것이기 때문이네. 오히려 나머지 다른 이념들이야말로 그 둘의 도구거나 수단일 뿐이네."

"이러다간 우리 사이에 이념투쟁이 벌어지겠군. 하지만 —."

김철의 표정이 하도 진지하여 약간 희화적인 기분이 든 동영이 그렇게 쟁점을 흐리게 한 뒤 빙글거리며 덧붙였다.

"자네는 내가 자네 부대의 차하급(次下級) 정치군관이며, 앞으로는 자네 유격구(遊擊區)의 정치위원이 되리라는 걸 잊었나?"

떠보려는 의도가 담겨 있기도 한 물음이었으나 김철의 태도는 조금도 변함이 없었다. 아니, 그 이상 갑자기 모든 것을 초탈한 사람처럼 대답했다.

"기껏해야 지휘관 동향보고에 이렇게 써넣기밖에 더하겠나? '사이비. 그나마 이탈의 조짐까지 보임.' 하지만 상부에서는 답할 걸세. '우리도 알고 있다. 그러나 아직은 건들지 마라. 쓸모가 있으니까.'"

"아니야. 이탈의 조짐은 아직 쓸 수 없겠지. 자네는 스스로를 허물어지고 있다고 말했을 뿐, 내가 그걸 믿을 만한 이유를 대지는 않았으니까."

"그건 지금 말해 주지. 바로 자네가 물은 신념과 열정을 잃어버린 것."

김철이 다시 무엇에 취한 사람처럼 서슴없이 대답했다. 그러자 간밤의 경우와는 반대로 이번에는 동영이 더 이상 듣고 싶지 않은 기분이 되었다. 자신의 정신적인 몰락을 고백하게 될 때보다 한결 비참해질 것 같은 예감 때문이었다. 자칫 그의 상처는 자신의 상처를 더욱 못 견딜 것으로 만들 수도 있었다.

김철은 확실히 이상했다. 무엇 때문인지 점점 감정의 과장에 빠져든 그는 십 년 전 대학시절에도 잘 보여주지 않았던 섬세하고 감상적인 소(小)인텔리의 모습을 갑작스레 드러내고 있었다. 그쯤에서 적당히 얘기를 얼버무리려고 잠시 말이 없는 동영은 살피려고도 않은 채, 낮고 우울한 목소리로 독백과도 같은 말을 이어나갔다.

"작년에 처음 입북할 때부터 나는 우리가 허물고 불태운 교회나 궁전의 폐허 위에 새로이 들어서고 있는 하나의 우상을 보았네. 그를 위해 신화가 조작되고 상징과 교의가 숨가쁘게 안출되고 있었어. 혁명도 이념도 어이없이 부패해 가고, 그것을 향한 순수해야 할 열정은 추악한 권력욕으로 모습을 드러내고 있었지. 그리고 ─ 그 모든 것은 이 전쟁과 더불어 더욱 뚜렷해졌어. 우리가 화려한 승리를 거둘 때 그 영광은 '그 하나'의 것이었지만 한 번 비참하게 패퇴하자 그 책임은 '그 하나'를 뺀 우리 모두의 것이 되었지. 민족이란 거룩한 이름이 끼어들기에는 처음부터 합당치 못한 전쟁이었네. 결국 내가 품은 것은 환상뿐이었지만, 그나마도 가장 열렬하게 껴안고 싶을 때에 더욱 무참하게 깨어져간 걸세. 남은 것은 오랫동안 잊고 있었던 프루동의 경고뿐이었네. '예외 없이 모든 당파는 그것이 권력을 추구하는 한 절대주의의 한 변형에 지나지 않는다…….'

거기다가 이렇게 미국이 전력을 다해 개입하게 된 이상 민족통일이란 역사적 결과도 무망한 일이 되어버렸지. 다시 말해 내가 가담한 파괴와 살육이 정당화될 가능성도 없어져버린 거야. 마비, 까닭 모를 공포와 혼란 ─ 어제 자네는 자신의 허물어짐을 그렇게 표현했지? 그런데 결국은 거기에 빠져버린 거야. 특히 총퇴각 뒤에는 도무지 전투를 제대로 할 수가 없었어. 나중에는 요즈음 유행하는 패배주의란 용어와 함께 연관지어져 군당(軍黨)의 주목을 받을 만큼."

거기서 김철이 잠시 입을 다물었을 때였다. 남쪽 하늘에 얇게 깔린 구름 뒤에서 비행기의 폭음이 은은히 들렸다. 멀기는 해도 하늘 전체가 가볍게 떠는 듯한 느낌이 들 정도로 대편대의 접근을 알리는 폭음이었다. 김철이 재빨리 주위를 살피다가 한군데를 가리켰다.

"저기."

그리고는 급히 말을 몰아 그쪽으로 달렸다. 국도로 잘려나간 산자락에 남은 다복솔 그늘이었다. 비행기에는 어지간히 질린 동영도 두말없이 그 뒤를 따랐다. 다복솔은 말 탄 그들을 감출 만큼 키가 크지 않았으나, 다행히도 사이사이에 몇 그루 노송이 서 있어 비행기 편대가 그들의 머리 위에 왔을 때는 충분한 은폐를 할 수 있었다.

드물게 보는 B-29편대였다. 열두 대씩 한 덩어리가 되어 네 번이나 하늘을 뒤덮는 듯한 폭음과 함께 그들의 머리를 지나갔다.

"내려."

갑자기 누가 자기의 다리를 치는 걸 느끼고 동영이 비행기에만 쏠려 있던 눈길을 돌리니 어느새 말에서 내린 김철이 한 손에는 말고삐를 쥐고 한 손에는 권총을 빼든 채 그를 올려보고 있었다. 그의 표정이 본능적인 긴장으로 굳어 있는 걸 보고 동영도 급히 말에서 뛰어내렸다.

"주위를 경계해. 이곳은 사흘 전까지도 적의 일개 연대가 주둔하던 곳이야."

김철이 그와 등을 맞대며 제법 크게 소리쳤다. 비행기 편대의 살벌한 폭음이 그에게서 다시 단련된 군인의 모습을 끌어낸 것 같았다.

다행히 비행기들은 그들을 그대로 지나쳤고, 그 다복솔밭에는 국군이나 UN군의 낙오병이 있는 것 같지도 않았다.

"대단한 항공대열(편대)이다."

그래도 말은 타지 않고 조심조심 솔밭을 빠져나오며 김철이 말했다. 얼굴의 긴장은 약간 풀린 듯했지만 두 눈은 아직도 날카롭게 사방을 경계하고 있었다. 조금 전의 금세 허물어져 내릴 듯하던 감상적인 소인텔리의 모습은 찾을 수가 없었다. 동영은 그런 김철을 보며 진작부터 마음속에 자리 잡고 있던 물음을 불쑥 던졌다.

"사실을 말해 주게. 자네에게 무슨 일이 있었나?"

"무슨 일이라니?"

막 솔밭을 벗어나 국도로 접어들던 김철이 힐끗 돌아보며 반문했다.

"물론 인간은 이따금 어떤 추상적인 사상이나 이념에 일생을 던져 몰입하는 수가 있지. 그러나 가만히 살피면 그 행위 하나하나에는 그 순간의 구체적인 동기가 있어. 좀전에 한 자네의 고백은 그야말로 비상한 행위에 속해. 자네의 빛나는 전력과 현재의 위치는 물론 생명까지 위협할 수 있는. 그런데 자네는 그 비상한 행위에 상응하는 구체적인 동기는 말하지 않았어."

그 말에 김철의 얼굴이 일순 묘하게 일그러졌다. 낭패감과 분노가 착잡하게 얽힌 그런 표정이었다. 그러나 그는 대답 대신 한번 몸을 추스른 뒤 날렵하게 말 위로 뛰어올랐다. 동영도 따라 말 위로 올랐지만 눈은 여전히 김철의 대답을 재촉하듯 그의 표정을 살폈다. 그러나 김철이 다시 대답을 한 것은 터덜거리며 걷듯 산구비 하나를 지난 뒤였다.

"있지. 하지만 묻다니 잔인한데."

"전혀 짐작이 안 가. 자네같이 화려한 경력의 혁명전사가……."

그러자 김철이 쓸쓸하게 웃었다. 어느새 비행기 편대를 만나기 전의 감정으로 되돌아간 것 같은 표정이었다.

"혁명전사가 아니라 운수 나쁜 노름꾼이지. 자네도 마찬가지겠지만……."

"그게 무슨 뜻인가?"

"우리는 두 번이나 끝발을 잘못 골랐어. 그 한 번은 삼국지에서 기른 소영웅주의를 부르주아적인 시민혁명에서 구하지 않고 프롤레타리아 혁명 전선에서 구한 거야. 봉건귀족에 해당하는 양반계급에 속한 주제에 역사의 한 과정을 생략하고 도약을 시도한 거지. 이제 그 실수가 출신성분이란 이름으로 대가를 요구하고 있어."

"자네도……?"

"거기다가 더욱 한심한 것은 최근까지 그런 출신성분을 자랑해 온 거야. 크로포트킨처럼 공작(公爵)쯤으로 태어나지 못한 것을 은근히 서운해하면서 그래도 플레하노프 정도는 꿈꾸었지. 자네와 내가 다른 점은, 다만 내가 먼저 자신의 출신성분이 치명적인 약점일 수도 있다는 걸 알아챈 점이야. 이미 만주시절부터 나는 그런 조짐을 피부로 느끼고 있었거든. 그래서 귀국 뒤로는 철저하게 자신을 은폐했지. 무지렁뱅이 농군의 자식으로 태어나 일찍 고아가 된 걸로 말일세. 만일 석 달 전에만 자네를 만났어도 나는 틀림없이 자네를 모른 척했을 거네. 그런데 ― 결국은 드러나고 말았어. 남쪽으로 밀고 내려갈수록 나를 알아보는 사람들이 늘어나 결국은 드러나고만 거지. 아무데 천석군 김창봉네 손자라는 게 말일세."

"……."

"두 번째 우리가 끝발을 잘못 잡은 건 자신도 의식하지 못하는 사이에 소속돼 버린 계보야. 자네의 남로당 또는 박헌영 계열이란 딱지나 나의 연안파(延安派) 또는 무정(武亭) 일파라는 딱지가 그걸세. 이미 뚜렷한 징조가 보이는 것처럼 반드시 잃게 되어 있는 패지."

그러자 동영은 더 듣지 않아도 알 만한 기분이었다. 연안파에 대한 견제는 전쟁 전부터 꾸준히 행해지고 있었다. 그리고 패전 뒤에는 군부에 뿌리박고 있는 그들 세력에 대한 숙청의 풍문이 여기저기서 나돌았다. 예컨대 무정은 평양 실함의 책임을 물어, 또 낙동강에서부터 회양까지 예하의 사단을 고스란히 보존한 채 철수한 방호산(方虎山)은 전선포기의 죄로. 자신과 남로당문제 또한 아직 뚜렷한 조짐은 보이지 않고 있지만, 동영은 이미 임시지도부에서 밀려날 때부터 불길한 예감은 가지고 있었다. 그러나 우선 궁금한 것은 김철의 일이었다.

"그런데 왜……? 전투요원은 전원이 지원한 걸로 아는데."

"물론 이미 아무런 신념도 열정도 없는 내가 적지에서 활동할 유격대를 자원한 것이 언뜻 이해되지 않을 테지. 하지만 나는 최근 깨달았어. 우리들 행위의 일회성 ─ 인간은 이미 이루어져 버린 행위와 지나가 버린 시간에 대해서는 무력하다는 것을."

"이루어진 것, 지나버린 시간이라 할지라도 그게 잘못되었다면 고칠 수는 있지 않은가?"

"속기 쉬운 미신이지. 그건 불가능해. 가능한 것은 주관적인 후회와 사후 보상 정도겠지. 그러나 그것들은 기껏 자신을 용서하거나 다른 사람의 기억은 달랠 수 있어도, 이미 행해진 오류 그 자체를 치유할 길은 없어. 피로하고 무책임한 노릇이며 — 때로는 자신에게 계속하여 오류를 범하는 것보다 더욱 치욕적일 수도 있네."

동영은 그런 김철에게서 유난히 자기 과오를 시인하기 싫어 하던 십여 년 전의 귀공자를 보는 듯했다. 고보를 졸업한 뒤 2년 가까이나 완고한 조부 밑에 잡혀 있다가 동경으로 건너온 터라 비교적 만학이 된 데다가, 유가적인 전통에서 자라나 서구적인 논리에 익숙하지 못해 사상관계의 토론에서 그는 종종 궁지에 몰렸지만, 자리를 박차고 나갈지언정 자신의 오류는 인정하지 않으려던 김철이었다. 언뜻 이해하기 힘든 종류의 자존심으로, 동영은 그것과 연결해 그가 말한 치욕이란 말을 이해할 수 있었다. 무어라고 할 줄 알았던 동영이 아무 말 없자 김철은 자신의 얘기를 계속했다.

"그래서 — 나는 그것이 옳건 그르건 기왕의 행위를 완성하기로 했네. 물론 우리는 이 전쟁의 입안자도 아니고, 그 결정에 직접으로 참가하지도 못했지만, 어쨌든 필요성을 승인했고 맡은 몫을 해 나왔어. 즉 묵시적 동의와 그 실천이었던 셈이지."

"……."

"거기다가 오랫동안을 싸움터에서 보낸 내 직감은 이 전쟁이 어느 한 쪽의 완전한 승리로 끝날 수는 없으리란 불길한 것일세. 나는 중국의 무한한 잠재력을 익히 알고 있는 것처럼 미국의 막강한 화력도 속속들이 체험했어. 의용군(中共軍)은 대륙통일의 여세로 몰아붙이고 있지만, 역사상 중국의 각 왕조가 혼일사해(混一四海)의 여력을 모아 태종이나 세조대쯤에 벌이던 오랑캐 정벌과는 이미 달

라. 머지않아 반드시 미군의 화력 앞에 한계를 드러낼 걸세. 이를테면 제공권(制空權)도 없이 점점 길어져가기만 하는 보급선 같은 게 한 예가 되겠지.

또한 지리적으로도, 외세가 개입된 통일전쟁의 유일한 예가 되는 삼국시대와는 같지 않아. 당시의 백제와 고구려는 당과 신라 사이에 끼어 협격을 당했지만, 지금 우리는 남북 모두가 양대세력의 전초가 되어 있어. 저쪽이 의지하고 있는 것도 대규모의 원정군을 보낼 힘이 없는 후지와라시대의 고대일본이나 대륙 한끝의 돌궐(突厥)이 아니라 전 세계를 원정군과 물량으로 뒤덮고 있는 미국일세. 잘 돼야 교착이 이 전쟁의 필연적인 양상이야."

"자네는 —."

"아니, 내 말을 막지 말게. 틀림없어. 그리고 거기서 나는 불안에 빠지기 시작했네. 일생을 완결될 수 없는 행위의 수렁에서 고민하며 보낼지도 모른다는 불안, '야, 우리끼리 이럴 게 뭐 있나' 하며 숨겨가던 그 젊은 국방군 대위나 처형된 남편의 시체를 끌어안고 울부짖으며 '뭣 땜시 죽였당가요'를 연발하던 그 중년 여인네에게 끝내 대답할 말이 없게 되리라는 불안……."

"그럼 이제 자네의 유격활동으로 우리 쪽의 일방적인 승리가 오리라고 믿는단 말인가?"

"물론 아니지. 하지만 어쨌든 끝은 난다. 그것이 오류이면 오류인 대로 개인적인 내 행위라도 완결되겠지."

"자살과 같은 얘기군."

"전혀 달라. 나는 다만 행동 속에 죽겠다는 것뿐일세. 외세의 개

121

입으로 정규의 전선이 침묵하게 되더라도 나만은 싸움을 계속할 수 있는 곳을 구하고 있는 거야. 결코 함부로 생명을 포기하는 일은 없을 걸세."

어느새 인민학교의 교문이 코앞에 다가와 있었다. 그제서야 음울한 흥분에서 깨어난 듯 김철은 애써 쾌활한 미소를 짓더니 문득 몸을 굽혀 동영이 탄 말의 엉덩이를 소리나게 때렸다.

"뭘 그리 심각하나? 아직 남은 숙취가 있다면 돌아가 잠시 눈이라도 붙여두게. 오늘밤이라도 출동명령이 떨어질지 모르니. 나는 ── 한바탕 기분이나 풀고 오겠네."

그리고 동영의 대답을 듣지도 않은 채 말머리를 돌리더니 군화 뒤축으로 말이 펄쩍 놀랄 만큼 세찬 박차를 가했다. 말이 완전히 구보(驅步)로 달리게 된 뒤에도 그는 말목을 껴안으며 박차를 멈추지 않았다.

잠시 후 말과 기수는 한몸처럼 엉긴 채 뿌연 먼지를 날리며 오던 길을 되짚어 사라지고 말았다.

까닭 없이 무슨 일인가 곧 터질 듯한 예감이 드는 날들이었다. 무거운 기분을 털어버릴 겸해서 그날도 동영은 밭으로 나갔다. 농부로 은신하기 위해 가명으로 장만해 둔 오백 평 남짓한 밭이었으나, 그 무렵에는 실제로 거기에 그들 다섯 가족이 생계를 의지하고 있었다. 그 사내가 나타난 것은 동영이 콩이라도 묻을 양으로 올감자를 캐낸 밭을 고르고 있을 때였다. 얼마 전까지 그를 거들고 있던 아내와 어머니는 점심준비라도 하러 간 것인지 집으로 돌아가고 없었다.

"감자농사가 어땠습니까?"

갑작스런 남자의 목소리에 동영은 원인 모를 섬뜩함을 느끼며 돌아보았다. 허름한 세비로양복에 중절모를 쓴 중년사내가 언제 왔는지 대여섯 발자국 떨어진 밭둑에 서 있었다. 누군가는 얼른 기억이 나지 않았지만 몹시 낯익은 모습이었다. 재빨리 기억을 더듬던 동영은 그 사내의 중절모와 콧수염을 뗀 후에야 그가 바로 당지도부를 따라 월북한 성북 지구책(地區責) 김이라는 걸 알아보았다. 사실 그의 월북은 절박한 필요보다는 덩달아 한 것에 가까웠지만, 그렇게 변장까지 하고 다시 나타나니 제법 의젓해 보였다.

"자연스럽게 가까이 와서 일손을 멈추시오."

자신을 알아보는 동영의 놀란 표정을 세심하게 관찰하며 김이 낮은 목소리로 말했다. 멀지 않은 곳에서 들일을 하는 농부 내외가 마음에 걸리는 모양이었다. 동영은 그가 시키는 대로 했다.

"언제 내려오셨소?"

"이제 사흘째요. 기쁜 소식을 전해 주러 왔소이다."

"무슨…… 소식이오?"

"때가 가까워진 것 같소. 저쪽은 이미 모든 준비를 끝냈소. 며칠만 참으면 곧 기쁜 소식이 들리리다."

동영은 그 말이 무얼 의미하는지 대강 짐작이 가면서도 확인하는 기분으로 물어보았다.

"기쁜 소식이라면?"

"이제 저쪽은 남조선의 혁명을 무력한 인민봉기에만 전적으로 의

지하지는 않기로 결정을 내린 모양이오."

"그게 가능하겠습니까?"

"대내·대외적인 제반 여건이 성숙됐다는 판단이었소."

"그래도 미국이나 그 미국이 주도할 국제여론의 개입이 완전히 배제되기는 힘들 텐데……."

"물론 거기에 따른 대비도 있는 걸로 알고 있소. 예컨대 남의 북침에 대한 방어적 공격 같은 명분."

"이남 쪽의 북침?"

"이건 들은 얘기지만 충분히 유도할 수 있다는 거요. 국방군의 고급간부들은 극소수를 제외하면 한결같이 젊고 실전 경험도 없소. 총참모장이 서른세 살의 일본군 병기관(兵器官) 출신에 육군 참모장은 스물일곱 살의 만주군 대위출신이라는 식이오. 젊다는 것은 용감하고 기민하다는 뜻도 되겠지만 동시에 혈기에 휩쓸리기 쉽고 계략에 어둡다는 뜻도 되오. 또 실전 경험이 없다는 것은 종종 자기편의 군사력을 과신하게 만드는 법이오. 약간만 건드려주면 그들 부대들 가운데 하나쯤은 삼팔선 이북으로 끌어들일 수 있다는 게 저쪽의 계산인 것 같소."

"그렇게 쉽게 말려들까요?"

"안 되면 그렇게 우기는 거요. 마침 최근 들어 남에서 호전적인 발언을 한 게 많으니까."

"글쎄요……."

"믿지 않으시는군. 나는 이동지가 이 귀띔을 제일 기뻐할 줄 알고 지령에도 없는 일을 하고 있는데……."

"아니, 기쁘오. 정말 오래 기다려온 소식이었소. 다만 하도 급작스러워서."

"그럼 지하로 잠입한 조직을 점검하고 필요할 때는 언제든 동원할 수 있도록 준비하시오. 이건 당의 구두지령이오."

그러나 그때는 이미 동영이 점검할 수 있는 조직은 형태도 남아 있지 않았다…….

— 동영은 거기서 회상으로부터 깨어났다. 어떤 일을 당하면 그것과 연관된 과거를 떠올리는 게 입북 뒤에 생긴 동영의 새로운 버릇이었다. 방금의 회상도 순전히 김철의 말에 자극된 것이었다. 이 전쟁에 나도 찬동했던가, 그리고 내가 지금껏 수행해 온 일도 이 전쟁의 한 부분일까……. 김철처럼 자신도 우선은 그걸 부인할 수 없으리란 생각이 언뜻 후회처럼 떠올랐다. 그러나 또한 그 같은 물음은 김철이 말한 것처럼 시효가 지난 의문이었다.

아직 모든 것은 진행중에 있다 — 동영은 마치 허물어져가는 자신을 격려하듯 중얼거리며 자리에서 몸을 일으켰다. 아직도 약간의 숙취가 남은 것은 사실이지만 잠자기는 틀린 일이었다. 그는 차라리 대원들과 낯이라도 더 익힐 양으로 숙소를 나왔다.

가까운 고가(古家)의 넓은 대청에서는 몇 명의 대원들이 무기소제를 하고 있었다. 아식보총(A式步銃)이며 경기관총 따위가 분해되어 널려 있는 그 한구석에 비집고 앉은 것을 시작으로 동영은 한나절을 대원들 사이에서 보냈다.

김철은 점심식사 뒤부터는 어디서도 눈에 띄지 않았다. 부관에게 알아보았더니 사령부의 호출을 받고 나갔다는 것이었다. 오후 역시 대원들과 함께 보내면서도 동영은 왠지 그 호출이 불길하게 여겨졌다.

김철은 오후 늦게서야 돌아왔다. 동영의 불길한 예감을 부채질이나 하듯 굳은 얼굴이었다. 궁금히 여긴 동영이 까닭을 묻자 그는 이상하게 뒤틀린 목소리로 대답했다.

"명령이 변경됐어. 우리들의 남하계획은 일단 보류야. 우선은 인접 사단의 지휘 아래 들어가 모레 있을 의용군 부대의 대규모 매복작전에 참가하라는 게 내가 받은 명령일세. 출동은 오늘밤, 자네도 준비를 갖추게."

6

애타게 기다렸지만 아이들은 이튿날도 오지 않았다. 아무래도 닷새를 채워 찾아올 모양이었다. 변두리 동네에서 여맹 부위원장을 지냈다는 그 중년부인의 귀띔에 따라 갇혀 있는 창고를 빠져나갈 희망이 있다는 걸 알게 되자 정인에게는 그곳의 하루가 더욱 견디기 힘들었다.

그 때문에 더욱 조급해진 정인은 아이들이 다녀간 지 닷새째 되는 날에는 아침부터 바깥의 동정에만 귀를 기울였다. 그런데 그날은 모든 게 이상했다. 죽을 날라 온 청년부터가 시무룩한 얼굴이었고 오전에는 심문도 없었다. 언제나 야유하는 듯한 목소리로 국군과 UN군의 진격상황을 알려주던 치안대원도 그날만은 모습을 드러내지 않았다. 어떤 돌발적인 변화가 생긴 것임에 분명했다.

불안한 침묵 속에서 한낮을 보낸 그들이 그 변화의 내용을 어렴풋하게나마 듣게 된 것은 그날 오후 늦게서야였다. 연줄이 좋아 오늘 내일 하며 석방 날짜만 기다리고 있던 의용군 초모사업(招募事業) 관계의 중년 부역자 하나가 면회를 나갔다가 듣고 온 소식이었다.

"중공군은 벌써 지난달 하순에 참전했다고 한다. 처음에는 몇만의 재만한인(在滿韓人)이 입북한 정도로 여겼으나 며칠 전부터 다시 대공세로 들어가 이제는 평양·원산선(線)도 위험하게 되었다. 이대로 간다면 서울도 머지않아 재점령하게 될 것이다."

그런 소문은 순식간에 창고 안의 사람들에게 활기를 불러일으켰다. 특히 정인의 자리에서 멀지 않은 곳에 앉아 있던 사십대의 남자 하나는 그 소문을 듣고 나서는 숫제 자리에서 일어나 자기편의 승리를 떠들어댔다. 얼마 전까지도 그곳에 함께 갇힌 사람들의 숨은 죄를 탐지하여 심문관들에게 밀고한다는 의심을 받던 자였다. 그도 그럴 것이 그의 달변에 말려들어 턱없이 얘기라도 나눈 뒤에는 다음날 어김없이 심문관들의 입에서 전날 자기가 한 말을 듣게 되기 때문이었다. 언젠가 정인도 심문을 받고 돌아오는 길에 함께 심문을 받으러 나온 줄 알았던 그가 옆방에서 고기국밥을 게걸스레 퍼먹고 있는 광경을 훔쳐본 적이 있었다. 그런 그가 천연덕스럽게도 열성분자로 돌변하여 열을 올리고 있는 것이었다.

"당신은 그리 신나는 일이 못 될 텐데……."

누군가가 그런 그에게 핀잔을 주었다.

"그 무슨 반동적인 발언이오? 내가 기뻐하지 않으면 누가 기뻐한단 말이오?"

그 사내가 시뻘겋게 달아올라 맞받았다. 그러나 아직도 얼굴을 드러내지 않는 상대는 더욱 차가운 목소리로 말했다.

"시끄러워요. 당신은 도대체 여기 있는 사람 중에 몇 명을 팔았소? 그런 짓을 했으면 저놈들에게 매달려 하루라도 빨리 내보내 달라고 해요. 동지들이 돌아오기 전에 한 발자국이라도 멀리 도망치게."

"뭐라구? 증거를 대라. 증거를 대. 그래, 내가 신분을 감추느라고 저들과 친한 척한 건 사실이다. 그런데 동지들을 팔았다고? 말해. 당장 증거를 대지 않으면 주둥이를 찢어놓을 테다."

사내는 길길이 뛰면서 고래고래 소리를 쳤다. 그러나 상대는 여전히 잔잔한 목소리만 흘려보내고 있었다. 날이 흐려 유난히 창고 안이 어둑한 탓도 있지만, 그보다는 의식적으로 얼굴을 드러내지 않으려는 듯했다.

"열성당원 김청수, 한광복, 민청 마포지구 조직부장 이문웅, 여맹 용산지구 선전부장 김수현, 그들은 모두 어딜 갔소? 그들이 명찰에 자기 전력을 써붙여 가지고 다녔습니까?"

"허, 참, 기가 막혀서. 그 사람들 미련스럽게 대들다가 제 신분이 탄로난 걸 왜 나보고 덮어씌워? 내가 밀고하는 거라도 봤어?"

사내는 화가 나다 못해 어이가 없다는 식으로 그렇게 나왔지만 그 기세는 어딘가 한풀 꺾인 듯했다.

"동무, 그러지 마시오. 일시적 과오로 동지를 팔았으면 속죄하는 마음으로 심판을 기다리시오. 초모사업 중에 익힌 당일꾼들의 얼굴을 더는 팔지 마시오."

"이거 정말 참을래도 참을 수가 없구먼. 사람을 모함해도 유분수지. 그래, 도대체 너는 뭣 하는 놈이야? 어디 쌍판이나 좀 보자."

더 참아서는 안 되겠다고 생각했던지, 아니면 얼굴을 확인하려드는 것인지, 사내가 소리 나는 쪽으로 헤치고 가기 시작했다. 그러자 사방에서 말리는 소리가 들리며 창고 안이 잠시 소란해졌다.

"한심한 것들, 아직도 정신을 차리지 못하는군."

이번에는 훨씬 가까운 곳에서 가볍게 비꼬는 소리가 들렸다. 정인이 눈길을 모아 그쪽을 바라보니 대여섯 발자국 떨어진 창고 기둥에 기대 앉은 스물예닐곱의 청년이었다. 북의 점령정책에 협조한 교원으로 유난히 피부가 희어 어둠 속에서도 쉽게 알아볼 수 있었다.

"거기 좀 조용하지 못하겠소? 죽고 사는 것도 구별하지 못하는 처지에 웬 입들은 살아서……."

청년이 좀 큰소리로 그렇게 덧붙이자 다시 한쪽 구석에서 누군가가 그 말을 받았다.

"여기 똑똑한 사람이 또 하나 있구먼. 도대체 당신은 누구 편을 들어 나서는 거요? 어떻게 하면 죽고 사는 걸 알게 되는 거요?"

"중공군이 서울까지 온다고 해도 여기 있는 우리는 기뻐할 게 하나도 없소. 그렇게 되면 우리 가운데 열에 아홉은 살아남지 못할 테니까."

"마치 우리 인민군대가 만주땅으로 쫓겨나기라도 기다리는 투구려."

"안됐지만 우리가 살아나는 길은 그뿐이오. 그때는 승자의 관용에라도 매달려 볼 수 있으니까. 생각해 보시오. 지난번 퇴각 때 우리는 어떠했소? 살려두면 그대로 적의 전력으로 변할지 모르는 수감자들을 고스란히 석방시켜 주고 퇴각했소?"

그러자 상대는 말이 막혔는지 무어라고 입 속으로만 한마디 웅얼거리고는 조용해졌다. 청년은 그를 버려두고 조금 전에 싸우던 둘 쪽을 번갈아보며 다시 입을 열었다. 그렇게 높지는 않았으나 창고 안에 고루고루 스며드는 목소리였다.

"제발 정신들 차리시오. 이미 이 전쟁은 우리들과는 무관하오. 애초에 인민대중을 위한 전쟁이란 있을 수가 없소. 전쟁은 항상 원하는 자, 일으킨 자들의 것이오. 이겨도 기뻐할 것은 우리가 아니고 져도 슬퍼할 것은 우리가 아니오. 전쟁은 평범한 우리들에게는 재앙과 다름이 없소. 쌍방이 내세우고 있는 사상이나 이념도 다만 소수를 위한 번지르르한 구실일 뿐이오. 사상이나 이념이 우리 모두가 보다 잘살고자 하는 고안일진대, 우리의 가장 귀한 생명을 요구한다면 그게 무슨 소용이겠소? 그런데도 우리는 쌍방의 몇 마디 그럴듯한 말에 취해 혹은 혁명전사도 되고 혹은 반공투사도 되었소. 하지만 이젠 정신들 차리시오. 언제적부터의 공산이고 언제적부터의 민주요? 우리가 경박하게 들떠 '인민의 적'이다 '빨갱이'다 하며 서로 죽고 죽이도록 부추겨 놓고, 멀찌감치서 비웃음에 찬 눈으로 구경하며 마음속으로는 자기들에게 돌아올 이익이나 셈하는 자들이 따로 있다는 걸 아직도 모르겠소?"

그 청년은 마치 학생들에게 훈계라도 하는 듯한 태도였다. 정인은 남편에게 자주 들은 회색분자란 말이 언뜻 떠올랐으나 왠지 그 청년의 말에 호감이 갔다. 다른 사람들도 같은 기분이거나 아니면 청년의 유창한 말에 반박할 자신이 없었던지 아무도 입을 열지 않았다. 다만 시어머니만 까닭 없이 부아가 치민다는 어조로 빈정거렸다.

"저렇게 똑똑한 사람이 뭣 땜에 이런 데서 고생을 하누?"

그 바람에 그녀를 중심으로 미미한 웃음의 물결이 가볍게 일었다가 이내 스러졌다. 그때였다. 갑자기 창고문의 쇠빗장을 뽑는 소리가 들리더니 문이 열리며 한 젊은 치안대원이 들어서서 외쳤다.

"조정인, 조정인, 면회."

평소에 수용자들에게 인심 좋기로 소문난 젊은이였다. 아이들이 왔다는 반가움으로 정인이 허겁지겁 사람들을 헤치고 문 쪽으로 나가자, 그가 다시 문을 닫고 빗장을 지르며 덤덤하게 말했다.

"면회를 시키지 말라는 상부의 지신디 원체 애들이 가엾어놔서…… 얼핏, 끝내슈잉."

아이들은 창고 모퉁이에 임시로 바람막이를 쳐 보초막으로 쓰는 곳에 오들오들 떨며 서 있었다. 어디를 어떻게 구걸하며 떠돌았는지 닷새 전보다 훨씬 처량한 몰골이었다.

"철이가 자꾸 보채더니 이틀 전부터 설사를 해요. 아침부터는 아무것도 받아 먹으려 들지 않고."

훈이가 어른 양복 웃도리로 싸안고 있던 철이를 내밀며 죄진 듯한 표정으로 덧붙였다.

"웬만하면 저희들이 데리고 있으려고 했는데……."

정인은 놀라 철이를 받아 안으며 덮어씌운 양복저고리를 헤쳐 보았다. 파르스름하리만치 창백한 얼굴에 사지는 축 처져 있었다.

힘없이 감겨져 있는 눈은 밤마다 그려 울었을 엄마의 품으로 돌아와서도 뜨일 줄 몰랐다. 몇 번이나 이름을 부르고 볼을 부벼도 종내 눈을 뜨지 않는 것으로 보아 잠든 것이라기보다는 탈진상태에 빠진 것 같았다. 그러지 않아도 후한 마음에 그 정경을 보기가 너무도 딱했던지 감시를 맡고 있던 그 치안대원은 눈을 섬벅이며 슬며시 돌아섰다.

놀란 정인은 막내의 바지를 벗겨 보았다. 속옷은 똥오줌으로 절여 있었다. 다행한 것은 훈이가 바지를 여러 벌 더 껴입혀 놓아서 우선 한기를 막을 만은 하다는 점이었다. 속옷 속에 묻어 있는 것은 두 돌이 갓 지난 위가 끝내 소화시키지 못한 보리밥알이며 옥수수알에, 미군 초콜릿에 박혀 있었던 것임에 분명한 땅콩부스러기 따위였다. 세 아이를 길러오는 동안의 경험으로 막내가 무슨 큰병에 걸린 것은 아니라는 것을 알았지만, 정인은 안쓰러움으로 가슴이 미어질 듯했다. 약 한 첩이면 일없을 아이가 연이틀이나 설사를 하고 탈진상태에 떨어진 것이었다. 이것저것 가려 먹일 만큼 먹을 것이 넉넉하지 못한 큰아이는 무엇이든 생기는 대로 어린 막내에게 주었으리라. 그리고 배가 고픈 막내는 무엇이든 주는 대로 받아먹고 배탈이 났으리라…….

"그래, 너희들은 그동안 어디서 지냈니?"

한동안 경황없이 막내를 수습한 정인은 비로소 떨며 서 있는 남매에게 눈길을 돌렸다.

"신당동 아저씨댁에 있었어요."

훈이가 애늙은이 같은 태연스런 얼굴로 그렇게 대답했지만, 정

133

인은 알고 있었다. 그처럼 각박한 세상에 그들 남매를 따뜻이 맞아줄 친척은 아무도 없다는 것을. 그러잖아도 먹을 것이 부족한 터에 그 애들을 먹이기도 여간한 정이 아니고서는 어려우려니와 무엇보다도 그 애들은 월북한 공산당 골수분자의 자식이었다.

방금 훈이가 말한 신당동 아저씨란 사람도 다른 사람들과 크게 다를 리 없었다. 바로 옛날 천석살림을 유지하고 있을 때 시어머니가 자식처럼 돌보아주었다는 그 친정 조카로, 의사인 탓에 먹을 것까지 궁할 리는 없지만, 서울로 돌아와서 그네들이 세 번째 찾았을 때부터 드러나게 싫은 기색을 보였었다. 그리고 네 번째 찾았을 때는 늙은 시외삼촌을 내세워 그들을 문 앞에서 내쫓게 했다. 그때 시외삼촌은 원망스레 시어머니를 바라보며 말했다.

"누님, 우리까지 죽일려고 이러십니꺼? 지발 당분간은 서로 못 본 듯 사입시더."

그런 그들이 아이들만 찾아갔다고 반갑게 맞아들이지는 결코 않았을 것이다. 글쎄, 밥 한 끼라도 따뜻이 먹여 거리로 내쫓았을까. 어린 딸아이의 얼굴에는 여기저기 검댕이 묻어 있고, 멀리서도 그을음냄새가 물씬 났다. 필경 지난밤도 한데서 모닥불로 지새웠으리라. 혜화동 옛집에는 가봐야 덮어쓸 거적조차 없는 냉방에서는 잘 수가 없었을 것이다. 거기까지 생각하니 다시 정인의 가슴은 찢어질 듯했다.

"너희들 고생이 심하구나⋯⋯."

"저희들은 괜찮아요. 할머니 다치신 건 좀 나으셨어요?"

훈이가 다시 어른스레 말했지만, 정인의 목멘 소리에 이내 눈물이 글썽해지는 열 살짜리 영희의 얼굴보다 훈이의 그런 어른스러움이 더욱 서글펐다.

"우리도 괜찮다. 할머니는 이제 왼팔을 쓰시고 ─ 요즘은 취조도 없다."

얼싸안고 울고불고할 기력도 없어진 정인은 애써 메는 목을 가다듬으며 그렇게 대답했다. 그리고 면회를 빨리 끝내도록 하라는 자신의 말도 잊고 연신 먼산만 바라보며 서 있는 치안대원을 힐끗 바라본 뒤 훈이에게 물었다.

"그런데 너, 영천 외가집을 찾아갈 수 있겠니?"

"그거야 할 수 있죠. 작년 여름방학 때도 다녀왔잖아요?"

"여비만 가지고 영희와 함께 찾아갈 수 있겠어?"

"자신 있어요. 까짓거……."

"하지만 기차도 자동차도 작년처럼 다니지는 않는다."

사실 그 팔백 리 길은 열네 살과 열 살의 남매가 길을 각오로 떠나기에는 무리였다. 설령 여비를 장만한다 해도 아직은 무법천지와 다름없는 데다 계절은 벌써 겨울로 접어든 뒤였다. 정인은 새삼 그것이 불안하기 짝이 없었으나 어쩔 수 없는 일이었다. 현재로서 아이들이 따뜻한 보살핌을 바랄 수 있는 곳은 그곳밖에 없었다. 고향으로 보내 봤자 남편 동영은 몇 대를 독자로 내려와 시가 쪽으로는 가까운 친척이 없었을 뿐만 아니라 의지할 만한 재산도 없기 때문이었다. 그녀는 자꾸 약해지는 마음을 모질게 도사리면서 지난 이틀간 시어머니와 어렵게 본 결정을 전했다.

"외가에 가거든 이 편지를 큰외삼촌에게 전해라. 꼭 큰외삼촌에

135

게 전해야 한다. 그리고 거기서 우리가 갈 때까지 기다려라. 외할아버지 할머니 말씀 잘 듣고, 장난 심하게 치지 말고."

정인이 원래 계획에 없던 편지를 쓰게 된 것은 그 무렵 들어 은밀히 창고 안을 떠도는 소문 때문이었다. 돈 20만 환만 주면 누구든 그 창고에서 빠져나갈 수 있다는 것으로, 아이들이 오기 전날 풀려난 중년도 돈 덕분이라는 말이 공공연히 나돌았다.

정인이 마지막으로 본 친정은 아직도 군내에서 손꼽히는 갑부의 면모를 유지하고 있었다. 친일경력을 씻고 당에 복귀하는 데 다급해 있던 동영이 박영창 선생과의 사적인 연계에 의지해 연고지의 추수폭동을 지도(선동)하러 그곳으로 갔을 때인데, 그때 정인은 동영의 신분위장에 도움을 주기 위해 아이들과 함께 따라 내려갔던 것이다. 신경이 곤두서 있는 경찰에게 자연스런 처가 방문처럼 보이게 하기 위함이었다.

"혁명 아이라 우(又)혁명이 돼도 돈 있는 놈은 살아남는다. 돈 있으믄 귀신도 부린다 안 카나? 어떤 늠의 세상이 와도 손에 쥔 것만 많으믄 이길 수 있다."

남들은 독립운동자금이다 건국헌금이다 하며 정치 쪽의 눈치를 살필 때도 그 같은 믿음 하나로 재산을 모으는 데만 전념하던 친정 아버지였다. 그러다 보니 욕심만큼 재산이 늘지는 않아도 물려받은 재산은 고스란히 보존할 수 있었다. 특히 정인이 갔을 때는 급히 귀국하는 일본인으로부터 해방 전해에 사들인 금광으로 온 집안이 흥청거리고 있었다. 그 뒤 몇 년이 되도록 다시 친정을 찾지는 못했지만, 들리는 말로는 특별히 친정이 어려워질 만한 일이 없었다. 비록 전쟁중이라고는 하나 전선이 낙동강을 넘지 않았으니 돈 20만 환쯤은 어렵지 않을 것도 같았다.

그런데도 정인이 구태여 아버지 대신 남동생에게 그 일을 부탁한 것은 몇 해 전에 새로 들어왔다는 서모(庶母) 때문이었다. 젊어서부터 살림을 차려주던 권번기(券番妓)를 친정어머니가 죽자 후취로 맞아들인 것인데, 친정아버지가 그 서모에게 영(令)을 엄히 세운다는 소문은 들었으나, 아무래도 늙은 영감에 젊은 후취댁이었다. 따라서 정인은 그럴 때 흔히 소홀해지기 쉬운 부녀간의 정보다는 자랄 때 유달랐던 남매간의 정에 의지하기로 한 것이었다.

그 편지를 훈이의 옷섶에 갈무리함과 함께, 친정까지 가는 동안에 주의해야 할 일을 하나하나 일러준 정인은 몸에 지니고 있던 마지막 금붙이를 꺼냈다. 어려운 가운데서도 용케 간직해 온 결혼반지와 시어머니에게 남아 있던 은비녀였다. 은비녀야 밥 한 끼나 제대로 바꿔 먹을 수 있을지 모를 정도였지만, 결혼반지는 넉 돈짜리 순금 쌍가락지라, 아무리 모든 게 제값을 받지 못하는 시절이라 해도 아이들의 여비로는 넉넉할 것 같았다.

정인은 그중에서 쌍가락지를 훈이에게 내밀며 말했다.

"자, 그럼 이걸 갖고 먼저 혜화동 정 선생님댁에 가봐라. 그분이라면 이걸로 너희들이 떠나는 데 필요한 걸 모두 구해 주실 게다. 되도록이면 안전하고 따뜻한 차편도 마련해 봐 달라고 부탁드려려."

정 선생은 훈이의 국민학교 때 담임을 했던 사람이었다. 우연히 앞뒷집에 살게 된 데다 동영과는 고향도 비슷해 지정(至情)은 아니라도 이리저리 따지면 약간의 척(戚)이 있었다. 거기다가 정인보다 나이가 훨씬 적고, 또 내외가 한가지로 마음씨가 고와 나중에는 아이의 담임이라기보다는 각별한 이웃으로 지냈다.

그러나 정인이 다른 누구보다도 훈이를 그에게 보내는 것은 특히 임시지도부시절의 동영이 그에게 준 도움과 그걸 잊지 않는 그의 성실한 마음씨 때문이었다. 그때 그는 집결장소까지 끌려갔다가 동영의 힘으로 의용군에 나가는 걸 면한 일이 있는데, 서울수복 뒤에는 그 갚음을 하려고 여러 가지로 정인의 가족들을 도우려고 애썼다. 얼마 전에는 가까운 친척도 꺼리는 면회를 다녀간 적도 있고, 눈치 빠른 훈이가 미안해서 발길을 끊을 만큼 자기자신은 굶주리면서도 아이들은 가기만 하면 어떻게든 배불리 먹이려고 애썼다. 정인이 믿는 것은 바로 그 같은 그의 사람됨이었다.

"꼭 외가엘 가야 해요?"

훈이는 왠지 정인이 내민 쌍가락지를 선뜻 받지 않고, 무언가를 살피는 기색으로 물어왔다.

"그래, 지금은 그 길이 제일 낫다. 그게 너희들 고생도 면하고, 엄마와 할머니도 여기서 풀려날 수 있는 유일한 길이다."

"그래도⋯⋯."

"아니, 시키는 대로 해라. 더군다나 할머니와 엄마는 이곳을 떠나 옮기게 된다. 외삼촌이 오면 어떻게든 우리를 찾을 수 있겠지만, 너희들은 어려울 거다. 너희들만 쓸데없이 서울에서 고생하고 있을 필요가 없다."

마음씨 좋다고는 하지만 곁에서 듣는 사람이 있어 마음속을 시원히 털어놓지 못하는 정인은 그 안타까움을 간곡함으로 바꾸어

나타냈다. 훈이도 그제서야 무언가를 느낀 것 같았다. 가볍게 어른스런 한숨을 짓더니 오히려 두 손을 호주머니에 찔러 넣으며 말했다.

"그렇다면 그냥이래두 어떻게 갈 수 있을 거예요. 정말로 자신 있어요. 신당동 아저씨나 청운동 신박사님댁 같은 데 가서…… 어쨌든 영희 하나쯤은 데리고 외가까지 갈게요. 그건 어머니가 넣어두세요."

큰아이는 그게 어머니와 할머니의 마지막 패물이라는 걸 알고 있었다. 아니 그 이상, 때에 따라서는 그녀들의 생명과도 맞바꾸어질 수 있는 비상용이라는 것까지도 알고 있는 것 같았다.

"그 사람들 얘기는 하지 마라. 엄마도 알 만큼은 알고 있다. 우리는 필요 없으니 이걸로 여비를 삼아라."

정인이 한 번 더 반지를 내밀며 재촉했으나 훈이가 받지 않자 짐짓 낯성을 내었다.

"엄마와 할머니를 죽이려거든 고집을 부려라. 만약 네가 빨리 외가에 내려가 이 편지를 전하지 않으면 다시는 우리를 못 볼 게다."

그제서야 훈이는 쭈뼛거리며 그 가락지를 받았다. 정인은 억지로 눈물을 참으며 어린 남매를 한차례씩 껴안아주며 말했다.

"몸조심해라. 그럼 빨리……."

그리고 눈물을 보이지 않기 위해 얼른 돌아서서 조금 전부터 그들 모자의 대화를 측은한 눈길로 엿듣고 있는 치안대원을 향했다.

"저, 아저씨, 약소하지만 이걸루 구와나찡이나 몇 알 구할 수 없을까요?"

그녀가 내민 손에는 남은 은비녀가 얹혀 있었다.

"더운 물 한 양재기하고……. 이 애가 너무 설사가 심해서……."

그 젊은 치안대원은 잠시 정인의 금세 눈물이라도 쏟아질 듯한 충혈된 눈을 측은하게 바라보더니 말없이 그 은비녀를 받아 아직도 떠나지 않고 머뭇거리는 훈이에게 쥐어주었다.

"아줌씨, 사람을 그리 너무 야박하게 보들 마요. 재물이 아무리 중허기로는 사람 목숨보다야 더허겠소? 이 비녀는 얘들에게나 얹어주쇼. 이 난리통에 저 어린것들이 까짓 금반지 하나에 워찌케 천 리를 가겠소잉. 약은 내가 워찌해 보겠소."

거기서 잠시 가벼운 실랑이가 있은 뒤에 결국 아이들은 반지와 비녀를 모두 지니고 떠났다.

"잘 가거라. 먹을 것 입을 것 넉넉히 준비해 떠나야 한다. 그럼 거기서 다시 만나자."

정인은 한결 놓인 마음으로 아이들과 작별했지만 쉽게 자리를 뜰 수 없었다. 어쩌면 이 세상에서는 다시 못 보게 될지도 모른다는 불안이 떠나가는 남매의 모습을 오래오래 두 눈에 담아 놓고 싶게 만든 탓이었다. 전보다 몇 배나 넓어진 듯 느껴지는 창고 앞 신작로 위로 점점 작아지며 멀어져가는 아이들의 뒷모습에 문득 동영의 마지막 모습이 겹쳐졌다.

그 전날 교직원들의 봉급을 수령해 온 남편 동영의 모습은 전에 없이 침울해 있었다. 여름 동안 이리저리 뛰어다닌 끝에 개강이랍시고 학교문을 연 지 보름도 안 돼서였다. 학기가 새로 시작한 터라

이례적으로 회계를 맡은 직원과 함께 서울을 다녀온 것인데, 그날 밤 늦게 그는 이렇게 말했다.

"여보, 당신도 짐작은 했겠지만 아무래도 사태가 심상치 않아. 벌써 서울시가지에까지 포소리가 쿵쿵 들려왔어. 그들은 여전히 장담을 하고 있지만, 속으로는 철수할 준비를 하는 듯한 눈치였소. 내일 틈나는 대로 부근의 산촌을 둘러보고 또 하계동 때처럼 우리 식구 숨어살 만한 곳을 찾아봐요. 되도록 멀리 떨어진 곳이 좋지만 너무 멀어서는 곤란해요. 지시가 있을 때까지는 학교를 지켜야 하니까."

며칠 전부터 깊은 밤이면 멀리서 은은히 포소리가 들리고 UN군이 인천에 상륙한 풍문이 은밀히 떠돌고 있었지만 남편의 말을 듣고 보니 정인은 가슴이 철렁했다. 전쟁 전 은신시절의 굶주림과 불안이 다시 떠오른 것이었다. 이번에는 충분한 준비를 갖춘 뒤에 피신하리라 — 정인은 그런 마음으로 이튿날 일찍부터 서둘렀다. 그러나 뜻밖에 찾아든 교수부인들 때문에 오전을 지체한 그녀가 미처 집을 나서기도 전에 동영이 창백한 얼굴로 뛰어들었다.

"틀렸어. 끝났어. 어머님 모셔 와."

시어머니를 모셔 오자 그는 과장된 침착을 보이며 말했다.

"어머님, 아무래도 일이 글른 것 같습니다. 저는 당분간 함께 일하던 사람들과 북으로 피해야겠습니다. 하지만 너무 염려 마십시오. 곧 돌아옵니다. 반드시 돌아오겠습니다."

"그렇다면 혼자 간다는 뜻이구나."

"어디 처자 있는 게 저뿐이겠습니까? 전선사령부에서 협조해 준 차는 단 한 대뿐입니다. 남아 있으면 위험할 당일꾼들을 태우기에도 부족해요."

"그래도 나는 너를 따라갈란다. 빈 자리가 없으면 걸어서라도 가지. 가다가 길가에서 죽더라도 이제 너를 홀로 떠나보낼 수는 없다."

젊어 남편을 잃고 홀로 키운 외아들을 보내야 하는 노파답지 않게 담담하던 시어머니가 드디어 더는 감정을 억누를 수 없는지 떨리는 목소리로 그렇게 말했다. 언제나 산악처럼 태연하던 시어머니만 보아 오던 정인은 그 갑작스런 변화가 까닭 없이 불길하게 느껴졌다. 조금 전까지만 해도 지금까지 있어 온 수많은 도피와 은신의 연장으로 생각하여, 두렵기는 해도 못 견딜 만큼 절박한 것으로는 느끼지 않고 있었다. 동영도 차츰 심각한 표정이 되며 말했다.

"어머님께서 무슨 말씀을……."

"아니다. 전에는 내 앞에 숱한 세월이 남아 있었다. 너를 혼자 보내도 다시 너를 맞는 기쁨으로 나를 달랠 수 있었다. 그러나 이제는 별로 기다릴 세월이 남지 않았다. 네가 없는 땅에서 홀로 눈감고 싶지는 않다."

"어머님답지 않은 고집이십니다. 더구나 저 잉부와 어린것들은 어쩌시려고……."

"그럼 함께 데리고 가지."

"안 됩니다. 위험해요. 차라리 지금부터 피난민 대열에 휩쓸려 신분을 감추고 기다리는 게 훨씬 안전합니다."

이어 동영은 한동안 시어머니를 설득했다. 그것은 동시에 정인을 향한 설득이기도 했다. 그러나 정인은 남편 없이 살아야 할 세월이 전에 없이 아득해지며 눈물이 솟아 그 자리에 앉아 있을 수가 없었다.

　잠시 후에 다시 방으로 돌아오니 동영은 시어머니의 무릎을 베고 누워 있었다. 어디 먼길을 떠날 때면 하던 외아들과 홀어미의 의식이었다. 하지만 아직 설득이 충분하지는 못한 듯 동영은 다짐처럼 말하고 있었다.

　"정말 곧 돌아옵니다. 미국이 끼어들어 이 지경이 났다면 소련이나 중국이 끼어들지 말란 법도 없지 않습니까? 그들이 발벗고 나서면 아무리 미국이라도 별수없을 겁니다. 소련은 독일을 이긴 나라고 중공은 군대만도 5백만이 넘습니다. 넉넉잡아 두 달만 고생하십시오. 이번에는 정말 영웅처럼 개선하겠습니다."

　그러나 동영도 자신의 말을 믿고 있는 것 같지는 않았다. 나중에 정인이 하계동시절처럼 어디 부근에서 적당한 곳을 골라 가족들과 함께 은신하면 되지 않느냐고 물었을 때 그는 말했다.

　"이제는 잡히면 몇 달 취조받고 몇 년 징역사는 시절이 아니오. 양쪽 모두 많은 피를 흘렸소. 모두 피맛에 취해 제정신들이 아니오. 거기다가 — 또 얼마나 오래 숨어 보내야 할지 기약도 없고……."

　그러더니 애처로워하는 눈길로 그녀를 가만히 껴안으며 덧붙였다.

　"그것이 언제이든 내가 돌아올 때까지 살아만 있어 주오. 아이들과 어머님과 살아남아만 있어 주면 당신은 아내로서의 모든 의무를 다한 거요."

　그 말을 듣자 막연하던 정인의 불안은 더욱 구체적이고 실감나는 것으로 변했다. 동영과 살아오면서 어려운 고비도 많았고 기약 없는 이별 또한 여러 번 있었지만, 어쩌면 이게 마지막일지도 모른다는 느낌이 든 것은 그때가 처음이었다.

그 바람에 다시 솟는 눈물로 허둥대는 정인을 진정시킨 것은 잠시 방을 비웠다가 되돌아온 시어머니였다. 꿋꿋한 성품대로 어느새 자신의 감정을 완전히 억제한 시어머니는 엄하게 나무랐다.

"장부가 길 떠나는 데에 아녀자가 눈물을 보이는 법이 아니다. 너는 지아비지만 나는 하나뿐인 아들이다. 평생을 걸어 홀로 키운 자식이다. 어찌 내 슬픔이 너만 못하겠느냐? 안으로 들어가 눈물을 씻고 단장을 해라. 이따가 떠날 때 전송이나 하자. 울고불고하는 천한 것들 앞에 현모와 양처의 모습을 보여주자."

장하신 어른. 눈물이 흔한 정인이 대수롭지 않은 동영과의 이별에도 흐느껴가며 울면 빙긋이 웃으며 다가와 어깨를 어루만져 주던 시어머니였다. 그날 정인이 머리라도 빗고 나들이옷으로라도 갈아입은 뒤 눈물 흔적 없는 얼굴로 동영을 보낼 수 있었던 것은 순전히 그런 시어머니의 감화 덕분이었다. 남편과 교수 다섯, 그리고 제자이자 열렬한 당 일꾼이기도 한 학생 열다섯을 실은 육발이(바퀴 여섯 개) 트럭이 뿌연 먼지를 날리며 황황히 북으로 사라지던 걸 지켜보던 그 원예시험장 곁 콩밭 모퉁이. 무슨 석상처럼 버티고 서서 이따금씩 손만 쳐들어 보이는 시어머니 둘레에는 철없는 아이들이 술래를 놀고, 혹시 눈물이라도 흐를까 봐 고개를 젖히자, 아아, 두 눈 가득히 들어오던 그 잔인하리만치 맑고 푸르던 9월의 하늘…….

7

"이 미련하고 철딱서니 없는 것아, 여기가 어디라고 그 아이를 받아들였노? 제 형에게 업혀 함께 외가에라도 내려가게 하지 않고서는……."

정인이 축 늘어진 막내를 안고 창고 안으로 들어서자 시어머니가 들은 척도 않고 한층 높은 목소리로 나무랐다.

"짐승도 죽을 구덩이에 빠지면 안고 있던 새끼는 밖으로 내던지는 법이다. 그런데, 이 물러터진 것아, 어린게 좀 보챈다고 처억 안고 들어오면 어쩌노?"

생각하면 좀 어이없는 시어머니의 공포였다. 전쟁은 물론 정부 수립을 전후로 한 무자비한 좌우투쟁도 서울에서 겪은 시어머니였거만 그녀의 의식은 잔혹한 양민학살을 체험한 산골노파의 그것이나 다름없었다. 만약 그 창고를 빠져나가지 못하면 자기들은 반드시 소문으로만 듣던 그 끔찍한 마구잡이 죽음을 당하리라 믿고 있는 듯했다. 따라서 철이를 안고 들어온 것은 보살피려는 것이 아니라 함께 죽으려는 것으로밖에 생각할 수 없는 그녀이니만치 정인의 핑계가 귀에 들어가지 않을 것도 당연했다.

정인은 대답 대신 축 늘어진 철이를 시어머니에게 내밀었다. 허옇게 정인을 흘겨보며 다시 무어라고 나무라던 시어머니도 받아 안은 철이의 목이 맥없이 젖혀지는 걸 보고서는 입을 다물었다. 그리고 이내 병아리를 품는 어미닭처럼 치마폭에 싸안더니 푸른 기운 도는 철이의 얼굴을 핥으며 울먹였다.

"아이고, 내 새끼. 이게 어떤 씨라고……."

정인이 시어머니와 미리 짠 대로 아이 트는 시늉에 들어간 것은 다음 날 아침이었다. 사람 좋은 치안대원이 구해 준 이름 모를 설사약과 더운 물을 먹고 밤새 따뜻한 할머니의 품에서 몸을 녹인 철이가 제법 생기를 되찾는 걸 보고서야 일을 시작한 것이었다.

정인이 배를 안고 뒹굴고 곁에 있던 그 중년 여인이 뻔히 알면서도 제일처럼 수선을 떨자 먼저 그날 근무를 맡은 세 명의 치안대원 중 하나가 달려오고, 이어 그곳에 고정으로 배치되어 있는 순경이 보고를 받고 달려왔다.

둘 다 젊은 남자들이라 별 의심 없이 속는 것 같았으나 그런 정인을 어떻게 처리해야 될지는 모르는 것 같았다. 까닭 없이 허둥대다가 제풀에 화가 나 정인을 윽박지르는가 하면, 다시없는 산파타령이나 하는 식이었다.

정인이 바라던 대로 일이 진행되기 시작한 것은 역시 나이 지긋한 그날의 심문관이 온 뒤였다. 난처하기도 하고 안됐기도 한 듯 찌푸린 얼굴로 정인의 진통을 살피던 그는 곧 순경을 지서로 보내 경비전화로 상부의 지시를 구하게 했다.

좀 늦은 대로 회신은 정오를 크게 넘기지 않았다. 비어 있는 부근의 민가를 빌려 해산케 하되 감시는 충분히 하라는 내용이었다. 시어머니가 함께 가는 일이 문제 되었으나 그것도 곧 해결이 되었다. 달리 해산구류를 해줄 사람이 없는데다 그녀 또한 늙고 몸이 성하지 못하다는 게 그들에게 어떤 믿음을 주었는지 철이와 함께 정인에게 딸려 보내주었다.

그네들 고부가 옮겨간 곳은 그 창고에서 저만치 건너다보이는 마을 한 가운데의 어떤 빈집이었다. 나중에 안 일이지만, 사방이 치안대원이나 군경가족의 집으로 둘러싸여 있어 절로 감시가 되는 집이었다.

해산이란 특별한 사정 때문인지, 아니면 집단의 일원과 일원 사이인 관계에서 개별적인 접촉으로 변한 탓인지, 그리로 옮기면서부터는 모든 것이 창고 안에서는 생각조차 못했을 만큼 좋아졌다. 아침에 창고 안 사람들에게 퍼주고 남은 것이라 얼음장처럼 식고 먼지 앉은 것이기는 하지만 조당수도 창고 안에서보다는 배가 넘는 양을 가져왔고, 어떤 치안대원은 장작이며 헌 군용담요까지 안아다 주었다. 그 장작으로 불을 지펴 따뜻해진 방에 조당수나마 배불리 먹고 너덜너덜한 대로 담요를 이불삼아 덮고 누우니 실로 오랜만에 사는 듯한 느낌이 들었다.

그런데 그리로 옮겨가는 과정에서 한 가지 이상하다 못해 기묘한 느낌까지 드는 것은 처음 그 방법을 일러준 그 중년 여인이었다. 정인이 거짓으로 아이 트는 시늉을 시작하자마자 그녀는 어디서 그런 흥이 솟았을까 싶을 정도의 열정으로 그런 정인의 연극을 도왔다. 창고 안에 그녀들끼리 있을 때는 정인의 신음보다 그녀의 호들갑이 더욱 시끄러웠고, 순경과 심문관이 들어왔을 때는 방정맞다고 편잔을 들을 만큼 위협 섞인 수다를 떨었다.

"저런, 벌써 양수가 터졌는가 봐유."

"어휴, 이건 지독한 난산이구먼. 안 되겠슈. 제왕절갠가 뭔가 하는 그 수술을 받아야 할까 본디……."

"어쩔 거유? 그냥 창고 안에 가둬 놓구 생사람 죽이고 말 거유?"

정인에게 시어머니를 딸려 보내야 한다고 우기고 나선 것도 그녀였다.

"이 추운 데 난산의 산모를 혼자 보낼 거유? 그건 혼자 가서 죽으란 말과 다를 게 뭐 있슈? 그러지 말고 저 할머니두 따라 보내시우. 저 나이에 저 몸으로 달아나 봐야 어디겠슈? 게다가 손자, 며느리 다 버리구 혼자 살려고 달아나는 할미가 어딨겠슈?"

그 같은 그녀의 수선이 얼마나 요란했던지, 어느 정도 낌새를 알고 있는 곁자리의 사람들조차도 나중에는 정말로 정인이 산통(産痛)에 들어간 것으로 믿는 것 같았다.

하지만 정인에게 더욱 뜻밖인 것은 정인이 창고 밖으로 옮겨지기로 결정된 뒤 그녀가 정인의 속옷에 찔러넣어 준 돈이었다. 돈 같다고 느끼기는 해도 찔러넣어 주는 것이 확실히 무엇인지 몰라 건너다보는 정인이 귓가에 대고 그녀가 속삭이듯 말했다.

"이만 환이우. 요긴하게 써요."

그 말에 정인은 놀라 신음조차 잊고 그녀를 살폈다. 그 돈이면 얼마든지 먹을 것을 살 수 있는 데도 그녀는 언제나 아침에 나오는 조당수 한 양재기로 견디고 있었다. 거기다가 액수는 가지고 있다 보면 경우에 따라서는 목숨까지 살 수 있을 만한 돈이었다.

창고에서 빠져나갈 수 있도록 도와준 것만도 고마운데 이토록 많은 돈까지 주다니 ― 그런 생각이 들자 정인은 문득 그 까닭이 궁금하였다. 무언가 자신이 감당할 수 없는 요구가 있을 것 같아 두려움까지 이는 궁금함이었다. 그러나 그녀는 정인의 그 같은 마음속을 읽기라도 한 듯 재빨리 귓속말로 속삭였다.

"나는 필요 없수. 어서 소리나 계속 질러요. 저 사람들이 의심내지 않게."

그리고 정인이 다시 신음을 시작하자 틈을 보아 덧붙였다.

"새댁 같은 사람은 어떻게든 빠져나가야 하우. 어떻게든 살아남아 남편과 자식들 만나 영광 보아야 하우……."

하지만 정인은 여전히 그녀를 이해할 수 없었다. 그 몇 달 시달리는 동안 이미 사람의 순수한 호의를 믿을 수 없게 된 탓이었다. 그러다가 ― 창고 안을 떠날 무렵해서야 정인은 겨우 그녀의 마음속을 어렴풋이나마 읽을 수 있었다. 과장된 신음 사이로 정인이 혼자 나가게 된 것을 못내 미안하게 여기는 말을 하자 갑자기 허탈해진 것 같은 그녀가 말했다.

"창고 안에 있으나 밖에 있으나 풀려나나 묶이나 이 세상은 내

게 다 마찬가지우. 폭격이 싹 쓸어가 버린 거유. 자나깨나 꿈은 먼
저 저세상에 가서 기다리는 영감과 자식놈들에게로 가는 것뿐이
우⋯⋯."

귀기(鬼氣)라고 표현할 수밖에 없는 음산한 미소와 함께였다.

8

출동한 날 밤 육십 리 가까이 행군하여 명령받은 사단과 합류한 동영의 부대는 거기서 약간의 보급과 간편대대(簡編大隊) 정도를 이룰 만큼의 병원(兵員)을 보충받았다. 그리고 다시 별동대(別動隊)로서 사령부를 빠져나와 박쥐처럼 대낮은 이름 모를 구릉의 잡목 숲에서 잠을 잔 뒤 날이 저물어서야 목적지를 향했다.

그날 밤 그들이 칠흑 같은 어둠 속을 주파해야 할 거리는 백 리에 가까웠다. 비록 지난 두 달간 고된 훈련을 받은 끝이지만 동영에게는 괴롭고 긴 야간행군이었다. 그러나 김철을 비롯한 그의 대원들은 별다른 고통이나 불평의 기색 없이 길을 걸었다. 특히 분해된 박격포나 중기관총의 무거운 몸체를 짊어진 채 숨소리 한번 크게 내지 않고 가파른 산등성이를 오르내리는 대원들에 이르면 동영은 그저 감탄할 뿐이었다. 김철의 능력도 초인적인 데가 있었다.

한 시간에 한 번 정도 그것도 어둠 속에서 잠시 불을 비춰 지도와 나침반을 보는 것으로 그는 마치 아는 길을 가듯 부대원들을 목적지로 인솔했다.

밤이 깊어감에 따라 동영은 부대가 점점 더 전장 깊숙이 빨려 들어감을 느낄 수 있었다. 멀고 가까운 곳에서 치열한 교전이 벌어지고 있었다. 총소리, 대포소리, 더러는 피리소리나 꽹과리, 나팔소리, 저만치 조명탄으로 대낮같이 밝은 산등성이 ─ 그러나 그들은 되도록 그런 지역을 우회하여 남하했다. 우군부대는 물론 국군이나 UN군과도 몇 번인가 가까운 거리에서 마주쳤지만 원하지 않는 조우전(遭遇戰)은 없었다. 구불구불하고 완만한 구릉들이 칸막이 역할을 해준 데다, 이미 눈사태현상을 일으키며 퇴각하는 상대방의 소극적인 방어자세 덕분이었다. 거기다가 그 부대의 이동도 상대방이 어떤 효과적인 공격을 펼 여유가 거의 없을 만큼 은밀하고 신속했다.

그들이 벌써 굳게 얼어붙은 꽤 넓은 강가에 도착한 것은 새벽 네 시경이었다. 흰 얼음판의 반사 때문에 도강(渡江)이 적에게 노출되는 것을 꺼린 김철은 잠시 대안에서 행군을 멈추고 그때껏 거의 무시해 왔던 정찰을 내보냈다.

"청천강이겠군."

꼼짝없이 엎드려 정찰대의 신호를 기다리는 김철에게 동영이 낮은 목소리로 말했다.

"맞아."

"목적지가 다 돼가나?"

"이제 한 삼십 리 남짓해."

"군우리가 대단한 곳인가?"

"아니, 지금은 보잘것없는 촌락이지. 그러나 머지않아 유명한 곳이 될걸세."

그때 강 건너편에서 이상한 새소리 같은 게 났다. 불빛을 쓸 수 없는 그들의 신호로 강을 건너도 좋다는 뜻이었다. 조심조심 미끄러운 얼음판 위를 걸으면서 동영은 문득 자신이 건너고 있는 강이 옛 살수(薩水)라는 것을 떠올렸다. 만약 우중문(于仲文)의 별동대가 겨울에 침공했으면 을지문덕은 어떤 계책을 썼을까. 그러다가 자신의 실없는 생각에 피식 웃었다.

목적지에 가까워지면서 그들은 더 많은 우군부대를 만났다. 거의가 다 의용군[中共軍]으로 자기들처럼 이동중인 부대도 있고 이미 포진을 끝낸 부대도 있었다. 다행히 김철의 원래 대원들은 태반이 중국어를 할 수 있어 엉뚱한 충돌은 면할 수 있었다. 개활지와 도로변에는 UN군의 숙영지도 군데군데 보였는데 전초(前哨)가 그리 멀리 나와 있지 않아 별 위협이 되지 않았다.

"이거 어떻게 되는 거야. 우리가 도대체 적 부대나 진지를 몇 개나 지나쳐 왔나? 거기다가 여기는 또 비슷한 위도에 아군과 적군이 뒤섞여 진을 치고 있으니."

거의 전투경험은 없지만 동영의 눈에도 그런 현상은 이상하기 짝이 없었다.

"양키들은 너무 오랫동안 승리만 해왔지. 거기다가 어리석게도 클라우제비츠를 읽고 칸네의 전투나 탄넨베르크의 전투를 연구한 것은 자기들뿐이라고 생각한다네. 이제 그 방심과 오만 또는 어리석음의 대가를 쓰라리게 치르게 될 걸세."

희끗희끗 밝아오는 조그만 고지를 내려오며 김철이 동영의 말을 받았다. 부대는 드디어 목적한 협곡의 입구로 접어들고 있었다. 군우리(軍隅里)와 순천(順川)을 잇는 남북도로를 동서로 에워싼 이십 리 정도의 계곡으로 서부전선의 UN군 주력보다 이삼십 리 후방에 위치한 곳이었다.

작전의 개요를 대강 알고 있는 동영은 야릇한 흥분과 감개에 젖어 잠시 그 협곡을 지나는 도로를 내려보았다. 희부옇게 새어 오는 날과 함께 길 양편의 능선은 고요한 대로 이상한 살기가 흐르고 있었다. 그들에게 할당된 지역을 찾아가면서 동영은 비로소 그런 살기의 원인을 알 수 있었다. 솔잎이나 마른 떡갈나무, 짚검불 따위로 교묘하게 위장돼 있기는 해도 계곡 양편은 이미 거의가 우군의 매복으로 덮인 뒤였다.

"이건 뭐 완전히 동북시절 166사단에 원대복귀한 기분이군. 맨 의용군들뿐이잖나?"

김철도 함께 계곡을 살핀 뒤에 그렇게 말했다.

"그걸 어떻게 아나?"

"박격포나 기관총 좌지(座地)의 위장, 호(壕)의 배열, 병력배치, 모든 게 눈에 익은 것들이야. 저들의 독특한 양식이 있지. 줄잡아 1개 사단은 되겠군. 우리가 도착이 좀 늦은 것 같군."

그러더니 부대원을 재촉해 할당받은 작전지역으로 갔다.

잠시 후 목적지에 도착한 그들이 쉴 틈도 없이 매복할 진지를 구축하고 있을 때 2개 중대 가량의 병력이 좌우에 증강되면서 김철의 지휘 아래 배속되었다. 그러나 김철은 별로 반가워하는 기색도 없이 각 중대의 중대장인 듯한 상위 두 사람을 맞았다. 그들이 지휘소 설치를 의논해 왔을 때도 김철은 여전히 관심 없다는 표정으로 잘라 말했다.

"그런 건 따로 설치할 필요 없소. 연락활동의 강화로 대신하시오. 나는 언제나 화선(火線, 제일선)에 있을 것이오."

원래 있던 방위선을 이용해 전부대원이 대강 허리깊이 정도의 전호(戰壕, 참호)를 파고들어 앉았을 때쯤 날은 완전히 밝아 있었다. 동영은 반항공(反航空) 위장을 서두르고 있는 전사들과 자신의 첫 번째 싸움터가 될 주위를 다시 한번 둘러보았다. 그새 짙어진 아침안개에 양편 계곡 사이로 흐르는 국도가 그 새벽에 내려볼 때보다 훨씬 희미하게 보였다. 그 도로의 남쪽 끝은 암벽으로 이루어진 애로(隘路)가 되어 그 계곡을 하나의 항아리로 보면 주둥이와 같은 곳이었다. 북쪽 입구 쪽은 안개로 지형이 뚜렷이 보이지는 않았으나, 동영의 서툰 전술적 안목에도 매복에는 더할 나위 없는 적지로 여겨졌다. 남쪽 애로만 봉쇄해 버리면 그 이십 리에 걸친 도로상의 병력은 글자 그대로 독 안의 쥐였다.

"어때? 좋은 지형이지?"

언제 왔는지 김철이 이상하리만치 밝아진 얼굴로 물었다.

"그렇지만 생각대로 걸려들까?"

"걱정 말게. 반드시 이리로 올 거야. 어젯밤 의용군은 군우리 부근에서 도합 3개 사단의 연합군을 강타했어. 미군 제2사단과 기타 2개 사단인데 — 오늘쯤은 황망히 남으로 후퇴할 거야."

"그렇지만 길이라면 다른 것도 있지 않은가?"

"물론 이 길 말고도 신안주(新安州)로 빠져나가는 길이 있지. 대낮에 빠져나가기는 꽤 안전한 길이지만, 그쪽은 미 25사단 쪽의 퇴각로야. 퇴각하는 사단끼리 얽혀놓으면 혼란을 걷잡을 수 없게 되지. 국방군은 몰라도 미 2사단은 반드시 이리로 오리라는 게 사령부의 예측일세."

"만약 우리처럼 고지와 능선을 이용하거나 샛길을 찾아 빠지게 되면?"

"양키들이 차량과 도로를 버리고 전쟁하는 걸 본 적이 있나?"

"보병을 투입해 계곡 양편을 소탕할 수도……."

"어림없는 일이지. 그들이 온전한 2개 사단을 투입해도 매복된 우군을 쓸어버릴 수는 없어. 하지만 그들은 벌써 여러 날째 막대한 타격을 입은 겁먹고 혼란된 부대야. 더군다나 우리는 지난번 후퇴 때 이 골짜기를 활용하지 않았기 때문에 거의 마음놓고 통과하려 들 걸세. 아니, 어쩌면 그들에게는 이 같은 배치 자체가 전혀 상상 밖일 거야. 그들도 로마의 중장보병(重裝步兵)은 필요하면 20마일의 거리를 5시간에 주파할 수 있었다는 기록이야 읽은 적이 있겠지만, 자기들 3개 사단이 밤새 강타당하고 있는 동안 후방 20마일이나 되는 곳에 적의 완전한 1개 사단이 매복하고 기다린다는 것은 생각할 수도 없을 걸세."

"듣고 보니 놀랍긴 하군."

"지난 백 년 동안 이놈 저놈에게 업신여김을 당하면서 단련된 중국 인민다운 전술이지."

그때 갑자기 요란한 엔진소리와 함께 미군 탱크 몇 대가 그 도로를 따라 황급히 남으로 빠져나가는 것이 보였다. 이어 북쪽 입구 쪽에서 요란한 총소리가 들리고 간간 보병포(步兵砲)에 속하는 듯한 포성도 섞였다. 잠깐 말을 멈춘 김철이 한동안 귀를 기울이더니 이내 긴장해 있는 동영의 어깨를 가볍게 쳤다.

"그래도 양키들이 영 맹물은 아닌 모양이군. 이 골짜기의 지형에 생각이 돌아갔던지 소탕작전이랍시고 몇 개 중대쯤을 투입한 것 같네. 차라리 더 잘된 일이지. 적당히 응사하다가 그만두면 소탕이 끝난 걸로 여겨 더욱 방심할 테니까.

자, 그 일은 입구 쪽의 우군들에게나 맡기고 우리는 눈이나 잠깐 붙여두세. 적의 주력부대는 한나절이나 돼야 올걸."

그리고 김철은 지휘소를 겸해 넓고 깊게 판 자신의 전호(戰壕)로 들어갔다. 동영도 갑작스런 피로를 느끼며 자기를 위해 하전사들이 파둔 전호의 위장용 소나뭇가지를 들췄다. 벌써 가까운 곳에서는 여기저기 코 고는 소리가 새어나오고 있었다. 경계배치도 전혀 없는 것 같았다. 평생에 처음 참가하는 전투라 야릇한 흥분으로 쉬 잠들 것 같지 않았지만 동영은 억지로 눈을 감고 잠을 청했다.

몹시 음산하고 추운 겨울날이었다. 어린 동영이 서당에서 강(講)을 마치고 나올 무렵에는 아침부터 흐리던 날씨가 기어이 한점 두점 눈을 뿌리기 시작했다. 동영을 기다리는 어머니와 따뜻한 아랫목을 생각하고 집을 향해 달렸다. 날씨 탓인지 동네에는 별로 나다니는 사람이 없었다. 그런데 저만치 집이 보이는 골목어귀에서 동영은 이상한 사람을 만났다. 한 번도 본 적이 없는 모양의 털벙거지에 몸에 꼭 끼는 바지저고리와 반동강이 두루마기를 입은 청년 하나가 자기 집을 향해 걷고 있었다. 순사도 겁내지 않던 동영이었으나 와락 무서운 기분이 들었다. 그를 집안으로 들게 해서는 반드시 무슨 끔찍한 일이 벌어질 것 같았다. 그를 앞질러 먼저 어머님에게 알려야 한다. 행랑채 구동(龜洞)이와 머슴 윤돌(閏乭)이를 시켜 우리집에 들어오지 못하게 해야 한다 — 그러나 마음뿐 그를 앞질러 집으로 뛰어갈 용기는 도무지 일지 않았다.

하지만 더욱 이상한 것은 그다음이었다. 분명 자기를 기다리며 행랑채 앞에 나와 서 있던 어머니가 그 괴상한 차림의 청년을 반겨 맞아들이지 않는가. 그뿐만 아니라 매우 정답게 얘기를 나누다가 동영이 슬금슬금 다가가자 말했다.

"인사드려라. 네 외종숙이다. 에미의 사촌이 된다."

그제서야 동영은 마지못해 꾸벅 인사를 했다. 목에 받치고 있는 듯 높고 빳빳한 칼라 번쩍이는 놋쇠단추가 다시 동영의 눈에 낯설게 들어왔다. '노령(露領)아재'와의 첫 대면이었다. 그를 '노령아재'라 부른 것은 그때 그가 있다가 돌아온 땅이 러시아령(露領)의 어떤 도시였기 때문이었다. 나중에 동영과 친해진 뒤에 그는 자기가 살았던 땅에 대해 재미난 이야기를 많이 들려주었는데, 그때 받은 노령의 인상은 그가 입고 있던 러시아 대학생의 복장과 함께 오래오래 동영의 기억 속에 남아 있었다.

어느 날인가, 그와 어머니가 나누던 대화도 그에 대한 동영의 기억으로는 지울 수 없는 부분이다. 그날 오후 안방에서 데운 청주를 질화로에 휘저어 구운 문어다리를 안주삼아 마시고 있는 그에게 어머니가 조심스레 물었다.

"저…… 너도 그곳에 계신 숙부님과 함께 복벽운동(復辟運動)을 하느냐?"

"복벽운동? 그건 이미 낡았어요, 누님. 그 사람들은 거의 세력을 잃어가고 있어요. 아마 곧 없어질 거예요. 임금이니 신하니 양반이니 상놈이니 하는 그 그릇된 세상은 마땅히 끝나야 해요."

"그럼, 너는 상해라던가 하는 곳에 가정부(假政府)를 세운 그 민주패거리로 돌았느냐?"

"그것도 아니죠. 얼핏 보기에는 아주 새로워 보이지만, 서양에서는 이미 그 잘못된 게 드러났어요. 그 사람들 기껏 왕과 양반들이 누렸던 재물과 권세를 빼앗아 일부만 백성들에게 돌려주고 나머지는 대부분 자기들이 가로채려는 자들이에요."

그는 약간 주기어린 얼굴로 거드름을 피며 대답했다. 어머니가 까닭 없이 기가 죽으며 다시 물었다.

"그럼…… 너는 공산비(共産匪)인가 뭔가 하는 그 패들이로구나."

"하지만 소문난 것과는 좀 달라요. 이 나라와 같이 허약한 나무는 노서아같이 급격한 수술을 하면 죽어버려요. 뿌리부터 하나씩 하나씩 개조해야죠."

그러더니 제 흥에 겨운지 벌떡 일어나 한 손을 쳐들고 외쳤다.

"브 나로드!"

그 바람에 그때껏 아무런 의미도 모르는 채 그들의 얘기를 듣고 있던 여덟 살의 동영은 깜짝 놀랐다. 어머니도 약간 놀란 기색이었다.

"그게 무슨 소리냐?"

"'인민 속으로'란 노서아 말이에요. 우리는 농촌부터 차차 개량해서, 네것 내것이 없고 다같이 일해 다같이 먹는 세상을 만들려고 해요. 제가 환국한 것도 그겁니다, 누님."

그리고 그날을 시작으로 근 보름 동안 동영은 어머니와 그가 하는 그런 식의 대화를 수없이 되풀이해 들었다. 여덟 살의 지능이 도저히 이해할 수 없는 말들을 동영이 기억할 수 있게 된 것은 바로 그런 반복에 따른 효과였으리라. 그러나 날이 갈수록 어머니의 반응은 냉담해졌다. 나중에 안 일이지만, 그때 그는 자신의 운동을 펼쳐 나갈 근거지를 홀로 사는 사촌누이에게 구하러 온 듯했다. 즉 그녀가 소유한 수백 석지기 땅과 그녀에게 딸린 수십 호의 소작들을 기반으로 이상적인 집산촌을 건설하는 것이 노령에서 돌아온 그가 동영의 어머니를 찾은 목적이었던 것 같았다.

결국 사촌누이를 설득하기에 실패한 그는 동영의 집을 찾은 지 보름만엔가 축 처진 어깨로 돌아갔다. 그러나 떠나기 전날 그는 동영의 삶에 한 전기를 마련해 주고 갔다. 서당에서 돌아오는 동영을 불러 가위로 그 많은 머리를 잘라버린 일이 그랬다.

"여덟 살이면 아직 늦지 않았어요, 누님. 봄이 오는 대로 소학교에 보내세요. 이 아이의 시대는 신식 학문만이 힘이 됩니다."

펄펄 뛰는 사촌누이에게 동영의 머리를 쓰다듬으며 그가 하는 말이었다. 어머니는 끝내 사촌아우를 성난 얼굴로 떠나보냈지만, 그의 충고만은 오래잖아 받아들였다. 그해 봄이 가기 전에 동영은 십 리쯤 떨어진 면소재지의 소학교에 입학하게 되었기 때문이다.

동영이 다시 눈을 뜬 것은 계곡을 울리는 요란한 총소리와 가까이서 발사되는 경적탄통(輕摘彈筒)의 발사음 때문이었다. 좌우의 전호는 벌써 깨어난 듯 모두 완전한 전투태세에 들어가 있었다. 해는 벌써 하늘 가운데로 솟은 뒤였다.

꿈이었을까 ─ 동영은 아직 부신 눈으로 계곡을 바라보며 멍하니 생각해 보았다. 꿈이기에는 너무도 정연하고 설명적이었다. 그렇다면 회상이었을까 ─ 그러나 그것도 아니었다. 그의 육신과 나머지 오관은 분명 모두 잠들었기 때문이었다. 그때 그 노령아재와 헤어진 동영은 십 년 뒤 그 사이 아나키스트로 변신한 그를 서울에서 다시 만나게 된다. 그러나 그는 곧 죽고 동영은 다시 그 친구였던 박영창(朴永昌)에게 넘겨져 그날에 이르게 되고 만다. 그런데 그게 꿈이든 회상이든, 오랫동안 잊고 지냈던 그가 왜 그의 의식에 떠오른 것일까.

그때 계곡바닥의 새로운 변화가 그런 동영의 주의를 그곳으로 끌었다. 미군 탱크 한 대가 기총을 난사하며 계곡 가운데의 도로를 전속력으로 질주하고 있었다. 그리고 그 뒤를 기동행군의 대열로 UN군의 대부대가 따라 들어서고 있었다. 그들도 이미 어느 정도 자기들이 떨어진 처지를 눈치챈 듯했지만, 신속한 기동력과 엄청난 화력 그리고 막강한 공군의 지원 아래 억지로 뚫고 나갈 작정인 듯했다.

161

그러나 그들의 운명은 만족(蠻族)의 강궁(强弓) 아래 쓰러지게 되어 있는 크랏수스의 밀집 보병군단이었다. 계곡으로 포위된 도로의 삼분의 일도 못 되는 지점에서 선도 탱크는 장애물을 만났다. 북쪽을 향해 서 있는 부서진 탱크와 불탄 차량 그리고 한 대의 고장난 M-39장갑차가 도로를 가득 메우고 있었다.

잠시 멈칫한 선도 탱크는 곧 장애물 제거에 나섰다. 먼저 부서진 탱크가 기우뚱하더니 길 한편으로 밀려났다. 이어 몇 대의 불탄 트럭도 가볍게 도로 양쪽으로 치워졌다. 그러나 M-39에 이르자 왠지 꿈쩍을 않았다. 잠시 멈칫하던 탱크에서 한 병사가 뛰어내려 M-39로 뛰어올랐다. 그가 다시 탱크로 돌아가자 장갑차 역시 가볍게 밀려나는 것으로 보아 그 장갑차의 사이드 브레이크를 푼 것 같았다.

그 모든 일은 불과 오륙 분 사이에 일어난 일이었다. 그러나 선두의 그 짧은 지체가 UN군으로 봐서는 치명적이었다. 성급한 본대가 앞뒤 없이 몰려들어 돌이킬 수 없는 혼란에 빠져버린 탓이었다. 그냥 기동행군 형태로만 편성된 차량과 트럭 사이에 밀집해 있던 병력은 계곡 양편에서 쏟아지는 중공군의 총포세례로 이내 행군능력을 상실해 버렸다. 트럭에서는 불길이 오르고 병사와 불타는 장비들로 길이 막힌 탱크는 정지한 채 어쩔 줄 몰랐다.

그 사이 선도 탱크는 또 한 번의 장애물을 헤치고 마의 계곡을 빠져나갔다. 그날의 전투를 통해 그것이 성공적인 탈출의 유일한 예였다. 곧 대기하고 있던 중공군의 화망(火網)으로 그 계곡의 양쪽 출구는 봉쇄되고 그 안에 갇힌 1개 사단이 훨씬 넘는 UN군 병력은 그야말로 탄우(彈雨) 아래 벌거벗고 선 꼴이 되었다.

곧 도로 양편의 도랑은 부상자와 시체로 메워졌다. 일부가 보잘것없는 엄폐물에 의지해 응사를 했지만, 방향도 없고 산발적인 반격에 지나지 않았다. 그 행동군 편성에다 모두들 되는 대로 트럭이나 탱크에 뛰어올랐기 때문에 한번 적의 공격으로 혼란되자 그대로 지휘계통을 상실해 버린 탓이었다.

지난 두 달간의 훈련중에는 그 같은 실전에 대비한 것도 없지 않았으나 동영은 귀가 멍멍하고 정신이 어찔어찔할 지경이었다. 본능적으로 권총을 빼들고는 있어도 무엇을 어떻게 해야 할지를 몰라 망연히 계곡을 내려보고만 있었다. 산발적이고 갈팡질팡하는 미군들의 응사가 때로 가까운 흙에 박히며 먼지를 일으켰다.

"이걸 써 봐."

김철이 어디선가 나타나 아식 보총(A式步銃) 한 자루를 내밀었다. 얼굴이 이상하게 창백하고 눈은 벌겋게 충혈되어 있었다. 기계적으로 김철이 내미는 보총을 받으면서 동영은 그가 그 전날부터 한 번도 눈을 붙이지 않았음을 상기했다. 오전에 전호 안에서 웅크리고 자는 동안에도 동영은 몇 번인가 그의 말소리를 들었던 것이다. 동영은 그런 그를 염려하여 몇 마디 나누려고 해보았으나 말을 붙이기도 전에 그는 교통호를 대신하는 방위선을 따라 다른 화선으로 가버렸다.

차츰 이상한 열기에 휩싸이면서 동영이 조준도 없는 총질을 시작한 지 한 시간도 안 돼 드디어 UN군의 비행기가 계곡 상공에 나타났다. 그러나 전 전선에 걸쳐 눈사태처럼 무너지고 있는 UN군이라 한 지역을 지원할 수 있는 공군력은 이전처럼 그리 대단한 것이 못 되었다. 거기다가 계곡은 이십 리가 넘고 중공군은 잘 은폐되어 있어 마구잡이의 기총소사나 폭격은 효과적인 타격을 줄 수가 없었다.

그래도 UN군 쪽으로 보면 비행기의 출격은 사기를 회복시키는 커다란 효과가 있었다. 차차 계곡바닥에서의 응사가 치열해지기 시작했다. 어느 정도 정신을 수습하여 상황을 판단한 뒤에 이루어진 조직적인 반격이었다. UN군 중의 몇몇은 특공대를 꾸며 가까운 자동화기를 하나씩 제압하기 시작했다. 동영의 발밑에서도 그런 연합군 특공대의 공격으로 기관총 좌지 하나가 날아가는 것이 언뜻 보였다. 그 사이 UN군 병력의 또 다른 일부는 부서진 차량 같은 장애물을 길 한편으로 치우며 빠져나갈 길을 만들려고 애쓰고 있었다.

무엇인가를 해야 한다는 강박관념과 자신도 알 수 없는 야만스럽고 파괴적인 열기에 휩싸여 총질을 계속하면서도 동영은 그 모든 광경을 놓치지 않고 바라보았다. 이십 리에 걸친 그 마의 계곡은 총소리와 포연과 불길, 살기와 생존을 위한 발버둥으로 들끓는 가마와 같았다. 그러나 동영에게는 그것이 몽롱한 꿈속에서의 일처럼으로만 느껴졌다.

그런 몽환에 젖은 것과도 흡사한 동영의 의식을 갑자기 현실로 되돌린 것은 기이하게도 동영의 오른편 스무 발자국쯤에 설치돼 있던 PDR경기관총의 침묵이었다. 퍼뜩 정신을 차린 동영이 그 좌지를 살펴보니 얼마 전까지도 계곡을 향해 요란하게 불을 뿜던 총구는 하늘로 불쑥 솟아올라 있고, 총신에는 두 명의 사수가 기댄 채 숨져 있었다. 그러나 이내 낯선 두 전사가 그 좌지로 뛰어드는 것이 보이고 이어 경기관총은 다시 계곡을 향해 불을 뿜었다. 주위에서 침묵에 빠지는 여러 전호에도 신속하게 병력보충이 이루어지는 것으로 보아 의용군 쪽의 포위망은 여러 겹인 듯했다.

"이제 진짜 시작인 것 같군."

다시 어디선가 나타난 김철이 남쪽 하늘을 가리키며 큰소리로 말했다. UN군 비행기의 공격 제2파(第二波)였다. 그들은 제1파로부터 어떤 사전정보를 받은 듯 처음부터 비행사가 보일 정도의 저공비행으로 계곡 양편을 비질하듯 했다. 일부는 능선 반대편을 끊임없이 소사(掃射)함으로써 매복된 적의 병력보충을 방해했다.

동영의 주위에도 몇 번인가 우두둑거리며 기총알의 빗발이 스치고 흙부스러기가 날아들 정도의 거리에 폭탄이 떨어지기도 했다. 김철이 곁에 왔다는 사실이 반가워 무슨 말인가를 건네려던 동영은 그 맹렬한 공습에 다시 몽환상태로 돌아갔다. 그리고 총만 열심히 쏘면 폭격이 피해 가기라도 하듯 이미 총구가 달아오를 대로 달아오른 보총에 매달렸다. 김철이 쓸쓸하기 그지없는 눈길로 그를 바라보고 있다는 것도 거의 느끼지 못할 만큼 정신없는 총질이었다.

"부탁이 있어."

갑자기 김철이 그런 동영의 총 쥔 손목을 잡으며 악을 쓰듯 고함을 질렀다. 동영이 다시 제정신으로 돌아오며 멀거니 김철을 살폈다. 총소리와 포소리에 비행기의 소음까지 겹쳐 귀가 멍멍한 모양이었다.

"부탁이 있네."

김철이 그런 동영의 귀를 잡고 한 번 더 고함쳤다. 동영은 그제서야 김철의 말을 알아들은 듯 어이없어하는 눈길로 그의 두 눈을 올려보았다. 김철이 계속해 악을 썼다.

"나를 위해 한 사람을 기억해 주게."

"……"

"여잘세. 성주군 월영면 산대리 한영숙."

"무슨 소리야?"

드디어 동영도 고함치듯 김철에게 되물었다. 마침 제2파의 공습이 끝나 덜해진 폭음 때문에 고함치는 소리만으로 간신히 대화가 될 만했다. 비행기소리, 폭격소리, 기총소리만 줄었을 뿐 아니라 능선 위에 매복된 사선(射線)도 태반이 침묵에 빠진 탓이었다.

"내 약혼녀야. 우린 이미 일주일 밤이나 함께 보냈어. 내가 그 부근에 주둔할 때였지."

"그 전쟁통에?"

"오빠가 국방군 고급장교였지. 가족을 보호해 준다는 조건으로 환심을 샀네. 스물셋의 아름다운 여교사였어……"

그러는 김철은 자기가 있는 곳이 방금도 유탄이 스쳐가는 싸움터라는 사실을 완전히 잊은 듯했다. 눈길마저 회상으로 몽롱해지는 김철의 모습에 동영은 오히려 정신이 확 돌아오는 기분이었다. 부대의 사기를 장악해야 할 정치군관으로서 한낱 하급전사처럼 보총에 매달려 있었던 자신이 문득 부끄러워지기까지 할 정도였다. 동영은 총을 놓고 김철을 자기 옆에 끌어 앉혔다. 주위가 한결 조용해진 느낌이었다.

"자네는 너무 과로했어. 열도 좀 있는 것 같군. 여기서 좀 쉬게. 화선은 내가 당분간 돌보지. 경험은 없지만, 부관과 각 구분대장(區分隊長, 분대장부터 대대장까지의 각급 지휘관)에게 상의하면 어떻게 될 테지. 잠깐이라도 눈을 붙이게. 어차피 교착된 전선이고 해질 때까지는 현위치를 지킬 테니 별일 없을 거네."

그러나 김철에게는 동영의 말이 들리지 않는 것 같았다. 눈길은 더욱 몽롱해지고 얼굴은 상기된 채 마치 첫사랑을 고백하는 소년처럼 얘기를 계속했다.

"만약 무사히 이 전선을 돌파해 남조선으로 밀고 들게 되거든 꼭 한 번 그녀를 찾아주게. 그리고 전해. 나는 진심으로 결혼할 작정이었다고. 결코 가족들의 생명을 위협하여 그녀를 농락한 건 아니라고. 또 —."

"그만, 그만. 어차피 자네는 나와 함께 남하할 게 아닌가. 그때 직접 전하게. 곧 죽을 사람처럼 이러지 말고……."

그러자 갑자기 김철이 잡힌 손목을 뿌리치며 벌떡 몸을 일으켰다. 몽롱하던 눈길에는 사나운 광기가 불붙기 시작했다. 금세 거품이라도 뿜을 듯 숨길마저 거칠기 짝이 없었다. 동영은 그제서야 비로소 그의 입김 속에 섞인 독한 빼갈 냄새를 맡을 수 있었다.

"나는 틀렸어. 결코 남에는 못 가. 그저께 사령부의 친구가 귀띔해 줬지. 이 작전이 끝나면 나는 보위국(保衛局)의 소환을 받게 되어 있다고."

"보위국? 경무부(警務部, 헌병대)가 아니고?"

"음모야. 누군가가 고해 바친 그녀의 일을 군기(軍紀)의 문제가 아니라 국가보위의 문제로까지 끌어간 거지. 그것도 적 중령의 가족을 비호했다는 정도가 아니라 바로 그 적 중령과 내통했다는 정도까지. 잘하면 낙동강 전선에서의 패전까지 전가시킬 수 있겠지. 비열한 놈들……."

김철은 금세 발작이라도 일으킬 것 같은 기세였다. 그러나 그것도 잠시, 이내 몽롱한 눈길로 돌아간 그는 몸을 숙일 생각도 않고 휘적휘적 허리 깊이밖에 안 되는 교통호(交通壕)를 따라 능선 아래쪽으로 걸어갔다. 그러더니 저만치서 문득 돌아보며 두 손을 입가에 모아 신들린 사람처럼 소리쳤다.

"잊지 마라. 산대리 한영숙……."

동영이 달려가 그를 잡으려 할 때 다시 남쪽 하늘이 새까맣게 UN기의 제3파가 날아들었다. 그리고 그다음의 능선 위는 또 한판의 아수라장이었다.

어느덧 짧은 겨울해는 서산으로 기울었다. 아직도 계곡은 중공군의 포위 아래 있었지만 양상은 이미 시작 때와는 많이 달라져 있었다. 융단폭격에 가까우리만치 맹렬한 UN기의 공습과 계곡에 갇힌 보병들의 조직적인 저항으로 능선 위에 배치됐던 중공군의 박격포와 중기관총의 태반은 침묵에 빠져들었다. 거기다가 어둠살이 낄수록 더욱 선명해지는 사격 때의 섬광 때문에 각종 자동화기의 좌지가 입는 피해는 더 심해졌다.

그러나 워낙 치밀하고 엄중한 포위망이었다. 그 사이 UN군의 일부는 남쪽 출구의 장애를 제거하고 계곡을 빠져나갔지만 그들의 수는 많지 않았다. 해가 진 뒤까지도 대부분의 병력은 계곡 안에 갇힌 채 양편 능선에서 도리깨질처럼 내려치는 중공군의 난타 아래 있었다. 어둠이 서서히 깔리고는 있어도 그것이 기대만큼 UN군의 탈출에 도움이 되리라는 보장은 없었다.

그날 동영의 부대는 날이 저문 뒤에도 계속하여 처음의 자리를 고수했다. 몇 차례나 병력과 장비가 보충되고 수많은 전호가 임자를 바꾸었다. 그런 현상은 동영의 맞은편 능선도 마찬가지였다. 그들의 독특한 나팔소리나 화선의 변화로 보아 약간의 부대이동과 개편은 있었지만 포위망을 늦춰주는 기색은 전혀 없었다.

처음 몇 시간은 거의 혼미상태에 가까웠지만 차차 시간이 지나면서 동영에게도 전장의 전모가 보이기 시작했다. 그리하여 UN기의 공습이 뜸해진 해질 무렵부터는 산만하기는 해도 제법 생각에 잠길 여유까지 생겼다. 그중에서도 동영에게 가장 기묘하게 생각되는 것은 싸움의 주체였다. 골짜기에 갇힌 UN군 속에 국방군은 얼마 되지 않는 것처럼, 능선 위에 포위하고 있는 중공군 속에도 동영의 부대와 같은 인민군 소속은 극소수에 지나지 않았다. 전부터 싸움의 양상이 그렇게 변한 것은 알고 있었지만 막상 눈앞에서 그걸 보게 되니 야릇한 느낌이 들었다.

"미국과 중국이 이 땅에서 이념을 위해 피흘리고 있구나……."

처음 얼마간 동영은 습관적으로 그렇게 생각했다. 그러나 이윽고 그 생각은,

"이념이 중국과 미국을 위해 이 땅에서 피흘리고 있구나……."

로 바뀌고 이어,

"이 땅이 미국과 중국을 위해 이념으로 피흘리고 있구나……."

로까지 비약했다. 거기에 이르자 동영은 그런 자기부정에 가까운 생각에 섬뜩하면서도 한편으로는 까닭 없이 암담해졌다. 오후 내내 지키고 앉았던 전호를 벗어나 저물어가는 교통호로 들어선 것도, 정치군관으로서의 실제적인 임무수행 외에, 우선은 그런 살벌한 싸움터와는 도무지 어울리지 않는 상념에서 벗어나기 위함이었으리라.

그런데 교통호로 들어서서 몇 발자국 옮기기도 전에 동영은 연락병과 함께 김철을 찾는 부관을 만났다. 드디어 철수명령이 떨어진 것 같았다.

그러잖아도 김철을 만나고 싶던 동영은 그 길로 김철을 찾아 사방을 찬찬히 살피기 시작했다. 오래잖아 한군데 이상하게도 마음이 끌리는 곳이 있었다. 다른 곳은 모두 총구의 섬광 때문에 위치가 노출되는 것을 꺼려 간헐적으로 사격을 하는데 유독 계속하여 불을 뿜고 있는 경기관총 좌지였다. 교통호를 따라 부근까지 간 동영은 눈여겨 그 사수를 살펴보았다. 예감대로 찾고 있던 김철이었다. 이미 어둠이 엷게 깔리고 있었지만 그는 보조수도 없이 혼자서 능숙하게 기관총을 다루고 있었다.

"위험해."

동영은 자신도 모르게 교통호에서 몸을 빼내 그에게 달려갔다. 김철이 있는 호 속에는 몇 구의 시체가 널려 있었다. 원래의 사수들인 모양이었다.

"자넨 지휘관이야. 물러서."

그가 죽을 자리를 찾고 있는지도 모른다는 생각에 동영은 격한 목소리로 김철의 귀에다 대고 외쳤다. 그러나 김철은 거들떠보지도 않고 악을 썼다.

"돌아가. 가서 대신 화선이나 보살펴줘."

"화선이고 뭐고 철수명령이야. 부관이 찾고 있어."

그러자 잠시 사격을 멈춘 김철은 고개를 돌려 동영을 똑바로 쳐다보며 말했다.

"그럼, 자네가 철수준비를 시키게. 엄호도 필요하니 준비가 될 때까지 여기 있겠어."

낮의 광기가 완전히 사라진 침착한 목소리였다. 동영은 그게 더 불길해 다시 사격을 계속하는 김철의 팔을 세차게 잡아끌며 고함을 쳤다.

"안 돼, 일어나. 빨리 ─."

그때였다. 말을 채 맺기도 전에 동영은 무슨 강력한 폭풍 같은 것이 자기 몸을 휘감아 언 산비탈에 내동댕이치는 것 같은 충격을 받았다. 그리고 이어 깊이 모를 어둠이었다. 나중에 섬광과 함께 싸늘하게 웃는 김철의 목이 하늘 높이 치솟는 걸 본 것 같은 기억을 가지게는 되었지만, 그게 바로 그 어둠 직전에 있었던 사실인지 아니면 그 자신의 환상인지는 끝내 알 수가 없었다.

171

제
2
부

1

첫눈이라도 오려는 것인지 하늘이 무겁게 내려앉아 있었다. 시어머니가 주워 온 무우시래기며 마른 고구마넝쿨에서 먹을 만한 잎새나 어쩌다 달려 있는 새끼고구마를 찾고 있던 정인은 잠시 손을 놓고 그런 하늘을 쳐다보았다. 아침나절만 해도 아른아른하던 햇볕은 간 곳이 없고, 북쪽 하늘은 벌써 높지 않은 산마루와 맞닿아 그곳에 무언가를 뿌리고 있는 듯 보였다.

달은 이미 12월로 접어들고 있었지만 워낙이 푸근한 날씨라 어쩌면 소나기가 쏟아질지도 모른다는 생각에 정인은 황급히 눈길을 돌려 집안을 살펴보았다. 원체 가진 것 없이 몸만 들어앉은 탓이어서인지 방금 고르고 있던 무우시래기와 고구마넝쿨을 툇마루에 올려놓는 것 외에는 달리 비설거지를 할 만한 게 없었다.

그래도 마음이 안 놓여 집 안팎을 둘러보던 정인은 문득 그것이 나무를 하러 나간 시어머니 때문이라는 것 깨달았다. 아침나절 정인이 조금 전에 툇마루에 올린 그 허섭스레기 같은 것들을 그래도 이삭이랍시고 한 망태기 주워 온 뒤, 데운 조당수 한 공기를 마시고는 곧바로 집을 나선 시어머니였다. 그곳으로 옮겨와 며칠 더운 방바닥에 몸이라도 지지고 그나마 이웃이라고 어쩌다 한줌씩 내미는 곡식을 보태 죽이나마 제대로 끼니를 이은 덕분인지 많이 나았다고는 하지만, 아직 성치 않은 몸이라 찬 겨울비를 맞으면 어김없이 도질 것 같았다.

"아직 며칠 땔 나무는 있어요. 오후에는 좀 쉬도록 하세요."

정인이 그렇게 말렸지만 시어머니는 기어이 망태를 들고 나서며 말했다.

"저것들도 대강 눈치를 챈 것 같다. 이제는 짚 한 단 어림없어. 눈이라도 덮이기 전에 불쏘시개나 한짐 긁어 와야겠다."

그것은 사실이었다. 정인이 그날 밤 안으로 해산하는 줄 알고 반짝 보였던 동네사람들의 인정은 사흘도 안 돼 냉담한 무관심으로 바뀌었다. 곡식 한줌, 나무 한단 보아 주는 일 없이 감시의 눈길만 번득이는 느낌이었다. 따라서 그 허물어져 가는 오두막에 그들 고부의 생계를 위해 들여보내지는 것이라고는 하루 한 번 나이 든 치안대원이 양동이에 퍼날라 주는 죽이 전부가 되었다. 겨울이 되어 푸성귀가 귀해지자 숟가락에 걸리던 시래기마저 없어져 멀건 조당수로 바뀌어버린 죽이었다.

일이 그렇게 되자 그들의 고통은 전보다 더욱 심해졌다. 무엇보다 그들을 괴롭히기 시작한 것은 장작단을 가져다주던 마을 사람들의

176

반짝인정이 식어 버리자마자 찾아든 추위였다. 창고 안에 갇혀 있을 때는 여럿의 온기로 견딜 만했지만, 그들 고부와 어린 철이만 있는 허술한 오두막 방에서는 그나마도 기대할 수 없었다.

그다음은 먹을 것이었다. 그들 셋 몫으로는 분명 후하게 날라다 주는 조당수였으나 워낙 곡기가 부족했다. 거기다가 그곳으로 옮긴 직후 마을 사람들이 가져다준 얼마간의 곡식으로 며칠 배불리 먹어 본 뒤라 그 배고픔은 더욱 견디기 힘들었다. 마지막이 바깥세상과의 단절이었다. 창고 안 역시 바깥세상과 단절되어 있기는 마찬가지였지만 그래도 그곳에서는 면회 또는 취조 따위로 몇몇은 바깥을 들락거리게 마련이었고, 그들을 통해 어렴풋한 대로 바깥세상의 소식이 묻어왔다. 그러나 그곳으로 옮겨지고 나서는 통히 그런 것을 들어볼 수가 없었다. 공동의 감시자라고 할 수 있는 마을 사람들은 그들을 문둥이 피하듯 피해 다녔고, 죽을 날라 오는 치안대원도 양을 좀 많이 가져다줄 정도의 친절뿐 바깥세상의 소식에 대해서는 굳게 입을 다물었다.

거기서 오는 어려움들을 해결하기 위한 시도 가운데 하나가 시어머니의 나들이였다. 왼팔이 아직 자유스럽지 못한 대로 어느 정도 몸이 회복되자마자 시어머니는 집 밖을 나다니기 시작했다. 가을걷이가 끝난 들판을 헤집다시피 하여 조금이라도 먹을 만한 것이면 무엇이든 치마폭에 주워담아 왔고, 땔감도 나뭇조각이며 지푸라기, 새끼토막을 가리지 않고 모아다 날랐다.

처음에는 마을 사람들의 눈을 꺼려 좁은 동네 안만 돌아다녔지만, 그녀가 늙고 성치 못한데다 집안에는 만삭의 며느리와 어린 손자가 있다는 것으로 그들이 방심하는 걸 알자 그녀는 차츰 멀리까지 나다니기 시작했다. 그리고 그와 함께 그녀가 주워 오는 것도 전보다는 훨씬 소용에 닿는 것들이 되었다. 서울의 빈민들이 이미 몇 번이고 훑듯이 지나간 마을 부근과는 달리, 외진 산비탈 밭에는 같은 시래기라도 푸른 기가 돌고 잎새가 너울너울한 것들이 남아 있었고, 재수가 좋으면 손가락만한 고구마 이삭을 한 바가지나 모을 수도 있었다. 나무도 산에 들어가게 되면서부터는 화력이 좋은 삭정이며 짚검불과는 댈 바도 아닌 솔잎을 긁어 오게 되어 거냉을 하기에는 모자람이 없었다.

시어머니 덕택에 한결 지내기는 나아졌지만, 정인은 아침에 시어머니가 집을 나설 때마다 몸이 오그라드는 기분이었다. 천 석 살림을 휘어잡고 있던 마나님의 처참한 영락 따위, 감상적인 이유에서가 아니라 현실적으로 그런 시어머니의 짐을 조금도 덜어줄 수 없다는 죄스러움 때문이었다. 고부가 함께 나서면 마을 사람들의 제지를 받을 것은 물론, 정인의 출산일도 어느새 열흘을 기약할 수 없을 만큼 다가와 있었다.

그러나 시어머니는 날이 갈수록 더 의욕적으로 나들이를 다녔다. 말은 안해도 무언가 가슴속에 깊이 품고 있는 계획이 있는 것 같았다.

"북쪽으로는 틀렸다. 벌판이 너무 트여 있어. 초소도 총총하더라."

"서쪽도 글렀어. 산 넘어 또 산이더라. 잉부와 늙은이에겐 무리일 게야."

나무를 하고 와서는 언제나 푸념처럼 그렇게 중얼거리다가 어느 날은 말했다.

"남쪽은 어쩌면 될 것도 같다. 산길로 십 리만 빠져나가면 멀리 도회가 보이던데 그게 옛날 우리가 숨어 살던 하계(下溪) 언저리가 아닌지 모르겠구나. 한 번 더 자세히 봐둬야겠다."

그걸로 보아, 그곳에서 몸을 빼낼 길을 찾고 있는 모양이었다. 그날도 실은 그 남쪽 산으로 길을 잡고 집을 나선 것이었다.

행여라도 시어머니가 날씨를 보고 일찍 돌아올지 모른다는 생각에 정인은 가만히 사립께로 가보았다. 저만치 시어머니가 접어든 산이 보였지만 그녀가 돌아오고 있는 듯한 낌새는 어디에도 찾을 수 없었다. 대신 한동안 눈길을 모아 살피느라고 일체의 잡념이 사라진 탓인지, 정인은 문득 자신이 동영의 고향인 돌내골[石川里]에 와 있는 듯한 착각이 들었다.

주위를 둘러볼 여유가 생기면서부터 느껴온 것으로 사실 그 마을은 어딘가 돌내골을 닮은 데가 있었다. 얼마 올라가지 않아 서울이 시작되는 남쪽을 빼면, 마을이 자리 잡고 있는 조그만 언덕이며, 그 앞에 펼쳐진 넓은 들은 그대로 돌내골의 풍경이었다. 들판을 가로질러 발치로 기어들 듯 언덕으로 흘러내리는 개울, 동서를 가로막는 높고 낮은 산들 — 정인은 새삼스레 그 마을 주위를 둘러보았다. 그러다가 눈길이 서편 산자락을 따라 마을로 들어오는 국도에 이르자, 정인은 자신도 모르게 아득한 옛날로 돌아갔다.

지금 자신이 서 있는 자리쯤이 되는 돌내골 언덕 끝의 느티나무 아래서 결혼 초의 그녀는 줄곧 누군가를 기다리며 서 있곤 했다.

농감(農監)에서 돌아오는 시어머니며 방학을 맞아 귀성하는 남편이나 기별도 없이 찾아들곤 하던 친정 오랍동생 등으로, 그 기다림은 크건 작건 즐거움 또는 설레임이었다. 방금도 그녀는 자신의 처지도 잊고, 그때의 까닭 모를 설레임에 젖어들고 있었다. 어떤 여름 방학이던가, 일본서 샀다는 호마(胡馬)를 타고 망토를 펄럭이며 나타나던 동영의 모습이 금세 산구비를 돌아서 나타날 것만 같았다.

그녀가 그런 망상에 젖어 하염없이 국도를 바라보고 있을 때였다. 방안에 재워두고 나온 철이녀석의 급한 부름이 들렸다.

"엄마, 엄마아 —."

그 소리에 그녀는 퍼뜩 정신이 들었다. 목소리에 잠기운이 없는 것으로 보아 제법 오래 전에 깼던 모양이었다. 그런데 그녀를 소스라치게 놀라도록 만든 것은 뒤를 잇는 녀석의 말이었다.

"엄마, 여기 아빠, 아빠 있다."

그러는 녀석의 목소리는 마치 그 마음을 온통 뒤흔드는 것 같았다. 동영이 돌아왔을 리는 없다는 걸 잘 알면서도 그녀는 눈앞이 아찔하고 두 다리가 후들거렸다. 반가움보다는 본능적인 공포였다. 그러나 철없는 녀석은 계속하여 방안에서 웅얼거렸다.

"엄마 빨리, 아빠 여기 있다."

정인은 정신없이 방안으로 뛰어들었다. 물론 방안에는 철이뿐이었다. 잠에서 깨어나자 너덜너덜한 벽지를 뜯어내며 놀았던 모양으로 녀석의 몸 주위에는 찢어진 종이조각이 널려 있었다.

"저기, 아빠."

정인의 새하얀 낯빛에도 불구하고 녀석은 자랑하듯 벽지가 찢겨져 그 안에 발려 있던 것이 드러난 곳을 가리켰다. 잔뜩 긴장하여 그곳을 바라본 정인은 이내 맥이 쭉 빠졌다. 찢어져 나간 벽지 틈에서 희미하게 웃고 있는 것은 이승만 박사의 사진이었다. 오래된 달력 위에 박혀 있던 것인 모양인데, 그 길고 번듯한 윤곽이 세 살짜리 철이의 눈에는 동영으로 비친 모양이었다.

그런 철이녀석의 엉뚱한 짓이 아버지에 대한 그리움의 간접적인 표현일는지도 모른다는 생각이 들면서도 정인은 어린것을 매섭게 흘겨주며 나무랐다.

"그게 어디 아빠야? 너 그런 소리 한 번만 더 하면 매맞을 줄 알아라."

"저건 아빠잖아? 아빠 맞아."

그래도 녀석은 자기의 고집을 죽이려 들지 않았다. 오히려 어렵게 아빠를 찾아낸 공을 그녀가 몰라주는 게 야속하다는 투였다.

"엄마 울었지. 어제도 아빠 보고 싶어 울었잖아?"

"글쎄, 저건 아빠가 아니라니깐."

"으응, 맞아. 저기 아빠……."

그러다가 마을 사람들이 듣는 것을 꺼린 정인에게서 호되게 볼기를 한 대 맞고서야 왕 하는 울음과 함께 입을 다물었다. 쓸데없는 오해를 받아 시달리는 일이라도 있을까 봐 손을 댄 것이지만 막상 아이가 울음을 터뜨리자 정인의 가슴에도 까닭 없이 슬픔이 일었다.

"저건 아빠가 아니야. 아빠는 아주 멀리 가셨단다. 다시는 아빠란 말을 입 밖에 내선 안 돼요……."

정인이 그렇게 얼르자 철이는 더욱 섧게 울었다. 결국 정인도 어린것을 쓸어안고 울음을 터뜨리고 말았다.

시어머니가 돌아온 것은 그런 모자간의 한바탕 울음이 멎은 뒤, 저녁죽이나 지을까 하며 정인이 방을 나오려던 참이었다.

"휘유 ―."

시어머니 특유의 한숨소리를 듣고 정인이 황급히 문을 열고 보니, 산발을 한 시어머니가 흐트러진 매무새로 찬 마당에 아무렇게나 퍼질러 앉아 있었다. 나무는 고사하고 손수 새끼로 엮어 들고 다니던 나무 망태기도 간 곳이 없었다. 아무래도 심상찮은 거동이었다.

"어머님, 무슨 일이세요?"

정인이 조심스레 다가서며 물었지만 그녀는 두꺼운 입술을 굳게 다문 채 기어이 눈발을 뿌리기 시작하는 어둑한 하늘만 쳐다보고 있었다. 그런 그녀의 두 눈에는 광기인지 분노인지 슬픔인지 모를 빛이 이상한 물기와 함께 번들거리고 있었다. 가까이서 보니 옷섶도 몇 군데 터지고 얼굴도 여기저기 긁혀 있었다.

"다치셨군요? 어머니."

정인이 놀라 시어머니를 부축하며 다시 물었다. 그제서야 시어머니는 무뚝뚝하게 대답했다.

"다치지는 않았다."

"망태는요?"

"망태고 지겟작지고 그것들이 낫으로 난도질을 해서 내버렸다."

"그것들이라니⋯⋯?"

그러나 그뿐이었다. 시어머니는 대답 대신 특유의 한숨을 다시 한번 길게 내뿜고는 굳게 입을 다물었다. 정인이 간곡히 권해서 방 안으로 들어온 뒤에도 그런 그녀의 태도는 변함이 없었다. 손자라면 하나같이 눈에 넣어도 아프지 않을 듯 애지중지하던 어른이 철이가 매달려도 점잖게 떼어놓을 뿐 말이 없었고, 잔 고구마를 썰어넣고 끓인 조당수도 거들떠보지 않은 채 어두운 벽에 멍하니 기대 있기만 했다. 정인이 되풀이 저녁을 권했을 때는 전에 없이 역정까지 내었다.

"제발 날 좀 가만히 내버려다구."

그러다가 다시 입을 연 것은 볼이 없어 칭얼거리던 철이녀석이 초저녁 잠에 곯아떨어진 뒤였다. 어두운 방구석에 석상처럼 굳어 있던 시어머니가 부시시 몸을 일으키며 정인을 불렀다.

"어멈아, 자니?"

"아니오."

저녁 내내 불안한 마음으로 시어머니의 기색을 살피던 정인이 놀라 대답했다. 그러자 시어머니가 이상하리만치 차분한 목소리로 물었다.

"인민이 누구냐?"

뜻아니한 물음이었다. 그래서인지 익숙하고 흔하기 짝이 없던 그 말이 정인에게도 처음 듣는 말처럼 생소했다. 그 바람에 무어라고 대답해야 할지 몰라 머뭇거리는데 시어머니가 다시 물었다.

"너는 신식학교에 가본 적이 있으니 대강은 알 게다. 백성이란 말과 많이 다른 게냐?"

"아, 네, 반드시 그런 건 아니지만……."

정인은 얼떨떨한 채 대답했다. 솔직히 그녀의 여학교시절은 너무 돌발적으로 시작되고 또한 너무 어이없이 끝나버려 지적인 성장은 물론 그녀의 삶에 이렇다 할 흔적을 남기지 못했다. 그녀가 인민에 대해 어떤 정의를 갖고 있다면 그것은 남편 동영을 통해 얻은 것이지 그 짧은 여학교시절과는 거의 무관했다.

"그럼 어떤 게 인민이냐? 이북사람들만 가리키는 말이냐? 아니면 좌익운동하는 사람들만 인민이냐?"

"그런 건 아닐 거예요. 어디에 사는가나 어떤 사상을 가졌는가에 따라서 인민이 되고 안 되고 하는 것 같지는 않았어요. 그런데 무슨 일이세요?"

"나는 내 아들이 인민을 위해 일하는 것으로 알고 있고, 또 그 인민은 백성과 크게 다를 바 없는 것으로 여겨왔다. 인민에 남과 북이 따로 있을 리 없고, 그렇다면 이쪽의 인민도 당연히 내 아들에게 감사하고 존경해 줄 줄 알았다. 지금 우리가 받고 있는 핍박은 미국놈과 그 앞잡이들 때문이며, 인민들은 다만 그들 눈치를 보느라고 우리에게 속마음대로 친절하게 대하지 못하는 것으로 생각했다……."

"그렇겠지요."

"아니었다. 오늘 낮에 산에 나무하러 갔다가 아무도 없는 곳에서 그 인민을 만났지. 늙은이였다. 그리고 이 추운 날 맨발에 홑옷차림인 것으로 보아 바로 아범이 말끝마다 치켜올리던 무산자(無産者)였어. 반가웠다. 마을에서는 냉랭히 지나쳐도 외진 산속에서는 다를 줄 알았지. 그런데 그가 어떻게 대했는지 아니?"

"무어라고 했어요?"

"아무 말 없이 다가와 — 낫으로 내 망태기를 토막내고 지겟작
지를 부러뜨려 버렸다. 내가 한나절이나 걸려 짠 그 망태를……."

"그 사람이, 왜……."

"빨갱이는 모조리 죽어야 한다는 거였지. 법만 없으면 바로 찍어
버리고 싶다며 낫까지 들이대었다. 빨갱이 자식을 낳은 가랑이를 찢
어놓겠다든가 하는 입에 담지 못할 욕설과 함께…… 마을에서 그나
마 참은 것은 순사가 있고 법이 있어 그랬다더구나……."

그 말에 정인은 분함이나 치욕보다는 까닭 모를 섬뜩함을 느꼈
다. 시어머니는 울고 있는 것 같았다.

"나는 분했다. 차라리 그 낫에 죽고 싶었어. 내 아들은 — 매국노
로 맞아죽지 않기 위해 반공하는 왜놈 때 고등계 형사나 이차판에
한 자리 얻으려고 설치는 미국놈 앞잡이들한테는 미움받아도, 그
인민들에게는 영웅인 줄 알았다. 적어도 그런 헐벗고 굶주린 인민
은 내 아들을 우러러볼 줄 알았다."

"어머님, 너무 상심하지 마세요. 그 영감 아무것도 모르고 날뛴
거예요."

정인은 크게 상처받은 시어머니를 어떻게든 위로해 볼 생각으로
그렇게 말했다. 그러나 시어머니는 정인의 말이 들리지도 않는 듯
자신의 얘기를 계속했다.

"나는 앞뒤 없이 그 영감에게 덤볐다. 말은 그래도 낫을 쓰지는
못하더구나. 힘도 별로 없고…… 꼬박 두 시간을 뒤엉켜 싸웠지. 내
평생에 아는 욕은 다 썼다. 그런데 — 결국 영감의 항복을 받아냈지

만, 헤어질 때는 둘 다 울었다."

"……?"

"그 영감도 생각하면 불쌍한 영감이었지. 처음에는 이를 갈며 대들더구나. 내 아들 내놔라. 준총(駿驄) 같던 그놈 형제 살려내라. 하나는 네년 아들놈 같은 빨갱이 하다가 산에서 국군한테 총맞아 죽고 하나는 그 형때매 시달리다 못해 종적을 감춘 뒤 생사를 모르게 된 지가 하마 삼 년이다. 평지풍파도 유분수지 언제부터 빨갱이라고 내 아들만 잡아 놨노? 그러다가 나중에는 그냥 철철 울며 대들었다. 공산이면 뭐 하고 평등이면 뭐 하노? 사람 죽은 뒤에 천지개벽을 한들 뭐 하노 말이다. 부자돈 갈라 천만금이 돌아오고, 지주 땅 나눠 백 마지기가 돌아온들 죽은 내 자식 팔 하나만이나 할 건가. 그러자 나도 공연히 눈시울이 뜨거워 와 영감을 놔주고 말았다. 내가 산을 내려올 때도 영감은 나무 그루터기에 앉아 자식들 이름을 부르며 울고 있더구나……."

아무도 없는 산중에서 벌어진 억센 노파와 허약한 영감의 한바탕 육탄전을 상상하는 것은 분명 웃음이 날 법한 일이었으나 정인은 도무지 웃을 수가 없었다. 아니, 그 이상 정인도 까닭 없이 눈물겨웠다. 시어머니는 완연히 울먹이고 있었다.

"아범은 말했다. 이 전쟁은 인민을 위한 전쟁이라고. 그렇다면 아범이 말한 그 인민은 어디 있단 말이냐? 내 보기에 이남에는 하나도 없고 이북에도 그리 많이 있을 성싶지는 않다. 혹 그 인민이란 아범이 밤새워 읽던 그 두꺼운 책 속에나 저희끼리 모여 밤새워 떠들던 말 속에만 살아 있는 허깨비나 아니냐? 아범은 그 허깨비 같은 인민을 위해 생사람 잡는 것이나 아니냐?"

"큰일에는 희생이 따르는 법이에요. 그걸 두려워하면 세상은 언제나 불행하게 남아 있게 돼요. 어머니, 다시 말씀드리지만, 그 일로 너무 상심하지 마세요. 더구나 그런 일은 애비와는 아무 상관 없어요. 어머님도 아시지 않아요? 애비가 언제 사람 죽이고 살리는 일에 관여하신 적이 있어요?"

보다 못해 정인이 그렇게 위로했지만 시어머니는 여전히 무겁게 고개를 가로저었다.

"함께 패를 지었으면 밖에서 망을 보았건 담을 넘어 물건을 집어냈건 다같이 도둑은 도둑이다. 내가 기대하는 것은 다만, 네가 말한 대로 아범이 하는 일이 살인도 용서받을 만한 큰일인 것뿐이다. 그런데 ― 아무래도 그렇게는 되지 않을 것 같아 이렇게 가슴이 아프다. 그 아이가 처음 그 길을 걷기 시작할 때부터 말리기는커녕, 도리어 부추겨왔기에 더욱……."

그리고는 다시 깊은 한숨과 함께 입을 다물었다. 정인이 여러 가지 좋은 말로 위로해 보았지만, 대꾸는 다만 이따금씩 한숨과 함께 되뇌는 한마디뿐이었다.

"인민, 인민……."

그날 밤 정인은 날이 새도록 잠들지 못했다. 시어머니의 상심보다는 그 물음이 가져다준 충격 때문이었다. 처음 얼마간 그녀는 거기에 대답하기 위해 자신의 지식과 논리를 있는 대로 동원해 보았다. 그러나 기껏 얻어낸 대답은 언제나 흔히 듣던 것, 따라서 시어머니는 물론 말하는 자신조차 설득시킬 수 없는 공허한 용어의 나열이었다. 그러자 그녀는 차츰 다급해졌다. 시어머니뿐만 아니라 자기 자신을 위해서라도 그 물음은 해결되어야 할 성질의 것이었다. 당장의 절박함, 또는 의도적인 억제로 아직 표면화되고 있지는 않지만 언젠가는 그녀 자신도 극복해야 할 물음이기 때문이었다.

지금 자신이 가진 논리와 지식으로는 그 해결이 불가능함을 알자 정인은 다시 지난날의 기억에 의지해 보기로 했다. 이내 소녀시절이 떠오르고, 약간은 부끄러우면서도 우스꽝스런 그 사상과의 첫 대면이 떠올랐다.

열넷인가 열다섯 나던 해의 봄이었다. 그날 집안은 무슨 운동인가를 하다가 경찰서에 잡혀간 사촌오빠의 일로 낮부터 술렁거렸다. 작은아버지와 셋째아버지가 사랑을 들락거렸고, 작은어머니는 작은어머니대로 안방에서 정인의 친정어머니를 붙들고 눈물을 찍어냈다.

그런데 어린 정인에게 종내 이해되지 않는 말은 그 '운동'이란 말과 경찰서 간의 연관이었다. 그때껏 그녀가 알고 있는 운동이란 가까운 소학교의 운동회와 연관된 것뿐이었다. 엄한 가문 때문에 먼 발치로 스쳐본 것뿐이지만 뛰어오르고 닫고 던지고 하는 따위가 운동이란 말의 내용 전부인 것 같았다. 그런데도 그 운동 때문에 아직 학생인 사촌오빠가 경찰서에 잡혀갔다니 그녀로서는 도무지 알 수 없는 일이었다.

"끝에아버지, 목(穆)이 오빠가 무슨 운동을 해서 잡혀갔어요?"

궁금함을 건디다 못한 그녀는 오후 늦게서야 기별을 받고 허둥지둥 사랑으로 달려가는 막내삼촌에게 그렇게 물어보았다. 막내삼촌이 못마땅하게 대답했다.

"빨갱이운동을 한갑다. 천지도 모르고."

"빨갱이운동이 뭔데요?"

"다 큰 계집애가 그런 건 묻는 게 아니다."

　막내삼촌은 그렇게 대답을 하고 총총히 안으로 들어가버렸다. 그 바람에 처음 정인은 빨갱이운동이 발가벗고 하는 운동, 그래서 처녀아이는 입에 담아서 안 되는 어떤 추잡한 운동으로 생각했다. 그러나 가만히 어른들의 표정을 보니, 그것은 추잡한 것과는 먼, 무언가 위험하고 불길한 운동처럼 느껴지기 시작했다. 그러자 빨갛다에서 피가 연상되고 따라서 그 운동은 피를 뒤집어쓰고 하는 위험스런 운동으로 그녀의 머릿속에 굳어버렸다.

　그도 그럴 것이 그때 나이는 비록 열너덧이었지만 정인이 눈부시게 변화하는 바깥세상에 대해서 아는 것은 거의 백지와 다름없었다. 그녀의 세계는 3백 평 남짓 안채의 담 안이 전부였고, 어쩌다 나들이가 있어도 대소가(大小家) 인사나 화전(花煎)놀이 같은 그 세계의 연장에 불과했다. 지식이랬자 여사서(女四書)와 사략(史略)이 전부였고 읽을 거리라고는 기껏 『장화홍련뎐』이니 『심청뎐』, 『숙영낭자뎐』 따위의 육전소설(六錢小說)밖에 없었다.

　거기다가 공산주의운동에 대한 그녀의 그 우스꽝스런 짐작을 일찍 고쳐주지 못한 것은 그 일에 대한 어른들의 함구였다. 그때도 이미 그 운동은 입 밖에 드러내놓고 말할 수 있는 성질이 아니었던 듯 항상 아이들이 들을 수 없는 수군거림만으로 집안을 떠돌던 그 일은 열흘 만엔가 오빠가 풀려나오자 마치 없었던 일처럼 어른들끼리의 수군거림에서조차 사라져버렸다.

따라서 정인이 공산주의운동에 관해 희미하게나마 알게 된 것은 그 한두 해 뒤 동영과 정혼을 하고 나서였다. 시어머니를 방물장수로 꾸며 정인의 자매들이 거처하는 별채로 끌어들인 그 사촌오빠가 무슨 얘기 끝엔가 물었다.

"너희 신랑 뭣 하는 사람인지 아니?"

동영의 얼굴도 한 번 보지 못한 정인이 그걸 알 턱이 없었다. 다만 신랑이란 말에 얼굴이 빨개져 눈만 흘기는데 다시 오빠가 말했다.

"나와 비슷한 운동을 하고 있지, 좋은 동지다."

"그렇다면 그 빨갱이운동?"

그제서야 정인이 반문했다. 얼굴도 모르는 남편이긴 하지만 그가 하는 일이라면 궁금하지 않을 수 없었다.

"그것과는 좀 달라. 그러나 사회주의운동이라고 말한다면 나와 같은 길을 걷고 있다고 볼 수도 있지."

"어쨌든 피칠갑을 하고 하는 거……."

그러자 사촌오빠는 잠시 재미있다는 표정으로 웃다가 이내 심각한 얼굴로 맞받았다.

"그렇지, 피칠갑이지. 위대한 변혁은 반드시 숭고한 피를 요구해. 혁명은 피바다 위에서 떠오르는 태양이다."

사촌오빠는 그때껏 정인이 공산주의에 대해서 약간이라도 알고 있는 것으로 생각했던 모양이었다. 그녀의 말이 좀 엉뚱하기는 해도 우스개로 보면 이상할 것도 없었던 것이다. 그러나 점점 더 궁금해진 정인은 계속하여 물었다.

"어마, 그럼 싸움과 비슷하겠네. 위험하지 않아? 오빠."

"바로 싸움이야. 그것도 치열한 싸움이지. 그들도 가만히 앉아서 당하지는 않을 테니까 물론 위험하고……"

"그들이라니?"

"자본가, 지주, 봉건귀족……"

"지주는 알겠는데 자본가와 봉건귀족은 뭐야?"

"좀 아는 것 같더니 그것도 몰라? 자본가는 백 사람을 가난하게 만들고 그들의 몫을 혼자 차지해 호화롭게 사는 자들이지. 봉건귀족은, 음 — 이를테면 양반 같은 게 되는데 지금은 왜놈관리로 바꿔놓으면 되겠지."

"그럼 바로 아버지 같은 사람이게? 작은아버지도 모두 돈도 많고 땅도 많고 또 양반이잖아? 그분들과도 싸울 거야?"

조금만 주의 깊은 사람이면 그쯤에서 정인의 상태를 알아차렸을 것이다. 그러나 매사에 덜렁대던 사촌오빠는 자신의 감정에 취해 여전히 심각하게 대답했다.

"대아를 위해서는 소아를 희생해야 하는 법, 언젠가는 그런 날이 올는지도 모르지."

뒷날 그 좋은 학력을 가지고도 이름없는 야산대(野山隊)의 대장으로 떠돌다가 자기편 망보기의 오인으로 어이없이 목숨을 잃게 될 그의 운명은 이미 그때부터 결정되어 있었는지도 모를 일이었다.

"뭘루 싸워?"

"총, 칼, 다이너마이트, 그리고 인민의 힘……."

"순 나쁜 사람들이구나……."

그제서야 정인의 결론이 나왔다.

"그러니까 순사가 잡아가지."

"봉건적인 사상만 주입받은 너에게는 그럴 테지. 그러나 너도 언젠가는 이해할 날이 올 거다. 훌륭한 혁명가의 아내가 될 거야."

그런데 거기서 드디어 두 사람의 동문서답이 끝날 계기가 왔다. 혁명가의 아내란 말이 까닭 없이 섬뜩하게 들렸지만, 그보다 궁금한 게 더 많은 정인이 불쑥 물은 것이었다.

"그 운동은 어디서 해? 그렇게 위험하니 소학교 운동장 같은 데서는 못하겠지?"

그리고 이어,

"어떻게 하는 거야? 오빠, 한 번만 보여줘."

그때 그 사촌오빠의 아연해하던 눈빛을 정인은 오래도록 잊지 못했다. 그리고 그처럼 드러나는 것은 아니지만, 나중에 남편 동영으로부터 그 비슷한 눈길을 느낄 때마다 정인은 그날의 사촌오빠를 기억하곤 했다. 가슴 깊이 숨겨진, 남 모르는 상처와 같은 기억이었다.

이어 한동안 정신없이 웃어젖히던 사촌오빠는 정인에게 간단한 사회주의 입문교육을 실시했던 것 같다. 그러나 역시 자기류(自己流)였던 모양으로, 현대적인 어법과 그 방면의 용어에 익숙하지 못한 정인은 한 마디도 제대로 알아들을 수 없었다. 기껏 부자의 재산을 뺏어 가난한 자에게 나누어준다는 것에서 『홍길동전(洪吉童傳)』을 언뜻 연상했을 뿐 참담함만이 — 그렇다, 자신의 무지에 대한 참담함만이 그 이후에 남은 유일한 기억이었다.

동영과 결혼한 뒤 얼마 동안 그를 까닭 없이 경원한 것도 실은 그 이해할 수 없는 사상 때문이었다. 마음 같아서야 첫날밤부터 당장 묻고 싶었지만 그 과정에서 맛보게 될 자신의 무지에 대한 참담함이 그런 경원의 형태로 나타난 까닭이었다. 동영도 서두르지 않았다. 아니, 서두르지 않았다기보다는 차라리 그 사상에 대한 그녀의 무지를 그대로 방치하고 싶어 하는 것 같았다.

그러다가 그녀가 시어머니의 주장으로 신식여학교 2학년에 편입하게 되자 비로소 동영은 그 방면의 교육에 손을 댔다. 첫 번째 여름방학이 끝난 직후였다. 바로 부산으로 내려가 관부연락선을 타지 않고, 경성의 하숙집까지 그녀를 데려다준 동영은 떠나기 전 몇 권의 책을 내주며 담담한 얼굴로 말했다.

"나는 당신이 나의 일에는 무관하게 어머니를 모시고 우리 가문을 돌보기를 바랐지만, 이젠 어쩔 수 없구려. 이미 신학문을 시작했으니 조만간에 내가 하는 일도 알게 되리다. 그때 이해가 잘못돼 파탄이 일기보다는 미리 체계적인 이해를 도와주는 것이 나을 것 같아 이 책을 골라 왔소.

아직 당신의 일본어가 서투른 줄은 알지만, 여기는 한문이 많이 섞여 있어 조금만 공을 들이면 읽을 수는 있을 거요. 절대로 남에게 보이지 말고 한번 읽어두시오."

정인이 가만히 표지를 보니 『사회주의입문』이니 『자본론 개설』 따위와 몇 권의 그쪽 전기물이었다. 그녀는 동영을 전송하고 돌아오자마자 불 같은 열성으로 그 책에 매달렸다. 그러나 그해 겨울방학 다시 동영을 만났을 때까지 그 내용을 제대로 이해한 것은 단한 권도 없었다. 그녀의 일본어 실력이 아직 전문서적을 읽을 만큼되지 않는데다 한문도 동영이 믿는 만큼 대단하지는 못했기 때문이다. 글자 자체로는 아는 것일지라도 그것이 결합되어 만들어진 현대적인 용어는 그녀에게 거의 생소한 말과 다름없었다. 따라서 비교적 가볍게 씌어진 전기물은 일본어 때문에 읽을 수가 없었고, 사상적인 입문서는 아무리 읽어도 요령부득인 신조어 때문에 읽으나마나였다. 거기다가 그녀의 여학교생활은 너무도 갑작스레 시작된것이라 그런 책을 읽는 것에 우선하여 시급히 받아들여야 할 새로운 지식의 양이 너무 많았다.

"죄송해요. 읽을 수가 없었어요."

동영이 그 책에 관해 묻자 그녀는 거의 울고 싶은 심경으로 그렇게 대답했다. 그리고 솔직하게 그간의 사정을 설명했다.

"내가 너무 서둘렀던 모양이오. 천천히 읽도록 하시오."

그렇게 덤덤하게 대답하기는 해도 동영의 얼굴에 언뜻 실망의그늘이 스치는 것을 정인은 놓치지 않았다. 그 바람에 방학이 끝나고 돌아간 그녀는 배전의 열성으로 그 책들에 덤벼들었지만 그때에는 임신으로 결국 끝을 보지 못했다. 큰아이가 들어서자 넉 달도 안 돼 시어머니가 정인을 시골로 불러들였던 까닭이다. 뒷날에는 그 임신을 애석하게 여긴 적도 있지만 그때만 해도 그것은 하나의 구원이었다. 그만큼 난생 처음의 객지생활과 신학문은 정인에게고통스러웠다.

정인이 큰아이를 낳고 다시 예전의 평범한 며느리와 아내로 돌아서자 남편 동영은 그 책 일에 대해 다시는 입을 열지 않았다. 대신 기회 있을 때마다 자신이 쉬운 말로 풀어 조금씩 들려주었다. 그 첫 번째가 큰아이를 낳고 얼마 되지 않았을 무렵, 산후 몸조리를 위해 누워 있는 정인의 머리맡에서 들려준 얘기였다.

"아득한 옛날에는 먹을 것이며 입을 것 같은 여러 가지 우리 살이[生]에 필요한 것들이 모두 자연 속에 그대로 널려 있었고 사람들은 그때그때 필요에 따라 그것을 거두기만 하면 되었소. 따라서 그 시절에는 당장 먹으려고 따놓은 과일이나 몸에 걸치고 있는 털가죽을 빼면 내것 네것이 없었소.

그런데 차츰 지식 또는 경험이란 이름으로 기억이 쌓이면서, 사람들은 당장에 필요하지도 않은 먹을 것이며 입을 것 따위를 남의 손이 닿지 않는 곳에 쌓아두는 습성이 생겼소. 비가 와서 거둘 수 없을 때나 겨울철이 되어 열매를 구하기 힘들거나, 사냥감이 없거나, 몸이 아플 때에 대비한 것으로, 그들은 그걸 자기만이 아는 곳에 감추어두거나, 남이 아는 곳에 갈무리해 두더라도 누가 손을 대면 힘으로 지켜 자기만의 소용에 닿도록 했소. 그게 바로 사유(私有)의 시작이오.

그렇게 되자 지금까지 충분하던 것들이 갑자기 부족해지기 시작했소. 생각해 보시오. 어떤 동산에 열 사람이 있고, 열 개의 과일이 열릴 때, 만약 그 사람들이 필요에 따라 하나씩 따간다면 언제나 모자람이 없을 것이오. 그러나 한 사람이 자기만을 위한 갈무리로 여러 개를 따가기 시작하면 설령 백 개가 열려도 언제나 부족할 것이오. 그렇게 한번 모자라기 시작하자 사람들의 욕심은 무섭게 자라나기 시작했소. 언제나 모자라니까 아무리 모아두어도 안심이 되지 않았기 때문이오.

거기서 자연상태에 있는 것을 두고 경쟁하던 사람들은 차츰 다른 사람들이 가진 것을 넘보기 시작했소. 다시 말해 힘센 자가 약한 자의 것을 빼앗기 시작한 것이오. 힘은 처음에는 단순히 개인적인 폭력이었소. 그러나 차츰 꾀가 늘어나면서 사람들은 근육의 힘이나 날램보다 훨씬 효과적인 힘이 있다는 것을 알아냈소. 그 하나가 패거리를 짓는 것이었소. 몇몇만 힘을 합하면 아무리 힘센 자라도 이겨낼 수 있다는 점에 착안한 것이오. 그리하여 그들은 그 힘에 의지해 흩어져 있는 다른 사람들을 억누르고 아무런 대가 없이 그들이 모아둔 것을 빼앗기 시작했소. 이른바 권력의 발생이오.

그러나 차츰 그들의 지배 아래 들어온 사람들의 수가 늘어나자 그들도 단순한 힘만으로는 나머지를 계속적으로 지배할 수 없다는 걸 깨달았소. 여기서 그들은 먼저 그들의 결속을 강화했소. 그리고 자신들의 집단에 속한 힘이 많은 대중들에게 유출되는 걸 방지하기 위해 그 지위를 세습적인 계급으로 바꾸어나갔소. 집단을 꾸미고 지배하는 기술, 싸움에서 이기는 기술, 효과적인 무기의 제조기술, 독물이나 약을 만드는 기술, 여러 가지 자연의 징후로 일기나 천재지변을 예견하는 기술, 신이나 기타 초자연적인 힘이 자기들의 편에 있다는 것을 조작하여 보여주는 기술 따위가 그 힘의 구체적인 내용들인데, 그들은 그것을 자기 집단만이 독점함으로써 자기들의 몇 배가 넘는 나머지 사람들을 통제할 수 있었소. 다시 말해 지배계급과 피지배계급이 생겨난 것이오. 그리고 그것은 보다 영구적인 제도로 발전해 국가란 것이 형성되고 왕, 장군, 승려, 학자 따위가 되는 것이오.

그런데 그 한편에서는 또 다른 종류의 힘이 발달하고 있었소. 그것은 운이 좋았건, 부지런했건, 꾀가 많았건, 여하튼 어떤 연유로 자기의 필요 이상으로 모아둔 과일이나 고기 같은 사유물에서 비롯되는 힘이었소. 인간에게는 다른 동물과 달리 말할 줄 알고 기억하는 힘이 있어 한번 약속한 것은 웬만하면 지키려 드는 점이 있다는 데 착안한 것이오. 그들은 자신의 여분을 그것이 절실히 필요한 동료에게 빌려주고 얼마간의 이문(利文)을 붙여 되받는 방식을 생각해냈소. 이른바 계약이라는 것의 시작이오. 재수가 없었건, 게을렀건, 병이 들어서 그리 됐건, 당장에 배가 고프거나 추위에 떠는 동료들은 그들이 붙인 이문이 좀 과해도 어쩔 수 없이 응하지 않을 도리가 없었소.

그러나 한번 그런 계약에 떨어지면, 특별한 행운이 없는 한 대부분의 사람들은 그 상태에서 벗어나지 못하게 되오. 왜냐하면 다시 날이 개거나 몸이 나아 일할 수 있게 되어도, 빈 것에 이문을 붙여줌과 동시에 자신의 필요도 해결하려면 비축할 여유는 거의 없기 때문이오. 그리하여 다시 어떤 사정으로 일할 수 없게 되면 그 불리한 계약 속으로 도로 떨어지거나 아니면 애초부터 갚지 못해 그 불리한 계약에서 벗어나지 못하게 되오. 여기서 가진 자와 가지지 못한 자, 즉 자본가와 무산대중의 원형이 생겨나게 되는 것이오.

그런데 세월이 지나면서 처음 빌려준 것에 붙어오는 이문에만 집착하던 가진 자들은 차츰 못 가진 자들의 노동력에 눈독을 들이게 되었소. 즉 사람은 열심히 일하기만 하면 자기가 필요로 하는 것 이상을 생산할 힘이 있다는 걸 알게 된 것이오. 그들은 얼마간의 과일이나 고기를 주고 동료들의 노동력 자체를 사들이는 방법을 고안하게 되었소. 얼마간의 품값을 주고 그가 생산한 전부를 자기의 것으로 만드는 방법이오. 그 품값이 바로 임금이며, 임금 이상으로 생산하는 데 쓰인 노동력이 바로 잉여가치요. 그리고 그것은 자연상태에서 열매를 거두거나 사냥을 하던 수렵채취의 시절이 끝나고, 토지나 공장에 의지해 필요한 것을 만드는 생산경제시대가 되면서 더 확고하고 불변한 제도가 되었소. 그 가장 발달한 형태가 소위 자본주의라는 것이오.

지금까지는 편의상 이 두 가지 힘, 즉 권력과 자본을 따로 떼어 설명해 왔지만 물론 이 두 가지가 언제나 구분되어 있었던 것은 아니었소. 아니 오히려 대부분의 시대를 그들은 함께 결탁해 있었고, 때로는 하나의 집단으로 뭉쳐 있기도 하였소. 그것이 조직적인 폭력이든 자본의 힘이든 자기가 생산하지 않은 것을 자기의 것으로 만든다는 것, 다시 말해 다른 계급에 대한 착취라는 점에서 그 둘의 역할이 동일했기 때문일 것이오.

그러나 그런 그들의 번성이 항상 무사평온하게 이루어진 것은 아니었소. 먼저 자유라는 이상이 권력제도에 반기를 들고, 이어 평등이라는 이상이 잘못된 소유제도에 반기를 들었소. 그리하여 거의 역사는 그런 계급간의 투쟁으로 이어져 온 것과 다름이 없소. 아무리 사소한 것일지라도 역사상의 모든 투쟁에는 다스리는 자와 다스림을 받는 자, 가진 자와 가지지 못한 자 간의 싸움이라는 측면이 있소. 그 결과 정치적인 자유의 면에서는 어느 정도 발전이 있었지만 그것을 실질적인 자유로 만들어주는 경제적 평등은 아직 조금도 얻어지지 못했소. 사회주의는 바로 그 자유와 평등을 획득하기 위한 위대한 고안이오."

이따금씩 말을 멈추는 것으로 보아 동영으로서는 이야기를 쉽게 하느라고 애쓰는 모양이었다. 정인도 그 말뜻을 알아들을 수는 있었지만, 도무지 그런 생각들과 일제하의 그 시대 사이에 연관이 맺어지지 않았다. 그의 아이를 낳은 탓인지 전에 없이 동영이 가깝게 느껴진 정인은 용기를 내어 그 운동의 구체적인 내용을 물어보았다.

"우선 이 나라의 독립이오. 제국주의 일본을 이 땅에서 몰아내야 하오."

"그다음에는……."

"사회주의 조선의 건설이오. 물론 재산은 국가, 아니 모든 인민들의 것으로 돌려야 하고 인민은 각기 그 일한 바에 따라 정당한 대가를 받도록 해야 할 것이오. 아무도 부당하게 빼앗기는 일이 없도록 하며 누구도 부당하게 많은 것을 누리는 일이 없도록 해야 할 것이오……."

그러자 정인의 머리에는 다시 처녀시절에 읽은 『홍길동전』이 떠올랐다. 부자와 탐관오리의 것을 빼앗아 가난한 이에게 나누어 준다는 대목이 연상된 것이었다.

"활빈당(活貧黨) 같은 거군요."

"활빈당?"

동영은 그 말에 한동안 허허거리고 웃었다. 그러더니 쓸쓸한 미소와 함께 말을 맺었다.

"그건 소박하고 일시적인 해결이오. 하지만, 우선은 그렇게만이라도 이해했다니 반갑소. 적어도 피흘리며 하는 체조가 아니라는 것은 알았으니……."

아마도 사촌오빠는 동영에게 그때의 일을 얘기한 모양이었다. 그러나 무심코 덧붙인 동영의 그 말은 모처럼 일기 시작한 정인의 흥미에 찬물을 끼얹은 격이 되고 말았다. 그 뒤로도 동영은 몇 번이고 그 사상에 관한 풀이를 시도했지만 처음만큼이라도 알아들을 수 있었던 것은 한 번도 없었다. 그러다가 동영이 첫 번째 잠복기에 들어가게 되면서 거기에 관한 대화도 자취를 감추었다. 대표적인 수탈 기관인 동척(東拓)에 근무하던 무렵의 동영은 겉으로만 친일 지식이었을 뿐 아니라 집에 돌아와서도 그 사상에 관해서는 입끝에도 올리지 않는 철저함을 보였다.

그다음 해방이 되어서는 동영 쪽에서 그런 한가한 얘기를 나눌 틈이 없었다. 정인도 그때는 이미 한 타성으로 동영의 손발이 되어 움직였다. 해방 직후에 쏟아져 나온 한글판 사상서적들로 한 번 더 이론적인 접근을 시도해 본 적은 있지만 그것도 오래가지는 못했다. 항상 감시받고 쫓기는 생활이라 간수하기조차 힘든 책을 붙들고 씨름할 여유도 없거니와 그때는 왠지 모든 일이 그럴 필요조차 없을 정도로 자명하게 느껴졌다. 언젠가 부녀동맹의 어떤 모임에서는 한 번도 제대로 읽어 보지 못한 『스탈린 전집』의 어떤 부분을 한 시간 가까이나 해설한 적까지 있었다…….

그때 내가 무엇을 말했던가, 무엇을 그토록 굳건하게 믿었으며 또한 그토록 열렬히 전하고자 했던가 ─ 정인은 그 부분에서 모든 기억력을 집중해 자기가 했던 말을 더듬어보았다. 수없이 들은 말, 그래서 사람의 생각을 전한다기보다는 어떤 공장에서 대량으로 제조되어 창고에 쌓여 있다가 필요에 따라 꺼내 나누어 주는 무슨 상품 같은 말밖에는 떠오르지 않았다. 몸서리쳐지는 그 피투성이 전쟁과 자신이 떨어져 있는 참혹한 처지를 변명하거나 위로해 줄 살아 있는 말은 그 어디서도 끝내 찾아낼 수 없었던 것이다.

어쩌면 지난 몇 년은 정신적으로 완전히 공감하고 이해할 수 없었기 때문에 육체적으로는 더욱 열렬하고 헌신적이었던 것이나 아닐까 ─ 마침내 그런 결론에 떨어진 정인이 원인 모를 서글픔으로 몸을 뒤챌 무렵, 멀리서 첫닭 우는 소리가 아련히 들렸다.

2

　길이다. 이른바 대처로 나가는 고향 동구 밖의 신작로다. 갓 소학교를 졸업한 그가 서 있고, 그 곁에 소복을 한 어머니가 서 있다. 어둡고 결의에 찬 얼굴이다. "저기를 보아라." 어머니가 손을 들어 저물어 오는 신작로 끝을 가리킨다. "너는 저리로 가야 한다." "어머니 싫어요." 그는 어머니의 손길에 매달리며 응석을 부리듯 말한다. 어둑한 그 길 끝에 무엇이 있는지 전혀 짐작은 가지 않지만 어쩐지 두렵고 막막하다. 간 사람은 봐도 돌아오는 사람은 본 적이 없다는 옛이야기 속의 그 길 같다. 빨리 따뜻한 안방으로 돌아가 어머니의 치마폭에 싸여 있고 싶다. 그러나 어머니는 그런 그를 허연 눈으로 흘기며 나무란다. "못난 자식, 너는 보이지 않느냐?"

　그러나 그에게는 텅 빈 신작로밖에 보이지 않는다. 두려움과 막막함밖에는. 어머니는 무거운 목소리로 말을 잇는다. "저 길로 무언가가 오고 있다. 이 에미도 그게 무엇인지는 확실히 모른다. 그러나 한 가지 —." 거기서 어머니의 눈길이 의미심장한 빛을 띤다. 어린 그의 착각일까. 두려움과 호소의 그늘마저 엿보인다. "우리가 이곳에 앉아 기다리는 동안에 그것이 먼저 이곳까지 이르게 해서는 안 된다." "왜요?" 그는 더욱 움츠러들며 묻는다. 그런데 그때 바람이 분다. 어머니의 흰 소복자락이 바람에 나부끼고 머리칼이 휘날린다. 몸마저 휘청이는 듯하다. "그것이 아직 멀리 있는 데도 바람은 이렇게 세다. 이 에미뿐만 아니라 우리 가문의 기와가 날리고 주춧돌이 흔들린다. 우리가 나가 맞아 오지 않으면, 그 바람을 우리의 것으로 잠재워 함께 돌아오지 않으면 — 마침내 이 땅에는 주춧돌 하나 성하게 남아 있지 못할 것이다." 그렇다면 그 길로 가야 하리라. 자기가 아니면 아무도 가문을 지켜줄 이가 없다는 걸 그는 일찍부터 깨달아왔다. 하지만 두려움과 막막함은 여전하다. "그래도 좀 더 있다 떠나면 안 되나요?" "안 된다." 어머니는 완강하다. "이미 너무 늦어 있다. 원래 이 길은 우리 가문의 누군가가 진작에 떠났어야 할 길이었다. 실은 네 아버지도 생전에 몇 번인가 이 길을 떠나려고 했었지. 그러나 완고한 할아버지가 가로막는 바람에 떠나지 못했다. 나중에 그 할아버지가 돌아가시고, 겨우 떠날 수 있게 되었을 때는 이미 그분의 병이 깊어 있었고……. 그래서 결국 떠나지 못했지만 더 늦출 수는 없다. 이제는 네 차례야, 서둘러야 한다." "그래도 두렵고 막막해요. 조금만 더 어머님 곁에 머물러 있게 해주세요. 좀 더 자란 뒤에 떠나게 해주세요." "못난 것, 아직도 에미 말을 못 알아듣는구나. 네가 그렇게 철없이 머뭇거리는 동안에 그 바람이 먼저

이 땅과 집들을 쓸어버려도 좋으냐? 에미는 너를 강하게 기른다고 길렀건만……." 어머니가 그렇게 나오면 이 출발은 피할 길이 없다. 그는 한숨을 푹 쉬며 묻는다. "가서는 뭘 하나요?" "그건 나도 모른다. 우선 많이 보고 많이 듣고 많이 배운 다음 네 스스로 찾아보아라. 그러지 않아도 기우는 이 가문을, 닥쳐올 새롭고 거센 바람에게서 지켜나갈 길은 반드시 있을 것이다." 그리고 다시 호소하는 눈빛이 되어 그를 본다. "알겠니? 그게 핏덩이 같은 너에게 한많은 삶을 건 이 에미의 마지막 보람이다." "그러겠어요. 반드시 그 바람이 우리집을 다시 일으키도록 휘어잡아 돌아오겠어요." "장하다. 내 아들이다. 자, 그럼 이제 떠나거라." "그렇지만 어머니……." "나도 어린 너를 낯선 곳으로 보내는 게 애처롭다. 그렇지만 이렇게 참고 있지 않느냐? 더 이상 약한 꼴을 보이지 말고 떠나거라." 어머니가 돌아선다. 어스름 속을 사라지고 ─ 옷가지가 든 버들고리짝을 진 구동(龜洞)이가 비쩍하게 서 있다. 아아, 어머니, 어머니…….

동영은 거기서 잠시 정신이 들었다. 눈을 떠보니 흰 천장이 내려앉듯 다가온다. 으스스한 것도 같고 더운 것도 같은데, 누군가가 말을 걸었다. 정신이 좀 드세요? 그러나 고개를 돌리려 해도 몸이 말을 듣지 않았다. 이어 다시 밑도 끝도 없는 몽환이 시작되었다.

경찰서 유치장이다. 머리를 박박 깎은 열여섯의 고보 이년생인 그가 웅크리고 있다. 구둣발에 채인 옆구리가 결리고 총대에 맞은 어깨가 욱신거린다. 교장 사이또(齊藤)는 물러가라, 조선어시간을 원래대로. 박영창 선생을 복직시켜라. 동맹휴학. 등교하는 자는 매국노다. 패를 지어 동급생들의 등교를 감시하던 학교 앞 골목 어귀,

덮친 형사대……. "이동영, 이동영, 이리 나와." 갑자기 철창이 열리고 간수를 보던 조선인 순사보가 외친다. 겨우 열여섯인 주제에 뭘 안다고 까불었어, 순사보의 눈이 그렇게 말하는 것 같다. 그러나 등 뒤에서 들려오는 선배 동료들의 격려에 고무된 동영은 오히려 가소롭다는 눈길로 그를 쏘아준다. "어이, 동영 부탁해." "저서는 안 돼." 취조쯤으로 여기며 형사실로 나와 보니 뜻밖에도 어머니다. 시퍼런 얼굴로 말도 통하지 않는 일인 형사에게 삿대질을 해대고 있다. 곁에는 총독부의 협판(協辦)인가 뭔가를 지내고, 그 무렵에도 뭔가 그 비슷한 일로 총독부와 깊은 관련을 맺고 있는 어머니의 친정조카 하나가 난감한 표정으로 중재를 하고 있다. "가자." 어머니는 그가 나오는 것을 보자마자 손목을 끌며 앞장선다. 그동안에 이야기는 대강 끝났는지 아무도 가로막지 않고, 밖에는 하이야(택시)까지 기다리고 있다. 그가 오르자 차는 그대로 서울을 빠져나와 고향으로 달린다. 하루 종일 덜컹거리며 달려 고향 동구에 이를 때까지도 어머니는 말이 없다. "어머니, 어디로 가십니까?" 고향집에 도착해서도 아무 말 없이 앞장을 선 어머니가 안채가 있는 중문으로 들지 않고 뒤꼍으로 드는 걸 보고 그가 묻는다. "따라 오너라." 어머니는 다만 그 말뿐 성큼성큼 걸어 사당으로 간다. 제사가 있을 때도 아닌데 사당은 말끔히 치워져 있고, 여러 신위 앞에는 향까지 피어오르고 있다. "절을 올려라." 어리둥절해 있는 그에게 어머니가 말한다. 그는 말없이 절을 올린다. "앉거라." 다시 어머니가 절이 끝난 그에게 말한다. "너는 한 집이 망하는 세 가지를 아직 기억하고 있느냐?" "기억하고 있습니다." "말해 보아라." "그 하나는 자손이 그 몸을 허술히 여겨 대가 끊어지는 일입니다. 그 둘은 자손이 남아도 그 조상을 욕되게 하는 일이고…… 그 셋은 자손도 있고, 조상을 욕되게도 않았지만 삼대를 나라에 무공(無功)하게 넘기는 일입니다."

"너희 집은 어떤 집안이냐?" "13대에서 5대가 당하(堂下)로 내려선 적이 없는 세가(世家)입니다." "지금은 어떠하냐?" "조부께서는 치부(致富)에 뜻을 두어 일생을 무위무관(無位無冠)하게 지내셨고 아버님은 일찍 세상을 버리시어 역시 처사(處士)로 지하에 드셨습니다." 벌써 몇 년째나 듣지 못한 말이었지만, 어릴 적에 하도 자주 주고받아 온 말이라 그는 막힘없이 잇는다. 삼엄하던 어머니의 표정이 거기서 조금씩 풀리기 시작한다. "그렇다. 만약 내 몸을 기르고 보존하는 것만으로 이 집안을 지킬 수 있었다면 나는 결코 어린 너를 객지로 보내지는 않았을 것이다. 그러나 불행히도 이 집안은 2대를 이미 허송하였다. 몸을 기르고 보존하는 것만으로는 지켜나갈 수 없게 된 것이다. 하지만 — 아직도 내 몸을 기르고 보존하는 것은 여전히 중요하다." "명심하고 있습니다." "그런데 너는 이번에 네 몸을 상케 하면서까지 그 일에 가담했다. 묻겠다. 그 일이 그렇게 대단한 것이었느냐?" "당장은 대단하지 않아도 장차 큰 화근이 될 거라 여겼습니다. 만약……." "긴 말은 필요 없다. 그런 네 믿음이 있었다면 그것으로 이 에미는 족하다. 그걸 조상들의 신위께 들려 드리고 싶었을 뿐이다. 자, 그럼 내려가자. 개라도 잡아 보신이나 하고 떠나거라. 학교는 이미 퇴학을 당했으니, 다른 사립고보를 알아보도록 하자." 봄바람처럼 화한 얼굴로 어머니가 그를 일으킨다. 잔치와도 같은 그 사흘. 다시 경성으로 떠나는 그에게 신작로까지 따라나

온 어머니가 은근히 묻는다. "이제 보이느냐? 저 신작로 끝에서 오고 있는 게 무엇인지……." "네, 조금씩……." 그러나 그때 그는 무엇을 보았던 것일까. 난데없이 노령아재의 우울한 목소리가 떠오른 것은 또 무엇 때문이었을까. "이제 우리 계급의 몰락은 자명하다……."

거기서 동영은 다시 눈을 떴다. 역시 옆에 누가 있다가 물었다.

"이제 깨셨어요?"

간신히 시선을 모아 쳐다보니 낯익은 봉사대의 처녀였다. 미음 사발인 듯싶은 것을 아직 손에 받쳐들고 있는 것으로 보아 금방 들어온 모양이었다. 그제서야 동영은 자기가 어디에 와 있는지를 퍼뜩 깨달았다.

"머리를 심하게 다치신 것 같아 걱정했습니다. 아마 충격이 컸을 것입니다. 한숨 더 주무시는 게 좋겠습니다."

단정한 서울말씨를 쓰던 젊은 군의군관이 오전에 진정제를 한 대 놓아주며 하던 말이 다시 귓가에 떠올랐다.

동영이 그곳 후방 군의소로 후송된 것은 닷새 전이었다. 김철은 그 자리에서 죽고 동영 혼자 가까운 의용군의 군의소에서 응급처치를 받은 뒤 그의 소속사단 후방군의소인 그 작은 마을로 옮겨진 것이었다. 그들이 맞은 것은 박격포탄으로 동영이 그 정도로나마 무사할 수 있었던 것은 김철의 몸이 방패역할을 해준 덕분인 것 같았다. 김철이 처참한 모습으로 즉사한 데 비해 동영은 왼쪽 어깨뼈에 깊이 박힌 몇 개의 파편과 오른쪽 허벅지를 얕게 스쳐간 관통상이 전부였기 때문이다.

그러나 파편을 꺼내고 관통상을 처치하는 수술과정에서 동영은 한차례 혹독한 고통을 치러야 했다. 어찌 된 셈인지 그가 포탄이 터질 때의 폭풍으로 받은 충격에서 깨났을 때, 그들은 마취도 없이 어깨의 파편을 꺼내고 있었던 것이다. 그 고통이 얼마나 혹심했던지 동영은 자신도 모르게 몸을 비틀고 비명을 지르지 않을 수 없었다. 고문에는 어지간히 견딘다고 자부하는 그였지만, 그 어떤 고문과도 비교할 수 없는 통증이었다.

"중좌동무, 위대한 맑스·레닌의 가르침에 의지해 고통을 극복해 보시오."

그 수술대 곁에서 엄숙한 얼굴로 되뇌던 군의장의 말이 마치 악마의 이죽거림처럼 들릴 정도였다. 그러다가 수술이 거의 끝나갈 무렵에야 동영은 그 고통에서 벗어날 수 있었다.

"이제 겨우 도착했습메다."

거의 실신상태에 빠져 있을 때 그런 보고에 이어 약병 부딪는 소리가 나더니, 한 대의 주사와 함께 그는 이내 아늑한 잠에 빠져들고 말았다.

동영이 단정한 서울말씨를 쓰는 그 군의군관과 친하게 된 것은 첫 번째 마취에서 깨나고 나서부터였다. 새로운 고통으로 몸을 떨며 신음하고 있을 때 그가 어디선가 나타나 진통제를 놓아준 게 계기였다. 동영은 이내 잠들고 말았지만 다시 깨어날 무렵하여 그가 군의장인 중좌(中佐)에게 질책받고 있는 것을 들었다.

"군의군관동무는 아직 부르주아적인 치료법에 너무 젖어 있소. 이 약 한 상자가 어떤 것인지 아오? 양키들의 폭격을 피해 가며 며칠간을 밤새워 져나른 것이오. 앞으로는 사지를 절단할 지경이 아니면 쓰지 않도록 하시오."

그 바람에 동영은 다시 찾아드는 고통을 이를 악물고 참았다. 처음보다는 한결 견딜 만했지만, 억지로 신음을 억누르자니 온몸에 진땀이 솟았다. 그런데 어떻게 그걸 알았는지 그가 다시 주사기를 들고 곁으로 왔다.

"나는 괜찮소."

동영은 정말로 혼신의 인내를 짜내어 그렇게 대답했다. 그러나 그는 그 말을 무시한 채 주사기를 찌르며 말했다.

"괜찮지 않으실 겁니다."

"그래도 공연히 나 때문에……."

"이념이 병균까지 죽일 수는 없습니다. 마찬가지로 아무리 대단한 사상이라도 잘려나간 신경조직의 통증까지 어루만져 줄 수는 없구요."

나중에 동영이 수술실에 해당되는 작은 교회당을 벗어나, 예전에 목사관이었을 성싶은 지금의 방으로 옮긴 뒤에도 그의 친절한 보살핌은 여전했다. 동영이 진심에서 우러나는 감사와 함께 넌지시 까닭을 물었을 때 그는,

"고향까마귀만 보아도 반가운 것 아녜요?"

하고 빙긋 웃었지만, 단순히 이남출신이라는 것만으로 보여주는 호의치고는 아무래도 지나친 데가 있었다. 그렇게 보아서 그런지 그는 그 군의소 안에서의 위치도 어딘가 별난 데가 있는 사람이었다. 네 명의 군의군관 가운데 계급도 상위(上尉)로 그리 높은 편이 아니었고, 많아야 스물여섯을 넘지 못할 것 같은 나이도 그들 가운데

서는 가장 어려 보였지만 군의장인 중년의 중좌와 싸우는 일은 거의 그가 도맡아 하고 있었다. 그 전날에도 진통제 문제로 군의장의 질책을 받자 그는 서슴없이 응수했다.

"치료의 목적을 신체의 완전성을 회복하는 것만으로 아는 것이야말로 왜정 때의 돌팔이 사상입니다. 고통의 완화 내지 제거 또한 치료의 목적이라는 걸 잊지 마십시오."

그런데 그 자리에서의 협박에 가까운 욕설에도 불구하고 군의장이 그를 어쩌지 못하는 것은 큰 수술은 거의 그에게 맡겨지는 것과 무슨 연관이 있는 듯했다. 방금 동영이 그런 야전군의소와는 무관한 뇌신경 계통의 이상에 배려를 받고 있는 것도 순전히 그런 그의 덕택이었다. 상처의 고통에서 벗어나게 되면서부터 찾아드는 머리를 빠개는 듯한 두통을 호소했을 때 그는 말했다.

"포탄이 터질 때의 충격 때문에 뇌가 손상되지나 않았는지 모르겠습니다. 며칠 두고 보지요."

그리고 바쁜 중에도 하루 한두 번은 동영을 찾아와 경과를 묻는 걸 잊지 않았다.

"내가 얼마나 잤소?"

방 안에 누워만 있어 시간이 잘 가늠되지 않는 동영이 숟갈을 들면서 물었다. 그 젊은 군위군관과 나눈 몇 마디를 제하면 부상을 한 뒤 처음으로 남에게 말을 거는 셈이었다. 동영의 말에 무언가 다른 생각에 잠겨 있던 봉사대의 처녀가 깜짝 놀라는 표정으로 대답했다.

"여섯 시간 정도 주무셨습니다, 중좌동무."

억양은 서북사투리였지만 낱말은 표준말인 것 같았다. 동영은 그걸 확인하기라도 하듯 다시 말을 걸었다.

"정상위는 오지 않으시오?"

"군의군관동무는 지금 몹시 바쁘십니다. 오후에 한떼의 상이전 사들이 실려왔기 때문입니다. 저더러 기분이 어떠신지 여쭈어 보고 오라고 하셨습니다."

짐작대로 그녀는 어딘가 큰 도시에서 교육을 받은 여자임에 틀림없었다. 그것이 흥미를 일으켜 동영은 잠시 후에 다시 물었다.

"여기가 고향이오?"

"그렇습니다."

"말씨로 보아서는 여기 사람이 아닌데……."

"피양의 외가에서 보통학교와 중학교를 마쳤습니다만 고향은 이 마을입니다."

동영의 물음이 신상에 미치자 그녀의 얼굴에는 드러나게 경계의 표정이 어렸다. 그 바람에 한동안 숟갈질만 하던 동영은 잠시 뒤에 화제를 바꾸었다.

"당까병(擔架兵＝위생병)이 그렇게 부족하오?"

"네?"

"봉사대가 처녀 말고도 여럿 있던데……."

동영은 그래 놓고 아차 했다. 동무란 말이 도무지 입에 익지 않아 처녀라고 했지만, 그녀가 적의를 가지고 듣게 되면 언젠가는 자신에게 불리(不利)로 돌아오게 되리라는 생각 때문이었다. 다행히도 그녀는 동영의 그런 호칭에 별로 마음쓰는 것 같지 않았다.

"저까지 모두 열하나예요. 모두 부근 출신이죠. 여기에 군의소가 옮겨온 열흘 전부터예요. 당까병들이 워낙 일손이 달려 놔서……."

"근무는 몇 시간이오?"

"원래는 여덟 시간 만에 교대지만 상이전사들이 몰려올 땐 밤을 새우기도 해요."

"고되지 않소?"

"이 전쟁은 반(反)인민적이고 파쇼적인 이승만 괴뢰정권을 소탕하여 우리 조국의 남반부를 그 지배로부터 해방시키기 위한 성전(聖戰) 아닙니까? 오빠도 해방전사로 남반부까지 쳐내려갔다가 전사하셨어요."

거기까지 단숨에 말한 그녀의 표정에는 희미한 안도의 기색이 엿보였다. 마치 그 말을 할 수 있는 기회를 기다려왔다는 투였다. 단순한 대중의 열광적인 지지에는 익숙한 편이었지만 이제 스물도 안 돼 보이는 처녀아이의 입에서 직접 그 말을 듣게 되니 동영은 기이한 느낌이 들었다. 그러나 동영이 무어라고 더 말을 붙일 사이도 없이 그녀는 동영이 비운 그릇들을 주섬주섬 챙기더니 방을 나가버렸다.

"몸조리 잘 하세요, 중좌동지."

"수고했소, 동무."

동영도 내키지 않는 대로 그렇게 대답하며 무심한 눈길로 그녀를 내보냈다. 그런데 그때였다. 그런 동영의 눈에 검은 치마 사이로 드러나는 그녀의 흰 종아리가 이상하리만치 육감적인 것으로 들어왔다. 버선목과 몽당치마 사이에 불과 한 뼘도 되지 않게 드러난 장

딴지가 흰 무명저고리와 검은 치마에 감추어진 그녀의 싱싱한 육체를 그대로 드러내 보이듯 동영을 자극하는 것이었다.

그러자 동영은 문득 자신이 오랫동안 여자를 안아보지 못했다는 사실을 떠올렸다. 정확히 말하면 교직원들의 봉급을 수령해서 수원으로 돌아온 날 밤, 마치 이튿날의 그 돌연한 작별을 예감한 것처럼이나 임신으로 거북한 정인의 몸을 더듬은 것을 마지막으로 석 달에 가까운 셈이었다. 북상길에는 당면한 생사의 위협 때문에 거의 잊다시피 했었고, 다시 두 달의 훈련기간 동안에는 그 혹독한 교육 때문에 몸과 마음이 아울러 여유가 없었다. 뒤이어 투입된 전선과 부상 — 그러다가 겨우 신열이 가라앉고 두통이 덜해지자 입맛과 더불어 욕정이 엉뚱하게 되살아난 것이었다.

동영은 까닭 없이 달아오는 몸을 상상 속에서나마 풀어보려는 듯 지그시 눈을 감았다. 그러나 이내 그의 눈시울에 떠오르는 것은 이미 구석구석까지를 알고 있는 정인의 몸이 아니라 언제나 남의 눈을 피해 어울려야 했던 임숙경의 몸이었다.

"요부, 음녀……."

입으로는 그렇게 중얼거리면서도 동영은 그녀와 어울리던 때를 그리움과도 흡사한 기분으로 회상했다. 생각하면 그들의 악연은 길었다. 동영이 처음 그녀를 알게 된 것은 그가 박영창을 따라 경성콩그룹(39~41년 사이에 존재했던 국내 공산단체)에 선을 댄 직후였다. 그때 그녀는 제법 이름 있는 요정의 기생으로 경성콩그룹 학생부의 요원이었던 조종갑(趙宗甲)의 애인이었다. 들기로는 그녀가 당시 경성제대에 다니고 있던 조의 학비까지 대주는 갸륵한 여성으로 되어

213

있었으나, 어떤 우연한 기회에 그 요정에 들렀던 동영은 한눈에 그녀가 평범한 창기에 지나지 않음을 알 것 같았다.

그런 동영의 짐작이 확인된 것은 동척시절이었다. 박헌영을 제외한 경성콩그룹의 지도자들은 완전히 검거되고, 그 자신도 위장전향으로 일제의 식민수탈에 협조하던 때라, 반드시 캄플라지를 위한 목적이 아니더라도 언제나 술을 마실 기분이었던 그는 자주 일인 동료들과 어울려 진주로 갔다. 그런데 그 한 요정에 임숙경이 와 있었다. 역시 기생이었다.

그녀는 자신이 진주로 내려온 것도 동영과 비슷한 사정임을 되풀이 주장했지만 동영은 이번에도 왠지 그것이 흔한 창기의 영락으로만 여겨졌다. 동영과 동갑인 스물여덟의 나이는 서울 장안의 이름난 요정에서 견딜 만한 기생의 나이가 아니었다.

그래도 옛동지의 애인이었다는 점과 분명한 자신의 영락을 사상에 의지해 미화하려는 그녀의 천박함이 언제나 불쾌감으로 남아 있었지만 어쨌든 동영은 그녀와 어울렸다. 오래된 기억이긴 해도 어쩌면 그때 동영의 외도에는 그런 그녀의 얄미운 가면을 벗기려는 속셈이 숨어 있었는지도 모를 일이었다. 그리고 실제에 있어서도 그런 동영의 속셈은 어느 정도 들어맞았다. 이따금씩 '사상적 동지'를 내세우기는 해도, 동영이 그보다 자주 확인할 수 있던 것은 그녀의 무지와 천박 그리고 남다른 욕정 같은 것들뿐이었다.

그러다가 임숙경은 해방되던 전해에 진주에서 온다간다 말도 없이 사라졌는데, 이태 뒤에 동영은 서울거리에서 그녀를 만나게 되었다. 이번에는 요정의 마담이었다. 그리고 어느새 박헌영의 직계인

김모(金某)의 사상적 동반자로서, 그 요정을 남로당의 중요한 연락처 가운데 하나로 삼고 있었다. 동영은 구역질이 났지만, 끝내 그녀의 행각을 밝히지 못했다. 동척시절은 그 자신에게도 치유될 수 없는 상처와 같은 것이기 때문이었다.

그녀의 요정은 그 뒤 일 년 남짓 번창했다. 그러다가 남로당의 수뇌부가 더 이상 이남에서 버틸 수 없게 되었을 무렵하여 그 요정은 임자가 바뀌고 그녀도 자취를 감추었다. 동영은 그녀도 수뇌부를 따라 월북했거나 지하 깊이 잠복한 줄 알았다. 그런데 아니었다. 그해 겨울, 그러니까 자신이 하계동으로 잠복하기 직전, 동영은 그녀가 장소만 옮겼을 뿐 요정을 계속하고 있다는 소문을 들었다. 이번에는 남한의 고관들이 드나든다는 내막과 함께였다.

그러나 동영과 임숙경의 끈질긴 인연은 남아 있었다. 서울이 점령된 직후 임시지도부에서 일보던 시절, 동영이 맨처음 만난 이남 출신의 여성간부는 그녀였다. 그녀는 여맹 시위원회의 무슨 부장을 맡고 있었다. 그것도 당증을 간직하고 좌절의 시대를 꿋꿋이 이겨낸 열렬한 당일꾼으로서.

그렇게 다시 만나자 둘은 마치 오래된 묵계를 실천하듯 다시 어울렸다. 그녀의 외도는 알 수 없지만, 동영 쪽이 그녀를 받아들인 것은 그녀의 성(性)이 가진 그 이해할 수 없는 어떤 힘에 위압된 것에 가까웠다.

그러나 그들의 밀월은 오래가지 않았다. 동영은 곧 서울시 임시지도부에서 밀려나 수원으로 내려가야 했기 때문이었다. 한 달 뒤 그가 수원고농(高農)을 대강 정리하고 보고차 서울로 왔을 때 들은 소문은, 그녀가 그 사이 북에서 내려온 젊은 인민위원과 필동 어디에 살림을 차렸다는 것이었다…….

그 씁쓰름한 기억에도 불구하고 동영의 육체는 임숙경을 그리워하고 있었다. 생사를 알 수 없는 아내 정인에게는 작은 죄책감도 없이 무슨 뜨거운 배암처럼 감겨오던 임숙경의 숨결을, 세월이 가도 시들지 않고 오히려 더 요염하고 풍만하게 피어오르던 그녀의 몸을 그리움으로 떠올리고 있는 것이었다.

그런데 동영의 회상이 임숙경과 땀에 젖어 뒹굴던 임시지도부 부근의 적산가옥을 헤매고 있을 때였다.

"들어가도 좋소?"

하는 소리와 함께 서기병을 뒤딸린 군의장이 방문을 열었다. 언뜻 비치는 중좌의 견장에 자신도 모르게 몸을 일으키려 하던 동영은 찌르는 듯한 왼쪽 어깨의 통증에 가벼운 신음을 냈다.

"아니, 그대로 계시오."

군의장은 그렇게 말했지만 그 태도에는 전에 없던 거만스러움이 들어 있었다. 그가 몸소 병실을 찾은 것도 의외라면 의외였다.

"무슨…… 일이십니까?"

동영은 그가 나타난 것에 까닭 모를 불안을 느끼며 물었다.

"동무의 계급과 직책, 그리고 소속부대를 대주시오."

동영은 더듬더듬 그가 묻는 것을 대었다. 군의장은 뒤따라온 서기병에게 장부를 열게 한 뒤, 동영이 말한 것을 하나하나 확인했다. 그러더니 싸늘한 얼굴로 다시 물었다.

"동무의 진정한 계급과 소속부대를 대시오. 여기서는 감추실 필요가 없소."

"방금 말한 그대로입니다. 아무것도 감춘 것이 없습니다."

동영이 그렇게 대답하자 그의 얼굴이 한층 차가워졌다.

"동무가 정히 그렇게 나온다면 우리는 동무를 퇴소시킬 수밖에 없소."

"그게 무슨 말씀입니까?"

"방금 동무가 댄 그 계급과 소속은 여기에 적힌 것과 일치하오. 그런데 사단에 일보(日報)를 띄운 결과 그것은 허위임이 판명되었소."

너무나 뜻밖의 말이라 동영은 잠시 뭐라 대꾸할 말이 생각나지 않았다.

"그럼 그 부대가 없단 말씀입니까?"

"물론 있기는 있소. 그러나 동무가 말한 연대는 이미 석달 전에 낙동강 가에서 산화해 버렸소. 그리고 그 이름을 이을 연대는 지금 영변(寧邊) 쪽에서 신편(新編) 중인데, 아직 일주일은 있어야 전선에 투입될 것이라 하오."

"그럴 리가 없습니다."

"우리도 혹시 해서 신편중인 연대에도 조회를 해보았소. 그런데 정치부대대장(副大隊長)에는 이동영이란 이름이 없었소. 솔직히 말하시오. 보아하니 이남출신 같은데, 헛된 공명심에 계급과 소속을 사칭하고 어물쩍 의용군 사이에 끼어든 것 아니오?"

그리고 하도 어이가 없어 대답을 못하는 동영에게 덮어누르듯 덧붙였다.

"그렇더라도 동무를 치료하는 데는 변동이 없소. 어쨌든 동무가 미제국주의자들과 영웅적인 전투를 감행하다가 부상을 입은 사실만은 움직일 수 없으니까. 완쾌한 후에도 동무가 원한다면 군에서 일하도록 주선해 보겠소."

말은 호의에 차 있어도 그의 표정에는 노골적인 불신이 드러나 있었다. 동영은 분노와 짜증을 느끼면서도 회령에서부터 군우리까지의 경위를 상세히 일러주지 않을 수 없었다.

"그렇다면 더욱 이상하오. 그 정도로 중대한 과업을 수행중이었다면 사단사령부는 마땅히 알고 있어야 하지 않소?"

"제 짐작으로는 우리 연대의 투입이 너무 갑작스러워 혼란이 있었을 겁니다."

그러나 군의장은 끝내 믿으려 들지 않았다. 거의 삼십 분간이나 동영의 방에 늘어붙어 같은 말을 되풀이하다가, 다시 시작된 두통으로 참을성을 잃어버린 동영의 노한 고함을 듣고서야 위협적인 한 마디를 남기고 방을 나갔다.

"좋소. 동무의 말대로 사단에 건의해 조회해 보도록 하겠소. 그러나 만약 거기서 허위가 밝혀지면 동무는 퇴소와 함께 엄중한 처벌을 면하지 못할 것이오."

그러나 이미 격심한 두통에 시달리는 동영의 귀에는 아무것도 들리지 않았다.

그날 밤 동영은 늦도록 그 두통에 시달렸다. 아침에 보이던 진정의 기미와는 달리 이상한 조울증과 환각 — 특히 섬광과 함께 김철의 목이 싸늘하게 웃으며 치솟는 — 을 동반한 것이었다. 특히 그 조울증은 월북 뒤에 줄곧 시달려온 소외감과 어떤 연관이 있었다.

언제나 '임시'와 '특설' 등의 단서가 붙은 단체에의 소속감마저 군의장의 그 같은 통고로 상실돼 버린 듯한 느낌이었다. 그러다가 밤이 늦어서야 몸을 뺀 정상위가 다시 진정제인 듯한 주사를 한 대 놓은 뒤에야 동영은 잠들 수가 있었다.

"돌팔이새끼, 며칠만 기다려달라고 했는데⋯⋯."

정상위는 주사를 놓으면서도 몇 번이고 군의장에게 욕설을 퍼부었다. 낮에 왔던 봉사대의 처녀가 곁에 있는 데도 조금도 거리낌이 없었다.

"너는 열여섯이다. 이제 생각해야 할 나이다." 노령아재는 개털모자를 쓰고 있다. 돈암정(町)에 있던 동영의 하숙방이다. 밖에는 벌써 햇살이 다사롭고. "나는 너에게 우리의 일생을 인도할 만한 이념의 별을 보여주고자 한다." "그게 무엇입니까?" "실천방안은 몇 갈래가 있지만 크게 이름하여 사회주의다." 사회주의라면 들어본 적이 있는 말이다. 일인 교사들이 대개는 경계와 부정의 대상으로 개요를 일러주던 불길한 사상, 그러나 노령아재는 감개까지 섞으며 계속한다. "인류가 지금까지 고안해 낸 사상 중에서 가장 인도적이며 위대한 사상 ─ 그러나 오늘 이 자리에서 한꺼번에 다 말할 수는 없다. 오늘은 다만 우리가 왜 이 길을 가지 않으면 안 되는가만 말하겠다." "우리라면 우리 민족을 가리킵니까?" "아니, 여기서는 그보다 훨씬 좁다. 너와 나 같은 부류, 다시 말해 아시아적 전제국가의 봉건귀족을 가리킨다. 더욱 쉽게 말하면 부유한 양반이다." "우리가 왜 그 길을 가야 합니까?" "우리들의 적에게 적이기 때문이다." "적의 적?" "적은 부정이다. 따라서 적의 적은 이중부정으로 긍정이 된다." "우리의 적은 누굽니까?" "소시민이다. 그들이 자라서 된 자본가들이 그 상부구조를 독점할 자본주의다." "그렇다면 그들과 직접 싸워 우리를 지켜가면 되지 않습니까?" "그렇지 않다. 이미 우리들 계급의 몰락은 자명하다. 역사적인 필연이다. 어떠한 절대군주, 아무리 단합된 봉건귀족도 그들과 싸워서 이긴 적은 없다. 간혹 피투성이 싸움만은 면한 예가 있지만, 그것은 패배와 다름없는 양보의 대가이거나 몰락의 유예에 지나지 않았다. 따라서 우리가 살아남는 길은 역사적인 단계의 비약, 적의 적으로 그 승리에 가담하는 것뿐이다." "그런 예가 있습니까?" "있지, 러시아의 귀족이다. 그들 가운데서 짜르를 도와 눈앞의 적을 막는 데만 급급했던 자들은 남김 없이 몰락했지만, 적의 적으로 변신한 사람들은 하나같이 혁명의 영웅으로 승리 속에 살아남았다. 거기다가 불행 중 다행인 것은 지금 우리의 적이 일본 제국주의라는 모습으로 바뀌어 있는 점이다. 역사의 제단에 바쳐져야 할 우리 민족의 피를 저들의 피로 갈음할 수 없게 된 점이다." "민족 내부의 적은 없을까요?" "물론 있지. 그러나 항일투쟁 과정에서 우리 쪽으로 수합할 수 있으리라고 낙관한다." 노령아재는 무어라고 계속한다. 그러나 그의 발걸음은 하숙집을 떠난다.

동산이다. 그가 다니는 고보 뒷산의 호젓한 그늘이다. 박영창 선생이 기다리고 있다. "네 이야기는 시광(時光) 군에게서 잘 들었다. 외오촌 아저씨라며? 네가 이 학교로 오게 되어 기쁘다. 왜놈들도 들어오기 힘든 학교를, 시골에서 올라온 네가, 더구나 시원찮은 사립

중학교를 마치고도 이처럼 좋은 성적으로 들어왔으니 시광 군의 자랑이 없더라도 알 만하다." 안경알 너머로 바라보는 눈길이 쏘는 듯 섬뜩하다. 그러면서도 한편으로는 오래 찾고 있던 사람을 만난 것처럼 마음속에 반가움과 푸근함이 인다. "요즈음 많은 책을 읽고 있다는 얘기를 들었다. 그래, 좀 알 것 같으냐?" 한동안의 신변얘기 끝에 박영창 선생이 넌지시 묻는다. "아직 몇 권 읽지 못했습니다. 거기다가 책마다 얘기가 달라 놔서……." 그는 숨김 없이 말한다. 그 말에 박영창 선생은 무엇을 떠올렸는지 문득 가볍게 이마를 찌푸린다. "그 책들은 아마도 시광 군이 구해다 준 것이겠지?" "네." "그는 오랜 친구지만, 비판할 것은 해야겠다. 첫째로 그는 너무 황당해. 사상은 체계가 없고 주관적이다. 거기다가 논리는 봉건적인 바탕을 완전히 벗어나지 못했어. 그의 얘기를 듣고 있으면 조선시대의 유학자가 실학을 논하는 것 같다. 또 지나치게 환상적이야. 실천과는 무관한 관념을 즐기고 있지. 그것도 물끓듯 하는 변덕에 따라 이것저것……. 네게 가져다준 책도 그런 식으로 뒤죽박죽일 테지." "실은 몇 권 읽어도 뭐가 뭔지 잘 모르겠습니다." 그는 그 무렵 들어 부쩍 노령아재의 광태를 떠올리며 박영창에게 동조한다. 박영창은 6년 뒤에 있을 자신의 변신은 예측하지 못한 채, 그로부터 일곱 달쯤 뒤에 술에 취해 길바닥에서 얼어 죽은 친구를 한 번 더 비판한다. "그는 아나키스트를 자처하면서 맑시스트의 성공을 흠모한다. 때로는 그 이상 ─ 혼동하기도 하지." 그러면서 박영창은 독서목록을 읊듯 읽어야 할 책들을 지적한다. 고드윈, 슈티르너, 푸르동, 바쿠닌, 크로포트킨……. "특히 크로포트킨에 유의해라. 그는 순수한

221

이념의 아름다움이라는 것이 어떤 것인가를 보여준다."

그 뒤 박영창 선생과의 여러 날들. 이념 선택에 있어서 사적 동기의 공적 전화(轉化)……. 나의 주변에는 비참과 한 조각 곰팡이핀 빵을 위한 싸움밖에 없는 때에, 어떻게 해서 나에게 그 같은 고상한 기쁨을 맛볼 권리가 있는가. 그 같은 고상한 정서의 세계 속에서 생활할 수 있기 위해 내가 소비하는 일체의 것은 스스로 보리 농사를 지으면서도 자식들에게마저 배불리 빵을 먹이지 못하는 사람들의 입에서 빼앗아 와야 하는 것이다……. 꿀을 먹어 밥통을 잘 불린 개미가 배고픈 다른 개미를 만났을 때 배고픈 개미는 즉시 배부른 개미에게 먹을 것을 요구한다. 이 작은 곤충들 사이에는 주린 동료가 자기와 같이 배를 채울 수 있도록 꿀을 토해 내는 것이 의무인 것이다. 자기의 몫을 가지고도 같은 개미굴에 사는 (주린) 동료들에게 먹이를 나눠 주기를 거절하는 것이 옳은 일인가 나쁜 일인가를 개미들에게 물어보라. 그들은 틀림없이 확신을 가지고 그것은 지극히 나쁜 일이라고 대답하리라. 이러한 이기적인 개미는 다른 종족의 적보다도 한층 가혹한 취급을 받으리라. 만약 이러한 일이 다른 종족과 전쟁하는 중에 일어난다면 개미들은 먼저 그 이기적인 동료를 처단하기 위해 전쟁을 중지하리라…….

다시 박영창 선생이 나타난다. 박영창을 따라 걷는 그는 이미 소년이 아니다. 어엿한 양복차림에 넥타이까지 매고 있다. 적색운동으로 전향한 직후다. 성북동 언저리의 낡고 큰 기와집, 어딘가 변장을 하고 있는 듯한 중년의 사내에게 박영창이 공손하게 인사를 올린다. "고초가 심하셨지요." "나야 뭐……." "박헌영 선생님도 무고하십니까?" "그분도 건강하시오." "그래도 6년이나 옥고를 치르셨는데……." 그렇다, 당시 박헌영의 측근으로 알려진 권아무개란 자다. 나중에 전향하여 보도연맹의 간부가 된. 콩그룹 결성을 전후로 한 어느 날일 것이다. 박영창 선생이 그를 권에게 소개한다. "청년동지 이동영입니다. 대학 졸업반입니다만 투쟁경력은 이미 여러 번 있습니다." "반갑소." 권이 기계적으로 손을 내민다. 그러나 그의 표정은 반가워하는 기색이 별로 없다. "박헌영 동지께서는 인텔리를 배제하고 노력자층(노동자층) 획득에 역점을 두는 30년 초 이래의 방침을 고수하실 작정이오. 하지만 이왕에 동지가 되었다니 큰 재목으로 길러보시오." 권은 박영창에게 그렇게 말한 뒤 힐난하듯 덧붙인다. "오는데 뒤나 밟히지 않았소? 동지는 비교적 새 얼굴이니까 안심은 되지만, 지금은 사람을 찾아다닐 때가 아니오. 앞으로 용건이 있으면 정한 연락망을 통하시오." 그들이 사라진다. 남은 것은 그뿐이다. 그런데 그가 점점 작아진다. 좌우에 난데없는 벽돌들이 와 쌓이고, 마침내는 그 자신도 한 개의 작은 벽돌이 되어 크기도 높이도 알 수 없는 어떤 건물의 일부가 되어버린다. 갑갑해, 견딜 수 없어…….

동영이 다시 눈을 뜬 것은 이튿날 해가 높이 오른 뒤였다. 두통은 여전히 남아 있었지만, 전날 밤 같은 조울증이나 환각증세는 걷혀 있었다. 원인 모를 기억의 마비가 그에게 그런 진정을 가져온 것 같았다. 간밤내 꿈을 꾼 것은 알겠지만 내용은 도무지 기억나지 않

223

왔고, 군의장과의 일도 추상적인 불쾌한 기분뿐이었다.

그런데 그런 동영의 안정을 다시 산산조각내 버린 것은 점심나절 담가병(擔架兵)들과 함께 들어선 군의장이었다.

"중좌동무, 아무래도 이 병동을 비워 줘야겠소."

"무슨 말씀입니까?"

전날 밤의 일이 잘 기억나지 않는 동영은 몽롱한 기분으로 물었다.

"사단사령부에 동무의 조회를 부탁했으나 여전히 회신이 없다는 거요. 일단 소속불명으로 처리해야겠소."

"네?"

"전사(戰士) 병동으로 옮겨 조회가 올 때까지 기다려야겠소. 이 군관병동에는 두 명의 보통군관이 오기로 되어 있소. 모두 평양 탈환 전투에서 중상을 입은 동무들이오."

그제서야 동영은 아련하게 전날 밤의 일이 떠올랐다. 걷잡을 수 없는 분노가 그를 사로잡았다. 금방 달려들기라도 할 듯 벌떡 몸을 일으키다가 파편을 꺼낸 자리의 통증 때문에 제풀에 모로 쓰러지면서도 입으로는 거친 욕설을 퍼붓기 시작했다.

"이 개새끼, 사람을 어떻게 봐? 당장 쏘아 죽여 버릴라. 후방에서 약통이나 들고 오락가락하니까 눈에 보이는 게 없어?"

"뭐요? 동무 말 다했소?"

"그래, 이 돌팔이 자식아. 주사 한 대 못 놔 팔짱만 끼고 어정거리는 새끼야."

"좋소. 동무의 그 발언 기록하겠소. 이건 모략에다 상위자에 대한 모욕이오. 설령 동무의 신분이 확실하더라도 이 부분의 책임만은 면하지 못할거요."

"오냐, 마음대로 해라, 이 돌팔아. 어디 왜놈 병원에서 걸레질이나 하다가 세월 만나니 눈치 하나로 계급만 높아져서……. 네깐놈이 천하의 이동영을 건드려?"

동영도 자신의 그 같은 분노와 욕설이 어디서 나오는지 모를 정도였다. 군의장은 화가 나다 못해 푸르뎅뎅한 얼굴로 데리고 온 담가병들을 돌아보며 외쳤다.

"동무들 뭘 보고 있소? 빨리 저 동무를 전사 병동으로 옮기시오."

그 말에 멍청하게 서서 구경만 하던 나이 어린 담가병 둘이 들것을 들고 방안으로 들어왔다.

"군의장동무, 군당에서 사람이 왔습메다."

어린 담가병들이 입에 거품까지 물고 고래고래 욕설을 퍼부어대는 동영에게 조심스레 다가갈 무렵 누군가가 밖에서 큰소리로 말했다. 군당이란 말에 군의장은 화들짝 놀라듯 목소리와 표정마저 바뀌었다.

"군당? 어디 계시오?"

"벌써 여기 와 있어요."

대답은 뜻밖에도 카랑카랑한 여자의 목소리였다. 정신이 흐릿한 가운데서도 동영은 그 목소리가 어딘가 귀에 익은 느낌이 들었다. 거기서 약간 진정이 된 동영은 문 쪽을 힐끗 돌아보았으나 황급히 달려나간 군의장의 비대한 몸에 가리어 목소리의 임자는 알아볼 수 없었다.

"아이구, 책임비서동무께서 이런 델 다 오시다니……."

"이젠 책임비서가 아니오. 군사위원회에서 군당 관계의 일을 거들고 있어요."

"그래도 뜻밖의 장소에서 뵙게 돼서……."

군의장은 마치 오래된 상전이라도 만난 것처럼 연신 굽실거렸다. 그러나 여자의 목소리는 냉랭하기 그지없었다.

"동무야말로 뜻밖이오. 산부인과 의사가 군의장이라니…… 그것도 중좌에."

"개전과 함께 저도 군사위원회에 병원과 이 몸을 바쳤습죠. 여기저기 군을 따라다니며 어려운 전쟁을 치르다 보니…… 과분하게."

거의 비굴에 가까운 겸손이었다. 아마도 그의 전력을 그것도 그리 떳떳하지 못한 전력을 그녀가 잘 알고 있는 모양이었다. 이윽고 군의장이 화제를 바꾸기라도 하려는 듯 물었다.

"여기는 무슨 일이십니까?"

"그전에 묻겠어요. 방금의 소란은 무엇 때문이오?"

그러자 군의장은 때를 만났다는 듯 동영의 일을 나쁜 쪽으로만 한껏 과장하여 주워섬기기 시작했다. 그 바람에 병적인 흥분상태에서 어느 정도 벗어나 있던 동영은 다시 분노로 제정신을 잃고 말았다.

그런데 여자의 대답은 뜻밖이었다.

"됐어요. 내가 바로 그 일로 왔어요."

얼굴이 벌개서 떠들어대는 군의장을 그 한마디로 제지시키고는

226

한층 또렷하게 덧붙였다.

"저분은 틀림없이 공화국 중좌예요. 군사위원회의 책임으로 보증하겠소."

"그렇다면 어째서 사단 군당 대대 책임비서의 명단에 없습니까?"

"특별명령에 따른 임시편입이었기 때문에 군당에 혼란이 있었을 거요."

"……"

"고급군관에 준하는 예우를 다해야 할 거요. 더구나 우리 위원회에서도 지난 사흘이나 찾았던 동무요."

"알겠습니다."

"그럼 이곳을 좀 비워 주시오. 이 중좌동무에게 용무가 있소."

그리고 몽둥이를 본 개처럼 물러나는 군의장을 대신하여 방안으로 들어온 것은 그 여자 ― 김철의 연대를 찾아가다 차를 태워 준 적이 있는 그 정체 모를 여자였다. 그 여자를 알아본 순간, 동영은 극단한 혼란 가운데서도 한줄기 섬뜩한 공포를 느꼈다. 죽은 김철이 하던 말 때문이 아니라 어떤 본능적인 공포였다.

"중태이신 것 같군요. 저를 알아보시겠어요? 중좌동무."

"알아볼 것 같소."

"또 뵙게 되었어요. 실은 사흘 동안이나 찾았습니다. 의용군 한가운데 투입돼서 어디 의용군부대에 신세를 지고 계실 줄 알았는데……"

군의장을 대할 때와는 판이하게 상냥한 목소리였다. 그러나 바로 자기 자신을 목표로 찾아왔다는 말에 동영은 발작하듯 소리쳤

227

다. 완전히 병적이었다.

"나를? 내가 왜? 벌써 내 차례야?"

"무슨 말씀이세요?"

"너는 죽음의 사신이야. 네가 찾은 사람은 곧 죽게 된다면서? 그때 네가 찾은 것은 김철이지? 산 너머 여단사령부가 아니라 우리 사단사령부를 찾아가 그의 보위국 소환을 전했지?"

거기서 여자는 긍정도 부정도 아닌, 기묘한 웃음을 흘렸다. 그러더니 마치 어린아이를 달래듯 부드럽게 말했다.

"그런 의미라면 틀렸어요. 저는 아직도 김철 상좌를 찾고 있어요. 중좌동무를 통해."

"그는 죽었어. 바로 너희들이 죽였어."

"그것도 알고 있어요. 우리가 중좌동무를 통해 더 알고 싶은 것은 최후의 정황이에요."

"너희들도 모르는 게 있어? 그를 두 번 죽일 작정이지? 무슨 음모를 꾸미고 있어?"

그러자 애써 미소를 잃지 않던 그녀의 표정이 돌연 싸늘하게 굳어졌다.

"동무."

차가운 칼로 폐부를 깊숙이 찔러오는 것 같은 목소리였다. 발작 상태에서 앞뒤 없이 떠들어대던 동영은 그 순간 한꺼번에 정신이 돌아오는 듯한 느낌이었다.

"아무리 착란상태라고 하지만 동무의 발언은 너무 과오가 크오. 정신을 가다듬고 잘 들으시오. 우리는 김철 상좌를 전쟁 영웅

으로 만들려는 것이오. 그는 이미 공화국의 대좌로 승진했소. 우리
가 동무에게서 협조를 구하려는 것은 그의 영웅적인 최후를 증언
해 주는 것이오."

또 다른 의미로 동영의 흐트러진 정신을 되돌려놓는 말이었다.
그제서야 동영은 놀라움과 당혹이 엇갈린 눈으로 그녀를 바라보
았다.

그녀는 어느새 몸을 일으킨 뒤였다.

"동무의 용태가 심한 것으로 알고 오늘은 이만 돌아가겠소. 몸조
리 잘하시오. 며칠 뒤에 다시 오겠소."

그게 아연해 있는 동영에게 남기고 간 그녀의 마지막 말이었다.

3

군당에서 나왔다는 그 여자의 마지막 말이 준 충격으로 동영은
퍼뜩 병적인 흥분상태에서 깨어나기는 했지만 온전한 의식은 좀체
회복되지 않았다. 공화국 대좌 김철, 전쟁 영웅, 최후의 증언 — 그
같은 말들은 금세 명료한 이해로 서로 연결될 것 같다가도, 동영이
연결시키려고만 들면 이내 서로 상관없는 말들로 흩어져, 휑한 머
릿속을 벌떼처럼 웅웅거리며 날아다닐 뿐이었다. 오히려 정연한 것
은 그 몽롱한 의식 사이사이에 토막져 끼어드는 엥겔스의 어떤 구
절들이었다.

"…… 혁명적 구호였던 형제애는 싸움과 다를 바 없는 경쟁 속
의 속임수와 눈흘김으로 실현되었다. 부패가 폭력적인 억압을 대
신하고, 사회권력의 가장 중요한 지렛대로서 금전이 총검을 대신했
다…… 초야권(初夜權)은 봉건영주로부터 부르주아 제조업자에게로

넘어갔다. 매음은 지금까지 알려진 바 없을 정도의 큰 규모로 나타났다. 결혼 그 자체는 전과 같이 매음의 공식적인 은폐수단으로서 법적으로 인정된 형태로 남았고, 널리 퍼져 있는 간음에 의해 역시 보충되었다…… 한마디로 말해서, 계몽시대 예언가들의 불꽃 같은 기대에 비교하면, 이성의 승리에 의해 수립된 사회적·정치적 제도들은 환상을 조각조각내 버리는 쓰디쓴 모방에 지나지 않음이 드러났다……."

자본주의 사회의 타락을 지적한 그 구절들이, 특히 성적 부패를 비판한 그 부분이 무엇 때문에 되풀이 그의 의식 표면을 떠도는지 참으로 알 수 없는 노릇이었다. 그러나 그 구절들이 떠오를 때마다 무슨 암시처럼 동영의 눈앞에 나타나는 것이 있었으니, 그것은 바로 그 여자, 무언가 자기의 앞날과 깊은 연관이 있을 것 같은 예감을 주는 그 정체 모를 여자의 얼굴이었다. 자본주의적 매음과 군당 요원 — 처음 얼마간은 동영에게도 그 연결이 어이없게 느껴졌다. 그러다가 그날 오후 늦게 다시 군의장이 그의 병실을 다녀간 뒤에야 어렴풋하게나마 그 까닭을 짐작할 수 있었다.

"주무시오? 중좌동무."

그렇게 말하며 동영의 병실로 찾아든 군의장은 이미 오전의 그 사람이 아니었다. 등등하던 기세와는 달리 봄바람처럼 부드러워진 그의 얼굴에는 일종의 비굴까지 내비쳤다. 그의 얼굴을 대하자 한꺼번에 되살아나는 역겨움을 간신히 억누르며, 동영은 그쪽으로 고개를 돌렸다.

"아닙니다. 그런데 무슨 일로……?"

"사과말씀 드리자고……. 오전에는 내가 지나쳤습네다. 사단사령부의 조회만 믿고……."

"아, 괜찮습니다. 자기 직무에 충실하다 보면 그럴 수도 있겠지요."

동영은 되도록 그가 긴 말 늘어놓지 않고 돌아가 주기를 바라며 담담한 어조로 그의 사과를 받아들였다. 그러나 그가 동영을 찾은 것은 단순히 사과에 목적이 있었던 것 같지만은 않았다. 동영의 담담한 대꾸에도 불구하고 머리맡에 자리잡고 앉은 품이 꽤 긴한 애깃거리라도 가지고 왔다는 투였다.

"그렇게 중요한 과업을 수행하고 계신 줄은 몰랐소. 다시 한번 진심으로 사과드리겠소."

그 여자에게서 무슨 말을 들었는지 그렇게 말하는 그는 완연히 위축되어 있었지만, 한편으로는 어딘가 은밀한 관찰의 의도도 느껴졌다. 그 한 근거가 몇 마디의 의례적인 말이 오고간 끝에 불쑥 나온 그의 물음이었다.

"그런데…… 이남출신이라고 들었는데, 전쟁 전에는 무슨 일을 맡고 있었소?"

"이것저것…… 그건 왜 물으십니까?"

여전히 그와 얘기를 나누는 일이 달갑잖은 동영은 심드렁히 되물었다. 그쯤이면 동영의 기분을 알아차렸을 만한데도, 그는 시치미를 뗀 채 얘기를 끌어갔다.

"실은 중좌동무에게 잘 이해되지 않는 부분이 있어서……."

"이해가 되지 않는 부분?"

"전쟁 뒤에 월북한 이남출신을 많이 보았지만 중좌동무와 같은

232

경우는 처음이오. 이남에서 상당히 날리던 사람들도 이렇다 할 배려를 받지 못하고 떠도는 걸 자주 보았는데. 그건 그렇고 ― 안(安)나타샤 동지와는 언제부터 아시오?"

"안나타샤? 아, 낮의 그 여자 말입니까?"

"아니, 그럼 이름조차 잘 모르는 사이란 말이오? 그쪽은 동무를 잘 알고 있는 것 같던데……."

군의장은 정말 뜻밖이라는 표정이었다. 그러나 동영은 그 이름을 통해 그녀가 소련과 어떤 밀접한 연관을 맺고 있음을 한 번 더 확인했을 뿐, 자신과의 특별한 인연은 여전히 아무것도 떠오르지 않았다.

"전사한 김철 상좌의 일로 좀 알게 되었겠지요."

"아니, 정말로 전혀 모르는 사람이란 말이오?"

"오늘로 두 번째 얼굴을 대했을 뿐입니다."

"두 번째라 ― 첫 번째는 어디였소?"

"한 보름쯤 전에 차를 한 번 태워 준 적이 있지요. 그 여자의 모터찌클이 항공에 당하는 바람에……."

"그것 참 이상하오. 분명 동무를 잘 알고 있는 눈치였는데 그것도 호의적으로……."

"아, 한 번 더 있을지 모르겠습니다. 한 십오륙 년 전쯤 사리원에서. 하지만 이것은 그녀의 말로 추측해 본 것일 뿐 나는 기억에 없는 일입니다."

동영의 그 말에 군의장은 다시 한번 고개를 갸웃거리다가 다짐하듯 물었다.

"정말 그뿐이오?"

"그렇습니다."

"참 알 수 없는 노릇이군. 그럼 내가 잘못 보았나?"

"그건 무슨 말씀이십니까?"

"말로는 상부의 지시라고 했지만 동무를 보살피는 그분의 태도에는 분명 각별한 그 무엇이 있었소. 나는 아주 가까운 사이라도 되는 줄 알았는데……."

그런 그의 얼굴에는 도무지 영문을 알 수 없다는 표정이 떠올랐다. 그가 말한 '각별한 그 무엇'이란 말에 동영은 문득 처음 만나던 날의 그녀를 떠올렸다. 사리원을 물을 때 반짝 보였던 그 정감 어린 눈길을. 그러자 동영은 전과는 다른 이유로 그녀에 대한 궁금증이 일었다.

"도대체 그 여자는 누굽니까?"

"그럼, 그분에 대해 정말 아무것도 모르시오?"

"소련 군사고문단과 함께 입국했다거나 이곳저곳 요직을 맡고 있었다는 정도는 들어서 조금 알고 있습니다. 그런 것 말고 — 예컨대 출신성분이라든가 정치적인 배경 같은 것 말입니다."

동영이 그렇게 묻자 갑자기 새로운 의심이 그를 사로잡는 모양이었다. 다른 방법으로 다시 한번 동영과 그녀의 관계를 확인이라도 하려는 듯 그 대답 대신 동영에게 되물었다.

"그분은 내 얘기를 어떻게 합디까?"

"대단한 건 없습니다. 일본인 산부인과에 조수로 있다가 해방과 함께 그 병원을 접수하셨다는 것과 다시 전쟁이 터지자 군사위원회에 병원을 바치고 지원하셨다는 것 정도였죠."

물론 동영의 그 말은 거짓이었다. 군의장이 그녀에 대해 알고 있는 것을 숨김 없이 털어놓게 하기 위해서 그가 아파할 것 같은 부분을 건드려본 것뿐이었다. 정상위와 그녀에게서 들은 말을 종합해서 추측해 본 것이었는데 — 뜻밖에도 효과는 금방 나타났다. 그의 얼굴이 드러나게 굳어지며 다시 물었다.

"그뿐이었소?"

"군의장께서 몹시 현명한 분이라고도 했습니다. 전쟁이 끝나고 세상이 평화로워지면 반드시 따지게 될 의사로서의 자격문제를 군에 투신함으로써 간단히 해결했다고."

동영은 짐짓 추측되는 그의 약점을 계속하여 건드렸다. 예상대로 굳어 있던 그의 얼굴이 어둡게 일그러지며 눈길에 은은한 분노가 피어올랐다가 이내 감추어졌다.

"너무하는군. 그렇소. 과연 나는 의전(醫專)을 나오지 못했소. 하지만 중학교를 마치자마자 그 병원에 들어가 해방될 때까지 십 년 이상을 일했소. 나중에는 왜놈 환자들도 늙은 모리(森)보다는 이 긴상(金)을 찾았단 말이오. 그래, 군이 자격 있는 의사를 따진다면 이 조선 천지에 나보다 나은 의사가 몇이나 되겠소? 모르긴 해도 악질 부르주아나 반동적인 대지주의 자식이 아니고 제대로 의전을 나온 의사는 열 손가락을 넘지 못할 것이오. 옥도정기 통이나 들고 팔로군 따라다니다가 돌아와 몇 달 군의군관학교 마친 게 전부인 사람들이 나보다 더 신통할 건 무어요? 그들의 투쟁경력이 있다면 나도 있소. 이래봬도 낙동강까지 따라갔다가 구사일생으로 돌아온 나요."

군의장은 생각할수록 울화가 치미는지 점점 목소리가 격렬해졌다. 그걸 보고 동영이 넌지시 물었다.

"이해하겠습니다. 어쨌든 그 여자 — 안나타샨가 뭔가 하는 여성 동무의 얘기나 좀 들려주십시오."

"흥, 그 여자라면 내가 좀 알지. 적어도 입북 뒤의 행적이라면 내가 모르는 게 별로 없을 거요. 모스크바 공산대학을 나온 인테리라고 하지만, 그건 보지 못했으니 알 길이 없고 평양에 들어올 때는 어쨌든 벨라노프스키 대령의 팔짱을 끼고 왔소. 뭐, 사상적 동반자라던가……."

벨라노프스키 대령이라면 동영도 들은 적이 있는 인물이었다. 정보와 조직의 전문가로서 초기 군사고문단의 숨은 실력자였던 그는 정국이 어느 정도 안정되자 동구(東歐)를 맡아 떠났다는 말이 있었다.

"사상적 동반자라……."

"그게 뭔지는 모르지만 여하튼 벨라노프스키 대령과 한 집에 기거했소. 내가 알게 된 것도 그 무렵 내 병원에 몇 번 신세진 인연이오."

산부인과인 그의 병원에 신세를 졌다면 대강 어떤 일인지 짐작할 만했다.

"그럼 당중앙 어느 모퉁이에 끼게 된 것도 벨라노프스키 대령의 후광을 입은 것이겠군요?"

"그 내막까지야 어찌 알겠소만, 그가 아직 이곳에 있을 때 시당(市

黨) 책임비서 자리에 앉은 건 사실이오."

"군사위원회도?"

"그건 아닐 거요. 하지만 지금은 벨라노프스키 대령보다 훨씬 영향력 있는 사상적 동반자가 있을 거요. 모르긴 하지만, 당내 서열도 상당하다는 소문도 들었소."

그러나 그렇게 말하는 어조에는 비양거림 못지않게 억눌린 두려움도 보였다. 분김에 아는 대로 얘기한 것이지만, 그것이 험구 비슷한 것이 되자 잊고 있었던 그녀에 대한 두려움이 차츰 일어나는 모양이었다. 그 한 예가 이윽고 냉정을 회복한 그의 마지막 말이었다.

"하지만 안나타샤 동무에 대해서는 달리 말하는 사람도 있소. 소련에 있을 때 대독(對獨) 참전경력이 있다고 하기도 하고, 43인 그루빠(김일성과 함께 입북한 핵심 분자들)의 하나라고도 하오. 이론도 자못 날카롭다는 평이었소."

만약 그게 사실이라면 방금의 당중앙요원으로서는 더할 나위 없는 경력인 셈이었다. 그러나 그보다 훨씬 동영의 주의를 끄는 것은 군의장이 악의를 품고 말한 그녀의 행적이었다. 그가 갑작스레 낡은 엥겔스의 구절을 떠올리게 된 것은 결코 우연한 일이 아니었다. 언제부터인가 그가 그녀에게 혐의를 두게 된 것은 권력형의 매음이었으며, 이제 그것은 군의장의 말을 통해 어느 정도 확인된 셈이었다. 너무 쉽게 자신의 감정을 드러내 보인 것을 후회라도 하는 듯한 표정으로 군의장이 병실을 나가버린 뒤 동영은 낱말 바꾸기 놀이를 하는 중학생처럼이나 앞서 떠올렸던 구절들의 낱말을 바꾸면서 쓴웃음을 지었다.

"…… 혁명적 구호였던 형제애는 피투성이 싸움과 다를 바 없는 권력추구 과정 속의 음모와 중상으로 실현되었다. 폭력적인 억압이 다시 자본주의의 부패를 대신하고, 사회권력의 가장 중요한 지렛대로서 자본주의 금전을 자의적인 도그마가 대신했다. …… 초야권 (初夜權)은 부르주아 제조업자로부터 프롤레타리아 권력 엘리트에게로 넘어갔다. 매음은 지금까지 알려진 바 없을 정도로 공공연한 권력의 전리품이 되었다. 결혼 그 자체는 전과 같이 공식적인 매음의 은폐수단으로서 법적으로 인정된 형태로 남았고, 널리 퍼져 있는 권력형의 간음에 의해 보충되었다. …… 한마디로 말해서, 공상적 사회주의시대 예언가들의 불꽃 같은 기대에 비교하면, 과학적 이념의 승리에 의해 수립된 사회적·정치적 제도들은 앞서의 그 같은 환상들을 조각조각내 버리는 쓰디쓴 모방에 지나지 않음이 드러났다……."

어떻게 보면 그 같은 처지의 동영에게는 터무니없는 투정이었지만, 또한 그것은 그녀의 쌀쌀한 아름다움에 대한 가슴속의 남모를 선망과, 그럼에도 불구하고 현실적으로 그녀는 항상 소리 없이 다가오는 위해의 불길한 전조로만 느껴지는 사실이 묘하게 복합되어 이루어진 당연한 감정일지도 모르는 일이었다. 그것도 왠지 그녀가 자신의 앞날에 깊은 연관을 맺게 될 것만 같은 예감으로 자극되고 과장된.

그날 밤을 고비로, 그 군의소로 옮긴 뒤 이따금씩 동영의 정신이 보이던 이상증세는 조금씩 호전되기 시작했다. 외부의 자극이

238

없어짐과 아울러 소속감을 확보한 때문일 테지만 병적인 흥분상태나 조울증이 끊임없이 그를 짓누르던 두통과 함께 드러나게 줄어든 것이었다. 뒷날 동영은 가끔 섬망(譫妄)의 증세로 시달린 적이 있긴 해도 그것은 반드시 이번 부상의 후유증이라고만 잘라 말할 수는 없는 일이었다.

동영의 정신이 회복되고 있는 첫 번째 증거는 먼저 기억력에서 나타났다. 낮에 받은 자극으로 그날 밤 늦도록 옛 기억들을 더듬던 그는 마침내 오래 잊고 있었던 사리원을 찾아냈다. 그가 그곳을 찾은 것은 바로 결혼 전 그러니까 대학 일학년 때의 여름방학이었다. 바로 읍내가 아니라 읍내에서 사십 리쯤 들어간 시골에서 야학을 하고 있는 친구를 돕기 위해 열흘쯤 시간을 낸 것이었다. 하지만 오송리라는 마을 이름뿐, 면소재지도 마을 모습도 뚜렷하지 않은 것으로 보아 특별히 인상에 남는 열흘은 아닌 것 같았다. 기껏 있다면 공부는 제쳐두고 아직 설익은 아나키즘을 선전한 몇몇 밤의 기억 정도일까. 그 뒤로는 두 번 다시 사리원을 찾은 적이 없었으므로 안나타샤라는 여인이 그를 보았다면 분명 그때였을 것이다. 그러나 아무리 기억을 짜내도 어떤 자리에서 어떻게 그녀를 만났는지는 통 떠오르질 않았다. 혹 가르치던 학생 가운데 있지 않을까도 생각해 보았지만, 그녀의 나이로 보아 그것도 맞지 않았다. 지금 나이를 서른으로 잡아도 그때 열너덧은 되었을 것인데, 그 정도 되는 처녀아이는 학생 중에 서넛밖에 되지 않아서 동영이 기억하지 못할 리가 없었다. 거기다가 또 그때의 학생들은 거의가 가난하고 문맹에 가까운 상태여서 그 친구가 야학을 열었기 때문에 그들 가운데 하나가 안나타샤 같은 여인으로 성장할 수 있으리라고는 상상조차 할 수가 없었다.

동영이 그런저런 생각에 골몰해 있는 사이 밤은 어느새 깊어 있었다. 용케 살아남은 마을의 개 짖는 소리와 입초의 수하소리만 간간이 들려올 뿐, 공습도 없는지 그날따라 사방은 고요하기 그지없었다. 그런데 그 고요 속에서 언제부터인가 동영의 청각을 자극하는 소리가 하나 있었다. 제법 멀리서 간간이 들려오는 것이긴 하지만 듣는 이마저 숨가빠질 정도로 심한 기침이었다.

처음 한두 번은 무심히 들어 넘긴 동영도 밤이 깊어질수록 더욱 뚜렷해지는 그 소리에 점점 이상한 기분이 들었다. 후방 군의소라고는 해도 단위부대의 야전병원과 다름없는 그곳에 결핵 같은 걸 앓는 환자가 있을 리는 없었고, 그렇다고 마을의 일반환자의 기침소리가 그곳까지 들릴 리도 없었다. 동영이 불편한 몸으로 내다본 바로는 그 교회당 주위의 인가가 몇 안 되는데다 모두 군의소로 이용되고 있었기 때문이었다.

그런데 더욱 이상한 것은 그 기침소리에 대한 봉사대 처녀의 반응이었다. 이튿날 일찍 동영의 상태를 점검하러 온 그녀에게 동영이 간밤에 들은 기침소리를 얘기하자 그녀는 펄쩍 뛰듯 부인했다.

"아니에요. 잘못 들으셨을 거예요. 여긴 그런 환자가 없어요."

"분명 숨넘어가는 듯한 기침소리였소. 그럼 부근의 민가에서 들려온 것이겠지."

그녀의 강경한 부인에 머쓱해지면서도 동영은 다시 그렇게 말해 보았다. 그러자 그녀는 한층 강경하게 단언했다.

"지금 중좌동무의 상태가 좋지 않으세요. 정상위님도 걱정하고 계세요. 일종의 환청일 거예요. 부근 민가에는 전혀 일반인이 살고 있지 않아요."

그러다가 자신이 지나치다는 것을 느꼈는지 약간 자세를 누그러 뜨리며 덧붙였다.

"의심이 가시거든 그 소리가 날 때 절 불러주세요. 오늘밤은 제가 일직(당직) 보조수예요."

애써 여유를 보이려는 듯 제법 미소까지 띤 얼굴이었다.

그러나 그 기침소리에 대한 동영의 관심은 그날 낮 뜻밖의 인물이 그를 찾음으로써 거기에 가려지고 말았다. 점심식사를 마친 뒤 김이라는 봉사대 처녀의 지시대로 벽에 의지해 방안을 몇 걸음 걸어보고 있을 때였다. 관통상이 생각보다 훨씬 얕았던 까닭인지 크게 괴롭지 않게 방안을 한바퀴 돈 뒤 다시 자리에 누우려는데 정상위가 싱글거리는 얼굴로 들어섰다.

"이동영 선생님, 손님입니다."

짐짓 상투적인 군대용어를 빼버린 밝은 목소리였다.

"손님?"

"아마 반가우실 겁니다."

"반가운 손님이라……."

동영은 원인 모를 낭패감을 느끼며 입속으로 중얼거렸다. 현재와 같은 상황에서 누가 반가운 손님이 될 수 있을지 얼른 떠오르지 않았기 때문이었다. 그러나 뒤이어 방안으로 들어서는 젊은 군의군관의 얼굴을 쳐다본 순간 동영은 자신도 모르게 놀라 소리쳤다.

"네가…… 네가 웬일이냐?"

"형님, 그간 안녕하셨습니까?"

그렇게 묻고 있는 젊은 군의군관의 얼굴에도 형언할 수 없는 감동의 빛이 서려 있었다. 동영의 손에 잡힌 그의 손도 가늘게 떨리고 있었다.

"나는 네가 아직 일본에 있는 줄 알았는데……."

한동안 말문이 막혀 있던 동영이 이윽고 믿기지 않는다는 표정으로 입을 열었다.

"지난 오월에 돌아왔습니다."

"오월이라면 바로 전쟁 직전이구나."

"반도(半島)가 심상치 않다는 소문을 듣고…… 저도 할 일이 있을 것 같아……."

"그럼 바로 북으로?"

"형님께서 당연히 북에 계실 줄 알고 — 그런데 막상 와보니 계시지 않더군요. 많이 찾았습니다."

그런 그를 보고 있는 동영의 눈앞에는 불현듯 나까노(中野)의 하숙집이 떠올랐다. 그때 동영이 쓰던 팔조 다다미방에는 가운데에 장지문이 하나 있었다. 모임이 있거나 친구들이 모여들면 그걸 떼어내어 한방으로 쓰고 보통 때에는 그걸로 방을 나누어 한쪽은 거실, 다른 쪽은 공부방으로 쓰기에 편리한 구조였다.

그 집에 하숙을 정한 지 서너 달쯤 되는 어느 날 밤 늦도록 책을 읽다가 잠든 동영은 문득 이상한 기척에 눈을 떴다. 장지문 틈으로 공부방 쪽에서 가는 불빛이 이따금씩 새어나오고 누군가가 소리

242

죽여 방안을 뒤지고 있는 듯한 느낌 때문이었다. 이상히 여겨 문틈을 비집고 보니 예상대로 누가 있었다. 도둑이구나 ─ 그렇게 느낀 동영은 가만히 몸을 일으켜 벽에 걸린 죽도(竹刀)를 내려쥐고 다시 한번 그 방의 동정을 살폈다. 대단하다고는 할 수 없어도 서툰 도적 하나를 몰아낼 정도의 검도 솜씨는 있었지만, 아무래도 도둑이 지닌 무기를 몰라서는 안 될 것 같아서였다.

도둑의 무기는 얼른 눈에 띄지 않았다. 대신 살피는 사이에 동영은 문득 이상한 사실을 발견했다. 도둑의 몸피가 유난스레 작다는 것과 웅크리고 여기저기를 뒤지고 있는 뒷모습이 어딘가 눈에 익은 데가 있다는 것이었다. 그 바람에 동영은 당장 문을 열고 공격하고 싶은 충동을 억누르며 계속하여 도둑을 살폈다.

책상 서랍을 뒤진 것을 마지막으로 드디어 도둑은 찾기를 단념한 모양이었다. 한동안 주위를 두리번거리더니 곧 준비한 보자기를 펴고 서가의 책들을 빼내기 시작했다. 책을 잘 알아서가 아니라 금박이나 장정을 중심으로 값나가리라고 판단되는 책들만 골라 빼내는 것이었다. 그러다 보니 자연 그 책들 가운데는 비교적 넉넉한 유학생활을 하고 있는 동영도 몇 달이나 절약해서야 겨우 손에 넣은 귀한 책들이 여러 권 포함되었다.

그런데 다급해진 동영이 더 참지 못하고 나서려는 때였다. 도둑이 답답했던지 얼굴을 반 넘어 가리고 있던 털목도리를 내렸다. 언제부터인가의 예감대로 조선인 소년이었다. 그것도 그 동네에서 신문도 돌리고 찹쌀모찌(떡)도 파는 고학생으로 그 얼마 전 추석 무렵에는 기특히 여긴 동영이 돈 3원까지 준 적이 있는 소년이었다.

아침 저녁 신문배달을 하며 그 하숙집을 드나들어 집 구조를 익혀 둔 것 같았다.

그를 알아보자 동영은 잠시 망설였다. 생각하면 가여운 동족이었다. 스물둘의 젊은 나이 탓인지, 그 소년의 몸을 흐르는 피가 자신과 근원을 같이한다는 사실 하나만으로도 모든 것은 용서될 수 있을 것 같은 기분이었다. 거기다가 어려서부터 귀에 못이 박히도록 들어온 대인의 풍도 — 때가 아닐 때 오히려 크게 베풀라는 말도 단순한 관용 이상의 미덕을 강요하기 시작했다. 거기서 동영은 즉흥적으로 자기가 지닌 돈 전부를 꺼냈다. 고향으로부터 송금받은 지 여러 날 되었으나 워낙 넉넉히 보내온 데다가 그 자신도 아직은 한 이상주의자로서의 엄숙함을 유지하고 있을 때여서 제법 많은 돈이 남아 있었다.

"책은 두고 가거라."

동영은 야릇한 흥분을 억누르며 장지문을 열고 10원이 넘는 돈뭉치를 어린 도둑 앞에 던졌다. 동영의 말이 부드러운 조선말인 탓이었는지, 또는 행동이 뜻밖이었는지 도둑은 잠시 그 자리에 얼어붙은 듯 꼼짝도 하지 않았다. 그러다가 거의 기계적으로 그 돈뭉치를 집더니 펄쩍 뛰듯 몸을 일으켜 방을 나가버렸다.

하지만 오래잖아 그 도둑은 제발로 동영 앞에 나타났다. 이튿날 간밤의 일로 잠을 설친 동영이 늦잠에 빠져 있을 때 하숙집 어린 딸 사다꼬(貞子)가 문 밖에서 큰소리로 깨웠다. 뒤이어 들어온 것은 간밤의 그 도둑이었다. 그것이 지금 눈앞에 서 있는 청년 군관 양지훈의 열다섯 때 모습이었다. 징용으로 끌려왔다가 용케 몸을 빼쳐 동경 어디에 자리잡고 산다는 아버지를 찾아 소문만 믿고 현해탄을 건넜다가, 아버지는 찾지 못하고 어렵게 고학을 하던 그는 밀린 등록금을 해결하기 위해 동영의 방으로 뛰어든 것이었다.

그 뒤 동영은 그를 친아우처럼 보살폈고 그도 친형처럼 동영을 따랐다. 고향에서 보내주는 돈이 넉넉하다고는 해도 두 사람이 쓰기에는 늘 부족했다. 그러나 동영은 동경에 있을 때뿐만 아니라, 졸업하고 조선으로 돌아온 뒤에도 몇 년간은 매달 10원씩 거르지 않고 부쳐주었다. 그러다가 해방 전해에야 아버지를 찾았다는 것과 의과대학에 진학했다는 편지를 마지막으로 소식이 끊겼던 양지훈이었다. 곧 해방이 되고, 뱃길이 막히고, 거기다가 동영 자신도 쫓기는 생활이 시작된 탓이었다.

"그래 어찌 된 셈이냐? 공부는 마쳤니?"

동영이 회상에서 깨어나며 지훈에게 물었다. 지훈의 얼굴이 문득 흐려지더니 이내 애써 밝은 표정을 지으며 대답했다.

"네, 재작년에 마쳤습니다. 종합병원에 근무하고 있었는데, 반도가 전쟁 직전이라는 풍문이 돌더군요. 문득 돌아가야겠다는 생각이 들어 형님이 계실 것으로 믿은 북쪽으로 결정을 내리고 청진으로 가는 배를 탔지요. 도착한 게 바로 지난 오월 초였습니다. 형님은 찾지 못하고 우연히 박영창 선생을 만났는데, 형님이 아직 이남에 계신다는 말씀과 함께 군의군관학교 특설반에 입교할 것을 권하시더군요. 그리고 그 과정이 끝나기도 전에 전쟁이 터지고……."

"소속은 어디냐?"

"제×사단이에요."

"작전구역이 부근이냐?"

"원래는 중부전선인데 지금은 서부로 차출되었어요. 그쪽에 대공세가 있을 모양이죠?"

"내가 여기 있는 것은 어떻게 알았니?"

"얼마 전 저희 사단 군의소를 돈 전통(電通)에 중좌 이동영을 찾는 게 있었습니다. 형님이 군에 계시리라고는 상상도 안 됐지만 혹시 하는 기분이 들어…… 나중 형님의 소재가 밝혀진 뒤 여기 정상위에게 확인해 보았죠. 틀림없는 것 같더군요."

"정상위와는 어떤 사이냐? 내가 알기로 그는 세브란스 의전을 나왔다던데……."

"특설반 동기죠. 부르주아 의술의 동기고."

지훈이 그렇게 대답하며 정상위를 건너다보고 싱긋 웃었다.

"또 지난번 후퇴 때는 사단끼리 얽히는 바람에 한 달쯤 생사를 함께 하기도 하고……."

"부르주아 의술이라……."

"부족한 의약이나 기자재를 사상의 힘으로 벌충할 재주도 없고, 낭비적이고 감상에 찬 치료법도 제때에 청산할 줄 모르는……."

그런 지훈의 말투에는 희미한 자조가 어려 있었다. 듣고 보니 동영도 그들의 처지가 대강 짐작이 갔다. 그러나 동영은 그걸 내색하지 않고 농담처럼 말했다.

"너도 정상위처럼 말썽꾸러기인 모양이구나. 그러니까 전쟁 초부터 참가하고도 아직 둘 다 위관(尉官)이지."

"계급 따자고 귀국한 건 아닙니다. 전 이 전쟁만 끝나면 일본으로 돌아갈 겁니다."

"그건 또 무슨 소리냐? 일껀 돌아와 놓고 다시 나가겠다니?"

"여긴 사상의 조국일지는 몰라도 내가 그리던 피의 조국은 아닌 것 같습니다. 제가 옛날부터 사상에는 관심이 없던 것을 형님도 잘 아시지 않습니까?"

그런 지훈의 얼굴은 웃고 있었지만 어딘가 어두운 그늘이 있었다. 정상위가 곁에 있는 데도 거리낌없이 그렇게 말할 수 있는 것으로 보아 정상위와 지훈은 전에도 그런 얘기를 주고받은 적이 있었던 것 같았다. 하기야 동영의 보살핌을 받고 있을 때에도 사상문제에는 크게 관심을 가지지 않던 지훈이었다. 동영 역시 그를 보살피는 것이 가진 자의 능동적 후회라든가 이념의 후배를 기르기 위함은 아니어서 한 번도 강요해 본 적은 없지만, 지훈은 동영이 어쩌다 건네주는 그 관계의 입문서조차 진지하게 이해해 보려 들지 않았다.

"…… 저는 이번에 의과를 지망했습니다. 순수한 과학도가 되고 싶은 제 희망과 아버님의 기대가 타협한 결과입니다. 형님께서 추구하는 이념을 대표로 근대의 이념들은 한결같이 과학과 합리, 자연과 이성의 법칙들에 의지하고 있음을 내세우고 있지만 불행히도 저는 끝내 거기에 동의할 수 없었습니다. 종교란 지난 시대의 신념체계가 의지했던 신비와 마찬가지로, 이념이란 이름을 가진 이 시대의 도그마가 의지하는 과학도 믿기 위해 지어낸 미신에 지나지 않는다는 게 언제부터인가의 제 믿음입니다. 비록 의과를 택했지만 저는 순수한 과학도로서 인간의 아집과 편견이나 독단에 오염되지 않는 진실을 추구할 것입니다. 형에게 진 그간의 빚은 언젠가 따로이 갚을 날이 있겠지요……."

그것이 해방되던 전해 봄에 보낸 지훈의 마지막 편지였다.

그런 지훈과 정상위의 앳된 얼굴을 번갈아 바라보던 동영은 문득 가슴을 스쳐가는 썰렁한 바람을 느꼈다. 새로운 세대가 나타나고 있다. — 자신과는 불과 칠팔 년의 나이차밖에 없지만, 이미 그들은 세대를 달리하고 있었다. 지성과 의식이 동의어로 파악되고, 정신 또는 영혼과 이념이 같은 이름으로 불렸던 식민지의 지식청년은 아니었던 것이다. 모든 요란한 이념들이 발악적인 총력전의 대의 아래 억눌릴 대로 억눌린 시대에 의식의 걸음마를 시작한 덕에 오히려 그 요란한 이념들로부터 한 발 물러서서 살필 요령을 터득한 세대였으며, 그들이 뛰어듦도 사상적인 동조가 아니라 그 밖의 다른 동기와 선택에 의한 것임에 틀림없었다.

"몸을 빼는 데 정말 혼이 났습니다. 다행히 부대이동이 있어 몇 시간 여유가 생기길래 모든 걸 제쳐놓고 달려왔죠. 어쩌면 지금쯤 저희 부대에서 저를 찾아 법석을 떨고 있을지도 모르겠습니다."

동영이 말없이 생각에 잠겨 있자 지훈이 다시 입을 열었다. 그제서야 동영도 자신의 생각에서 얼른 벗어나며 대답했다.

"그렇게까지 힘들여 올 건 없었는데……."

"아닙니다. 저는 꼭 형님을 뵙고 싶었습니다. 이젠 정말 속이 후련합니다."

"그건 또 무슨 소리냐?"

"빚을 탕감받고 싶은 겁니다. 형님께 진 지난날의 빚…… 다시 말해 제가 북을 택한 것은 순전히 형님 때문이었습니다."

"하지만 이런 식으로 돌려받자고 준 빚은 아니었다."

"알고 있습니다. 그때 형님께서 저를 거두어주신 것은 종족주의의 한 특성인 영웅주의 또는 부르주아적 휴머니즘이었습니다. 이 살벌한 이념의 연장이나 프롤레타리아적 동지애는 분명 아니었습니다."

"그렇다고 반드시 그렇게 잘라 말할 수는 없지."

거기서 동영은 까닭 없이 자존심이 상하는 기분이 들어 지훈의 단정적인 말을 가로막았다. 그의 단정이 진실에 가깝기 때문에 더욱 심하게 자존심을 건드리는지도 모를 일이었다.

"어쩌면 속으로는 우리 이념에 충실한 한 혁명동지를 기르고 싶었는지도……."

그러나 지훈은 오히려 그런 말을 기다리고 있었다는 듯이 계속했다.

"실은 제 빚이란 말도 그것과 관련이 있습니다. 만약 그 빚이 종족적인 영웅주의나 부르주아의 휴머니즘이라면 반드시 이런 방식으로 청산될 필요는 없습니다. 그러나 이념의 일부 또는 동지애 같은 것이라면 이런 방식밖에는 갚을 길이 없습니다. 형님, 한 가지만 묻겠습니다. 정말로 제가 이렇게 돌아온 게 기쁘십니까?"

"기쁘다기보다는…… 음, 장하다."

동영은 자신도 과장을 느끼면서 그렇게 대답했다. 그런데 거기서 갑자기 대화는 앞뒤 없는 열기를 띠기 시작했다. 지훈이 무엇 때문인가 서둘러 몰아간 분위기였다.

"정말로 이 전쟁은 형님의 전쟁입니까? 예정되어 있던 과정의 하나여서, 제가 돌아와 이렇게 돕는 것이 장하게 여겨지십니까?"

"그렇다……."

"정상위를 통해 들은 바도 있습니다. 저 친구 저래 봬도 프로이트를 전공하다시피 한 친굽니다. 형님의 잠재의식에서 이미 많은 것을 읽고 있습니다."

"그가 무엇을 읽었건 잠재의식은 잠재의식일 뿐이다. 그러나 우리의 행위를 지배하는 것은 어디까지나 그 두터운 무의식의 벽을 뚫고 의식 표면에 떠오른 동기와 선택이야. 잠재의식은 추측의 근거일 뿐 단정의 근거는 못 된다."

"그 빛도 보이지 않습니다. 아름다움도."

"빛? 아름다움?"

"순수한 이념이 뿜는 찬연한 빛과 신념을 가진 인간이 보여주는 엄숙한 아름다움입니다. 그때 — 비록 어렸지만 제가 형님에게서 본 것은 그 빛과 아름다움이었습니다. 저를 안락한 생활에서 끌어내어 이 험한 곳으로 불러들인 것도……."

동영이 점점 자기방어에 열기를 띠어가는 것에 못지않게 지훈도 집요했다. 정상위는 미묘한 웃음으로 그런 그들을 바라보고만 있었다.

"네가 돌아온 것이 그런 감상적인 이유에서라면 실망스럽다. 내가 좌절했다고 단정하고 드는 것은 더욱. 사실 나는 지금 약간의 혼란과 갈등에 빠져 있다. 하지만 내가 택한 이 길에 근본적인 회의를 느낄 만큼은 아니다. 모든 것은 과정의 오류에서 온 것일 뿐 이념의 별은 여전히 내 가슴 속에서 찬연히 빛나고 있다. 거기다가 ― 결정된 것은 아직 아무것도 없어."

"결과의 성공이 모든 과정의 오류를 변명해 준다는 것은 낡은 역사주의에 지나지 않습니다."

"하지만 역사는 언제나 그걸 보여주고 있다."

"형님 덕분에 몇 권 읽어본 것에 지나지 않지만, 그건 아무래도 헤겔의 어거지 같습니다. 그렇다면 '종족의 혼이 명하는 곳에 오류란 있을 수 없다'는 식의 민족주의도 형님에게 속하는 믿음입니까?"

"이 전쟁이 제국주의에 대한 민족해방전쟁의 성격을 띠고 있는 한 그것도 믿어야겠지."

"종족의 혼이라는 것이 과연 존재할까요? 그리고 그것이 있다면 정말로 이런 전쟁을 명했을까요?"

"딱지가 덜 떨어진 소학생 같은 질문을 하기 위해 그토록 열심히 나를 찾았다면 유감스럽다. 나는 이제 이런 종류의 논쟁에는 신물이 난다. 그 문제라면 그만 묻고 돌아가 봐라."

이윽고 갑작스레 밀려오는 원인 모를 피로를 엄격한 어조에 감춘 동영이 그렇게 말허리를 잘랐다. 사실 동영에게는 그런 종류의 논쟁이라면 지훈쯤은 몇 번이고 설득할 논리가 아직 남아 있었다. 지훈도 퍼뜩 그런 동영의 기분을 알아차렸는지 더 이상은 입을 열지 않았다.

"그래, 결혼은 했니? 스물일곱으로 아는데……."

잠깐 동안의 어색한 침묵이 흐른 뒤, 동영이 문득 딱딱해진 분위기를 풀어주려는 듯이 부드럽게 물었다. 지훈도 그런 동영의 노력을 순순히 받아들였다.

"아직은…… 하지만 돌아가면 곧 할 겁니다."

"정해 둔 여자가 있는 모양이구나."

"형님도 아시는 사람입니다. 사다꼬(貞子) 아직 기억하시죠?"

"사다꼬? 그거 놀랍군. 언제 화해했니?"

묻는 동영의 얼굴에는 어느새 가벼운 미소가 어려 있었다. 어린 사다꼬의 통통하고 조그만 모습과 무시로 동영의 방을 드나들던 지훈을 앙칼지게 몰아대던 목소리가 떠오른 탓이었다.

"형님이 하숙을 옮기신 뒤에는 통 만나지 못했는데 — 대학에 가니 와 있더군요. 어쩌다 보니…… 지난 봄에 약혼했습니다."

그 뒤로는 일상적인 사담이 계속되었다. 얘기가 동영의 가족에게 미쳤을 때는 잠시 어두운 분위기가 되기도 했지만 대부분은 동경시절의 추억담 같은 것이어서 나머지 시간은 가볍게 흘러갔다. 그러나 헤어질 무렵 지훈은 다시 한번 동영의 마음을 썰렁하게 만들었다. 자기 부대로 데려다 줄 자동차의 클랙션소리에 서둘러 방을 나서면서 그는 문득 진지한 목소리로 물었다. 추측이 틀림없다면 그가 그토록 애써 동영을 찾아온 것은 분명 그 물음 때문이었다.

"정말 제게 돌아갈 권리가 없겠습니까? 제가 이곳을 버리고 돌아가 버린다면 형님께서는 진심으로 절 용서하지 않으시겠습니까?"

"그런 걸 남에게 묻기에는 네 나이가 너무 많지 않으냐? 어떤 일이건 결국 마지막 판관은 너 자신이다."

동영은 그렇게 뚜렷한 대답은 피했지만, 마음속으로는 이렇게 중얼거리고 있었다.

"나도 모르겠다. 그래, 가고 싶거든 돌아가거라. 이미 이 전쟁은 우리의 손을 떠났으니……."

4

일검참사 한태조(一劍斬蛇 漢太祖),

이검불사 제왕충(二劍不死 齊王忠),

삼대명장 제갈양(三代名將 諸葛亮),

사면충동 초패왕(四面衝突 楚霸王),

오관참장 관운장(五關斬將 關雲將),

육국혼합 진시황(六國混合 秦始皇)……

시어머니는 툇마루에 앉아 어린 철이를 상대로 숫자를 가르치고
있었다. 12월도 저물어가고 있지만 남향받이 볕바른 툇마루라 견
딜 만한 모양이었다. 그런 시어머니의 쉬엄쉬엄한 목소리를 듣고 있
노라니 불현듯 시어머니가 큰아이에게 처음 그 노래를 들려주던 시
절이 그렇게 떠올랐다. 대동아전쟁은 막바지로 치닫고 있었으나, 동
척의 농장장인 남편 덕분에 아무것도 부족할 게 없던 시절이었다.

254

돈이 있어도 시장에서는 이미 쌀을 살 수 없는 읍내의 유지 부인들은 선물들을 싸들고 정인의 환심을 사려고 애를 썼다. 어디서 구했는지 우데나크림이며 코티분 그리고 공단, 모본단, 유똥 같은 귀한 옷감들을 가져와 쌀말과 바꾸어 가면서도 거저 얻어 가는 듯이나 고마워들 했던 것이다. 그때 쌀만은 흔전만전 쓸 수 있었던 정인은 도무지 그런 그들이 이해되지 않았지만, 이제야 알 것 같았다. 그 허연 쌀밥을 한번 배불리 먹을 수 있다면 그녀 자신도 무엇이든 내줄 것 같았다. 그만큼 허기진 탓이었다.

저번 산 속에서의 일 이후로 시어머니는 눈에 띄게 바깥출입을 꺼렸다. 먹는 것을 온전히 치안대원이 하루 한 번 날라다 주는 조당수에만 의지하게 되자 부족한 곡기는 점차 견디기 힘든 허기로 쌓여갔지만 시어머니는 못 본 체했고, 땔감도 정히 냉방에 자야 할 지경에 이르면 마을 안만 맴돌아 간신히 거냉할 정도나 될까말까하게 주워 올 뿐이었다. 정인은 그런 시어머니의 변화가 가슴 아프면서도 차라리 한편으로는 마음 편했다. 가만히 앉아서 시어머니의 보살핌을 받아야 하는 몸을 옥죄는 듯한 죄스러움에서 벗어날 수 있었기 때문이었다.

그날도 그랬다. 전날 한 단 얻어 온 수숫대가 다 떨어진 것을 알자 땔감을 구하러 나서려는 시어머니를 말리며, 정인은 마침 조당수 양동이를 들고 들어오는 치안대원에게 사정해 보았다.

"저어…… 부탁이 있어요. 날은 차고 어린애와 노인이 있어 그런데 ― 저 무너진 외양간 헐어 때면 안 될까요?"

그 외양간은 정인이 진작 눈독을 들여오던 것이었다. 벽은 굵은

소나무 횡목에 수숫대로 엮어져 있고, 제법 큰 문짝은 거친 판자로
되어 있어 서까래와 합치면 열흘은 따뜻하게 날 만한 땔감이었다.
나이든 치안대원의 표정이 잠깐 주저로 굳어지더니 이내 풀어졌다.
"좋시다. 이놈의 세상 어찌 될지도 모르는 판에 집 임자도 죽었는
지 살았는지 여태 돌아오지 않으니 까짓, 헐어서 때버리슈."
　그러자 시어머니도 잘됐다는 표정으로 눌러앉아 이내 철이와 어
울린 것이었다. 정인이 보기에는 반드시 철이를 가르치기 위해서라
기보다는 자신의 무료를 달래기 위함인 것 같았다.
　천일취수 진도람(千日取睡 晉陶監)
　만세부자 공부자(萬世夫子 孔夫子)……
　총명한 철이녀석이 만(萬)까지를 따라 외우자, 시어머니는 다시
신체부위의 이름으로 들어갔다.
　몸 신(身), 머리 두(頭), 이마 미(眉), 눈 목(目), 코 비(鼻), 귀 이(耳),
입 구(口), 입술 순(脣), 혀 설(舌), 목구멍 후(喉)…….
　눈으로는 곰배놓고 정(丁)자도 모르면서 입으로는 사서삼경을 꿰
뚫는다는 시어머니였다. 일찍 시외조모께서 돌아가신 탓에 사랑방
에서 자라면서 들은 풍월이라지만 비상한 기억력이 아닐 수 없었다.
　그 시어머니를 닮았는지 이제 겨우 두 돌을 지낸 철이녀석도 벌
써 대부분의 신체부위를 알아맞히고 있었다. 그러나 정인은 그런
철이가 대견하기보다는 애처로웠다.
　아침에 치안대원이 한 말이 아니더라도 전세가 급박해지고 있
다는 것은 여러 가지로 미루어 짐작할 수 있었다. 동네 우익청년들
의 눈길이 나날이 흥흉해지고, 미군비행기들은 줄을 잇다시피 북

으로 북으로 날아갔다. 어떤 때는 밤이 깊으면 은은한 포성까지 들리는 것 같았다. 하지만 정인에게는 그것이 돌아오는 남편의 신호 소리가 아니라, 점점 가까워 오는 사신(死神)의 발자국소리처럼 여겨졌다. 또다시 혼란스런 후퇴가 있게 되면, 이미 사로잡혀 있는 그들은 결코 무사하지 못하리라는 것이 이제는 거의 결정된 사실로 느껴지는 정인이었다.

이 세상에서는 다시 남편을 볼 수 없으리라. — 이제는 한 예감이 아니라 확신으로 그런 생각이 들자 정인은 문득 못 견디게 동영이 보고 싶었다. 단 한순간이라도 좋으니 다시 한번 그를 만나고 그 넓은 가슴에 안기고 싶었다.

정인은 환상 속에서나마 남편을 만나려는 듯 가만히 눈을 감았다. 그러자 난데없이 산더미 같은 쌀가마와 숯부대가 떠오르고, 이어 그것들과 관련된 어느 날의 동영이 아득하게만 느껴지는 기억 저편에서 되살아났다. 특별히 쌀가마와 숯부대가 떠오른 것은 자기가 현재 겪고 있는 결핍의 고통이 은연중에 그녀의 무의식에 투영된 탓이었으리라.

…… 해방이 되고 며칠 지나지 않았을 때였다. 방안에서 신문을 보고 있던 동영이 어두운 얼굴로 혼잣말처럼 중얼거렸다.

"아무래도 이승엽 선생이 너무 서두르시는 것 같애……."

"왜, 무슨 일이 있어요?"

서울로 이사를 한 직후라 이것저것 세간 정리로 분주하던 정인이 일손을 멈추고 물어보았다.

257

"당분간 조용히 관망하는 게 좋으실 텐데…… 최소한 박헌영 선생이 나타나 일을 주도할 때까지만이라도."

"그분이 어쨌게요?"

"어쨌다기보다는 어울린 사람들이 좋지 않아. 정백(鄭柏), 이영(李英), 최익한(崔益翰), 정재달(鄭在達) — 한결같이 남 앞에 떳떳이 나설 처지가 못 돼."

이승엽은 동영이 일제의 대표적 수탈기관인 동척에 몸을 담을 때 참고가 된 사람이었다. 일제의 강압 아래서였다고는 하지만 스스로 전향 성명을 쓰고 인천에서 식량배급조합 이사로 앉았기 때문이었다. 그러나 나머지는 정인이 잘 모르는 사람들이었다.

"그 사람들이 왜요?"

"정백은 전선에서 이탈하여 광산 브로커 노릇을 했고, 이영은 고향에서 술타령이나 했으며, 최익한은 동대문 밖에서 바로 술장사를 하고……. 모두 한결같이 해당분자(害黨分子)나 좌절분자들만 모여 있어. 이렇게 된 이상 이승엽 선생도 그런 낙인을 면하기 힘들 거요."

그러자 문득 정인은 그들과 비슷한 처지인 동영의 거취가 궁금해졌다.

"다 사정이 있겠죠. 그럼, 당신도 그들처럼 남 앞에 나설 수 없어요?"

"당분간은 그래야 할 거요. 어쩌면 그때의 그 손쉬운 해결이 한평생의 짐으로 따라다닐지도 모르겠소."

그런 남편의 얼굴은 드러나게 어두워졌다. 동척에 근무하고 있는 동안에도 은밀히 계속된 자금제공이나 쫓기는 이들에게 몇 번인가 농장의 잡역부란 은신처를 마련해 준 사실을 알고 있는 정인으로서는 실로 까닭을 알 수 없는 일이었다. 정인이 사랑방의 수군거림에서 주워들은 말을 입끝에 올리게 된 것도 그 때문이었다.

"참, 박헌영 씨가 광주에서 나타났다는 얘기, 정말이세요?"

"그런 모양이오. 김성삼(金成三)이란 이름으로 벽돌공장에 숨어 있었다는 거요. 나는 그분이 국외로 탈출하여 모스크바쯤에나 가 계신 줄 알았는데……"

"그럼 그분을 받아들이면 되잖아요?"

"아마도 그 사람들은 별로 그럴 생각이 없는 것 같소. 거기다가 박헌영 선생도 응하지 않으실 것이고……"

"그건 또 왜요?"

"어쨌든 두고 보시오. 그 사람들은 곧 발붙일 곳이 없을 거요."

그 말에 해방만 되면 곧 남편의 세상이 될 줄만 믿어온 정인은 원인 모르게 불길한 예감에 젖어들었다. 그리고 며칠 되지 않아 그 예감을 확인해 주기라도 하듯 동영은 우울하고 축 처진 얼굴로 말했다.

"결국 장안파(長安派)의 조공(朝共: 조선공산당)은 해체됐고, 오늘로써 그들이 재건당 내에 발붙일 기회는 명백하게 거부되었소. 박헌영 선생은 과거의 파벌두령이나 운동을 휴식한 분자는 아무리 명성이 높다고 해도 당중앙에는 들어올 수 없다고 말하고, 열성자대회의 지지를 받은 거요. 그 바람에 내 거취도 덩달아 결정되고 말았소."

"그래 당신은 어떻게 하기로 하셨어요?"

"당분간 입당은 보류하고 당 외곽단체에서 일하기로 했소. 박영창 선생도 그게 좋으리라고 말씀하셨소."

그게 바로 전농(全農)시절의 시작이었다. 그 뒤로 동영은 자기의 일에 관해 일체 입을 열지 않았지만, 정인은 이따금씩 남편이 쓰라린 세월을 보내고 있음을 느낄 수는 있었다.

한번은 이런 일이 있었다. 그 이듬해 시골에 추수하러 내려간 시어머니는 화물차 두 량(輛)을 빌려 삼칠제(三七制)로 나누어 받은 쌀 백여 가마와 참나무 산을 벗겨 구운 숯 이백 포를 현물로 실어왔다. 청량리역 공터에다 물건을 쌓아놓았다는 말을 들은 정인은 마침 쌀과 숯이 떨어져서 우차(牛車) 한 대를 빌려 그리로 갔다. 그런데 정인이 도착해 보니 산더미 같은 쌀과 숯포 아래에는 낯모르는 사람들이 저마다 손수레나 자전거 같은 걸 끌고 줄을 서 있고, 누군가 역시 낯선 사람이 서서 한 사람에게 쌀 한 가마 숯 두 포씩을 나누어 주고 있었다. 동영은 그 곁에서 가만히 구경을 하고 있다가 정인을 보고 어색한 미소로 말했다.

"당신도 저 뒤에 줄을 서구려."

"네?"

"우리 몫도 쌀 한 가마에 숯 두 포요."

"그게 무슨 말씀이세요? 이건 모두 우리 거 아녜요?"

그러자 동영은 곁에 서 있는 중년 남자를 한 번 훔쳐본 뒤 민망한 듯 말했다.

"여기 있는 것은 모두 당의 것이오. 헐벗고 굶주리는 동지들과 나누고 싶다고 말했더니 고맙게도 당중앙에서 거두어주셨소."

그리고는 끌다시피 정인을 줄 뒤에 세운 뒤 달래듯 말했다.

"어차피 이 쌀과 숯은 우리 것이 아니오. 우리는 씨 뿌린 적도 가꾼 적도 없지 않소? 이것을 우리 것이라고 주장할 수 있게 해주는 봉건적 소유제도가 폐기되면 반드시 되돌려 주어야 할 것을 내가 몇 년 앞당겨 되돌려 주었을 뿐이오……."

또 한 번은 이런 일도 있었다. 역시 그 무렵으로 시어머니가 고향에 내려가 이백석지기 들 하나를 팔아 온 적이 있었다. 헐값에 거의 떠맡기다시피 한 것이지만 워낙 좋은 땅이라 땅값은 지폐로 두 마대(麻袋)가 넘었다. 특별히 간수할 곳도 없어 임시로 안방에 두고 홑이불로 덮은 뒤 정인은 그중 두 뭉치만 빼내 시장을 보러 갔다. 오랜만에 생긴 돈이라 아이들 옷가지라도 사고 하느라고 좀 늦어 돌아왔는데 ― 방안에는 신기하게도 귀떨어진 지전 하나 남아 있지 않았다. 아연해 서 있는 그녀의 등뒤에서 방문을 열고 들어선 동영이 담담한 목소리로 말했다.

"그 땅 역시 인민의 것이었소. 어차피 토지개혁이 있으면 무상으로 되돌려야 할 땅이오. 내가 좀 일찍 돌려주었을 뿐이오."

이건 참을 수 없다 ― 솔직히 그때 정인의 기분은 그랬다. 이미 일 년이 넘도록 이렇다 할 수입 없이 지낸 터에 그 가을은 추수까지도 그렇게 흩어버려 상당히 쪼들리는 살림이었다. 땅을 팔아 오면 그걸로 다음해 추수 때까지 어떻게 견딜 궁리를 해보리라 벼르고 있었는데 눈깜짝할 새에 없어져버린 것이었다.

"또 그놈의 당중앙이에요?"

정인은 그렇게 악다구니라도 쓰고 싶은 심경으로 돌아섰다. 그러나 남편과 눈길이 마주친 순간 정인은 자신도 모르게 악다구니 대신 한숨을 푹 내쉬었다. 가슴 저리도록 강하게 와닿는 참담함과 쓸쓸함을 그 눈길에서 읽었던 것이다. 아아, 남편은 그 쌀과 돈으로 무엇인가를 사고 있다. 나에게 말할 수 없는 부끄러운 그 무엇을…….

"이제 다음 가을까지는 어떻게 살아가요?"

이윽고 정인은 맥빠진 음성으로 그렇게 물었다. 동영도 정인의 내부에서 진행된 재빠르고 미묘한 변화를 읽은 것 같았다. 가만히 다가와 정인의 어깨를 감싸쥐며 감사와 부끄러움이 착잡하게 얽힌 음성으로 말했다.

"이해해 주니 고맙소. 당중앙의 배려가 있을 거요. 어쩌면 진정한 프롤레타리아적 생활 자체가 배려의 전부가 되는지도 모르지만……."

하지만 배려는 있었다. 용산 부근의 허름한 책방으로, 하나의 수입원 또는 생활근거라기보다는 그 방면의 자기네 연락처에 가까운 것이었다. 오히려 하루에 한 번이라도 동영이 그곳을 들러 보기 위해 용돈을 타 가야 하는 형편이었고, 때로 점원 총각의 월급을 주기 위해 정인이 돈을 빌려 오기조차 했다.

대신 동영의 입당은 생각보다 빨리 이루어졌다. 이듬해 가을 동영은 당중앙의 입당허가를 받았는데, 그것도 단번에 후보위원 자격으로였다. 비록 한차례 옥고를 치른 뒤의 일이었지만, 정인은 왠지 동영이 그때 그 산더미 같은 쌀가마와 숯포로 그리고 두 마대가 넘던 돈으로 사려고 한 것이 바로 그것이었을지도 모른다는 의심을 버릴 수가 없었다…….

그런 회상에 잠겨 있던 정인은 문득 문 밖이 이상하게 조용해진 걸 느끼며 회상에서 깨어났다. 조금 전까지 정인의 귓가로 날아들던 조손(祖孫)간의 두런거림이 뚝 멎었을 뿐만 아니라 인기척조차 들려오지 않았기 때문이었다. 한참을 기다려도 마찬가지여서 철이녀석이라도 불러볼까 하는데, 휴 하는 한숨소리와 함께 시어머니 특유의 느릿느릿한 자장가가 시작되었다.

"왈강 달강 세상 달가앙 —

서울 가신 알양반이이 —

밤을 한 되 사가지고오 —

가마솥에 삶아서어 —

조리로 건져서어 —

채반으로 식혀서어 —

시렁 위에 얹어났디이 —

물에 빠진 새앙쥐가아 —

올라가며 내려가며 다 까먹고오 —

한 갤랑 남았는 거얼 —

껍데기는 아버지 주고오……."

그동안 철이의 재잘거림이 없는 것으로 보아 녀석은 어느새 할머니 무릎에 누워 낮잠이라도 청하고 있는 모양이었다. 정인은 그 노래에서 다시 첫째 훈이녀석을 재우며 시어머니가 그 노래를 부르던 때를 떠올렸다. 그때는 집안 어디에도 이 같은 오늘을 예감케 하는 데가 없었건만…….

그런데 그때였다. 갑자기 시어머니의 자장가소리가 불길하게 끊어지며 뛰어들 듯 젊은 남자의 목소리가 들려왔다.

"할머님, 안녕하세요?"

그러나 시어머니에게는 낯선 사람 같았다.

"누구요?"

시어머니가 긴장하며 물었다.

"저어, 사모님 계십니까? 사모님은 아마도 절 알아보실 겁니다."

"사모님?"

"네, 이동영 선생님 사모님을 뵈러 왔습니다."

그러면서 목소리의 주인은 대답도 기다리지 않고 덜컥 문을 열었다.

"안녕하십니까?"

스물두셋 가량의 청년이었는데, 얼굴은 어디서 본 듯했지만, 정확히 누군지는 떠오르지 않았다. 아침부터 유난히 거북해서 누워 있던 정인은 왠지 좋지 않은 예감이 들어 무거운 몸을 일으키며 물었다.

"누구신지요?"

"들어가서 말씀드리겠습니다."

청년은 짐짓 조심스레 사방을 둘러본 후 정인의 허락도 기다리지 않고 성큼 방안으로 들어섰다. 그 뒤를 잠든 철이를 안은 시어머니가 역시 근심스런 얼굴로 들어서며 물었다.

"에미야, 아는 사람이냐?"

"글쎄요……."

정인은 그렇게 대답하다 말고 갑자기 몸을 틀며 고개를 돌렸다.

방에 들어선 청년이 넙죽 큰절을 올렸기 때문이었다. 맞받을 수 없는 예는 몸을 돌려 피한다는 어릴 적의 가르침이 생각난 것이었다.

"누구시기에……?"

정인이 이윽고 몸을 일으킨 청년의 얼굴을 쏘아보며 물었다.

"사모님, 절 모르시겠습니까?"

그러면서 반가움을 과장하는 청년의 미소에서 정인은 다시 한 번 불길함을 느끼며 차게 대답했다.

"잘 모르겠는데요……."

"저 김동식입니다. 선생님의 제자 됩니다."

그 말을 듣자 정인은 언뜻 그가 누구인지 짐작이 갔다. 제자라면 동영이 수원에서 대학을 맡아 있을 때 만난 사람임에 분명했다. 그때 무슨 연맹 간부라면서 동영의 집을 드나들던 학생들 가운데 하나일 터였다. 그러나 그 경력을 이제 와서 새삼 내세워야 할 이유가 없다고 판단한 정인은 짐짓 시치미를 뗐다.

"제자라구요? 바깥양반은 한 번도 누굴 가르친 적이 없는데……."

"원, 사모님두…… 수원농대는 뭡니까? 선생님은 그때 멋진 농경(農業經濟學) 강의를 하셨습니다."

"잘 모르겠는데요. 전 그저 그분이 북쪽에서 온 사람들에게 밀려나 텅 빈 학교지기나 한 줄 아는데요."

그건 어느 정도 진실이었다. 정인의 기억 속에 남아 있는 수원은 정치적인 유배지에 가까운 것이었고, 그곳에서 남편이 벌인 모든 활동도 정치적 복권을 앞당기기 위한 안간힘으로 기억되고 있었다.

"별말씀을 다 하십니다. 그때 선생님께서는 명실공히 학장이셨

습니다. 수원시당에서도 함부로 대하지 못했구요. 거기다 몇 시간
맡지는 않았지만 강의도 명강이었습니다."

"잘 모르는 일이에요. 그런데 ─ 무슨 일로 오셨죠?"

"선생님을 뵈올까 해서…… 아니, 정확히 말씀드리면 선생님께
꼭 전해 드려야 할 연락이 있어서……."

거기서 청년의 목소리는 갑자기 낮고 은근해졌다. 그러나 정인은
그런 그에게서 한층 더 강한 박해의 음모를 예감할 뿐이었다.

"무슨 연락인지 모르지만 일부러 찾아오실 정도면서 아직 모르
고 계셨어요? 그분은 그때 월북하셨잖아요?"

"그거야 알죠. 하지만 선생님께선 결코 삼팔선을 넘지 못하셨을
겁니다. 선생님이 떠나신 것은 이미 인천에 미군이 상륙한 며칠 뒤
였고 국방군도 뒤따라 올라왔습니다. 그러지 마시고 꼭 좀 알려주
십시오. 매우 중요한 연락입니다."

청년은 한층 심각한 표정이었다. 그러나 그가 감정을 과장하면
할수록 정인은 점점 냉정해졌다.

"그분에게 배웠다니 학생이라고 부르겠는데, 여봐요, 학생, 우리
는 정말 그분이 어떻게 되었는지 몰라요. 학생 말대로 만약 월북을
못했다면 도중 어디선가 죽었겠죠."

"아닙니다. 선생님은 명문학교 출신에다 인품도 원만하셔서 우익
쪽에도 친구분이 많이 있다고 들었습니다. 거기다가 투쟁경력도 길
어서 잠복과 은신의 명수라는 말도 있습니다. 월북하지 못했다고
쉽게 돌아가실 분이 아니십니다. 알고 계시지요? 꼭 좀 연락이 닿
게 해주십시오."

"내 참, 정말 답답하군요. 버선목이라 속을 뒤집어 보일 수도 없고…… 이봐요, 학생, 그분이 어디 계신지 더 궁금한 것은 학생보다 우리란 말이예요. 거기다가 우리가 이곳에 갇힌 지도 벌써 두 달이 넘어요. 설령 학생의 추측대로 이남 어디에 살아 있다 한들 무슨 수로 연락이 닿겠어요? 마을 사람들이 모두 감시자인데……"

"제가 알기에 사모님께서 이곳에 오신 것은 서울이 수복되고도 보름이 넘은 뒤의 일이었습니다. 거기다가 마을 사람들 얘기를 들으니 두 분 모두 걱정하는 빛이 없고 오히려 당당하시단 말이었습니다. 알고 계신 겁니다. 알려주십시오. 정말로 크고 중요한 일입니다. 반드시 연락이 되어야 합니다."

그만하면 대강 그의 정체를 짐작할 만했다. 이 난중에 경찰이나 그 계통의 수사기관이 도와주지 않는다면 무슨 수로 그들의 행적을 그토록 소상히 알 수 있단 말인가. 끄나풀이다. — 정인은 처음 그가 나타날 때부터 품어왔던 의심을 확인한 느낌이었다. 그러자 문득 그가 가지고 온 평계가 궁금해졌다.

"도대체 무슨 일이 그토록 크고 중하다는 거예요?"

"우리 동지 열하나의 생사거취가 달린 일입니다."

"우리 동지 열하나?"

"학도연맹 간부들이죠. 선생님께서 떠나시기 전 저희에게 은신을 명하시면서 때를 기다리라고 하셨습니다. 그런데 이제 그때가 온 겁니다. 머지않아 중공군과 인민군이 다시 이곳으로 내려올 겁니다. 젊디젊은 것들이 그들이 해방시켜 줄 때까지 가만히 엎드려 기다리고 있어야만 하겠습니까? 저희들은 은밀히 지하조직을 구축해 후방 봉기의 준비를 마쳤습니다. 하지만 한결같이 젊고 미숙해 지도자가 필요합니다. 그래서 선생님을 찾고 있습니다. 저희에게 계신 곳을 일러주기 뭣하시면 제 말이라도 꼭 선생님께 전해 주십시오. 그러면 아마도 — 선생님 스스로 저희를 찾아오실 것입니다."

청년은 이미 자기 자신의 정체가 상대에게 간파당하고 있다는 것을 아는지 모르는지 열변을 토했다. 그런 청년에 더욱 자신을 얻은 정인은 이번에는 그 어리석은 끄나풀을 통해 오히려 자기들에게 유리한 역정보를 흘려야겠다는 생각이 들었다. 동영과 십여 년 살면서 본능적으로 익히게 된 기술이었다.

"이봐요, 학생, 이만하면 데이지도 않았어요? 동진지 친군지 제발 그 사람들에게 말하세요. 어리석은 짓 그만하고 차라리 자수해서 공부나 열심히 하라고. 중공이 왔다고 미국을 이길 것 같아요? 공연히 아까운 목숨이나 상하지 말고 이만 정신들 차리라고 해주세요. 그리고 — 그렇게 가까운 사이라니까 부탁하는 말인데 — 행여 바깥양반과 연락이 닿거든 좀 전해 주세요. 그만 자수하고 전향하라고. 조봉암(曺奉岩)이 같은 사람도 전향하고 장관까지 지내는데, 그분이 못할 게 무엇이냐고 말이에요."

정인이 정색을 하고 그렇게 말하자 청년은 잠시 어리둥절한 얼굴이었다. 멍청한 눈길로 정인을 건너다보다가 다시 준비한 대사를 외우듯 처음의 질문을 반복했다. 달라진 것이 있다면 자신의 투철한 사상과 당에 대한 충성심을 강조하는 상투적인 열변, 그리고 자기들과 연결되는 것이 동영의 출세에도 큰 보탬이 되리라는 주장이 덧붙여진 정도였다. 정인도 지지 않고 역정보의 강도를 더해 갔다. 자기들은 아무것도 모르는 피해자일 뿐이라는 것, 이 전쟁을 통해서 남편이 저지른 죄악이 얼마나 끔찍한가를 깨달았으며, 당장에 나타난다 해도 설득해서 자수시키리라는 것, 만약 남편이 자수를 하려들지 않으면 신고를 해서라도 남편이 다시 그 길로 들어가는 것을 막으리라는 것 따위였다.

그러다가 그들의 공허한 말장난을 보다 못한 시어머니가 끼어들어서야 끝장이 났다. 그 청년의 하는 짓이 역겨웠던지 아니면 행여 정인이 그에게 말려들어 실수라도 할까 봐 걱정이 되었던지, 그동안 말없이 두 사람의 대화를 듣고만 있던 시어머니가 문득 굳은 얼굴로 청년을 불렀다.

"이보게, 청년, 자네 빨갱이라며?"

"네, 아니, 저는 훌륭한 혁명전사가 되고 싶습니다."

"요새 빨갱이는 경찰과 어울려 다니며 하나?"

"그게 무슨 말씀이십니까?"

청년이 찔끔하며 되물었다.

"나는 자네가 경찰과 함께 저쪽 신작로로 오는 걸 봤지. 거기다가 —."

그리고 시어머니는 한층 심술궂은 목소리로 덮어씌우듯 덧붙였다.

"이런 난리통에 경찰이 아니면 우리가 이런 곳에 와 갇혀 있다는 걸 알 사람은 없네. 더구나 청년같이 어리숙해 가지고는 어림없어."

"그건 아닙니다. 그게 아니라……."

청년은 거기서 완연히 허둥대면서 부인하기에 바빴다. 그러나 시

269

어머니는 그에게 변명할 틈도 주지 않고 엄하게 말을 맺었다.

"젊은 사람이 어쩌다 이런 일을 맡게 되었는지는 모르지만 딱하이. 그러나 한 가지 ― 저 며늘아이의 말은 참말일세. 만약 아범이 돌아오면 내가 목을 매어서라도 자수를 시킬 것이네. 웃사람들에게 그렇게 전하게나. 문은 저쪽일세."

그제서야 청년은 사태를 깨달은 모양이었다. 흉하게 일그러진 얼굴로 잠시 무얼 생각하더니 제풀에 화가 난다는 듯 거칠게 문을 열고 방을 나갔다.

"빌어먹을……."

사립께에서 그 청년이 가래와 함께 웅얼웅얼 뱉어내는 말이었다.

"어멈아, 아무래도 안 되겠다."

그 청년이 사라진 뒤 줄곧 말없이 앉아 생각에 잠겨 있던 시어머니가 날이 저물기 무섭게 정인 쪽으로 다가앉으며 조용히 입을 열었다. 칭얼대는 철이녀석의 배를 쓸어주고 있던 정인은 무슨 말인지 얼른 알아듣지 못해 시어머니를 올려보며 건성으로 받았다.

"네?"

"오늘밤 떠나자. 앉아서 죽으나 가다가 붙들려 죽으나 죽기는 일반이다."

"갑자기 무슨 말씀이세요?"

"저것들이 설치는 게 아무래도 심상찮다. 곧 무슨 일이 있을 모양이다."

"낮의 그 일 말씀이세요?"

"그놈도 그렇고 ─ 달리 본 것도 있다. 어제 순사가 하나 다녀갔는데 이장과 이쪽을 보며 얘기하는 품이 우리 말을 하고 있었어. 포소리가 가까워 오니 또 눈알들이 뒤집히기 시작하는 모양이다."

"그렇지만 어떻게……?"

"준비를 하고 있다가 밤이 깊거든 떠나자. 북쪽 길은 내가 대강 봐뒀다. 산 넘을 일이 문제지만 그쪽은 초소도 없고, 또 산만 넘으면 서울을 벗어날 듯 싶다. 아무려면 앉아서 죽기보다야 낫지 않겠니?"

시어머니의 말을 듣고 보니 정인도 갑자기 다급한 기분이 들었다. 무슨 일이 터지려면 반드시 그 며칠 전부터 대수롭지 않은 일로 수런거리며 돌아다니는 자들이 있었다는 지난날의 경험이 불현듯 되살아난 것이었다. 두 번 남편이 검거되기 전에도 그랬고, 자신이 그물에 걸려들던 날도 낯선 남자들이 이런저런 핑계로 집을 들락거린 일이 기억났다. 그 바람에 아침부터 뱃살이 땡기고 옆구리가 심하게 결리던 것도 잊고 정인은 시어머니의 생각을 따르기로 했다.

아무것도 가진 것 없이 들어와 산 집이지만, 막상 떠나려고 보니 살가운 것도 많았다. 뚜껑이 없어 판자 몇 장을 이어 솥뚜껑으로 쓰던 작은 무쇠솥, 새끼로 꽁꽁 동였건만 실낱 같은 물줄기가 새 언제나 부엌 바닥을 흥건하게 적시던 깨진 독, 마을 사람들이 버리기 아까워 가져다준 이 빠진 사기그릇들과 찌그러진 양재기 같은 것들도 혜화동시절의 삼층장롱이나 신선로 남비 못지않게 애착이 갔다. 그러나 그것들은 모두 놓아두기로 하고, 시어머니가 비상용으로 사둔 쌀 한 되와 옷가지로 조그만 보퉁이를 꾸리고, 덮고 자던 낡은 군용담요는 대강 얽어 시어머니가 업기로 된 철이의 짐바 받침대로 삼았다. 그 사이 시어머니는 시어머니대로 고무신을 꿰맨다, 철이를 업을 짐바를 새끼로 얽는다 하며 준비를 갖추었다.

해가 저물자 갑자기 날씨가 매서워졌으나, 시어머니는 오히려 그걸 호기로 삼았다. 추운 동짓날 밤일수록 나다니는 사람이 적을 것이란 계산에서였다. 그런데 이상한 것은 그날따라 마을이 늦게 잠드는 일이었다. 초저녁부터 까닭 없이 마을이 수런거렸고 특히 자그만 교회 부근은 밤이 깊어도 통 불이 꺼질 줄 몰랐다.

"저것들이 무슨 눈치를 챈 게 아니냐."

떠날 준비를 마치고 몇 번이나 밖을 내다보던 시어머니가 근심스레 말했다. 낮에는 아무런 내색도 하지 않았고, 밤 들어서는 유심히 바깥 동정에 귀를 기울여 온 터라 그럴 리 없다고 생각하면서도 그 말을 듣고 보니 정인까지 불안해졌다. 그러나 교회 쪽의 불빛은 자정이 넘고, 하현달이 서편으로 기울어도 영영 꺼질 줄 몰랐다.

"안 되겠다. 길을 좀 돌더라도 저쪽을 피해 떠나자."

하마나 하마나 하고 기다리던 시어머니가 드디어 결단을 내린 듯 초저녁에 얽어둔 새끼 짐바 속으로 칭얼거리는 철이를 넣어 업으며 그렇게 말했다. 정인도 미리 싸둔 보퉁이를 머리에 이고 무겁다 못해 뒤틀리는 몸을 일으켰다.

그러나 찬바람 속에 발자국소리를 죽이며 마을을 반쯤 빠져나왔을까 할 무렵, 그녀들 고부는 뜻밖의 사태에 놀라 걸음을 멈추었다. 교회 쪽에서 여러 개의 등불을 앞세운 한떼의 사람들이 자기들을 향해 몰려오고 있었던 것이다. 영문을 모르는 그녀들로 보아서는 자기들의 도망을 미리 알고 밤잠 안 자고 기다리다가 이제 길을 막으려 드는 것 같았다.

"할 수 없구나. 도망을 가봐야 얼마를 가겠니? 돌아가자."

시어머니가 맥없이 돌아서며 탄식처럼 말했다. 그리고 이어 한맺힌 목소리로 여전히 불이 밝은 교회 쪽을 돌아보며 덧붙였다.

"야소교(耶蘇敎)가 미국놈들의 극동정책 제일호라더니 그 말이 꼭 맞구나. 지독한 줄은 알았지만 이렇게 지독한 것들인 줄은 몰랐다."

그런 그네들의 귓가에 마치 야유하는 듯한 교인들의 합창소리가 들려왔다.

기쁘다 구주 오셨네.

만백성 맞으라…….

그제서야 정인은 그날이 크리스마스라는 걸 알았지만, 어차피 마을을 떠날 수 없기는 마찬가지였다. 땡기고 결리는 몸도 집까지 돌아가는 것조차 까마득하게 느껴지게 했다. 거기다가 아랫도리가 축축하게 젖어오는 걸로 보아 드디어 양수가 비치는 모양이었다. 맹렬하고 긴 진통의 예감이 무슨 강한 전류처럼 정인의 허약한 몸과 마음을 할퀴고 지나갔다.

5

정인이 딸아이를 낳은 것은 크리스마스 다음 날 새벽이었다. 지독한 난산이었다. 원래부터 난산의 경향이 있는 그녀에게 계속된 정신적인 압박과 영양실조가 겹쳐 훨씬 정도가 심해진 탓이었다. 그 바람에 그녀는 거의 실신상태에서 시어머니가 떠넣어 주는 미음으로 꼬박 하룻밤 하루낮을 보낸 뒤에야 눈을 떴다.

"어멈아, 정신이 드니?"

초췌할 대로 초췌해진 시어머니가 반가운 목소리로 눈을 뜬 정인에게 물었다. 육순의 나이로 꼬박 사흘이나 눈조차 제대로 붙이지 못한 채 어려운 해산 뒷바라지를 한 시어머니였지만, 알 리 없는 정인은 메마른 목소리로 중얼거리듯 말했다.

"물 좀 주세요."

"목도 탈 테지. 하지만 이걸 마셔라. 우선 허기부터 다스려야 한다."

　시어머니가 정인의 몸을 부축하며 미음 사발을 내밀었다. 후들후들 떨리는 손으로 그걸 받아 든 정인은 단숨에 들이켰다. 그러고 보니 정말로 물을 찾은 것은 갈증이 아니라 허기였던 것 같았다. 시어머니가 안쓰런 눈길로 그런 며느리의 퉁퉁 부은 얼굴을 바라보다 조용히 몸을 일으켰다.

　"사흘이나 제대로 먹질 못했으니 속이 몹시 비었을 게다. 기다려라. 밥과 국을 퍼 오마."

　그제서야 정인은 아기를 찾아보았다. 아기는 누더기에 싸여 발치께에 잠들어 있었는데, 발갛고 쪼글쪼글한 얼굴이 마치 취한 늙은이를 축소해 둔 것 같은 모습이었다. 모체의 계속된 결핍이 태아를 그렇게 만들어 놓은 것 같았다. 그러나 그 핏덩이가 사랑스럽기는 위의 세 아이들과 다름이 없었다. 아니, 오히려 그 아이들 때와는 비교도 할 수 없을 만큼 강렬한 모정이 샘솟는 것이었다. 언제부터인가의 예감 ― 어쩌면 동영을 다시 만날 수 없으리라는 예감이 이제는 그 아이에게로 옮아져, 그 아이 또한 영영 아버지의 얼굴을 대할 수 없을지도 모른다는 생각에 자극된 모정이었다.

　"가엾은 것, 이제 너를 기다리는 삶이란 어떤 것이랴……."

　정인은 그렇게 중얼거리며 아직도 후들거리는 팔을 뻗어 가만히 핏덩이 같은 어린것을 안아 보았다. 지푸라기처럼 가벼운 어린것은 잠이 든 것인지, 아니면 사흘이나 젖 한 모금 얻어먹지 못해 늘어져 버린 것인지 품안에 들어와서도 움직일 줄 몰랐다. 그걸 보고 정인은 본능적으로 가슴을 헤쳐 젖을 꺼냈다.

그때 시어머니가 방문을 열고 무언가 김이 솟는 그릇을 송판대기에 받쳐 들고 들어오다가 정인에게 말했다.

"먹은 게 없으니 젖인들 나오겠니? 빈 젖 빨리지 말고 이것부터 먹어봐라."

시어머니가 내려놓는 걸 보니 뜻밖에도 눈이 부시도록 흰 쌀밥과 미역국이었다. 그러자 깨어나면서부터 무슨 욕정처럼 스멀거리며 몸 안을 돌던 허기가 갑자기 강렬한 식욕으로 불타올랐다.

"먹는 걸 보니 병줄은 놓인 모양이구나. 천천히 먹어라. 체할라."

허겁지겁 밥과 국을 퍼넣는 정인을 보고 시어머니가 목멘 음성으로 주는 주의였다.

수북하던 밥사발과 제법 작은 양푼이만한 국대접을 밥알 한 톨 미역 한 오라기 남김 없이 비운 뒤에야 정인은 약간의 포만감과 함께 제정신으로 돌아왔다.

"어머님은 어떻게 하셨어요?"

"나도 먹었다. 그제께 끓인 국은 몇 번이나 뎁혔다가 식혔더니 미음처럼 풀어져 내가 마셨다. 그래, 이제 좀 견딜 만하냐?"

"네."

"누워서 한숨 더 자거라. 나는 네가 깨나지 못하면 나중에라도 아범을 어떻게 보누 했다."

"근심을 끼쳐 드려 죄송해요, 어머님."

정인은 그렇게 말한 뒤 진작부터 가장 궁금하던 것을 물었다.

"그런데, 이 쌀과 미역 어떻게 구하셨어요?"

"쌀이야 원래 조금 준비하고 있던 것도 있고, 또 그 여자가 준 돈

오천환은 남겨두지 않았니?"

"미역은요? 이 난중에……."

그러자 시어머니의 얼굴이 문득 어두워졌다.

"그것들이 한 오리 가져다주었다."

"그것들이라면?"

"예수쟁이들 말이다. 그것들도 양심은 있는지 네가 아이를 틀고 있다는 소리를 듣자 제일 먼저 쌀 말과 미역 오리를 들고 찾아왔더구나."

시어머니는 아직도 교인들에게 화를 내고 있었다. 의례적인 크리스마스 행사를 자기들의 도망을 막기 위한 철야감시쯤으로 오인하고 있는 탓이었다. 그럼에도 불구하고 그 미역을 받아들이지 않을 수 없는 자기들의 처지가 한스럽다는 듯 덧붙였다.

"생각 같아서는 호통이라도 쳐서 내쫓고 싶었지만, 어디 사람의 일이 감정만으로 되더냐? 더구나 미역은 지금 처지로는 돈이 있어도 구할 수가 없으니……."

그 말을 듣자 정인은 시어머니의 상한 자존심을 위로하기 위해서라도 교인들에 대한 오해를 풀어주고 싶었다.

"어머님, 그 사람들에게 너무 노여워하지 마세요. 그날 그 사람들은 일부러 우리를 방해하기 위해서 그랬던 건 아니에요. 그 사람들 행사였을 뿐이었어요."

"행사? 무슨 놈의 행사가 하필 그날 밤새워가며 떼를 지어 몰려다녀야 하누?"

"크리스마스라고, 어머님도 들어보셨을 거예요. 그 사람들이 섬

277

기는 예수의 생일 말예요."

"그건 그렇다 치자. 그럼 그 뒤로는 왜 매일같이 서넛씩 몰려와 우리를 살피느냐? 그것도 행사냐?"

"매일같이?"

"조금 있어 봐라. 또 그것들이 몰려올 게다. 혹시 우리가 도망이라도 치지 않았는가 싶어⋯⋯."

정인이 아무리 설명을 해도 시어머니는 교인들에 대한 오해를 조금도 풀려고 하지 않았다. 자칫하면 시어머니의 감정만 거스를 것 같아 정인은 그쯤에서 입을 다물었다. 실은 몸도 더 이상 정신차려 얘기하기에는 힘들 만큼 지쳐왔다.

다시 자리에 누운 정인은 이내 혼절하듯 잠이 들었다. 산욕의 아픔과 열에 들뜬 잠이 아니라 회복길에 들어선 건강한 잠이었다. 그러나 오래 잘 잠은 못 되었다. 얼마나 지났을까, 깊은 잠에 떨어져 있던 방안을 가득 채운 사람들의 수런거림과 뒤이은 합창소리에 깨어났다.

천부(天父)여 의지 없어서 손들고 옵니다⋯⋯.

주 나를 박대하시면 내 어디 가리까⋯⋯.

시어머니가 말한 대로 교인들이 온 모양이었다. 몸을 일으키는 것이 두려운 정인은 짐짓 눈을 감고 귀에다 신경을 모았다. 이렇게 참담한 시절에도 밤새워 기쁘다는 노래를 부르는 사람들, 자기들을 박해한 자들(정인은 목사가 인민재판에 붙여졌다는 소문을 들은 적이 있다)의 가족을 위해 노래하고 기도할 수 있는 그들이 새삼 무슨 별종처럼 느껴진 까닭이었다.

약간 처량한 느낌을 주는 그 찬송을 삼절까지 마친 그들은 곧 기
도를 시작했다. 목소리로 보아 좀 늙은 남자 같았다. 기도의 앞부분
은 정인도 전에 들은 적이 있는 판에 박은 듯한 감사와 턱없이 거창
한 희망들이었다. 그러나 뒷부분에 오면서 기도는 점점 구체적으로
되어갔다. 자기들이 빠져 있는 어려움을 속속들이 늘어놓으며 구원
과 가호를 빌어주는 것이었다. 특히 남편 동영에 관한 대목에 이르
러서는 정인도 자신도 모르게 서늘한 감동에 젖어들었다.

"주여, 저들을 용서하소서. 저들은 자신이 하고 있는 바를 알지
못하나이다……"

그런 그들의 기구는 무슨 저항할 수 없는 최면처럼 정인을 지난
날의 어느 날로 이끌었다.

혜화동에 살 무렵, 아무것도 모르는 교인들이 심방을 다녀간 뒤
였다.

"전 도무지 알 수가 없어요."

자기들의 신분을 위장하기 위해 몇 번 교회를 나간 적이 있는 터
라, 어쩔 수 없이 그들과 함께 예배를 본 뒤 대문께까지 바래다준
정인은 마침 툇마루에 나와 앉은 동영에게 말했다.

"가르침은 모두 옳아 보이는데, 어떤 것은 목숨을 걸고 지켜야 하
고, 어떤 것은 원수처럼 미워해야 하는지……"

"왜, 그 사람들의 말이 마음에 들었소?"

동영이 빙그레 웃으며 정인에게 물었다. 어떤 때였는지는 모르지
만 하여튼 그가 좀 한가롭게 지낼 때였다.

"반드시 그들만 두고 하는 말은 아니에요. 어렸을 때 주로 공자의 가르침을 배웠는데, 좁은 소견이지만 사람들이 모두 그대로만 따른다면 세상은 그대로 낙원이 될 것 같은 생각이 들었어요. 임금이 모두 요순(堯舜) 같으면 나라가 백성에게 짐될 리 없고, 사람들이 한결같이 가슴에 인(仁)을 품고 있으면 한쪽은 착취하고 한쪽은 착취당하는 일이 없을 것 아니겠어요? 또 우리집에는 가까운 절의 스님 한 분이 드나들었는데 그의 설법을 들을 때도 똑같은 기분이 들곤 했어요.

이 사람들의 얘기도 그래요. 모든 사람들이 서로 사랑하고 그래서 그 사랑으로 세상의 재물을 나눈다면 가진 자와 못 가진 자라는 구별은 생겨나지 않을 거 아녜요? 만약 그렇게 된다면 그 낙원은 우리와 비슷할 거예요. 감옥도 고문도 두려워할 필요 없고, 투쟁도 피투성이 혁명도 겪지 않고……."

"그거 제법 그럴듯한 반이론이오. 잘하면 이 나라에도 기독교사회당이 생기겠구려."

동영은 다시 한번 빙긋 웃으며 그렇게 말한 뒤 정색을 했다.

"모든 가르침이 일견 옳은 것은 사실이오. 그러나 그 가르침이 진정으로 옳은가를 알기 위해서는 두 가지 시금석이 필요하오. 그 하나는 시대 상황 내지는 사회구조와의 관련이며, 다른 하나는 그 가르침을 공적인 신조로 채택한 숨은 힘이오. 예를 들어 공자의 가르침은 봉건적 가부장시대를 바탕으로 구성된 것이고, 그것을 공적인 신조로 채택함으로써 가장 득을 본 것은 아시아적 전제군주들이었소. 그러나 이제 시대는 변하고 전제군주들은 사라졌소. 따라서 그

가르침의 역할도 끝났소. 사회구조가 변함으로써 그것이 적용될 수 있는 바탕이 무너지고, 강력한 전제군주의 뒷받침이 없어짐으로써 구체적인 실효성도 잃게 돼버린 거요.

그런 면에서 기독교는 놀랄 만큼 끈질기게 살아나온 가르침이오. 바탕할 사회구조가 달라지면 교의의 일부도 거기에 맞게 재빨리 수정되고, 의지할 힘이 바뀌면 또한 재빨리 그 새로운 힘과 손잡은 덕택이오. 기독교의 발전사는 그런 의미에서 수정과 변신의 역사, 더 나쁘게 말하면 변절과 배신의 역사라고도 말할 수 있소.

그 변절과 배신의 첫 번째 예는 모태인 유대교에서 분리되어 나올 때요. 로마라는 세계제국의 대두에 맞추어 그들은 유대교의 종족주의와 작별하였고, 가이사라는 강력한 황제의 환심을 사기 위해 전통의 신정(神政)이론은 양검론(兩劍論)으로 변했소. 아브라함과 이삭의 하느님께서 세계만민의 하느님으로 확대된 것과 '가이사의 것은 가이사에게 하느님의 것은 하느님에게'라는 예수의 말이 그것이오.

하기야 출발에 있어서는 그들도 고유의 아름답고 귀한 이념이 없었던 것은 아니었소. 어떤 의미에서 그들은 우리보다 훨씬 전에 공산사회 또는 아나키적 사회의 한 전형을 보여주고 있소. 초기 기독교사회는 분명 공동소유와 필요에 따른 분배를 실천하고 있었으니까. 교단에 바치기로 약속한 재물의 일부를 사유로 남겨두었다는 이유만으로 베드로의 진노를 입어 죽은 아나니아 부부는 단적으로 그 실천의 엄격함을 보여주는 예가 될 것이오.

그러나 출발에서 잠깐 반짝했던 신선한 열정은 곧 부패하고, 그들은 곧 본격적인 수정과 변신으로 들어갔소. 군사적인 정복뿐만 아니라 이념적인 정복까지를 원하는 로마에게는 그들이 가진 하느님의 검을 빌려주고, 그 대가로 빈 가이사의 검으로는 자신의 적들을 베었소. 하늘에 있어야 할 왕국을 지상에 세우고 교황이니 주교니 하는 직제를 만들어 로마황제와 그 관료에 대응한 거요. 그리고 억눌린 자는 영원히 억눌리고 빼앗기는 자는 영원히 빼앗겨야 하는 제도를 용서와 비폭력의 교의로 옹호하였소.

한때 그들의 번성은 놀랄 만한 것이었소. 강력한 옹호자이자 우의적인 동반자였던 로마가 몰락한 뒤에도 그들의 칼은 여전히 위력을 지녀, 교황은 겨우 부러진 가이사의 검토막밖에 지니지 못한 세속의 군주들 위에 군림하였소. 하지만 그들에게도 곧 위기는 왔소. '아비뇽의 유수(幽囚)'로 상징되는 세속왕권의 비대가 그것이오. 그 바람에 그들은 꽤 긴 세월을 중세의 수도원에 유폐되었지만, 그것은 몰락의 시작이 아니라 새롭고 강력하게 살아남을 수정과 변신의 모색에 지나지 않았소.

그 모색의 결과가 바로 종교개혁이며, 그리하여 새로워진 모습이 프로테스탄티즘이오. 현명하게도 부르주아의 발흥을 예견한 그들은 신성로마제국의 환상이나 세속군주들에 대한 미련을 깨끗이 청산하고 새로운 옹호자 겸 동반자로 장차 부르주아로 자라 갈 소시민을 점찍게 되었소. 그러나 불행히도 사회적인 힘은 아직 국왕과 상비군에게 있고, 또 소시민은 제대로 형성되어 있지 않을 때라 그들의 새로운 출발은 그 이전의 어떤 때에 못지않게 험난하였소. 급한 대로 농민군에 의지했던 후스는 바로 그 농민들이 쌓아올린 장작더미 위에서 불타 죽었으며, 쯔빙글리는 싸움터에서 죽고, 청교도들은 메이플라워호를 타지 않을 수 없었던 거요. 비교적 성공한 셈이었던 루터도 결국 자기를 지지했던 농민들을 배신하고 봉건군주들과의 어정쩡한 타협을 한 뒤에야 그런 성공이 가능했소.

하지만 이윽고 그들의 놀라운 예견력은 증명되었소. 그 피비린내 나는 종교전쟁이 채 끝나기도 전에 그들이 고대하던 소시민은 사회 표면으로 떠오르고 곧 부르주아의 시대가 왔소. 그들은 예정된 대로 가이사의 검 대신 부르주아의 금전과 야합했소. 역사상 그 어느 때보다 달콤한 밀월이 이루어진 것이오. 검약과 근면을 턱없이 추켜올려 소시민의 물욕을 기르고, 그 결과 나타난 부르주아의 자본축적을 '대인(待忍)의 보수(報酬)'로 미화하였소. 그들의 전신(前身)이 금지했던 이자(利子)도 하느님이 허락한 당연한 권리로 승인했고, 이혼을 허락하고 숙녀를 집 밖으로 끌어내어 부르주아의 간음을 도왔소. 예정론의 확대는 나날이 심해 가는 인간소외를 묵인하도록 종용했으며, 자선함에 던져진 부르주아의 푼돈으로 굶주린 이들에게 사탕을 나누어 주었소. 그리고 그 대가로 그 어느 때보다 높고 화려한 교회당을 짓고 자기들의 동반자와 유사한, 안락하고 쾌적한 생존을 즐기게 된 것이오.

이것이 ─ 그 그럴싸한 가르침 뒤에 있는 기독교의 참모습이며, 마르크스가 종교를 인민의 아편으로 규정한 이유요. 때로 지극히 아름답고 고귀하게 비치기까지 하는 그 가르침은 한낱 그런 추악한 목적을 은폐하는 수단이거나 기껏 고통의 근본적인 치유와는 무관한 몽혼약에 지나지 않는 것이오."

동영의 말이 그녀에게는 지나치게 어려웠을 뿐만 아니라, 그 표현이 하도 열렬해 그 자리에서는 더 이상 말없이 물러나오고 말았지만, 정인의 가슴속은 이렇게 중얼거리고 있었다.

"잘은 모르지만, 그건 가르침 자체에 대한 부정은 아니잖아요? 그 전파를 담당한 제도 또는 사람의 부패나 타락일 뿐이잖아요? 제거해야 할 것은 그 부패와 타락일 뿐, 그 이상은 경우에 따라서는 실현을 도와주는 쪽이 우리 일을 더는 것은 아닐까요?"

정인의 정신은 해산 후 사흘을 고비로 온전하게 깨어났으나 몸은 여전히 말이 아니었다. 초칠(初七)이 지나도 부황든 사람처럼 부어오른 몸은 빠질 줄 몰랐고, 거동도 자유롭지 못했다.

그 사이 바깥의 공기는 점점 급박해지고 있었다. 그것을 잘 보여주는 것이 조당수를 날라다 주는 치안대원의 허둥거림이었다. 어떤 날은,

"쯧쯧, 영 소복(蘇復)이 안 되는구먼요. 부기는 그대로고…… 하기야 이런 멀건 조당수로 소복을 기대하는 게 우습지. 우리야 뭐, 시키는 대로 할 뿐이지만, 정말 너무들 하는구먼. 어디 친척집이라도 보내 해산을 시키지 않고 ― 죄없는 사람을……."

하며 드러나게 인심쓰다가 다음날은,

"아, 좀 들어가 있어요. 이러나저러나 곧 끝장을 볼 거니까."

하며 문 밖에 나와 선 시어머니를 까닭 없이 몰아세웠다. 마을 사람들 가운데도 군경가족이나 극렬한 우익들은 이미 보따리를 싸놓은 눈치였고, 몇몇 성급한 사람들은 벌써 남쪽으로 떠나기도 했다.

라디오나 신문도 없고, 누가 친절히 전황을 일러주는 사람도 없었지만 서울이 다시 위험해진 것은 거의 틀림없는 일이었다.

누가 남쪽으로 피난을 떠나거나, 보따리를 싸는 것을 본 날이면 시어머니는 마치 실성한 사람 같았다. 밤새도록 보따리를 풀었다 쌌다 하며 정인이 걸을 수 없다는 것을 뻔히 알면서도 이렇게 채근하곤 했다.

"철이는 내가 업고, 어린것도 안으마. 어째 좀 걸어볼 수 없겠니?"

그러다가 간신히 몸을 일으킨 정인이 방문도 나가지 못하고 주저앉으면,

"아이고, 여기서 죽을 팔자인 모양이구나. 이 일을 어쩔꼬?"

하며 넋두리를 하는 것이었다. 듣다 못한 정인이 아이들을 데리고 당신만이라도 빠져나가라고 권할라치면, 시어머니는 한층 더 비탄에 젖으며 울먹였다.

"내가 살자고 그러는 게 아니다. 내 새끼 살리자고 하는 짓이다. 그런데 너를 두고 가면 초칠도 안 된 이 핏덩이는 어쩌고, 어린아이들은 어쩌노? 제발 내가 너를 대신할 수 있었으면, 내가 너를 대신할 수 있었으면……."

몇 달 전 동영을 떠나보낼 때, 현모와 양처의 모습이 어떤 것인가를 보여주자며, 정인이 눈물을 보이는 것조차 금하던 것에 비해 너무 심한 변화였다. '돌내골 암펌'이란 별명으로 통하던 옛날의 서슬 퍼렇던 모습은 이미 간 곳이 없었다.

그러던 어느 날이었다. 정확히 말하면 양력 정월 초이튿날, 그날도 정인이 상을 물리기 바쁘게 사립께로 나가 여기저기를 근심스레

살피던 시어머니가 다급하게 방안으로 뛰어들었다. 그리고 갓난아기가 신기해 정신없이 들여다보고 있는 철이에게 다짜고짜 옷을 입히기 시작했다. 그냥 춥지 않을 만큼 입히는 것이 아니라 있는 대로 겹겹이 껴입히는 것이었다.

"할머니, 왜 이래?"

철이녀석이 어리둥절해 물었지만, 대답 없이 옷만을 껴입히던 시어머니는 담요 조각까지 덮어씌운 뒤에야 철이녀석의 손목을 잡으며 신들린 듯한 목소리로 말했다.

"가자, 어서 나가자."

그제서야 심상찮은 느낌이 든 정인이 무거운 몸을 일으키며 물었다.

"어머님, 그 앨 어디로 데려가시려구요?"

그러나 시어머니는 마치 귀먹은 사람처럼 문을 열고 버둥거리는 철이녀석을 끌고 나갔다.

"철아, 달아나거라. 천리 만리 흔적도 없이 도망가거라. 얼른!"

사립께에 이르러서야 시어머니가 미친 듯이 내지르는 소리였다. 영문 모르고 끌려나온 철이녀석은 그런 할머니의 고함소리에 놀랐는지 입을 비죽거리면서도 움직이려 들지 않았다.

"누가 물어도 여기 있는 게 에미 할미라고 해서는 안 된다. 모두 죽었다고 해라. 혼자 남았다고 해라."

시어머니가 다시 철이녀석을 재촉했다.

"어머님, 그게 무슨 말씀이세요?"

비로소 시어머니의 뜻을 알아차린 정인은 자신도 모르게 방을 뛰쳐나오며 소리쳤다. 사지가 후들거리고 세상이 빙글빙글 도는 듯한 느낌이었지만 간신히 넘어지지 않고 사립문에 의지할 수 있었다.

"저길 봐라."

그런 정인을 힐끗 돌아본 시어머니가 손을 들어 한 곳을 가리켰다. 자기들이 갇혀 있던 창고 쪽이었는데, 그곳에 눈길이 닿자마자 정인은 가슴이 철렁함을 느꼈다. 군용트럭 한 대가 멈춰 서서 창고 안의 사람들을 실어내고 있었던 것이다. 올 때가 왔구나 — 비교적 시어머니보다는 자기가 떨어진 처지를 낙관하고 있던 정인이었지만 막상 그 광경을 보게 되자 저절로 그런 생각이 들었다.

"이놈아, 뭐 하누? 빨리 도망치라니까, 어서 바삐 멀리멀리 달아나라니까……."

다시 시어머니가 비죽거리고 있는 철이의 등짝을 후리며 한층 높은 소리로 재촉했다.

"여기서 얼쩡거리다간 죽는다, 죽어. 멀리 가버리거라. 자취도 남기지 않고 없어지거라……."

갑작스런 할머니의 무서운 고함소리에 질려 있던 철이녀석은 등짝까지 세차게 얻어맞자 기어이 왕 하고 울음을 터뜨렸다. 정인은 허물어지듯 그런 녀석을 쓸어안으며 시어머니에게 항의했다.

"어머님, 그게 무슨 말씀이세요? 이 어린걸 어디로 보낸단 말이세요? 보낸들 이 엄동설한에 어디를 가겠어요?"

"안 된다, 보내라. 내가 보니 다 틀린 것 같다. 애비도 생사를 기약할 수 없고, 제 외가엘 간 훈이 영희도 틀림없이 무슨 일을 당했다. 그렇지 않고서야 사돈어른들이 구존해 계시는데 이렇도록 소식조차 없을 리 있느냐? 저 애라도 보내야 한다. 어떻게든지 살려내 씨를 보존해야 한다. 남의 종부 돼서 대를 끊어 놓을 순 없다……."

시어머니는 마치 완전히 정신나간 사람 같았다. 그러나 정인도 필사적이었다. 모자간을 떼어놓으려는 시어머니의 세찬 손길을 거부하고 더욱 힘주어 철이녀석을 껴안으며 눈물로 대꾸했다.

"어머님, 진정하세요. 제 자식도 거두기 힘든 이 난리판에 누가 이 애를 돌보아주겠어요? 십중팔구 길 위에서 얼어죽고 말 거예요. 차라리 숨 붙어 있을 때까지 데리고 있다가 운에 맡겨요. 설마 어린 애까지야…… 그리고 — 안 되면 같이 죽죠."

"애가 실성했구나. 너는 아기와 한 창에 꿰인 경찰가족 얘기를 듣지도 못했느냐? 그 사람들이 그랬는데 저것들이라고 우리에게 못할 게 뭐냐? 요새 것들이 어디 사람이냐? 사람 백정 귀신이 씌어도 열 번은 씐 것들이다. 놔라. 이 애는 보내야 한다."

시어머니는 그러면서 더욱 세차게 철이를 떼어냈다. 영문 모르는 철이는 숨넘어갈 듯 울어대고 — 그런데 그때였다. 언제 왔는지 군용 지프차 한 대가 잠깐 창고 앞에 멈추었다가 똑바로 그들 고부를 향해 달려왔다. 그걸 보자 시어머니는 완전히 뒤집힌 눈으로 정인을 꾸짖었다.

"봐라, 저것들이 눈치채고 이쪽으로 온다. 놔라. 지금이라도 얼른 보내야 한다. 애라도 살려 씨를 전해야 한다."

그리고 허약한 정인을 힘대로 밀친 후 질질 끌다시피 철이를 데리고 지프차와 반대방향으로 종종걸음치기 시작했다.

"이놈아, 빨리 가자. 여기 있으면 죽는다, 죽어."

철이녀석은 버둥거리면서도 할머니의 힘에 못 이겨 끌려가지 않을 수 없었다. 하지만 지프차가 먼저였다. 그런 시어머니와 철이가 미처 담모퉁이를 돌기도 전에 먼지와 가솔린 내음을 풍기며 차가 사립께에 멎더니 한 사람이 뛰어내렸다. 전투복차림의 경찰이었지만 분명 낯익은 얼굴이었다.

"어무이, 뭐 하시니껴?"

차에서 내린 그는 곧장 시어머니 쪽으로 다가가며 소리쳤다. 그 투박한 경상도사투리를 듣자 정인은 이내 그가 누구인지를 알아보았다. 그러나 시어머니는 그의 복장이 워낙 뜻밖인지 얼른 알아보지 못한 채 한층 허둥대며 철이를 끌었다.

"어무이요, 절 모르시겠니껴?"

그가 성큼성큼 다가가며 시어머니께 다시 물었다. 그제서야 돌아본 시어머니도 그를 알아보고 놀란 소리를 질렀다.

"아이고, 이게 누구로? 상건이 아이가?"

반갑다 보니 사투리가 나오는 모양이었다. 오래 쫓기는 생활을 해오는 동안 신분위장과 은신의 편의를 위해 일부러 사투리는 피해 온 동영의 가족이었다. 시어머니가 가장 애를 먹었지만, 외아들의 안전이라는 그녀에게는 지상(至上)과 다름없는 필요에 몰린 나머지 서울생활이 오 년이 넘은 그 무렵에는 제법 표준말을 흉내 내고 있었는데, 한꺼번에 사투리가 튀어나온 것이었다. 그만큼 그녀가 본능적인 충동에 따라 움직이고 있다는 증거였다.

"그래, 니 참 잘 왔다. 야 좀 살려다고. 니 계급이 뭔동 모르지만 수십 년 친구의 자식 하나야 못 살리겠나? 내 이리 비마."

그러는 그녀는 정말로 두 손까지 비비는 시늉을 했다. 상건이 영문을 모르겠다는 표정으로 되물었다.

"그기 뭔 말씀이껴?"

"아무리 사상이 중해도 남의 씨를 지우는 거는 아이따. 우리 집안은 이제 다 죽었다. 다 죽고 — 씨 할 고추라고는 야 하나 남았다. 어에튼동 야만 살려다고……."

"예?"

"니 총 차고 차 타고 왔으이, 보도연맹 때 맨치로 우리를 한 구딩에 파묻을라꼬 안 왔나? 글치만 야는 살려 조야 한다. 남의 대를 끊는 법은 아이따……."

시어머니가 헐떡이며 거기까지 늘어놓자 상건도 말뜻을 알아차린 것 같았다. 어이없다는 듯 피식 웃더니 한 발 다가서며 시어머니의 두 손을 꼭 잡았다. 그런 그의 눈에는 까닭 모를 쓸쓸함과 깊은 연민이 어려 있었다.

"어무이, 뭘 오해하고 계시니더. 어디서 뭘 봤는동 모르지만, 그런 일이 없니더. 혹시라도 그런 일이 있으까 봐 내 같은 사람이 이래 안 돌아다니니껴? 걱정 말고 가 데리고 이 차에 오르시소."

그리고는 간신히 몸을 추스리고 일어선 정인에게로 고개를 돌렸다.

수씨(嫂氏)가 여 계신동은 어제사 알았니더. 인제 걱정 마소. 어무이나 진정시켜 이 차 타고 가시더."

그런 상건의 얼굴에는 사 년 전인가 마지막으로 보던 때의 젊음은 간 곳이 없었다. 그 사 년 동안에 적어도 십 년은 늙어버린 것

290

같았다.

시어머니가 어느 정도 진정된 것은 차가 그 악몽 같은 마을을 완전히 벗어난 뒤였다. 그 뜻밖의 상황을 이해하기 위함인 듯 줄곧 입을 다물고 있던 그녀는 이윽고 덤덤한 목소리로 앞자리의 상건에게 물었다.

"니가 웬일로 경찰이로? 내사 통 영문을 모리겠다."

"살다 보이 ― 어에 그리 됐니더."

상건도 무엇 때문인지 한숨처럼 그렇게 대답했다.

"동경유학까지 했으이, 경찰이라도 높겠제?"

"글치는 못하이더. 늦게 들어가…… 대학선배가 들어 힘을 쓴다꼬 쓴 모양인데 인제 겨우 경감이씨더."

"우리가 여 있는 거는 어에 알았노?"

"암만 캐도 또 서울을 내조야 할 모양이씨더. 그런데 전번 맨치로 혼란통에 불상사가 일날까 봐, 미리 수용된 검속자 분류가 있었니더. 죄질이 나쁜 사람은 후방으로 옮겨 재판에 넘기고 대단찮은 사람은 놔줄라꼬……. 그러다 그 명부에서 동영의 이름을 봤니더."

"니 같은 사람이 경찰에 있으이 우리가 산다. 나는 이번에는 똑 죽는동 알았다."

"아이씨더. 이거는 내가 한 기 아이고 상부 방침이씨더. 인제는 택없이 죽이고 죽는 일은 없을 께씨더. 하기사 어무이하고 수씨가 부녀동맹 일 본 거는 문제가 돼니더마는……."

"어에튼 고맙다. 니한테 큰 해가 되지 않아야 하겠는데……."

그렇게 말끝을 흐리던 시어머니는 문득 가족들 안부를 잊었다는 생각이 들었던지 어조를 바꾸어 물었다.

"그런데 너 색시는 잘 있나?"

"……."

"신혼 때 데리고 온 걸 보이 참 참하다……새(사이)도 좋제?"

"……."

"지금은 어디 사노? 아직 촌에 있나?"

"이 세상 사람이 아이씨더."

이윽고 시어머니의 물음을 몇 번이나 묵살하려던 상건이 뒤도 돌아보지 않고 괴롭게 대답했다. 시어머니가 놀라 되물었다.

"뭐래? 그러믄 아이들은? 아아들도 둘인가 셋 있었제?"

"마찬가지씨더."

"아이, 어쩌다 그래 됐노? 남이가 북이가? 어느 쪽 짓이고?"

"산사람들이씨더. 며칠 서울 갔다 온 새…… 집에다 기름을 붓고 불을 질러……."

상건이 어쩔 수 없다는 듯 털어놓기 시작했다.

"그러믄 경찰에 들어온 뒤라?"

"아이씨더. 그때는 과수원 농사나 짓고 있었는데……."

"그런데 그 사람들이 왜 그랬을꼬……?"

"악질 대지주에 기회주의자라고…… 몇 번 입당을 권하는 걸 거절했다……."

"그러믄 —."

갑자기 시어머니가 무얼 생각했는지 질린 얼굴로 상건에게 물었다.

"니, 기집자슥 원수 갚을라꼬 경찰됐구나?"

"참 어무이도 —."

거기서 다시 상건이 웃으며 돌아보았다. 그러나 정인의 눈에는 그게 웃음이라기보다는 처참한 일그러짐으로 보였다.

"하기사 처음에는 보이는 게 없디더. 그렇지만 곧 깨달았디더. 이 쪽저쪽 어느 쪽도 아닌 채 이 미친 세월을 견뎌낼 수 있다고 믿은 내가 잘못이라는 거 말이씨더. 그런데 마침 경찰간부로 있던 대학 선배가 자리를 하나 내주데요."

"그러믄 아무치도 않단 말이라?"

"한(恨)이사 왜 없을니껴? 하지마는 그 한을 풀자고 들면 새로운 한만 늘어날 뿐이시더. 나는 오히려 그걸 막고 싶디더. 우리라도 남의 가슴에 못박는 짓은 고만 하고 싶디더. 그기 경찰이 된 내 목적이씨더……."

"니야말로 참말 군자다. 우리 동영이 친구 맞다. 가가 다시 온다 캐도 니보고는 암말 못할께따."

그제서야 시어머니는 안도와 감탄이 묘하게 뒤섞인 목소리로 그렇게 말한 뒤 서둘러 말을 맺었다.

"내가 백줴 쓸데없는 걸 물었다. 인제 잊어뿌자."

"괜찮디더. 벌써 삼 년 전 일이씨더."

상건도 그렇게 대답하고 입을 다물었다. 그런 그의 뒷모습을 바라보던 정인은 문득 사 년 전의 그를 떠올렸다.

…… 동영의 사랑방이었다. 무슨 일인가로 몇 년 만에 집을 찾은

그를 동영이 달래고 있었다.

"자네도 이만 나오게. 같이 일해 봐."

"무슨 소리고? 나는 그저 농사꾼이따. 제발 나를 가만히 놔따고."

"모두들 자넬 기억하고 있어. 다시 일하겠다면 환영할 거야."

"기억하긴 뭘 하겠노? 겨우 스물 몇 때 한 일 년 심부름해 준 것 말인가? 하지만 나는 손 씻겠다고 말 안했나? 요새 한창 자네들 사이에 동네북이 되고 있는 바로 그 전향분자요, 청산파(淸算派)란 말이다. 가만히 엎드려 농사나 짓게 놔따고."

"쓸데없는 소리…… 동척에서 농장장 노릇까지 한 나도 이렇게 일하고 있는데."

"자네는 그 사람들 승인과 묵계 아래서였다며? 또 자네가 거기 있는 동안 신세진 친구들이 얼마나 많노? 누구는 그 농장의 잡역부로 왜경의 추적까지 피했다며?"

"전향분자나 청산파치고 그런 핑계 없는 자는 아무도 없어. 그런 작자들에 비하면 자네야 순결무구한 일꾼이지."

"어예튼 나는 빼다고. 나는 그저 니 얼굴 한번 보고 싶어 왔을 뿐이따."

"그러지 말고 다시 한번 생각해 보게. 일간 자네 집에 한번 들르지. 마침 그쪽 지역 조직이 텅 비어 있어."

"오는 것은 좋지만 소용없따. 내하고 술이나 한잔 하고 가겠다 믄 몰래도……."

그러고 돌아간 상건이었다. 그 얼마 후 동영은 정말로 그의 시골집을 방문했지만 결과는 그날 밤과 다름없었던 것 같았다.

"그 친구, 알량한 기회주의자로 변해 버렸어. 하지만 쉽지는 않을걸. 결국 이쪽 저쪽 모두를 적으로 만드는 셈이 되고 말 거니까."

그게 상건의 시골집을 다녀온 동영이 한 말이었다…….

상건이 정인과 시어머니를 내려준 곳은 서울역 부근이었다. 광장은 온통 피난민으로 들끓었다. 방금 남으로 출발하는 기차는 지붕까지 허옇게 사람으로 뒤덮여 있었다.

"어디로 가실동은 몰라도 남으로 갈라믄 오늘 저녁까지는 차를 타야 될 게시더. 우예튼동 몸조심 하시이소."

그리고 만약을 위한 준비인 듯 증명서 하나를 내놓고는 급히 차를 몰아갔다.

6

그 아이가 무엇 때문에 나를 찾아온 것일까. 십 년을 뛰어넘어 불쑥 — 양지훈이 바람같이 나타났다가 돌아간 뒤 동영은 한동안 그런 생각에 잠겨들었다. 일본으로 돌아가는 일을 물었지만 그것은 아무래도 불가능한 일이었다. 무엇보다도 전쟁이 한창인 지금 그처럼 유능한 군의군관을 일본으로 돌려보낼 리는 만무했다.

그렇다고 몰래 돌아갈 길은 더욱 없었다. 해안선은 한번 상륙작전에 혼이 난 만큼 경계로 물샐 틈 없고, 바다는 또 바다대로 UN군의 함정이 철통같이 봉쇄하고 있었다.

그러자 다시 아직 동영의 머릿속에서 그 의미가 정리되지 않은 김철의 죽음이 떠올랐다. 마찬가지로 그 역시 살아 있을 때 몇 가지 자신의 죽음을 예고하는 언동을 보였으나 아무리 되살려 보아도 그 필연성은 느껴지지 않았다.

얼핏보면 지훈이 갑작스레 나타난 것과 김철을 만난 일은 무관하였지만 동영의 막연한 느낌 속에서는 이상하리만치 일련된 것으로 느껴졌다. 그런 장소 그런 시기에서의 만남이란 우연뿐만 아니라 그들로부터 느껴지는 까닭 모를 이죽거림에서도 그랬다.

하지만 정상위의 염려대로 정말 뇌에 손상이라도 입은 것인지, 좀 더 냉정히 그들과의 시간을 떠올리고 어떤 의미를 찾으려 들면 이내 머릿속은 뒤죽박죽이 되어버리는 것이었다. 거기다가 잊고 있었던 가족들의 일이나 갑자기 알 수 없는 곳에 혼자 팽겨쳐져 있는 듯한 자신의 처지라도 끼어들게 되면 그대로 고함이라도 치며 달려나가고 싶은 맹렬하고도 앞뒤없는 충동에 빠져들기까지 했다.

그 바람에 동영은 어떤 정신적인 위기까지 느끼며 스스로 생각에 잠기는 일을 피했다. 되도록 몸의 회복 쪽으로 주의를 몰아 그 가운데서 자연스레 정신력이 되살아나기를 기다리기로 마음먹은 것이었다.

따라서 며칠 전 밤늦게 들은 그 이상한 기침소리도 동영은 잠시 접어두었다. 자신의 신경과민으로 돌리기에는 너무도 또렷했고 또 까닭 없이 자극적으로 들리던 것이었으나 따져보면 설령 그것이 실제라 해도 대수롭지 않은 일일 수 있었다. 거기다가 환청에 지나지 않을 거라는 봉사대 처녀의 말을 뒷받침하기라도 하듯 그 기침소리도 그날 이후로는 더 들리지 않았다.

그런데 봉사대 처녀에게 그 기침소리에 대해 물은 날로부터 닷세인가 엿새쯤 지난 뒤의 일이었다. 동영에게 다시 한번 그 일을 떠오르게 한 일이 벌어졌다. 아침식사를 마친 뒤 창가에 붙어서서 송이져 내리는 눈을 내다보고 있는데 가까운 곳에서 누군가 다투는 소리가 들렸다. 동영이 무심코 고개를 내밀고 보니 군의장과 정상위였다. 군의장은 무언가 장부를 펼쳐 들고 있고 정상위는 팔짱을 낀 채 벽에 기대 서 있었다.

"동무, 바루 말하시오. 여기이 비리도꾸신(피리독신) 모두 어떻게 했소?"

장부 한쪽을 짚으며 묻는 군의장의 목소리는 서슬이 퍼랬다. 평소와는 달리 무슨 대단한 약점이라도 잡은 듯 엄중히 추궁하는 태도였다. 그러나 정상위는 별로 두려워하는 기색이 없었다. 끼고 있던 팔짱도 풀지 않은 채 빙글거리기만 했다.

"네?"

"여기 세 통이나 동무가 소모한 걸루 되어 있는데……."

"아, 그거? 제가 썼습니다."

"쓰다니? 동무가 먹었단 말이오? 환자들에게 먹였단 말이오?"

"그거야 저도 먹고 투약도 했지요."

"뭐라구? 동무가 먹었다구?"

"군의장동무도 두 곽이나 잡수시지 않으셨습니까?"

"말조심하시오. 그건 내가 먹은 게 아니고, 보위국 동무 하나가 격무로 피로해하길래 드렸을 뿐이오."

"저도 격무로 피로해 먹었습니다."

"치료용을 군의군관이 사적으로? 하지만 좋소. 설마 세 통 다는 아닐 테고, 환자에게 썼다는데 그건 누구요?"

그러자 정상위는 창으로 내다보고 있는 동영에게 장난스레 눈을 껌벅이며 말했다.

"저기 중좌동무입니다."

"아니, 누굴 바보로 아오? 외상(外傷) 환자에게 그 약을 썼다고?"

"그럼 누구에게 써야 합니까? 검찰 나온 보위국원에게 뇌물로만 써야 하는 약입니까?"

그러자 군의장은 정말로 화가 난 표정이었다.

"뭐? 뇌물? 그 발언 잘했소. 하지만 각오하시오. 동무의 그 같은 언동은 물론 의약품의 사적 소모, 모두 보고하겠소."

그러나 정상위는 여전히 두려워하는 기색이 없었다. 오히려 빙글거리며 엄살을 떤다.

"이거 큰일났군. 약 몇 통 때문에 징계당하게 생겼네."

"비리도꾸신뿐만 아니야. 고데인도 없어졌소. 날 무시하지 말어. 그 약도 여기 있는 상이전사들에게는 필요하지 않다는 것쯤은 나도 알아. 솔직히 말하시오. 동무가 먹었다는 건 거짓말이오. 어디엔가 부대 밖으로 빼돌렸소. 무엇 때문이었소? 누구에게요?"

"내가 먹었다니까요."

"정말 이러기야? 그러지 말고 바른 대로 말해. 무얼 받고 어딜 넘겼어?"

군의장은 어느새 말까지 낮추었다. 성났다기보다는 그만큼 자신만만하다는 듯한 표정이었다. 그가 그렇게까지 몰아대자 정상위의 얼굴도 차츰 굳어졌다.

"이보시오, 군의장동무."

그렇게 부르는 정상위의 어조에는 전에 없던 날카로움이 스며 있었다.

군의장은 그런 정상위의 어조에 어떤 본능적인 경계심을 느낀 듯 약간 움츠러든 눈길로 말없이 정상위를 쳐다보았다.

"군의장동무께서는 그 약이 무슨 고급영양제인 줄 알고 귀한 선물로 갖다 바치신 모양이지만, 그건 보통사람들에게는 별 소용이 없는 복합비타민제에 지나지 않습니다."

"……."

"결핵을 치료할 때나 겸용하는 것이죠. 이 군의소에는 결핵환자가 없는 데도 그게 소모되길래 알아보니 군의장동무가 엉뚱한 데 쓰고 계시더군요. 그래서 마을의 일반인민들에게 나누어 주었습니다. 그게 그렇게 잘못된 겁니까?"

"일반인민……?"

"그렇습니다. 결핵을 앓아도 약을 못 구해 치료하지 못하는 사람들이 더러 있는 모양입니다."

그런 정상위의 말에 분노와 당황과 부끄러움으로 복잡하게 일그러진 군의장은 잠시 입을 열지 않았다. 그러다가 동영이 창문으로 내다보고 있는 걸 알자 새삼 화가 난다는 듯 빽 소리를 질렀다.

"시끄럽소. 그렇더라도 이 일은 도저히 묵과할 수 없는 일이오. 분명한 유용(流用)이오. 반드시 보고하겠소. 거기다가 —."

그러면서 잠깐 숨을 멈춘 그는 더욱 크게 소리쳤다.

"동무의 태도가 그게 뭐요? 아무리 인민의 군대라지만 엄연히 계급이란 게 있소. 그런데 쥐꼬리만한 의학적 지식을 믿고 상위자를 놀리는 거요 뭐요? 분야가 달라 용법이 좀 서투르다고 그렇게 독

단적으로 의약을 처리할 수 있소?"

정상위도 거기까지가 한계라는 건 아는 모양이었다. 더는 군의장의 부아를 건드리고 싶지 않다는 듯 공손하게 말했다.

"기분을 상해 드리려는 의도는 없었습니다. 지나친 데가 있었다면 사과드립니다."

"이건 사과로 끝날 일이 아니오."

군의장도 입으로는 여전히 그렇게 으르렁거렸지만, 그 정도에서 끝내고 싶어하는 것은 구경하는 동영도 눈치로 알 만했다.

그들이 각기 자기 일자리로 가버린 뒤에도 동영은 한동안 더 창가에 서 있었다. 바깥 구경을 위해서가 아니라, 그들의 대화 가운데 묘하게 그를 자극하는 것이 있었기 때문이었다. 다름아닌 결핵이란 말로서, 그것이 문득 며칠 전에 들은 그 숨넘어가는 듯한 기침소리를 떠올리게 한 것이었다. 어쩌면 환청이 아니었을지도 모른다 — 동영이 얼마 뒤 자기의 방을 찾은 정상위에게 다시 그 다툼에 대해 묻게 된 것도 그런 느낌 탓이었다.

"그 약, 피리독신인가 하는 거, 정말로 마을 사람들에게 나누어 주었소?"

방안에 들어서자마자 대뜸 그런 질문을 받은 정상위는 잠깐 어리둥절한 표정이었다. 무슨 일인가 의논할 게 있어 자기 생각에만 몰두해 있었기 때문인 것 같았다.

"네?"

"직접 앓고 있는 인민들에게 주었는가 말이오?"

"그건 아닙니다만 — 왜 그러십니까?"

"그럼 어떻게 전해 주었소?"

"김현숙(金賢淑) 동무를 통해 주었습니다."

"김현숙?"

"선생님을 맡은 간호보조수 말입니다. 친척 가운데 심하게 결핵을 앓고 있는 사람이 있다기에……."

"코데인인가 하는 약은 뭐요?"

"심한 기침을 일시적으로 멎게 하는 데 효과가 있죠. 치료약이라기보다는 ─ 일종의 마약입니다."

그 말을 듣자 동영은 한층 이상한 생각이 들었다.

"그것도 김현숙이 요구했소?"

"네, 밤에 잠을 못 잘 정도로 기침이 심해서 급할 때만 조금씩 쓰겠다는 말이었습니다."

"그렇다면 혹 그게 닷새 전쯤 아니오?"

"그쯤 되는 것 같군요. 그런데 ─ 왜 그러십니까?"

그제서야 정상위는 심상찮은 기미를 느끼고 그렇게 물었다.

"좀 이상한 게 있어서……."

"이상하다니요?"

거기서 동영은 잠시 망설였다. 그 기침소리와 김현숙 사이에 무언가가 있는 것은 분명했지만, 말하려고 보니 모든 것은 추측이나 예감뿐이었다. 거기다가 정상위와 김현숙의 관계도 예사롭지 않은 것 같아 일단 마음속에만 넣어 두기로 하고 슬그머니 화제를 바꾸었다.

"아니, 그저…… 그런데 김현숙과는 어떤 사이요?"

"매우 가깝습니다. 실은 그 일 때문에…… 부탁할 게 있어서……."

"가깝다면?"

그러자 정상위의 얼굴이 드러나게 붉어졌다. 목소리까지 더듬거리는 것 같았다. 약간 능글맞은 데까지 있는 그로 봐서는 드문 일이었다.

"솔직히 말해서 사, 사랑합니다. 두, 둘 사이지만 결혼까지 약속했습니다."

"그렇게나…… 전부터 아는 사이오?"

"아니, 이 마을에 와서 알았습니다. 한 이십 일밖에 안 되지만…… 우리에게는 이십 년보다 더 귀중합니다."

거기까지 듣고 보니 문득 눈앞에 떠오르는 광경이 하나 있었다. 아직 부상 직후의 혼미상태에 빠져 있을 때였는데, 동영은 그들이 포옹하고 있는 것을 본 듯한 느낌이 들었다. 그러나 그 뒤로는 별다른 낌새를 보이지 않아 동영은 자신이 헛것을 본 것으로 여기고 그들의 관계를 의심하지 않았던 것이다.

"놀랍고도 부럽소. 이런 상황 속에도 그렇게 열렬할 수 있는 그 젊음이. 그런데 부탁이란 뭐요?"

"그 여자의 신분에…… 어려움이 좀 있습니다. 우선 그 집안인데 — 그녀의 부친은 부근에서 제일가는 대지주였답니다. 그런데 그분은 돌아가셨고, 토지는 몰수됐으니 일단 문제가 없다 쳐도 그 삼촌이 또 있습니다. 바로 이 교회 목사였는데 월남했다고 합니다."

"오빠가 의용군으로 죽었다길래 신분은 확실한 줄 알았는데……."

"그것도 문젭니다. 식구들을 위해 자원해 나갔는데, 죽었다기보다는 포로가 됐을 공산이 큽니다. 그녀가 봉사대에 들어온 것도 그런저런 사정에 밀린 것이죠."

"짐작이 가는군. 그런데 부탁은 뭐요?"

"선생님께서 좀 도와주십시오. 제가 보기에 선생님께서는 어떤 힘과 연결이 되어 있는 것 같습니다. 군의장처럼 약삭빠른 인간이 선생님을 대하는 것만 보아도 잘 알 수 있습니다."

그 말에 동영은 절로 쓴웃음이 나왔다. 힘, 힘이라 — 그러나 자신은 당장 내일의 일도 내다볼 수 있는 처지에 있지 않았다. 그런데도 정상위는 무슨 말을 들었는지 작은 의심도 없이 동영에게 매달렸다. 어이없었지만 불쾌한 일은 아니었다.

"글쎄…… 그건 나도 모르지만 도울 수만 있으면 돕겠소. 그래 구체적으로 무엇이오?"

"오늘밤 저희 군의소는 남으로 이동합니다. 아무리 후방 군의소라고는 하지만 전선과 너무 떨어져 있다는 게 상부의 판단입니다. 거기다가 곧 크리스마스 대공세도 있을 모양이고……."

"이동한다고? 어디로?"

"신막(新幕) 부근이랍니다. 전선은 개성까지 내려가 있다고 합니다."

"단파 라디오의 보도가 생각보다 과장은 아닌 모양이군. 그런데?"

"제가 떠난 뒤에도 좀 보살펴주십시오. 그리고 힘이 닿으시면 저희들 결혼도 좀 주선해 주시고……."

"그럼 나는 이동하지 않소?"

"네, 이동하는 것은 저희들 군의군관들과 당가병, 그리고 의료기재뿐입니다. 중상자는 평양의 제×후방 통합병원으로 후송되고 선생님처럼 회복중인 경상자는 여기서 회복을 기다려 원대로 복귀하게 됩니다. 당가병 둘이 남아 이곳 출신 봉사대를 지도하게 될 겁니다."

듣느니 모두가 새로운 말이었다. 후방이라고는 하지만 군의소치고는 한군데 오래 머문다 싶어도, 그토록 갑작스레 이동하리라고 생각하지 못했던 것이다. 거기다가 예상 밖으로 멀리 남하한 전선도 동영이 정상위의 말에 주의를 기울일 수 없게 만들었다. 서울이 가까워진다는 그 사실이 어쩔 수 없이 아내와 아이들을 떠올리게 한 탓이었다. 그러나 정상위는 여전히 자신의 열정에만 달아오른 채 구체적인 내용도 없는 부탁을 몇 번이고 되풀이한 뒤 방을 나갔다.

정상위의 말대로 오후가 되자 군의소는 본격적으로 이동준비에 들어갔다. 분류된 환자 가운데서 평양으로 후송될 중상자는 우마차에 실려 떠났고, 남은 경상자들은 교회당 안으로 집결됐다. 동영을 비롯해서 여남은 명 되었는데, 그중에 대여섯은 이미 다음 날로 원대복귀 명령을 받고 있었다. 의약품과 의료기재는 한 대의 위장된 트럭에 실려 그날 밤의 출발을 기다리는 중이었다. 공습에 대한 우려 때문인지 또는 그것도 일종의 부대이동이어서 기밀유지가 필요한 탓인지 출발시간은 자정으로 되어 있었다.

그러나 자신의 생각에 몰두해 있는 동영에게는 그 모든 분주함이 강 건너 불이나 다름없었다. 오후에 두세 번 바람을 쐬거나 변소를 다녀오느라 그 같은 이동준비를 보게 되었을 뿐, 거기에 대해서는 한 마디 묻거나 거든 일조차 없었던 것이다. 터지기 직전의 화약더미 같던 수원에 남겨두고 온 어머니와 아이들, 아내…… 월북 도중에 보았던 무수한 죽음의 형태가 그들을 삼키지 않았으리라고 믿을 만한 증거는 아무것도 없었다. 대단찮은 국방군 장교의 아내였다거나 말단 경찰의 핏줄이라는 이유만으로, 또는 그 둘과 연관되어 명예직이나 다를 바 없는 민간 우익단체의 간부를 지낸 죄로 억울하게 주검이 되어 나뒹굴던 이들을 여러 번 보아 온 탓이었다.

특히 한번은 이런 일도 있었다. 평양에 도착하기 한 주일쯤 전 후퇴하던 한떼의 인민군들과 동행하던 어느 날로, 그들이 아직 마식령산맥 줄기에 붙어 북상하고 있을 때였는데, 해질 무렵 어떤 이름 모를 산간부락에 닿았다. 국방군과 유엔군의 선두는 위도상으로 훨씬 북쪽까지 진출했었지만, 아직 그 산골마을에는 들어오지 않았을 것임에 분명한데도 마을 가운데의 국기게양대에는 태극기가 펄럭이고 있었다.

"저 순 쌍간나들, 저 가이(개)새끼들……."

쌍안경으로 마을을 내려다보던 소좌가 이를 부드득 갈더니, 임시 중대장을 맡고 있는 군관들을 불렀다.

"동무들은 지금 당장 성한 전사들을 차출해서 저 마을로 가시오. 가서 악질반동들을 처단하고 오시오. 시간은 한 시간 내. 우리는 이곳에서 서북쪽 30리 지점에서 동무들을 기다리고 있겠소."

"글티만, 한 시간 내에 어드렇게 악질반동을 색출해 냅메까?"

군관 가운데 하나가 머뭇거리며 그렇게 반문했다.

"안 되면 확 불이라도 싸지르고 눈에 띄는 대로 처단해 버리시오. 인정사정 볼 것 없소."

"저 마을엔 경찰도 국방군도 안 보입메다. 그랬다가 양민학살 같은 문제가 생기디 않가시오?"

"저것들은 양민이 아니라 악질반동들이오. 저런 것들이 있어 미제의 앞잡이들이 이 땅에서 날뛸 수 있게 된 거요. 고기를 잡으려면 먼저 그 놀 물을 없애야 하오. 인민의 적은 하나라도 처단할 수 있을 때 가차없이 처단하시오. 이 명령에 대한 책임은 본 소좌가 지겠소."

그러자 그 두 군관은 별수없다는 듯 오십여 명의 무장병력을 차출해서 마을로 내려갔다. 잠시 후 그곳을 떠나다 보니 마을 여기저기 불길이 솟고 콩볶듯 총소리가 들렸다. 알 수 없는 무력함과 공포에 짓눌려 말없이 걸음을 떼어놓는 동영의 귀에는 죽어가는 이들의 처절한 비명이 들리는 듯하였다.

오, 모두 살아만 있어 다오. 어머니, 여보, 훈아, 철아, 영희야, 그리고 지금쯤은 태어났을지도 모르는 낯모를 생명아…… 불현듯 떠오르는 그날의 광경에 몸서리치며 동영은 자신도 모르게 그렇게 중얼거렸다. 이제 내가 간다…….

거기다가 도무지 예측이 되지 않는 자신의 앞날도 가족들의 생사 못지않게 그를 괴롭혔다. 원대복귀라고는 하지만 그가 돌아갈 원대는 없어졌다. 그가 형식적인 배속을 받았던 연대는 김철의 죽음과 함께 사라졌고, 그들과 수행하기로 되어 있던 대남침투도 계획 그 자체가 취소되지 않았던가. 따라서 자신의 앞날에 관한 한 구체적인 것은 물론, 계속하여 군에 머물 것인가 아닌가조차도 알 수가 없었다. 어느새 그는 동지라는 개념과는 거의 무관한 어떤 낯모를 사람들의 결정에 자신을 내맡겨야 하는 신세가 된 것이었다. 희망과도 흡사한 어떤 것이 있다면, 겨우 군의장이 확인해 준 안나타샤란 정체 모를 여인의 호의 정도일까.

그러다 보니 그 아침에 다시 그의 주의를 끌게 된 기침소리는 저절로 그의 머릿속에서 사라지고 말았다. 봉사대 김현숙이 그 사이 두 번이나 그의 방을 드나들었지만 한 번도 그 일에 관해 묻지 않은 것이 그 예였다. 하지만 일은 결국 날이 저물기도 전에 터졌다. 발단은 한 담가병의 놀란 고함소리였다.

"동무들, 여기 와 보시라요. 이상한 게 있시요."

그 소리가 난 곳은 동영의 방에서 몇 발 떨어지지 않은 목사관의 헛간이어서, 마침 바람이나 쐬을까 하고 있던 동영도 불편한 몸을 일으켜 가보았다. 젊은 담가병이 가리키고 있는 것은 그 헛간 모퉁이에 있는 굴뚝이었다. 동영의 창에서는 몇 발 되지 않아 자주 보아 온 낯익은 것이었는데, 듣고 보니 약간 이상했다. 방도 아닌 헛간에 굴뚝이 있을 필요가 없기 때문이었다. 그때 어디서 나타났는지 김현숙이 왠지 떨리는 듯한 목소리로 설명했다.

"아녜요. 예전엔 방이었는데, 헛간으로 만들면서 굴뚝을 뜯어내지 않아 그래요. 못 쓰는 굴뚝이에요."

"나도 그렇게 생각했시요. 허디만 헛간 안은 도무지 구들을 뜯어내거나 굴자리를 메운 흔적이 없시요."

그 말에 잠깐 말이 없던 김현숙이 다시 까닭 없이 허둥대며 무어라고 궁색한 이유를 댔다. 동영이 보기에도 그 이유는 도무지 조리에 닿지 않았다. 무언가가 있다. ― 동영은 직감적으로 그렇게 느끼며 일의 변화를 주시했다.

"기래요? 기러타믄 내가 한번 알아보디요."

그 사이 고함소리에 몰려든 구경꾼들 가운데서 누군가가 나서며 말했다. 목발을 짚은 사십 가까운 특무장이었다. 다리의 부상이 다 나아가는지 목발을 지팡이 삼아 짚고 있던 그는 그 말과 함께 열린 헛간 속으로 성큼성큼 걸어 들어갔다. 그리고 목발로 세차게 바닥을 두드리기 시작했다. 몇 발 떼기도 전에 헛간 바닥이 난데없이 쿵쿵 울리기 시작했다. 그제서야 동영은 이상스런 전율과 함께 그가 찾고 있는 것이 무엇인 줄 알았다.

"내 이럴 줄 알았디. 그건 굴뚝이 아니라 환기통이외다."

안에서 그 늙은 전사의 득의한 목소리가 이죽거리듯 들려왔다. 그리고 이어 한군데 완연히 송판소리가 들리는 곳을 두드려 대며 덧붙였다.

"녀기가 입구고 — 어이, 총 든 동무, 이리 좀 오시라요."

그가 목발로 흙을 헤치고 들쳐낸 것은 가로세로가 모두 자반[尺 半]쯤 되는 송판뚜껑이었다. 거기서 드러난 구멍을 향해 총을 겨눈 전사가 소리쳤다.

"누구야? 손들고 나와. 안 나오면 갈겨버릴 테다."

"빨리 나오시라요, 동무. 괜시리 벌집처럼 되어 끌려나오디 말고……."

처음 그 입구를 찾아낸 전사도 옆에서 거들었다. 그러나 안에서는 이렇다 할 기척이 없었다.

"내 알디. 죽을 죄를 진 친구들은 벌써 멀리 내뺐다는 걸. 그러디 말고 나오시라요. 의용군 가기 싫어 숨은 거는 죽을 죄가 아니디."

다시 목발이 다 안다는 듯한 목소리로 그렇게 말했다. 아마도 그런 종류의 일에는 전문가인 모양이었다.

"나가겠소."

갑자기 땅 밑 어둠 속에서 쉰 듯한 목소리와 함께 사람의 상반신이 솟아올랐다. 그야말로 백지장처럼 창백한 얼굴에 수염과 머리칼이 덥수룩한 중년이었다. 별로 밝지 않은 헛간 안인데도 눈이 부신 듯 눈을 부비는 해골 같은 손이 한눈에 중환자임을 알아볼 수 있게 했다.

"의용군 나가는 거 겁낼 나이는 지났구만 동무는 뉘기요?"

이윽고 그 중년 사내가 비틀거리며 온몸을 드러내자 목발이 다시 나섰다. 그러나 그 중년 사내는 아직도 자기가 떨어진 상황이 가늠되지 않은 탓인지 주위만 두리번거렸다. 그런 그를 대신해 대답한 것은 동영의 예상대로 김현숙과 또 다른 그 마을 출신의 봉사대처녀였다. 진작부터 새파랗게 질려 구경꾼 사이에 섰던 둘은 더 이상 참지 못하겠다는 듯 동시에 달려가 휘청이는 그 중년 사내를 부축하며 울먹였다.

"삼춘……"

"목사님……"

그러자 목발이 다시 의기양양하게 떠들었다.

"이럴 줄도 벌써 알았디. 입구가 잘 위장된 걸 보구 뉘긴가 바깥에서 손봐 주고 있는 줄도 알았디."

그때 어디선가 뒤늦게 달려온 군의장이 헐떡이며 물었다.

"동무들 무슨 일이오?"

310

그리고 그 자리에 있던 사람들로부터 대강을 듣자마자 대뜸 이렇게 명령했다.

"이 자들을 여기 가두고 입초를 세우시오. 나는 보위국과 경무부에 연락하겠소."

그때껏 망연히 그 과정을 보고만 서 있던 동영은 군의장이 그렇게 말하며 자리를 뜨는 것을 보고서야 퍼뜩 정신이 들었다. 무언가 마땅히 자신이 나서서 해야 할 일이 있으리라는 느낌은 들면서도 그게 얼른 떠오르지 않다가 군의장이 심각한 얼굴로 설쳐대는 바람에 겨우 손댈 곳을 찾아낸 것이었다.

"잠깐 기다리십시오. 물어볼 게 있습니다."

"무엇이오?"

턱없이 서둘며 제자리로 돌아가 야전전화기를 막 집어들려던 군의장은 절뚝거리며 뒤따라온 동영의 말에 의아로운 눈초리로 쳐다보았다. 너무 오래 서 있어 아물어가던 상처에서 희미한 통증을 느낀 동영은 마침 책상 앞에 비어 있는 의자에 앉으며 물었다.

"보위국과 경무부에 연락하시려고 그러십니까?"

"그렇소."

"하지만 이 일은 그쪽하고는 무관한 것 같은데요. 숨어 있던 목사 하나를 색출한 것은 가까운 내무서에 인계하는 것만으로 충분합니다."

"역시 이남출신이라 잘 모르시는군. 그렇지 않소. 목사나 신부는 일단 미제의 일급 스파이 혐의를 받고 있소. 거기다가 이번 일은 군과 내통되어 있으니 분명 보위국과 경무부의 일이오."

"군과 내통이라면……."

"먼저 봉사대 둘이오. 그들은 비록 지원했지만 군부대에서 일하는 이상 반은 군인 신분을 가졌소. 거기다가 정상위도 틀림없이 관련되어 있소. 없어진 약품은 바로 그 목사에게 준 거요. 약품을 빼내 주는데 다른 기밀인들 못 빼내 주겠소?"

그런 군의장의 두 눈에는 정상위를 향한 것임에 분명한 적의가 이글거리고 있었다. 듣고 보니 동영까지 섬뜩한 말이었지만, 모든 일을 그의 적의에만 맡길 수는 없는 일이었다.

"하지만 김현숙은 그 목사의 질녀가 됩니다. 친족간의 특례가 적용될 수 있습니다. 또 정상위가 약을 주었다 해도 모르고 했을 수도 있습니다."

"그건 그쪽 조사에서 밝혀질 일이오. 나는 의무에 따라 보고할 뿐이오."

"그래도 그 보고는 부당하게 남에게 피해를 입혀서는 안 됩니다. 정확한 사실에 따라 이루어져야 합니다."

"물론 나는 정확한 사실에 의지할 거요. 그런데 동무는 무엇 때문에 그토록 열심히 이 일을 따지고 드는 거요?"

거기서 드디어 군의장은 동영의 개입에 노골적인 불만을 드러냈다. 이번만은 정상위를 가만두지 않겠다는 결의임에 틀림없었다. 그의 인품에 대해서는 여러 번 관찰할 기회가 있었을 뿐만 아니라 직접 겪어보기까지 한 동영은 이미 부드럽게 달래기는 틀렸음을 깨달았다.

그러나 강하게 부딪쳐 보아도 결과는 마찬가지였다.

"나는 정치부의 상급군관이오. 이 일에 관한 기초적인 조사와 관할 판단의 자격은 내게 있다고 생각되오."

"하지만 동무는 지금 일종의 병가(病暇)중이오. 직무수행은 일단 중지된 상태란 말이오. 거기다가 이 일은 내 관할 내에서 일어났고, 또 직속하급자들이 관련돼 있소. 중좌동무의 주장이야말로 월권이오."

그러자 동영은 안나타샤와의 관계를 과장스레 암시해 보기도 하고 있지도 않은 중앙당의 옛 동지를 내세우며 은근히 위협해 보기도 했다. 결과는 역시 마찬가지였다. 끝내 동영은 여기저기 전화를 걸어대는 그를 속수무책으로 바라보다가 방을 나서지 않을 수 없었다.

"저 때문에 공연히…… 하지만 더 이상 그에게 사정할 필요 없습니다. 틀렸어요."

군의장의 방을 나오는데 언제 왔는지 정상위가 약간 해쓱한 얼굴로 앞을 막으며 그렇게 말했다. 새삼 솟는 살가움을 엄격한 표정 속에 눌러 감춘 채 동영이 물었다.

"들었겠군. 그런데 틀렸다니?"

"저 자는 이미 며칠 전부터 냄새를 맡고 마을을 은밀히 뒤지고 있었습니다. 공교롭게도 일이 그 자가 원하는 대로 이루어진 것입니다."

"그가 원한 대로라니?"

"김현숙 동무와 나에게 한꺼번에 앙갚음을 할 수 있게 된 거죠. 그녀의 가족적인 약점들을 알고 추근대다가 몇 번 면박을 당한 적

이 있는데다, 가장 미워하는 나와 가까이 지내는 줄 알자 눈에 쌍
심지를 켜고 나선 거죠."

그러자 동영은 군의장이 정상위의 일이라면 공연히 트집을 잡고
나서던 것이나 대수롭지 않은 김현숙의 실수에 턱없이 화를 내던
이유를 알 수 있을 것 같았다. 그런 종류의 인간에겐 분명 효과가
있으리라고 믿었던 자신의 은근한 위협까지 아무런 효과를 보지 못
했던 이유도. 하지만 지금 당장 급한 것은 그런 사적이고 약간은 엉
뚱하기까지 한 이면의 동기를 따지는 일이 아니었다.

"그렇다면…… 정상위도 알고 있었겠군. 그 약이 누구에게 가며
어디에 쓰인다는 것도."

"그건 아닙니다. 전혀 몰랐습니다. 그녀가 진작 말해 주었더라도
일이 이 지경이 되도록 만들지는 않았을 것입니다."

정상위가 돌연 흥분한 목소리로 강경한 부인을 나타냈다. 그 말
이 틀림없으리라는 걸 직감적으로 느낄 수 있었지만, 동영은 그게
오히려 곤혹스러웠다.

"그걸 입증하기가 쉽지 않을 텐데……."

"각오하고 있습니다."

"정상위의 각오로만 되는 일이 아니오. 김현숙이나 저 목사가 혹
독한 대가를 치르고 입증해 주어야 하는 거요……."

동영은 그렇게 말하다가 문득 지나친 기분이 들어 얼른 말머리
를 돌렸다.

"어쨌든 먼저 저들을 만나보고 달리 대책을 세워 보겠소. 정상위
만 결백하다면 대단한 일은 아닐 거요."

그리고 목사가 갇혀 있는 헛간 쪽으로 걸음을 옮겼지만 순간 번쩍 불이라도 뿜는 듯한 정상위의 충혈된 눈이 어쩐지 마음에 걸렸다.

입초를 젖히고 헛간으로 들어가 보니 목사와 두 처녀는 이미 어두워진 그 안에서 단정히 무릎을 꿇고 기도하고 있었다. 극단한 공포와 절망의 분위기까지는 기대하지 않았지만, 그래도 어느 정도는 그들이 슬픔과 두려움으로 흐트러져 있으리라 예상했던 동영은 그 광경에 처음 신선한 충격을 느꼈다. 하지만 그것도 잠시, 이내 까닭 모를 적의가 그를 사로잡았다. 지난날 그 자신이 체포되었을 때 적에 대한 일종의 시위로서 보여주곤 했던, 과장된 침착이나 대담함이 떠오른 탓이었다.

"잠깐 물어볼 게 있소."

동영은 스스로도 이상할 만큼 차고 날카로워지는 자신의 목소리를 느끼며 그들을 끝없는 기도에서 끌어냈다.

"48년의 20개 정강은 종교의 자유를 인정하고 있소. 그런데 당신은 왜 이렇게 숨어 지냈소?"

이윽고 눈을 뜬 목사에게 동영은 앞뒤 제하고 궁금한 것부터 물었다. 기도조차 힘이 들었던지 목사는 잠시 헐떡이는 숨이 가라앉기를 기다려 천천히 말했다.

"당신은 그 종교의 자유를 믿으시오? 당신네 체제 아래서 보장되는 종교의 자유를……"

"그렇다면 왜 떠나지 않았소?"

"나도 떠난 적이 있소. 48년의 일이오. 하지만 그게 바로 다시는

이곳을 떠나서는 안 된다는 가르침을 주었소. 목자는 언제나 양떼
와 함께 있어야 하오."

"그 지하실은 매우 정교하고 공들인 솜씨였소. 장기간의 지하생
활이 가능하도록 만들어진 것으로 보아 단순히 다급한 김에 몸을
숨기기 위한 이상의 목적이 있었을 것이오. 거기다가 당신은 월남
의 경력까지 있지 않소?"

"내가 이곳에 돌아온 것은 지난 시월 초순이오. 국군과 함께 돌
아와 보니 불과 2년 만에 교회는 허물어지고 양떼는 뿔뿔이 흩어
진 뒤였소. 비록 산골이지만 한때는 부근 백 리 안에서는 가장 흥
성했던 교회가 겁많은 목자를 만나 그 지경이 되고 만 것이오. 나
는 물고기 뱃속에서 나온 요나처럼 하느님께 참회를 하고 이 교회
를 부흥시킬 약속을 올렸소. 그리고 다시 어려운 시절이 오더라도
결코 이곳을 떠나지 않기 위해 그 지하실을 만들었소. 방금도 당
신들이 일없이 이곳을 떠나갔더라면 나는 다시 전도생활을 시작했
을 것이오."

"인민공화국 안에서……?"

"그렇소. 따지고 보면 이런 시대도 처음이 아니잖소? 오히려 성도
들의 영광은 수난 가운데서 더욱 찬연했소."

그런 그의 태도에서는 단순한 침착 이상의 어떤 힘이 뿜어져 나
왔다. 그 힘이 이상하게 도전적으로 느껴지며 동영을 냉소적으로
만들게 했다.

"나는 당신의 그런 피학적인 열정에는 관심이 없소. 알고 싶은 것
은 당신이 남조선이나 미제로부터 부여받은 임무요. 그것도 당신을

처벌하기 위해서가 아니라, 저기 있는 당신 조카딸과 그의 약혼자를 구하기 위해서요. 처벌은 나의 일이 아니오."

"가이사의 것은 가이사에게, 하느님의 것은 하느님에게. 우리는 신앙의 적들을 쳐부수기 위해 세속의 검을 빌리지는 않소. 부여받은 임무가 있다면 오직 하느님으로부터 부여받은 것뿐이오."

"입으로는 그렇게 말하지만, 우리는 이미 당신들의 생존양식과 발전수단을 속속들이 알고 있소. 로마제국이 강력했을 때 당신들은 가이사의 검을 빌려 함께 번성했고 다시 제국이 와해되자 이번에는 그 검토막을 주운 세속의 군주들에게 의지하였소. 그리고 이어 그들도 몰락하자 이번에는 다시 부르주아의 검에 의지해 잔존과 성장의 목적을 함께 이루었소. 적어도 부르주아 제국주의가 후진 아시아·아프리카를 자기들의 값싼 원료공급지와 시장으로 분할해 가는 과정에서 당신들의 선교사가 그 가장 유능한 첨병역할을 했던 것은 아무도 부인하지 못할 것이오. 지난날 지중해를 당신들의 호수로 만들기 위해 가이사의 검에 의지했던 것처럼, 이제는 전 인류를 당신들의 우상 아래 무릎꿇게 하기 위해 당신들은 부르주아의 대포와 자동화기를 빈 거요."

문득 참으로 묘한 곳에서 묘한 논쟁을 벌이고 있구나 싶은 생각이 들면서도 동영의 목소리는 점차 열기를 띠어갔다. 동영의 말이 끝날 무렵부터 기침을 시작한 목사는 몇 차례 시뻘건 가래를 뱉어낸 뒤에야 헐떡이듯 동영의 말을 받았다.

"그것은 당신들 역사주의의 한 특징인 결과주의의 입장에서 끄집어낸 독단이오. 세속의 검과 우리와의 관계는 오히려 이렇게 해석

317

돼야 할 거요. 구라파 중심이기는 하지만, 역사상 권력을 추구하는 강력한 집단 또는 개인은 예외 없이 우리를 둘 중의 한 태도로 대해 왔소. 그 하나는 우리를 박해하는 것이고, 하나는 이용하는 것이오. 그런데 역사가 보여준 것은 박해자는 언제나 단명하였고 옹호자는 장수했다는 것이오. 비록 인간적인 욕망으로 더럽혀지기는 했으나, 말살을 꿈꾼 자보다는 말만이라도 옹호를 부르짖은 자에게 신의 뜻이 함께했던 것이오. 그 결과가 당신과 같은 역사해석을 가능하게 했을 터이지만 ― 그러나 그마저도 독단을 크게 벗어나지는 못했소. 묵인이나 타락적인 협조의 비난은 가능할지 몰라도, 우리의 역사적 발전을 세속의 검에 의한 것으로 파악하는 것은 고의적인 왜곡에 불과하오. 오히려…… 언제나 우리의 신의(神意)에 의지하고 그걸 이용한 것은 당신들 권력을 추구하는 집단 또는 개인이었을 뿐이오."

"그럼 우리는 어떻게 되오? 이 운동은 이미 백 년을 넘게 발전적으로 지속돼 왔고, 또 지금은 세계의 절반을 이 이념 아래 두었으니 결코 단명이라고는 말할 수 없을 거요. 그렇다고 당신들의 신의나 그 은총에도 의지한 바 없으니 우리는 어떻게 설명하시겠소?"

상당한 흥미로 목사의 말을 듣고 있던 동영이 거기서 다시 냉소적이 되며 물었다. 목사가 다시 한차례 심한 기침을 한 뒤 진정되기 무섭게 입을 열었다.

"당신들은 공격적으로 우리를 부인하였고, 우리 또한 당신들에게는 한번도 호의를 가져본 것이 없지만, 그럼에도 불구하고 우리에게서 가장 많은 것을 빌려간 것은 바로 당신들이오. 나는 이따금씩 당신들이야말로 우리들 이단의 한 극렬한 형태가 아닐까 의심이 드는 때가 있소. 똑같은 논리로 사탄을 신으로 섬기고 뱀을 지혜의 사도로 뒤집어 놓는 경우도 본 적이 있으니까."

동영은 어이없다는 듯 반문했다.

"그렇소. 교조(敎祖)가 유태인이기 때문인지는 모르지만, 내가 보기에 당신들의 세계처럼 헤브라이적 구조를 가진 것도 드물 것 같소. 시대를 특정한 사회가치와 연결하여 구분짓는 것은 우리에게는 몹시 익숙한 것이오. 우리는 진작 은총의 형태를 구분 수단으로 삼아 역사를 말씀의 시대, 율법의 시대, 구원의 시대 등으로 나누어왔소. 당신들이 생산력의 결합이나 소유형태를 구분 수단으로 삼아 고대 노예제시대, 중세 봉건시대, 근대 산업시대 등으로 나누는 것과 무관하지 않을 거요. 당신들이 상정하는 원시 공산시대나 사회주의 지상낙원도 우리의 에덴이나 재림예수의 천년왕국이 한 원형이 되지 않았는지 모르겠소. 당신들의 메시아는 마르크스고 사도(使徒)는 그 추종자들이며, 선민(選民)은 프롤레타리아이고……."

"그만하시오."

동영이 문득 냉소적인 표정을 거두며 엄하게 소리쳤다.

"그것은 통속적인 비유에 지나지 않소. 그런 식의 공식에 대입한다면 유교조차 헤브라이적이 될 것이오. 공자는 메시아고 십철(十哲)은 사도이고 선비는 선민이고, 에덴동산은 요순시절이며 천년왕국은 왕도국가가 될 것이오."

"그럼 하나만 묻겠소. 주님의 가르침이 그대로만 행해져 이룩되는 낙원이 있다면 그게 당신들의 낙원과 얼마나 차이가 있을 것 같소?"

"하지만 가정은 이미 발생한 오류를 치유하지 못하오. 당신들은 다만 한 그럴듯한 교의가 인간소외를 조장하는 데 얼마나 치명적인 무기가 될 수 있는가를 가장 극명하게 보여주었을 뿐이오."

"오류를 범하기 때문에 인간인 것이오…… 당신들은 그 오류에서 자유로울 수 있다고 진정으로 믿으시오?"

그렇게 묻는 목사의 흰자위는 희다 못해 푸르렀다. 찌르듯 깊숙이 쳐다보는 두 눈동자도 이상하게 섬뜩한 느낌을 일으켰다. 그러나 동영은 갑작스런 호승심으로 과장스레 잘라 말했다.

"우리의 이념은 이미 그 창안과정에서 인간적인 오류의 여지를 배제하고 있소. 종족의 신화에 뿌리박은 당신들의 그 몽롱한 교의와 혼동하지 마시오."

하지만 더는 계속되지 못할 논쟁이었다. 그 사이 연락을 받은 도 보위국에서 사람이 온 것이었다. 자동차로 왔다고는 하지만 그 신속함으로 보아 부근에 무슨 분견대(分遣隊)라도 있는 모양이었다.

"정명식(鄭明植) 상위는 계속하여 직무에 충실하시오. 이들을 조사한 결과 혐의가 있으면 경무부를 통해 호출이 있을 것이오."

그것이 목사와 두 봉사대 처녀를 데리고 떠나면서 거기서 온 사람들이 남긴 말이었다. 그 사건이 군의장이 생각하는 정도로까지는 엄청난 것은 아니었는지, 아니면 정상위가 유능한 군의군관이라는 사실이 어떤 고려의 대상이 되었는지는 알 수 없었지만 동영은 일단 마음이 놓였다. 그러나 정상위 본인은 이상하게도 그때 이후로 표정이 없었다.

"그 목사, 사상적으로 구제받기 어려운 사람이지만, 적어도 매에 못 이겨 죄없는 사람을 끌어들일 것 같지는 않았소. 정상위만 결백하다면 이번 일로 화를 입지는 않을 것이오."

그날 밤, 단 둘이 있을 기회를 만들어 동영이 그렇게 귀띔해 주어도 기뻐하기는커녕 남의 말처럼 심드렁히 대답했다.

"선생님은 아직 북을 잘 모르십니다. 이미 틀렸어요. 다 끝난 일입니다."

그리고 혼자 말없이 어둠 속을 서성이다, 자정이 되자 인사조차 없이 이동하는 군의소의 트럭에 올랐다. 까닭 없이 불길한 예감을 주는 창백한 얼굴이었다.

7

안나타샤란 여인은 군의소가 이동한 닷새 뒤, 그러니까 며칠 뒤에 오겠다며 떠난 날로부터 꼭 열흘 만에 다시 나타났다. 그 사이 동영의 다리는 붕대를 풀었고, 파편을 뽑아낸 어깨도 가벼운 산보를 다니기에는 아무런 불편이 없었다. 급한 대로 책상에 앉아서 하는 일이라면 그럭저럭 해낼 만한 회복이었다. 거기다가 사방이 막힌 방안에서의 어두운 상념이 두려운 동영은 낮 동안을 거의 산책으로 보냈다. 같은 생각이라도 시골의 논둑길을 거니는 동안은 실제보다 훨씬 밝은 색깔로 떠오르기 때문이었다.

그날도 이런저런 생각에 잠겨 교회당 앞 논둑길을 걷고 있는데 귀에 익은 여자 목소리가 뒤에서 불렀다.

"이동영 동지, 이동영 동지."

동영이 힐끗 돌아보니 며칠 전부터 은근히 기다리던 안나타샤

였다. 그가 그녀를 기다린 것은 우선 정상위의 일 때문이었다. 담가
병 둘과 허름한 라디오 한 대가 남아 있었지만, 사실상 그곳에 남은
사람들은 거의 바깥세계와 단절된 상태에서 목사와 두 봉사대 처녀
의 후문은 물론 정상위의 안부조차 알 길이 없었다.

"많이 나으셨군요."

동영이 걸음을 멈추고 돌아서자 그녀가 빠른 걸음으로 다가오며
전에 없이 밝은 목소리로 말했다. 군의장의 말을 들은 탓인지, 그녀
를 대할 때마다 느끼던 까닭 모를 적의와 의구에서 어느 정도 벗어
나게 된 동영도 전에 없이 부드럽게 대답했다.

"네, 덕분에…… 며칠이면 소라도 잡겠습니다."

"다행이군요. 담가병들에게 물으니 산책을 나가셨다기에……."

"그보다도 지난번의 일, 사과드립니다."

동영은 비굴하지 않으려고 애쓰면서 그렇게 화제를 바꾸었다.
그녀의 표정이 잠깐 흐려지더니 이내 밝아지며 딴전을 폈다.

"그거야…… 그런데 뭘 생각하고 계셨어요?"

"올해도 벌써 다 갔구나 하는 생각, 이제 내 나이도 서른보다 마
흔 쪽에 가까워진다는 걸……."

동영은 능청스레 그렇게 둘러대었다. 사실은 그때 아내 정인을
생각하고 있었지만 왠지 사실을 말해서는 안 될 것 같은 느낌이
든 탓이었다.

"한가로운 생각이시군요. 이 찬바람 속을 헤매면서 고작 나이 생
각이나 하다니……."

안나타샤는 그렇게 말해 놓고 다시 가볍게 웃으며 덧붙였다.

"하기야 나도 그런 미남 중좌와 나란히 거닐고 싶어 이 찬바람 속으로 나왔으니 피장파장이군요."

그런 그녀의 얼굴은 동영이 의심해 온 권력형의 요부로는 어울리지 않을 만큼 청순해 보이는 데까지 있었다. 그러나 동영은 오히려 그녀의 그런 스스럼없음에 갑작스런 의심이 들었다. 군의장의 말에도 불구하고 아직까지 그녀에 대한 경계심은 완전히 버리지 못한 까닭이었다. 그래서 얼른 대답할 말을 찾지 못해 딴 곳을 바라보며 머뭇거리는데, 문득 그녀가 동영을 그윽이 바라보았다. 세 번째로 느끼는 깊고 정감어린 눈길이었다. 그리고 이어 이런 소리가 탄식처럼 그녀의 입에서 흘러나왔다.

"늙어가는군요. 한때의 그 수려하던 나로드니크가……."

동영은 직감적으로 그녀가 사리원을 이야기하고 있다는 걸 느낄 수 있었다. 그 바람에 되살아났던 경계심도 버리고 그녀의 말을 받았다.

"그때 나는 나로드니크가 아니었소. 한 설익은 아나키스트일 뿐이었소."

"하지만 동무를 그곳으로 불러들인 그 사람은 분명 지각한 나로드니크였어요. 나중 그 불 같은 시절에 집산촌을 만들어 보려고까지 했으니까. 그 때문에 동무도 언제나 제겐 젊은 나로드니크로만 떠올라요. 젊고 수려하던……."

"그렇다면 틀림없이 오송리(五松里)에서 만났던 분이군요. 그런데 어째서 내게는 그쪽의 얼굴이 기억나지 않는지 모르겠소."

동영은 오랜 의문의 일부를 풀어낸 기쁨을 감추며 다시 넌지시 물었다.

그러나 거기서 그녀는 문득 자신이 빠져 있던 감상에서 헤어났다.

"당연하죠. 그건……."

하다가 얼른 평소의 차가운 얼굴로 돌아가며 재빨리 화제를 바꾸었다.

"돌아가요. 오늘 산보는 이쯤으로 끝내기로 하죠. 실은 일이 있어 왔어요."

동영이 어떻게 매달려 볼 여지를 남기지 않는 말투였다. 동영도 일이라는 말에 얼른 그를 사로잡고 있던 궁금증에서 벗어나며 사무적으로 물었다.

"일이라면 — 역시 김철 상좌의 일이오?"

"동시에 동지의 일이기도 해요. 하지만 다 끝났어요. 돌아가 서명만 해요."

"나의 일이라면……?"

"지금 사실상 동지의 신분은 공중에 떠 있어요. 진작부터가 애매했지만…… 이제 김철 상좌의 죽음에 기대 동무의 이름을 다시 한번 그들에게 환기시키려는 거예요."

동영은 그들이 누구인지 모르면서도 전부터 잘 알고 있는 사람들로 여겨졌다. 언제부터인가 그의 앞길을 종이 한 장으로 좌우할 수 있게 된 이름 모를 그들이었다.

"그럼…… 나는 군에서 계속 일하게 되는 거요?"

동영은 영문 모르게 위축되어 말까지 더듬거리며 물었다.

"그건 나도 모르겠어요. 어쨌든 알아서 결정을 내리겠죠."

그러면서 앞장서서 담가병실로 돌아가더니 한 뭉치의 조사철을 내놓았다. 내용을 요약하면 김철의 약력을 선전하기 좋도록만 미화한 뒤, 그의 부대가 모종의 중대한 임무를 위해 대기중 군우리의 복격섬멸전(伏擊殲滅戰)에 자진하여 뛰어들었다는 것, 서쪽 팔부능선을 맡아 하루 종일 영웅적인 전투를 감행했으며, 마지막 철수작전에는 사수가 전사한 기관총 좌지로 뛰어들어 몸소 퇴각을 엄호하다가, 적의 포탄에 장렬히 산화했다는 것 따위가 장황하게 적혀 있고, 그 뒤에는 각 상황에 대한 여러 증인들의 진술이 서명과 함께 덧붙여져 있었다. 서명을 기다리는 그의 진술서도 그 속에 끼어 있었는데 내용은 대개 앞의 것을 과장한 되풀이였다. 좀 다른 데가 있다면 '당과 인민에게 신명을 바칠 것을 맹세한 몸으로서······' '그와 함께 장렬히 산화하고자 하였으나······' 따위 은근히 자신의 공적을 내세우는 구절이 덧붙여 있다는 점뿐이었다.

그녀의 말없는 강요에 한마디 항의도 않고 서명해 버렸지만, 동영의 마음은 쓸쓸하다 못해 처참하였다. 옛 친구를 두 번 죽이는 음모에 가담했다는 사실이나, 살아 있는 자신이 그 허구의 과일을 분배받게 되리라는 사실에서 온 부끄러움이나 배반감 때문이 아니라, 작은 거부의 몸짓도 허용하지 않고 자신을 억누르는 어떤 보이지 않는 힘에 굴복해 버린 데서 느끼게 된 굴욕감 때문이었다.

"당신은 정말로 이 죽음의 진상을 알고 있소?"

냉정한 표정으로 다시 한번 그 서류철을 훑어보고 있는 안나타샤에게 동영이 불쑥 그걸 물은 것도 조금이나마 그런 굴욕감을 덜고 싶은 기분에서였다. 그러나 그녀는 서류철에서 눈도 떼지 않은 채 짤막하게 대답했다.

"알고 있어요."

"그가 사실은 자살했다는 것도?"

"대강은 짐작이 가는 일이죠."

"그런데도 무엇 때문에 이 따위 연극이 필요하단 말이오?"

거기서 동영은 자신도 모르게 큰 소리를 질렀다. 그러자 그녀
는 서류철에서 눈을 떼고 잠시 그를 물끄러미 건너다보더니 차갑
게 내뱉었다.

"살아 있는 적에게는 아무리 무자비해도 지나친 법은 없죠. 하
지만 죽은 적에게는 — 또한 아무리 관대해도 지나치지 않은 법이
에요. 개인이든 집단이든 권력을 추구할 때에는 반드시 적용해야
할 원리죠."

"적이라고? 그가 누구의 적이오? 도대체 그의 죄는 무엇이오?"

"어차피 권력구조 안에 있으면서 충성의 대상을 그 구조 밖에서
구한 감상주의. 그래서 자신도 모르는 사이에 야심적인 권력추구
집단의 계보에 속하게 된 죄……."

"당신들이 두렵소……."

"그러니까 우리의 적이 되지 마세요."

그리고 그녀는 다시 읽던 서류철로 눈길을 돌렸다. 다시 아득한
무력감과 정체 모를 두려움으로 망연해져 있는 동영쯤은 안중에
도 없다는 태도였다. 그러다가 읽기를 마친 뒤에야 좀 누그러진 목
소리로 말했다.

"진실이란 때로 끔찍한 것이에요. 하지만 너무 기죽으실 필요는

없어요. 동지에게는 곧 좋은 소식이 올 거예요."

그 뒤 그녀는 동영이 알지 못하는 다른 일을 몇 가지 더 처리한 다음 삼십 분쯤 있다가 그곳을 떠났다. 그녀가 떠날 때쯤 되어서야 겨우 기운을 되찾은 동영은 문득 정상위의 일을 기억해 내고 막 차에 오르려는 그녀에게 물었다.

"저, 정명식 상위에 대해 들은 바 없습니까?"

동영을 대할 때마다 그녀가 보여주는 얼른 이해하기 힘든 솔직함에 못지않게 동영에게도 언제부터인가 그녀가 당과 군의 내막에 대해서는 무엇이든지 알고 있으며 자신이 물으면 언제든 대답해 주리라는 이상한 믿음이 있었다. 이번에도 순전히 그 이상한 믿음에 의지해 물어봤던 것인데, 정말로 그녀는 알고 있었다. 정명식이라는 이름을 몇 번 되뇌더니 이내 긴장한 표정으로 동영에게 되물었다.

"그 동무와는 어떻게 되오?"

운전병이 곁에 있기 때문인지 약간 고압적인 어조였다.

"나를 잘 돌봐 준 군의군관이오. 이곳을 떠날 무렵 큰 말썽에 말려드는 것 같았는데……."

"전부터 아는 사이였소?"

"그건 아니오만."

"그렇다면 동무야말로 괜히 아는 척하다가 큰 말썽에 말려들지 않도록 하시오."

"그게 무슨 말이오?"

"그자는 미제의 스파이인 전 북광(北光)교회 목사 김원균(金元均) 및 그 추종자들에게 포섭되어 스파이짓을 방조 내지 후원하다가 김원균 일당이 체포되자 부대 이동중 그 정(情)을 아는 직속상관 한동복(韓東福) 중좌를 살해하고 대열을 이탈한 자요."

그녀는 마치 발표문을 읽는 것같이 그렇게 말한 뒤, 시동을 거느라고 차에만 정신을 쏟고 있는 운전병을 눈짓으로 가리키며 여전히 차가운 어조로 덧붙였다.

"감상주의는 금물이오. 동무는 그자와 무관하오. 따라서 쓸데없는 호기심을 가질 필요가 없소."

그리고 다시 아연해 있는 동영을 거들떠보지도 않은 채 운전병을 재촉해 떠나버렸다.

그 뒤 며칠 동영은 또다시 조울증과 흡사한 상태에 떨어지고 말았다.

김철의 비극은 그가 한 공산주의자였다기보다는 권력현상 일반에서 흔히 찾아볼 수 있는 역작용의 하나로 볼 수도 있었지만 동영은 왠지 그것이 자신과 무관한 것 같지가 않았다. 정상위의 일도 군사회에서 흔히 있을 수 있는 우발적인 사건으로 여길 수도 있었지만 ─ 그 또한 동경 비슷하게 생각해 왔던 북쪽 사회의 한 어두운 단면을 보여주는 것 같아 동영의 우울을 보태었다.

그 사이 그해는 저물고 새해가 왔다. 동영과 함께 남겨졌던 여남은 명의 전상자들은 그럭저럭 회복되어 각기 원대로 돌아가고, 두 명의 담가병도 언제든 출발할 수 있는 준비를 갖추고 있었다. 동영도 이제는 옷 속으로 얇게 싸맨 어깨의 상처뿐 겉보기에는 멀쩡할 만크 회복되어 있었다. 그러나 안나타샤의 말과는 달리 함께 남은 사람들이 모두 떠났거나, 떠날 준비를 갖추고 있는 그때까지도 그에게는 여전히 아무런 연락도 없었다. 따라서 거기서 오는 버림받고 잊혀진 자의 비애 같은 것 또한 동영의 우울을 한층 어둡고 무겁게 만들었다.

그러던 어느 날이었다. 해질 무렵 달아오른 장작난로 곁에서 담가병 둘과 며칠 전부터 서울점령이 임박했다고 떠들어대고 있는 라디오에 귀를 기울이고 있는데 갑자기 문이 열리며 한 남자가 들어왔다. 라디오의 잡음 때문에 그가 타고 온 모터찌클 소리를 듣지 못한 세 사람은 놀란 눈으로 한꺼번에 그 갑작스런 방문자를 살폈다. 레닌모에 두꺼운 외투깃을 세운 사십대 중반의 남자였다.

"아, 선생님."

갑자기 동영이 놀라 외치며 벌떡 자리에서 일어났다. 두 담가병도 얼결에 따라 일어섰다.

"그래, 날세."

그 남자도 성큼 다가와 동영의 손을 잡았다. 약간 지친 듯하지만 뚜렷하고 굵은 목소리였다. 뜻밖에도 박영창이었다.

"오랜만에…… 뵙습니다."

그를 보자 가슴 깊은 곳에서 치미는 까닭 없는 설움을 억누르며 동영이 떨리는 목소리로 다시 더듬거렸다. 고집세어 보이는 콧대 끝에 움푹 패인 박영창의 큰 눈에도 잠깐 감개어린 빛이 보였다. 그러나 목소리는 처음과 마찬가지로 굵고 뚜렷했다.

"그렇군. 한 대여섯 달 되나?"

"그게 칠월 중순이었으니 그쯤 되겠지요. 그런데 여긴 웬일이십니까?"

"자넬 데리러 왔네."

"네? 여기 제가 있다는 것은 어떻게 아셨습니까?"

"지시가 있었지. 이젠 다시 나와 일하게 되었네."

"그렇다면 문화선전성?……."

"아닐세. 군사위원회 직속의 정치공작대야. 하지만 그 얘기는 나중에 하기로 하고……."

박영창은 거기서 일단 화제를 바꾼 뒤 먼저 그동안의 사정을 물었다. 뚜렷한 갈 곳과 할 일 — 그것도 들은 바로는 상당히 중요한 부서와 역할이 다시 자신에게 주어졌다는 안도감에 빠져들던 동영은 그 때문에 일껏 떨쳐버렸던 우울한 기분으로 되돌아가지 않을 수 없었다. 그런데 이상한 것은 박영창의 태도였다. 그보다 결코 나을 것 없는 처지이면서도 그의 말에는 아직 신념과 열정이 남아 있었다. 동영은 그것이 반가우면서도 한편으로는 왠지 미덥지 않았다.

"그런데 참 뜻밖이었네. 설마 자네까지 전쟁터를 헤매고 있을 줄은 몰랐지."

한동안 의례적인 말들이 오간 뒤, 동영의 방으로 옮긴 영창이 문득 그렇게 말했다. 단 둘이 되자 은밀히 확인하고 싶은 게 있다는 말투였다. 그러지 않아도 오랜 스승에게 쓸데없이 약한 꼴을 보이는 게 싫은 동영은 그 말을 짐짓 가벼운 웃음으로 받았다.

"왜 저는 해방군전사가 되어서는 안 됩니까?"

그러나 영창은 그 말이 풍기는 자조적인 냄새를 맡고 있는 것 같았다. 자신도 모르게 눈가에 떠오르는 애처로움을 역시 무의미한 웃음으로 지우며 말했다.

"아니, 그건 아니지. 더구나 이 일로 자네는 군사위원회가 기억하는 인물이 됐으니."

"군사위원회요?"

"그것도 최상부에서. 모르긴 해도 전쟁 뒤에 월북한 이남출신치고는 흔하지 않은 일이지."

그러다가 아무래도 궁금한 듯 문득 목소리를 낮추며 물었다.

"자네 혹 그쪽에 가깝게 지내는 사람이 있나? 허수아비 같은 남로당계열 말고 — 예컨대 43인조라든가……."

"없는데요. 아시다시피 월북하자마자 정치군관학교에 갇혀버렸으니까요. 그런데 왜 그러십니까?"

"이상해서…… 분명 이번 조처는 누군가 자네를 아는 자가 뒤에서 민거야."

"제가 정치공작대에서 일하게 된 것이 그리 대단합니까?"

"대단하지. 자네는 제5지대장이야. 지난 여섯 달 동안 일선에서 점령정책에 관여해 온 나와 비슷한 서열이지. 북쪽 출신이 아닌 지대장은 아마 자네뿐일걸."

"대강 짐작은 가지만 구체적인 임무는 무엇입니까?"

"첫째, 정치선전, 둘째, 반동분자 색출제거, 그리고 셋째, 가장 중요한 각급 행정기관 및 당 사회단체 조직, 넷째 의용군 초모(招募)…… 거기다가 자네가 이끄는 지대는 서울 일부가 주 공작지역일세."

"서울?"

"지금 오늘 내일하고 있지."

"그게 아니라, 그들이 서울을 우리에게……?"

"그러니까 내가 이상히 여기는 걸세. 그 서울을 상대로 하는 점령정책에 소모용 정치군관으로 양성한 자네를 핵심 요원으로 기용한 거야. 누군가 자네를 강력하게 밀고 있는 이가 당중앙에 있다는 얘길세."

"도무지 알 수 없는 일입니다."

"잘 생각해 보게. 반드시 누군가가 있어. 적어도 자네에게 지극히 유리한 보고로 끊임없이 자네의 존재를 중앙위에 환기시켜주는 이가……."

그제서야 동영은 문득 안나타샤가 떠올랐다. 하지만 기쁘기보다는 까닭없는 역겨움이 먼저 그를 사로잡았다. 그런 동영의 눈치를 살피고 있던 영창이 그것 보라는 듯한 투로 말했다.

"이제 짚이는 데가 있는 모양이군."

"아, 네. 하지만 왠지 불길한 느낌을 주는 여잡니다."

"여자? 그게 누군가?"

갑자기 영창의 눈이 번쩍 빛났다.

"안나타샤라고…… 혹 아십니까?"

"안나타샤? 알지. 그런데 자네와는 어떤 사인가?"

"먼저 선생님께서 아시는 것부터 들려주십시오."

"모스크바 공산대학을 나왔다더군. 소련군 극동사령부에까지 입김이 닿던 여자라던가. 별로 당 표면에 드러나지는 않아도 내부

서열은 상당하리라는 추측들이었네. 만약 지금 공화국을 움직이는 실제적인 힘을 권력핵심으로 표현한다면 그 여자는 적어도 그 권력핵심에 멀지 않게 닿아 있어. 잘은 몰라도 여자야."

"권력의 매음이죠. 자본주의 화폐를 대신한 새로운 종류의 매음입니다. 그녀는 바로 그중에서 가장 벌이가 좋았던 매음녀죠."

"자네, 지나치군."

영창의 얼굴이 엄하게 굳어지며 동영을 쏘아보았다. 지난날 동영이 잘못을 범하고 있을 때마다 그걸 고쳐주며 보이던 표정이었다.

"아직도 자네에게 그런 소아병적인 결벽이 남아 있다니 놀랍군. 전쟁 전에도 임숙경 동지의 일로 공연히 간부들의 신경을 건드려 놓더니…… 하지만 지금은 그때와 달라. 어디서 무슨 말을 들었는지는 몰라도 그녀는 임숙경 따위는 아니지. 더구나 이번에는 자네나 내가 속한 서부지구의 부책(副責)이야. 그것도 허수아비 같은 늙은네를 표면적인 총책으로 세워둔 실질적인 책임잘세."

"그렇다면 더욱 불길하군요. 결국은 그 여자의 손아귀에 잡히고 말았으니……."

동영은 응석이라도 부리듯 더욱 심술궂은 목소리로 영창의 나무람을 받았다. 그런 동영에 영창은 흠칫하더니 엄격함을 약간 누그러뜨리며 물었다.

"자네 왜 그러나? 말해 보게. 그 여자는 도대체 어떻게 알게 됐나?"

"그 여자는 죽음의 사자입니다. 누구든 그 여자가 찾게 되면 머지않아 죽게 된다더군요. 김철도 그 여자가 찾은 지 사흘만에 죽었습니다."

"김철 얘기는 나도 들었어. 하지만 진작부터 그는 군인이었어. 군인이 전쟁터에서 죽는 것은 당연하지 않은가? 거기다가 그는 영웅 칭호까지 받고 대좌로까지 추서되지 않았나? 오히려 라디오를 통해 듣기로는 군인으로서 그보다 더 성공적일 수가 없으리라는 기분이었네."

"모두 그 여자의 패거리가 한 조작입니다. 그를 죽인 것도 영웅을 만든 것도 ― 그를 두 번 죽인 셈이죠."

그러니까 잠깐 아연한 눈길로 동영을 살피던 영창은 이내 달래는 듯한 목소리로 변했다.

"확실히 뭐 있긴 있는 모양이군. 자세히 말해 보게. 모든 걸……"

그 말에 동영은 문득 영창의 판단에 의지해 보고 싶은 생각이 들어 순순히 따랐다. 처음 그녀를 만날 때부터 며칠 전 마지막으로 다녀간 것까지 될 수 있는 한 과장하지 않으려고 애쓰며. 그러나 듣기를 마친 영창은 예상 밖으로 별로 깊이 생각하려 들지도 않고 말했다.

"다른 건 몰라도 ― 한 가지는 확실하네. 자네는 매우 강력한 후원자를 당중앙에 가진 거야. 축하하네."

그리고는 여전히 어두운 표정을 짓고 있는 동영에게 격려하듯 덧붙였다.

"자네도 기뻐해야 해. 자넨 이미 이상으로만 달아 있는 청년이 아니야. 현실에 몸담고 있는 성년이란 말일세."

하지만 동영은 그 말을 듣고 있지 않았다. 언제부터인가 자기만의 생각에 잠겨 멀거니 영창을 보고 있더니 갑자기 꿈에서 깨난 사람처럼 불쑥 말했다.

"선생님…… 김철이 죽었습니다."

"알고 있다니까. 자네도 이미 말하지 않았나?"

"그들에게 몰려…… 자살했습니다. 그들이 죽였습니다."

"또 그 소리인가? 하지만 그건 자네의 억측일 걸세. 그럴 리가 있나?"

"선생님, 선생님께서는 아직도 우리가 동지애로 굳게 뭉쳐 있던 옛날의 그 음모집단이라고 생각하십니까? 가장 무서운 공격수단이랬자 비판이나 이론적인 공격, 제명 정도였던 그 지하정당이라고 보십니까?"

"나도 그렇게는 생각하지 않는다. 우리는 공화국을 세우고, 헌법과 합법적 무력도 갖추고 있다. 제거할 자가 있으면 당과 인민의 이름으로 법에 의지해 처단할 수가 있다. 그 때문에 나는 오히려 김철의 죽음에 대한 자네의 해석을 의심한다."

"예외 없이 그것이 권력을 추구하는 한 모든 당파는 절대주의의 한 변형에 지나지 않는다 ― 이것은 프루동의 말이었습니다. 그런데 우리는 공화국을 세우고 권력을 만들었습니다. 어이없게도 새로운 절대주의의 길로 들어선 셈이지요. 조만간에 여러 갈래에서 추구되고 있는 권력은 한 계보, 나아가서는 한 사람에게 집중될 것입니다. 김철은 밀려나고 제거되게 되어 있는 계보의 한 본보기였습니다……."

"무슨 소리, 우리는 모두 같은 이념의 별 아래 모인 동지들일세.

아직은 그런 추악한 권력다툼을 벌일 시기가 아니야. 외부의 강한 적을 두고 동지들끼리 다툰다는 건 있을 수 없어. 그런 분파주의, 소영웅주의는 이미 예전에 청산되었어."

영창의 어조는 강경했지만 그 때문에 더욱 공허하게 들렸다. 입에 익은 선전문구들이 당을 해산하라는 코민테른의 지령까지 불러들였을 정도의 해묵은 분파주의와 소영웅주의의 역사를 잊게 해버릴 것 같았다. 그러나 동영의 말없는 반문의 깊숙한 눈길을 받자 그도 퍼뜩 그것을 깨달은 듯 약간 누그러진 어조로 덧붙였다.

"또 — 설령 그런 조짐이 있더라도 그 때문에 의기소침할 필요는 없네. 우리가 이 길로 들어선 것은 찬연한 이념의 광휘를 따라서였지. 추악한 권력투쟁에 가담하기 위해서는 아니었잖은가? 우리가 이상하는 세상만 온다면 그 따위 권력이야 어디 가 있든 그게 무슨 상관이겠는가?"

"물론 저도 지금까지 그런 식으로 자신을 달래 왔습니다. 하지만 나이를 먹을수록 제 자신부터 조금씩 의심스러워지기 시작합니다. 이념의 광휘에 가리워, 혹은 감상주의와 까닭 모를 열정에 억눌리어 의식 밑바닥 깊이 가라앉아 있던 진정한 동기들이 하나 둘 의식 표면으로 떠오르기 때문입니다."

"진정한 동기?"

"선생님께서는 아직도 노령아재를 기억하고 계십니까?"

"김시광(金時光) 군 말인가? 물론 기억하고 있지."

"과연 그분은 얼치기 사상가일지도 모르고, 그 이상 공허한 몽상가라고 불릴 수도 있습니다. 거기 비해 선생님은 냉철하고 이로(理

路) 정연한 혁명가의 면모를 갖추셨습니다. 또 그분은 제 정신이 걸음마를 시작한 때 잠시 저를 스쳐갔을 뿐이고, 선생님께서는 이십 년 가까운 세월을 저와 함께 하셨습니다. 그러나 지금에 와서 생각해 보니 제가 이 길로 들어선 동기를 가장 간략하게 설명할 수 있는 것 중의 하나는 그가 부여한 동기일 것입니다."

"그게 뭔가?"

"잔존의 방식 — 살아남기 위한 선택이죠."

"살아남기 위한 선택?"

"그렇습니다. 원래 제 의식의 출발은 봉건적인 가부장제도였습니다. 어린 제가 신학문을 배우러 나온 것은 나날이 몰락해 가는 일문을 중흥시키기 위해서였습니다.

하지만 제가 신학문을 통해 어렴풋이 깨닫게 된 것은 우리 계급, 다시 말해 아시아적 전제국가의 봉건귀족은 어쩔 수 없이 몰락하리라는 것이었습니다. 옛 형태 그대로는 살아남을 수 없을 것이라는 예감이었죠. 그걸 자명한 것으로 확인해 주고 새로운 대안으로 사회주의를 추천한 사람이 노령아재였습니다. 부정의 부정(否定)이란 논리였죠."

"부정의 부정? 도약이 아니고?"

"역사는 우리 계급의 몰락을 자명한 것으로 알려주었지만, 동시에 우리의 적도 미리 알게 해주었습니다. 이윽고 부르주아로 자라갈 소시민이죠. 그런데 또한 역사는 그런 우리들의 적의 적도 함께 일러주고 있습니다. 이른바 프롤레타리아죠.

적은 부정입니다. 따라서 적의 적은 부정의 부정, 곧 긍정이 됩니다. 어차피 살아남기 위한 선택을 할 바에야 적으로 어렵게 변신하여 또 새로운 적에게 타도당하느니보다는 역사의 단계 하나를 비약해 버리는 것, 다시 말해 적의 적이 되어 존재를 긍정받는 편이 더 현명한 길일 것입니다. 러시아식 도약이론과는 다른……."

"……."

"그것이 제가 이 길로 들어선 첫 번째 동기입니다. 무산대중에 대한 연민이나 소외된 계층에 대한 양심적인 분노 같은 것은 나중에 덮어쓴 가면 같은 것이죠. 우리 계급의 지난 죄악에 대한 적극적인 참회나 그 불합리한 제도가 우리에게 베푼 부당한 혜택의 과감한 환원도 그런 동기에서 나온 기교적인 연출이었습니다."

"말하자면 살아남기 위한 아첨과 뇌물이었다는 뜻이겠지?"

"그렇습니다. 양반지주출신을 괴로워한 것은 그것이 정말로 괴로웠기 때문이 아니라, 그렇게 함으로써 미래의 동료들, 즉 무산대중의 호의를 얻기 위해서였습니다. 천석지기 전답을 아낌없이 팔아 당에 바친 것도 그것이 원래 인민의 것이었기 때문이어서가 아니라 — 나를 자기들의 계급 속에 받아달라는 뇌물이었습니다."

"그런데 이제 와서 보니 그렇게 대단하게 살아남을 것 같지도 못해 괴롭다는 거겠지. 더군다나 김철의 갑작스런 죽음으로 최소한의 생존조차 인정되지 못할 것 같은 엉뚱한 불안까지 끼어들었으니……."

"길을 잘못든 속인 — 요즈음은 이따금씩 제 자신이 그렇게 느껴집니다."

거기서 영창은 벌떡 몸을 일으켰다. 그리고 심각한 생각에 잠길

때의 버릇대로 한동안 좁은 방안을 오락가락했다. 동영은 갑자기 자신의 머리가 텅 비어 버린 듯한 느낌에 빠진 채 그런 그를 망연히 바라보고만 있었다.

"훌륭하다 —."

이윽고 영창이 걸음을 멈추고 그윽한 눈길로 동영을 내려보며 조용히 입을 열었다. 갑작스럽고, 얼른 들어서는 동영의 넋두리 같은 술회와는 전혀 이어질 것 같지 않은 말임에도 그의 태도에는 어색하거나 꾸민 듯한 곳은 조금도 없었다.

"?"

"지금껏 수많은 자아비판을 들었지만 이처럼 진실되고 철저한 자아비판은 한 번도 들어본 적이 없다."

"……."

"일어나라, 이동영 군. 동지로서 다시 한번 손을 잡자."

그렇게 말하는 영창의 목소리는 가볍게 떨리는 데마저 있었다. 지난날 동영이 회의에 부딪치고 위축될 때마다 힘과 용기를 불어넣어 주던 그 목소리였다. 여전히 자우룩한 안개 속을 헤매는 것 같은 기분 속에서도 동영은 까닭 없이 자신의 지식과 논리가 무력해짐을 느끼며 지명을 받은 생도처럼 일어났다. 어쩌면 그런 영창의 감상적인 연기에 고의로 말려들음으로써, 그리하여 다시 한번 그의 권위에 무조건 의지함으로써 자기 몫의 고뇌와 책임을 벗어나고 싶은 생각에서인지도 모를 일이었다.

"자넨 그걸 스스로 시인하고 고백할 용기가 있으니, 극복할 용기와 힘도 있을 것이다. 힘을 내게. 우리가 예전에 좋아하던 시구를 기

340

억하세.

그래도 가장 좋은 것은 앞날에 남았으리.

우리의 출발은 오직 그것을 위하여 있었으리……"

아플 만큼 동영의 두 손을 꽉 잡으며 영창이 하는 말이었다. 분명 과장되고, 어딘가 동영에게라기보다는 스스로를 향해 말하는 것 같은 의심도 들었지만, 동영도 더는 음울한 표정을 짓지 않았다. 영창의 말에 설득당했기 때문이 아니라, 언제부터인가 거의 저항할 수 없는 강도로 자신을 짓누르고 있는 무력감과 어떤 절망적인 순간에도 낙관 쪽에 표를 던지는 생명의 본능에 설득당했다고 보는 편이 옳았다.

억지스럽기는 하지만 지금의 허물어져 가고 있는 그를 구할 수 있는 것은 순수한 이념에 대한 사랑과 열정을 전보다 더 크고 뜨겁게 만드는 길뿐이었다…….

그들이 서울 재점령 소식을 들은 것은 그로부터 얼마 되지 않아서였다. 영창이 출발을 재촉하는 바람에 동영이 몇 가지 소지품을 챙기고 있는데 담가병 하나가 달려와 방문을 열고 외쳤다.

"동무들 기뻐하시오. 방금 우리 인민해방군은 다시 서울을 접수하였소……."

제 3 부

1

"이거 어떻게 된 거야? 이 칸은 비워 두라고 했잖아?"

객차 앞쪽 출입구 쪽에서 갑자기 성난 목소리 하나가 피난민들의 웅성거림을 뚫고 건너왔다. 이미 자리가 모두 차버린 뒤라 통로에 퍼질러 앉아야 했지만 그래도 객차에 오르게 된 것을 다행으로 여기며 갓난것에게 젖을 물리고 있던 정인은 그 목소리의 높고 날카로움에 놀라 소리 나는 쪽을 살펴보았다. 얼마 전 그 객차가 발디딜 틈 없이 꽉 차버리고부터는 자기들의 할 일이 끝났다는 듯 담배를 태우며 잡담을 나누고 있던 두 명의 헌병을 새파란 장교 한 사람이 매섭게 몰아붙이고 있었다. 다름질이 잘된 장교용 사지[梳毛絲]정복이나 윤이 나게 닦은 단화 어디에도 그가 헌병장교라는 표지는 없었지만, 부동자세를 취하고 있는 그 두 헌병으로 보아서는 그들이 자기들의 직속상관 이상으로 깍듯이 모셔야 할 부서의 사람 같았다.

"모두 군경가족이라기에……."

한동안 닦달을 받다가 둘 중에서 선임자인 듯한 헌병이 잔뜩 움 츠러든 목소리로 우물거렸다.

"뭐? 군경가족? 확인했어?"

"네."

"이 새끼야, 정신차려!"

갑자기 젊은 장교가 자기보다 서넛은 위로 보이는 그 헌병의 따 귀를 후려쳤다. 그 바람에 헌병의 화이버가 둔탁한 소리를 내며 출 입구 바닥에 굴러떨어졌다.

멀지 않은 곳에서 그 광경을 본 정인은 가슴이 철렁했다. 처음 시 외삼촌네 식구들을 따라 그 객차에 오를 때 그들 고부를 가로막던 게 방금 따귀를 맞은 그 헌병이었다. 군경가족이라도 승차증명서가 없으면 곤란합니다. — 그녀들도 가족이라고 우기는 시외삼촌의 말 에 그렇게 대답하며 승강구를 막아서다가, 산후의 부기가 아직 그 대로인 정인의 모습과 초췌한 시어머니를 한동안 살피더니 슬그머 니 길을 내주었던 것이다. 지금 그가 치르고 있는 곤욕은 바로 그런 모질지 못한 성격 때문임에 틀림없었다.

"이 칸에 배당된 것은 군경간부 가족 백 명뿐이다. 그런데 바깥 에 저렇게 오십 명 가까이나 몰려 서 있는 데도 벌써 백오십 명이 들 어찼어? 도대체 증명서 조사를 한 거야? 안한 거야?"

"조, 조사했습니다."

"그럼 증명서가 밤새 새끼를 쳤나? 틀림없이 한 사람에 한 장씩다 있단 말이지?"

"그건…… 아닙니다만, 모두 가족입니다."

"오라, 그렇다면 표 한 장에 사돈의 팔촌까지 다 태웠단 말이지? 여기서 남아 있다간 뙤놈들에게 꼼짝없이 당할 군경간부의 직계가족은 제쳐놓고…… 이거 순 빨갱이 같은 새끼 아냐?"

장교는 한층 높은 목소리로 욕설을 퍼부었다. 꼭히 그 헌병을 향해서라기보다는 객차 안의 사람들으라는 투였다.

"잘못했습니다."

"잘못했다면 다야? 잔소리 말고 빨리 자리를 비워. 오 분 이내야."

"알겠습니다."

"꼭 오 분이야. 그때까지 자리가 없어 저분들이 이 기차를 못 타게 되면 너희들은 총살이야."

장교는 정말로 권총까지 빼어 보이며 차가운 목소리로 한 번 더 쐐기를 박은 뒤에 승강구를 내려갔다. 정인은 이미 일이 글러버린 줄 알고 젖을 물리고 있던 갓난것을 떼어 들쳐업을 채비를 했다. 그런 그녀의 눈에 언뜻 입김으로 흐린 차창 밖의 광경이 들어왔다. 잰걸음으로 승강구를 내려서는 그 장교에게 군경간부 가족이라고 말한 한떼의 사람들이 모여들며 무언가를 항의하고 있는 듯했다. 한결같이 피난민이라기보다는 좀 다급한 장거리 여행자들 같은 차림이었는데, 한 가지 이상한 것은 거기 섞여 있는 젊은 여자들이었다. 군인이든 경찰이든 그 같은 난리판에도 특별한 배려를 받을 만큼의 간부인 사람의 아내로서는 너무 젊고, 딸로서는 또 너무 나이가 들어 보였던 것이다. 게다가 하나같이 영화배우처럼 예쁜 얼굴에 짙은 화장들을 하고 있었는데 몇몇은 정말로 포스터 같은 데서 본 것 같은 얼굴이었다. 어디서 보았을까 ― 잠시 어린것을 들쳐업는 것도 잊고 정인이 그런 엉뚱한 생각을 하고 있을 때, 어느새 굴러떨 어졌던 화이버를 다시 집어쓴 헌병의 갑작스런 고함소리가 들렸다.

"자, 지금이라도 늦지 않으니 증명서가 없는 사람은 다른 칸으로 옮기시오. 서둘지 않으면 그쪽까지 못 타게 됩니다."

"말루 할 때 빨리 옮기쇼잉. 공연히 뻗대다가 끌려 내려가지 말 고오 ―."

따귀를 맞은 쪽보다 좀 젊고 성깔 있어 뵈는 다른 헌병도 은근 한 위협을 곁들이며 선임자의 말을 거들었다.

그러나 그 정도로는 아무도 꿈쩍하지 않았다. 기차는 스무 량 가까이나 달고 있었지만, 유개차(有蓋車)는 절반이 채 안 됐고, 유개 차 중에서도 객차는 또 그 절반이 안 되었다. 나머지는 거의 허리 어름까지밖에 안 되는 바람막이뿐인 무개화차(無蓋貨車)거나 지붕 은 있어도 깜깜하고 출입이 불편한 화물용일 뿐이었다. 거기다가 객차라고 해도 그 칸처럼 객석을 구비한 것은 몇 안 되고 보니 그 런 칸에 오른 쉽지 않은 행운을 선뜻 포기할 마음들이 내키지 않 은 탓이었다.

하지만 그보다 더욱 사람들을 망설이게 만든 것은 그 객차 안 에서 허비해 버린 시간이었다. 젊고 추위를 견딜 만한 채비를 갖춘 축들 가운데는 벌써 객차의 지붕 위로 올라가는 이까지 있는 것으 로 보아 지금 내려서는 무개화차도 얻어걸릴 수 있을 것 같지가 않왔다. 다시 말해 그 객차에서 내린다는 것은 이미 칸을 바꾸어 탄다는 정도의 문제가 아니라, 어쩌면 마지막일지도 모르는 그 남행열차를 놓치게 될 위험까지 따르는 문제였다. 차라리 머릿수에 의지해 버티는 데까지 버티어 보자는 게 증명서가 없이 탄 사람들 대부분의 의견처럼 보였다.

지난 몇 달 동안 무슨 습성처럼 몸에 밴 제복에 대한 공포에 몰려 두말없이 내릴 채비를 서두르던 정인도 다른 사람들의 그 같은 태도를 보자 그들과 함께 움직이기로 마음을 다잡아 먹었다. 행여, 하는 기대보다는 참으로 오랜만에 자신과 같은 처지에 있는 다수를 만났다는 데서 오는 어떤 격려와 고무 덕택이었다. 시어머니도 정인과 같은 생각인지 역시 철이를 들쳐업으려다 말고 엉거주춤 일이 돌아가는 형편을 살피는 눈치였다.

한참을 기다려도 누구 하나 움직이려 들지 않자 다급해진 것은 헌병들 쪽이었다. 사람 좋아 뵈는 나이든 쪽은 계속하여 존댓말로 권유와 사정을 되풀이했고, 젊은 쪽도 아직은 제 속대로 다 하지 못하고 욕설 섞인 위협으로만 선임자를 도왔다. 하지만 어느 쪽도 효과가 없기는 마찬가지였다.

"우리도 군경가족이여. 구구로 엎디려 있다가는 워떠케 될지 몰라 알몸으로 달려온 거여."

"빨갱이들이 언제 직계 방계 가려서 죽였간디?"

"비라묵을, 이랄라믄 진작 타지 마라 카지, 인자 이카믄 우예능교? 이 엄동에 곱배 꼭대기에라도 올라앉으란 말인교? 여서 어정거리다가 야지미리 다 죽으라능교?"

"형제는 안 되고 기집자식은 된다이 그게 무슨 경우로? 옛말에 도 처자는 의복이요 형제는 수족이라 안 그랬나? 형제는 맞아죽으 라꼬 내주고 기집자식만 살려 크게 좋을따."

"그라들 말고 쩌그 저 장교한테나 가보더라고. 위세 좋은 양반잉 께 워찌 수가 안 날까잉."

이렇게 갖가지 사투리로 저마다 떠드니 객차 안만 갑작스레 시 끌벅적해졌을 뿐이었다.

그 시끄러운 소리를 들었는지, 아니면 자기가 준 시간이 다 됐는 지 그동안 이런저런 말로 승강구 아래에 몰려 기다리는 간부가족 들의 불평을 무마시키고 있던 장교가 다시 객차 입구로 들어섰다.

"어떻게 된 거야? 왜 이리 시끄러워?"

"도무지 꼼짝도 않습니다."

역시 선임자인 듯한 헌병이 지레 겁먹은 얼굴로 대답했다. 그러 자 그 장교는 정말로 화가 난 모양이었다.

"이런 병신 같은 새끼들!"

그 말과 함께 이번에는 둘 다 사정없이 정강이를 걷어찼다. 그리 고 낮은 비명과 함께 나란히 주저앉은 둘의 코앞에 권총을 들이대 며 총알을 장전하는 시늉을 했다.

"이 새끼들, 정말 죽고 싶어 환장한 모양이군. 지금이 어떤 때라고 명령불복종이야? 직무유기만 해도 어떻게 되는지 알지?"

조금 전과는 달리, 그 둘을 빌려 객차 안의 사람들에게 시위하 려는 것이 아니라 정말로 그 명령을 어기면 즉결에 처할 것 같은 기 세였다.

두 번씩이나 호되게 당한 데다 자칫하면 생명까지 위험한 지경에 떨어지고 보니 어지간히 사람 좋아 뵈던 헌병 선임자도 더는 참을 수 없다는 표정으로 변했다. 성마른 젊은 쪽은 무엇을 어쩔 작정인지 메고 있던 카빈총까지 내렸다.

"당신부터 증명서를 보이시오. 없으면 다른 칸으로 옮기고."

나이든 헌병이 조금 전 가장 앞장서서 떠들던 중년 남자를 먼저 지적하며 그렇게 요구했다. 여전히 존대는 쓰고 있어도 목소리는 엄격하기 짝이 없었다. 그러나 그 중년 남자도 그대로 물러날 수는 없다는 듯 제법 위엄 있게 대꾸했다.

"이보시오, 나는 XX본부 강백선 대령의 형이오. 제수씨와 어린 조카를 데리고……."

"하여튼 증명서 좀 봅시다."

"증명서는 제수씨와 조카밖에 기재되어 있지 않지만, 이 조카를 내가 안고 가면 되지 않소?"

"이 새끼 말이 많아."

갑자기 곁에 서서 보고 있던 젊은 쪽이 카빈총대로 그 중년 남자의 어깨를 내리쳤다.

"다른 칸으로 옮기면 될 거 아냐? 누구 마빡에 바람구멍나는 꼴 보고 싶어 똥고집이야, 똥고집은."

어깨를 감싸쥐고 신음하는 중년에게 그렇게 내뱉는 그의 눈에는 이미 악에 받쳐 아무것도 보이는 게 없는 모양이었다. 곁에 있던 사람 가운데 누군가가 점잖게 항의했지만 그 뒤의 진행은 역시 마찬가지였다. 먼저 욕설이고 그래도 뻗대면 총대를 휘두르거나 발길질 주먹질이었다. 나이 든 헌병도 결국은 그 방법밖에 없다는 듯 애써 말리려 들지 않았다. 일이 그렇게 되어가자 드디어 겁을 먹은 사람들이 하나 둘 뒤로 밀려나오기 시작했다.

"어멈아, 아무래도 안 되겠구나. 욕보기 전에 내려야겠다."

그래도 끝까지 버텨 보려다가 총대세례로 피탈까지 나서 끌려 내려가는 사람들을 보고 시어머니가 힘없이 철이를 들쳐업으며 하는 말이었다. 진작부터 각오하고 있던 정인도 말없이 그런 시어머니를 따라 헌병들이 오고 있는 반대편 출입구 쪽으로 몰리고 있는 사람들 틈에 끼어들었다. 시외삼촌네 가족들이 몇 마디 건성으로 붙들었지만, 그게 아무 소용 없다는 것은 붙드는 쪽도, 마다하고 나서는 쪽도 마찬가지로 잘 알고 있었다.

차 안에서의 예상대로 이미 유개차는 모두 송곳 하나 찔러 넣을 틈이 없을 만큼 사람으로 꽉 들어찬 뒤였다. 그렇다고 이제 겨우 초칠을 넘긴 산모와 석 달 가까운 영어(囹圄)생활에 쇠약해질 대로 쇠약해진 육순의 노파가, 그것도 각기 핏덩이 같은 젖먹이와 아직 세 돌도 안 된 어린것을 하나씩 안은 채 엄동의 객차지붕 위로 오를 수는 없는 일이었다. 객차지붕 위에 허옇게 사람이 앉았기는 해도, 한눈에 젊고 힘좋은 걸 알아볼 수 있는 남정네들이거나 두꺼운 외투만으로도 모자라 담요까지 겹겹으로 두른 중늙은이와 여인네들이 대부분이었다.

몇 번인가 유개차 문께까지 갔다가, 배 터져 죽겠다는 고함소리 아니면 떼밀어내는 것이나 다름없는 거친 퇴짜를 맞고 쫓겨난 정인과 시어머니는 마침내 무개차를 기웃거리기 시작했다. 석탄을 실어

나르던 것인지 그래도 허리 높이 정도의 철판이 둘러져 있어, 객차 지붕 위보다는 나을 것 같았다. 하늘에서 쏟아지는 눈비야 어쩔 수 없겠지만, 기차가 달릴 때 맞게 될 찬바람만은 몸을 수그리면 어떻게 피해 볼 수도 있겠기 때문이었다.

하지만 출발시간이 가까워진 탓인지 그런 무개차에조차 그네들을 위해 비어 있는 자리는 없었다. 워낙 많은 사람이 몰린 데다, 미리 자리를 잡은 사람들은 또 거적을 깔고 담요를 두른 채 길게 누워 있거나 이불보따리며 농짝까지 실어, 홀몸 같으면 비집고 들 엄두나 내보겠지만, 젖먹이까지 넷이 한꺼번에는 어림없는 일이었다.

"다른 칸에는 자리가 없습디까?"

한차례 헛걸음을 치고 다시 열차 끝으로부터 거슬러 올라오던 정인과 시어머니가 처음에 탔던 객차 옆을 지나고 있을 때 누군가가 등뒤에서 그렇게 물었다. 돌아보니 바로 얼마 전의 그 장교로 헌병들을 몰아칠 때와는 판이하게 부드러운 어조였다. 그들 고부가 그 객차에서 쫓겨난 일을 기억하고 있는 것 같았다. 그러나 원래 성정이 사나운 편인 시어머니는 그를 보자 뒤틀리는 심사를 주체할 수 없는지 무뚝뚝하게 반문했다.

"사람 놀리는 것도 아니고 — 보믄 모르나?"

억센 경상도사투리가 튀어나오는 것으로 보아 아직도 역시 노여움을 느끼는 모양이었다. 일순 그 장교의 얼굴이 굳어졌으나 이내 가벼운 미소로 풀어지며 사죄하듯 말했다.

"할머니, 너무 노여워 마십시오. 저도 좋아서 그런 건 아닙니다. 워낙 상부의 지시가 엄해 놔서……."

그러더니 아직도 승강구에 있는 헌병들을 불렀다.

"하 중사, 여기 이 할머니와 아주머니 어떻게 자리 좀 마련해 주쇼."

이번에도 조금 전 여럿 앞에서 금방 총살이라도 할 것처럼 을러대던 것과는 전혀 다른 말투였다.

그 두 헌병의 도움으로 정인과 시어머니는 바로 다음 무개차 앞쪽에 자리를 잡을 수 있었다. 다행스런 것은 그 칸이 바로 객차 뒤여서 앞의 객차가 적지않이 바람막이 구실을 해준다는 점이었다.

헌병들의 요구로 뻗고 있던 다리를 오무리거나 늘어놨던 짐들을 귀찮시리 다시 포개 놔야 할 때는 그네들 고부에게 적의어린 눈길을 보내던 사람들이었지만 막상 자리에 끼어 앉으니 인정이라는 것이 조금씩 살아나는 모양이었다.

"이그, 저 몸으로야 서울에 남아 있은들 어떨려고…… 그래 초칠이나 지났수?"

맞은편에 이불보따리를 등지고 가족들과 함께 앉아 있던 나이 지긋한 여인네가 정인의 통통 부은 얼굴과 품에 안은 갓난것을 번갈아 바라보더니 혀를 차며 담요 한 장을 내밀었다. 정인에게는 눈물이 쏙 빠질 정도로 감격적인 호의였다. 본디가 부실하던 입성에, 사람이 복작대던 객차에서 내리자마자 한꺼번에 덮쳐 온 한기로 언제부터인가 정인은 자신도 모르게 몸을 떨고 있었다. 그러나 정인에게 그 담요가 무엇보다 절실하게 고마웠던 것은 품에 있는 젖먹이 때문이었다. 치마를 뜯어 누빈 모본단 홑포대기가 오줌으로 젖어 아무리 깊게 감싸 안아도 갓난것의 오돌거림은 멈출 줄 몰랐다.

정인의 지나친 감사가 난감했는지, 아니면 담요 한 장을 서로 양
보하는 그네들 고부가 보기 딱했는지, 다시 그 중년 여인네가 옷보
따리에서 꺼내준 남자 외투 덕분에 기차가 움직여도 정인의 일행은
추위에 크게 괴로움을 당하지 않을 수 있었다. 담요로는 정인 모녀
가 몸을 감싸고, 외투로는 시어머니와 철이가 함께 뒤집어쓴 채 몸
을 웅크리니 아무리 무개화차라도 견딜 만했다.

그리고 기차가 막상 서울을 천천히 벗어나기 시작하면서부터
정인은 문득 안도보다는 희미한 후회와 아쉬움 같은 것을 느꼈다.
꼼짝없이 남한땅에 버려질 어린 남매를 찾으러 갈 수 있게 됐다는
사실보다도 어쩌면 지금 그곳으로 달려오고 있을지도 모르는 남편
동영으로부터 점점 멀어지고 있다는 사실이 갑작스런 섬뜩함으로
떠오른 탓이었다.

여기도 둘, 거기도 둘, 여기도 남매, 저기도 남매인데 — 그러자
자신을 까닭 모를 다급함으로 그 기차에 오르게 만든 오전의 일들
이 어떤 불길한 운명의 예감과 함께 기억 속에서 되살아났다.

서울역까지 데려다준 상건이 돌아간 뒤 정인과 시어머니는 한 시
간이 넘도록 그 광장을 서성거렸다. 상건이 그네들을 거기까지 데려
다준 것은 곧바로 남으로 내려가라는 은근한 암시인 듯도 했지만,
한편으로는 그 자신도 정확한 형세를 몰라 모든 판단을 그네들 고
부에게 맡긴 것으로 여기기도 한 탓이었다.

하지만 광장으로 몰려드는 피난민들에게 은근히 물어 얻어낸 소
문은 그야말로 갖가지였다. 어떤 사람은 중공군이 이미 미아리고개

를 넘어가고 있다고 호들갑을 떨었고, 어떤 사람은 의정부쯤 들어왔을 거라고 약간 느긋함을 보이기도 했다. 어떤 사람은 이번에는 부산까지 밀려나 다시 배를 타야 할지도 모른다고 걱정이었고, 또 어떤 사람은 잘해야 천안까지가 고작일 거라고 장담했다.

그런데 한 가지 이상한 것은 그들 중 누구도 이른바 인민공화국과 그 군대에 관해서는 잘 알지 못한다는 점이었다. 한결같이 그것들에 관해서는 깨끗이 잊어버리기나 한 듯 중공군만 걱정하고 있었다. 그것도 인해전술(人海戰術)이니 꽹과리, 빼갈(배갈) 같은 말로 무슨 흉폭하고 취한 짐승의 무리를 연상케 하는 군대로서의 중공군이었다.

갑자기 남편이 속해 있던 집단과 그것을 지지하던 군대가 이 땅에서 자취도 없이 사라져버린 듯한 데서 오는 기묘한 불안으로, 정인은 몇 번이고 사람을 바꾸어가며 조심스레 북쪽과 그 군대에 대해 되풀이 물어보았다. 잘해야 삼수갑산 어느 깊은 골짜기로 숨어들었으리란 얘기였고, 심하게는 아예 소련이나 만주로 달아났다거나, 나라고 군대고 뭐고 풍지박산이 나 북한천지를 이리저리 헤맬 거라고도 했다. 결국 서울이 다시 '해방'된다 해도 그것은 남편과 그 동지들의 일은 아니었고 따라서 동영의 귀환도 기약할 수 없다는 뜻이었다.

대답하는 사람들 자신이 쫓기는 자의 혼란에 빠져 있거나 공산주의에 대한 맹목적인 증오로 근거 없이 만들어진 뜬소문을 들은 대로 성의 없이 되풀이한 것에 지나지 않았지만, 문제는 듣는 정인 쪽이었다. 지난 석 달 감금상태와 다름없는 생활을 해온 바람에 그녀에게는 그 같은 뜬소문을 가려들을 만한 능력이 없었던 것이다. 그 같은 뜬소문에 휘말려 그날로 허겁지겁 피난열차에 오르지 않은 것이 오히려 이상할 지경이었다.

하지만 동영에 대한 본능적인 믿음과 막연한 기대를 버리지 않고 있던 그네들은 사람들의 말이 구구각색이고 때로 터무니없는 것이기까지 하자 차츰 의심이 일기 시작했다. 혼란된 역광장에서 묻기보다는 아직 시내에 남아 있을 친지들을 찾아 사태를 정확하게 알아보고 싶어진 것이었다. 결과로 보아서는 일을 더 어렵게 만든 그네들만의 생각이었다. 목표하고 찾아간 정 선생댁이나 윤 박사댁은 모두 이미 피난을 떠난 뒤였고, 거리 모퉁이의 검문검색만 시간이 흐를수록 강화되기 시작한 때문이었다.

상건이 만들어준 신분증명도 있고, 그네들의 행색 또한 여느 피난민들 이상으로 참담했지만 위험은 여전히 남아 있었다. 그네들 고부의 얼굴을 알아보는 사람을 만나거나 우연한 말 한마디, 행동거지 하나로 검문자들의 의심을 사 마구잡이 취조에 걸려들 수도 있는 까닭이었다. 특히 방금 눈앞에서 끌려가는 젊은이를 볼 때나 모두 불쾌하게 취한 얼굴로 떼를 지어 몰려다니는 소속불명의 민간 무장단체와 맞닥뜨리기라도 하면 그네들은 제김에 오금이 저려붙는 듯한 공포에 젖어들곤 했다.

동영이 월북해 버린 뒤에는 거의 남처럼 지내오던 시외삼촌댁을 정인과 시어머니가 찾아들게 된 것도 실은 그 공포 때문이었다. 어느 빈집에서 하룻밤을 새운 그네들이 그날 아침 세 번째로 찾아갈 어떤 가까운 친척집에서 다시 허탕을 치고 나올 때였다. 이제 어디

로 가봐야 좋을지 몰라 망설이며 걷는 그네들의 눈에 저만치 바리
케이드를 치고 길목을 막고 있는 한떼의 전투경찰이 보였다. 도저
히 그걸 뚫고 갈 자신도 없고, 그렇다고 갑자기 돌아서서 그들의 의
심을 불러일으킬 수도 없어 당황하고 있던 정인에게 문득 부근에
있는 시외삼촌댁이 떠올랐다. 자연스럽게 그 바리케이드를 피해 갈
수 있는 골목 끝집이었다. 붙들리기 며칠 전 찾아갔을 때 매몰하게
문 앞에서 쫓아내던 아우의 집이었지만, 시어머니도 어쩔 수 없다
는 듯 정인의 말에 동의했다.

마침 마당 가득 크고 작은 짐들을 내놓고 누군가를 기다리던 중
이던 시외삼촌과 의사인 큰시외사촌 내외는 난데없이 들어서는 정
인과 시어머니를 보자 죽은 사람이 살아오기라도 한 듯 놀랐다. 특
히 성격이 차갑기로 유명하던 시외삼촌은 하나뿐인 누이에 대한 지
난번의 박대가 마음에 걸렸던지 제법 따뜻한 인사까지 건네며 그네
들을 맞았다. 그리고 어떻게 맞이해야 될지 몰라 우물쭈물하고 있
는 큰며느리에게 김밥과 더운 물까지 내놓게 했다.

"이제 동영이가 내려오믄 누님 고생도 끝이시더. 글치만 우리는
남쪽으로 내려가야 하이 누님과는 이기 이 세상에서는 마지막인
가 싶기도 하니더."

정인의 추측과는 달리 얼음 같은 그의 마음을 녹인 것은 지난
번의 박대에 대한 후회가 아니라 그게 마지막 만남일지도 모른다
는 데서 되살아난 혈육의 정이었다. 큰아들을 의사로, 둘째아들을
국군 고급장교로 둔 그로서는 남으로 내려가지 않을 수 없는 처지
였다.

식욕이 안 나는지 젖을 빨리는 정인을 위해서인지 김밥을 몇 개 집지도 않고 연해 더운 물만 마시던 시어머니가 비로소 조금 풀린 어조로 동생의 말에 반문했다.

"내리오는 거는 뙤놈들뿐이라며? 가아(동영)들은 어디 가 있는지 흔적도 없다며? 백줘 여기 남아 있다가 뙤놈들한테 욕이나 보능 게 아이까?"

"결국 한패이께는 언제 내리와도 오기는 올께시더. 기다리믄 동영이를 만날 수 있니더."

"글치만 영천으로 가 있는 아이들은 어예노? 훈이하고 영희가 다 저 외가에 가 있다."

"우예겠니껴? 글타꼬 가들 때매 여지껏 여 있다가 인제 와서 불같은 남쪽으로 내려갈 수사(야) 있니껴?"

그런 시외삼촌의 말로 미루어 동영 쪽의 형편은 서울역 광장에서 주워들은 뜬소문보다는 나은 것 같았다. 그러나 그대로 서울에 남아 동영을 만난다는 것은 바로 친정에 내려가 있는 아이들과의 생이별을 뜻한다는 걸 떠올리자 정인은 눈앞이 아뜩한 느낌이었다. 아이들을 친정으로 보낼 때부터 전혀 예상하지 못한 것은 아니었으나 막상 닥치고 보니 너무도 참혹한 선택이었다.

아아, 어떻게 해야 하나, 나는 어디로 가야 할까…… 어떤 결정을 내릴 엄두조차 내지 못한 정인은 마음속으로만 막연히 그렇게 중얼거리며 멀거니 시어머니를 바라보았다. 시어머니는 계속하여 친정아우와 시외삼촌과 무슨 말인가를 나누고 있었지만 정인의 귀에는 아무 소리도 들려오지 않았다. 그렇게 얼마쯤 지났을까. 아무래도 그럴 수는 없어, 그 아이들을 아무도 없는 남쪽에 버려둘 수는 없어 — 그런 앞뒤 없는 결론으로 정인이 그들 남매간의 이야기에 끼어들려 할 때였다. 갑작스런 자동차 클랙션소리와 함께 뛰어든 작은시외사촌이 모든 일을 결정하고 말았다.

바로 그 전해에 육사를 졸업한 작은시외사촌은 그 사이 중령으로 진급되어 있었다. 정인보다는 나이도 대여섯 아래인데다 사람도 까다로운 편이 아니어서 수숙(嫂叔)간으로서는 남달리 가까운 사이였다. 자랄 때는 형편이 어려워 시어머니의 보살핌을 적지않이 받은 탓에 동영의 집에도 자주 드나들었는데, 언젠가는 육사생도의 제복을 입고 와서 마침 들이닥친 형사대를 막아준 일조차 있었다. 뒷날 동영이 농담 반 진담 반으로,

"대한민국 육군장교가 될 사람이 빨갱이를 구해 줬으니……"

하며 그때 일을 말하자 그는 정색을 하고 대답했었다.

"나는 군인이 될라는 기지 사상가가 될라카는 건 아이씨더. 내가 막아준 것도 고종형님이지 빨갱이는 아이고요. 글치만 임관 뒤에 빨갱이를 잡으라는 명령을 받게 되믄 다를 께시더. 그때는 피차간 서로 안 만나는 게 나을 께시더……"

그리고 마치 그 말을 지키기라도 하려는 듯 임관되고 나서는 일체 동영의 집에 발을 들여놓지 않았다. 전문학교 졸업이란 학력 덕분인지, 유창한 영어회화 실력 덕분인지, 그 뒤 그는 정보장교로서 착실하게 승진을 거듭하고 있다는 소문이었는데 이제 뜻하지 않은 장소에서 만나게 된 것이었다.

그러나 작은시외사촌은 고모와 고종형수를 얼른 알아보지 못하

고 똑바로 자기 형 쪽으로 달려갔다. 정인과 시어머니의 행색이 너무도 초라했던 탓도 있지만, 그보다는 그만큼 상황이 다급했던 탓이라 보는 편이 옳았다.

"형님, 인제 막판이시더. 빨리 아부지 모시고 서울역으로 가소. 세 시에 뜨는 차에 가믄 군경간부 가족들을 위한 칸이 하나 있을께시더. 형님과 형수님은 제 직계가 아니라 억지로 맹그니라꼬 애먹었니더마는 이 증명서를 비주면 헌병이 자리를 내줄께시더. 얼릉 가소."

군용 점퍼 주머니에서 증명서 몇 장을 형에게 건네주며 작은시외사촌이 단숨에 하는 말이었다.

"그래믄 이 짐은 말캉 어예노?"

"들고 갈 수 있는 만큼만 들고 가소. 많이 가주고 가봤자 서울역에서 매뺄기 십상이시더."

그 말에 큰시외사촌이 은근히 아우를 나무라는 투로 말했다.

"니만 믿고 있다가 이 낭패따. 진작 내리갈라는 사람을 백줘 뿌뜰디마는."

"미군이 서울은 어예튼동 지킬 줄 알았는데 — 내가 잘못 본 모양이씨더."

"그건 글타카고, 의사가 약하고 치료기구가 없으믄 그기 무신 의사고?"

"할 수 없니더. 왕진가방만 들고 간다고 생각하소."

"그래도 하나같이 없으믄 안 되는 겐데⋯⋯."

"지금 이럴 때가 아이시더. 대강 챙겨 아부지하고 퍼뜩 떠나소.

꼴 보이 오늘밤 넘구기도 힘들겠더."

"중공군이 글케 가깝나?"

"이건 사태(沙汰)씨더, 눈사태래요. 쳐들어오는 기 아이라 머리 위로 마구 굴러떨어지는 게씨더."

그리고는 자동차 있는 데로 다시 돌아서다가 그제서야 정인과 시어머니를 알아보았다.

"아이고, 이게 누구이꺼? 돌내골 고모하고 아지매……."

"글타, 잘 있었더나?"

시어머니도 남달리 사랑하던 조카인 때문인지 잠시 자신의 처지도 잊고 반갑게 대꾸했다. 그러나 작은시외사촌은 반가움보다 비감이 앞서는 모양이었다. 벌써 몇 달째 험한 전쟁을 치르고 있는 군인답지 않게 눈시울까지 붉어지며 참혹하리만치 변한 고모의 앙상한 손을 마주잡았다.

"아이고, 동영이 형님 참말로 죄 많데이. 어떤 고모 어떤 아지매라꼬 이 꼴을 맹글어 놨노?"

그리고 말을 잇지 못하는 그의 목소리는 정말로 떨리고 있었다. 어려운 조카들을 자식처럼 돌본 시어머니에게서 숱한 학비를 얻어 쓴 그이고 보면 당연한 감회일 수도 있었다. 정인도 여러 번 시어머니가 급한 돈을 마련해 조카들에게 보내는 걸 본 적이 있고, 언젠가 동영이 동척에 나갈 때는 한 달 봉급 전부를 고스란히 바로 그 작은시외사촌의 전문학교 등록금으로 직접 부쳐 주기까지 한 일도 있었다. 그러나 그 못지않은 도움을 입고도 냉정한 아버지를 핑계로 동영의 가족들을 멀리해 온 큰시외사촌에게서 배신감을 느껴오던 터라 작은시외사촌의 그런 당연한 감회에도 시어머니는 몹시 감격된 것 같았다.

"그래, 인제 우리는 우예믄 좋을로?"

완연히 목멘 어조로 한동안 이런저런 얘기를 넋두리처럼 주고받던 시어머니가 작은시외사촌을 잡고 물었다. 그러나 그는 대답 대신 말없이 그들을 바라보고 있는 시외삼촌을 불렀다.

"아부지요, 고모도 데리고 가시소. 그 기차 다른 곱배는 인제 돈도 증명도 필요 없을 께시더. 자리가 없을까 봐 걱정이지마는 그렇거덩 아부지가 타는 칸에 같이 태우시소. 헌병이 머라 캐도 사정하면 어예 될께시더. 저도 사람이믄 이 모양을 보고 지붕도 없는 곱배로 쫓아뿌지는 않으께시더. 정 안 되믄 아부지하고 형님 자리를 내주더라도 꼭 데리고 가시소."

"그래 먼 소리고? 여서 가만 기다리믄 동영이가 와서 잘될 낀데, 뭐 때매 그 고생시러븐 피난열차를 타란 말이로?"

"아이시더. 데리고 가야 하니더. 동영이 형님은 안 올 께시더. 거다 아아들꺼정 영천으로 내려가 있다카이……."

"뭐래? 동영이가 안 오다이? 그게 무슨 소리로? 동영이가 어예 됐노? 대체 왜 못 오노?"

갑자기 시어머니가 숨가쁜 목소리로 그들 부자간의 대화에 끼어들었다. 나이보다 늙고 찌든 얼굴은 불길한 예감으로 한층 어두워져 있었다. 작은시외사촌이 다시 그런 시어머니를 향하더니 잠시 무언가를 망설이다가 이내 결심한 듯 시어머니의 두 손을 어루만지며 담담히 입을 열었다.

"고모님요, 천연시럽게 내 말을 들으시소. 동영이 형님은 아매 안올 께시더. 그러이 함께 남쪽으로 가시이소."

"니가 우예 아노? 왜 우리 동영이가 안 오노?"

"다 아는 길이 있니더. 알 거 알아보고 하는 소리씨더."

그때 시외삼촌이 답답한 표정으로 아들을 나무랬다.

"야 이눔아야, 말을 바로 해봐라. 가가 어예 됐노? 내가 일케 궁금한데 누님은 오죽 답답하겠나? 아는 대로 말해 봐라. 무신 일이로?"

"맞따, 맞따, 무신 소리를 들었나? 아이믄 본 게 있나?"

시어머니도 그런 동생의 말에 맞장구를 쳤다. 그제서야 작은시외사촌은 다시 한번 고모의 손을 쓸며 달래듯 말했다.

"고모님요, 그래도 확실한 건 아이께낸 너무 상심은 마시소. 사실은 이렇니더. 우리 부대는 평양에 근 한 달이나 주둔했니더. 그때많은 좌익들이 잡혀 왔는데 남한출신도 많았니더. 그리고 그 사람들 중에는 형님과 함께 일했던 사람도 있고, 오래 전부터 쭉 알고 지내 온 사람도 있었니더. 하지만 하나같이 형님소식을 모르는 게라요. 일부러 감춰 주는가도 싶어 혼띠미를 내봐도 정말로 모르더란말이씨더. 똑 하나가 평양에서 형님을 봤다 카기는 캐도, 두 번 본뒤에는 흔적도 없어졌다 카더. 정보장교인 내가 알기로 그쪽에서는 군인도 아닌 사람이 글케 자죽도 없이 없어지는 건 좋은 게 아니라는 게씨더. 더군다나 형님 같은 골수분자가 그래 없어진 거는문제가 있는 게라요. 그래서 카는 말이씨더. 무신 일을 안 당했다믄 가도 멀리 간 게씨더. 적어도 금시는 못 내리온단 말이씨더……."

그 말을 듣자 정인은 일시 세상이 캄캄해지는 것처럼 느껴졌다.

이따금씩 그런 예측을 해보지 않은 것은 아니었으나, 정작 남의 입을 통해 그 말을 듣고 보니 막연한 상상 때와는 비교도 할 수 없는 절망감이 천 근의 무게로 그녀를 내리눌렀다.

그런데 그런 정인을 지탱해 준 것은 놀라운 시어머니의 정신력이었다. 그때까지의 상태로 보아 당연히 울부짖고 나올 줄 알았던 시어머니는 그 말을 듣자 오히려 냉정을 회복했다. 돌연 옛날 수십 명의 소작인들 앞에 서던 대갓집 마님의 위엄을 다시 보이면서 조용조용 말했다.

"아이다. 니가 뭔동 잘못 알았으께따. 글찮으믄 우리보고 아이들이 있는 남쪽으로 내려가라꼬 부러 해보는 소리게나……. 그래, 맞다. 남쪽으로 가야제. 어예 될지도 모르는 세상에 어린 가들 남매를 남의 손에 맡겨 놓고 여기 태무심하게 앉아 동영이나 기다릴 수는 없다."

남으로 갈 것은 결정해도, 동영의 불행한 상태에 대한 예측만은 한사코 인정하지 않으려는 데에는 어떤 종교적인 믿음 같은 것까지 느껴졌다. 마치 그 믿음으로 어려움에 떨어진 외아들을 다시 순조로운 길로 끌어내겠다는 듯이. 특히 죽음 같은 것은 생각조차 해본 적이 없다는 투였다. 시어머니가 그렇게 나오자 작은시외사촌도 오히려 다행스럽다는 표정으로 금세 태도를 바꾸었다.

"맞니더, 고모님요. 지가 잘못 알았는동 모르제요. 높이 되도 아주 높이 되문 시시한 사람들 눈에는 띄기 힘드는 수도 있을 께시더. 글타 캐도 고모님하고 아지매는 남쪽으로 가야 하니더. 지금 고모하고 아지매가 필요한 거는 거게 있는 훈이 남매씨더. 다 큰 동영이 형님이야 언제 만난들 못 만날리껴?"

그러더니 문득 시계를 본 뒤 다시 한번 시외삼촌에게 다짐을 하고 서둘러 떠났다.

"아부지요, 고모님하고 이 아지매 꼭 데리고 떠나야 하니더. 초칠 산모하고 노인을 여다 두고 떠나는 사람 할 짓이 아이씨더. 지 말 꼭 새겨들으시소……."

그러나 정인이 시어머니와 나란히 남행열차를 타기 위해서는 또 한차례의 풍파를 겪어야 했다. 발단은 작은시외사촌이 떠난 뒤 한동안 깊은 생각에 잠겨 있던 시어머니가 갑자기 치마꼬리에 매달려 있던 철이의 손목을 정인에게 넘긴 일이었다.

"에미 자식은 천륜이 닿고 피가 사무치니 아애비가 무슨 일을 당했다믄 내가 모를 리 없다. 날 믿어라. 애비는 이르든 늦든 반드시 올께따. 니는 야하고 업은 걸 데리고 여서 기다리다 아애비를 만내라. 나는 내리가 훈이하고 영희를 돌보마."

마치 무슨 통고와도 같은 시어머니의 말이었다. 하도 갑작스런 말이라 정인이 놀라 물었다.

"어머님, 그게 무슨 말씀이세요? 남아도 어머님께서 남으셔야죠."

"아이다. 내 시키는 대로 해라. 서른에 홀로 되어 애비 없는 자식을 기르는 일은 내 대만으로도 넉넉하다. 혹 일이 잘못되어 우리가 다시 못 만나게 된다 캐도 그게 차라리 이대가 나란히 청상을 겪는 것보다사 낫다. 아니, 나는 니까지 생이별로 애비 없는 자식 키우는 꼴은 못 본다. 약속하꾸마. 남쪽에 있는 아이들 남매는 어예튼동 내가 거둬 잘 기르께따(겠다). 그러이 니는 여 남았다가 애비를 만내거라."

그런 시어머니의 말은 단호하면서도 간곡한 데가 있었다.

"그렇게는 못해요. 설령 애비를 만나게 된다 해도 어머님과 아이들을 버리고 무슨 낯으로 애비를 대하겠어요?"

"글타믄 나는 더 가(그 아이)를 못 본다. 늙은 기 살믄 얼매 산다꼬 올망졸망한 사남매와 아직 소복(蘇復)도 안 된 니를 매삘고 혼자 덜렁 서울에 남겠노? 집안에 어른 된 노릇이 아이따. 니가 남아야 된다."

"그럼 차라리 함께 데려가 주세요. 그분보다는 아이들 곁에 있고 싶어요. 설령 일이 잘못되더라도 결코 어머님을 원망하지는 않겠어요."

"못난 것. 이기 어디 사사로운 원망이나 면하자고 하는 짓이가?"

드디어 시어머니가 역정을 내며 특유의 흰자위 많은 눈으로 정인을 흘겨보았다.

"사파(私派)라꼬는 해도 니는 한 집안의 십이대 종부(宗婦)따. 모종 붓 한가운데 씨를 몰아두었다가 대가 끊겨도 좋단 말이가?"

그제서야 정인도 시어머니의 속마음을 알아차렸지만 어쨌든 홀로 남고 싶지는 않았다. 기다리다 정말로 동영을 만나게 된다 해도 시어머니와 아이들을 남쪽에 버려둔 채로는 그 만남조차 아무런 의미가 없을 것 같았다. 거기다가 자칫하면 남편과 시어머니와 아이들을 한꺼번에 잃어버릴 가능성마저 남아 있고 보니, 시어머니가 아무리 여계(女誡)의 곡종(曲從)장이나 내훈(內訓)과 여논어(女論語)

의 사구고(事舅姑)장을 들먹여도 그 뜻을 따를 수는 없었다.

그 바람에 전에 없이 격해진 정인과 시어머니의 논의는 결국 시외삼촌의 참견이 있고서야 결정을 보게 되었다. 그들 고부가 서로의 주장을 굽히지 않고 있는 동안, 마당에 내놓았던 짐들 가운데서 부피만 크고 당장 필요하지 않거나 값나가지 않는 것들만 골라 도로 집안 깊이 갈무리하고 길떠날 채비를 마친 시외삼촌이 짜증 섞인 목소리로 시어머니를 나무라고 나선 것이었다.

"아이고 ─ 참, 누님도…… 여 놔뚠다고 자들이 산다는 보장은 또 어데 있니껴? 총 맞아 죽고 불타 죽는 것만 죽는 긴 줄 아니껴? 굶어 죽고 얼어 죽는 것도 죽기는 일반이씨더. 고마 갈 수 있을 때 데리고 떠나시더. 인제는 지 한 목숨 보징기는 기 젤이씨더. 청상타령도 포시랍을 때 얘기고, 대 잇는 것도 지 목숨 건진 뒤에 일이란 말이래요. 빨리 가시더. 얼릉 일나소."

그 순간 정인의 가슴 깊은 곳에서는 반짝하는 유혹과도 같은 충동이 ─ 아아, 그래도 실은 남고 싶다. 남아 남편과 함께이고 싶다 ─ 일었지만, 정인은 시어머니의 대답을 기다리지도 않고 그들을 따라나섰고, 이윽고는 시어머니도 어쩔 수 없다는 듯 혀를 차며 철이를 들쳐업었다.

"자가 암만 캐도 뭣에 씌엣제……."

2

언제부터인가 속력이 떨어지던 기차가 갑자기 덜커덩하며 멈추어 섰다. 그러나 정인은 여전히 골똘한 상념에 젖어 있었다. 억눌러도 금세 고개를 드는 후회 비슷한 감정에서 자라난 상념이었다. '어쩌면 그때 나는 정말로 무엇에 씌었는지도 몰라. 시어머님의 말씀이 옳았던 것 같아. 남편은 지금쯤 서울로 돌아왔을 거야. 아마도 옛집 근처를 뒤지며 우리를 찾고 있겠지…….'

그때 앞칸 객차지붕 위에 있던 남자들이 주위를 둘러보며 주고받는 말이 들렸다.

"여긴 어디야? 수원쯤 되나?"

"맞아, 수원이야. 저어기 고농(高農)이 보이는군."

먼저 수원이란 말이 정인의 상념을 산산이 흩어놓고, 이어 고농이란 말이 강한 전류와도 같은 충격으로 정인의 의식을 깨나게 했다. 고농은 고등농림학교를 줄인 말로 동영이 맡았던 수원농대의 전신이었다. 정인과 마찬가지로 무언가 깊은 생각에 잠겨 서울을 떠나면서부터 줄곧 입을 다문 채 눈을 감고 있던 시어머니도 그들의 대화를 들었는지 번쩍 눈을 떴다. 그리고 누가 먼저랄 것도 없이 제가끔 안고 있던 어린것을 다독인 뒤 몸을 일으켰다. 허리 높이가 넘는 화차의 철판난간 때문에 앉은 채로는 아무것도 볼 수 없었기 때문이다.

정말로 수원이다. 잘 돼야 두 달밖에 안 되지만 마치 평생을 살아온 곳처럼 낯익은 소읍이 이상스런 정적에 싸인 채 벌써 어둠살이 끼기 시작하는 겨울 하늘 아래 나지막이 웅크리고 있었다. 그런 시가지를 재빨리 한바퀴 돈 그네들의 눈길은 다시 약속이나 한 듯 멀리 수원농대의 교정으로 몰렸다. 그새 허허벌판으로 변한 실습지 건너, 키 큰 활엽수들의 앙상한 가지 사이로 붉은 벽돌 강당과 멋없이 기다란 시멘트 본관이 보였다. 그 한컨 대여섯 달 전의 어느 날 암담한 기분으로 짐을 부리던 사택 건물…….

그러자 문득 정인의 눈앞이 부옇게 흐려지는가 싶더니, 이어 앙상한 가지들에 짙은 신록이 덮였다. 정인의 몸도 어느새 문짝 하나가 떨어져 나간 사택 현관 앞에 서 있었다. 7월의 뜨거운 햇볕에도 아랑곳없이 아이들은 낯선 곳에 대한 호기심으로 저희끼리 희희닥거리며 이곳저곳을 기웃거리고, 그 마당 한쪽에는 팔짱을 끼고 서 있는 대학위원회의 간부들, 전직수위며 잡무수(雜務手), 시험장 인부 같은 이들 가운데서 뽑힌 그들의 눈길에서 번들거리던 그 까닭 모를 적의가 다시 정인의 가슴에 서늘한 바람을 일으켰다.

"사실은 말이오 — 나도 이게 꿈이었소. 어디 조그만 대학에나 자리 잡아 평생 조용히 공부나 하고 지내는 것…… 내가 태어난 땅과 시대가 이렇지만 않았어도 나는 분명 일찍부터 이 길을 택했을 것이오. 아니, 이렇게 와서 보니 약간 험한 길로 돌기는 해도 나는 원하던 곳에 다다른 것 같소. 두고 보시오. 나는 이 학교를 이 나라 농학의 중심지로 기를 것이오."

그날 대강 집안으로 짐을 들인 뒤, 자신의 서재로 정한 방 창가에서 교정을 바라보고 있던 동영은 그렇게 말했다. 처음 그곳으로 밀려나게 된 때의 침울함은 조금도 찾아볼 수 없는 얼굴이었다. 실제로 동영은 그 뒤 학교의 재건에 정인이 보기에도 감탄스러울 만큼 열심이었다. 학교의 선후배, 고향친구, 인척을 가릴 것 없이 능력과 자격만 있으면 교수요원으로 간곡히 불러들였고, 불타다 남은 학적부를 뒤져 호별방문도 서슴지 않고 학생들의 복교를 권유했다. 그리고 틈나는 대로 학교도서관에서 가져온 책 속에 파묻히는 품이, 정말로 남은 삶을 학구(學究)에 바치기로 작정이라도 한 사람 같았다.

"민족해방이 완성되면 나는 모스크바로 가서 몇 년쯤 공부를 더 했으면 좋겠소. 너무 오래 전공을 게을리한 것 같아. 새학기가 시작되면 어차피 몇 시간은 맡아야 할 텐데 정말 걱정이오. 맑스·레닌의 사상만으로는 읽지도 않은 전문서적을 아는 재주는 없으니 말이오."

언젠가 밤늦도록 책을 읽다가 잠자리에 든 그가 희한어린 목소리로 한 말이었다.

정인에게는 동영의 그 같은 변화가 전혀 뜻밖이었다. 헤어지기 바로 전까지도 그게 단순한 자기위로거나 위장된 불만의 한 형태로 받아들였을 만큼 그녀가 마음속에 가지고 있는 동영의 상(像)은 그 변화에 어울릴 수 없는 것이었다. 영웅 — 좀 낡고 엉뚱스럽지만, 세 아이를 낳고 기른 그때까지도 정인이 알고 있는 남편의 이상은 그 말과 관련된 어떤 것이었다. 여러 가지 어려운 말과 까다로운 논리로 감추어져 있기는 해도 그의 모든 노력, 모든 희생은 그 이상에 도달하기 위한 과정에 지나지 않으리란 것이 정인의 세월이 가도 변하지 않는 믿음에 가까운 추측이었다.

정인이 그런 동영의 상을 품게 된 원인은 여러 갈래에서 찾아볼 수 있다. 그러나 무엇보다도 먼저 칠 수 있는 것은 그녀가 자란 환경과 받은 교육이었다. 이 나라의 전통적인 가정과 유가(儒家)의 가르침이 여성에게 심어줄 수 있는 남성의 이상형은 열에 아홉 군자가 아니면 영웅호걸이었는데 정인도 그 예외는 아니었다. 어렸을 적에 들은 군담(軍譚)이나 좀 자라서 읽은 명조(明朝) 삼대기서(三大奇書)와 육전소설(六錢小說)류에서는 영웅호걸을, 그리고 철이 들어 여러 종반들과 함께 독선생(獨先生)에게서 배운 소학이나 여사서(女四書) 따위에서는 군자를, 그녀 또한 남성의 이상형으로 지니게 된 것이었다. 그러다가 과정은 뚜렷하지 않지만 그 둘은 보다 넓은 뜻으로서의 영웅이란 말로 통합되었다. 좁은 뜻의 영웅이 군사적 정치적인 영웅만을 뜻한다면 군자는 도덕적 학문적인 영웅의 다른 이름으로 볼 수도 있다는 까닭에서였으리라.

하지만 그 둘의 통합은 양쪽을 같은 무게로 본 통합은 아니었다. 청빈한 학자보다는 현관(顯官) 쪽이 많은 가문 탓인지 그녀 자신의 기질 탓인지는 알 수 없지만, 그것은 어디까지나 영웅개념의 확대일 뿐이었다. 다시 말해, 도덕적인 수양과 학문적인 연마를 겸한 영웅이 그녀가 이상으로 그린 남자였던 셈이었다. 그리고 그런 그녀의 남성관은 동영과의 정혼을 통해 더욱 길러졌다.

"사나가 기상이 늠름하더라. 큰일을 할 만한 그릇이라. 재주도 비상하다 카데. 제일고보에서 퇴학당하고 무슨 사립고보를 마쳤는데도 제대(帝大) 본과에 턱 들어간기라……."

한눈에 동영에게 반해 버린 친정아버지의 인물평도 그러하지만, 특히 동영을 그녀가 마음속으로 그려오던 이상의 남자로 만들어 버린 것은 죽은 사촌오빠였다. 우연히 동영과 한집에서 하숙을 한 게 인연이 되어, 사상 자체보다는 동영의 화술과 인간적인 매력에 홀렸다고 보는 편이 옳은 그 얼치기 사회주의자는, 아무것도 모르는 사촌여동생을 잡고 자신의 작은 우상에 대해 능력이 닿는 한의 갖가지 과장과 미화를 되풀이한 것이었다. 그 사상에 대한 깊지 못한 이해에다, 정인이 알아듣기 쉽게 말하느라고 동영을 홍길동이나 삼국지의 유비처럼 만들어버린 것인데, 사실 그 자신도 이름없는 야산대(野山隊)의 대장으로 비극적인 최후를 맞이할 때까지 그런 환상을 품고 있었다. 야산대로 쫓기게 된 것 자체가 동영을 당 중앙쯤으로나 착각하고 그의 추수폭동 지시를 가장 과격하고 철저하게 수행한 결과였던 것이다.

거기다가 결혼 뒤 함께 살을 섞고 살아가면서도 여전히 정인의 환상을 지키게 해준 것은 시어머니였다. 절반은 스스로 꾸며낸 것임에 틀림없는 동영의 신화를 시어머니는 끊임없이 어린 며느리에

게 반복했고, 때로는 거기 대한 자신의 강한 믿음을 극적으로 보여
줌으로써 은연중에 며느리에까지 그 믿음을 강요하기도 했다.

한번은 이런 일이 있었다. 동영은 복역중이고, 전답은 이미 태반
이 활동자금으로 날아간 데다 남은 것마저 토지개혁의 풍문으로
전혀 매매가 되지 않아 생활까지 말이 아닐 때였는데, 가까운 친척
하나가 위로한답시고 시어머니에게 말했다.

"그 사상만 아니었어도 장관 한자리는 문제없었을 텐데……."

그때 시어머니는 한마디로 그를 개 나무라듯 한 뒤에 덧붙였다.

"겨우 그 따위 장관이나 만들려고 했으면 아예 낳지도 않았을 거
네."

그 얼마 뒤에 있었던 해주대회(海州大會 = 48년에 있었던 소위 남조
선인민대표자회의)에 천 명이 넘었다는 그 흔한 대표자에도 겨우 끼
인 아들을 두고 그렇게 말한 시어머니였던 만큼, 평소 정인에게 끼
친 영향이 어떠했을까는 쉽게 짐작할 만한 일이었다. 그런 시어머니
에다 심한 학력차이에서 저절로 생겨난 동영에 대한 경외심이 겹치
니 정인의 환상은 깨칠래야 깨질 수가 없었다. 그리고 또 그들의 용
어 ─ 나폴레옹시대 이후 그들 집단에서처럼 영웅 또는 영웅적이
란 말이 빈번하고 매력적인 뜻으로 쓰인 예는 일찍이 없었다. 정인
도 몇 번인가 그 제일선에서 활동한 적이 있지만, 그것은 사상적인
동조에서 비롯된 내조라기보다는 바로 그런 영웅에 어울리는 여자
가 되기 위한 거의 맹목적인 노력에 지나지 않았다. 그 사이 많은
의미의 변화를 겪기는 해도 여전히 영웅이란 말은 남편과 연관을
가진 어떤 추상이었다.

그런 정인이고 보니 새삼 학자적인 삶을 꿈꾸며 가능하면 거기에 안주하려는 동영의 노력이 뜻밖이다 못해 은근히 실망스러울 때까지 있었다. 그녀가 가까이서 본 동영의 그 어떤 좌절이나 실패보다도 그 같은 변화가 더 참담하게 느껴진 탓이있다. 갑작스럽고 비극의 예감이 짙은 이별이 그들을 갈라 놓지 않았더라면 그녀는 아마도 그로 인해 적지않이 괴로워했을 것이다……

그러자 다시 정인의 눈앞에는 수원에서의 마지막 날이 떠올랐다. 사실 그 전날 동영이 얼마간 숨어 있을 곳을 찾아보라고 했을 때만 해도 정인이 걱정한 것은 잠복시절의 굶주림과 불안 정도였다.

"틀렸어. 끝났어. 어머님 모셔 와."

그날 동영이 창백한 얼굴로 뛰어들며 그렇게 말했을 때도, 그녀가 걱정한 것은 여전히 아직 알맞은 은신처를 보아두지 않았다는 것이 전부였다. 그러나 동영을 실은 트럭이 황황히 북으로 사라지는 것을 보고 돌아서는 순간, 그녀는 비로소 그 이별이 이 세상에서는 마지막일지도 모른다는 예감으로 가슴이 철렁했다. 운전석 곁에 앉은 동영은 애써 태연한 모습으로 손을 흔들고 있었지만, 손발도 마음대로 놀릴 수 없을 정도로 들어찬 트럭 뒤칸에서 그녀가 본 것은 사신(死神)에 쫓기는 이들의 공포와 초조였다.

처음 한동안 정인은 자신이 잘못 본 것이라고 마음을 다잡아먹기도 하고, 스스로를 방정맞다고 꾸짖어보기도 했다. 사택으로 돌아와 짐을 꾸리면서도 굳이 며칠 안으로 되돌아온다는 예상을 지키려고 애썼고, 실제로 옷가지도 겨울 것은 고스란히 남겨두고 나섰다.

하지만 북쪽으로 길을 잡은 지 한 시간도 되지 않아 정인은 다시 그 불길한 예감 속으로 끌려 들어가지 않을 수 없었다.

"아주마이, 아주마이."

즐거운 가을나들이쯤 알고 따라나섰다가 뜨거운 9월의 햇볕 아래 한시간 가까이나 걷게 되자 심술을 부리며 더 걷지 않으려고 드는 영희를 달래고 있는데 누군가가 혀 꼬부라진 소리로 불렀다. 돌아보니 자전거를 끈 늙수그레한 인민군 병사였다. 혀 꼬부라진 소리는 물론 쓰러져서 찢기고 먼지투성이가 된 군복이나 사람과 자전거가 한덩어리가 되어 갈지자로 비틀거리는 것으로 보아 술에 몹시 취한 것 같았다.

"이 길루 가면 피양으로 가오?"

"평양은 몰라도 북쪽으로 가는 길이오."

시어머니가 경계하는 눈길로 정인을 대신해 나섰다. 그러나 그는 취한 중에도 다급한 나머지 남에게 해를 끼칠 여유조차 없는 것 같았다.

"기렇다면 피양에도 갈 수 있겠디. 고맙시오. 에미네와 자식새끼가 기다리니끼 나는 먼저 가봐야겠시오."

그렇게 중얼거리고는 비척거리며 자전거에 올라탄 그는 정인이 보고 있는 사이에도 다섯 번이나 길바닥에 처박혔다. 그러면서도 한사코 북으로 북으로만 달려가는 그에게서는 고뇌와도 흡사한 공포와 절망의 분위기가 풍기고 있었다.

"아무래도 아범 일이 잘못돼도 크게 잘못된 것 같구나."

그때껏 의연하려고 애쓰던 시어머니의 얼굴도 비로소 어두운 그늘이 끼기 시작했다. 그러나 그보다 더 섬뜩한 광경은 수원을 완전히 벗어났을 무렵에 있었다. 야트막한 야산을 도는 국도가에 트럭한 대가 버려져 있었는데, 그 안에서 신음과 비명소리가 엉머구리 들끓듯 하고 있었다.

"오마니, 오마니, 나 죽소 ─."

"물, 물······."

"둑여 줘. 차라리 날 둑여. 동무들 날 둑여 주고 가 ─."

"당까병, 당까병. 이 쌍간나 새끼덜······."

아마도 부상병을 싣고 가다 차가 고장나자 길섶에 버리고 떠난 모양이었다. 이상하게도 가슴을 후벼파는 듯한 그 소리에 정인은 귀를 막고 걸음을 재촉했다. 혹시, 하는 눈치가 있기는 해도, 워낙 동영이 타고 간 트럭과 차종이 다르고 말소리가 모두 서북사투리인 것에 안심을 했는지 시어머니 역시 입술을 지그시 물고 지나쳤지만, 드디어 그녀의 표정에도 숨김 없는 불안이 엿보였다. 그리고 텅 빈 농가에서의 하룻밤, 초저녁 막 잠들려고 할 때 홀로 말을 타고 나타났던 앳된 군관, 밤새도록 바스락소리에도 권총을 빼어 들고 밖을 노려보던 그 스물한 살의 상위는 이튿날 채 동이 트기도 전에 말을 타고 떠났는데, 그날 오후 정인의 일행이 서울 근교의 어떤 마을에 이르렀을 때, 동네 우익 청년들에게 붙들려 피투성이가 된 채 어느새 진주한 국군선발대에 넘겨지고 있었다······.

수원에서의 마지막 날에서 이어진 회상이 거기까지 이르렀을 무렵이었다. 갑자기 시어머니가 무어라고 부르짖는 것 같더니 이어 사람들의 급한 외침이 들렸다.

"아앗, 할머니, 위험해요."

"저런, 저런……."

제정신으로 돌아오려고 애쓰면서도, 알아들을 수 없는 무슨 외침과 함께 반길이나 되는 화차의 철판 난간 위로 기어오르는 시어머니를 가위눌린 사람처럼 보고만 있던 정인은, 시어머니가 화차 아래로 굴러떨어지고 다시 청년 몇이 급하게 뛰어내린 뒤에야 겨우 정신을 차려 아래를 내려보았다. 청년 둘이 침목(枕木) 가의 자갈밭에 쓰러진 시어머니를 일으켜 세우고 있었는데, 어디를 다쳤는지 벌써 그녀의 이마는 시뻘건 피로 덮여오고 있었다.

"동영아, 동영아……."

그래도 입으로는 쉴새없이 아들을 부르고 있는 것으로 보아 어떤 강렬한 환영에라도 홀린 것 같았다. 하지만 청년들의 부축 속에서도 여전히 무엇을 움키려는 듯 허위적거리는 두 손의 움직임이 점점 느려지는 것이나 부르는 소리가 점점 약해지는 품이 어디를 다쳐도 심하게 다친 모양이었다.

정말로 정인의 그런 걱정은 쓸데없는 것이 아니었다. 옆사람들이 잡는 바람에 뛰어내리지 못하고 기다리는 사이, 떠메여 올라온 시어머니는 이미 혼절한 뒤였다. 피로 젖은 머리칼을 헤치고 상처를 살펴보니, 떨어지면서 칼돌에라도 찍힌 듯 정수리로부터 오른쪽 귀쪽으로 길게 찢긴 상처가 끔찍하게 입을 열고 있었다.

잠시 정인의 자리를 중심으로 소란이 일었다. 누군가가 국방색 튜브에 든 이름 모를 미제 군용고약을 내놓고, 또 어떤 사람이 깨끗한 무명자투리를 내놓아 급한 대로 상처를 바르고 싸맸지만 피는 좀체 멎지 않았다. 거기다가 곁엣사람들이 손발을 주무르고 더운 물로 입술을 축여줘도 시어머니는 도무지 깨어날 줄 몰랐다.

그제서야 나급해진 정인은 그 북새통에 깜빡 잊고 있던 시외사촌을 생각해 냈다. 의사인 그가 다른 짐은 다 제쳐 놓고 제법 큰 가방 가득 약품과 의료기구를 챙겨 넣던 게 떠오른 것이었다. 하지만 그를 데려오기에는 벌써 때가 늦어 있었다. 무엇 때문인가 반시간에 가깝도록 멈춰 있던 기차가 그 무렵하며 다시 천천히 움직이기 시작한 것이었다.

거의 속수무책으로 방치돼 있던 시어머니가 조잡한 대로 치료다운 치료를 받게 된 것은 그날 밤이 제법 이슥해진 뒤였다. 기관차가 모자라는 탓인지, 끌어 온 객화차를 대전에 떼어 놓고 기관차만 다시 서울 쪽으로 돌아가 버려, 그 밤을 대전에서 새워야 한다는 말을 듣고서야, 시외사촌은 의료기구가 든 가방을 들고 시어머니가 있는 화차로 왔다. 처음 그에게 시어머니가 다친 것을 알린 것은 천안 부근에서 다시 기차가 멈춘 때였으나 기차가 곧 떠나게 되어 칸을 바꾸어 탈 틈이 없었다. 그가 탄 객차가 만원이어서 가방을 든 채 빠져나오는 데 너무 많은 시간이 걸린 탓이었다.

"수술을 해야겠는데……."

시어머니의 상처를 손전등으로 비춰본 시외사촌은 꼭 남의 일처럼 그렇게 한마디하고는 멀거니 서 있었다. 그러다가 아무것도 모르는 정인이 재촉을 하자 짜증 섞인 목소리로 대답했다.

"아지매도 참, 다리를 피도 자리 봐가면서 피소. 내가 아무리 의사라 카지만 여다서 뭘 어째란 말이껴? 손이 곱아 바늘로 꾸맬 수가 있니껴? 불이 있어 상처나 지대로 비니껴?"

그 역시 의전을 다닐 때는 적지않이 시어머니의 신세를 진 걸 아는 정인은 그 말에 속에서 불덩이 같은 것이 치밀어 올라왔으나 말없이 갓난것을 들쳐업고 화차를 내려섰다. 찬바람에 손이 곱지 않을 만큼 따뜻하고, 가는 바늘로 상처를 꿰매기에 불편하지 않을 만큼 밝은 곳을 찾아보기 위해서였다. 말로 하든 돈으로 하든 그런 곳을 더 잘 구할 수 있는 그였지만, 치료조차 귀찮아하는 것을 보자 다른 걸 부탁해 볼 엄두가 나지 않았던 것이다.

시어머니가 상처를 꿰맬 만한 곳은 쉽게 구해지지 않았다. 돈만 내면 역부근에 임시 하숙집이 얼마든지 있고, 신분만 떳떳하면 철도경비초소나 역 앞 파출소에 사정을 해볼 수도 있지만 정인에게는 그 두 가지가 다 불가능했다. 그래서 한동안을 별 소득 없이 이리저리 헤매던 끝에, 역사무실에나 한번 사정을 해볼까 하는 생각에서 그쪽으로 걸음을 옮기던 정인은 한군데 노랫소리가 흘러나오는 천막 앞에서 발길을 멈추었다.

나의 갈 길 다하도록 예수 인도하시니,
내 주 안에 있는 긍휼 어찌 의심하리오.
나는 비록 고단하고 영혼 매우 갈(渴)하되,
나의 앞에 반석에서 샘물 나게 하시네.
나의 앞에 반석에서 샘물 나게 하시네…….

그 노래가 찬송가라는 것을 알아듣자 정인은 처음 거의 반사적인 거부감을 느꼈지만, 이내 열흘 전에 입은 그들의 호의를 떠올리고 용기를 냈다. 천막 틈으로 새어나오는 밝은 불빛과 따뜻한 기운도 그런 그녀의 용기에 보탬을 주었다.

하지만 노랫소리가 그치기를 기다려 천막을 들치고 들어간 정인은 다시 한번 묘한 거부감과 함께 한줄기 전율을 느끼지 않을 수 없었다. 친절하기는 해도 정인의 말을 듣고 몇 마디 되묻는 사람들의 말이 한결같이 이북사투리인 탓이었다. 초기 좌우투쟁 때의 북청[西北靑年團]은 물론, 그것이 어떤 기관이든 그녀를 취조했던 사람들 가운데서 가장 혹독한 것은 대개 그 사투리를 쓰던 사람이었다. 뿐만 아니라, 남편의 동지들 가운데서도 가장 남편의 공로를 인정하는 데 인색하고 출신이나 전력에 비판적이었던 사람들도 그들이었으며, 끝내는 남편을 위세 좋은 임시지도부의 요직에서 텅 빈 대학으로 내쫓은 것도 바로 그 사투리를 쓰던 사람들이었다. 만약 그들의 친절이 한번 꺼낸 말을 도로 거두어들일 수 없을 만큼 유별나지 않고, 그 천막 안이 드럼통을 잘라 만든 장작난로와 여러 개의 석유 램프로 밝고 따뜻하지 않았더라면, 아마도 정인은 몇 마디로 되돌아서고 말았을 것이다.

시어머니의 상처는 예상 외로 컸다. 무엇에 찍혔다기보다는 걸려서 찢어진 것 같은 그 상처는 꿰매기만도 열 바늘이나 될 만큼 길었는데 더욱 나쁜 것은 그동안의 출혈이었다. 방치에 가까운 응급치료와 추운 날씨로, 상처에 비해 심한 출혈이 계속돼 가뜩이나 쇠약해져 있는 시어머니를 혼수상태로까지 몰고 간 것이었다. 하지만 수혈이 필요할 것 같아 정인이 자청하고 나섰을 때 시외사촌은 다시 한번 짜증을 냈다.

"모르믄 쫌 가만 있으소. 여 수혈기구가 있니껴? 고모 혈액형을 아니껴? 당장 뭐 어에 될 거는 아이께낸 대구 가서 보시더. 제발 쫌 수선이나 떨지 마소."

그리고 대강 치료를 마친 뒤 혼잣말처럼 이맛살을 찌푸리며 중얼거렸다.

"내일 새벽에 기차가 떠날 때까지만이라도 어디 따뜻한 곳에서 안정을 했으믄 좋겠는데……."

"여기서 그대로 쉬시라우요. 불 곁에 자리를 내디릴 테니……."

무슨 장로인가 하는 사람이 시외사촌의 성의 없는 중얼거림에 선뜻 그렇게 대답했다. 천막 안이 비좁아 모두들 눕지도 못하고 새우잠으로 한밤을 지샐 모양인데도 건성으로 하는 소리 같지는 않았다. 그러잖아도 그들에게 다시 한번 사정을 해볼까 하던 정인은 상대편에서 그렇게 나오자 짐짓 사양을 해보았다.

"여기 일행만 해도 천막 안이 비좁은 것 같은데……."

"관계없시요. 젊은 형데들은 바깥으로 나가 불을 피우면 될 테니끼는."

"그래도 너무 미안해서……."

"우리가 떼를 지어 니북서 내려온 거는 자유롭게 주님의 가르침을 따르고 그 사랑을 실천하기 위해서였시요. 우리가 환난에 빠진 형데를 외면하면 누가 돌보겠시요? 마음 편히쉬시라요."

그는 그렇게 정인을 안심시킨 뒤 정말로 불가에 자리를 마련해 주었다. 그들의 도움으로 시어머니를 기차에서 내려올 때, 철이까지 함께 데려온 정인은 몇 번이고 감사를 거듭한 뒤 그들이 내준 자리에 앉았다. 오후부터 줄곧 한데와 다름없는 무개화차에서 지내온 터라 따뜻한 불 곁에만 앉아도 사는 듯했다. 그러나 그들의 친절은 거기에 그치지 않고 귀한 먹을 것까지 갈라주었다. 자기들이 먹다 남은 것을 데워 온 듯한 죽이었는데, 구제품 분유와 강냉이가루를 반반으로 섞어 끓인 것이었다. 그리고 따로이 젖먹이를 위해서는 새로 끓인 우유를, 또 철이를 위해서는 구제품인 듯한 미제 과자 한 봉지를 가져다주었다. 그들이 베푼 모두가 그런 상황의 정인을 감동시키기에는 가장 효과적인 것들이었다.

하지만 시어머니는 달랐다. 얼마 뒤 깨어나서도 한동안은 여전히 자신이 본 동영의 환영에 집착하는 헛소리를 했지만, 정신을 차려 주위를 알아보자마자 금세 핏기 없는 얼굴을 찡그리며 한숨처럼 중얼거렸다.

"또 이것들이로구나……."

그날 밤 정인은 그 천막 안에 자리를 얻은 직후 따뜻한 불기운과 식곤증으로 나른해져 잠깐 눈을 붙인 것 외에는 한숨도 잠을 이루지 못했다. 낯선 사람들 사이에서의 잠자리가 불편하다거나 일정 찮은 시어머니의 용태에 대한 불안 때문이라기보다는 끊임없이 정인의 의식을 자극하는 그들 교인들의 성경낭독과 기도소리 때문이었다. 평안북도 어디에선가 교회째 월남했다는 그들은 신앙의 자유를 찾아 정든 고향과 친지들을 버린 사람들다운 열정으로 성경과 기도 속에 밤을 새웠는데, 특히 정인을 자극한 것은 이런 성경

구절이었다.

'거짓 예언자들을 삼가라. 그들은 양의 옷을 입고 너희에게 오지만 속은 엉큼한 이리들이다. 너희는 그들이 맺은 열매로 그들을 알 것이다. 가시나무에서 포도를 따거나 엉겅퀴에서 무화과를 딸 수 있겠느냐. 이와 같이 좋은 나무는 언제나 좋은 열매를 맺고, 나쁜 나무는 나쁜 열매를 맺는다. 좋은 나무가 나쁜 열매를 맺을 수 없고 나쁜 나무가 좋은 열매를 맺을 수 없다. 나무가 좋은 열매를 맺지 않으면 그 나무는 찍혀 불에 태워질 것이다. 그러므로 너희는 그들의 열매로 그들을 안다.'

처음 듣는 구절이지만 정인은 이상하게도 그것이 자신을 향한 것처럼 느껴지며 가슴이 섬뜩했다. 거짓 예언자는 남편이 신봉하는 주의를 퍼뜨린 자들이며, 그 나쁜 열매는 방금의 이 땅을 덮고 있는 재난과 비참으로 여겨졌다. 그들이 특히 그 구절을 읽는 것은 그녀에게 그런 점을 깨우치고 경고하려는 것처럼 보였다.

그러자 정인은 반사적으로 어떤 구절이 떠올랐다. 신분을 위장하려 몇 번 교회에 나갈 무렵 남편이 뽑아준 어떤 책 속의 한 구절이었다.

'우리들은 건설 않고 파괴한다. 새로운 말씀을 전함이 아니고 낡은 거짓을 쓸어버린다. 지난 시대의 인간, 저 우울한 법왕(法王)은 오직 하나의 다리를 건설한다. 그것을 건너는 것은 먼 앞날의 알지 못할 인간일 것이다. 너는 그를 만나기 위해 그곳에 있어도 좋다. 하지만 영구히 머무르지는 말기를, 반동(反動)의 구빈원(救貧員)에 보호를 구하기보다는 혁명으로 죽는 편이 나을 것이다……'

러시아의 한 사상가가 아들에게 보냈다는 편지의 일부인 그 구절은 그때만 해도 교회를 반동의 구빈원 정도로밖에는 생각하지 않고 있던 정인을 무장시키는 역할을 해주었다. 그러나 전쟁이란 가장 격렬한 형태의 파괴와 어두운 열정의 가상이 아니라 피부에 닿아오는 공포로서의 죽음을 체험한 정인에게는 그 구절이 바로 참혹한 현재의 서곡처럼 느껴졌다.

게다가 정인의 의식을 더욱 세차게 흔들어 놓은 것은 그들의 기도였다.

"사랑하는 아버지시여, 지금 이 땅은 미움과 분노로 충만해 있습니다. 거리마다 미움의 가르침이 소리 높이 울려퍼지고 골짜기며 산등성이에서는 분노의 함성이 드높습니다. 미움의 영웅에게 바쳐지는 꽃다발이 새로운 미움을 기르고, 분노의 용사에게 내려지는 훈장들이 피로 피를 씻는 싸움을 부추기고 있습니다. 아버지시여, 저들을 긍휼히 여기시고 그들 가슴의 산 같은 미움과 분노를 전능한 손길로 이루어 주소서. 미움은 새로운 미움을 낳고 분노는 새로운 분노를 기를 뿐임을 저들이 알게 하소서. 저들은 저들이 하고 있는 바를 알지 못하나이다. 그리하여 아버지시여, 이 땅이 다시 사랑과 화목으로 충만하게 하소서. 거리마다 사랑을 가르침이 울려퍼지고 골짜기며 산등성이에서도 화목의 웃음이 만발하게 하소서. 하늘에는 당신의 영광이 빛나고 땅 위에는 사랑과 믿음의 영웅들로 평화와 축복만이 가득하게 하소서. 죄 많은 이 땅의 자식이오나 아직 주 예수 그리스도의 이름을 받들어 간절히 기구하나이다. 아멘."

당장에 필요한 의식주 그 어느 것도 근원적으로 해결되지 못한

것 같은 그들이 그런 멀고 추상적인 기구를 올리고 있는 것이나, 신
앙의 적들로부터 쫓겨 정든 고향과 친지를 잃은 몸이면서도 한줄기
의 미움조차 찾아볼 수 없는 그 목소리도 그렇지만, 그보다 더 충
격적인 것은 사랑의 영웅이란 말이었다. 정인의 머릿속에서는 도저
히 결합될 수 없을 것 같은 그 두 낱말이 결합되어 묘한 충격으로
닿아온 것이었다.

　사랑의 영웅, 사랑의 영웅이라…… 텅 빈 머릿속을 무슨 요란한
종소리처럼 울려퍼지고 있는 그 말을 정인이 망연하고 있는 사이에
밤은 점점 깊어만 갔다.

3

"여기쯤 세우시오."

동영은 곁에 앉은 운전수에게 그렇게 부탁했다. XX동 동(洞)인 민위원회 현황점검 및 재조직을 위해 함께 나왔던 대원 중 선동을 담당하는 젊은이가 차에서 내리는 동영의 등에 대고 물었다.

"지대장(支隊長)동지, 여기서 기다릴까요?"

"아니, 그럴 필요 없어요. 먼저들 돌아가시오."

동영은 뒤도 돌아보지 않은 채 메마르게 대답했다. 쇳소리가 섞인 그자의 목소리가 까닭 없이 신경에 거슬려 찌푸린 자신의 얼굴을 보이지 않기 위해서였다.

"다른 과업지시는?"

"저녁에 있을 중국인민지원군 환영대회 준비상황이나 대신 점검해 주시오. 나도 대회가 시작되기 전에 돌아가겠소. 그동안 다른 특별한 일이 있으면 역시 홍(洪)동지가 선처하고."

동영이 마지못해 돌아보며 그렇게 지시하자 그는 일어나 군대식으로 경례를 붙인 뒤 앞자리로 옮겨 탔다. 동영이 없는 동안의 권한대행을 그 순간부터 당장 해야겠다는 투였다. 평양 무슨 중학교에선가 역사를 가르쳤다는 자로, 한쪽 발목이 성하지 못해 입대가 허락되지 않자 문화공작대를 자원했다는 열성파였다. 그 열성 때문인지, 아니면 호남지방까지 내려갔다 온 문화공작대 경력 때문인지, 동영이 이끄는 제5지대의 부책(副責)격이었는데, 그는 기회 있을 때마다 그런 자신의 위치를 과시하지 못해 안달이었다.

동영은 그런 홍을 경계하듯 완전히 차가 시야에서 사라질 때까지 그 자리에 서 있었다. 사실은 당연하게 여겨질 수 있는 데도 왠지 지금 자기가 하려는 일이 지극히 사적이고 감상에 찬 행동으로 느껴지는 바람에 그의 눈에 띄는 것이 싫은 탓이었다.

다행히도 큰길은 멀지 않은 데서 꺾여 차는 곧 시야에서 사라지고 동영은 천천히 몸을 돌렸다. 저만치 살던 집이 보였다. 바로 옆집이 폭격으로 반쯤 내려앉아 있는 데도 그 집만은 몇 달 전 떠날 때와 별로 달라진 게 없었다. 동척에 근무했다는 이유 하나만으로 해방이 되자 김해에서 거의 몸만 빠져나와 서울로 올라온 뒤 마련한 집이었다. 적산(敵産)이라 헐하게 산다고 산 것이 고향의 웃들〔上坪〕논 오십 마지기 값을 고스란히 넘겨준 대지 백오십 평에 삼십 칸 정도의 한옥으로 그 무렵 대개 뿌리없이 떠돌아다니던 동지들에겐 비양거림의 대상이 되기도 했다.

하지만 다른 한편으로는 그 집이 너무도 크고 값져 보이는 덕분에 유리한 점도 많이 있었다. 그 하나는 동영의 신분위장에 도움을 준 것이었다. 엄밀한 수사가 시작되면 별수없지만 어설픈 미행이나 초동(初動)수사 단계에서는 그가 정말로 그 집의 주인이라는 것만으로도 좌익활동의 혐의를 벗을 때가 있었다. 뿐만 아니라 이웃의 관찰이나 동네 파출소의 감시에서도 비교적 자유로울 수 있었고, 그 때문에 쫓기는 당 수뇌급들의 좋은 은신처가 되기도 했다. 평소에는 먼 발치로밖에 대하지 못한 월북 전의 박헌영을 며칠이나 한 집안에서 기거할 수 있게 해준 것도 바로 그 집이었다.

한동안 바라보다가 이윽고 그쪽으로 걸음을 떼놓는 동영의 눈앞에 문득 며칠 전에 들렀던 하계동의 은신처가 떠올라 왔다. 다섯 칸 초가는 반쯤 그은 채 폭삭 내려앉아 있고, 짚이엉을 쓴 흙담도 포탄이 터질 때의 폭풍 때문인지 두어 자 높이의 흙더미로 변해 있었다. 처음 서울로 진주해 오던 길에 들른 터라 박영창 선생이 곁에 있었지만 그때 동영은 자신도 모르게 눈물이 솟아올라 몹시 난처했다. 그 집의 상태가 마치 두고 떠난 가족들의 운명을 암시하고 있는 듯한 느낌이 드는 데서 앞뒤 없이 빠져들게 된 비감 탓이었다.

그때와는 달리 이번에는 이상한 설레임이 일었다. 그 골목 주위에도 여기저기 불탄 흔적과 탄환이 지나간 자욱, 포탄에 패인 구덩이 같은 것이 눈에 띄고, 집들도 태반은 크건 작건 전화로 모습이 변해 있었지만, 기분은 이상하게도 오랜 외출에서 돌아오고 있는 것 같았다. 약간 뒤틀린 채 반쯤 열려 있는 나무대문도 개문만복래(開門萬福來)라 하여 각박한 서울살이 가운데도 문을 열어두기 좋아하던 어머니가 아직 그 집 안에 있는 듯한 착각을 일으켰고, 그 벌어진 틈으로 보이는 뜰에서 차가운 겨울바람에 날리고 있는 휴짓조각도 아이들이 접어 날린 종이비행기처럼 보였다.

한번 그런 착각에 빠지기 시작하자 착각은 다시 새로운 착각을 불러일으켰다. 장바구니를 든 아내가 근처 어디선가 불쑥 나타날 것도 같고, 아이들이 화닥닥 대문을 열고 뛰쳐나올 것도 같았다. 그 바람에 자신도 모르게 걸음이 빨라진 동영은 대문께에 이르기 무섭게 큰소리로 불렀다.

"영희야, 훈아……"

그러나 열린 대문으로 느껴지는 것은 오래 사람이 살지 않은 집 특유의 썰렁함뿐이었다.

그 썰렁함에 한동안의 환상에서 펀뜻 깨어난 동영은 마당으로 들어서다 말고 찬찬히 집안을 살펴보기 시작했다. 어쩌다 틈이 나면 향수와도 같은 감회를 느끼며 가꾸던 정원수들은 거의가 부러지거나 찢겨 있었고, 아내 정인과 어머니가 나란히 비를 맞으며 꽃모종을 옮기곤 하던 화단도 형체를 알아볼 수 없을 만큼 파헤쳐져 있었다.

집안의 상태는 한층 말이 아니었다. 전에 살던 일인들의 솜씨인 듯한 여섯 칸 대청의 덧문에는 신통하리만치 단 한 장의 유리도 성하게 남아 있지 않았다. 바지런한 아내의 걸레질로 반들거리던 대청바닥은 진흙을 처바르거나 한 듯 여러 종류의 발자국으로 더럽혀 있었고, 건넌방 정자문(井字門)은 돌쩌귀가 내려앉았는지 반은 떨어져 나가다가 만 상태였다.

하지만 그렇다고 그 집이 지난 다섯 달 내내 비어 있었던 것 같지는 않았다. 수원으로 떠날 때 허드렛세간은 뒤뜰 창고에, 그리고 좀 귀중한 것은 역시 전에 살던 일인이 파놓은 방공호에 간수하고, 집은 민청지구책에게 빌려주어 후퇴(9·28수복) 때까지는 그들이 살았을 것은 물론, 그 뒤로도 여러 사람이 살다 간 흔적이 남아 있었다. 주로 피난민들이 성한 방만 골라 얼마간씩 살다 간 모양으로, 아무 종이로나 되는 대로 바른 것이긴 해도 성한 방문들은 대개 뚫어진 곳이 별로 없었다. 전에 솥이 걸려 있지 않던 아궁이까지 솥을 건 흔적이 있는 것으로 보아 여러 가구가 한두 방씩 차지하고 살았던 것 같았다.

처음 대문간에 들어설 때의 썰렁함이나 이곳저곳 저벅거리고 돌아다녀도 변함없이 괴괴한 분위기로 이미 집안에는 아무도 없다는 걸 잘 알면서도 동영은 대청 위로 올라가 보았다. 초칠을 한다, 치자(梔子)물을 먹인다 하며 아내가 극성을 떨던 마룻바닥이어서인지 이미 흙봉당처럼 되어 있는 데도 신을 신은 채 올라서자 문득 아내의 성난 눈길이 떠올랐다.

아내와 살아온 십여 년 동안 동영은 그녀의 교육과 환경으로는 도저히 이해할 수 없는 많은 것들을 그가 원하는 방향으로 이해시키는 데 성공했었다. 그러나 극히 적은 예외 가운데 하나가 소유의 개념이었다. 오랫동안 사유만이 소유라고 알아온 그녀는 동영이 아무리 되풀이해도 공유 또는 총유(總有)가 보다 발전한 소유형태라는 말에는 끝내 승복하려 들지 않았다. 다만 사유라는 소유형태가 남편의 길과 양립하지 않는다는 것만은 알아차리고, 그런 소유욕을 절제하는 것으로 남편이 강요하는 소유개념의 이해에 갈음했을 뿐이었다. 남편이 수백 석 추수를 한 톨 남김 없이 당일꾼들에게 나눠 주었을 때나 백석지기 들을 팔아 고스란히 헌금으로 당중앙에 바칠 때도 그녀가 그렇게 악착을 떨며 막지 않은 까닭은 그렇게 함으로써 보다 발전된 형태의 소유를 하게 된다는 걸 이해해서가 아니라 그 곡식과 전답의 사유가 남편에게 보다 이롭지 못하다고 판단한 데 있었다.

그래서인지 아내는 소유의 양을 늘리는 데에는 크게 관심을 가지지 않는 대신, 한번 확정된 소유에 대해서는 그 누구보다도 철저히 누리려고 들었다. 마지막까지 그들의 소유로 남았던 집이나 세간살이들이 대상이었는데, 방금 동영이 올라서 있는 마룻바닥도 그 일부였다. 끊임없이 닦고 칠하고 윤을 내는 것이 그녀의 철저한 누림이었던 셈이다.

생각이 아내와 마룻바닥으로 쏠리자 동영의 머리에는 그와 관련된 또 다른 일이 떠올랐다. 입당 전, 그러니까 아직 외곽단체에서만 활동하고 있을 때였다. 그때만 해도 동영이 위험인물로 찍혀 있지 않을 때여서인지 집안을 드나드는 사람이 많아 하루에 쌀 한 말씩을 익혀야 할 만큼 기식하는 사람이 많았을 때였는데 정인은 혼자서 그 모든 일을 당해 내고 있었다. 언젠가 밤늦게 돌아오니 그제서야 설거지를 끝낸 그녀가 반은 졸며 네 칸이 넘는 대청바닥을 닦고 있었다.

"당신도 일할 사람을 하나 두구려."

동영은 애처롭기도 하고 미안하기도 해서 그렇게 권해 보았다. 그러나 그 무렵 한창 무엇인가를 알려고 애쓰던 그녀는 조금 전까지 졸던 사람답지 않게 대답했다.

"일할 사람을 둔다구요? 노동착취인가 뭔가가 되지 않겠어요?"

"아니, 정당한 고용이오. 마르크스도 평생을 부린 하녀가 있었소."

"정당한 고용이라구요? 어떤 것이 정당한 고용이죠?"

"임금, 노동시간, 작업환경 — 대개 그런 것들이 고려돼 있으면 고용 자체는 죄악이 아니오."

그러자 그녀는 한동안 동영을 올려보다가 되물었다.

"도대체 정당한 고용이 되려면 식모의 임금이 얼마면 될까요? 노동시간은요? 그리고 식모를 위해 어떤 작업환경을 고려해야 할까요?"

마치 준비하고 있었기라도 한 듯 한꺼번에 터져나오는 그녀의 반문에 동영은 일시 말문이 막혔다. 그녀의 물음을 만족시킬 만한 정당함의 기준이 얼른 떠오르지 않았던 까닭이었다. 그것 보라는 듯 아내가 다시 말했다.

"지금 같은 시절은 먹이고 입히는 것만으로도 웬만한 처녀아이는 부릴 수 있어요. 하지만 그게 정당한 임금이 아니라는 건 너무 분명해요. 그렇다고 식모애에게 장관월급이라도 줘야 하나요? 잘해야 남보다 몇천 환(圜) 더 주는 것이지만 그것도 언젠가는 노동착취인가 뭔가로 불릴 거예요. 또 당신을 그런 짓이나 한 악질 부르주아로 만들고 만다는 뜻이죠. 노동시간이니 작업환경도 마찬가지예요. 식모의 노동시간을 어떻게 재죠? 설거지 삼십 분, 마루 닦는 데 이십 분, 밥하는 데 사십 분, 이렇게 일일이 재야 하나요? 아니면 하루일이 시작될 때부터 끝날 때까지를 모두 노동시간으로 쳐야 하나요? 그래서 일마다 시간을 재고 쓸데없이 꾸물거리는 걸 감독하기 위한 사람을 하나 더 두어야 하나요? 아니면 아침쌀 앉힐 때부터 자정에 찾아든 손님 술상 차릴 때까지를 모두 더해 하루 스무시간이나 일을 시킨 악질 고용주가 될까요? 작업환경은요? 청소 자체가 먼지를 털어내는 일인데 식모의 위생을 위해 내가 먼저 비위생적인 먼지를 털어낸 뒤에 청소를 시킬까요?"

평소의 아내답지 않게 무엇에겐가 격해 있는 목소리였다. 원체가 별 깊은 뜻 없이 말했는데다가, 그녀가 격해 있는 대상이 왠지 자기 같은 느낌이 든 동영은 은근히 기분이 상했다.

"당신 요즘 책 몇 권 읽고 여맹에 들락거리더니 많이 늘었구려. 사람 두는 게 싫으면 그만이지, 그게 내 탓인 양 몰아댈 건 뭐요?"

동영이 그렇게 말하자 그녀도 문득 자신이 지나친 걸 느끼는 모양이었다. 잠시 무안한 기색을 짓다가 한숨을 포옥 쉬며 대답했다.

"몰아대는 게 아니에요. 그 일이라면 제가 더 많이 생각해 봤어요. 우리가 한 달에 먹는 곡식이 얼마나 되는지 아세요? 쌀만 세 가마예요. 그걸 익혀내자면 반찬은 또 얼마겠어요? 어머님께서 거들어 주시지만 정말 힘들어요. 그런데도 그 흔한 식모아이 하나 두지 못하는 게 왠지 아세요? 바로 당신을 위해서예요. 동척일 말예요. 사전에 허락은 물론 자기들도 본보기를 보였고, 또 모두들 그 덕도 보았으면서 뭐라구요? 청산파(淸算派)? 전향분자? 거기다가 친일파까지? 그래서 입당조차 보류라구요?"

"사람들이 다르오. 그때와 지금은 당 중앙이 다르단 말이오. 또

나 자신도 핑계는 그렇지만, 사실은 거의 포기한 심정으로 왜놈들의 대표적인 수탈기관에 들어갔고……. 그런데 그게 식모아이를 두는 것과 무슨 상관이오?"

"그래도 짐작가지 않으세요? 언젠가는 또 노동착취인가 뭔가를 한 악질 부르주아가 되지 않으리라고 장담할 수 있어요?"

그제서야 그도 아내의 말을 알아듣고 여러 가지 좋은 말로 권했지만 아내는 끝내 식모를 두지 않았다. 그리고 정 못 견딜 지경이 되어 가난한 친척들의 도움을 받을 때도 그것이 고용관계가 아니라 친척간의 상호부조에 지나지 않음을 애써 강조하곤 했다…….

그런저런 생각에 잠겨 있던 동영은 이윽고 안방문을 열어 보았다. 비교적 최근까지 사람이 기거한 듯했지만 천장이며 벽지는 전에 살던 때 그대로였다. 삼 년 전인가 새로 바른 뒤 다시는 여유가 없어 그대로 써왔는데, 어찌 된 셈인지 잠복시절 그 집을 차지하고 살던 경찰간부도 도배를 갈지 않았던 것 같았다.

이전 그대로 남아 있다는 게 반갑고 고마워서 네 벽을 천천히 둘러보는 동영의 눈에 문득 낯익은 낙서가 눈에 띄었다. 아이들의 솜씨였다. 전에는 무심코 보아넘긴 그것들이 갑자기 아이들의 영롱한 목소리인 양 세찬 힘으로 그를 끌어당겼다. 거기에 끌려 벽 가까이 다가간 동영은 형언할 수 없는 애정으로 그 낙서들을 하나하나 살피기 시작했다. 눈, 코, 입, 귀가 뒤범벅이 된 동그란 얼굴과 기름한 동그라미로 된 몸통에 두 다리와 남근과 고환을 주렁주렁 달고 있는 남자 그림 — 그러고 보니 갓 입학한 영희가 크레용으로 벽에 그걸 그렸다가 아내에게 야단맞던 게 떠올랐다. 그 곁에는 그보다 좀 오래된 듯한 검은 선들, 그리고 서툰 글씨로 된 낙서 — '송하(松下, 창씨개명한 일본 성), 새끼는 왜놈똥', '내일 소풍, 정릉', '상철이 구슬 열 개' …… 훈이의 글씨 같았다.

그러다가 그보다 좀 높은 곳에서 다시 궁체(宮體)인 아내의 글씨를 찾아냈다. 여암 4월 17일, 참봉 5월 26일, 삼릉 7월 4일…… 하는 식의 글이 대여섯 줄 적혀 있었다. 양력으로 환산해 둔 어느 해의 제삿날 같았다. 여암(黎庵)은 구대조인 여암선생, 참봉(參奉)은 오대조의 벼슬 이름, 삼릉(三陵)은 십이대조의 큰 산소를 가리키는 것이었는데 날짜들은 한결같이 자신이 기억하고 있는 음력 제삿날에 비해 한 달 남짓 늦게 적혀 있기 때문이었다.

다른 쪽 벽에도 여기저기 낙서들이 눈에 띄었지만, 아내의 낙서를 마지막으로 동영은 그 낙서들을 구석구석 살피는 일을 그만두었다. 갑작스레 며칠 전 하계동의 옛집터에서와 같은 비감이 이는 것이 싫었을 뿐만 아니라, 경위야 어쨌건 자신은 아직 완전히 소외된 것은 아니라는 것과 새로운 업무가 준 격려로 애써 찾은 마음의 평정을 잃게 되는 일이 두려웠던 것이다. 차라리 이웃에 물어 가족들의 생사나 확인하고 그 행방을 찾아보는 일이 훨씬 현실적으로 여겨졌다.

집 밖 골목은 한낮인데도 오가는 사람이 전혀 눈에 띄지 않았다. 싸늘한 겨울바람만이 불타고 허물어진 골목을 쓸어가는 것이 마치 어떤 고대도시의 폐허에 들어선 기분이었다. 성한 집들에서도 인기척은 별로 느껴지지 않았다. 처음 인민군대를 따라 서울로 되돌아올 때만 해도 드문드문 길거리에 나와 환영하던 사람들이 며칠 만에 모두 땅 속으로라도 꺼져버린 것일까.

그럴 리는 없다 — 그 아침만 해도 수백 명의 사람들이 동원되어 도심의 막힌 길을 열고 버려진 시체들을 치우고 있는 걸 본 동영은 그런 자납(自衲)과 함께 무턱대고 제일 먼저 발길이 닿는 집 대문을 두드렸다. 예상대로 안에는 사람이 있었다. 동영이 이웃과 왕래를 않았던 탓인지, 아니면 그전에 살던 사람이 아닌 때문인지 낯이 선 중년 부부였다. 어딘가 겁먹은 듯한 얼굴들이었다. 자신이 입고 있는 계급장 없는 군관복 때문이려니 생각은 해도 동영에게는 웬지 그들의 두려움이 지나친 것으로 느껴졌다.

"저, 말씀 좀 묻겠습니다."

"네에 —."

동영의 말투가 공손하자 조금 안심이 된 남자 쪽이 떨떠름한 얼굴로 동영의 말을 받았다.

"이곳에 산 지 오래되십니까?"

"한 삼 년 됩니다만……."

"반갑습니다. 처음 뵙습니다만, 저 골목 위 적산가옥에 살던 사람입니다."

"아, 네, 이 선생님이시군요. 무사하셔서 다행입니다."

상대는 그렇게 말해 놓고 이내 후회하는 듯한 표정이었다. 동영을 알아본 것으로 공연히 귀찮은 일에 말려들지도 모른다는 우려 때문인 것 같았다. 동영도 건성으로 반가워하는 말투와는 달리 그런 그의 눈길에 숨은 한가닥 경계의 빛을 놓치지 않았다.

"저를 아시는군요. 그런데도 몰라뵀으니…… 실은 그때 좀 바빠

서 이웃 사귈 틈이 없었지요. 어쨌든 아는 분을 만나서 반갑습니다."

"저도, 뭐, 그저 들은 말입니다. 그럼 정말로 이 선생님 맞군요."

사내가 가능하면 발뺌을 하고 싶다는 듯 그렇게 우물거렸다. 그러나 동영은 사내에게 그 이상의 틈을 주지 않고 물었다.

"혹시 제 가족들에 관해 아시는 게 없는가 해서. 본 적이 없으십니까?"

"가족 되시는 분들은 그때 수원인가 어디로 모셔 가지 않으셨던가요?"

"그랬습니다만 저번 후퇴 때……."

"그때 함께 북으로 모시지 못했군요?"

"네, 그런데 그 뒤 혹 그 사람이 이곳으로 돌아오지는 않았습니까?"

"글쎄요, 잘 모르겠는데요. 그 집에 하두 여러 집이 살아 놔서 누가 들고 났는지 원 알 수가 있어야지요."

그 말에 동영은 사내가 한층 이상하게 느껴졌다. 자신에 관해 아는 것에 비하면 그 핑계가 어쩐지 잘 맞아떨어지지 않는 것 같았다.

"잘 생각해 보십시오. 한번쯤은 다녀갔을 것입니다."

"그거야 그럴 수도 있겠지만 전 보지 못했습니다. 하도 시끄러운 난리통중이라……."

사내가 한층 어색한 말투로 발뺌을 계속했다. 그러나 동영의 직감으로는 그가 분명 무언가를 알고 있는 것 같았다. 아무래도 공손한 말투로는 바른 대답을 듣기 어려우리라 판단한 동영은 거기서 문득 고압적인 태도로 나갔다.

"정확히 대답해 주시는 편이 신상에 이로울 거요. 이곳 동인민위원회 조직이 어떻게 되어 있는지는 모르지만 내일이라도 동인민위원들을 소집해 알아보면 모든 것은 저절로 밝혀질 것이오. 그러나 이 일이 내 가족에 관한 것이라 될 수 있으면 사적으로 조용히 처리하고 싶소."

동영이 갑자기 엄한 표정으로 다그치자 사내는 잠시 동영의 눈치를 살폈다. 이쪽 저쪽을 다 겪으며 전란에 시달린 중년의 교활한 탐색이었다. 그러다가 이윽고 어떤 결론을 얻은 듯 떠듬떠듬 입을 열었다.

"제가…… 아는 건 그뿐입니다. 매, 맹세하지요. 하지만 ― 통장이라면…… 알지도 모릅니다. 집도 가깝고…… 또 한동안은 ― 명예직이긴 해도…… 치안대를 맡았드랬으니까."

은근히 대답의 책임을 다른 사람에게 전가하려 드는 기색이었다. 무언가가 있다 ― 동영은 그런 사내에게 한층 강한 의심을 품으면서도 겉으로는 드러내지 않고 되물었다.

"통장이라구요?"

"거 왜, 댁에서 두 집 건너……."

"그 사람이 아직 있습니까?"

"젊은 아이들은 모두 가고 없지만 통장 내외는 남았어요. 아주머니가 중병이라서."

"정말 그 사람이 알고 있소?"

"통장님이 모르면 저희는 더욱 모르지요. 어쨌든 그리로 가보십시오."

그렇게 대답하는 사내의 표정은 어서 바삐 동영에게서 놓여나고 싶다고 말하고 있는 듯했다. 동영은 아직 몇 가지 더 묻고 싶은 것이 있었으나, 그가 구태여 통장을 내세우는 것이 무슨 암시인 것 같기도 해서 통장부터 만나보기로 했다.

그러나 통장을 만나는 일은 한발 늦은 뒤였다. 동영이 통장집을 찾아가니 파헤쳐 놓은 것 같은 집에 노파라기에는 젊고 아주머니라기에는 너무 늙은 한 여자가 산발한 채 넋을 놓고 마루에 앉아 있었다. 동영이 마당에 들어서도 전혀 느끼지 못하는 눈치였다.

"통장님 계십니까?"

동영이 두 번이나 큰 소리로 묻고 나서야 비로소 그녀는 동영을 돌아보았다. 금세 눈길이 험악해지며 이상하게도 사람을 섬뜩하게 만드는 광기가 뿜어져 나왔다. 그러나 정면으로 대하고 보니 산발에 병색이 완연해도 눈에 익은 얼굴이었다. 전에 까닭 없이 수다를 떨며 집안을 들락거리던 모습이 동영의 머리에 떠오른 것이었다.

"통장님 안 계십니까?"

자신을 보는 눈길이 심상치 않다는 걸 느끼면서도 동영이 다시 한번 물었다. 그러자 그녀는 마루에서 몸을 일으키더니 신발도 신지 않은 채 천천히 동영에게로 다가왔다. 병으로 쇠약할 대로 쇠약해진 몸을 순전히 정신력으로 버티고 있는 모양으로, 그 안간힘이 다시 어떤 섬뜩함으로 전해 와 동영을 주춤거리게 했다.

"이놈, 이놈아 —."

갑자기 그녀의 몸이 기우뚱하는가 싶더니 동영 쪽으로 쓰러지며 그의 가슴을 움켜잡았다. 병자 같지 않은 재빠름과 억센 아귀힘이었다. 이어 그녀는 아연해 있는 동영의 가슴을 마구 할퀴며 소리쳤다.

"우리 영감 내놔. 그 영감이 무슨 죄가 있어? 할 일 없어 통장 노릇한 것도 죄야? 가만 있는데 젊은 것들이 억지로 덮어씌운 치안대장인지 뭔지 하는 것도 죄냐구? 내놔. 이쪽 저쪽 들쑤셔 할 짓 안할 짓 시켜놓고 한 번씩 뒤집힐 때마다 죄없는 영감은 왜 불러가? 네놈들은 동위원장 안 시켰어? 후원당원인가 뭔가 안 만들었냐구? 그러구두 왜 잡아가? 국군한테 든 골병 주저앉기도 전에 무슨 일로 잡아갔느냐구?……."

그런 그녀의 입가에는 거품이 일고 눈자위는 완연히 뒤집혀 있었다. 그제서야 동영은 그녀가 제정신이 아니라는 것을 알았지만 당황스럽고 난처하기는 마찬가지였다. 그런데 다행히도 숨어서 구경하던 사람들이 나타나 동영을 그런 묘한 곤경에서 구해 주었다.

"아주머니, 정신차리세요. 이분은 아까 그 사람들이 아니에요."

"통장님을 데려간 건 내무서원들이라구요."

여인들은 그렇게 말하며 통장 아낙을 진정시켰고, 남자들은 동영을 한쪽으로 끌며 좋은 말로 달랬다.

"어디서 오셨는지 모르지만 참으십시오. 지금 저 아주머니는 제정신이 아닙니다."

"낮에 내무서원들이 영감을 데려가자 저 모양이 됐어요."

그들 가운데는 동영을 아는 이도 한둘 섞여 있는 것 같았지만 애써 모르는 척하는 것 같았다. 동영은 그런 그들의 태도가 마음에 걸리는 대로 일단은 그 자리를 뜨기로 마음먹었다. 내무서원이 데려갔다면 일단 통장이란 자의 신변은 확보된 셈이었다. 그쪽의 조사에서 어떤 단서가 나올 수도 있고 또 자신이 직접 면담을 요청해 신문해 볼 수도 있는 이상 구태여 확실하지도 않은 사람들을 잡고 다그칠 필요는 없었다. 거기다가 재점령도 점령은 점령, 그 초기의 정책으로 가장 역점을 두어야 하는 것은 대민(對民) 선무공작이었다. 일반인민들과의 불쾌한 접촉을 늘려 자신에게 이로울 일은 아무것도 없었다.

마음 같아서는 당장 관할 내무서로 달려가 보고 싶었지만, 환영대회 시간이 임박해 있어 동영은 우선 본부로 돌아갔다. 서울 부근의 3개 지대(支隊)가 공동으로 준비를 맡고 있는 대회라 대중동원과 다른 준비상황을 점검할 필요가 있었기 때문이었다.

차편을 얻는 데 시간이 걸려 동영이 본부에 돌아가니 대원들은 이미 홍의 지휘 아래 대회장소로 나갔고 한 사람만이 직일(直日=당직)을 겸해서 본부를 지키고 있었다. 그 바람에 동영은 저녁밥을 먹을 틈도 없이 근처에 있는 대회장소로 달려갔다. 수용인원 천 명 규모의 중고등학교 부속 건물치고는 드물게 큰 강당이었다.

용하게 폭격을 면한 그 강당은 이미 발 디딜 틈 없이 들어차 있었다. 줄잡아 천 명은 넘어 보였다. 그 모두가 열성 인민대표로 되어 있는 만큼 대중동원은 충분한 셈이었다. 혹한으로 옥외집회를 하지 않아도 된 덕분이었다.

그러나 손에 손에 오성기(五星旗=중공기)와 인공기(人共旗=북괴기)를 든 참석자들을 헤집고 연단 쪽으로 가면서 동영은 이상한 분노와 함께 서글픔을 느꼈다. 그들이 바로 지난번 후퇴 때는 태극기와 성조기를 들고 국군과 유엔군을 맞은 사람들일 거라는 아무런 근거 없는 단정 때문이었다. 지난 6월 28일 인공기를 들고 남진해 오는 북쪽 군대를 환영하는 그들을 처음 볼 때만 해도 얼마나 감격스러웠던가. 동영의 분노가 평범한 시대였으면 역시 평범하게 살아갈 수 있었던 그들을 그토록 교활하게 만든 상황에 대한 것이었다면, 서글픔은 바로 지난날의 신선한 감각을 잃어버린 자신을 향한 것이었다.

하지만 그보다 더욱 동영을 서글프게 한 것은 회중(會衆) 앞줄에 무리지어 선 젊은 여자들이었다. 화사한 한복차림에 그 난리 중에도 어디서 구했는지 꽃다발을 하나씩 들고 서 있는 그녀들을 보자 그는 자신도 모르게 푹 한숨을 내쉬었다. 자기들의 준비업무 가운데는 그녀들의 동원까지 들어 있지는 않았다는 것에 대한 안도와 함께 나쁜 방향으로만 예상되는 그녀들의 역할에 대한 연민 때문이었다.

…… 며칠 전 박영창 선생과 함께 새로 부여받은 임무를 위해 서울로 오던 길이었다. 해주(海州)를 지난 지 얼마 되지 않아 그들이 탄 차는 산개(散開) 형태로 남하하는 어떤 연대를 지나가게 되었다.

잠시 차를 세워 연대의 소속과 지휘자 명칭을 확인한 박영창은 연대본부를 물어 차를 세웠다.

"여기서 점심이나 얻어먹고 가세. 잘 아는 부대야. 마침 정치부(副) 연대장도 전에 알던 사람이고……."

나중에 들으니 그 부대는 박영창이 지난번 문화공작대로 점령

정책에 관여할 때의 협조부대였고, 정치부연대장도 당시의 정치부
(副)대대장 가운데 하나였다. 연대장도 박영창과 안면이 있는 듯 그
들은 그날 일선부대가 할 수 있는 한의 융숭한 대접을 했다. 동영까
지도 덩달아 어떤 고무(鼓舞)를 느낄 정도로 정치우위가 눈에 드러
나는 군체제였다. 정예인 방호산(方虎山)의 6사단이 정치적인 목적
때문에 목포까지 돌아서 오지만 않았더라도 낙동강전투는 그 양상
이 달라졌을 것이라던 말이 실감 있게 떠올랐다.

　그런데 점심 뒤 본부 주위를 둘러보던 동영과 박영창은 위장된
트럭 안에서 이상한 걸 보았다. 거의 내의차림의 젊은 여자들이 스
무 명 가까이 몰려 오들거리고 있었던 것이다.

　"저 여자들 어떻게 된 거요?"

　박영창이 궁금해하는 동영을 대신해 정치부연대장이란 자에게
물었다.

　정치부연대장이 그 물음에 까닭 없이 빙글거리며 대답했다.

　"국방군놈들의 정신대(挺身隊)외다."

　"국방군 정신대?"

　"그 장교놈들 중에 왜놈군대 출신이 많지 않소? 그래서인지 아
직 왜놈 군대시절의 짓거리를 버리지 못한 것 같소."

　"양키들이 양갈보들을 한 차씩 싣고 다닌다는 말은 들었지만, 아
무리 한들, 설마……."

　"직접 물어보면 되지 않소?"

　"그럼 어디 출신들이랍디까?"

　"그야 물론 북반부출신이지요."

그 말에 동영도 눈앞이 아뜩한 기분이었다. 아무리 이북출신이라지만 동족끼리 정신대라니……. 그때 정치부연대장이 이죽거렸다.

"우리도 처음에는 믿지 않았소. 벌판 외딴 집에 젊은 여자들이 허술한 치마저고리나 속곳 차림으로 우글거리기에 신문해 보니 그랬소."

"그렇다면 저들도 희생자 아뇨? 그런데 왜 죄수 다루듯 한군데 몰아놓고 감시를 하시오?"

이윽고 박영창이 다시 물었다. 그러자 정치부연대장의 표정이 얼마간 굳어지며 대답했다.

"저년들 중에는 제 발로 국방군놈들의 막사로 기어든 것들이 있소. 악질적인 갈보년들이 끼어 있단 말이오."

"그렇다면 나머지는 더 이상 상처받지 않도록 빨리 집으로 돌려보내야 할 것 아니오? 보니 모두가 아직 결혼 전인 것 같은데 더 소문나기 전에……."

"참 답답한 동무로군. 그런 정신으로 무슨 정치공작을 하겠소?"

"그건 또 무슨 말씀이오?"

"저것들이야말로 국방군놈들의 만행을 드러내는 산 증거가 아니겠소? 선전재료로 저보다 더 나은 게 어디 있소?"

"그럼 저 여자들 내세워……?"

"그렇소. 직접 저들의 입으로 모든 인민에게 증언하도록 해야 하오."

정치부연대장은 그렇게 대답해 놓고 내 생각이 어떠냐는 듯 제법 뽐내는 듯한 표정이었다. 그러나 그 말을 듣는 순간 동영은 그때껏 국군에게 품었던 일체의 혐오감이 고스란히 그에게로 넘어가는 듯한 느낌을 맛보았다. 일제의 정신대보다 더 악랄한 범죄행위로 생각되던 국군 쪽의 일은 전쟁터의 흔한 매음으로 경감되는 대신 그런 그녀들을 선전도구로 이용하려는 그의 계획은 정신적인 능욕 이상의 끔찍한 살해음모로까지 느껴진 탓이었다.

선전선동의 효과를 위해서는 수단과 방법을 가리지 않아야 한다고 주장할 만큼 비정한 데가 있는 박영창도 그들의 그 같은 계획에는 저절로 이맛살이 찌푸려지는 모양이었다.

"그것도 효과적인 방법이겠지만……."

하면서 말끝을 흐린 뒤 잠시 입을 열지 않았다. 그러나 박영창은 역시 산전수전 다 겪은 그 방면의 노장다웠다. 말투로 보아 이미 세세한 데까지 손이 간 듯한 그들의 계획을 비판하여 감정을 사는 쪽보다는 재빨리 말머리를 돌려 그들과의 쓸데없는 충돌을 피하는 쪽을 택했다.

"그런데, 저 여자들 왜 그렇게 외딴 집에 몰려 있었다고 합디까? 국방군을 따라 내려가든지 멀리 달아나 버리지 않고……."

"국방군놈들도 바닥부터 꼭대기까지 썩은 것은 아닌 모양이오. 사단장이란 자가 그 꼴로 내쫓았다는 거요."

"사단장이?"

"저것들을 끌고 다닌 것은 밑에 있던 장교놈들 짓이었던 모양이오. 하지만 저년들도 한때는 호강깨나 한 것 같소. 따뜻한 미제 군복에 군화에 방한모까지 얻어 쓰고 덮개 씌운 트럭에 실려 사단꼬리에만 붙어다녔으니까. 먹는 것도 쫄병들은 구경도 못한 호화판에, 어떤 년은 누구한테 얻은 것인지 금패물까지 주렁주렁 달고 있었소.

그런데 어수선하게 쫓겨 내려오다가 그만 재수 없게도 사단장에게 들킨 모양이오. 저년들을 그 꼴로 끌고 다니며 번갈아 재미보던 놈들이 종군연예반인가 뭔가로 둘러댔지만 그 사단장놈 예삿내기가 아니었소. 해 있는 꼬락서니며 엇비슷한 나이에 엇비슷한 사투리를 보고 한눈에 알아차린 것이오. 그리고 저것들의 몸에서 일체의 군용물품을 벗겨낸 후 쫓아버렸소. 저런 갈보년들이 어떻게 대한민국 군복을 입고, 그 군량을 축내며, 더구나 부상자를 실어나르기도 바쁜 차량에 버젓이 올라 있을 수 있느냐는 거였소. 그것도 저년들과 관계한 놈들은 지위고하를 막론하고 모조리 총살이라고 펄펄 뛰면서 말이오.

마침 내쫓긴 부근에 빈 농가가 한 채 있었다는 것만도 큰 다행이었소. 눈 쌓인 벌판이나 골짜기에서 내쫓겼다면 저것들은 고스란히 얼어죽고 말았을 테니까. 이게 ― 저것들이 떼를 지어 그 외딴 오두막에 몰려 있다가 우리 정찰대에게 발견된 경우요. 바깥날씨가 조금만 덜 매섭고 부근에 가까운 마을만 있었더라도 틀림없이 뿔뿔이 흩어져 제 갈 길을 찾았겠지……."

그러나 박영창은 어느새 다른 생각에 빠져 이야기의 뒷부분은 건성으로 듣는 눈치였다. 그 증거가 아직 이야기가 다 끝나지 않은 것이 분명한 상대에게 앞뒤 없는 물음을 불쑥 던진 일이었다.

"그 사단장, 국방군 사단장이란 자 말이오, 누구인지 알아보셨소?"

"퇴각로로 보나 저것들이 전하는 생김새로 보나 적X사단 H라는 자 같소. 그런데…… 갑자기 그건 왜 물으시오? 혹 알 만한 자요?"

그 반문에 박영창도 비로소 자기의 물음이 너무 돌연스러웠다는 걸 깨달은 표정이었다. 애써 그것을 감추려는 듯 농담 섞인 말로 얼버무렸다.

"그렇지는 않지만 — 앞으로 적X사단을 만나거든 조심하시오. 맹장(猛將) 밑에 약졸(弱卒) 없는 법이니까."

"난 또 무슨 소리라구 — 하기야 악질 반동이라도 사단장쯤 되려면 한 가락은 있어야 되겠지."

상대는 박영창의 말이 어이없다는 듯 피식 웃더니, 이어 일리가 있다는 듯 고개를 주억거렸다. 그 뒤 둘의 화제는 곧 가벼운 것으로 바뀌었다. 그러나 동영은 모처럼의 고양된 기분에 찬물이라도 뒤집어쓴 것처럼 되어 끝내 그들의 대화에는 끼어들지 않았다. 그렇다고 무슨 골똘한 생각에 잠긴 것도 아니고, 그저 막연한 우울 속에서 그날따라 이상하게 짓밟힌 여인의 허리를 연상시키는 이 땅의 지도만을 떠올리고 있었다. 그러다가 그 연대와 작별할 때쯤 하여 간신히 흔한 경구 하나를 기억해 내 별 감동없이 중얼거렸다. 전쟁은 술과 여자를 값싸게 한다…….

단 몇 분 동안 한끝에 이어진 그림처럼 그 모든 것을 떠올리고 있는데 누군가 동영의 어깨를 쳤다.

"녀기 계셨구만. 홍동무가 기다리던데."

퍼뜩 정신을 차려 돌아보니 이번에 함께 그 대회를 준비한 지대장 가운데 하나인 김이었다. 서북출신이기는 하지만 비교적 티가 나지 않아 동영과는 꽤 가까운 사이였다.

"그래요? 어디 있죠?"

반사적으로 그렇게 묻던 동영은 문득 그가 바로 혜화동이 포함된 지구를 맡고 있다는 사실을 떠올렸다. 그러나 먼저 확인해야 할 것이 준비상황이라 잠시 뒤에 그가 있을 곳만 물어두고 홍을 찾아나섰다.

훈장까지 받은 열성분자답게 홍의 일처리는 빈틈없었다. 전날 짜둔 계획대로 인근 세 동네에서 그들 지대에 할당된 오백 명을 끌어냈고, 중조의용군[中共軍] 쪽에 전달한 위문품도 예상 이상으로 거두어 놓고 있었다. 동영이 없는 동안 얼마나 대원들을 닦달했는지 짐작가는 일이었다.

어쨌든 그 덕택에 한시름 놓은 동영은 대회가 원활하게 진행되는 것을 확인한 뒤 입구 쪽으로 갔다. 얼마 전 혜화동이 관할지역인 지대장이 있기로 한 곳이었다. 그에게 무슨 큰 정보를 기대했다기보다는 그쪽 내무서와의 협조상태가 어떤지 알아보기 위해서였다. 직권으로 요구하면 그 자신도 끌려간 통장을 만날 수 없는 것은 아니었으나 되도록이면 요란스럽지 않게 식구들의 일을 알아보고 싶었기 때문이었다.

"협조구 뭐이구 내무서장이 내 중학동창이디."

내무서와의 협조관계를 묻자 그는 서슴없이 그렇게 대답했다. 그러나 더욱 놀라운 것은 그날 낮에 연행된 통장을 만나게 해달라는 부탁에 대한 대답이었다.

"그 늙은 반동을 어찌 아오?"

"아는 게 아니라 그에게 물을 게 좀 있어서…… 그런데 김동지는 어떻게 아십니까?"

동영은 그가 통장을 알고 있는 것이 반가우면서도 까닭 없이 불길한 예감이 들어 물었다.

"바로 우리가 고발했소. 들으니끼 아주 악질적인 회색분자드면."

"악질적이라면?"

"본디도 자식놈 하나는 민청에 보내고 저는 남쪽에 빌붙어 통장에 미제의 첩자노릇까지 했시요. 그리니끼 자식놈은 무사했디. 기러다가 인민군대가 서울을 해방하니 이번에는 그 자식놈을 업고 열렬한 당일꾼 행세를 했시요. 동위원장까지 지내고…… 하디만 또 자식놈은 우리 의용군에서 용케 빼냈시요. 기러다가 양키들이 인천으로 들이닥치니 다시 하얭이로 돌아선 거야요. 그데서야 어쩔 수 없었던디 자식놈은 국방군에 디밀어 넣구선, 인공(人共)시절에 동위원장 디내면서 보고 들은 걸루다 애국자 당일꾼 가족들을 미제 앞잡이들에게 넘기기 시작한 거디. 뉘기 갤켜 두는 사람 없었으믄 이번에도 동위원장 맡길 번했시요. 아주 악질이야요."

그러자 문득 동영의 눈앞에는 그날 낮에 산발을 하고 눈이 뒤집혀 대들던 그 아낙의 모습이 떠올랐다. 총대 메고 와서 시키는데 안 들을 장사 어디 있어, 자식까지 죽을 구덩이로 밀어넣은 판에 못할 짓이 어디 있어, 하며 당황하게 그 집을 빠져나오던 동영의 등뒤에 악을 쓰던 그녀의 목소리도 다시 생생하게 되살아났다. 그리고 얼굴도 모르지만 통장이란 자도 어쩐지 알 것 같았다. 틀림없이 어디서나 흔히 볼 수 있는 이 땅의 중늙은이 중에 하나일 것이었다.

그때 대답 없는 동영의 표정이 이상했던지 김이 자신의 말을 중단하고 물었다.

"그런데 이동지는 그자를 어찌 찾소?"

"제 가족의 행방도 그가 아는 것 같아서……."

동영은 솔직하게 대답했다.

"이동지 가족의 행방? 어드렇게서?"

"실은 오후에 옛집에 가봤습니다. 우리가 엎치락뒤치락하는 동안 눈치들만 늘어서 말은 않으려 들었지만 짐작에 그자와 무슨 관련이 있는 것 같았습니다. 거기다가 지금 동지의 말을 듣고 보니 더욱……."

"기래요? 음, 길켔구만. 성캐들 있으믄 어드렇게든 이동지를 찾아왔겠디. 그 반동 짓이 틀림없갔어……."

김이 그렇게 중얼거리며 얼굴을 찌푸리더니 한층 부드럽게 물었다.

"가족이 몇이오?"

"어머님 하고 아내, 그리고 아이들 셋, 아니 아이들은 넷이 됐을 겁니다."

"넷이 됐을 거라니 기게 무스 말이오?"

"떠나 올 때 아내는 만삭이었습니다. 살아 있으면 지금쯤은 낳았겠지요. 아들이든 딸이든……."

"그렇다믄 늙은이와 잉부를…… 좋시오. 내가 알아보디. 이동지가 가면 되레 아는 것도 겁을 먹고 잡아뗄 테니끼. 길티, 내레 놈의 깝데기를 벗기더라도 확실한 걸 알아내갔시오."

그런 김의 어조에는 통장이란 자에 대한 강한 증오가 서려 있었다. 그러나 정작 동영 자신에게는 이상하게도 미움의 감정이 들지 않았다. 다만 떠오르는 것은 몇 번씩이고 거듭 뒤바뀌는 세상에 어떻게 대처할 줄 몰라 허둥대는 수많은 사람들, 그 겁먹고 혼란되고 고통에 일그러진 얼굴들뿐이었다. 인민, 인민, 앞선 이들의 글과 말 속에서 그토록 찬연한 빛에 싸여 살아 움직이던 그들, 그 의식과 용기의 대중은 어디에 있는가. 진실과 대의에 용감하고 이기와 향유에는 겸손하던 그 그림 같은 인민들은 어디에 있는가……

그러나 동영의 그런 약간 엉뚱스럽기까지 한 감정을 가족들의 생사에 대한 깊은 우려로 해석한 김은 완연히 동정어린 말투가 되어 덧붙였다.

"걱정 마시라요. 내레 반드시 알아 디리갔시요. 만약 가족들에게 무스 일이 있으믄 아예 놈을 빼내 이동지에게 넘겨 드리디. 까짓 반동 하나 빼내는 거는 문제 없시요. 그쪽 내무서장 불알친구라구 말하지 않았시요? 게다가 우리에게도 그만 권한은 있으니끼, 지지든 볶든 마음대로 하시라요."

김은 제김에 흥분해서 거침없이 주워섬겼다. 그런데 그때 아직도 망연히 입을 닫고 있는 동영을 대신해서 그의 말을 중단시킨 차고 날카로운 목소리가 있었다.

"동지들, 사감(私感)은 금물이오. 모든 업무는 당이 정한 바와 법에 따라 처리되어야 하오."

놀란 두 사람이 소리 나는 쪽을 보니 언제 왔는지 안나타샤가 그들로부터 멀지 않은 외등 아래의 어둠 속에서 불쑥 걸어나왔다. 까

만 치마와 흰 저고리에 싸인 몸매가 그녀의 말에 실린 차가움과 날
카로움을 일순에 지워버릴 만큼 고혹적이었다.

4

통장이란 자가 모든 걸 순순히 털어놓고 있으니 궁금한 것이 있으면 직접 와서 물어보라는 김의 전갈이 온 것은 다음 날 정오를 조금 지난 뒤였다. 별로 입맛이 일지 않아 이웃 민가에서 날라 온 점심을 젓가락으로 끌쩍이고 있던 동영은 그 말을 전해 듣기 바쁘게 관할 내무서로 달려갔다.

심문실 안에는 김이 젊은 서원 하나와 어딘가 낯익은 초로의 사내를 윽박지르고 있었다. 별로 저항하거나 부인하지 않은 탓인지 심한 고문의 흔적은 없었지만, 잠시도 한자리에 머물러 있지 못하는 눈동자며 얼이 빠진 듯한 미소로 보아 사내의 정신은 파탄 직전의 혼란에 빠져 있는 것 같았다.

"나는 이만 가보갔시요. 넝감, 괜스리 훤수작 부리지 말고 여기 이동지가 묻는 대로 솔직이 불라요. 그거이 신상에 좋을 거일꺼니."

김이 동영과 사내를 번갈아보며 그렇게 말한 뒤 앉아 있던 의자에서 몸을 일으켰다. 똑바로 마주치면 섬뜩한 기분이 들 정도로 눈길이 매서운 젊은 서원도 이미 그 사내를 족치는 일에는 흥미를 잃었다는 듯 말없이 김의 뒤를 따랐다.

"저를 알아보시겠습니까?"

동영은 김이 비워준 자리에 천천히 앉으며 애써 억양 없는 목소리로 물었다. 움찔하며 마주 쳐다보는 사내의 얼굴을 보니 낯익은 정도가 아니라 몇 번인가 인사까지 나눈 사이였다. 전쟁 전 신분을 감추어야 할 필요 때문에 될 수 있는 대로 이웃을 멀리하려는 동영에게 통장의 직함을 내세워 그쪽에서 먼저 인사를 청해 와 이루어진 관계였다. 그러나 그것으로 그뿐, 어쩌다 골목길에서 마주칠 때마다 너스레와 함께 친한 척 다가오는 그가 왠지 수상쩍어 완강한 목례로 지나치고 말았지만, 그의 인상은 동영의 기억에 강하게 박혀 있었다.

"네, 알지요. 알구말구요. 자알 압니다……."

사내는 필요 이상 몸을 움츠리며 연신 고개를 주억거렸다. 그런 그의 입가에 희미하게 번지는 비굴한 웃음이 동영에게는 원인 모르게 처참한 느낌을 주었다.

"제 가족에 대해서 아시는 걸루 들었는데……."

"네에, 압니다. 그게 이렇게 됐지요. 그러니까…… 9·28수복, 아니 후퇴, 하루 됩니다. 적 치하, 아니 인공시절에 동인민위원을 했다고 국방군놈들의 특무대에 끌려갔지요. 그런데 말도 마쇼. 이건 뭐 조사고 뭐고 할 것도 없이 사람을 복날 개 패듯 하는 겁니다. 이틀 뒤에 동네 청년들 등에 업혀 나왔지요. 그리고 —."

"요점만 간단히 말하시오."

"민청에 나가던 아들놈은 도망다니다 못해 결국은 국방군에 입대하고, 나는 통장에 치안대장까지 덮어쓰고 그들에게 협조하지 않을 수 없었습니다. 부역자 색출에 앞장서는 것만이 내가 살 길이었단 말입니다. 아시겠습니까? 선생님, 아니 동무, 살기 위해 — 살기위해 그 길밖에는 없었던 말입니다……."

그런 그의 눈길에는 어떤 흉맹한 광기마저 느껴졌다.

"그런 건 빼고 내 가족에 관한 것만 말하시오."

"지금 그 얘기를 하고 있지 않습니까? 사실 그때 내가 조금만 제정신이었더라도 그렇게까지는 않았을 겁니다. 하지만 매 앞에 장사없다고 육십을 바라보는 나이로 바짓가랑이에 생똥을 싸붙이도록맞고 나오니 아무것도 보이는 게 없었어요. 아시겠습니까? 내 말. 홍두깨 열 대 맞아 담 안 뛰어넘는 쇠새끼가 어딨겠어요?"

"그때가 언젭니까? 언제 제 가족이 이곳으로 돌아왔습디까?"

그의 수다를 줄여볼 생각으로 동영은 궁금한 것을 하나씩 떼어내 물어보기로 작정했다. 그러나 별소용이 없었다.

"그러니까 서울이 수복 — 아니 국방군에게 되빼앗긴 지 한 보름쯤 되나? 그렇지, 틀림없이 보름 이쪽저쪽일 겁니다. 애써 구한 개한 마리를 삶아 먹고 간신히 기동은 하게 되었지만 아직 지팡이를짚고 다닐 때였으니까요. 경찰에서 불러 갔더니 험악한 기세로 을러댔습니다. 이 동네 부역자 색출이 왜 이리 부진하냐. 우리는 영감이 지난 잘못을 씻고 우리에게 협조할 줄 믿었는데 아직 그 사상을 버리지 못한 것 아니냐, 그렇다면 우리도 다시 생각해 봐야겠다.
— 이렇게 말하며 비딱하면 다시 잡아들일 듯 성화였습니다. 기가
차더군요 — ."

그는 무슨 얘기든 꺼내기만 하면 먼저 자기변명부터 길게 늘어
놓았다. 드디어 동영도 억누르고 있던 역겨움을 드러내고 말았다.

"이보시오, 나는 당신을 심문하고 재판하러 온 게 아니라 내 가
족의 안부를 알고 싶을 뿐이오. 그러니 묻는 것만 답하시오. 그래,
온 것은 누구누구였소?"

"처음에는 아이들 남매가 왔더군요. 훈이라던가? 참 똘똘한 녀
석이었어요. 그렇게 여럿이 들락거려도 못 찾아간 살림살이를 척척
찾아내는 겁니다. 놋그릇을 죽으로 파내 먹을 것과 바꾸는가 하면
비단 옷가지를 한아름 안고 나가기도 했습니다.

일인즉은 그 아이가 처음 나타났을 때 고발해야 될 형편이었지
만 차마 그럴 수는 없었지요. 귀하게 자라다가 고생하는 것만도 가
여운데 그 어린것을 끌어다 경찰에 넘길 수는 없었다 이 말입니
다……."

"그럼 어른들은 오지 않았소?"

훈이의 얘기가 나오자 금세 어두워 오는 마음을 다독이기라도
하듯 동영이 다시 그의 말허리를 잘랐다. 그 어렵던 잠복시절에조
차도 어린것들이 직접 먹을 것을 구하게 한 적은 없었다. 부유하게
자란 자신의 어린 시절 때문인지 비록 단련이라는 뜻을 지닐지라도
아이들에게 필요 이상 일찍 궁상을 심는 것을 동영은 피해 왔었다.

동영이 어른들에 관해 묻자 사내의 얼굴이 일순 알아볼 만큼 핼

쑥해지더니 이어 한층 굽실대는 몸짓에 말투마저 몇 배나 수선스러워졌다.

"그게 참 답답한 일이었습죠. 낯선 곳에서 피난민들 사이에 묻혀 살면 그럭저럭 한 고비를 넘길 수도 있었는데, 구태여 이곳으로는 왜 돌아오셨는지…… 처음 안어르신네와 사모님이 올망졸망한 짐 보따리를 이고 아이들과 함께 이 골목으로 들어서는 걸 보자 숨까지 탁 막히는 듯했습죠. 아이들만이라면 못 본 체하려고 했지만 어른들까지 그랬다간 내가 맞아죽을 판이라…… 그렇습죠. 동네 사람들 이목도 있고 — 정말로 먹은 마음이 있어서 한 일은 아닙니다. 어지러운 세상에서 그저 한 목숨 부지하자고 하다 보니…… 또 경찰도 뭐 붙들면 당장 죽이겠다고 나서는 것도 아니라서……."

그렇게 늘어놓으며 두 손까지 맞잡는 그의 자세는 완연히 '아이구 나으리, 한 번만 살려 줍쇼'였다. 그런 그의 돌연한 변화가 아니더라도 동영은 저간의 사정을 대강 짐작할 수 있었다. 숨고 피하는 일이라면 아내와 어머니도 어느 정도 단련이 되어 있었다. 아이들을 먼저 보내 본 것도 그런 경계심의 한 표현임에 틀림없었다. 아니 어쩌면 아이들이 철없이 할머니와 어머니 몰래 옛집에 돌아갔다가 문득 숨겨놓은 것들을 기억해 내 꺼내 갔는지도 모를 일이었다. 그런데도 그녀들이 그곳으로 돌아온 데에는 분명 까닭이 있었을 터였다. 돌아와도 아무 일 없으리라는 보장이거나 동영 자신과 관련된 어떤 유혹 같은 함정이 있었으리라. 그리고 그 함정을 판 자는 그 무렵 실적에 급급했던 눈앞의 바로 이 사내일 것이었다. 그러나 동영은 내색하지 않고 여전히 변화 없는 목소리로 물었다.

"그래 다음은 어떻게 됐소?"

"거기다가 몰려 있던 치안대 아이들이 나 먼저 달려들어 끌고 가니 — 결국 그 길로 경찰에 넘기게 되었습죠. 명색 치안대장은 나지만, 그건 그야말로 명색이고 일은 경찰보다 더 날뛰던 그 젊은 것들이 다 한 셈입죠. 정말입니다. 나는 손끝 하나 대지 않았습죠. 한이웃에서 살던 정의로 보아 그대로 보내자고 말해 보기까지 했습니다……."

"알겠습니다. 그럼 경찰에 넘겨진 뒤로는?"

"그건 나도 모릅니다. 처음에는 요 앞 국민학교 강당에 모두 모아들였는데, 나중에 모두 트럭에 싣고 어디론가 옮겼습니다. 듣기에 죄가 중한 사람은 재판에 넘기고 나머지는 싸움이 끝날 때까지 한곳에 모아 둔다던데……."

거기서부터 사내의 태도와 말투는 조금씩 안정을 되찾고 있었다. 드디어 화제가 자신의 책임과 먼 곳으로 옮겨가기 시작한 때문이었을 것이다. '—읍죠'가 사라진 것도 그런 안도감에서였으리라. 그 얄팍한 속셈이 또다시 참기 힘든 역겨움을 일으켰으나 동영은 어조를 바꾸지 않았다.

"어머님과 아내는 어느 쪽일 것 같소?"

"노친네와 아주머니가 여맹에 관계한 적은 있지만 그건 전쟁 전 일이니 거기까지 재판에 걸리면 끝이 없을 테고 — 아마 격리수용된 쪽일 겁니다. 그 뒤에도 아이들이 두어 번 다녀갔는데, 그때 아이들에게서 그런 말을 들었다는 동네 아주머니가 있습니다."

"그게 어디랍니까? 그곳에 수용됐던 사람들은 결국 어떻게 됐답디까?"

"우리 같은 게 어떻게 그런 걸 다 알겠습니까? 신고하라니까 죽지 못해 신고한 것뿐이죠. 그저 시키는 대루……."

유난스레 '시키는 대루'에 힘이 들어간 말이었다. 그 뻔한 발뺌에 이미 역겨움의 상태를 지나 미움으로까지 변한 동영의 감정이 돌연 어떤 민망스러움으로 바뀌었다. 그 바람에 동영은 가족의 생사도 잠시 잊고 엉뚱한 궁금함을 불쑥 물었다.

"그런데 영감님, 한번 물어보겠습니다. 왜 남이든가 북 어느 한쪽을 택해 그리로 피난을 가시지 않고 한군데 붙박혀 이쪽 저쪽 모두에게 고통을 당하고 계십니까?"

갑작스런 그 물음에 사내는 잠시 멍청한 눈길로 동영을 건너다보았다. 새삼 공손해진 말투도 말투려니와 자기가 얻은 보잘것없는 이득에 눈을 부라리기보다 겪고 있는 괴로움 쪽에 동정을 보내는 듯한 그 태도가 지난 하룻밤 하루낮 동안에 자기가 대한 사람들과 너무도 판이한 탓이리라. 그러다가 처음으로 희미하나마 반항적인 열기가 밴 목소리로 넉두리처럼 쏟아놓았다.

"피난이라구요? 그걸 뭣 때메 갑니까? 남한에서 높은 벼슬이라도 했으면 그 죄가 무서워 도망을 가고, 지킬 재산이라도 많으면 그걸 위해서 갈 수도 있겠지만 내가 뭣 때메 갑니까? 통장이랬자 소일거리삼아 담배값이나 얻어 쓰는 동네 심부름꾼이고, 재산이랬자 겨우 허름한 집 한 칸에 하숙생이나 붙여 밥이나 굶지 않는 처집니다. 그런 내가 무엇이 무섭고 무엇이 아까와 피난을 가며, 간들 어디서 무얼 먹고 삽니까?

국군이 되돌아왔을 때만 해도 마찬가집니다. 거의 임명되다시피한 동인민위원이라는 게 무어 맞아죽을 죕니까? 그 정도로 사람을 잡으려 들면 서울천지에 남아 있던 사람들 중에 성한 사람 별로 없을 겁니다. 또 북으로 가는 것도 도대체 그럴 틈이나 있었으며, 갔다한들 누가 우리 같은 것들까지 보살펴 줍니까? 총 맞아 죽는 것만 죽는 거 아닙니다. 굶어 죽고 얼어 죽어도 죽기는 일반입니다…….

섣불리 어느 쪽을 택해 피하다 보면 공연히 내 신세만 빼도박도 못하게 굳어버릴 뿐이지요. 그래서 한가운데 가만히 붙박혀 이 거친 세월이 가라앉기만을 기다린 겁니다.”

“영감님은 사상이라든가 대의 같은 걸 생각해 본 적은 없으십니까?”

“그거야 매양 같은 거 아니겠습니까? 세상에 말로 척 들어서 그럴싸하지 않는 사상이나 주의가 어디 있겠습니까? 또 마음먹고 욕하려고 들어 그게 안 되는 사상은 몇이나 되겠습니까? 다 배운 사람, 잘난 사람들 이야기지요. 우리같이 무식하고 힘없는 것들이야 태극기 들고 나오라면 태극기 들고 나가고 인공기(人共旗) 들고 나오라면 인공기 들고 나가는 수밖에 더 있습니까?”

“그럼 우리가 이렇게 싸우는 것도 모두 사사로운 이익을 위해서란 뜻이오?”

자신도 모르게 날카로워진 동영의 목소리였다. 그러나 상대는 그 변화를 알아차리지 못하는 것 같았다.

“꼭 그렇다고만 잘라 말할 수는 없지만 — 적어도 내가 이쪽저쪽을 다 겪고 느낀 건 그와 비슷합니다. 우리가 무릎에 놓인 손을 들어 손가락으로 귓구멍을 후비는 것도 귀가 가렵거나 뭐가 들어갔을 때지 공연히 쑤셔넣는 법은 없어요. 하물며 목숨까지 내걸고 싸울 때는 반드시 거기에 값하는 어떤 이익이 있다고 봅니다. 재산이나 권력 같은 것이 아니라도 이름이나 허영심을 채운다거나 하는 따위로. 물론 힘에 눌려 끌려나가 명령에 묶여 피흘리는 사람들은 빼고 하는 이야기지만서두……."

"모든 주의는 그걸 주장하는 사람들의 이익에만 봉사한다 — 그런 뜻이오? 예외가 있으리라고 생각해 본 적은 없소?"

그렇게 묻는 동영의 표정은 까닭 모를 불쾌감으로 완연히 굳어 있었다. 하지만 통장은 그래도 자신이 동영의 감정을 건드리고 있다는 걸 모르는 채였다. 거리낌없이 술술 털어놓는 품이 마치 뭣에 씐 사람 같았다.

"그건 성인군자들이겠지요. 그렇지만 갑자기 이 조선 천지에 성인군자들이 떼를 지어 나타날 리야 없지 않습니까?"

주름진 입가에는 제법 비양거림의 미소까지 떠올린 채 던져오는 반문이었다. 그걸 보자 동영은 문득 조금 전의 역겨움과 미움이 한꺼번에 되살아남을 느꼈다. 오래 전에 극복했다고 믿어온 깊이 감추어진 상처와도 같은 진실이 그같이 조야한 형태로 비굴한 기회주의에 변명을 제공해 주고 있다는 사실 때문이었다. 그 순간만 눈앞에 있는 초로의 사내가 한 평범하고 피동적인 인민이 아니라 교활하고 능동적인 이념의 적으로 느껴진 것이었다.

"정말 노예근성이 골수에 박힌 반동이군. 영감은 방금의 진술이 영감에게 얼마나 불리한 것인가를 알고나 있소?"

"이제는 그런 거 생각하지 않기로 했습니다. 지은 죄만큼 벌받고 다시는 어느 편에서도 나를 끌어내지 않기를 빌 뿐입니다. 대단하지도 않은 일루 이쪽 저쪽에서 돌려가며 맞는 일도 신물이 났단 말입니다."

"대단한 일이 아니라구? 죄없는 당일꾼의 가족들을 미제의 앞잡이들에게 넘긴 일이 그래, 대단치 않단 말이오? 그것도 비열하고 음흉한 술수로 사람을 함정에 끌어들여……."

동영은 기어이 마음속에 눌러두고 있던 말을 내뱉고 말았다. 내뱉고 보니 마치 두 눈으로 그의 수작을 직접 확인한 것 같은 착각이 일며 한층 격렬한 미움이 가슴속에 일었다. 통장도 그제서야 제 신명에서 깨어난 것 같았다. 처음 가족의 행방을 물을 때처럼 일순 낯빛까지 핼쑥해지더니 다시 얼마 전의 그 혼란되고 수선스런 말투로 돌아갔다.

"그건 또 무슨 말씀이십니까? 함정을 파다니 누가 그럽디까?"

"아이들이 드나드는 것을 버려둔 것은 어른들을 끌어들이기 위한 수작이었지? 거기다가 돌아와도 아무 일이 없을 거라고 충동질까지 하지 않았소? 그래서 안심하고 돌아온 어머님과 아내를 붙들어 놈들에게 넘기지 않았는가 말이오? 그게 함정을 판 게 아니고 뭐요?"

동영은 짐작을 말했을 뿐이지만 확신에 차 있는 듯한 말투 때문인지 상대는 더욱 핼쑥해진 얼굴로 허둥대었다.

"그건 아닙니다. 절대루 그렇지 않습니다. 아이들뿐이었다면 정말로 못 본 체하려고 했읍죠. 물어보십쇼. 동네사람들이 모두 알고

423

있습죠⋯⋯."

"나도 알아볼 건 다 알아보고 왔소. 본 사람이 하나도 아니고 여럿이란 말이오."

"모함입니다. 누가 나를 감고 드는 것입죠. 제가 그럴 리 있겠습니까?"

통장은 그렇게 발뺌을 하다가 동영이 계속 차갑게 몰아붙이자 마침내 제풀에 지쳤는지 발작적으로 소리쳤다.

"어느 놈이 그런 소릴 합디까? 무릎맞춤을 시켜주시오, 무릎맞춤을. 당장에 그놈의 아가릴 찢어 놀 테니⋯⋯ 내가 입만 뻥긋하면 성할 놈이 어디 있다구⋯⋯."

그리고 나중에는 동영에게까지 거품을 물고 대들었다.

"죄없는 인민에게 죄를 뒤집어씌우는 것도 해방군이오? 김일성 수령이 그렇게 시켰나구?⋯⋯."

동영의 추궁이 집요했기보다는 지난 이틀의 심문에서 비롯된 정신적인 소모가 그를 스스로 허물어지게 한 것 같았다. 그의 악다구니가 생각보다 시끄러웠던지 갑자기 급한 발자국소리와 함께 문이 열리며 얼마 전에 나간 젊은 서원이 험한 얼굴로 들어왔다.

"시끄러! 이 악질반동 넝감태기가. 여기가 어디 제 집 안방이라두 되는 줄 아나?"

그는 통장에게 그렇게 호통을 친 뒤 동영을 향해 표정 없는 얼굴로 물었다.

"뭣 좀 알아냈시요?"

"확실한 건 없군요."

"닳고 닳아 **뺀질뺀질한** 넝감태기야요. 다 부는 척하며 제 변명만 늘어놓는. 원, 넝감태기 말대루라면 공화국이 표창장이라도 내려야 할 형편이디요."

그러면서 힐끗 통장을 보았다. 통장은 신통하리만치 움츠러들어 있었다. 잔뜩 겁먹은 눈으로 젊은 서원을 흘끔거리는 품이 꼬리를 샅투리 사이로 말아넣은 똥개를 연상시켰다. 서원은 그걸 보더니 전보다는 조금 감정이 스민 목소리로 동영에게 말했다.

"이 넝감태기 말대로 서울 북쪽 근교에서 몇 군데 당일꾼 가족들의 집단수용소가 확인됐시요. 수용자 명단은 아직 입수하지 못했지만 학살당한 흔적은 전혀 없시요. 부근 주민들 말로는 일부 놓아주고 일부 남쪽으로 끌고 간 모양이야요."

"사사로운 일로 수고를 끼친 것 같습니다."

"뭘, 것두 과업의 일부디요. 헌데 — 더 물을 거는 없시요?"

"아니, 됐습니다."

"기리타믄 그쪽 소견서나 작성해 주시요. 인민재판에 넘길 참고자료루다가."

그 말에 동영은 다시 한번 통장이란 자를 바라보았다. 내무서원이 되돌아오면서부터 겁먹고 혼란된 초로의 늙은이로 돌아가 웅크리고 있는 그에게서 동영은 도저히 조금 전의 그 역겨움과 미움을 끌어낼 수 없었다. 그는 전날 밤 이미 예상했던 대로 몇 번씩이고 거듭 뒤바뀌는 세상에 어떻게 대처할지 몰라 허둥대는 그 수많은 인민들 가운데 하나일 뿐이었다. 거기다가 안나타샤의 경고까지 생생하게 떠올라 동영은 짤막하게 몇 자 적어놓고 그곳을 나왔다.

〈흔한 남조선괴뢰정부의 하급 끄나불 가운데 하나에 지나지 않는 것으로 료해(了解)됨. 당대(隊)의 정치적 고려의 대상이 될 여지가 없는 것으로 판단함.〉

거리로 나와 보니 한두 점 눈발이 날리고 있었다. 오후에 처리해야 할 조직업무가 하나 생각났지만 동영은 곧장 본부로 돌아가지 않고 다시 그곳에서 멀지 않은 옛집 쪽으로 발길을 돌렸다. 둘의 얘기를 통해 어머니와 아내가 살아 있을 가능성이 있다는 걸 확인하자 갑자기 그들이 그곳에 있거나 적어도 어떤 연락이라도 와 있을 것 같은 느낌이 든 탓이었다.

집안은 전과 다름없이 괴괴했다. 동영은 가벼운 실망을 느꼈지만 이내 마음을 가다듬고 구석구석 찬찬히 살피기 시작했다. 문설지 틈이나 오래된 편지꽂이며 심지어는 찢어진 천장 속까지, 은밀하게 쪽지라도 남겨둘 수 있는 곳은 남기지 않고 더듬어 보았지만 그런 것은 찾을 수가 없었다. 아내가 체포될 당시의 급박한 상황, 다시 말해 아내가 집안에 들어와 보지도 못하고 미리 잠복해 있던 자들에게 붙들려 갔음을 짐작게 하는 일이었다. 만약 아내가 단 몇 시간만 그 집안에 머물렀더라도, 동영이 되돌아오기만 하면 반드시 찾을 것이 예상되는 그곳에다 전쟁 전 지하활동시절에 사용하던 몇 가지 연락방법 가운데 하나로 자기들의 상황을 기록해 남겼을 것이었다.

그런 생각에 살필 만한 곳은 다 살핀 뒤에도 여전히 집안을 서성거리던 동영은 문득 훈이가 옷가지며 놋그릇들을 파내었다는 얘기를 떠올리고 뒤곁 방공호 쪽으로 가보았다. 고향에서 자동차로 실어 온 유기(鍮器)들 중에서 무겁고 당장 필요하지 않은 것들은 기름종이에 싸 방공호 바닥에 묻고 수원으로 떠났기 때문이었다.

그 안에 값나가는 물건이 있다는 소문이 돈 탓인지 방공호 입구의 두꺼운 송판문을 돌쩌귀가 비틀린 채 비죽이 열려 있었다. 아직 한낮인데도 안은 어두컴컴해서 동영은 두 눈이 어둠에 익숙해질 때까지 입구에 서 있다가 천천히 그 안을 돌아보았다. 두 평이 채 못 되는 방공호 안은 그야말로 엉망진창이었다. 버들고리짝이며 마분지 상자들이 찌그러지고 찢어진 채 바닥을 뒹굴고 있고, 그 사이를 헌 책가지와 헝겊쪼가리, 그리고 그 같은 전쟁중에는 아무런 재산적 가치를 가지지 못한 잡동사니들이 뒤범벅되어 메우고 있었다. 고리짝이나 상자들은 원래 값나가지 않는 겨울 옷가지들과 집기들이 들어 있던 것인데 누군가 안의 것을 꺼내 가고 팽개쳐 둔 것이었고, 책들이나 잡동사니는 당장 필요하지도 않고 값나가지도 않으면서 짐만 되는 것들을 남겨 둔 것이었다.

모든 것이 하도 뒤죽박죽 흐트러져 있어 동영은 이내 거기서 무얼 찾겠다는 생각을 거두고 말았다. 그러나 곧장 발길을 돌리는 대신 찌그러진 버들고리짝 위에 앉아 책들을 손에 잡히는 대로 하나씩 훑어보았다. 장서의 가치가 별로 없는 헌책들이었는데 「모던日本」「中共公論」 따위의 오래된 일본잡지들이 있는가 하면 「三千里」「文章」 같은 조선어 잡지들도 눈에 띄었다. 그러다가 국어니 셈본이니 하는 아이들의 헌 교과서가 나오더니 이어 다 쓴 공책들도 몇 권 나왔다.

427

책들과는 달리, 그것이 바로 아이들 손에 의해 씌어졌다는 점에서 무슨 중요한 암호연락문이라도 찾은 기분으로 동영은 그 공책들을 하나하나 읽어나갔다. 공책은 여러 과목의 것들이 구별 없이 섞여 있었다. 그러나 아무래도 동영의 눈길을 가장 오래 사로잡은 것은 국어공책들이었다. 그 비뚤비뚤한 글자들 속에서 그는 몸이 오그라질 듯한 애정과 그리움으로 떠오르는 아이들의 얼굴을 보고 있는 느낌이었다.

동영이 훈이의 4학년 때 작문 하나를 찾아낸 것은 다섯 번째인가 여섯 번째에 펴든 국어공책에서였다. 받아쓰기, 숙제 하는 식으로 몇 장 나가다가 한군데 '나의 희망'이란 제목과 함께 그 나이로는 꽤 긴 작문이 실려 있었다.

〈나는 어릴 때 말 탄 순사가 되고 싶었습니다. 높은 말등에서 긴 칼을 차고 있는 모양이 몹시 신나 보였거든요. 그러나 그렇게 되면 할머니와 아버지 어머니가 다 싫어할 것 같아 그만두었습니다. 할머니는 순사만 보면 눈을 흘기시고, 아버지와 어머니는 세상에서 제일 싫은 게 순사하고 원숭이라고 했습니다.

그런데 오늘 숙제가 내가 되고 싶은 걸 써오라고 해 나는 은근히 걱정이 되었습니다. 아직 순사만큼 되고 싶은 게 생각나지 않았거든요. 그래서 할머니께 물었더니 영웅이 되라고 말씀하셨습니다. 영웅은 대단히 훌륭한 사람이라고 합니다. 의사보다도 장군보다도 영웅이 낫다고 합니다.

그러나 또 아버지 어머니가 싫어 하면 어쩌나 싶어 아버지께 영웅이 되도 좋으냐고 물어보았습니다. 아버지는 웃으면서 말씀하셨습니다.

"그래 이십 세기를 뒤흔드는 영웅이 되거라."

그렇지만 아직도 걱정은 많습니다. 사실 나는 영웅이 무엇인지 잘 모르겠어요. 그리고 어떻게 해야 그 영웅이 되는지도 모릅니다. 공부만 잘해도 안 되고 힘만 세도 안 된다니 더욱 걱정입니다.

그러나 나는 영웅이 되겠습니다. 내가 영웅이 안 되면 모두들 실망하실 테니까요. 거기다가 우리집에 오는 어떤 아저씨들은 아버지가 무슨 영웅이 될 거라고 말하는 걸 들은 적이 있습니다. 만약 아버지는 영웅이 됐는데 내가 못 되면 안 되겠지요. 열심히 노력해 꼭 영웅이 되겠습니다. 끝.〉

동영은 마치 강한 전류에 닿기라도 한 것처럼 화들짝 놀라며 그 공책을 덮었다. 그리고 무엇에 쫓긴 듯 그곳을 나와 안채 마루에 힘없이 걸터앉았다.

이념의 영웅, 혁명의 영웅, 해방전선의 영웅, 영웅적인 전투, 영용(英勇)한 인민군…… 하루에도 몇 번씩 무심히 들어넘기는 그 말을 훈이의 작문 속에서 발견하는 순간 천지를 뒤흔드는 굉음으로 들려온 것은 무엇 때문이었을까. 무엇이 그토록 세찬 충격으로 자신을 뒤흔드는 것일까 ─ 동영은 멍하니 하늘을 쳐다보며 그런 생각에 젖어들었다. 그러나 자신의 물음에 대한 답은 떠오르지 않고 난데없이 박영창 선생의 목소리만 귓가에 울려왔다. 적어도 십 년의 세월은 뛰어넘어 온 목소리였다.

'…… 지금 우리 당내에 만연해 있는 소영웅주의는 실로 그 뿌리를 알 수가 없다. 조선 오백 년을 돌아보면 적어도 정규의 교육과

정에는 영웅이란 개념이 들어설 틈이 없다. 영웅이란 말에는 어느 정도 기성의 체제에 대한 반역의 뜻 또는 개혁의 의지가 들어 있고 폭력과 유혈의 그늘이 드리워져 있음을 감안하면, 유교적인 질서 아래서 영웅의 개념이 허용될 수 있는 것은 오직 군주뿐이기 때문이다.

물론 이조에도 반역을 꿈꾸고 개혁의 의지를 불태운 사람들도 있었다. 그러나 그들은 한결같이 역적이나 도둑으로 단죄되어 뒷사람의 지향은 배제되어 왔다. 홍경래나 동학혁명의 지도자들이 그 예일 것이다. 그리고 간혹 그 시대와의 마찰에서 영웅이란 말이 쓰이는 수가 있어도 그것 역시 하나의 비유이거나 수식어를 반드시 필요로 하는 불완전한 말이었다. 이순신이나 대원군에서 그 예로, 그들이 기능한 것은 기껏 기성체제의 방호(防護) 내지 공고화에 지나지 않았기 때문이다.

오히려 이조의 일반적인 교육이 권장한 것은 기성체제에 충실한 관료였다. 간혹 조광조와 같은 혁신적인 관료도 존숭의 대상이 되는 경우가 있지만, 그것도 그의 학문이나 충성을 향한 것이었지 개혁의지를 향한 것은 아니었다. 봉건사회를 유지하고 다지기 위한 개혁조차도 경원의 이유가 되었던 것이다. 따라서 이 땅에 만연하는 소영웅주의 뿌리는 얼핏 민담이나 소설류에서 찾을 수 있을 것 같으나 실은 그것도 불가능하다. 간혹 영웅의 한 유형을 보여주는 인물들이 있어도 그들은 이 땅에서 태어난 것이 아니라 중국에서 건너왔기 때문이다. 이를테면 홍길동은 한 불평정객의 비뚤어진 개혁의지와 『수호지(水滸志)』의 사생아일 뿐이다. 그리고 나머지 이 땅에서 태어난 민담 속의 인물들에게서는 영웅의 면모를 찾기란 거의 불가능하다. 만약 이몽룡이 과거에 급제하지 못했더라면 춘향이는 변학도의 매 아래 죽고 말았을 것이고, 슬기로운 암행어사가 아니었더라면 민담 속의 그 수많은 탐관오리의 횡포는 끝까지 자행되었을 것이다. 임꺽정이나 장길산 같은 인물들이 있기는 해도, 그들이 민중의 의식표면에 떠오른 적은 없고, 공공연히 권장된 적은 더욱 없었다.

그렇다면 오늘날의 소영웅주의는 어디에 뿌리를 두고 있는가? 오늘날의 상황이 우리 역사에서는 거의 유일하게 여러 소영웅들의 자유로운 출현을 짐작게 하는 후삼국 말기와 비슷하기 때문인가, 아니면 유교적 기반을 벗어난 정신이 자유로운 자기실현을 추구하기 시작한 때문인가. 한결같이 민중을 등에 업고 있어도, 나는 민중에 대한 그들 내심의 파악과 이해가 『삼국지』의 군웅들이 앞세우던 백성이나, 왕도정치의 신봉자들이 생각하던 창생(蒼生)과 크게 다르지 않음을 종종 목격해 왔다.

하지만 제군, 이제 와서 그 뿌리가 어디에 있는가를 밝혀내는 것은 필요하지도 않고 중요하지도 않다. 또 나는 제군들이 그런 봉건 사상의 잔재에 충동되어 이곳에 모였다고 생각하고 싶지도 않고, 어떤 사적인 동기로 이 운동에 위험한 도박을 걸고 있다고 의심하고 싶지도 않다. 지금 강조하고 싶은 것은 다만 사적, 주관적 동기의 공적, 객관적 전화이다. 태어날 때부터의 혁명적인 영웅, 이념의 성자(聖者)는 없다. 오히려 우리가 더 자주 확인할 수 있는 것은 하찮은 결핍이나 가치박탈의 체험이 한 범용했던 인간을 위대한 혁명전사나 이념가로 만드는 경우였다.

제군들에 있어서도 마찬가지다. 설령 제군들의 출발이 편협하고 왜소한 소영웅주의였다 할지라도 공적, 객관적 전화만 이룩되면 그것은 진보와 개혁을 지향하는 민중의식의 결정(結晶)으로 승인될 수도 있는 것이다. 다시 말하자면 제군, 나는 제군들의 소영웅주의로 야기된 여러 사업상의 애로를 지적하고 비난하러 온 것이 아니라 그 공적, 객관적 전화를 권유하기 위해 여기 왔다……'

해방 전 어떤 청년운동이 몇 갈래의 주도권 다툼으로 지리멸렬할 위기에 처해 있을 때 찾아와 한 말이었는데, 그것이 새삼스런 호소력으로 동영의 머릿속에서 되살아난 것이었다. 북쪽에서 '산만 무조직한 자유주의적 경향과 개인영웅주의적 협애한 그루빠적 경향'이 비판당하고 있다는 소문이나 '협소한 지방 그루빠에서 자기 이상은 아무도 없다는 천상천하 유아독존의 생활을 해내려는 개인영웅주의'가 전당대회에서 공격을 받았다는 소문이 들려올 때도 무심히 흘려들은 영웅이란 말이, 그리고 김철이 '삼국지에서 기른 소영웅주의'라고 자조할 때조차도 그리 절실하지 않던 그 말이, 훈이의 서툰 작문 속에서 읽었을 때 그처럼 세찬 충격으로 자신을 사로잡은 이유는 무엇일까. 지금껏 극복된 것으로 믿었던 사적 동기의 공적인 전화에 어떤 자기기만이나 억지가 있었던 것일까 — 동영은 그런 막연한 물음에 빠져 시간 가는 줄도 모르고 앉아 있었다.

동영이 그런 몽롱한 졸음과도 같은 사념에서 깨어난 것은 거의 한 시간이나 지난 뒤였다. 훈이의 작문에서 시작하여 자기를 그 길로 내몬 소영웅주의 뿌리를 어린 날의 추억 가운데서 더듬고 있는데 누군가가 뛰어들며 울먹였다.

"아이구, 니가 왔구나. 글치러 올 줄 알았제. 니는 꼭 돌아올 줄 알았제⋯⋯."

흐트러져 있던 시선을 모아 대문께를 보니 뜻밖에도 대고모부가 허둥지둥 달려오고 있었다. 못 본 지 겨우 대여섯 달인데 십 년은 더 늙어보이는 얼굴에 알아보기 힘들 만큼 초라한 행색이었다. 그를 알아보자 동영은 갑작스런 죄의식과 함께 넉 달 전 평양에서 만났던 대고모를 떠올렸다.

수원에서 출발한 동영이 가까스로 평양에 도착한 지 이틀 뒤였다. 월북한 이남 피난민들이 많이 움막을 치고 산다는 해방산기슭을 찾아갔다가 거기서 우연히 대고모를 만났다. 눈앞에 있는 대고모부 못지않게 몇 달 동안에 완연히 노파처럼 된 그녀를 만났는데 그때 비로소 동영은 그들 내외도 남북으로 갈린 줄 알았다. 9·28 후퇴 무렵 마침 막내 말동(末童)이가 시흥의 친척집에 가 있어 그를 데리러 갔던 대고모부는 그대로 길이 막혀 남쪽에 남게 되고, 대고모는 다급한 김에 위로 두 아들과 딸 하나만을 데리고 월북해 버렸다는 얘기였다. 그러나 아이들은 그때 이미 하나도 그녀 곁에 남아 있지 않았다⋯⋯.

"우예 우예 살아 이 날을 보느둥 모리겠다. 살아 있으이 만내기는 만내는구나⋯⋯. 그래 그간 몸 성히 보냈더나? 신관이사 훤하다마는⋯⋯."

"저야 뭐 — 대고모부님은 어떻게 지내셨습니까? 고생이 많으셨겠지요?"

"말 마라, 사능 기 사능 기 아이랬다. 초다디미(초장)에 국군선발대한테 뿌뜰래 얼살을 먹고 나이 친척이 날 알아보는 것도 겁나드라. 집에는 아예 안 드러가고, 이리저리 떠댕겼다. 그래도 당최 간이 떨래 지난 석달 다리 한번 못 피고 잤다."

충분히 짐작 가는 일이었다. 겨우 소학교를 나온 데다 남 앞에 나서기를 싫어하는 성미만큼 겁도 많은 사람이었다. 아내와 자식들이 모두 하나같이 그 사상에 열중해 온 집안이 들썩거리는 데도 그는 군중대회 한번 나가본 적이 없었다. 드센 아내에 똑똑한 자식들이라 드러내놓고 반대하고 나서지는 못했지만, 그의 침묵과 방관에는 분명 못마땅히 여기는 기색이 감추어져 있었다. 나중에 전쟁이 터지고 서울에 인공기가 펄럭일 때도 그런 그의 태도는 변함이 없었다. 열성당원이며 여맹과 민청의 간부들인 아내와 자식들로 집안 전체가 번쩍거릴 때도 그는 방구석에 처박혀 화투패만 만지작거리고 있었던 것이다.

그런데다 재수 없게도 국군선발대의 마구잡이 취조에 걸려 한번 혼이 난 뒤이니, 그 뒤의 석 달은 안 보아도 알 만했다. 어쩌면 있지도 않은 추적을 피해 딴에는 안간힘을 다한 도피행각의 연속이었을 것이다.

"이제는 안심하십시오. 이대로만 가면 봄이 오기 전에 전쟁이 끝날 것입니다."

"그걸 우예 믿노? 작년에 내려올 때는 뭐 8·15까지는 부산을 점령한다꼬 안캤나? 그래도 뒤집힐라카이 하루저녁이드라."

"이번은 다릅니다. 전번에는 미군이 와서 그렇게 됐지만 이제는 더 올 군대도 없지 않습니까? 미군도 당황해 전면철수를 고려하고 있다는 유력한 증거까지 있습니다. 중조(中朝)의용군도 금명간 항복 권고를 낼 작정입니다."

"참말로 그래 될라? 내사 만날 일케 오리락내리락거리다 치앗뿔 것 같다. 그 나불에 죽어나는 건 죄없는 백성들뿐이제. 그건 글코 —— 너 어무이하고 아아들은 만내 봤나?"

"아직…… 죽었는지 살았는지조차 모릅니다."

화제가 갑자기 가족들에게 미치자 동영의 목소리에서는 힘이 빠졌다. 대고모부가 이상하다는 듯 물었다.

"죽다이 그기 무신 소리고? 죽기는 가들이 왜 죽어?"

"그렇잖으면 그렇게 종적을 찾을 길이 없을 리 있습니까?"

"글타꼬 죽었다 칼 수 있나? 어제 아레까지 시퍼렇게 살아 있던 사람을……."

"어제 아레라구요? 어디서 보셨습니까?"

"물론 어제 아레는 아이따. 그러나 너가 밀고 들어오기 하루 전에 서울서 봤다 카는 사람이 있다."

"그게 누굽니까?"

"한들댁[大坪宅]을 어제 만났는데 그카드라. 참 너 댁 해산한 거는 아나? 딸이라 카드라. 너 어무이는 굴신을 잘 못하고 너 댁은 아직 해산부기가 안 빠져 눈코를 분간할 수 없이 부어 있기는 해도 다 성하게 다니드라 카드라."

435

그렇다면 적어도 일주일 전까지는 살아 있었던 셈이었다. 또 국 군이 퇴각하기 하루 전날에 자유롭게 서울거리를 나다녔다면 경찰 의 보도구금(保導拘禁) 상태에서도 벗어난 것임에 틀림없었다. 그러 나 반가움보다는 알 수 없는 암담함이 앞섰다. 몇 마디 전언만으로 도 충분히 짐작되는 어머니와 아내의 비참한 처지와 그러면서도 엿 새가 지나도록 옛집에 돌아오지도 않고 자기를 찾지도 않는 데서 오는 어떤 불안이 어우러져 만들어낸 감정이었다.

"한들아지매는 어떻게 지내십니까? 아직 그 집에 있습디까?"

"그래. 중공군들 빨래 같은 걸 해주고 그럭저럭 지내는 모양이더 라. 거 왜 만주 살던 생질이 하나 안 있나? 가가 중공군 통역관으로 나온기라. 일손이 딸리는지 피난민 아낙까지 두엇 데리고 있더라."

그러더니 갑자기 한숨을 푹 내쉬며 넋두리처럼 말했다.

"너사 같은 서울에 있으이 언제 만나도 만나기사 만나겠지마는 나는 뭐로? 길이 틔어 북으로 찾아가 볼라 캐도 도대체 어디 있는 동 알아야제. 죽었는지 살았는지만 알아도 속이 좀 덜 답답할따마 는……."

"평양에 — 계십니다."

동영이 잠시 망설이다 대답했다. 그가 펄쩍 뛰듯 물었다.

"뭐라고? 평양에? 글타믄 니가 만내 봤구나? 그래 평양 어디 가 믄 찾을로?"

"해방산이라꼬 월북한 이남사람들이 많은 움막을 치고 모여 사 는 곳이 있습니다. 우연히 거길 갔다가……."

"다 괜찮디나? 하도 유엔군이 바짝 뒤따라 붙거등 나는 필시 도중에서 모도 변을 당한 줄 알았다."

골 깊은 주름이 한꺼번에 펴진 듯 환한 얼굴이었다. 거기서 동영
은 다시 한번 망설였다. 진실을 그대로 알리기가 괴로웠던 것이다.
그러나 대고모부는 동영이 어떤 다른 방도를 생각해 볼 틈도 주지
않고 다그치듯 물었다.

"해방산이라고? 우예튼 평양 가서 거기만 찾으믄 될라? 길은 어
떻드노? 말동이하고 당장 나서믄 될라?"

"여기서 기다리시는 게 나을 겁니다. 대고모님께서 내려오실 거
예요."

"그 사람이 카드나? 왜? 일껀 올라가 놓고 아직 불구덩이 같은 여
기는 뭐 할라꼬 다부 내려온다 카드노?"

그렇게 되고 보니 동영도 더는 사실을 감출 수 없었다.

"제가 대고모님을 만난 것은 벌써 넉 달 전입니다. 그때 이미 대
고모님은 혼자셨어요. 길만 열리면 남으로 되돌아가겠다고 말씀하
셨습니다."

"그 사람이 왜 혼자로? 아이들은 다 우예고 혼자드노?"

"경동이아재는 결국 인민군에 나가고 — 대고모부님, 너무 상심
하지 마십시오. 형동이아재는 올라가다가 그만……"

"형동이가? 가가 왜?"

"비행기 폭격에 어찌 그리 된 모양입니다. 손쓸 틈도 없이……"

"허어, 허어, 그건 글타 치고 경동이는 왜 가로늦가?"

대고모부는 실소하는 것인지 헐떡이는 것인지 모를 허어, 허어를
연발하며 그렇게 물었다.

"지금 전쟁중이니 가장 필요한 게 군인밖에 더 있겠습니까? 다행히 경동이아재는 배운 것도 있고 당성도 강해 진작 군관요원으로 선발됐습니다."

"허어, 허어, 군관은 총알이 피해 가나? 선생질하던 놈이 군인이 뭣꼬? 그리고 머스마들은 그래 됐다 캐도 기숙(基淑)이는 저 어마이와 같이 있지러?"

실은 그녀도 무사하지 못했다. 그들 사남매 중에서 셋째로, 좌익운동 때문에 일찍 남편과 갈라선 그녀는 어떤 군용 방공시설 작업장에 노력동원을 나갔다가 돌아오지 않고 있었다. 그날 미군기의 대대적인 공습이 있어 일하던 사람들이 많이 죽었는데, 그녀도 그런 모양이라며 대고모는 눈물을 찍어냈던 것이다. 그러나 동영은 금방이라도 실성해 넘어갈 것 같은 대고모부에게 차마 그것까지 말해 줄 수는 없었다.

"네, 그날은 집에 있지 않았지만······."

"그래, 그 예편네는 거서도 여맹인동 뭔동 한다꼬 촐싹거리고 댕기쌌드나? 범도 지새끼는 안 자(잡아)먹는다는데 자식새끼 다 자먹고······?"

"상심하고 계셨습니다. 그리고 말동이가 보고 싶어서도 거기서는 못 살겠다고 하셨습니다. 길만 열리면 그 즉시로 내려가겠다 하셨으니 어쩌면 지금쯤은 서울로 돌아오셨을지도 모릅니다."

"돌아오이 뭐 하노? 허어, 허어, 할 짓 안할 짓 해가며 아들 두 놈 지대로 구실하도록 맹그러놨디, 둘 다 자먹고 인제 지 혼자 돌아오믄 뭐 하노?"

438

그렇게 말하는 대고모부의 눈길에서는 금세 불길이 쏟아질 것 같았다. 언제나 온순하고 조용하던 그만 보아온 동영에게는 전혀 낯선 눈빛이었다. 하지만 그것도 잠시, 곧 낙담한 늙은이의 공허한 눈빛으로 돌아가 울먹이기 시작했다.

"시상에 이기 무슨 일고? 어예다 내 기집 내 새끼가 이 지경이 났노? 암탉이 울믄 집안이 망한다 카디, 똑 글쿠나. 농투산이는 땅만 파먹고 살아야 되는 긴데 대처(大處)는 뭐고, 교육은 뭐라꼬 땅 매 뺄고 나와 요모양 요꼴이 났노? 보래이, 이 사람, 니도 글타. 서로 못 본 듯이 살믄 될 꺼로 꼴난 서(庶)핏줄은 뭘랐고 찾았노? 인제는 참말로 니가 우리집에 첨 찾아오든 날이 똑 무슨 흉악한 꿈만 같데이……."

평소 아무리 섭섭해도 그걸 말로 직접 표현하는 법이 없는 그의 성격으로 미뤄보면 그 말은 멱살잡이 때의 악다구니와 다름없었다. 그는 한동안 그렇게 울먹이다가 동영이 다시 다른 말을 물어볼 틈도 없이 비틀비틀 대문께로 나가버렸다. 그런 그의 축 처진 뒷모습에서 또 하나의 상처와도 같은 일련의 기억을 떠올렸다.

원래 그 대고모는 동영의 부친대만 하더라도 남과 다름없던 서출(庶出)이었다. 증조부께서 만년에 고을을 사실 때 그곳 아전의 딸을 보아 얻은 서녀(庶女)로, 조부가 데려다 하배(下輩)들 사이에서 기르다가 인근의 민촌에 아무렇게나 출가시킨 뒤 부친대에 이르러서는 완전히 왕래가 끊어져 버렸던 것이다. 얼핏 보아 비정한 처사 같지만 유달리 적서(嫡庶)의 구별이 엄격하던 그 지방의 예로 보면 비록 하배들 사이에서일망정 집안에 거두어 기르고 출가시킬 때 논마지기 떼준 것만 해도 오히려 후한 편에 속했다.

동영이 그 대고모를 처음 본 것은 소학교시절이었다. 상급반이
던 어느날 어머니 또래의 아주머니가 방간방에서 상을 받고 있는
것을 보고 어머니에게 누군가를 물었으나 그때껏 적서의 구별에
엄격하던 어머니는 바로 대답을 해주지 않았다. 그러다가 한밤중
에 보따리를 싼 그 아주머니가 울먹이며 돌아가 버리자 혼잣말처
럼 중얼거렸다.

"못된 것, 그럼 지가 시고모질 할라꼬 왔드나?"

나중에 안 일이지만, 잠자리까지 하배들 방을 비워 깔게 하자 드
디어 성난 대고모가 그 밤으로 자기 집에 돌아가버린 것이었다. 아
무리 나이가 적고 자신의 신분이 서(庶)라고는 하지만 그래도 손아
래인 질부에게까지 하배들 대접을 받게 되자 더 참을 수 없었던 모
양이었다. 내용은 몰라도 어린 동영에게는 이상하게도 마음 아프게
느껴지던 광경이었다.

그 뒤 대고모는 두 번 다시 동영의 집에 나타나지 않았다. 그러나
차차 나이가 들면서 그녀가 바로 아버지의 고모이며 자신과는 오촌
척이 된다는 걸 알자 동영은 그녀에 대해 까닭 모를 그리움을 품게
되었다. 사대를 독자로만 내려온 데다 아버지마저 일찍 죽어 친가
쪽의 피붙이라고는 가장 가까워야 구촌 십촌이 넘는 동영에게는 어
쩌면 그 그리움이 당연할지도 모를 일이었다. 거기다가 차츰 사회주
의사상에 물들면서 적서의 구별이 아무런 뜻이 없는 것일 뿐만 아
니라, 오히려 그녀의 불행에 어떤 원죄의식까지 느낀 동영은 대학교
에 들어간 첫해 여름방학 드디어 그 대고모를 찾았다.

동영의 그 방문은 대고모에게는 그대로 한 감격이었다. 인근 백여 리에서는 떠르르한 집안인 영감댁(令監宅) — 비록 서러움 속에 자랐지만, 그래도 그 집이 자기 친정이란 자부심 하나로 민촌의 아낙들에게 군림하던 대고모에게는 동영이 어린 날 본 그날의 일이 하나의 한으로 자라 있었다. 나이 차가 삼십 년을 넘고 언제나 엄한 주인처럼만 느껴지던 오빠와 그렇게 애틋한 정을 보내어도 차가운 도련님 이상의 반응을 보인 적이 없는 다섯 살 위의 조카가 모두 죽은 뒤, 이제야, 하며 친정을 찾아왔다가 질부에게서까지 전과 똑같은 대접을 받자 눈물 속에 밤길을 되짚어 시집으로 돌아간 것이었다. 시집식구들은 물론 그 대단한 친정에 돌아간다고 자랑자랑한 동네아낙들 대하기가 부끄러워 시집 마을 동구를 들어설 때는 당나무에 목이라도 매고 싶더라는 것이 뒷날 몇 번이고 거듭된 대고모의 술회였다.

그런데 그 친정의 새로운 주인이 된 동영이 제발로 찾아왔으니 대고모로서는 놀랍고 기쁘지 않을 수 없었다. 그녀는 마치 십 년 전의 수모를 앙갚음이라도 하듯 작은 잔치를 벌이고 동네아낙들을 있는 대로 불러모아 동영이 온 것을 자랑했다. 그리고 비로소 자부심을 회복한 그녀는 지체나 신분이 낮은 집에 출가한 여인들에게 흔히 볼 수 있는 그 야심을 발동시켰다. 남편에게서 얻지 못한 충족을 자식의 출세에서 구하려는 일종의 보상심리였다.

그 뚜렷한 예가 동영의 사각모에서 자극된 것임에 분명한 갑작스런 교육열이었다. 소학교를 졸업하고 벌써 이태째나 농사일을 거들고 있던 형동(炯東)이를 가까운 도시의 중학교로 보내고 이듬해는 경동(景東)이까지 중학교로 보냈다. 그러나 그 뒤 형동이가 농림학교로 진학하고 경동이가 사범학교로 진학하게 되자 아무리 알찬 중농이라고는 하지만 농사로는 그 둘의 학비를 댈 길이 없었다. 그때 대고모가 남편을 몰아대 내린 과감한 결정이 도회로의 진출이었다. 대대로 땅에 의지해 살아온 대고모부는 땅을 버리는 것을 두려워하면서도 드센 아내의 그 같은 결정을 따라 도회의 하층민에 편입되었다. 덕분에 뒷날 그 집은 딸인 기숙이까지도 중농의 딸로서는 기대할 수 없는 여학교를 나온 인텔리 가정이 될 수 있었다.

그다음은 사회주의사상의 무조건적인 수용이었다. 서녀(庶女)였던 까닭에 야학 같은 것도 구경할 수 있었고 개화된 안목도 지닐수 있었던 대고모는 동영에게 들은 그 사상에서 친정에 대해 느끼는 콤플렉스를 치유할 수 있는 또 하나의 가능성을 본 것 같았다. 몇 대를 소작농으로 이어 오다 시아버지대에서 겨우 자작농이 되고 다시 자신이 친정에서 가져온 논 닷 마지기를 보태서야 중농으로 자라 갈 수 있었던 그녀의 시집이 친정보다 우월한 신분을 획득할 수 있는 기회는 오직 그 사상이 이상으로 그리는 사회에서뿐이었다. 그 때문에 오래잖아 공산주의로 전향한 동영이 그의 두 아들을 차례로 작은 공산주의자로 만들어가도 그녀는 그걸 말리기는커녕 오히려 아들들을 격려하기까지 했다.

"아배는 내가 그 영감이 아배인 줄도 모리는 새 죽고, 오래비도 한번 맞대 좋고 오래비라고 불러보지 못했더라. 다섯 살 위인 느그 아부지도 항렬로사 조카지만 내한테는 그저 무서운 상전이었제. 방간방에서 년들(여종)과 함께 크다가 열여섯 채우기 바쁘게 재 너머

열네 살짜리 농사꾼 아들한테 논 닷 마지기 얹어 치앗뿌더구나. 비록 농사를 짓고 살아도 뼈다구는 양반이라꼬 '저는 혼인(서자와의 혼인)'은 실타 카는 우리 시아바시를 달랠라꼬 논 닷 마지기를 얹은 게라. 그라이 어찌 포원이 안 지겠노? 다 같은 핏줄을 받고 나가지고 누구는 영감댁 자식으로 떵떵거리며 살고 누구는 하배들맨치로 살아야 되노?

그래도 세상이 바꽈졌다 캐서 희망을 걸어보았지만 맹 그 장단이따. 나는 빨갱이가 뭔동 잘 모르지만 이눔의 세상 확 꺼엎는(뒤집어엎는) 게라믄 찬성이라. 그래서 니가 우리 아아들한테 무신 짓을 해도 가만 놔뚠 게라⋯⋯."

47년인가, 남로당이 한창 당세 확장운동을 펴고 있을 무렵 동영이 들고 간 입당원서에 두말없이 도장을 찍어주며 하던 대고모의 말이었다. 그리고 농림부 무슨 주사(主事)로 있던 형동과 국민학교 교원이던 경동이 각기 좌익운동에 가담해 한차례씩 호된 곤욕을 치르고 나와도 그 일로 동영을 원망하는 일은 결코 없었다.

"인제는 참말로 니가 우리집에 첨 찾아오든 날이 똑 무슨 흉악한 꿈만 같데이⋯⋯."

갑자기 그런 일련의 기억들을 더듬고 있는 동영의 귓전에 조금 전 대고모부의 넋두리가 다시 한번 쟁쟁하게 울려퍼졌다.

"아닙니다."

동영은 반사적으로 그렇게 중얼거렸다. 그러나 그런 경우를 위해 준비해 두었던 말들은 아무것도 생각나지 않았다. 혁명의 제단에 바쳐진 숭고한 희생, 역사적 필연의 촉성(促成)에 소아(小我)를 던지

443

는 영광, 우리 죽은 곳에 조국은 부활하리 — 정말이지 형동과 경동을 그 길로 끌어들이고 격려할 때만 해도 그에게는 얼마나 많은 화려한 말들이 준비되어 있었던가.

5

이제 갓 백일을 난 훈이는 대청 한구석에 놓인 분홍 망사모기장 안에서 자고 있었다. 시어머니가 일부러 서울까지 사람을 보내 백화점에서 사온 파라솔식 모기장이었다. 그 맞은편 구석에서는 침모(針母) 월선댁과 방간 학녀(鶴女)가 모시옷에 다림질을 하고 있고, 축대에서는 행랑 동이네가 익지 않은 강남콩 깍지를 벗기고 있었다. 첫 근친(覲親) 때였다. 시집살이라고 할 것도 없는 돌내골 생활이었지만, 그래도 쌓인 피로가 있었던지 방학을 한 동영이 귀성길에 데리러 올 때까지의 한 달 가까운 친정살이를 정인은 줄곧 잠으로 때웠다.

그날도 벌써 오전에 한숨을 자고 난 뒤였다. 횅한 머리로 방금 매미가 요란스레 울고 있는 안뜰의 석류나무를 보고 있는데 갑자기 안채 대문이 열렸다. 손아래인 계인(桂仁)과 그 무렵 역시 근친을

와 있던 또래의 사촌 윤인(允仁)이 넷째숙모의 손을 끌고 들어왔다.

"언니, 완전히 잠뿌리를 뺄라 카는 모양이제."

계인이 정인의 부수수한 얼굴을 보고 그 말과 함께 까르르 웃는 사이 윤인이 불쑥 말했다.

"이실(李室)아, 니도 가자."

"어딜?"

"용한 점쟁이가 안강아지매 집에 와 있다 카드라. 당(唐)사주라 카등가 뭐 그런긴데 앞이고 뒤고 꿴 살[矢]같이 맞췄는단다."

그 몇 년 동영의 영향을 받아 점이며 굿 같은 것은 물론 교회며 절까지도 대단찮게 여기게 된 정인에게는 별로 흥미가 없는 일이었다. 그래서 심드렁하게 대꾸하고 있는데 이번에는 숙모가 윤인을 거들고 나왔다.

"참말로 용한단다. 그카지 말고 니도 함 가보자."

"그라자, 언니. 믿든동 안 믿든동 재미 안 있나?"

계인도 옆에서 그렇게 부추겼다. 그 바람에 달리 할 일도 없는 정인은 구경이나 할 셈 잡고 그들을 따라나섰다.

방문을 열 때 힐긋 자신을 올려다보던 그 점쟁이의 묘한 인상이란! 염소수염에 왼쪽눈은 백태가 끼어 오른눈만 누런 피부 깊숙히 박혀 있었다. 거기다가 유난스레 날카로운 콧날과 붓을 입에 가져가는 버릇이 있어 먹물이 거뭇거뭇한 입술. 아무리 보아도 행운을 점쳐 주기보다는 재앙을 예고하기에 훨씬 적합해 뵈는 그 모습을 바라보는 순간 정인은 영문 모를 전율을 느꼈다. 그래서 계인, 윤인과 숙모가 더러는 감탄하기도 하고 더러는 신기해하기도 하면서

점을 치고 있는 동안도 정인은 한 발짝쯤 떨어진 곳에 앉아 구경만 했다. 그런데 마지막으로 계인의 손바닥을 살피던 점쟁이가 힐긋 정인을 보며 말했다.

"새댁도 한번 보지 그래? 상(相)에 변화가 가장 많은 건 새댁 같은데……."

"맞다, 이실이 니도 함 봐라. 심심치도 않나?"

그러지 않아도 권하려던 차에 마침 잘됐다는 듯이나 윤인이 그렇게 부추겼다. 그때 다시 숙모가 거들었다.

"복채는 내가 줄 테이께는 야도 좀 봐주이소."

그래서 할 수 없이 정인도 자신과 동영의 사주를 대 주었다. 그때 점쟁이가 조선종이에 먹으로 그리던 그 이상한 그림. 커다란 기와집 아래 두 사람의 남녀가 있고 마당에는 조그만 보퉁이 하나와 네 아이가 서 있었다. 남자아이 둘에 여자아이 둘인 것 같았다.

"좋구나, 그 신랑, 인물 좋고 재주 좋고 관운 좋고…… 자식복도 있구나. 아들 셋에 딸 둘이라, 아들 하나쯤 애치기(어린애 무덤)에 던진들 어떠리."

그리고 거의 정확하게 동영과 자신의 지난 일들을 맞춰 나갔다. 그러나 정인은 애써 감탄하는 표정을 숨긴 채, 간혹 나오는 틀리는 곳만 빈정거림으로 지적했다. 남편인 동영과 마찬가지로 자신은 이미 과학과 합리의 사람이 된 듯한 근거 없는 믿음에 힘입은 허세였다.

점쟁이는 그런 정인의 태도에 별로 탄하는 기색 없이 제 할 말을 이어 나갔다. 그러다가 동영이 마흔도 안 돼 당상에 오른다는 말을 끝으로 다시 정인을 향했다.

"자, 새댁, 이게 새댁의 반생일세. 하지만 아직 반생이 더 남았어. 새댁의 사주는 주역으로 치면 변효(變爻)가 다섯이나 돼 한판을 더 차례야겠네. 어때? 그것마저 보겠는가?"

"됐어요. 그만하면……."

맞든 안 맞든 남아 있다는 반생이 궁금하지 않는 바는 아니었으나, 정인은 짐짓 심드렁한 얼굴로 거절했다. 그리고 일어날 채비를 서두르는데 다시 윤인이 나섰다.

"이번 복채는 지가 내겠심더, 마자 봐주이소."

그녀는 점쟁이 노인에게 그렇게 말해 놓고 다시 정인의 치맛자락을 잡아당겼다.

"이실아, 좀 앉그라. 니 참 이상하데이. 처자 때는 안 그렇디 와 이라노? 이왕 시작해 놓고 우예 중간에 치앗뿔 수 있노?"

그 말에 정인은 못 이긴 채 다시 주저앉았다.

진하고 묽은 먹물이 고루 준비돼 있는 데도 침으로 붓을 축여가며 점쟁이가 다시 그린 그림은 전과는 너무도 딴판이었다. 기와집 대신 높고 험함을 나타내는 검은 산이 한가운데 들어서고, 그 양편 산자락에 동영과 정인이 각기 앉아 있었다. 동영 쪽은 안개 같기도 하고 연기 같기도 한 으스름에 싸여 희미했지만, 정인 쪽은 가시덤 불과 벼랑이 뚜렷하고 하늘에서는 번개와 불이 쏟아지는 아수라 장이었다. 아이들은 정인 쪽의 산자락을 이리저리 헤매고…… 그걸 보자 정인은 잠시 정신이 아득한 기분이었다. 믿을 것 없는 점이라고는 해도 한눈에 들어오는 그 그림의 의미가 너무도 끔찍했기 때문이었다. 그때 신들린 듯한 점쟁이의 갈라진 목소리가 들려왔다.

"가련쿠나 우리 색시, 서럽구나 우리 낭군. 금슬 좋은 우리 부부 이별수가 웬말인고. 고개 들어 아득히 먼 산을 바라봐도 그리운 님은 안 보이고 불길만 아옥하네……"

도대체 우리에게 왜 그런 일이 일어난단 말인가. 어떤 산이 있어 우리를 갈라놓고 서로 멀리서 그리워하게 만든단 말인가. 번개와 불의 비[火雨]라니, 아이들에게나 재미있을 동화와 허무맹랑한 야담이 아니고서야 어떻게 그런 일이 있을 수 있단 말인가 — 그렇게 생각하면서도 정인은 그 점쟁이의 말을 더 듣고 있을 수가 없었다. 까닭 없이 온몸이 후들후들 떨리고 누가 목을 죄는 듯 숨이 가빠 왔다.

"고마 치우소. 이 영감쟁이가 방정맞기는……"

갑자기 숙모가 정색을 하고 점쟁이를 나무라고, 계인도 놀라 정인을 부축하며 점쟁이에게 내뱉었다.

"참말로 가마이 보자보자 카이 몬할 소리가 없네. 아무리 점이라카지만 그래 말을 막하는강."

그리고 안강댁을 나오면서 윤인과 숙모가 번갈아 좋은 말로 정인을 위로했다.

"이실이 니가 점은 안 칠라 카고 자꾸 비식거리기만 하이 그눔의 영감쟁이가 악에 받쳤던 기라. 너무 맘에 끼지 마라."

"맞다. 토정비결도 디기 니쁜 기 나오믄 오히려 좋다 안 카나? 뒤바까 생각해라. 말이사 바른 말이제, 우리 집안에 이서방만한 문객이 어딨노? 조선 천지에서도 드물끼다."

그러나 정인은 보았다. 팽기치듯 복채를 내놓고 그들이 방문을 나서던 순간에도 굳은 듯이 앉아 있던 그 점쟁이의 표정을. 그것은 악에 받친 것도 사감(私感)에 뒤틀린 것도 아니었다. 콧등에 송글송글 땀까지 맺힌 채 탈진한 듯 나른한 눈길로 그들을 올려보는 그의 기괴한 얼굴을 떠돌던 것은 분명 어떤 요기(妖氣)였다.

그런데 ― 갑자기 주위의 풍경이 바뀌고 정인은 어떤 높고 험한 산 입새에 서 있다. 그렇다, 바로 그 산이다. 십여 년 전 어떤 괴상한 점쟁이의 그림에서 본 그 산, 애써 잊어버리려 했고 그 뒤 동영과의 생활도 행복한 것이어서 정말로 까마득히 잊고 지냈던 그 산이다. 저만치 산등성이를 타고 오르는 동영의 뒷모습이 보인다. 따라가야 한다. 저 산을 넘으면 우리는 영원히 만나지 못하게 된다. 그 바람에 다급해진 정인은 아이들까지 버려두고 동영의 뒤를 따른다. 그러나 몇 발자국 가지 않아 앞을 가로막는 가시넝쿨, 그걸 피하고 보니 깎아지른 듯한 벼랑이 가로막는다. 그 사이 동영의 뒷모습은 점점 깎아지고, 마침내 산마루를 넘어 사라지고…… 애타게 불러봐도 한번 뒤돌아보는 법도 없었다. 그래도 정인은 단념하지 않고 가시넝쿨을 헤치고 벼랑을 기어오른다. 그때 하늘을 수천 수만 갈래로 찢어놓는 번개, 쏟아지는 벼락과 불의 비…….

"엄마, 엄마."

"야야, 보래이. 야야, 보래이."

여럿이서 그를 부르는 소리에 눈을 뜬 정인은 다시 악몽을 꾼 것을 알았다. 오래고 깊은 잠 끝이라 얼른 사방이 분간되지 않는 가운데도 기묘한 느낌이 들었다. 동영과의 행복한 몇 년을 지나는 동안 저절로 잊게 된 뒤 다시는 떠오르지 않던 그 조그만 사건이 그처럼 생생히 되살아난 것은 무엇 때문일까. 거기다가 끔찍한 악몽까지 곁들여 내 길고 편안한 잠을 방해한 것은 — 정인은 그런 생각을 하다 갑자기 몸이 으스스해졌다. 어쩌면 그때 그 점쟁이가 한 말이 정말로 이 오늘에 대한 정확한 예언이었는지도 모른다. 그리고 방금의 악몽 또한 미래를 향한 또 하나의 예언인지도 모른다…….

"엄마, 엄마, 저예요. 정신차려요."

잠에서 깨어난 뒤에도 천장을 향해 눈만 멀뚱거리는 정인에게서 어떤 심상찮은 기색을 보았는지 훈이와 영희가 와락 달려들며 울먹였다. 그제서야 시선을 모아 좌우를 돌아보니 근심스런 얼굴로 자신을 내려보고 있는 친정아버지가 보였다. 그러자 정인은 반사적으로 아기를 찾아보았다.

"언니, 아기는 여기 있어."

아랫목에서 아이에게 우유를 먹이고 있던 막내 명인(明仁)이 정인의 심경을 읽기라도 한 듯 우유병을 쳐들어 보이며 그렇게 말했다. 그제서야 정인은 자기가 누워 있는 방이 친정집 건넌방이라는 걸 알았다. 아아, 기어코 돌아오고 말았구나 — 정인은 안도인지 탄식인지 모를 한숨과 함께 다시 끝 모를 잠 속에 떨어졌다.

정인이 대구에 도착한 것은 기차가 대전에서 하룻밤을 쉰 그날로부터 이틀 뒤 정오 무렵이었다. 대구역 주변은 피난민들로 발 디딜 틈이 없이 들어차 있었다. 친지들을 바라고 남으로 내려온 사람들은 각기 그들을 찾아 서둘러 떠났지만, 아무런 대책 없이 남으로

오다 보니 대구까지 오게 된 사람들은 재주껏 주위에 견딜 방도를
마련하여 역근처에 주저앉은 탓이었다.

"야들 친정집이 좁아 안 되겠다. 몇 칸 안 되는 집에 우리 말고
한집이 더 피난 와 있드라. 거다 명색 사가(査家)라 너까지 데리고
는 못 갈따."

매서운 바람이 몰아치는 역광장에 정인 일행만 남겨두고 사라
졌던 시외삼촌이 함께 다시 나온 큰며느리를 턱짓하며 정인에게 그
렇게 말했다. 그 큰며느리도 냉담한 얼굴로 시아버지의 말을 거들
었다.

"친정이 하양 근처라믄 바로 글로 가시지예. 육십 리밖에 안 됩니
더. 그기 서로 안 편하겠습니꺼?"

"그렇지만 어떻게 그 육십 리를…… 더군다나 어머님도 아직 깨
지 못하셨는데……."

"그래서 소구루마를 하나 구했심더. 지금 출발하믄 해 질 무렵
에는 도착할 낍니더. 그라고 돌내골 아지매는 많이 좋아졌다 캅디
더. 수혈까지 안해도 거다 가서 며칠 푹 쉬고 보신하믄 곧 일날 끼
랍니더."

큰며느리가 그렇게 남편 말을 전하며, 한쪽편을 향해 손짓을 했
다. 송아지를 겨우 면한 암소가 끄는 달구지 하나가 그녀의 손짓에
천천히 그들이 서 있는 곳으로 다가왔다. 생각 같아서는 어디 따뜻
한 방에서 단 하룻밤이라도 쉬면서 친정에 기별해 사람을 부르려
했지만, 아무래도 틀린 일 같아 정인은 잠자코 그들이 하는 대로 따
랐다. 그 같은 난중에 소달구지 하나를 구하는 것도 딴에는 큰 선심

을 쓴 것이라고 시외삼촌네를 좋게 생각하려 애쓰면서.

모닥불 곁에 자리를 빌려 눕혀 두었던 시어머니와 철이를 시외삼촌과 달구지꾼이 소달구지에 옮겨 싣고, 이어 정인도 어린것을 안고 소달구지에 앉았다. 그러나 달구지가 채 동촌다리를 건너기도 전에 정인은 달구지를 내려 어린것을 업고 걷지 않을 수 없었다. 모진 추위 때문이었다. 정신없이 누워 있는 시어머니와 철이 쪽으로 입은 옷과 포대기 외의 모든 베조각을 모은 바람에 변변찮은 입성으로 엉성한 달구지 위에 꼼짝없이 앉아 있다가는 그대로 얼어버릴 것 같은 느낌이었다.

이제 겨우 두칠(二七)이 나는 몸은 산후조리도 변변찮아 아직 부기가 빠지지 않아 천근 무게였지만 한참을 걸으니 추위는 조금 가시는 듯했다. 그렇지만 소달구지는 너무도 느려 채 반도 가기 전에 짧은 겨울해는 저물어버렸다. 아무리 변하지 않은 시골이라 하지만 언제나 차를 타고 지나쳐 그리 기억이 뚜렷하지 않은데다 날까지 저물고 보니 도저히 길을 가늠할 수 없었다. 거기다가 나다니는 사람도 없어 묻기까지 힘들어 당황하고 있을 때, 달구지꾼이 그런 사정을 짐작했는지 덤덤하게 말했다.

"할 수 없구마. 여다서 쪼매 가믄 우리 동서네 집이 있는데 거다서 쫌 쉬고 달이 뜨거등 가도록 하입시더. 아주무이도 보이 그대로 걷기 어렵겠구마."

만약 그의 말대로 하지 않았더라면 정인은 틀림없이 도중에 쓰러지고 말았을 것이다. 그만큼 부근의 어떤 초가에서 얻어먹은 수제비 한 그릇과 스무날 달이 뜰 때까지 대여섯 시간의 따뜻한 휴식

은 정인에게 힘이 되었다. 그러나 제법 밝은 스무날의 달과 봉우리
에 남은 잔설로 희끗희끗 드러나는 산모양을 따라 마침내 친정마
을에 도착하자마자 정인도 더는 버텨내지 못했다.

"저기 저 소슬대문이 서 있는 집 있죠? 큰 향나무 두 그루가 보
이고…… 기와집 셋 중 맨 가장자리 큰 집……."

간신히 그렇게 친정집을 일러주고 그대로 언 땅바닥에 쓰러지고
말았다. 그리고 열두 시간을 내리 잔 뒤에 잊고 있던 옛날의 일을
꿈꾸다가 깨어난 길이었다.

정인이 다시 두 번째 잠에서 깨어난 것은 마당에서 들려오는 시
비소리 때문이었다.

"글쎄, 김순경하고 박대장 봐라. 내 낯도 쫌 생각해다고. 아직 둘
다 인사불성이다. 도망갈 힘도 없고 도망갈 택도 없다. 조사할 끼 있
다 캐도 사람부터 살려 놓고 조사해야 될 꺼 아이가? 지금 델꼬 가
믄 아매 살아서 몬 돌아올끼다."

친정아버지의 간곡한 목소리였다. 그러자 어쩌면 기억할 것도
같은 다른 목소리 하나가 퉁명스레 받았다.

"우리가 뭐 우짠다 캅니까? 몇 가지만 물어보겠다 카는데……."

"하나는 머리가 수박맨치로 쪼개져 인사불성이 된 육십노인이
라. 그것도 피를 한 말이나 쏟고 소구루마에 실래 온……. 그리고 하
나는 핏덩이 같은 알라를 업고 칠십 리나 걸어와 집안에도 못 들어
오고 장가진(까물어친) 산모란 말이다. 지금 델꼬 가봤자 애매한 송
장만 두 구 칠 뿐이라.

그라지 말고 내한테 맽기그라. 정신만 좀 돌리믄 내가 지서로 기별하꾸마. 차석(次席)한테도 그카믄 알끼다. 니 내 잘 안 아나? 나도 인자 빨갱이라 카믄 신물이 난다. 참말로 몸써리 난다. 사돈이고 딸 아지만 딴 데로 빼돌릴라꼬 이카는 거는 아이따."

"그래도 안 됩니다. 저도도 좋아서 이라는 거는 아이라요. 신고가 들왔단 말입니더. 신고가."

"신고라이? 야가 온 게 어젯밤 늦고, 집안사람들밖에는 아무도 온 줄 모리는데 신고라이 무신 말고? 언놈이 신고했노? 뭐라 카드노?"

"그거사 저언들 알 리 없고 — 우예튼 델꼬 오라 카는 데가 따로 있다 카이요. 저어가 델꼬 가는 기 아이란 말입니더."

"지서로 오라 카미 너가 델꼬 가는 기 아이라 카이 그기 무신 소리고? 그라믄 누가 찾는단 말고?"

"특무대서 사람이 왔다 카이요. 지금이 어떤 때라꼬 그 사람들 말 안 듣고 배기겠습니꺼?"

듣다 보니 바깥의 일은 저절로 알 수 있었다. 정인은 자신도 모르게 몸을 떨다가 문득 상건이 내준 증명서를 떠올렸다. 그러나 몸을 일으키려 해도 마음뿐 손가락 하나 움직일 수 없었다. 간밤 친정까지의 칠십 리 길을 걷는데 지나치게 힘을 쓴 탓인 모양이었다. 열두 시간 이상을 내리잤지만 마지막 한 방울까지 소모된 기력은 조금도 회복되지 못한 것이었다. 혼신의 힘을 다해 고개를 들었다가 잠든 어린것 외에 방안에 아무도 없다는 걸 알고 다시 베개에 머리를 떨어뜨리며 바깥을 향해 불렀다.

"아부지요."

자신도 모르게 나오는 친정 쪽 사투리였다. 그러나 생각보다 목소리가 약했던 탓인지 마당에 있던 사람들은 듣지 못하고, 마루에 서서 일이 돌아가는 양을 살피던 명인만이 놀란 얼굴로 방문을 열고 들어섰다.

"쉿, 언니. 가만있그라."

"아니다. 증명서를 찾아야 해. 그거 보이면 어찌 될 거다."

"증명서?"

"그래, 경찰에서 내준 게 있다. 아기 포대기 새에 끼어 있을 텐데……."

"하도 더럽고 이가 들끓어 언년이한테 빨아 도라 캤는데……."

명인은 그렇게 말끝을 흐리더니 이내 발딱 몸을 일으켰다.

"글치만 한번 가보꾸마. 그게 그만 힘이 있다 카믄 쪼가리라도 맞차 봐야제."

그렇게 나간 명인은 얼마 뒤 물에 불어 헤지고 잉크가 번져 거의 알아볼 수 없는 종이조각 하나를 가지고 왔다. 포대기와 함께 물에 집어넣었으나 다행히 방망이질을 하기 전에 찾아내 그만큼이라도 남게 되었다는 명인의 말이었다.

그 증명서를 내보내자 일단은 효과가 있었다. 김순경과 박대장은 자기들이 직접 손댄 일이 아니어서 그런지, 그냥 돌아갈 구실이 생겨 다행이라는 투로 친정아버지에게 제법 깍듯이 인사까지 하고 돌아갔다.

그러나 그 효과는 그날을 넘기지 못했다. 지서로 돌아간 둘이

해거름하여 다시 나타난 것이었다. 호되게 나무람을 받은 탓인지 둘의 태도는 전에 비해 몹시 거친 편이었다. 순경이고 한청(韓靑=대한 청년단) 지부장이라고는 해도 둘 다 가까운 동네에 살면서 어려서부터 친정집을 잘 아는 그들인데도 간간 욕설까지 섞어 을러대는 태도로 보아 그냥 넘어가기는 틀린 일 같았다. 친정아버지도 나중에는 말리는 일보다 그들의 불손한 태도가 더 분한 모양이었다.

"너가 아는동 모를다마는 그러는 가 아이라. 느그 아부지들이 와도 여서 이런 행패는 못 부릴끼다. 오냐, 마음대로 하그라. 아무리 난중이라 카지마는 이건 애시당초 인사를 폐하고 달리드는구나."

그렇게 소리치고 사랑채로 건너가 버렸다.

하지만 정말로 끔찍한 것은 지서에 도착한 뒤의 일이었다. 시어머니는 친정집 일꾼 등에 업히고, 정인은 오 리도 안 되는 지서까지의 길을 세 번이나 쉬며 지서에 들어가자 계급장과 부대표지도 없는 전투복차림의 군인 둘이 신분증을 보이는 둥 마는 둥 하기 무섭게 을러대기 시작했다.

"공연히 엄살 떨지 말고 말해 봐. 임무가 뭐야?"

"네?"

"지리산 보현산 태백산을 연결하는 빨치산 침투에 당신이 맡은 임무는 뭔가 말이야?"

그때 시어머니가 눈을 뜨고 간신히 새어나오는 목소리로 끼어들었다.

"보소, 젊은 양반, 짐승을 몰아도 구무를(구멍을) 틔워주고 모는 법이씨더. 이제 초칠 겨우 난 산모가 임무는 무슨 임무란 말이껴?"

"시끄러! 이 흉물스런 할망구."

조금 나이가 든 쪽이 그렇게 꽥 소리를 지르더니 다시 정인을 향했다.

"초칠 난 산모라 그러지만, 당신들이 언제 그런 걸 따졌어? 필요하면 시체라도 이용하는 게 당신들 아니야? 그러지 말고 바른 대로 대답해. 임무가 뭐야? 공연히 엄살을 부리지만 당신은 어제까지만 해도 이 추위 속을 칠십 리나 멀쩡하게 걸어온 사람이야."

"정말로 임무 같은 거는 없습니다. 의지할 데가 없어 친정집을 찾아온 것뿐이에요."

"이거 도대체 무슨 수작이야? 누가 그걸 믿겠어? 가만히 앉아 기다려도 그리운 낭군, 좋은 세상 다 만나는데 뭣 때문에 죽을 곳으로 기어들어? 그러고도 뭐 친정집에? 치워요, 치워. 세 살 먹은 애가 들어도 웃겠어."

곁에 앉아 있던 깡마른 사내가 비식비식 웃으며 그렇게 빈정댔다. 정말로 전혀 예상 못한 어려움이었다. 남편을 향하는 마음을 애써 억누르고 오직 아이들을 위해 천 리 길을 내려왔건만, 막상 그런 빈정거림을 당하고 보니, 정인 자신도 그런 스스로의 행동을 이해하기 어려웠다.

"그렇소. 여태껏 서울에서 버티다가 하필 남편과 당신들의 군대가 오기 하루 전에 이리로 내려온 이유를 어떻게 설명하시겠소?"

정인이 머뭇거리는 걸 보고 나이 든 쪽이 짐짓 말까지 올렸다. 새삼 예의를 갖추려는 것이 아니라 좋은 말로 할 때 순순히 대답하라는 투의 위협 섞인 어조였다.

"아이들이 이곳에 있어서……."

"아이들? 그러지 말고 바로 말하시오. 데리고 있던 아이도 버리는 판에 친정집에 맡겨 둔 다 큰 아이들 생각해서 남편도 안 기다리고 내려왔단 말이오? 그것도 고부간에 나란히 어린것들까지 데리고…… 핑계를 대도 그럴듯한 걸루 대요."

그렇게 되면 일은 서로 뒤틀릴 수밖에 없었다. 존대는 다시 반말로 내려가고, 그 반말에는 점점 욕설과 고함이 끼어들기 시작했다. 특수한 임무를 띠고 피난민 사이에 끼어들어 후방에 침투한 간첩이 되지 않기 위해서는 정인의 부인도 거의 필사적이었다. 잘못되면 무자비한 매질로 발전해 갈 염려가 있었지만 적어도 후방에 침투한 간첩의 혐의만은 시인할 수 없었던 것이다.

"좋아, 그렇다면 바로 불게 해주지."

마침내 젊은 쪽이 군용밴드를 천천히 풀면서 그렇게 내뱉었다. 되풀이된 설명에 지친 정인도 어떻게든 그들을 설득시킬 궁리보다는 이번 매에 쇠약할 대로 쇠약해진 자신이 과연 견딜 수 있을까 하는 두려움부터 먼저 일었다.

그런데 그때 갑자기 뒷문이 열리며 누군가가 들어왔다. 돌아보니 대위 계급장을 단 젊은 군인 하나가 뜻 모를 미소를 지은 채 들어서고 있었다.

"아이구, 이거 백 대위님이 웬일이십니까?"

나이 든 쪽이 반갑게 인사를 하고, 군용밴드를 풀어 들고 있던 젊은 쪽도 멋쩍게 웃으며 군용밴드를 등뒤로 감췄다.

"그보다도 이분들 어떻게 이리루 모셔 왔소?"

"조사할 게 좀 있어서. 왜? 아시는 사람들입니까?"

"그렇소. 그런데 무슨 혐의요?"

그러자 나이 든 쪽이 장황하게 정인과 시어머니가 받고 있는 혐의를 늘어놓았다. 듣고 있던 대위는 그들에게 동조하는 것 같지도 않고, 그렇다고 부정하는 것도 아닌 표정으로 한동안 생각에 잠기더니, 곧 진지한 목소리로 나이 든 쪽을 불렀다.

"하 중사."

"네."

"부탁이 하나 있소."

"부탁이라구요? 무슨 부탁……?"

"이들을 돌려보내 주시오. 아니 직책상 문제가 있다면 제게 신병을 인도해 주시오. 이 지역은 내 관할구역이니 안 될 것도 없지 않소?"

"그건 그렇습니다만 워낙 혐의가 엄중해 놔서……."

"어쨌든 내가 책임지겠소. 두 분을 돌려보내시오. 당신 직속상관인 최 대위에게는 내가 따로 양해를 구해 보겠소."

"우리 대장님과 백 대위님이 동창이고 또 절친한 사이라는 건 알고 있습니다만 이건 좀……."

"그럼 안 되겠단 말이오?"

그렇게 묻는 백 대위의 표정이 갑자기 험악해졌다. 정인은 잠시 자신의 처지도 잊은 채 그가 누구며 왜 자기들을 구하려 드는지에 대해 생각해 보았다. 얼굴은 아무리 뜯어봐도 낯설었고, 이름도 귀에 익은 것은 결코 아니었다.

나중에 지서에서 풀려나면서 백 대위에게 감사와 함께 직접 그
걸 물어보았지만 그는 씨익 웃을 뿐 끝내 대답해 주지 않았다. 그러
다가 자신의 지프차로 친정집까지 바래준 그가 잠시 들렀다 가라
는 권유도 마다하고 대문 앞에서 그대로 돌아가 버린 뒤에야 정인
은 어렴풋이나마 그를 알 수 있었다.

　"또 그 자식이군요. 능글맞은 자식⋯⋯."

　정인을 맞으러 나온 명인이 새파란 불길이 이는 듯한 얼굴로 그
렇게 내뱉었고, 이어 친정아버지도 어두운 얼굴로 중얼거렸다.

　"민망한 사람이구나. 저렇게 싫다는 데도 단념할 줄 모르이."

　"누구예요?"

　정인은 마음속으로 짚이는 게 있으면서도 그렇게 물어보았다.

　"명인이한테 마음이 있는갑다. 주임을 중간에 넣어 혼인말을 하
는 걸 거절했구마는 통 물러설 줄 모른다."

　"사람 괜찮아 뵈던데요. 그 나이에 계급도 그만하고⋯⋯."

　아직 그에 대한 감격이 남아 있는 정인은 그가 바로 동영이 힘
들여 무너뜨리려는 체제를 수호하는 군대의 장교라는 것도 잊고 그
렇게 말했다.

　"심성은 그런대로 괜찮은 같더라. 여러 번 덕도 봤다. 아이, 덕을
본 정도가 아이라, 그 사람 아이랬으믄 집안이 어육(魚肉)이 나도 여
러 번 났제. 글치만 혼반(婚班)이 너무 보잘것없어. 성이사 수원(水
原) 백(白) 씨이 글타 쳐도 문중이 뭔동도 모리는 떠돌이라. 거다 부
모가 어디 있는동도 모리는데 우예 혼반이 서겠노?"

　"이 난리판에 무슨 혼반을 따져요?"

"야도 어데야꼬(어디냐며) 펄쩍 뛴다. 얘기를 들으이 인자 겨우 스물셋인데 요중간까지도 델꼬 산 여자가 있었는갑더라. 야를 한번 보고 얼릉 어데로 보냈뿌랬는 모양인데 그것도 마뜩찮고……."

친정아버지가 아직도 독오른 얼굴로 백 대위가 사라진 쪽을 노려보고 있는 명인을 가리키며 그렇게 말하자 명인이 그 말을 받아 퍼붓듯 말했다.

"큰히야, 그뿐인 줄 아나? 학교락꼬는 고등학교도 몬했다. 그래 놓고도 우예다 계급이 올라논께 이건 뭐 지가 젤인 줄 안다. 거다 도무지 사람이 천박하고 야비해. 이번에 덕받다꼬 택도 없이 감격하지 마래이. 그기 다 수단인기라. 인자 보이 신고도 누가 했는지 알겠다. 그누마 짓이라. 우리집만 똑 쳐다보고 있다가 큰히야가 오이 또한 번 생색낼 기회를 만든기라."

그 바람에 한동안 친정집 대문께는 정인이 무사히 돌아온 것에 대한 반가움보다는 백 대위를 흉보는 일로 시끄러웠다.

6

　대고모부를 만난 다음 날 상부의 허락을 얻어 지대(支隊)일을 홍에게 맡기고 정식으로 하루를 빼낸 동영은 먼저 한들댁을 찾아갔다. 서울을 다시 점령하기 하루 전날 아내와 어머니를 보았다면 그녀가 가장 늦게 가족들을 본 셈이었다.

　그러나 예상보다 한들댁이 알고 있는 것은 적었다. 무사히 갇혀 있던 곳에서 풀려났다는 것, 아이는 딸을 낳았으며 고부 모두 몹시 건강을 상해 있더라는 것, 그리고 무엇보다 전황을 몹시 궁금해하더라는 것 따위 이미 대고모부를 통해 들은 얘기들이었고, 새로운 것이라면 겨우 큰 아이들 남매가 보이지 않더라는 정도였다. 전평(全評=조선 노동조합 전국평의회)의 세포책으로 철도파업을 주동하거나 이른바 백색테러에 죽은 남편과 일찌감치 월북한 오빠 때문에 그녀 자신도 어린 아들 하나만 데리고 이리저리 불안하게 떠돌던 때이기 때문에 정인과 길게 얘기할 틈이 없었던 것이다.

그런 사정은 동영이 그 뒤에 만난 두어 명의 친지들에게서도 비슷했다. 남으로 피난을 가지 않았다는 사실만으로도 짐작할 수 있듯, 무언가 과거에 조금씩 좌익활동에 가담한 적이 있어 공화국 쪽이 더 살기 좋은 그들이었던 만큼, 국방군의 서울철수 전야는 한결같이 전전긍긍하지 않을 수 없었다. 그런 형편에 정인 고부 같은 위험인물과 함께 행동하는 게 달가울 리 없어 몇 마디 나누지도 않고어서 돌아가기만을 바랐던 것이다. 그렇지 않은 집은 모두 피난을 가서 썰렁하게 비어 있고……

도대체 어머니와 아내는 어떻게 된 것일까? 찾아오지도 않고 옛집이나 친지들에게도 없다는 것은 무슨 뜻일까? 그러나 동영은 그때까지만 해도 그들이 남으로 내려갔으리라고는 상상도 못했다. 적어도 1월 2일 오전까지 자유롭게 돌아다닐 수 있었다면 경찰의 손을 벗어난 것만은 틀림없었다. 그렇다고 철수 직전의 혼란에 빠져 있는 서울에 어떤 체계적이고 조직적인 검색이 있어 그 뒤에 다시 붙들렸다고 생각하기도 어려운 일이었다. 만약 옛집을 찾아들기 불안했다면 아무 데나 빈집을 골라 하룻밤을 새우는 것으로 곧 인민군의 진주를 볼 수 있었는 데도 구태여 남쪽으로 내려갈 이유가 없었던 것이다.

마지막으로 모두 피난을 가버려 썰렁한 외삼촌댁을 들렀다 나오니 점심때가 훨씬 지나 있었다. 지배체제의 교체가 불과 일주일밖에 되지 않았건만 서울은 어느새 새로운 질서 속에 자리잡아 가고 있는 것 같았다. 벌써 물건을 들고 거리에 나온 사람들이 눈에 띄었고, 어떤 사람들은 본격적으로 사람의 내왕이 많은 길목에 장막을 치고 음식장사를 벌이기도 했다. 동영은 그 한 곳 장막에서 국밥 한 그릇을 사먹으면서 이런저런 생각 끝에 다시 한번 옛집을 찾아보기로 마음먹었다. 하루가 지났으니 어쩌면 아내와 어머니가 돌아와 있을지도 모른다는 생각에서였다.

쓸데없는 일이었다. 집안은 아무것도 전날과 달라진 게 없었고 가족들이 다녀간 흔적 역시 어디서도 찾아볼 길이 없었다. 그러자 불길한 예감이 그 어느 때보다 강하게 동영을 사로잡았다. 친지나 연고지 어디에도 나타나지 않은 일주일이란 기간은 그들이 서울에 살아 있다고 믿기에는 너무 길었다. 이제 그들이 무사함을 믿을 수 있는 길은 자신을 찾아 북으로 떠났다고 보는 것뿐이었지만, 그것도 반은 죽음의 길이나 다름없었다. 가열한 미군의 공습과 흑심한 추위를 뚫고 성치 않은 육순의 어머니와 아직 산후 몸조리나 하고 있어야 할 아내, 그리고 올망졸망한 사남매가 어떻게 북으로 간단 말인가. 또 간들 어디서 어떻게 자신을 찾는단 말인가. 차라리 그보다는 그들이 이미 이 세상 사람이 아니라고 보는 쪽이 그들이 나타나지 않는 데 대한 훨씬 합리적인 설명이었다.

거기서 동영은 잠시 아득한 슬픔의 정조에 빠져들었다. 그 바람에 돌아갈 것도 잊고 싸늘한 축대에 걸터앉아 입안이 알알하도록 줄담배를 태우고 있는데 갑자기 대문 밖에서 귀에 익은 클랙션 소리가 들렸다.

"부책(副責)동지께서 찾으십니다."

이어 뛰어 들어온 젊은 대원 하나가 아직도 자기 생각에서 헤어나지 못하는 동영에게 안나타샤의 호출을 알렸다.

이름이 부책이지 실제로는 동영의 지대가 소속된 서부지역 정치공작대의 총책이나 다름없는 그녀의 호출이어서라기보다는, 그녀가 자기를 계속 미행이라도 한 듯 단번에 자기가 있는 곳을 알아냈다는 사실에 정신이 번쩍 든 동영이 물었다.

"무슨 일이오?"

"내용은 모르겠습니다만 급히 상의할 것이 있다는 말씀이었습니다."

"공작업무라면 오늘 하루는 홍동무가 나를 대행하기로 되어 있는데……."

"어쨌든 지대(支隊)에서 기다리고 계십니다."

"그런데 내가 여기 있는 것은 어떻게 알았소?"

"부책동지의 지시였습니다. 조금 늦더라도 반드시 이곳으로 오실 거라고 말씀하셨습니다."

짐작은 했지만 정말로 자신의 위치를 알아낸 것이 그녀라는 걸 확인하자 동영은 그 정확한 추리에 다시 한번 까닭 모를 전율을 느꼈다.

하지만 안나타샤 때문에 되살아난 긴장은 차에 오른 지 오 분도 안 돼 풀어지고 말았다. 차가 막 혜화동 로터리를 돌아 창경원 쪽으로 꺾어들 무렵 동영은 휑한 도로가에서 낯익은 뒷모습 하나를 발견하고 차를 멈추게 했다. 낡은 오버코트나 헝클어진 머리칼, 절름거리는 다리 같은 것이 거지와 다름없었지만, 유난스레 비쩍한 키나 폐병환자처럼 치솟은 어깨는 분명 친구이며 한때의 동지였던 박영규의 뒷모습이었다. 그러나 임시지도부시절에 이미 죽은 것으로 단정을 내린 탓인지 동영은 박영규임을 확신하면서도 한동안 차 위에서 그를 관찰했다.

그 사내는 동영이 그를 관찰하고 있다는 걸 아는지 모르는지 뒤 한번 돌아보지 않고 똑바로 제 갈 길만 갔다. 몸이 흔들거리는 것으로 보아 다리를 저는 외에 술까지 마신 것 같았다. 제법 소리 높이 부르는 노랫소리가 동영의 귀에도 알아들을 수 있게 들려왔다.

"가앗데 구루마 동태(바퀴) 누가 돌렸나.

집에 와서 생각하니 내가 돌렸네……"

전쟁 전에 일본군가의 곡에 맞춰 아이들이 흔히 부르던 노래였다. 그러나 동영은 무의미한 그 노래의 가사보다도 그 독특한 음색에서 대학시절 함께 교외로 나가 노래를 부르던 영규의 목소리를 떠올리고 다시 한번 자신의 판단이 틀리지 않았음을 확인했다.

"영규! 어이, 박영규!"

마침내 동영은 차에서 내려 그를 뒤따르며 그렇게 소리쳐 불렀다. 사내가 잠시 멈칫하더니 이내 못 들은 체 끝난 노래를 다시 반복했다.

"가앗데 구루마 동태……"

그러나 동영의 눈길은 그가 멈칫하던 순간 가늘게 떨리던 어깨를 멀리서도 놓치지 않았다. 그가 부르는 노래도 좀전과는 달리 이상한 과장으로 한층 높고 빨라져 있었다.

"영규, 날세, 동영이야."

동영이 달려가 그 앞을 막으며 다시 한번 정답게 말했다. 얼굴을 씻지 않아 눈코를 분간할 수 없을 만큼 그을고 때가 끼어 있어도 틀림없이 영규였다. 그러나 걸음을 멈춘 그는 여전히 알 수 없다는 표정으로 동영을 멍하니 쳐다볼 뿐이었다. 동영은 직감적으로 무엇이 잘못된 걸 느끼면서도 그런 영규의 두 손을 감싸안으며 다시 한번 자신을 상기시켰다.

"날 모르겠나? 왜 보고만 섰나?"

그러자 사내의 눈길이 한층 몽롱해지며 쉬엄쉬엄한 목소리가 흘러나왔다.

"당신이 누구요?"

"이동영일세. 어찌 그렇게도 사람을 못 알아보나?"

"이동영? 이동영……."

"그러지 말고 바로 말하게. 이게 어찌 된 일인가? 살아 있으면서도 어찌 그렇게도 소식이 없었나? 그래, 그간 어디 있었어?"

동영이 그렇게 질문을 퍼부어도 그는 여전히 변화가 없었다. 한동안 두 눈만 멀뚱거리더니 의아하다는 표정으로 되물었다.

"그게 무슨 소리요? 나는 박팔용이오. 당신 같은 사람은 모르겠소."

그리고 이어 까닭 없이 히죽히죽 웃더니 엉뚱한 소리를 했다.

"고기값 받으러 왔소? 전쟁 끝나고 봅시다. 당에서 나올 게요."

"정말로 날 모르겠나? 영규……."

"마누라는 양코배기하고 배가 맞아 튀기를 낳았지. 눈동자도 반은 파랗고 반은 까맣고 머리칼도 반은 노랗고 반은 까맣고……."

갈수록 엉뚱한 대답이었다. 얼핏 보아 영락없는 미친 사람이었다. 그러나 동영은 왠지 그렇게 생각되지 않았다. 처음 그의 이름을 부를 때 움찔하던 것도 그렇지만, 그의 입김에 약한 술냄새가 배어 있는 것이나 몽롱한 가운데도 이따금씩 몰래 동영을 살피는 기색이 드러나는 눈길이 완전히 기억을 잃어버린 사람의 그것으로는 보여지지 않은 까닭이었다.

그러다가 마침내는 동영도 안중에 없다는 듯 의미 없는 소리를 중얼거리며 그가 다시 제 갈 길을 가려 하자 동영은 방법을 바꾸었다. 비상한 방법이 아니고는 그로부터 옳은 말을 들을 수 없으리란 생각에서 나온 것이었다.

"동무, 저자를 체포하시오. 저자는 전향하여 미제의 앞잡이가 된 자요. 그 죄를 감추기 위해 짐짓 미친 척하고 있는 거요."

동영은 영규의 귀에도 뚜렷이 들릴 만큼 큰소리로 젊은 대원에게 그렇게 명령한 뒤 자신은 간부급에게만 나오는 호신용 권총을 꺼내 들었다.

"서라, 도망가면 쏜다."

그러자 박영규는 본능적으로 두어 걸음 펄쩍 뛰더니 이내 절름거리는 자신의 다리를 생각한 듯 제자리에 섰다. 영문을 모르는 젊은 대원의 거친 손길에 끌려오는 그의 눈길에도 몽롱한 광기 대신 단념의 빛이 서리기 시작했다.

"자네는 내가 그때 자네와 함께 재판을 받았다는 걸 잊고 있어. 나도 주모급 가운데 하나가 그런 수단으로 풀려나가는 걸 봤지. 미친 척하는 일은 그만두게."

"……."

"어떻게 하겠는가? 나와 함께 가서 그간의 행적에 대해 정식의 심문을 받겠는가? 아니면 친구 입장으로 숨김 없이 얘기해 주겠나? 내게는 자네같이 변절의 혐의가 가는 좌절분자 내지 청산분자를 취조할 권한이 있네."

"나를 가만히 버려둘 수는 없나?"

비로소 박영규가 담담한 목소리로 동영을 쳐다보며 힘없이 물었다.

"이미 공권을 발동했으니 반드시 해명이 있어야겠네."

"좋아, 그럼 말하지. 나는 자네들이 말하는 그 좌절분자일지는 몰라도 변절자는 아닐세. 변절의 대가가 이런 꼴이겠는가?"

"그렇다면 지난번에 남로당 재건운동을 펼 때는 왜 나타나지 않았나? 아니, 도대체 그때는 어디 있었나?"

"그건 사적인 동기에서였네. 그것까지 말해야 하나?"

"알아야겠네."

"하지만 자네가 공적으로 묻는다면 내가 별로 대답할 말이 없네. 또 말한댔자 자네들의 그 점령정책에는 의미도 없고……."

그러면서 그는 잠시 입을 다문 채 동영의 얼굴을 살폈다. 조금씩 인간적인 정이 되살아나는 표정이었다. 무언가를 마음속으로 망설이다가 드디어 결심이 선 듯 다시 입을 여는 그의 목소리도 한결 정감어린 것이었다.

"자네…… 지금 바쁜가?"

"그건 왜?"

"내 집으로 가세. 그곳에서 우리 둘뿐이라면 할 얘기가 있을 것도 같네."

뜻밖의 제안이었다. 그러나 동영에게는 이상하게도 뜻밖이라기 보다는 마음속으로 은근히 기다려온 제안처럼 들렸다. 안나타샤의 호출로 잠시 되살아났던 긴장이 박영규와 자신을 묶고 있는 우정어 린 기억에 의해 느슨해지자 다시 조금 전 옛집에서 그를 사로잡았 던 그 망연한 슬픔과 무력감이 되살아난 탓인 것 같았다.

"집이라고? 자네 집이 부근인가?"

"내 집이라기보다 임시로 빌어 사는 곳이지. 가보겠는가?"

"가지. 공적인 신분이 자네 마음에 들지 않는다면 옛친구의 자 격으로도 좋아."

그래 놓고 보니 문득 의아한 눈으로 그런 둘을 바라보고 있는 젊 은 대원이 마음에 걸렸다. 잠시 잊었던 안나타샤의 호출도 새삼 부 담이 되었다. 하지만 내친 김이었다.

"가서 부책동지에게 전하시오. 보다시피 숨어 사는 전 당일꾼 하 나를 만나 그의 진술을 들으러 간다고. 공작업무에 유익한 참고가 되리라는 것도 아울러 전하시오."

그렇게 말한 동영은 그 젊은 대원이 무어라 말 붙일 틈도 주지 않고 자동차와 함께 지대로 돌려보냈다. 그날 밤 동영이 보여준 그 광기에 찬 행태는 어쩌면 그때부터 이미 시작되고 있는지도 모를 일이었다.

박영규의 거처는 그의 말보다는 조금 멀었다. 거기서 십 분 가까 이나 걸어야 되는 어떤 언덕배기의 폭격에 반 이상 허물어진 집에 박영규는 성한 방 하나를 골라 거처하고 있었다. 며칠이나 불을 지

피지 않았는지 훈기라고는 조금도 느껴지지 않는 방안은 마치 미군 쓰레기장 같았다. 여기저기 흩어진 레이션 박스와 통조림 깡통, 과자봉지 사이에 닭털 침낭 하나가 널려 있어 겨우 사람의 거처라는 걸 알 수 있을 정도였다.

"술이 있어야겠지."

박영규는 방안에 들어서기 바쁘게 벽장문을 열더니 역시 미군 용품인 듯한 박스 하나를 꺼냈다. 아무렇게나 찢어 뚜껑을 열어 젖히는 걸 보니 동영도 몇 번 맛본 적이 있는 미제 위스키가 한 박스나 들어 있었다.

"아내의 선물일세. 이제는 내 마지막 양식이기도 하고……."

그중에서 아무렇게나 한 병을 꺼내 마개를 따며 박영규는 지나가는 말투로 그렇게 말했다. 그렇지만 동영에게는 원인 모르게 가슴 찌릿한 느낌이 들게 하는 여운이 있었다.

"자네 부인이? 그래 부인은 어디 갔나?"

"아마 대전쯤 있겠지. 어쩌면 부산까지 내려갔을지도……."

"그게 무슨 소린가?"

동영이 점점 이상한 기분이 들어 묻자, 그가 잠시 동영을 건너다보았다. 공허한 눈빛이었다. 그러다가 손에 든 술을 병째 몇 모금 마시더니 되물었다.

"자네, 그간의 내 행적이 궁금하다고 했지?"

"그랬네만……."

"내 다 말해 주지. 그 전에 자네도 목을 축이게. 잔도 안주도 없으니 그냥 한모금 들이켜."

그리고 동영이 한모금 마시기를 기다려 남의 일을 얘기하듯 털어놓기 시작했다.

"그때 취조를 받다 얻은 골수염이 재발해 병감(病監)으로 옮겨 치료를 받는 중에 6·25가 터졌지. 간수고 의사고 모두 도망쳐버린 뒤 하루 만엔가 인민군들이 와서 인민의 영웅이라 추켜세우며 내보내더군. 당장 급한 게 치료였지만 하도 지긋지긋하던 형무소라 일단 집으로 돌아왔네.

그런데 집이라고 찾아가 보니 아내와 아이가 없었어. 친지들의 얘기를 들으니 아내는 내가 복역하고 있는 동안 어떤 미군부대에서 일했던 모양인데, 거기서 미군장교 하나를 만난 걸세. 경숙이 ─ 자네 알지? 우리 딸아이 ─ 가 디프테리아로 손도 제대로 써보지 못하고 죽자 아내는 바로 그자와 살림을 차렸지. 그러다가 6·25가 터지자 남으로 피난해 버린 거야.

이제는 조금 이해도 되지만 그때는 정말 어이가 없더군. 하지만 더욱 어이없는 것은 그다음이야. 어쨌든 다리부터 치료하자 싶어 병원으로 찾았지만 민간병원에는 이미 치료할 약도 수술할 기구도 남아 있지 않았네. 할 수 없이 군병원에 사정을 해보았지. 그러나 소위 해방전사들을 치료하기에도 바쁜데 나 같은 게 끼어들 자리가 어디 있겠나?

그제서야 내가 생각한 게 그 대단한 투쟁경력일세. 당과 인민의 포상을 받을 만큼은 안 된다 해도 그 때문에 얻은 병으로 썩어가는 내 다리를 치료해 달라고 요구할 권리는 있다고 믿었네. 나 혼자만의 생각이었지. 임시지도부로 찾아갔더니 내 투쟁경력의 근거를 가져오라는 걸세. 그런데 자네도 아다시피 내가 검거될 당시는 후보 당원 아니었나? 잘 해야 중간세포에 불과한 내가 주모급으로 몰려 7년형을 감수한 것도 실은 그렇게 함으로써 늦게 출발한 자의 열등 감을 씻고자 함이 아니었나?"

"뭐가 잘못된 모양이군. 그게 언젠가?"

"7월 말이었네."

그렇다면 짐작이 갈 만했다. 그때는 이미 북쪽에서 내려온 사람 들이 임시지도부를 장악한 뒤였다. 남로당계열이 몇 남아 있기는 했지만, 전향한 지 일 년도 안 돼 검거되어 그 뒤 줄곧 감옥에서만 썩어온 영규에게는 그들과 낯을 익힐 기회가 별로 많지 않았던 것 이다. 동영이 그런 생각을 하고 있는 동안에도 박영규는 자신의 얘 기를 이어나갔다.

"그런데 정말로 나를 비참한 기분에 빠뜨린 것은 그들이 내 투쟁 경력을 인정해 주지 않는 것만은 아니었네. 먼저 우리 남로당이야. 그 날고 기던 사람들은 다 어디로 가고 요직이란 요직은 모조리 북 로당출신의 귀때기 새파란 젊은 것들만 차고 앉았단 말인가? 거기 다가 더욱 나를 비참하게 만든 것은 그들의 태도였네. 그들은 내 투 쟁경력을 인정할 수 없어서가 아니라 인정하고 싶지 않은 것 같았 어. 말하자면 나 같은 부류의 역할은 이제 끝났다는 투였네. 그들이 인정하려고만 들면 왜 못하겠나? 그 사건 당시의 남한 신문 같은 것 도 있고, 서대문형무소의 기록도 있지 않나?

어쨌든 절름발이가 되도 이 정도나마 다리모양을 하고 붙어 있 게 된 것은 결국 미군들이 다시 서울로 돌아오고 난 뒤였네. 아내가 어떻게 수소문 끝에 나를 찾아와 약을 대고 치료받을 돈을 마련해 준 덕분이었어. 생활도 한결 낫더군. 우리 쪽에서 서울을 점령하고 있던 석 달은 어떻게 견뎠는지 떠올리기조차 끔찍해. 엊그제 감옥에서 나온 놈이 준비해 둔 게 있나? 그렇다고 쌀 한줌 배급받을 수가 있나?

국군이나 경찰도 더는 나를 괴롭히지 않더군. 병신꼴에다 아무 짓도 한 게 없으니 당연하긴 하지만…….

자네는 나를 썩었다고 욕할지 몰라도 그렇게 되고 보니 솔직히 어느 편이 적인지 분간할 수가 없었네. 그렇게도 증오하던 미제 침략군의 위안부가 된 아내조차도 미워할 수가 없었어. 오히려 그래도 남편이라고 틈틈이 먹을 것 입을 것을 가져다주는 게 고맙게 느껴질 때도 있더란 말일세.

그러다가 다시 자네들이 왔어. 아내는 다시 동거하는 그 미군을 따라 피난을 가고 — 나는 보다시피 이렇게 남았네…….”

그러더니 문득 그의 목소리가 간곡해지며 그 긴 얘기의 끝을 맺었다.

“자네가 어떤 직책을 맡아 무슨 일을 하고 있는지 모르지만 제발 이대로 나를 버려둬 주게. 나는 진심으로 이게 편하네. 이 생활에 만족해. 누가 오든 누가 가든 상관할 필요도 없고, 책임을 지거나 죄책감에 떨어질 필요도 없는 이 생활이 말일세. 나를 짓누르는 이상의 무게도 없고, 오욕된 그 이상에서 오는 슬픔과 자기연민에 시달릴 필요도 없는…….”

몇 년 전만 해도 동영은 아마 그런 영규를 용서하지 않았을 것이다. 그 무렵 실제로 그는 조그만 자신의 언덕에 기대 이 미친 바람이 지나가기를 기다리겠노라던 상건의 말에 술상을 둘러엎고 밤길을 되짚어 나온 일도 있었다. 안주와 술을 뒤집어쓰고도 석상처럼 앉아 있는 상건에게 기회주의자란 낙인을 찍으면서.

그러나 현실로 나타난 이상의 모습과 그 질서에 따라 구성된 세상을 이미 보아 버린 그로서는 그런 영규에게 분노나 증오를 느낄 수 없었다. 좌절분자, 패배주의자, 청산분자 따위 영규를 비난할 수 있는 그 어떤 말도 공허하게 느껴지는 대신 슬픔과도 흡사한 연민만이 까닭 없이 답답한 가슴을 적셔올 뿐이었다.

"자네 지쳐 있군."

이윽고 동영이 천천히 입을 열었다.

"몸과 마음이 모두……."

"그래, 난 지쳐 있지. 신처럼, 거대한 자기연민에."

"자넨 회복할 필요가 있어. 먼저 미움부터 길러야겠네. 적에게든 동지에게든."

"분노는 약자를 강자로 만든다, 또는 미워하라, 미워할 줄 아는 자가 사랑할 줄 아는 자다 하는 따위의 끔찍한 말장난 말인가?"

영규는 어느새 그 독한 위스키를 함부로 마셔대면서 빈정대듯 그렇게 말했다. 그러나 동영은 정색이었다.

"그렇다면 도대체 자네의 그 뿌리 깊은 좌절과 실의의 원인은 무엇인가? 단순히 당이 자네의 투쟁경력을 인정하지 않았다든가 과업의 투쟁적인 수행과정에서 입게 된 개인적인 불리나 상실 따위는 아닌 것 같은데……."

476

"심문인가?"

"아니, 친구로서 알고 싶네."

"그렇다면 말해 주지. 내가 어느 쪽도 아니라고 생각하자 한 발 떨어져서 양쪽을 모두 관찰할 여유가 생기더군. 그런데 그 결론은 — 모든 이념이나 사상은 그것을 주장하는 자의 이익만을 위해 봉사한다는 거였네. 그 주장이 극렬할수록 나는 더 거대한 이기만을 보았을 뿐이야."

"하지만 그 이기는 공적인 전화를 통해 객관적으로 가치를 승인 받을 수도 있지 않은가?"

"거기서부터 속임수가 시작되는 거지. 그렇게 우물쭈물 자신과 남을 한꺼번에 속이게 되는 걸세."

"그렇다면 순수한 이념이란 없단 말인가?"

"있지. 놀이[遊戱]로서, 또는 부르기 위한 노래로서. 암호로 된 편지를 그 해독표와 함께 동봉하여 천연덕스레 부친다든가, 있지도 않은 거대한 비밀결사와 그 군대를 정말로 자신의 지휘하에 있는 것처럼 떠벌린다든가, 쫓는 사람도 없는데 엉성한 변장으로 싸구려 하숙집을 전전한다든가 하는 따위의 놀이 말일세. 아니면 낙관을 위한 낙관, 그것이 진실되어서가 아니라 그렇게 되기를 원하기 때문에 더 강렬해진 성선(性善)의 미신, 그리하여 들을 사람보다 자신이 먼저 감동하고 마는, 부르기 위한 노래⋯⋯."

"바쿠닌과 크로포트킨을 말하는군."

"그래, 나는 그 놀이에 싫증이 나서, 아니 소득 없는 그 모험에 실망하고 현실로 우리에게 무언가가 돌아올 것 같은 이 길로 접어들었지. 이상화된 과거와 이상화된 미래 사이를 헛되이 떠다니는 몽상의 섬을 떠나 인민의 갈망과 대항 엘리트의 권력의지 사이에 교묘하게 구축된 야심의 섬으로 옮긴 것이지. 상승을 기대하며……그러나 결국은 무력한 인민 속에 이렇게 거꾸로 처박혀버렸어……."

"그렇다면 결국 자네를 자기들 쪽으로 끌어올려 주지 않고 무력한 인민 속으로 팽개친 당에 대한 사적인 불만에 불과하지 않은가?"

"솔직히 발단은 그렇지. 하지만 지금은 아닐세."

"그럼 모든 이념이나 사상은 주장하는 자의 이익에 봉사할 뿐이다란 그 대단한 발견 때문인가?"

"더 있지. 중요한 것은 인민이 아니고 인간이라는 것이라든가, 세상의 그 어떤 아름답고 숭고한 이념도 인간을 그 희생으로 요구할 수는 없다는 것 따위. 생각하면 우습지 않은가? 진정으로 인간을 위해 봉사해야 할 것은 이념인데 거꾸로 인간이 이념을 위해 봉사해야 하다니, 보다 행복해지기 위한 고안이 오히려 인간을 죽이고 있다니…… 그게 이념의 적이든 자신이든 말이야."

"너무 단순한 논리야. 또 지나치게 감상적이고, 하여튼 그래서 자네는 어쩌겠다는 건가?"

"지금 진정으로 인간을 위한 노래를 짓고 있네. 때가 오면 소리 높여 그 노래를 부를 거야."

"그 노래는 틀림없이 반(反)정치 또는 무(無)정치의 노래가 되겠군. 출발한 곳으로의 회귀인가?"

"그건 아닐세. 아나키즘의 반정치 또는 무정치는 그 자체가 이미 정치적 행동의 일부야. 그러나 나의 부정은 보다 크고 근본적이지. 주장이나 권유를 담고 있는 한 아나키즘조차도 부인되어야 해."

"그럼 자네의 노래는 뭔가?"

"내 노래는 —."

그렇게 말하다가 술병을 입으로 가져간 그는 술병이 이미 빈 걸 알자 새로운 병을 따 목마른 사람처럼 꿀꺽꿀꺽 마셨다. 그리고 술병에서 입을 뗐을 때는 그때껏 그들의 대화를 가능하게 한 그의 논리는 끝나 있었다. 사실 그 독한 위스키를 물 한 방울 타지 않고 혼자서 다 비워댔으니 그만큼 대화를 끌어갈 수 있었던 것도 놀라운 일이었다.

"내 노래는 — 그렇지 그저 노래일 뿐이야. 그런데 — 우리 무슨 얘기를 하는 거야? 몇 년 만에 만난 친구들이……."

그러면서 서둘러 말머리를 돌린 영규가 문득 앞뒤 없이 물었다.

"후지산(富士山)의 눈을 기억하나?"

목소리까지도 독한 위스키가 배어 있는 것 같았다. 그제서야 동영은 지금 그의 정신을 파먹고 있는 게 어떤 좌절감이나 실망이 아니라 술이라는 걸 깨닫고 묘한 안도를 느꼈다. 그가 함부로 마셔대는 것을 말리기는커녕 그토록 취했다는 것조차 느끼지 못할 만큼 동영이 그와의 대화에 열중했던 것은 얼핏 단순하고 감상적으로 보이면서도 이상하게 동영을 불안하게 만들던 그의 논리였다. 전에도 그와 같은 내용의 논쟁은 겪은 적이 있고, 또 그때마다 무사히 자신을 지켜왔지만, 그날만은 왠지 영규로부터 끝내 자신을 지킬 수 없을 것 같은 두려움에 동영은 은근히 속을 졸여왔던 것이다.

어떤 종류의 중독자들은 자신의 중독상태를 변명하기 위해 비상한 거짓말이나 교묘한 논리를 갖추는 수가 있다. 그런데 동영은 방금 영규가 한 말들도 그것과 같은 것으로 몰아붙임으로써 흔들리는 자신의 마음을 간신히 바로잡을 수 있었던 것이다.

술이 몸에 퍼져갈수록 숨김 없이 드러나는 영규의 정신적인 파탄은 생각보다 훨씬 심각했다. 난데없이 옛날에 함께 올랐던 후지산의 눈이야기를 꺼낸 그는 이어 죽은 딸아이 얘기를 하는가 하면, 역시 동경유학시절에 출정중인 일본인 장교 부인을 유혹한 얘기로 킬킬대다가, 다시 아내와 동거하는 미군을 만난 얘기를 스스럼없이 털어놓았다.

"지프를 타고 아내와 함께 왔지. 아내는 나를 오빠로 소개하는 것 같았어. 놈이 털복숭이 손을 내밀더군. 그런데 정말 이상하지. 놈이 조금도 밉지 않은 거야. 나처럼 외로운 수컷이구나 — 이런 생각만 들더군. 아내도 마찬가지야. 정말로 가여운 내 누이 같더군……."

그다음은 말 그대로 파탄이었다. 그는 거의 동영이 함께 있다는 것도 의식하지 못한 채 무시로 변하는 희로애락에 몰려 끊임없이 지껄이고 울고 웃고 탄식했다. 그러나 그런 가운데서도 일관하여 끈끈한 열기로 내비치는 것은 아나키즘에 대한 향수였다. 존 볼의 유명한 연구(連句).

〈아담이 밭 갈고 이브가 길쌈할 때

도대체 누가 지주였단 말인가……〉

로 시작하여, 그는 놀라운 기억력으로 그쪽의 유명한 구절들을 읊조렸다. 아무런 목적도 없고, 앞뒤 연결도 안 돼 있었지만, 적어도 그의 허물어져가는 정신의 일부를 짐작하기에는 충분한 구절들이었다.

〈인류의 벗인 지식인 전부가 얼마나 정부의 소멸을 대망할 것인가. 인류의 온갖 악덕에 유일하고 영원한 원인이며, 또한 그 악덕 자체와도 관련돼 있어 그것을 완전히 근절시키지 않으면 결코 제거할 수 없는 해독을 가진 저 야만적 기관의 소멸을…….〉

〈폭력은 이성에 대신할 수 없으며, 정의를 확립하려고 애쓰는 사람들에 의해 쓰여진다 할지라도 폭력을 폭력 이상으로 만들지는 못한다…….〉

〈유일자로서의 너는 타인과는 벌써 아무것도 공통으로 가지지 않는다. 그러므로 불화도 적대도 있을 수 없다. 어느 제3자 앞에서 그에 대한 권리를 요구하는 일도 없고, 권리를 근거로 그와 맞서는 일도 없다. 대립은 완전한 분리 또는 고독 속으로 사라진다.〉

〈노예제도란 무엇인가? 살인이다. 재산은 무엇인가? 도적질이다.〉

〈생산자는 무엇인가? 무(無)다. 그는 무엇이어야 하는가? 전부다. 자본가는 무엇인가? 전부다. 그는 무엇이어야 하는가? 무다.〉

〈생산하지 않는 자는 복종해야 한다. 그런데 이 무슨 아이러니인가? 지배하는 것은 바로 그 생산하지 않는 자다.〉

〈사회혁명은 만약 그것이 정치혁명을 통해서 이루어진다면 심각한 상처를 입는다.〉

〈…… 배움 있고 앞을 내다볼 줄 아는 관용의 세계를 보여주자. 우리가 운동의 선두에 있다고 해서 새로운 관용 없는 지도자가 되지는 말자. 과연 그것이 논리의 종교이건 이성의 종교이건 새로운 종교의 사도로서 처신하지는 말자. 함께 보여서 모든 반대의견을 오

히려 고무하고, 온갖 배타주의와 신비주의를 배척하자. 어떤 문제
건 그 문제를 완전히 논의돼 버린 것으로 단정하는 일은 없도록 하
자. 우리가 최후의 논의를 다한 뒤에도 필요하다면 열변과 풍자를
섞어 다시 한번 더 논의를 시작하자…….〉

〈완전한 사회에는 정부가 없고 관리(管理)만 있다. 법률은 없고 의
무만 있으며, 형벌은 없고 교정(橋正)만이 있다…….〉

〈인민의 대다수가 빈곤에 짓눌린 생활을 하고 있는 곳에서는,
그리고 교육도 여가도 빵도 빼앗긴 채 권력자와 부자의 발판으로
서 봉사하도록 운명지어져 있는 곳에서는, 자유는 다만 거짓에 불
과하다.〉

〈혁명의 이튿날 아침에, 민중이 얻은 것은 말[言語]뿐이라면, 만
약에 그들이 명백하고 분명한 사실에 의하여 상황이 자기들에게
유리하게 변했다는 걸 알 수 없다면, 그리하여 전복(顚覆)이 인물과
신조(信條)만으로 끝난다면, 결국은 아무것도 달성된 것이 없을 것
이다……. 혁명이 말 이상의 어떤 것이 되려면, 반동(反動)이 명백히
규정되어 지난날의 상태로 우리를 되끌고 가지 못하도록 하기 위하
여, 오늘 얻은 것은 지킬 수고를 바칠 만한 것이 아니면 안 된다. 어
제의 가난한 자가 오늘도 가난해서는 안 되는 것이다.〉

〈러시아의 시월혁명은 혁명이 아니라 혁명의 장송(葬送)이다.〉

〈사회혁명에 요구된 거대한 건설작업은 중앙정부의 힘으로만 달
성되는 것은 아니다. 사회혁명은 지식 두뇌 및 부분적 전문적 능력
을 가진 대중의 자발적인 협력을 필요로 하며…… 그런 협력을 무
시하고 정당지도자의 타고난 재능에만 믿고 의지하는 것은 노동조

합이나 지방의 협동조합 등의 분배조직과 같은 모든 독립된 (협력의) 핵심을 파괴하고 그것을 지금과 같은 정당의 관료제적 기관으로 변하게 만든다. 그렇게 되면 이는 혁명을 완성하는 길이 아니고 그 실현을 불가능하게 하는 길이다.〉

입으로야 무어라고 말하든 상처받은 그의 정신이 어떤 가능성으로 의지하고 있는 것은 버리고 떠났던 그 사상에 대한 향수 같았다. 만약 그가 회복된다면 돌아온 탕자의 열정으로 검은[黑色] 사도가 될 것임에 틀림없었다. 그러나 동영이 보기에 그의 회복은 거의 불가능하거나 오랜 기간의 치료가 필요해 보였다. 희비의 급격한 변화와 사고의 단절은 듣는 사람이 어지러울 정도로 심했고 나중에는 언어조차 연결되지 않았다.

착잡한 심경으로 그런 영규를 보고 있던 동영은 마침내 그가 어떻게 손써 볼 수 없는 광란의 상태에 빠진 것을 보고 자리에서 일어났다. 그가 생각나는 대로 불쑥불쑥 내미는 술에 어지간히 취한 뒤였다. 깨진 독과 무너진 담장, 날려 온 기왓장 등이 어지럽게 널린 마당에 내려섰을 때에야 비로소 동영이 떠난 것을 알아차린 듯한 영규의 울부짖음 같기도 하고 신음 같기도 한 목소리가 찢어진 방문을 통해 흘러나왔다.

"나를 이대로 버려두게. 적으로든 동지로든 나를 다시 너희들에게로 끌어들이지 말아줘. 이대로 있다가 — 때가 올 때까지 살아남으면 소리 높이 인간의 노래를 부르게 해주게. 독한 이념의 발톱에 할퀴우고 찢긴 그들을 어루어 줄 순수하고 아름다운 노래를 부를 수 있도록……."

7

눈을 뜨자 햇볕이 비치는 장지문이 눈부셨다. 그러나 정작 그를 깊은 잠 속에서 끌어낸 것은 그 눈부신 장지문이 아니라 타는 듯한 갈증이었다. 다행히 물주전자는 멀지 않은 머리맡에 놓여 있었다. 동영은 금세 쏟아질 것처럼 지끈거리는 머리를 베개에 뉜 채 오른손만을 휘저어 머리맡의 물주전자를 가져다 한동안 정신없이 찬물을 마셔댔다.

어느 정도 갈증이 가라앉으며 조금씩 정신이 돌아왔다. 그러자 동영은 문득 자기가 누워 있는 곳이 어딘지 궁금해졌다. 고개를 드는 순간 두통과 오심(惡心)이 한꺼번에 그를 괴롭혔지만 동영은 참고 방안을 한바퀴 천천히 둘러보았다. 전혀 낯선 방이었다. 넓고 깨끗하기는 지대(支隊)의 임시숙사 못지않아도 가구나 장식에 있어서는 크게 달랐다. 헌 옷장 하나와 이불 한 채로 때로는 황량한 느낌마저 주는 지대의 숙사와는 달리 그 방안에는 고풍의 장롱이며 문 갑이 그런대로 자리잡고 있었고 벽에도 남녀의 옷가지가 몇 걸려 있었기 때문이었다.

여기가 어딜까 — 동영은 다시 한번 흐릿한 기억 속을 더듬다가 문득 이부자리 곁을 살폈다. 어떻게 보면 꿈같기도 하지만, 분명 자신은 간밤을 어떤 여자와 함께 보낸 듯한 느낌이 든 탓이었다. 그것도 잠결에 몇 번 더듬어 보았다는 정도가 아니라 몇 차례나 격렬한 정사를 나눈, 토막져 있기는 하나 몹시 생생한 기억과 함께. 그렇다. 몸은 가눌 수 없을 정도로 취했어도 오래 굶주린 그의 남성은 밤새껏 놀랄 만한 집요함으로 그 여자의 육체에 탐욕을 부렸었다. 어쩌면 간밤의 그를 죽음처럼 깊은 잠으로 몰아넣은 것은 함부로 마셔댄 술이 아니라 그 엄청난 성욕인지도 모를 일이었다. 새벽녘 그 여자의 몸 위에서 마지막 한가닥의 힘까지 다 쏟아낸 뒤에야 그는 굴러떨어지듯 자신의 이부자리 속으로 들어간 것이었다.

그런데 참으로 묘한 것은 그 여자가 누군지 알 수 없는 점이었다. 어느 때는 아내 정인이라고 생각하며 안았고, 어떤 때는 임숙경이라고 생각하며 학대했다. 소년시절에 은근히 마음 설레던 연상의 친척아주머니라고 생각하기도 하고 대학시절에 복수라도 하는 기분으로 짓밟았던 몇몇 일본 여자를 느끼기도 했다. 자신이 요기혜스(로자 룩셈부르크의 애인)라도 된 것처럼 로자 룩셈부르크로 안았고, 소련군 대좌 누구처럼 안나타샤로 안기도 했는데 — 구체적으로 떠올리려 하자 도무지 그녀들 가운데 누구인지 확정할 수 없었다.

그게 누구였을까. 동영은 아귀가 잘 맞아떨어지지 않는 기억들을 이것저것 주워 모으며 그 여자를 떠올려보려고 애썼다. 전쟁통에 생겨난 일시적 창녀? 공연히 킬킬거리며 주위를 맴도는 지역 여맹 간부? 하지만 아무리 기억을 더듬어도 간밤에 그런 여자들을 만났던 것 같지는 않았다.

그렇게 되면 전날의 기억에서 남는 것은 안나타샤뿐이었다. 그러나 그녀는 초저녁에 그와 헤어지지 않았던가. 자신의 욕설과 야유에 새파랗게 날 선 얼굴로 차를 몰아가지 않았던가. 그리고 어둠과 같은 기억.

"이제 일어났수?"

갑자기 문 밖에서 둥글둥글한 여자의 목소리가 동영의 몽롱한 상념을 흩어놓았다. 이어 장지문이 열리며 얼굴을 내민 것은 사람 좋아 뵈는 중년 여인의 얼굴이었다. 그녀의 머리 위로 이제 막 녹아내리는 고드름들이 햇볕을 받아 영롱하게 반짝이고 있었다.

"아, 네, 그런데 아주머니, 여기 어딥니까?"

동영이 벌떡 몸을 일으키며 그렇게 물었다. 그녀가 알 듯 말 듯한 미소와 함께 대답했다.

"간밤엔 정말 취하셨던가 보쥬, 여긴 청진동이우."

그렇다면 그가 본격적으로 퍼마시기 시작한 곳으로부터 그리 멀지 않은 곳인 셈이었다.

"제가 혼자 왔습디까?"

"그렇게 참한 색시하구 함께 오구선 — 그것도 기억 못하우? 하기야 들어설 때 실은 거의 쓰러질 지경이었으니……."

"참한 색시라니? 그게 누구요?"

486

"아니, 함께 온 사람이 모르면 누가 아우?"

"그럼 아주머니는 전혀 모르는 사람이란 말입니까?"

"그렇다니까."

정말로 알 수 없는 노릇이었다. 그렇다면 먼저 그 집과 그 여자의 정체부터 알아야겠다는 생각이 들었다.

"도대체 우리가 어떻게 이 집에 오게 되었습니까? 아니, 아주머니는 무엇 하는 분이십니까?"

"에이그, 정말 홍몽천지구려. 여긴 밥집이우. 피난도 못 가고 살자 하니 국밥이나 말아 팔고 있었수. 그런데 어제 초저녁에 웬 젊은 여인네가 오더니 따뜻한 방 하나만 내달랍디다. 사례도 후하고, 예삿사람 같지도 않아서 우리가 쓰는 방을 이렇게 내드린 건데, 한 시간쯤 있으니까 댁을 부축해 함께 방으로 들어갔수."

"예삿사람 같지 않다……?"

"어딘가 높은 데 있는 사람 같았수. 목소리가 카랑카랑하고, 입성도 남다르고. 다행히 우리 음식이 정갈하고 맛나다는 소문이 나 이따금씩 무슨 서원(署員)입네 국원(局員)입네 하는 분들이 찾아오는 수가 있는데 그 여자도 그런 사람들 냄새를 풍겼수."

거기서 동영은 갑자기 긴장하며 물었다.

"그 여자가 어떻게 생겼습디까?"

"좀 차게 보이긴 해도 예쁘드먼유."

"나이는?"

"글쎄, 서른 이쪽저쪽? 하지만 한복으로 곱게 차려입고 화장이나 하면 그보다 훨씬 젊어 보일 거유."

487

"양장에 가죽장화를 신었습디까?"

"그래유, 이제 기억나시는 모양이구먼유."

그렇다면 틀림없이 안나타샤였다. 하지만 어떻게 그녀와 다시 만나게 되었는지는 전혀 생각나지 않았다.

"그 여자는 언제 갔습니까?"

"날도 새기 전에 나갔수. 마침 뒷간에 갔다가 돌아오는 길이어서 총총히 나가는 걸 볼 수 있었지."

"내게 남기는 말은 없습디까?"

"일어나거든 해장국이나 따뜻히 끓여 먹여 보내라 했수."

그때였다. 동영의 머리에 언뜻 그녀가 다시 나타난 게 떠올랐다. 오래 전에 본 영화의 한 장면처럼 몽롱한 그의 시야에 솟아오르듯 다시 나타나던 그녀가. 거기서 동영은 문을 닫으며 던지는 주인여자의 인사말에 대꾸할 것도 잊고 다시 흐릿한 머릿속을 쥐어짜듯 전날의 기억들을 돼새기기 시작했다.

박영규의 골방을 나온 동영은 일단 지대로 돌아갔다. 그러나 처참하게 무너져내린 옛친구에게 느껴지던 동정과 연민이 차츰 견딜 수 없는 울적함으로 변하면서 동영은 평소 때처럼 숙소로 돌아가는 대신 그 무렵에 봐두었던 어떤 술집으로 갔다. 기둥만 앙상하게 남은 집에 사방을 가마니로 둘러치고 칼국수나 시래기죽 같은 것을 파는 집이었는데 손님이 원하면 술도 내주는 것을 알고 있었던 것이다.

그날 술은 중공군들에게서 흘러나온 듯한 배갈이었다. 그렇지 않아도 박영규가 넋두리 사이로 불쑥불쑥 내미는 양주병을 찔끔

찔끔 마신 탓에 약간 술기운이 있던 그는 그 독한 배갈에 금세 취해 버렸다. 그리고 그 취기는 박영규의 불행을 자기의 것으로 끌어오는 동시에 허탕으로 끝난 가족들을 찾는 일을 걷잡을 수 없는 비탄의 정조로 몰아가기 시작했다.

안나타샤가 그곳에 나타난 것은 마침내 만취상태에 빠진 동영이 주인을 상대로 자신의 일을 횡설수설 늘어놓고 있을 때였다. 언제나와 같이 차고 굳은 표정이었다. 그러나 동영은 그녀를 보자 갑자기 이상한 광기를 느꼈다. 적의와 반가움, 오만과 굴욕감, 두려움과 경멸, 그런 복잡한 감정들이 똑같은 강도로 얽힌 묘한 광기였다.

"여, 어여쁜 아가씨, 동무 잘 왔소. 그러잖아도 보고 싶던 판에. 그러지 말고 이리로 와 술 한잔 쳐주시오."

이 광기와 독한 술에 힘입어 동영은 일어나지도 않은 채 술잔을 쳐들고 그렇게 말했다. 그리고 그녀가 여전히 차가운 눈으로 자신을 내려다보는 데도 개의치 않고 더욱 큰소리로 떠들었다.

"얼음으로 깎은 사람처럼 거기 서 있지 말고 이리 오라니까. 오늘만은 십육 년 전으로 돌아가 마십시다. 그때야 직책이나 상하가 있었을 리 없지 않소? 거 뭐, 수려한 나로드니크라 했던가, 그렇지, 그 수려한 나로드니크 옆으로 오란 말이오. 그렇지 않으면 내가 이리로 안아 와 앉히겠소."

철없는 젊은 시절조차도 해본 적이 없는 그런 희롱하는 듯한 말투는 술주정이요, 응석인 동시에 고의적인 모욕이요, 도발이었다. 아직 자신에게 직접적인 위해를 가하고 있지는 않지만 언제부터인가 가중되는 무게로 자신을 짓눌러오는 어떤 힘에 대한 거부의 몸

짓이며, 자신의 금가고 허물어지는 듯한 이념의 탑을 그들의 관찰로부터 숨기려는 일종의 허세였다. 오직 그 찬란했다고 해도 좋을 추억의 날들을 배경삼아서만 그녀에게 느끼는 이상한 굴욕감과 두려움을 극복할 수 있기 때문이었다.

그런데 이상한 것은 안나타샤의 반응이었다. 일순 얼굴에서 차가움이 스러지며 야릇한 정감이 서리더니, 천천히 다가와 술 한 잔을 따르면서 조용히 말했다.

"여긴 전선과 다름없어요. 그만하시죠."

한결 부드러운 목소리였다. 그러나 그 같은 그녀의 반응은 취한 동영을 더욱 기고만장하게 만들었다. 그녀가 따라준 잔을 아무렇게나 마시고 다시 잔을 내밀며 말했던 것이다.

"그때라면 아직 부르주아적 감상주의가 그리 문제되지 않았을 거요. 자, 한 잔 더 따르시오. 오늘은 좀 마시고 싶소."

"가족들의 일 정말 안됐어요. 하지만 너무 취하시면 안 됩니다."

그녀는 여전히 동영의 오만한 말투에 개의치 않고 조용조용 그렇게 말했다. 그게 다시 동영을 자극했다.

"안됐다니? 당신들도 그런 말을 할 줄 아오?"

"정말 취하셨군요."

"아니, 나는 말짱하오. 그런데 신성한 혁명의 제단에 가족을 바친 것이 영광이지 어찌 안된 일이오? 그렇지 않소?"

이어 한동안 그 비슷한 빈정거림, 그리고 그다음은 엉망이었다. 한번 절제를 잃어버린 악의는 점점 걷잡을 수 없게 동영을 휘몰았다. 확실한 기억은 아니지만 부르주아적 매음을 권력형의 매음으로 변조한 엥겔스의 구절들을 읊은 것 같기도 하고, 박영규의 불행을 과장되게 떠벌린 것 같기도 했다. 그러다가, 나는 아내를 혁명과 이념을 위해 바쳤으니 당에서도 마땅히 반대급부가 있어야 하지 않는가, 듣자 하니 당신은 당 중앙에 연결돼 있다는데 어떻게 당을 대신해 내게 그걸 해주지 않겠는가, 오늘밤에 나는 특히 아내가 필요하다. 아니, 여자가 필요하다. 그런데 당신은 여자다. 강자에게만 베풀지 말고 이 몰락해 가는 몽상가에도 베풀어 달라 ─ 까지 갔을 때였다.

"이동무, 정신차리시오. 동무는 지금 스스로의 무덤을 파고 있는 줄 알고나 있소?"

갑자기 그녀가 새파란 얼굴로 발딱 자리에서 일어나며 날카롭고도 싸늘한 목소리로 외쳤다. 불꽃처럼 동영의 정신을 사르고 있는 그 맹렬한 취기가 한꺼번에 달아날 만큼 매서운 외침이었다. 그리고 앞뒤를 분간할 수 없는 가운데서도 그제서야 자신의 그 턱없는 만용에 대한 후회가 일어 멈칫하는 사이에 그녀는 사라져버린 것이었다. 그녀의 기분을 대변하듯이나 거친 자동차 엔진소리와 함께.

동영은 그걸로 그녀와 헤어진 줄 알았는데 ─ 조금 전 그 주인 여자의 말로 그녀가 다시 나타난 걸 상기한 것이었다. 그 뒤 어디서 얼마나 더 마셨는지, 어디를 어떻게 헤매고 다녔는지 모르지만, 어떤 골목 모퉁이에 쓰러져 막 잠이 들려는데 홀연히 솟아나듯 그녀가 나타났다…….

그러나 아무리 머리를 쥐어짜 봐도 그다음의 기억은 도무지 떠오르는 게 없었다. 그 아침의 현실을 더욱 신비하게 만드는 철저한 망각이었다.

애써 먹은 해장국을 몇 번에 걸쳐 게워내며 동영이 지대에 이른 것은 정오가 가까울 무렵이었다. 몸은 죽을 맛이었지만, 아직 술기운이 남아 있는 탓인지, 아니면 어쨌든 안나타샤와 함께 밤을 보냈다는 데서 온 어떤 자신 때문인지 별로 불안한 기분 없이 문을 여니, 뜻밖에도 박영창 선생이 기다리고 있었다.

"안됐네. 가족들의 행방은 결국 확인하지 못했다며?"

분명 무슨 다른 용건이 있어 찾아온 것 같았지만 박영창은 먼저 동영의 가족 얘기부터 꺼냈다. 지난 며칠을 괴로워하며 보낸 데다 간밤의 폭음으로 어느 정도 감정이 무디어진 탓에 이렇다 할 감흥이 일지 않는 물음이었다.

"아마 당한 것 같습니다."

동영은 남의 얘기를 하듯 담담히 대답했다.

"당하다니? 그게 무슨 소리야? 자네도 아다시피 이 지역에서는 아직 이렇다 할 학살의 흔적이 없지 않은가? 그토록 우리가 눈에 불을 켜고 찾아도 그런 일은 없는데, 당하다니 누구에게 당했단 말인가?"

"폭격 같은 거라도 — 그렇지 않고서야 이렇게 자취를 모를 수 있겠습니까? 다른 사람들은 모두 있는데……."

"남이나 북으로 갔겠지."

"저도 그렇게 믿고 싶습니다. 하지만 재점령 하루 전까지도 서울에 있던 사람들이 날 피하려고 그런단 말입니까? 가만히 있어도 내려올 사람을 찾아 아무것도 모르는 북으로 갔단 말입니까? 아니면 나 만나기 싫어 국방군 따라 남으로 갔단 말입니까?"

"우리가 알 수 없는 사정이 있겠지. 좋은 쪽으로 생각하고 마음을 편히 가지게."

"불구덩이 속에 버려두고 혼자 북으로 내뺄 때 이미 각오는 했지만 그래도 그게 마지막이 될 줄이야……."

"마지막이라니? 너무 그렇게 극언하지 말게. 어딘가 살아들 있을 걸세. 그리고 살아 있으면 곧 만나게 되겠지. 우리 군대는 이미 원주까지 내려갔네. 이번에야말로 완전히 적을 쓸어 버릴 걸세."

"지나친 낙관이십니다. 지난번의 기세는 어디 이번만 못했습니까?"

"그때는 미군이 와서 일을 그르쳤지. 그러나 이제는 더 올 군대도 없어. 거기다가 또 중국공산당의 전폭적인 참전이 있네. 총수 오백만에 삼십 년 내전으로 단련된 군대가 밀고 내려오는 거란 말일세."

"하지만 제공권은 여전히 미군에게 있습니다. 무방비한 보급선은 점점 길어지고. 지금도 이미 공세능력은 보름에서 열흘로 줄어들었다고 합니다. 더욱 평야로 내려가 전투원이 식량과 보급품을 직접 휴대해야 되는 상태가 되면 공세능력은 그 이하로 줄어들 것입니다."

"또 패배주의로 비판당할 소리만 늘어놓는군. 자칫하면 가족들보다 자네가 더 위험해지겠네."

영창은 그렇게 나무라며 그 사무실 한구석에 남아 무언가를 쓰고 있는 대원을 눈짓으로 상기시켰다. 그리고 한층 신념에 찬 목소리로 덧붙이는 것이었다.

"어쨌든 유엔군의 즉각적이고 완전한 철수, 대만문제의 불간섭, 중공의 유엔가입 등을 골자로 하는 북경정권의 요구는 유엔측에서 신중하게 검토되고 있다는 소식일세. 기다려 보게. 통일만 되면 남에 있든 북에 있든 자네 가족들을 찾는 건 어렵지 않을 것일세."

동영은 오히려 그 결말이 보다 영구하고 확고한 분단상태일지도 모른다고 말하고 싶었지만 참았다. 그 역시 같은 방안에 있는 젊은 대원이 마음에 걸린 탓이었다. 동영이 대꾸가 없자 영창은 그쯤에서 얘기가 끝난 것을 다행으로 여기는 듯한 태도로 화제를 바꾸었다.

"실은 작별 인사를 왔네. 당분간 못 볼 것 같아서."

목소리는 섭섭하다는 것이었지만 얼굴 표정은 밝기 짝이 없었다. 무언가 좋은 일이 생긴 것 같았다.

"어디로 가십니까?"

"당중앙위의 소환일세. 내일 아침까지는 평양에 가 있어야 하네."

"평양이라구요?"

"문화선전성일세. 전처럼 일선 선동원이 아니라, 그쪽 서열로 열 손가락 안에 든다는 요직일세."

"축하드립니다."

"실은 나도 기쁘네. 내가 요직을 차지하게 되어서가 아니라, 남한에서 함께 고생하던 동지들의 당내 비중이 점점 높아지는 것 같아서네."

그러다가 다시 힐끗 젊은 공작대원을 쳐다보더니 자리에서 몸을 일으켰다.

　"나가세. 이대로 헤어지기 섭섭하니 어디 가서 점심이라도 하세."

　그런 그의 태도는 어딘가 은밀히 전할 말이 있는 사람 같았다. 조금 전에 마지막 국물 한 방울까지 다 게워낸 터라 조금도 식욕이 일지 않았지만 동영은 말없이 따라나섰다.

　날은 맑게 개어 쌓인 눈에 비치는 햇볕에 눈이 부셨다. 그제서야 동영은 간밤에 눈이 왔다는 것과 함께 몇 번인가 안나타샤에게 부축된 채 눈길에 나동그라진 것을 얼른 떠올렸다. 다시 불빛 아래 마주하게 되었을 때, 머리칼에 내려앉은 눈송이 때문에 그녀가 더 아름답게 보이던 일도. 동영은 문득 영창에게 간밤에 있었던 안나타샤와의 일을 얘기해 줄까 하다가 그만두었다. 아직 자신에게도 너무나 많은 의문이 남아 있어 남에게 조리있게 전할 수 있을 것 같지 않았기 때문이었다.

　그런데 그 안나타샤의 일을 먼저 입에 올린 것은 박영창이었다.

　"자네, 어제 무슨 일이 있었나? 특히 그 여자와 말이야."

　역시 밥장사를 하는 모양인 어떤 여염집으로 동영을 안내한 그는 조용한 방에 마주앉자마자 그렇게 물었다. 동영은 그 여자가 안나타샤를 가리키는 말이라는 걸 알아들었지만, 너무 돌연스러우면서도 애매한 물음이라 멍하니 영창의 표정만 살폈다.

　"인사차 갔더니 자네 얘길 했어. 어제 몹시 취했었나?"

　"네, 좀……. 그런데 무슨 말이었습니까?"

　"자네에게 엄중한 경고를 해주고 가라더군. 말을 조심하라고 말이야. 도대체 그 여자에게 무슨 얘기를 했나?"

"그 여자가 아파할 곳을 조금 건드린 것 같습니다."

그리고 동영은 비교적 사실대로 두 번째 다시 그녀와 만나기 전까지 있었던 일을 얘기해 주었다. 듣고 난 영창이 안색까지 변하며 동영을 나무랐다.

"자넨 제정신이 아니군. 영규군의 얘기는 안됐네. 자네 가족들도 — 하지만 이미 말했듯이 한층 위험한 게 자네야. 어쩌자고 그 여자에게 그런 말을……."

"그래도 왠지 후련했습니다. 그리고 그 여자도 그쯤은 이해해 줄 것 같아서."

"이해? 자넨 아직도 로맨티스트의 꼬리를 떼지 못하고 있어. 그 여자가 뭐랬는지 아나?"

"뭐라고 말했습니까?"

"당장 보고해야 할 성질의 말이 많았지만 잠시 보류하겠다는 거야. 대신 자네를 예의 주시하겠다고 했는데, 표정이 여간 차가웁지 않았어. 자네가 너무 심하게 그녀의 아픈 곳을 건드린 것 같네."

그건 좀 뜻밖이었다. 모욕적인 말을 듣고도 그녀가 다시 그를 찾아 나선 거며, 또 그녀와 정사를 치른 일로 어느 정도 자신을 갖고 있던 동영은 그 엉뚱한 그녀의 태도에 갑자기 섬뜩한 기분이 들었다. 어쩌면 그 정사 자체가 자신으로부터 더욱 치명적인 말을 들으려는 계책이었는지도 모른다는 의심이 든 때문이었다.

"또 다른 말은 없었습니까?"

"아직 봉건적인 소영웅주의를 청산하지 못한 것 같다는 말까지

했어."

"그런데 선생님께 경고를 해주라고 한 것은 무슨 뜻일까요?"

"그녀는 생각보다 훨씬 자네에 대해 많이 알고 있는 것 같았네. 그러다 보니 자연 나와의 관계도 알았겠지."

"하지만 경고부터 해주는 것은 그들 방식이 아닌데요."

"너무 믿지 말게. 어쨌든 내가 그녀에게서 느낀 것은 원한에 가까운 적의였어."

점점 더 알 수 없는 일이었다. 그런데 그때 화제가 잠시 바뀔 일이 일어났다. 상이 들어온 것이었다. 흰 쌀밥에 넣을 것을 제대로 넣고 끓인 개장국, 잘 손질된 개껍질 한 접시, 역시 격식 갖춰 담은 포기김치에 막걸리 한 주전자까지 곁들인 자개상이었다. 하나같이 그 같은 전쟁중에 쉽게 구경할 수 없는 것들이었다.

"놀랍군요. 이 집은 어떻게 아셨습니까?"

"간부들에게는 제법 알려진 집이지. 이런 집 처음인가?"

"피난민을 상대로 국밥 정도 말아 파는 집은 보았지만 ─ 거기다가 이런 포기김치까지……."

"청하면 장고 맨 기생까지 나올 것이네."

"그게 정말입니까?"

"이게 바로 그 끝간 데를 알 길 없는 인간의 소유욕이지. 상혼(商魂)이라고 불리는……. 나는 우리 이론을 모두 믿지만, 이처럼 악착스런 상혼을 대하면 가끔씩 의심이 드네. 총알비 아래서도 돈을 헤아리는 이 철저한 상혼, 생명력을 오히려 능가하는 이 엄청난 소유확대욕구를 무슨 수로 통제하고 조절한단 말인가? 이제야말로 레닌의 신(新)경제정책이 과도기의 한 편법이 아니라 어쩔 수 없는 양보였다는 걸 알 것 같네."

그러면서 수저를 든 영창은 달게 음식들을 먹기 시작했다. 동영도 시작과는 달리 오지그릇에 담긴 개장국을 특별히 먹기에 역한 고기 몇 점만 남기고 다 비웠다. 거기다가 막걸리 한 주전자까지 나누고 나니 뒤틀리던 속이 오히려 가라앉는 것 같았다.

"자네가 하고 있는 일이 별로 자네에게 맞지 않으리란 것은 짐작이 되네. 자네는 참모형일지언정 야전지휘관형은 못 되지. 일선의 일꾼으로는 어려움이 많겠지만 조금만 참게. 내가 자리잡히는 대로 자네를 부를 길을 찾아보겠네. 동지들에게도 널리 자네 부탁을 해두겠어. 그러니 자중자애하고 기다리게. 이젠 자네 혼자가 아니야."

식사가 끝나고 다시 화제가 그들의 신상문제로 넘어왔을 때 영창은 그렇게 동영에게 당부했다. 갑작스런 영전이 한때 그 방면의 흐름 한갈래를 주도하던 사람다운 자신과 위엄을 어느 정도 회복시켜 준 듯했다. 평소에 별로 희로의 감정을 드러내지 않는 그의 얼굴도 알아보게 밝아져 있었다.

하지만 동영에게는 왠지 그의 그 같은 태도가 격려로 느껴지지 않았다. 그 옛날 그렇게도 부신 눈으로 바라보았고, 한때는 자신의 한 사표로까지 여겼던 노련한 직업혁명가 대신 왜소한 관료의 그림자를 그에게서 본 듯 느껴진 것이었다. 헤어질 때 동영에게 마지막으로 덧붙인 당부도 동영의 그 같은 느낌을 더욱 짙게 만들었다.

"처음부터 자네에게 호감을 가졌던 것만은 틀림없으니, 아직 그쪽으로도 기회는 남아 있네. 수단껏 그 여자와의 관계도 개선해 두도록 하게. 칼자루는 여전히 그들의 손에 쥐어져 있다는 것도 잊지 말고. 특히 그녀가 왜 자네에게 호감을 가지게 되었던가에 유의하면 개선의 실마리를 찾는 것은 어렵지 않을 걸세."

그걸로 보면 그는 동영과 그녀 사이에 벌어진 일을 전혀 눈치채지 못했을 뿐만 아니라, 그 일 년 그들의 체제 아래서 일하는 동안에 든 주눅에서도 크게 헤어나지 못한 것 같았다.

박영창과 헤어져 다시 지대로 돌아온 동영은 오후에 처리해야할 몇 가지 일을 제쳐놓고 난롯가에 앉아 안나타샤가 나타나기만을 기다렸다. 영창에게서 들은 말 때문에 시작된 은근한 불안 때문이었다.

그렇게 생각해서 그런지 시간이 갈수록 불안은 점점 자라나 마침내는 전반적인 기억의 혼란으로 번져갔다. 간밤에 그녀와 다시 만난 뒤의 일을 전혀 떠올릴 수 없다는 데서 더욱 커진 불안과 혼란이었다. 차라리 뒤에 만난 것은 안나타샤가 아니었으면 — 나중에는 그런 생각까지 일 정도였다.

안나타샤는 동영이 속한 서부지구의 부책(富責)이란 직함으로 대개 하루에 한 번꼴은 지대를 들렀다. 그런데 그날따라 그녀는 날이 저물도록 나타나지 않았다. 기다리던 동영은 할 수 없이 업무보고를 핑계로 그녀에게 전화를 냈지만, 반응은 박영창의 말을 그대로 뒷받침하는 것에 지나지 않았다. 차갑기 그지없는 목소리로 동영의 보고를 접수하고 다시 몇 가지 확인과 새로운 과업지시를 하는 태도가 간밤의 일에 대한 동영의 기억을 송두리째 부인하는 듯 여겨졌다.

그 바람에 더욱 불안해지고 혼란된 동영이,

"저 — 어젯밤은 대단히……."

하고 전화 말미에서 허두를 꺼내보았으나 대답은 상위자로서의 엄중한 경고뿐이었다.

"5지대장동무, 앞으로는 술을 삼가도록 하시오."

그리고 다음 날도 그다음 날도 동영의 지대에는 나타나지 않았다.

어떻게 보면, 그녀의 그 같은 돌변이 그날 밤에 동영과 어떤 심상찮은 일이 있었다는 근거가 될 수도 있었지만, 동영은 왠지 점점 그 밖의 기억에 대한 자신을 잃어갔다. 그녀에게 도발적이고 모욕적인 말을 한 첫 번째 만남은 사실일지 몰라도, 자기와 정사를 나눈 것은 그녀가 아니라 우연히 만난 거리의 여자였으리란 생각이 든 탓이었다. 그 뒤 한 번 더 찾았던 그 집 주인여자는 거듭 안나타샤와 비슷한 인상착의를 말해 주긴 했으나 그것만으로는 아무래도 미덥지 않았다.

그런데 그 일로 까닭 없이 허둥대던 어느 날이었다. 동영은 문득 이상한 기억 하나를 재생해 냈다.

살다 보면, 때로 우리와 직접 연관을 맺지 않은 것이면서도 매우 강렬한 인상으로 우리 기억에 남겨지는 광경들이 있다. 떠도는 길에서 아픈 다리를 쉬다 우연히 쳐다본 어느 날의 저녁노을이나, 지나쳐가는 밤 기차의 차창으로 어쩌다 마주친 창백한 얼굴 하나 또는 어린 날의 밤하늘을 길고 쓸쓸하게 가르며 사라져간 별똥별 따위 — 결코 우리 자신만을 향한 것도 아니고, 또 어느 누구만의 것일 수도 없는 그런 광경들이 나고 자란 고향의 산하보다 한층 선명하게 떠오르는 경우가 그것이다.

어떤 연상작용에 의한 것인지는 모르지만 그 무렵 동영이 깊은 망각의 바닥에서 건져낸 것은 어떤 소녀의 얼굴이었다. 그 소녀의 이름이 무엇인지, 만난 곳이 어딘지, 언제 만났는지는 전혀 알 길이 없는 데도, 식민지시대의 가난한 농민의 딸인 듯한 입성이며, 군데군데 노랑꽃이 피었지만 초록빛이 돌 듯 해맑은 얼굴, 그리고 무엇에 취한 것 같기도 하고 호소하는 것 같기도 하던 맑고 그윽한 눈길 같은 것들은 바로 조금 전에 만난 것처럼 생생했다. 그걸로 미루어 한때는 그의 의식에 강하게 와닿았던 얼굴임에 틀림없었다. 그러나 지난 십여 년 어두운 열정으로 자신의 길에 골몰해 있는 동안 까맣게 잊혀졌다가, 어떤 계기에선가 두꺼운 무의식의 벽을 뚫고 다시 의식의 표면으로 떠오른 것이었다.

처음 뜻하지 않은 곳에서 불쑥 그 얼굴이 떠올랐을 때, 동영은 그 얼굴이 안나타샤와 어떤 연관을 가진 것이나 아닌가 의심했다. 그 무렵 그가 밤낮으로 되살리려고 애쓰던 것은 그녀와의 밤이었던 까닭이었다. 그러나 아무리 애를 써도 그 소녀와 안나타샤의 연관은 찾을 길이 없었다. 연필을 들면 금세 그려낼 수 있을 만큼 뚜렷한 그 소녀의 모습 — 어느 이름 모를 시골의 동구 밖이나 샘터 시냇가 따위를 배경으로, 바랜 무명 치마저고리에 길게 땋은 머리를 하고 하염없이 그를 올려보고 있는, 열너덧살의 산골소녀, 바람만 불어도 금세 지워져 버릴 듯한 그 가냘프고 애잔한 얼굴의 선과 홀린 듯 호소하듯 깊고 맑게 가라앉아 있는 눈망울이며 엷은 풀빛마저 도는 희게 내비치는 낯빛. 어디에서도 안나타샤와의 연관은 찾을 수가 없었던 까닭이었다. 음영이 짙고 때로는 드세 보일 정도로 강한 얼굴의 선, 차고 날카로운 눈길, 머지않은 비만의 징후까지 느끼게 하는 희고 윤기나는 피부 같은 것들로 특징지울 수 있는 것이 안나타샤였던 것이다.

그러나 달리 생각해 보아도 그 소녀를 알 수 없기는 마찬가지였다. 옛날 소작인의 딸 가운데 하나인가 찾아보았지만 아니었고, 소년시절에 마음 설레던 소녀인가 기억을 되살려 보아도 그런 소녀는 없었다. 참으로 알 수 없는 소녀였고, 기억의 재생이었다.

안나타샤는 꼭 닷새 만에 다시 동영의 지대에 들렀다. 해방지구의 정치공작 현황을 살피러 온 군사위원회의 요인 한 사람을 대동한 공식방문이었다. 공작지역의 하급행정조직 구성표 및 반동분자 색출 실적 따위를 일목요연한 도표로 작성해 두고 기다리라는 연락을 받았을 때만 해도 동영은 그녀가 온다는 데 대해 얼마간의 기대를 안고 있었다.

하지만 나타난 그녀는 여전히 동영과의 그 치열한 밤을 암시하는 곳이라고는 한군데도 없는, 냉정하고 침착한 상위자에 지나지 않았다. 안내해 온 심한 서북사투리의 요인 곁에 붙어서서 눈 하나 깜빡 않고 동영의 과업이행상태를 검열했던 것이다.

그 밤의 기억에 대한 자신은 거의 잃었으나 그녀의 그 같은 태도를 보자 동영의 궁금증은 몇 배로 늘어났다. 진실로 그 밤에 어떤 일이 일어났던 것일까 — 동영은 이제는 확인이라기보다는 전혀 자신의 기억 밖으로 사라져버린 그 밤의 일들을 탐색하는 기분으로 그녀와 사적인 대화의 기회를 노렸다. 그러나 그녀는 동영의 그런 접근에도 거의 빈틈을 보이지 않았다. 언제나 안내해 온 요인 곁에 서 있지 않으면 부관격으로 데리고 온 젊은 선동원을 잡아두고 있어 동영이 업무 이외의 일을 꺼낼 틈을 주지 않은 탓이었다.

그러다가 무슨 기습처럼 당한 것이 그들이 돌아가고 두 시간도 안 돼 떨어진 공작지역 변경지시였다.

"5지대는 즉시 전 요원들과 함께 수원으로 진출하시오. 전에 한 번 일해 본 지역이라 특히 이동무에게 그곳의 정치공작업무를 맡기는 것이오. 적전(敵前)이나 다름없으니만치 당분간 서부지구의 지휘통제에서 벗어나 그 지역 주둔군 정치부와 긴밀한 협조체제로 일하게 된다는 것도 함께 알아두시오."

그것은 바꾸어 말하면, 안나타샤와 지역뿐만 아니라 직책상으로도 멀어진다는 뜻이었다. 하지만 그럼에도 불구하고 자신은 반드시 안나타샤와 다시 만나게 되리라는 것이 수원으로 가는 가스또바(蘇製 화물차)에 앉은 동영의 길흉을 분간 못할 예감이었다.

503

8

　한번의 악몽조차 없이 정인은 자고 또 잤다. 지서에서 풀려나면서 이제 당분간은 어려움이 없을 것이란 생각으로 안도감에 빠지자마자 무슨 걷잡을 수 없는 파도처럼 밀려온 잠이었다. 지난 넉 달간 기진맥진해 쓰러진 순간을 제외하고는 단 하룻밤도 평온하게 잠들어 본 적이 없었던 그녀에게는 당연한 상태일지도 모르는 일이었다.

　그런 잠이 정신의 몫이었다면 육체의 몫은 끝 모를 탐식이었다. 계속해 가면서도 세 끼 식사는 물론 잦은 제사음식이며 전쟁으로 수확이 줄어든 대로 친정식구들의 겨울 간식으로는 넉넉한 과수원의 과일에 이르기까지 무엇이건 안채에서 올려오는 것은 남기는 일이 거의 없었다. 어떻게 보면 육체와 정신이 분리되어 하나는 끊임없이 자고 하나는 끊임없이 먹어대는 것 같은 현상이었다.

　그런 현상은 시어머니에게도 마찬가지였다. 사가(査家)라는, 가장 까다로운 예의와 격식이 요구된 집안에 자기가 누워 있다는 것도 잊고 시어머니 역시 자고 먹는 일로 밤낮을 보냈다. 정인과 다른 점이 있다면 정인이 이따금씩 본능적으로 어린것의 젖을 먹이는 대신 시어머니는 정인의 친정집에서 특별히 청해 온 의원에게 진맥을 맡기거나 끓여 들인 탕재를 마시는 것 정도였다.

그렇게 일주일을 나란히 누워 보낸 뒤에야 정인이 먼저 자리를 걷고 일어났다. 시어머니의 부상 못지않게, 부실했던 산후 조리 역시 정인의 건강을 해쳐 놓았지만, 그래도 젊은 탓에 먼저 일어날 수 있었던 것이다.

마치 하룻밤 달게 자고 난 기분으로 깨어나 방안을 살펴보니 잠든 어린것이 먼저 눈에 들어왔다. 영양실조로 늙은이처럼 쪼글쪼글하고 비틀어져 있던 그 핏덩이는 그 사이 제법 어린것다운 모습으로 변해 있었다. 정인은 가만히 어린것을 들어 안으면서 얼굴을 하나하나 뜯어 보았다. 태아는 가장 많이 생각하는 사람을 닮는다던가, 네 아이 중 가장 동영을 닮은 눈코입귀였다. 반가우면서도 어쩌면 이 아이는 아버지의 얼굴을 끝내 보지 못할는지도 모른다는 생각에 갑자기 가슴으로부터 울컥 치미는 슬픔이 느껴졌다.

정인은 자신도 모르게 솟는 눈물을 닦을 생각도 없이 어린것의 얼굴에 뺨을 부벼댔다. 육신의 회복과 함께 감정도 회복된 모양이었다. 더 혹독한 시련 속에서도 솟지 않던 눈물이 아직은 불확실한 예측 하나에 주체할 수 없을 만큼 쏟아지기 시작했던 것이다.

한참을 울고 나니 약간 마음이 가라앉으면서 다시 방 한구석에 말아둔 이불뭉치처럼 잠든 시어머니가 눈에 들어왔다. 머리에는 아직도 흰 헝겊이 감겨 있었지만 핏자욱은 이미 보이지 않았다. 검푸르던 얼굴에도 제법 누르끼한 살색이 도는 것이 많이 회복된 모습이었다. 정인은 무릎걸음으로 다가가 이마에 손을 짚어 보았다. 열도 크게 있는 것 같지 않았다. 그제서야 정인은 무슨 희미한 꿈처럼 전날 의원이 진맥을 끝내고 하던 말이 떠올랐다.

"살껍데기 째진 거사 무신 큰일임꺼? 글치만 아매 조양(調養)은 쫌 낫게 해야 할끼라. 말이사 바른 말이지 첨 진맥할 때는 그기 어디 살아 있는 사람 맥이라 칼끼고? 눈까리가 빠져도 마 이만하믄 다행이라……."

그러나 정인이 자신을 내려다보는 것도 느끼지 못하고 시어머니는 여전히 깊은 잠에 떨어져 있었다.

시어머니에게서 주의를 돌리자 이번에는 아이들 생각이 떠올랐다. 지서로 끌려가기 전에 언뜻 본 이후로는 별로 기억에 없는 훈이와 영희는 물론 곁에 있는 걸로 알았던 철이도 눈에 띄지 않았다. 외가곳이고 또 그곳에는 전쟁에 따르는 위험이 미치지 않고 있었지만, 정인은 왠지 아이들이 갑작스레 불안하게 여겨졌다.

그래서 방 밖을 한번 살필 양으로 무거운 몸을 억지로 일으켜 세울 때였다. 두 손을 짚고 있는 방바닥에 웬 오래된 편지 봉투 하나가 떨어져 있었는데, 거기에 쓰인 글씨가 몹시 눈에 익은 것이었다. 까닭 없이 철렁하는 가슴으로 집어 보니 수신인은 놀랍게도 정인 자신이었다. 발신인은 이동영, 주소는 나까노(中野)에 있던 동영의 두 번째 하숙집이었다. 그제서야 정인은 그것이 적어도 십오 년은 된 편지라는 걸 알았지만 마치 처음 그 편지를 받을 때와 같은 설레임으로 안에 든 종이를 폈다.

아내에게.

오늘 어머님의 편지를 받고서야 당신이 근친(勤親)을 간 것을 알았소. 어머님 말씀은 이번 방학 때 그곳을 들려 당신을 데리고 함께 돌아오라는 것이었소.

그래, 그동안 당신과 아이 모두 건강하고 처가도 가내 두루 평안하시오? 나도 아무 탈 없이 잘 있소. 억지춘향이격으로 방안에 틀어박혀 책만 읽다 보니 체중이 한 관은 늘어난 것 같소. 시험이 오늘 끝났으니 앞으로 열흘만 있으면 그곳에 도착할 것이오. 돌내골도 아무 일 없는 듯하니 오랜만의 친정길 그동안 마음 푹 놓고 쉬시오.

실은 오늘 부끄러운 고백을 하나 해야겠소. 작년 훈이가 태어났다는 소식을 들었을 때 나는 솔직히 기쁜 마음보다는 암담한 느낌이 먼저 들었소. 당신도 이제는 어렴풋이 짐작하겠지만, 내가 걸으려 하는 그 가시밭길로 또 하나의 어린 생명을 끌어들인 듯한 일종의 죄책감 때문이었소. 당신이야 그렇다 쳐도, 내게 무슨 권리가 있어 낯설고 무구한 그 어린 생명을 우리의 거친 운명 속에 끌어들일 수 있단 말이오?

하지만 이제는 생각이 달라졌소. 어머님의 편지 구석구석까지 차 있는 환한 기쁨과 만족의 표시가 아니더라도 나는 역시 축복으로 그 아이를 내 운명 속에 받아들이기로 하였소. 설령 우리의 앞길에 어떤 어려움이 닥칠지라도 그것은 또한 그 아기가 헤쳐나가야 할 삶의 내용이기도 하오. 만약 그 아이에게 충분한 힘과 재능이 주어져 있다면 우리에게 예상되는 것보다 더 큰 어려움 속에 떨어지더라도 헤쳐나갈 수 있을 것이고, 그렇지 못하다면 우리가 아무리 훌륭한 삶의 조건들을 구비해 주더라도 마침내는 그의 행복을 보장하지는 못할 것이오. 다시 말해서 그 아이의 행·불행은 우리의 손 안에 있는 것이 아니오. 그 아이의 삶은 오직 그 자신의 것일 뿐이오.

이렇게 쓰고 보니 무척 무정한 아버지인 것 같지만, 그렇다고 내가 아버지로서의 의무를 게을리하겠다는 뜻은 아니오. 아니 오히려 나는 최선의 아버지가 되려고 힘을 다할 것이오. 실은 그 첫 번째 노력이 바로 그 아이의 출생을 기쁨과 감사로 받아들이는 것이었고, 이제 이렇게 성공한 것이오. 당신도 기뻐해 주시오.

내 삶에 있어서 당신의 역할도 새로 생각해 보았소. 지금까지 나는 당신에게 지나친 욕심을 부린 것 같소. 나는 동지로서 연인으로서 아내로서의 당신을 원했기 때문이오. 이제 그 짐을 덜어 드리겠소. 당신은 아내로서 족하오. 학교 같은 건 잊어버리고, 책도 모두 버려도 좋소. 당신은 좋은 아내, 좋은 어머니, 그리고 좋은 며느리만으로도 충분하오. 어떻게 생각하면 이런 내 기대의 축소가 당신에 대한 실망 때문인 것으로 들릴지 모르지만 결코 그렇지는 않소. 나는 충심으로 당신이 내 아내인 것에 기쁨과 만족을 느끼며, 당신과 또 나를 위해서, 부당한 욕심을 줄였을 뿐이오. 이 점, 훈이의 일과 더불어 부디 오해 없기를 바라오.

언제나 편지 뒤에 후렴처럼 붙이는 말이지만, 부디 어머님께 나를 대신해 효도를 다하시오. 그분은 이 세상에서 가장 나를 사랑하는 분이시며, 나를 지상(至上)으로 당신의 외로운 삶을 거신 분이오. 그럼 이만, 총총. 다시 만날 때까지 몸 보중하시오. 戊寅 六月 二日 東英.

소화(昭和)를 쓰지 않아 정확한 햇수를 알 수 없지만 내용으로 보아 첫 근친 때 온 편지 같았다. 이게 어떻게 여기에 있을까 ── 정인은 그런 생각을 하다가 문득 꿈결처럼 명인의 농담이 떠올랐다.

"히야, 내 연애편지 하나 주께, 보관료 얼매 낼래? 계인(桂仁)이 히야가 시집가면서 내한테 물려준 기다. 나는 물려줄 동생도 없으이 인자 고마 보관료나 톡톡히 받고 임자한테 돌리줄란다."

며칠 전 아직 정인이 정신없이 자고 있을 때 그렇게 말하며 두고 간 것이었다. 갑작스런 불행에 떨어진 언니에게 작은 위로나 될까 하여 저희끼리 무슨 비밀문서처럼 물려 내려오던 그 편지를 찾아온 것 같지만, 정인에게는 그것이 위로이기는커녕 오늘의 그 불행이 이미 십 년도 훨씬 전에 예고되어 있었던 것 같아 섬뜩한 느낌까지 들었다.

옆방에서 도란거리는 얘깃소리가 다시 정인의 귀에 들려온 것은 정인이 그 오래된 편지에서 받은 야릇한 충격에서 간신히 깨났을 때였다. 처음 그 편지를 읽었을 때의 섬뜩함이 차츰 동영에 대한 의심과 원망으로 번지면서 정인은 한동안 밑도 끝도 없는 옛날일에 넋을 읽고 있었던 것이다.

가만히 귀를 기울여 보니 옆방에서 들려오는 것은 철이와 명인의 목소리였다.

"싫어."

철이가 그새 친해진 막내이모에게 무언가 떼를 쓰고 있었고 명인은 처녀다운 부드러움으로 그런 철이를 달래고 있었다.

"그러지 말고 이모를 따라해 봐."

"싫어. 나는 노래 알아."

"그 노래는 불러선 안 된다니까."

"다른 것도 알아."

철이는 그러더니 자랑스레 적기가(赤旗歌)의 첫머리를 시작했다. 그러나 입이라도 막힌 듯 그 노랫소리는 한 소절도 끝나기 전에 끊어지고 이어 달래는 듯한 명인의 소리가 들려왔다.

"그것도 나쁜 사람들의 노래야. 부르면 큰일나. 순사가 잡아간다."

"아냐."

"그러지 말고 이모를 따라해 봐. 자, ─ 전우의 시체를……."

거기까지 듣고 나는 대강 그 방안의 사정이 짐작되었다.

철이는 어린 나이에 비해 기억력이 뛰어난 데가 있었다. 처음 북쪽 군대가 서울로 들어왔을 때는 겨우 두 돌을 지났을 뿐인데도 며칠 안 돼 그들이 즐겨 부르는 군가 몇 구절을 따라 부를 줄 알았다. 그런 철이는 한때 동영과 정인에게는 기쁨이며 은근한 자랑이었다. 어린 아들의 비상함에 대한 확인이었을 뿐만 아니라 어쩌다 그들의 가정을 찾는 북로당계열의 사람들에게는 동영의 철저한 가정교육을 은근히 내비치는 재롱이기 때문이었다.

그러나 정말로 철이의 노래가 훨씬 더 귀여움을 받은 것은 그쪽 군인들에게서였다. 어머니의 등에 업힌 세살박이 어린애가 자기들의 군가를 부르는 걸 들으면 아무리 피로에 지친 자라도 그냥 지나칠 수는 없었을 것이다. 언젠가 한번은 남으로 행진해 가는 부대를 구경하다가 철이의 노래 때문에 그들이 던지고 간 건빵으로 포대기 안이 그득한 적도 있었다.

그런 주위의 격려를 알아차렸던지 철이는 더욱 그쪽의 군가에 열심이어서 두어 달이 지났을 무렵에는 그들이 부르는 노래라면 무엇이든 모르는 것이 없을 정도였다. 특히 수원농대에 있을 때는 부근에 주둔한 병사들과 친하게 돼 한나절씩 안겨 가 놀다 오는 수가 있었는데, 그런 때는 그 한나절 동안에 새로운 노래 하나를 배워 오기도 했다.

하지만 그 노래는 오래잖아 불러서는 안 될 노래가 되었다. 수원에서 서울로 숨어들던 길 위에서 한떼의 패잔병을 이끌고 북상하던 군관 하나가 눈물을 글썽이며 입맞춤을 해준 것을 마지막으로 철이에 대한 그간의 칭찬과 격려는 모두 비난과 체벌로 바뀌었다. 유엔군과 국군이 뒤따라오면서 정인은 하루에도 몇 번씩 멋모르고 또 그 노래를 부르려는 철이를 꼬집거나 매운 알밤을 먹여야 했다.

"씨이, 노래할려고 그러는데……."

그 돌연한 형세의 변화를 이해할 리 없는 철이는 한동안 그렇게 반항했지만 이윽고는 그 노래를 입 밖에 내지 않았다. 칭찬과 박수

511

는커녕 거듭되는 수난에 흥을 잃어버린 까닭이었다.

정인은 그런 철이가 그 노래들을 모두 잊어버린 줄만 알았다. 그런데 이제 와서 보니 그게 아니었다. 철이는 그 노래들을 잊은 것이 아니라 심상치 않은 환경의 변화에 기가 죽어 잠시 입을 다물고 있었을 뿐이었다. 그러다가 — 외가로 돌아와 외손이라는 위치와 어린 나이로 이모들과 외할아버지의 사랑을 받음으로써 기가 되살아나고, 또 할머니와 어머니는 끝없는 잠에 빠져 아무도 말리는 사람이 없게 되자, 옛날의 영광을 되찾겠다는 듯이 그 노래들을 불러댄 모양이었다.

정인이 그런 걸 생각하고 있는 사이에 옆방에서는 마침내 명인의 설득이 먹혀든 듯 새로운 노래 연습이 시작되고 있었다.

전우의 시체를 넘고 넘어 앞으로 앞으로…….

막상 그 가락들이 철이의 입을 통해 흘러나오자 정인의 가슴에는 묘한 슬픔이 있었다. 아직 완전히 돌아가지도 않는 혀로 벌써 두 번째로 노래를 바꾸고 있는 어린 아들의 앳된 목소리에서 문득 그 아이가 헤쳐가야 할 신산스러운 삶의 예감을 느낀 탓이었다. 그리고 그런 슬픔은 잠시 후 어디론가 놀러 나갔다가 꽁꽁 얼어 들어온 훈이와 영희를 보자 느닷없는 눈물로 흘러내렸다.

그래, 철이는 다만 하나의 노래만 바꾸어 부르면 된다. 하지만 너희들은 얼마나 많은 노래를 바꾸어 불러야 할 것인가…….

부엌일하는 아이가 날라 온 점심밥을 먹은 뒤, 시어머니와 어린 것은 잠이 들고 아이들은 다시 얼음을 지친다며 마을 앞 개울가로

나가자 정인도 방을 나섰다. 상을 물리는 일손도 덜어줄 겸 안채에 들어가 친정식구들을 만나보기 위해서였다. 벌써 친정에 돌아온 지 열흘이 되었지만 속 시원히 털어놓고 얘기 한번 못해 본 것은 말할 것도 없고 이따금씩 얼굴을 대한 것도 무슨 꿈속에서 만난 것처럼 기억조차 희미했던 것이다.

부기가 다 빠졌다고는 해도 아직 눈두덩이가 부수수한 것과 마찬가지로, 몸이 회복되었다고는 해도 바람은 바늘 끝처럼 살을 찔러오고 마당의 잔돌맹이들은 고무신 바닥을 뚫고 발바닥에라도 박히는 것처럼 아팠다. 그럭저럭 해산한 지 스무 날이 넘고, 또 그 부근의 열흘은 제법 몸조리다운 몸조리를 한 셈이었지만, 보통 때의 초칠에도 못 미치는 소복(蘇復)이었다.

댓돌을 내려서면서부터 자신의 그런 상태를 알아차린 정인은 잠시 축대에 서서 망설였다. 이왕 신세를 진 것이니 모른 척 며칠을 더 쉬다가 안채로 내려가 친정식구들을 보는 편이 나을 것 같았기 때문이었다. 그러나 다시 생각하니, 친정을 다녀간 지도 서너 해나 되고 친정의 마지막 소식을 들은 것도 전쟁 전이라 그동안에 있었을 친정의 변화가 궁금할 뿐더러 밤낮없이 잠으로만 보낸 그동안 진행된 싸움의 형세도 알고 싶어 그대로 있을 수가 없었다.

정인은 그들 식구가 점심에 먹은 음식그릇이 담긴 함지를 방간청으로 돌려주는 일은 포기하고 빈 몸만으로 축대를 내려섰다. 안채로 내려가는 샛문까지는 백여 평 남짓한 뒤뜰을 가로질러야 했다. 얇은 고무신 바닥을 뚫고 찌르듯 발바닥에 닿아오는 울퉁불퉁한 돌의 촉감과 냉기가 싫어 정인은 그 뜰에서 샛문까지 난 좁은 자갈

길을 버리고 길섶의 마른 잡초 위로만 조심조심 걸음을 떼어 놓았다. 그리고 천천히 낯익은 그 뒤뜰을 살폈다. 그곳이 이 세상의 그 어느 곳보다 낯익은 것은 거기서 출가 전까지의 대부분을 보냈으며, 더구나 꿈 많은 처녀시절을 보냈기 때문이었다.

전쟁의 손톱이 거기까지는 할퀴지 못한 탓인지 뒤뜰은 황량한 대로 큰 변화가 없었다. 뒤채 축대 곁으로 마주보고 서 있는 향나무는 옛 모습 그대로였고, 살구나무와 석류나무 몇 그루, 그리고 앞채와의 샛담을 따라 줄이어 서 있는 앵두나무들 역시도 몇 년 전 잠시 들렀을 때보다 조금 더 고목져 있을 뿐이었다. 다만 한 가지 변한 것이 있다면 초여름 한때 뒤뜰 전체를 환하게 하던 오십 평 가깝던 모래밭이 반나마 줄어 있는 일이었다.

어쩌면 그때가 내 삶의 가장 아름다웠던 시기였는지도 몰라 — 정인은 조금 전까지 자신을 사로잡고 있던 슬픔과 괴로움도 잊고 거의 황홀한 기분으로 그곳에 모란꽃이 활짝 피었던 처녀시절의 어떤 날을 떠올렸다. 봄철에 이미 화전(花煎)놀이를 다녀왔건만, 그곳에 모란이 활짝 피기만 하면 약속이나 한 듯 십여 명의 종반 자매들이 모여들어 작은 화전놀이를 벌였다. 대소가가 대개 넉넉하던 때라 뒤뜰 한모퉁이에다 건 솥뚜껑에서 부쳐낸 파전이나 미나리, 부추전이 아니더라도 먹을 것은 혼전만전이었다. 맏아배네 쑥덕, 끝에아배네 식혜, 양동아재네 전과(煎果) — 각기 집에 있는 대로 가져오다 보면 누군가는 소곡주(小穀酒)나 법주(法酒)를 몰래 떠내 오기도 했다.

"허엇, 고년들 —."

어른들은 그렇게 말하면서도 그것이 집안 뒤뜰에서의 놀이라는 면에서 관대했다. 그러다 보면 그 놀이는 절로 길어져 별나고 달뜨는 줄도 모르고 이어지다가 마침내는 할머니나 숙모들의 꾸중으로 끝나기 일쑤였다.

"아이고, 새댁이, 인자 댕길 만한교?"

갑자기 샛문이 열리며 누군가가 반가운 목소리로 소리쳤다. 그새 발걸음마저 멈추고 있던 정인은 얼결에 걸음을 떼어 놓으며 샛문 쪽을 보니 매기네였다. 고지기 딸로 부근에 출가했다가 일찍 홀로 되어 정인보다 서너 살 어린 매기라는 딸아이 하나와 방간청에 붙어살던 여자였다.

"예, 안채에 좀 내려가 보려고……."

정인이 그렇게 대꾸하자 그녀는 전에 없던 수다를 늘어놓았다.

"내는 똑 다시 몬 일어나시는 줄 알았심더. 이레나 되도록 먹고 나믄 바로 잤으니께는."

하더니만 다가와 손까지 어루만지며 말했다.

"참말로 이기 무슨 세상인교? 누가 그날 대문 앞에 장가지는(기절하는) 사람을 진사댁 둘째딸인 줄 알아나 봤겠는교? 참말로 꽃 같디이, 처자 때는 꽃이라도 활짝 핀 목단꽃이다…… 그래 무슨 일인교, 돌내골 새서방님은 우예고 고부만 그 꼴이 돼 내려왔는교?"

만약 몇 년 전이었더라도 정인은 야단부터 먼저 쳐서 그 입을 막아 놓았을 것이다. 그러나 무엇보다도 다른 사람의 동정에 발끈하던 그 유별난 자존심도 혹독했던 몇 달 동안에 무디어진 것인지 울먹이는 듯한 그녀의 목소리에 서러움부터 먼저 일었다.

"살다 보면…… 그렇게 되는 수도……."

자칫하면 다시 쏟아질 것 같은 눈물을 억누르며 그렇게 담담히 대답할 수 있었던 것만도 놀라운 자제의 결과였다.

"아무리 글타 카지마는 그래, 세상에……."

"그런데 안채에 누가 있어요?"

아무래도 그녀와 길게 얘기하다 보면 약한 꼴을 보일 것 같아 정인은 갑자기 말머리를 바꾸었다. 매기네도 그제서야 좀 머쓱한 얼굴로 수다를 맺으며 대답했다.

"아직도 눈가이 오슥오슥하네. 안채엔 마침 안강어른하고 다 기십니더."

그리고 정인이 더는 말이 없이 발길을 안채로 돌리자 그녀도 무어라고 인사말처럼 웅얼거리고는 뒤채로 갔다. 아마 점심상을 거두러 가는 모양이었다.

안채로 들어서자 정인은 비로소 뒤채에서는 느끼지 못한 몰락의 분위기를 친정집에서도 느끼게 되었다. 안채의 벽들은 몇 년이나 회칠을 안했는지 군데군데 벌건 흙이 드러나 있었고, 회가 남아 있는 곳도 색이라고는 볼 수 없을 만큼 그을어 있었다.

"돈이 있으믄 귀신도 부린다 카더라. 어떤 놈의 세상이 와도 재물만 있으믄 이길 수 있다."

일생을 그런 믿음으로 재물을 늘리는 일에만 몰두해 온 친정아버지였다. 남들은 독립운동자금이다 정치자금이다 하여 항상 불안한 마음으로 정치에 추파를 던지는 동안도 그는 오직 치부에만 마음을 쏟았고 그런데도 다소간 인망을 얻어 제헌국회의원 후보로 추대되었을 때는 한 달간이나 종적을 감추어 뜻에 없는 정치에 말려드는 걸 피한 적도 있었다. 그 사이 동영이 몇 번인가 그런 장인을 설득하려 들었지만 자식보다 사랑하던 사위에게라도 그런 신념만은 양보하지 않았다.

"아무리 장인이고 사우지만 각기 길은 다른기라. 물론 자네는 사상으로 살아남을 끼지마는 함 봐라, 나도 살아남는다. 나도 노서아 혁명얘기는 들었다. 글치만 거서도 돈이 아주 많은 눔은 살아남았을 끼다."

그런 그이고 보면, 이재에 크게 밝지 못해 욕심만큼 재산을 늘리지는 못해도 결코 물려받은 재산을 축내지도 않았다. 그리고 그 표시를 살고 있는 팔십 칸 고가에다 남기기라도 하듯 해마다 집을 치장하고 오백 평이 넘는 앞뒤뜰을 가꾸는 데 돈을 아끼지 않았는데, 이제 그게 달라진 것이었다. 어떤 변화가, 그것도 좋지 않은 예감이 드는 변화가 친정집마저 휩쓸어간 것임에 틀림없었다.

정인의 그 같은 느낌은 전에 없이 텅 빈 듯한 안채 마당에 들어서는 순간 한층 굳어졌다.

"그럼 마음대로 하시라구요."

하는 앙칼진 목소리와 함께 계모가 대청으로 나서며 안방문을 탕소리 나게 닫는 데도 안방에서 들려오는 것은 나무란다기보다는 탄식처럼 들리는 친정아버지의 목소리였다.

"허어, 고놈의 소가지 하고는……."

젊어서부터 살림을 차려 주었던 권번기(券番妓)를 정인의 생모인 본처가 죽자 후처로 들어앉힌 터라 대소가의 걱정도 많았지만, 정

517

에 약해지지 않고 계모에게 영(令)을 세우기로 소문났던 친정아버지였다. 그리하여 조그만 잘못에도 친정아버지의 불호령이 떨어지면 얼굴까지 사색이 되던 계모였기에 정인이 본 그 광경은 뜻밖이 아닐 수 없었다.

그 바람에 정인은 안방에 들어서는 길로 그 일부터 물었다.

"아부지, 무슨 일입니꺼?"

애써 숨기려던 것이었지만 친정집에 돌아오자 저절로 되살아난 사투리였다. 화롯불에 장죽을 묻고 불을 붙이던 친정아버지가 갑자기 들어선 그녀를 보고 까닭 없이 흠칫하더니 엷은 연기와 함께 무뚝뚝하게 대답했다.

"아무 일도 아이따."

"어무이가 와 저캅니꺼?"

"글쎄, 니는 알 거 없다 카이."

거기서 친정아버지는 앞뒤 없이 벌컥 역정까지 내더니, 이내 정인을 한번 훑어보고는 너무했다는 기분이 드는지 조금 풀어진 목소리로 물었다.

"우예 나왔노? 인자 쫌 살 만하나?"

"예, 그저……."

"사부인은 어떻드노? 고비사 넘깠다꼬 들었다마는……."

"많이 좋심더. 며칠 안 있으믄 일날(일어날) 같습니다."

"우예튼동 그만하이 다행이따. 나는 참말로 영장(송장) 두 구 치는 줄 알았다."

"아부지, 애 많이 잡쐈지예?"

518

"내사 뭐…… 그런데 우예 된기고? 너 아아(아이들)한테 대강 들었다마는 도통 뭐가 뭔동 모리겠다. 가들 말로는 돈 이십만 원만 있으믄 너가 산다 캤지만 이 난리판에 그러큼 큰 돈을 어디 가 구하며 구한들 누가 가노? 거다 저쪽에서는 다시 치고 내려온다 카제……."

"……"

"또 너가 죄를 지으믄 뭔 죄를 짓겠노? 차마 육십 노인하고 잉부를 죽이기사 하겠나 싶기도 하고 ─ 그래 밍기작거리는데 마 서울이 떨어졌다카는 기라. 인자사 죽었든동 살았든동 너는 다시 몬 보는 줄 알았제. 그래고 저 아아들을 우얄꼬 카고 있는데 너그 고부가 닥치드라. 도대체 우예 된 기고?"

"경찰에 있는 훈이 아부지 친구가 빼내 조가지고……."

"그거사 누군동 빼내 준 사람이 있었끼미(것이니) 너그 고부가 나온 거겠지마는 여기는 우예 왔노? 거다 가마이 있어도 이서방을 만날 수 있었을 낀데……."

"우얄 수 없었심더, 그 길밖에."

그리고 정인은 서울에서 있었던 일을 대강 말해 주었다.

"글타믄 이서방이 죽었단 말가?"

"꼭 그런 거는 아이지만……."

"그라믄 이 답답은 것아, 여 뭘라꼬 내려오노? 죽든동 살든동 너가 살 땅은 그쪽인기라."

"아아들 남매는 우예고예?"

"아무리 하믄 너그 없다꼬 여 와 있는 가들 남매 내쫓겠나? 되는 대로 델꼬 있다가 만일 그쪽 세상이 되믄 너그가 찾아가는 기고, 이

519

대로 또개져 있으믄 세상 조용해질 때 돌내골 땅마지기나 찾아 우예 구체(방도)를 내믄 될 꺼 아이가?"

그 말에 정인은 다시 한번 가슴 찌릿한 후회를 느꼈다. 다른 사람의 입을 통해 듣고 보면 그토록 당연한 일을 턱없이 감정만 내세워 그르쳤는지도 모른다는 것이 언제부터인가 은밀히 그녀를 괴롭히고 있었던 것이다. 그러나 정인은 이미 저질러져 버린 일에 쓸데없이 괴로워하는 것이 싫어,

"지가 택한 길입니다. 백에 하나라도 아아들하고 아아부지하고 갈라 살게 되믄 아아들 쪽에 있을라꼬예. 아아부지사 그만하믄 지 없다꼬 몬 살겠습니꺼? 그 일은 너무 마음쓰지 마시이소."

하고 말을 맺은 뒤 궁금한 쪽으로 화제를 바꾸었다.

"오다 보이 집이 많이 헐었데예. 우예 된 깁니꺼?"

"이 난중에 집 꾸밀 정신이 어디 있노? 야가 포시라운 소리 하네."

"한두 해 매뻴어 놔뚠 것 같잖아서 카는 깁니더. 하마 여러 해 손 몬대신 같아서예."

"해방 뒤로는 손 몬 댔다."

"그 불 같은 대동아전장 말기에도 회칠 새로 하고 연못 뒤에 돌산까지 꾸미시 않았습니꺼? 그런데 우예 가지고? 운봉광산이 시원찮다는 소리는 들었심더마는……."

운봉광산은 친정아버지가 해방되기 몇 달 전에 일인으로부터 사들인 금광이었다. 한때는 금맥이 실하기로 근처에 알려진 광산이었는데, 아무래도 전쟁(태평양전쟁)이 오래갈 것 같지 않아 주인이 미리

520

헐값에 팔아 치우고 본국으로 돌아가려 한다는 거간꾼의 말에 속아 오백석지기 들과 큰 과수원 하나를 팔아 사들였던 것이다. 친정 아버지도 곧 커다란 변혁이 오리라는 예감 정도는 가지고 있은 데다, 사위며 조카들의 영향으로 그때는 이미 토지가 미더운 재산이 될 수 없을지 모른다는 판단을 하게 된 것도 그 거덜난 광산을 턱없이 비싸게 사게 된 이유 중에 하나였다.

그리하여 이듬해 그쪽 지방의 추수폭동(10·1폭동)을 지도하러 내려가는 동영의 신분을 위장해 주기 위해 따라온 정인이 잠깐 친정에 들렀을 때는 이미 그 금광으로 인한 소모와 피로의 기색이 엿보이고 있었다. 금맥이 끊어져 나오는 것도 없이 새로운 금맥을 찾는 데 소요되는 경비만 친정집에서 물고 있었기 때문이었다. 하지만 그 금맥은 다한 것이 아니라 끊어졌을 뿐인 만큼 부근을 뒤지면 반드시 다시 찾게 되리라는 게 그때껏 그 금광회사의 간부로 붙어 있던 거간꾼의 장담이었고, 친정아버지도 별로 걱정하는 것 같은 눈치가 아니어서 정인은 그게 친정의 흔히 있는 일시적 침체려니 생각하며 다시 서울로 돌아갔던 것이다.

"운봉광산이라꼬?"

정인이 금광얘기를 꺼내자 갑자기 친정아버지의 목소리에 결기가 서렸다.

"결국 재미 못 보신 갑지예?"

"그놈의 광산얘기는 꺼내지도 마라. 말만 들어도 언성시럽다. 팔백 마지기 들하고 큰 과수원 하나 여(넣어)가지고 아무 짝에도 소용없는 야산 10정(町)만 남았다. 그 들하고 과수원이 있었으믄 토지개혁을 당해도 채권만 가지고 대구에 방직공장 하나는 불하받을 수 있었을 끼다. 그 천가놈한테 속아 가지고······."

새삼 분한지 그렇게 말하는 친정아버지의 손끝이 부들부들 떨리고 있었다. 더 듣지 않아도 그 뒤의 일은 알 것 같았다. 공연히 아버지의 아픈 곳을 건드릴 필요가 없다고 생각한 정인은 거기서 다시 화제를 다른 곳으로 돌렸다.

"그런데 아부지 가아들은 다 어디 갔심꺼? 굉(宏)이 하고 욱(昱)이 말입니더. 새댁도 안 비고······."

진작부터 궁금하던 일이었다. 잠결같이 꿈결같이, 아버지도 계모도 명인도 보았지만 자신을 가장 반길 남동생 형제와 새댁이 안 보였던 것이다. 언니 수인(秀仁)과 아우 계인(桂仁)은 각기 출가외인이 되었으니 어쩔 수 없다 쳐도 남동생들이 모두 집에 없는 것은 이상하지 않을 수 없었다.

그런데 놀라운 것은 그 물음에 대한 친정아버지의 반응이었다. 갑자기 강한 전류에라도 닿은 사람처럼 움찔하더니 이어 무슨 격심한 통증을 참고 있는 사람처럼 뒤틀려 가벼운 신음까지 냈다.

"와, 그라십니꺼? 아부지, 어디 편찮으십니꺼?"

영문을 모르는 정인이 놀라 그를 부축하며 물었지만 친정아버지는 한동안 몸만 후들거렸다. 그러다가 갑자기 자기 몸에 닿은 정인의 손을 떼어내며 헐떡이듯 말했다.

"나가그라."

"예?"

"얼릉 이 방에서 나가란 말이따. 고얀 것 같으니······."

"지가 뭘 잘못했습니꺼?"

"듣기 싫다. 얼릉 나가 — 니가 늙은 애비 허패 뒤집을라꼬 온 기 아이거등……."

정말로 뜻밖의 고함이었다. 그때였다. 갑자기 장지문이 열리며 진작부터 와 있었던 것 같은 명인이 뛰어들더니, 무언가 일이 잘못 된 걸 알면서도 당장 어찌할 줄을 몰라 엉거주춤해 있는 정인의 옷 깃을 끌었다.

"히야(언니야) 가자. 알지도 몬하면서 오빠하고 욱이 얘기는 뭘라 꼬 꺼내 가지고……."

몹시 절박하면서도 민망스럽다는 표정이었다. 그 바람에 한마 디 반문도 못해 보고 안방을 나서는데 다시 장죽으로 화로전을 땅 땅 치며 신음처럼 내뱉는 친정아버지의 말소리가 등뒤로 들렸다.

"귀꾸마리(귓구멍)가 막히도 분수가 있지, 내 저를 이 집안에 들이 지도 않을라 캤디이……."

안방에서 정인을 끌고 나온 명인은 건넌방도 놔두고 똑바로 뒤 채의 자기 방으로 올라갔다. 그리고 정인이 무너지듯 방바닥에 주 저앉기 무섭게 물었다.

"히야, 참말로 꿩이 오빠하고 욱이 일 모리나?"

"도대체 뭐꼬? 뭔 일이 있었노?"

"그래도 여기 내리온 지 열흘이 가까운데……."

"니 알다시피 내가 어디 온정신이랬나? 나는 겨우 하룻밤 자고 난 기분이라."

"하기사 글타. 그기 뭔 좋은 얘기라꼬 자는 히야를 깨와 가며 캐

(이야기 해) 좃겠노?"

거기서 명인은 한숨을 푹 내쉬더니 다시 정인을 살피며 물었다.

"글치만 히야, 굉이 오빠 일도 정말 모르나? 형부한테 들었을 낀데……."

"굉이가 와? 가사 아부지 축소판 아이가? 착실한 살림꾼이고 사상 같은 데는 관심 없고……."

"그런데 그기 아인기라. 그때 형부하고 언니 내리왔을 때 형부는 오빠를 만나고 갔단 말이라."

"모를 소리따. 그때 너그 형부가 목(穆)이 오빠하고 만나서 수근거리는 거는 몇 번 봤지마는 굉이 만나는 거는 못 봤다. 글체, 그때 가아는 광산에서 일보고 안 있었나? 천감독인가 뭔가 하는 사람 하는 짓이 수상시럽다고……."

"나도 히야, 형부가 우예 굉이 오빠를 만난지는 모리겠다. 글치만 내 얘기를 들어봐라. 목이 오빠가 그 끔찍한 일을 저지르고 산으로 쫓기 들어갔다가 죽은 뒤부터 오빠가 이상해지기 시작했는기라. 아부지 못잖게 열심이든 광산도 팽기치고 집안에 처박히 있다가 가끔 대구나 들락날락하고…… 아부지가 여러 차례 뭐라 캤지마는 안 하던 말대답까지 하며 들은 척도 안했제. 나도 그때 부자분이 싸우는 소리를 한번 들은 적이 있는데, 오빠가 빽 소리를 치드라꼬. 아부지, 그 광산에서 금이 말[斗]로 쏟아져도 이대로 가미는 우리집은 못 살아남심더, 라 카든강. 올케도 오빠가 밤중에 수상시러븐 사람들하고 만나는 같드라꼬 걱정을 해쌌제."

"글타꼬 그기 우예 느그 형부 탓고?"

"들어보라 카이. 그러다가 오빠가 덜컥 대구서에 잡히 드간기라. 혼겁 묵었제. 그런데 그때 나온 이름이 형부하고 목이 오빠랬단 말이라. 바로 형부도 감옥에 드가 있을 때라 아부지가 돈을 물씨듯 하고 사방팔방 뛰댕겨 두 달 만에 빼내기는 했지만 그때부터 오빠는 마 파이더라. 겉으로사 보도연맹에 가입도 하고 과수원에서 착실하게 일도 하미 지냈지마는 속은 이미 뻘갈 대로 뻘가진기제. 그래다가 무신 냄새를 맡았는지 사변나기 하루 전에 없어졌뿌따 아이가?"

"그건 글코 욱이는?"

"가사(그 아이야) 뭐 어린 기 사상이라 칼 끼 있나? 상고(商高) 졸업하고 몇 달 쉰다꼬 집에 있다가 사변을 만났제. 그런데 그게 우땠는동 아나? 내사 전쟁하는 거는 직접 보지 못했다마는, 세상에 무서운 거는 바로 싸움이 붙는 기 아이라, 그전에 사람들이 사로잡히는 공포와 광란이지시푸다. 빨갱이라카믄 비슷한 것도 모두 잡아가디이 돌아온 거는 얼매 안 됐다. 히야, 니 골로 간다는 말 들어봤제? 그기 우예 나온 긴지 아나? 그렇게 한번 끌려 골(산골짜기)로 들어가믄 살아 돌아오지 몬한다꼬 죽는 걸 골로 간다 카게 된 기라.

그런 때의 우리집이 우예 됐겠노? 올케하고 욱이하고는 사흘도리로 뿌뜰리가 초죽음이 돼 나오고, 객지에서 온 못된 놈들은 아부지하고 어무이까지 장가지도록(기절하도록) 팬기라. 감차 놓은 굉이 오빠 내놓으라꼬 말이다. 그리고 그때마다 들먹이는 기 형부 이름이었던 기라. 목이 오빠사 이미 온몸이 벌집맨쿠로 되어 죽었으이 형부밖에 더 남겠나? 거다가 소문은 또 왜 그리 요란벅적한지, 중간에 싸움터가 가로막히 있으이 아무도 본 사람이 없을끼구마는 소문에 형부는 김일성이하고 맞먹는 빨갱이 두목이 돼 있는 기라.

거기다가 히야 이 마실이 또 어떤 마실고? 히야는 모리겠지마는 형부하고 목이 오빠만 아이랬으믄 세상 우예 돌아가든동 조용히 넘어갔을 마실이라. 이 면 전체로 봐도 마찬가지다. 빨갱이짓하다가 죽은 사람이사 여럿이지마는 대개는 저끼리 모예 까불락대다가 택도 없이 죽은 기고, 제대로 계통 있게 한 거는 모두 목이 오빠에서 형부한테로 이어지는 한 끈이라.

그런 마실이다 보이 자식에 사위에 조카까지 빨갱이인 우리집은 더욱 드러나게 돼 있제. 그러이 이거는 뭐 만만한 홍어회 꼴인 기라. 국군이고 특무대고 경찰이고 헌병이고 외지에서 들왔다 카믄 우리집부터 손보고 든다 카이. 그래 결국 욱이는 견디다 못해 지 발로 국군에 들어가고, 올케는 세 살 먹은 홍(泓)이만 업고 친정으로 갔뿌랬다."

거기까지 듣고 나니 정인은 갑자기 만맥이 풀어지는 느낌이었다. 그 몇 년의 거친 삶 속에서도 그녀는 언제나 향수처럼 친정의 풍요와 평온을 떠올리곤 했다. 세상 모두가 쑥대밭이 되어도 친정만은 그 풍파를 벗어나 온전히 자신을 맞아줄 줄 알았다. 목이 오빠의 죽음을 풍문에 전해 들었을 때 역시도 정인은 그것을 그의 개인적인 비극으로만 여겼다. 바꾸어 말하면 정인은 은연중에 '돈은 어떤 시대에도 패배하지 않는다'는 친정아버지의 신념과 그 신념 아래 지켜지는 친정집의 성공적인 잔존을 남편 동영의 이상이 실현되는 것보다 더 굳게 믿었는지도 모를 일이었다.

전선이 낙동강을 건너지 못한 것도 그녀가 의심 없이 이 믿음을 유지할 수 있는 원인이었다. 잘못 날아간 폭탄이나 모두가 같이 당해야 할 천재지변이 그곳을 휩쓸지 않는 한 친정집은 살아남을 거라고 믿어온 그녀이고 보면 그 또한 당연한 일이기도 했다. 그런데도 친정집은 전선 한가운데 있는 여느 집보다 더 참혹한 전화에 불타고 있었던 것이다. 감금생활을 하던 어느 날 시어머니가 산에서 만났다는 그 가엾은 노인과 친정아버지가 당한 불행은 조금도 차이가 나지 않았고 두 남동생들의 처지도 이 땅의 많은 청년들이 겪는 그것이었다.

뿐만 아니라 정인을 더욱 처량한 기분에 빠지게 한 것은 그 모든 친정집의 불행 뒤에 남편의 그림자가 드리워져 있다는 사실이었다. 명인이 믿는 것처럼 또는 친정아버지가 믿는 것처럼 그렇게 결정적인 역할을 하지는 않았더라도 어쨌든 동영이 목이 오빠나 굉이에게 그쪽으로 길을 터준 사실만은 부인할 수 없을 것 같아서였다.

"그래, 그 뒷소식은 없드나?"

이윽고 정인이 힘없이 물었다.

"지 손으로 소식 보낸 거는 욱이뿐이라. 얼매 전에 어떤 군인이 갖다준 편지는 흥남까지 올라가 있다는 내용이드라. 뭐 일등중사라 카든강. 글치만 날짜로 치믄 벌써 두 달 전이라."

"그라믄 굉이는 영 소식을 모린단 말이가? 그라고 새댁이는 와 또 안 보이노?"

"굉이 오빠는 소문뿐이라. 누구는 지리산에 있드라 카고, 누구는 인민군이 되어 안동(安東)에 있는 걸 봤다 카드라. 글치만 우리는 암것도 안 믿는다. 신문 방송도 못 믿는 세상에 뜬소문을 어예 믿겠노? 그라고 올케는 저그 친정에서 들고 나와서 지난 가을에 델꼬 갔다. 그뿐도 아이다. 친정 가고 보름도 안 돼 호적까지 파 갔뿌랬다. 거 왜 올케 오라비 하나 경찰에서 높게 돼 있다 안 카드나? 그 사람이 찾아와 이혼하자꼬 나오자 아부지가 암말도 안하고 도장 놔 준 갑드라. 뭐 홍이는 젖만 띠믄 우리집에 델따 준다 카든강……."

"……."

"인자 히애도 알겠제? 아부지가 와 그카시는동. 그래도 새끼 자(잡아)먹는 범 없다꼬, 히야네 식구들한테 하는 거 보이 놀랍더라. 나는 집안에도 들이지 않을 줄 알았디라. 히야가 이마이라도 일라게 해주이 놀랍고 고마울 뿐이라. 그라이 — 히야, 앞으로는 아부지가 뭔 소리를 하더라도 마음에 끼든지 마래이. 입은 뭔 소리를 하든동 히야보다 더 아픈 거는 부모 맘 아이겠나? 히야, 알았제……."

그렇게 다짐으로 말을 맺은 명인도 무엇에 서러워졌는지 끝내는 울먹이는 목소리였다.

명인의 말을 들은 뒤에야 매기네에게 물어보니 정말로 친정아버지는 그 열흘 동안 단 한 번도 정인을 보러 뒤채에 온 적이 없었다. 의원은 처녀 때부터 유달리 정인을 아끼던 끝에 삼촌이 보내준 것이었고, 진진하게만 느껴지던 음식수발도 명인이 아버지와 계모 몰래 안달안달을 한 덕분이었다. 정인이 찾아갔을 때, 핑이와 욱이 얘기가 나오기 전까지 친정아버지가 했던 몇 마디 온정어린 말도 그로서는 참을 수 있는 데까지 참은 결과에 지나지 않았다. 워낙 오랜만에 집을 찾은 딸인데다 아직 완연하게 남아 있는 병색이 무슨 한처럼 마음속에 괴는 분노를 억눌러준 것 같았다.

그러다가, 명인이 마지막에 한 당부가 무슨 예고이기나 하듯, 느닷없이 뒤채로 올라온 친정아버지가 정인과 시어머니에게 집을 비워 주도록 요구한 것은 정인이 일어난 지 겨우 사흘째가 되던 날이었다.

"사부인께 전하거라."

그날 아침에야 겨우 몸을 추스리고 일어나 앉게 된 시어머니의 머리를 빗겨 드리고 있다가, 부르는 소리에 놀라 달려나간 정인에게 친정아버지는 담 너머까지 들릴 만큼 큰소리로 그렇게 허두를 떼었다. 방안에 안사돈이 앉아 있는 줄 뻔히 알면서도 굳이 정인을 사이에 넣는 것은 무슨 까다로운 내외의 격식을 찾으려 함보다는 맞대 놓고 박절한 소리를 하는 면구스러움을 피하려는 뜻 같았다.

"내 소시부터 먹은 마음이 달라 글하고 친하지는 못했다마는, 사람이 지켜야 할 도리는 대강 안다. 글치만 세상이 망해 인사를 폐하는 마당이니 사가(査家)간의 격식이 무신 소용이겠노? 긴 말 어지럽게 할 거 없고 — 이제 어지간히 조양(調養)이 되셨거든 수하(手下)들 데리고 뒤채를 비워 달라고 일러라."

"아이, 아부지, 그기 무신 말씀입니꺼?"

하도 뜻밖의 말이라, 친정아버지가 굳은 얼굴로 자신을 불러낼 때부터 어느 정도 마음의 준비를 하고 있던 정인도 그렇게 되묻지 않을 수가 없었다.

"원수가 따로 있는 기 아이따. 나를 몬 살게 하는 기 바로 원수라. 이서방이 내 집에 문객으로 들어온 거는 귀한 일이따마는, 내 집 부리를 빼는 데사 우얄것고? 하나도 무서운데 자식 둘 다 자(잡아)먹고 내한데 절손(絶孫)의 죄를 짓게 해놨으이, 세상천지에 연분이라 캐도 일케(이렇게) 모진 연분이 어딨겠노?

인제 더는 안 되겠다. 궁해서 품안으로 날아드는 새라 내쫓지는 못했다마는, 어지간히 고비를 넘갔으믄 내 집은 비워 조야제. 있을 곳 못 있을 곳 가릴 줄 아는 것도 예라꼬 일러라."

친정아버지의 목소리는 듣고 있는 정인의 두 다리가 후들거릴 만큼 차갑고 매서웠다. 그 뒤 저만치 샛문께에는 진작부터 따라온 듯한 명인이 소리 죽여 울고 있었다. 그러나 시어머니가 있는 방안에서는 끝내 작은 인기척도 없었다.

(2권에 계속)

영웅시대 1

개정 신판 1쇄 인쇄 2024년 2월 22일
개정 신판 1쇄 발행 2024년 2월 29일

지은이 이문열

발행인 양원석
펴낸 곳 ㈜알에이치코리아
주소 서울시 금천구 가산디지털2로 53, 20층 (가산동, 한라시그마밸리)
편집문의 02-6443-8842 **도서문의** 02-6443-8800
홈페이지 http://rhk.co.kr
등록 2004년 1월 15일 제2-3726호

ISBN 978-89-255-7529-2 04810